HEYNE

Das Buch

Tanaquil bewohnt allein mit ihrer Mutter eine Burg inmitten einer gigantischen Wüste, fernab jeglicher Zivilisation und Ablenkung für ein 16-jähriges Mädchen. Ihre Mutter, die über magische Kräfte verfügt, versucht, sie mit Zaubertricks zu unterhalten, doch Tanaquil sehnt sich nach Freiheit, nach einem eigenen Leben und der großen Herausforderung. Und tatsächlich entdeckt sie eines Tages im Sand das uralte, verwitterte Skelett eines Einhorns. Sie setzt die Knochen zusammen, und ihre Mutter erweckt das Tier versehentlich zum Leben. Das Mädchen ist froh über seinen neuen Gefährten, erfährt jedoch, dass das Einhorn einst aus Einsamkeit starb und jetzt in seine Heimat zurückkehren will, in ein sagenhaftes Land jenseits der Wüste. Endlich hat Tanaquil ihre Bestimmung gefunden: Sie bricht gemeinsam mit dem Einhorn zu einer phantastischen, gefahrvollen Reise auf, gerät in eine Stadt voller Wunder und eine erschreckende Parallelwelt, aus der noch nie zuvor ein Mensch zurückgelangt ist. Und immer wieder lernt sie dabei die wahre Natur der menschlichen Rasse kennen, die um ihres Vorteils willen lügt, betrügt und tötet. »Die Macht des Einhorns« erzählt damit weit mehr als die Erlebnisse eines jungen Mädchens in einem Land voller Magie. Es ist auch die abenteuerliche Suche nach einer vollkommenen Welt, nach dem Erwachsenwerden und der eigenen, großen Aufgabe.

»In Tanith Lees Romanen gibt es stets etwas zwischen den Zeilen zu entdecken – die fabelhafte Saga des Einhorns ist das beste Beispiel dafür!«
SF Chronicle

»Ein höchstgradig spannendes und actiongeladenes Meisterwerk.«
Booklist

Die Autorin

Tanith Lee wurde 1947 in London geboren und arbeitete als Kellnerin, Bibliothekarin und Verkäuferin. Bereits als Neunjährige veröffentlichte sie ihre erste Kurzgeschichte, und bis heute hat sie über vierzig Romane geschrieben, mit denen sie unter anderem für den World Fantasy- und den Nebula-Award nominiert wurde. Lee lebt heute mit ihrem Mann im Süden Englands. Der »Einhorn«-Zyklus stellt einen ihrer größten Kritiker- und Publikumserfolge dar.

TANITH LEE

Die Macht des Einhorns

Roman

Aus dem Englischen
von Irene Bonhorst

WILHELM HEYNE VERLAG
MÜNCHEN

HEYNE ALLGEMEINE REIHE
Band-Nr. 01/13639

Titel der Originalausgaben
BLACK UNICORN; GOLD UNICORN; RED UNICORN

Umwelthinweis:
Dieses Buch wurde auf
chlor- und säurefreiem Papier gedruckt.

2. Auflage

Redaktion: Werner Bauer

Deutsche Erstausgabe 06/2002

Printed in Germany 2002
Umschlagillustration: Donato
Umschlaggestaltung: Nele Schütz Design, München
Satz: Buch-Werkstatt GmbH, Bad Aibling
Druck und Bindung: Bercker, Kevelaer
ISBN: 3-453-21423-4
http://www.heyne.de

Erstes Buch

Das schwarze Einhorn

Für Louise Cooper,
Geschichtenerfinderin,
Einhornsängerin

Teil Eins

1

Das Erste, was Tanaquil fast jeden Morgen beim Aufwachen sah, war das Gesicht ihrer Mutter, allerdings nur deshalb, weil ein Gemälde ihrer Mutter, der Zauberin Jaive, an der Wand gegenüber dem Bett hing. Das Porträt von Jaive zeigte sie mit einem dichten Wust scharlachroter Haare, in dem verschiedene Edelsteine, Pflanzen, allerlei andere Utensilien sowie Mäuse und ähnliches Kleingetier, die sie bei ihrer Forschungsarbeit benutzte, eingebettet waren. »Guten Morgen, Mutter«, sagte Tanaquil zu dem Bild, und das Bild antwortete lebhaft: »Erhebe dich mit der Sonne, begrüße den Tag!« So wie immer. Da es im Allgemeinen ohnehin schon später Morgen war, wenn Tanaquil aufwachte, waren diese Worte völlig unpassend.

Nachdem die Sache mit dem Bild erledigt war, stieg Tanaquil aus dem Bett und ging nachsehen, was für sie zum Frühstück übrig geblieben war. Manchmal war gar nichts mehr da, heute jedoch gab es ein paar kalte Scheiben geröstetes Brot ohne das geringste bisschen Butter, eine Orange und grünen Kräutertee in einem Glas. Tanaquil kostete den Tee, dann schälte sie vorsichtig die Orange. Als sie sie in Schnitze teilte, flog ein Vogel heraus.

»Dort geht's lang!«, rief Tanaquil dem Vogel ungeduldig zu, während dieser im Zimmer herumschwirrte und den Schnabel in die Bettvorhänge steckte. Der Vogel schoss zielstrebig zum

Fenster und flog in den grellen roten Sonnenschein. Tanaquil stand just am Fenster, ihr Blick schweifte über die Dächer und Zinnen der Festung ihrer Mutter in die Wüste hinaus. So lange sie sich erinnern konnte, bot sich ihr stets derselbe Anblick. Seit fast sechzehn Jahren war dies ihr Schlafzimmer und dies war die Aussicht: die weite lohfarbene Sandfläche mit dem mineralischen Glimmern, die ihre Form veränderte, je nachdem wie der Wind wehte, die Landschaft mit den Felsenhügeln, eine halbe Meile weit entfernt, von denen einige wie Kegel spitz zuliefen und andere große natürliche Bogen bildeten, durch die sich die Endlosigkeit der Wüste dahinter zeigte. Von welcher Stelle in Jaives Festung man auch hinausblickte, immer bot sich einem dasselbe Bild: sanfte Hügel und Felsen und der gleißende Himmel. Am Tag herrschte in der Festung und in der Wüste eine backofenähnliche Hitze, in der Nacht kühlte es empfindlich ab, spärlicher Schnee fiel, der Sand verwandelte sich in Silber und die Sterne brannten weiß.

»He!«, ließ sich eine hohe Stimme von draußen vernehmen. »He!«

Tanaquil spähte hinaus und erblickte einen der Grummel, der auf dem Dach unter ihrem Fenster saß. Er hatte etwa die Ausmaße einer großen Katze, einen tonnenförmigen Körper mit dichtem braunen Fell und kurzen muskulösen Beinen. Mit drei Pfoten klammerte er sich fest und mit der vierten kratzte er sich hingebungsvoll. Er hatte eine lang gestreckte niedliche Schnauze, einen buschigen Schwanz und spitz zulaufende Ohren, die im Allgemeinen aufrecht nach oben standen, im Augenblick jedoch schlaff herabhingen. Mit seinen großen gelben Augen sah er Tanaquil eindringlich an.

»Will 'nen Knochen«, sagte der Grummel.

»Tut mir Leid, ich habe keinen«, entgegnete Tanaquil.

»Nein, nein, will 'nen *Knochen*«, forderte der Grummel beharrlich. Er federte mit einem geschmeidigen Satz von dem Dach ab und sprang wie ein dickes pelziges Schweinchen hinauf auf die Fensterbrüstung. Tanaquil streckte die Hand aus, um den Grummel zu streicheln, doch er wich ihr aus und hüpfte ins Zimmer, rannte herum, kratzte an allen möglichen Gegenständen und schnupperte mit der langen Nase unter dem Teppich, wobei er den Hocker umwarf. Er tapste über Tanaquils Arbeitstisch, durch ihre Sammlung leicht beschädigter Fossilien und zuletzt über eine kleine Uhr, die umgekippt auf der Rückseite lag, wobei er ein Durcheinander von Zahnrädern und Drehscheiben anrichtete. Jetzt hockte er im Kamin.

»*Hier* gibt es keine Knochen«, erklärte Tanaquil mit Nachdruck.

Der Grummel nahm es nicht zur Kenntnis. »Will 'nen Knochen«, wiederholte er und warf ihr Frühstück um. Der Kräutertee ergoss sich über den Boden und der Grummel leckte ihn schniefend und schnüffelnd auf. Eine Scheibe Toast war ihm auf den Kopf gefallen und er schleuderte sie mit einem ärgerlichen »*Knochen, Knochen*« von sich.

Tanaquil seufzte, ging in die marmorne Badenische und drückte auf einen Tigerkopf, damit kaltes Wassers zum Waschen aus dem Hahn strömte. Doch statt des Wassers sprudelte ein Schwall klebrigen Beerenweins hervor.

»O *Mutter!*«, schrie Tanaquil wütend. Sie rannte hinaus, kickte den Hocker und dann die Brotscheiben durchs Zimmer. Die Orange hatte sich in eine Art Blume verwandelt, die sich an der linksseitigen Säule des Kamins emporrankte. Der Grummel knabberte daran, dann drehte er sich um und sah zu, wie Tanaquil ihr verknittertes Kleid vom Vortag anzog und sich mit einem Kamm durch die Haare fuhr, die von einem etwas helleren Rot als Jaives waren.

»Haste mal 'nen Knochen?«

»Ich habe keinen Knochen, verdammt noch mal! Halt jetzt endlich den Mund!«

Der Grummel setzte sich und putzte sich den Bauch, wobei er nun beunruhigt vor sich hin murmelte. »Flöhe, Flöhe.« Dann sprang er plötzlich in den Kaminschacht hinauf und war verschwunden; ein Rußschauer rieselte auf die Feuerstelle nieder.

Kurz darauf verließ Tanaquil den Raum und knallte dabei laut die Tür hinter sich zu.

Vier Treppenfluchten mit breiten Steinstufen und einem Holzgeländer, in das Tiere, Früchte, Dämonen und Ähnliches geschnitzt waren, führten von Tanaquils Stockwerk hinauf zu den Privatgemächern ihrer Mutter. Von jedem Treppenabsatz aus ging eine Öffnung zu den Wandelgängen und Brustwehren auf den Dächern hinaus; an einem dieser Ausgänge sah Tanaquil drei Wachsoldaten, die auf der Mauer saßen und sich mit einem ›Skorpione-und-Leitern‹-Spiel vergnügten. Sie alle waren betrunken, wie üblich, doch als sie die vorbeigehende Tanaquil bemerkten, rief einer: »Geht nicht hinauf, edles Fräulein. Die Zauberin ist beschäftigt.«

»Pech«, meinte Tanaquil nur, stieg den letzten Treppenabsatz hinauf, kam außer Puste oben an und stand endlich vor der großen schwarzen Tür, die das Zauberreich ihrer Mutter gegen die Außenwelt verschloss.

In der Mitte der Tür befand sich ein Kopf aus grünem Jade, der Tanaquil ansprach: »Wünschst du Jaive zu sprechen?«

»Offensichtlich.«

»Nenne mir deinen Namen und deinen Rang.«

»Tanaquil, ihre Tochter.«

Der Kopf schien den Mund zu verziehen, doch dann gab die Tür ein Knirschen von sich und schwang schwerfällig auf.

Die Kammer dahinter war angefüllt mit öligem Rauch und fahlen Blitzen. Tanaquil war daran gewöhnt, also ging sie einfach hinein und bahnte sich einen Weg zwischen schemenhaften Truhen und Regalen hindurch, die voll gepackt waren mit irgendwelchen Gegenständen, von denen einige piepsten und klimperten. Plötzlich war da ein großer Spiegel, und darin erhaschte Tanaquil einen Blick auf eine brennende Stadt, in der Türme und Funken und irgendwelche Wesen durch die Luft flogen. Dann verflüchtigte sich das Bild, der Rauch legte sich, und Jaive tauchte aus den sinkenden Schwaden auf. Sie stand hinter einem Tisch, der bedeckt war mit Büchern, Glaskugeln, Instrumenten, Ruten und blubbernden farbigen Substanzen. In einem geräumigen Käfig saßen zwei weiße Mäuse mit Kaninchenohren und Schlangenschwänzen, die gerade gierig eine Wurst verschlangen. Jaive trug ein bodenlanges Gewand aus schwarzgrüner Seide mit goldener Stickerei. Das Haar umflammte ihr Haupt wie die brennende Stadt in dem Spiegel. Sie runzelte die Stirn.

»Was willst du?«, fragte Tanaquils Mutter.

»Soll ich dir eine Liste machen?«, entgegnete Tanaquil.

»Ich bin beschäftigt ...«

»Das bist du immer. Hat dir dein Frühstück geschmeckt, Mutter? In meinem war ein Vogel und dann hat es sich in eine Blume verwandelt. Schließlich hat einer der Grummel den Rest verschüttet. Statt Wasser ist Beerenwein in mein Waschbecken geflossen. Der größte Teil meiner Kleidung ist verschwunden. *Ich habe es satt!*«

»Was soll der Unsinn?«, brauste Jaive auf.

»Mutter, du weißt genau, dass aufgrund deiner Magie hier ein dauerndes Chaos herrscht, wegen der ständigen Macht-Lecks und der Nebenwirkungen deiner Beschwörungen. Es ist einfach grässlich.«

»Ich suche nach Wissen«, erklärte Jaive und fügte ohne echte Überzeugung hinzu: »Wie kannst du es wagen, so mit deiner Mutter zu sprechen?«

Tanaquil ließ sich auf etwas Hundeähnlichem nieder, das sich vorübergehend in einen Schemel verwandelt hatte.

»Als ich klein war«, setzte Tanaquil erneut an, »fand ich das alles ganz wundervoll. Wenn durch dich die Schmetterlinge aus dem Feuer herausflogen und der Garten zu einer Wüste wuchs. Aber die Schmetterlinge verpufften mit einem ›Plop‹ und der Garten löste sich in ein Nichts auf.«

»Welch kindische Erinnerungen«, sagte Jaive. »Ich habe versucht, dich in der Kunst der Zauberei zu unterweisen.«

»Und ich war darin überhaupt nicht gut«, entgegnete Tanaquil.

»Furchtbar«, pflichtete Jaive ihr bei. »Deine Begabung liegt ausschließlich auf dem Gebiet der Mechanik, fürchte ich.« Sie vollführte eine Handbewegung über einem Becher und ein winziger Sturm erhob sich in die Luft. Jaive lachte vor Vergnügen, doch in Tanaquils Bauch rumorte es.

»Mutter«, sagte Tanaquil, »vielleicht sollte ich weggehen.«

»Ja, tu das, Tanaquil. Lass mich weitermachen.«

»Ich meine, aus der Festung weggehen.«

»Ach Kind, sei nicht lästig. Wohin willst du denn gehen?«

Tanaquil setzte behutsam an: »Falls mein Vater …«

Jaive plusterte sich auf; ihr Gewand bauschte sich und ihre Augen blitzten; kleine Gesichter, vielleicht Kobolde oder auch nur verfilzte Büschel, lugten aus ihrem Haar hervor.

»Ich habe dir nie verraten, wer dein Vater ist, denn ich habe mich von ihm losgesagt. Heute weiß ich nichts mehr von ihm. Vielleicht lebt er gar nicht mehr.«

»Schließlich«, sagte Tanaquil, »bekomme ich dich ja ohnehin nur sehr selten zu Gesicht, ich würde dir also bestimmt nicht fehlen. Und er …«

»Ich habe nicht die Absicht, mit dir über dieses Thema zu diskutieren. Wie oft soll ich es dir noch sagen: Dein Vater existiert für mich nicht. Du musst ihn dir aus dem Kopf schlagen.«

Tanaquil verlor wieder einmal die Beherrschung, stand abrupt auf und starrte auf die Wurst, an der sich die Mäuse gütlich taten.

»Vielleicht gehe ich trotzdem, irgendwohin. Überall muss es besser sein als hier!«

»Du würdest Tage brauchen, um die Wüste zu durchqueren, mein dummes Kind. Nur eine Zauberin kann das bewerkstelligen.«

»Dann hilf mir.«

»Ich möchte, dass du hier bleibst. Du bist meine Tochter.«

Aus der Wand hörte man ein Rascheln und Kratzen und ein schwaches Sopranstimmchen tönte von der Decke zu ihnen herab. »… *Knochen* …« Der Grummel kam auf seiner Suche durch die Kaminschächte bei ihnen vorbei.

Jaive nahm kaum Notiz davon. Die Grummel, Wüstentiere, die sich um die Festung herum ihre Höhlengänge gegraben hatten, da sie sie für einen von vielen Felsen hielten, waren vor etlichen Jahren bereits von Jaives Magie beeinflusst worden und hatten angefangen zu sprechen. Für Tanaquil symbolisierte der Grummel all das, was in der Festung nicht in Ordnung war. »Mutter, du musst mich gehen lassen.«

»Nein«, lehnte Jaive entschieden ab, und lächelte dabei ihre Tochter mit Tigeraugen an.

Tanaquil erhob sich von dem Hund-Schemel, durchquerte das Gemach und ging zur Tür hinaus. Als sie zwölf Jahre alt gewesen war, hatte sie dem grünen Jadekopf einen Schnauzbart aufgemalt; daraufhin hatte der Kopf mit einem Blinzeln einen Strahl auf sie geschleudert, der sie die Treppe hinunter geworfen hatte. Mit beherrschter Verdrossenheit schloss Tanaquil die schwarze Tür und überlegte, wo sie ihre Wut und ihre Enttäuschung loswerden könnte.

Jaives Festung war zur Zeit von Tanaquils Großmutter, ebenfalls eine Zauberin und Einsiedlerin, gebaut worden. Es handelte sich um ein sonderbares Gebäude mit einer ziemlich verhunzten Architektur und aus der Ferne, von der Wüste aus betrachtet, wirkte es nicht nur auf die Grummel wie eine eigenartige Felsformation. Um die Küche der Festung zu erreichen, war es erforderlich, durch mehrere lange, gewundene Gänge zu wandern und dann über eine düstere, höhlenartige Treppe ins Untergeschoss hinabzusteigen. Genau das tat Tanaquil.

Im dritten Flur spreizte ein geschnitzter, grotesk aussehender Wasserspeier an einem Deckenbalken – offenbar berührt von einem weiteren Irrläufer von Jaives Magie – unvermittelt die Flügel und krähte, doch Tanaquil achtete nicht auf ihn. Sie trug die kleine Uhr bei sich, die sie für die Köchin repariert hatte. In solchen Dingen war sie gut. Seit ihrem zehnten Lebensjahr wusste sie von ihrer Begabung, Gegenstände instand zu setzen. Und während ihre Mutter in ihrem Zauberreich in der ihr eigenen extravaganten Weise Dämonen herbeirief und befragte, arbeitete Tanaquil mit peinlicher Sorgfalt an reparaturbedürftigen Puppen und Uhren, Spieldosen und manchmal sogar an den Armbrusten der Soldaten oder Teilen der Geschütze, die niemals benutzt wurden – es sei denn aus Versehen – und deshalb oftmals fehlerhaft funktionierten.

Die Küche lag sechs Fuß unter der Erde, mit hohen Fenstern nahe der Decke, die Licht und Sand hereinließen. Küchenjungen hätten eigentlich ständig damit beschäftigt sein sollen, den Boden zu schrubben oder die Oberflächen der Einrichtungsgegenstände abzuwischen, doch wenn man sich der Küche näherte, fiel einem im Allgemeinen nichts anderes auf als die dort herrschende Stille und das träge Gemurmel einer Unterhaltung.

Tanaquil öffnete die Tür.

Die Köchin saß auf ihrem Stuhl, die Füße auf die Reihe von Herden gelegt, von denen die meisten kalt waren. Zwei Spülerinnen spielten ›Skorpione-und-Leitern‹, die dritte stickte. Kein Einziger der Küchenjungen war anwesend. Eine große Kanne mit gelbem Tee stand auf dem Tisch, ebenso ein Teller mit Pfannkuchen.

»Hier ist deine Uhr«, sagte Tanaquil und händigte sie der Köchin aus. Sie nahm sich einen Pfannkuchen und goss sich eine Tasse Tee ein.

»Sieh mal einer an! Sie geht. Wie klug unser edles Fräulein doch ist.«

»Muss sonst noch irgendwas repariert werden?«, fragte Tanaquil. Seit fünf Jahren war diese Beschäftigung das Einzige, das sie vor dem Verrücktwerden bewahrt hatte, dachte sie. Und irgendetwas gab es immer, dessen sie sich annehmen konnte. Aber wie zum Trotz schüttelte die Köchin den strubbeligen Kopf. »Rein gar nichts. Und die Puppe, die Ihr für Puschas Kind genäht habt, ist immer noch hübsch, sie bewegt die Arme und sagt *Mamaa*!«

»Dabei hat sie sich alle Mühe gegeben, sie wieder kaputtzu machen«, warf Puscha, die Stickerin, ein.

»Na ja, wenn es nichts gibt ...«, sagte Tanaquil und versuchte, ihrer Stimme einen geschäftsmäßigen Klang zu geben. Sie fühlte sich zurückgewiesen.

»Wollen mal sehen«, überlegte die Köchin laut. »Hätte das edle Fräulein vielleicht Lust, einen Kuchen zu backen?«

Tanaquil kämpfte gegen ein Erröten an. »Nein, danke.« Als Tanaquil ein kleines Mädchen gewesen war, hatte die Köchin sie getröstet, indem sie ihr erlaubt hatte, glasierte Kekse und Ingwerbrot-Kamele im Ofen zu machen, um ihr die Langeweile und Einsamkeit zu vertreiben. Aber das war jetzt keine Lösung mehr. Auch die Reparatur von irgendetwas wäre keine gewesen, aber es hätte zumindest ein bisschen geholfen. »Also, dann geh ich wieder«, sagte Tanaquil scheinbar leichthin.

Als sie die Küchentür schloss, hörte sie die Köchin zu Puscha sagen: »Die Herrin hätte wirklich etwas mit diesem Mädchen unternehmen sollen. Es ist die reinste Vergeudung einer Person.«

Eine *Vergeudung*, dachte Tanaquil, während sie die Treppe wieder hinaufstieg. *Ich bin vergeudet worden.* Und sie brüllte eine dicke Ratte an, die auf dem Weg nach unten war. Die Ratten waren nie von der magischen Gabe der Sprachfähigkeit angesteckt worden, jedenfalls hatten sie sich nie die Mühe gemacht, Gebrauch davon zu machen, falls es doch so war. Trotzdem machte das Tier einen beleidigten Eindruck.

Tanaquil stieg wieder in die oberen Geschosse der Festung hinauf und hatte dabei das Gefühl, als ob sie den größten Teil ihrer Zeit damit verbracht hätte, in dem Gebäude treppauf und treppab zu laufen und um es herumzuwandern. Sie kam auf einer der unteren Brustwehren heraus, wo der Hauptmann der Wache in einem Gefechtsturm seine Wohnung hatte. Tatsächlich war er mit vier seiner Männer draußen auf dem Wehrgang, wo sie Holzkugeln auf eine Zielmarkierung rollten.

»Es ist das edle Fräulein«, bemerkte einer der Wachsoldaten.

Alle nahmen Haltung an und salutierten.

Der Hauptmann bot ihr seinen Bierhumpen an, aber sie lehnte ab.

»Es gibt nichts zu reparieren«, kam der Hauptmann ihrer Frage zuvor. »Vielleicht habt Ihr gehört, wie letzte Woche die Kanone losgegangen ist – Borrik hatte geglaubt, eine herannahende Armee zu sehen, aber natürlich war es nur ein Sandsturm. Trotzdem, die Maschine funktionierte astrein, dank des Scharniers, dessen Ihr Euch angenommen habt.«

»Oh!«, sagte Tanaquil. »Und die Armbruste?«

»Erstklassig. Sogar Iggels Wurfmesser ist bestens in Schuss, nachdem Ihr die Ausgewogenheit wiederhergestellt habt. Ich rechne jedoch fest damit, dass in den nächsten Tagen irgendetwas kaputtgehen wird«, fügte er ermutigend hinzu.

Tanaquil kam plötzlich der demütigende Gedanke, dass einige der mitfühlenderen Soldaten vielleicht ihre Ausrüstung absichtlich zu Schanden richteten, nur um ihr etwas zu tun zu geben.

»Welche Erleichterung«, rief Tanaquil. »Endlich mal ein freier Nachmittag!« Und sie schlenderte davon.

Der andere Zeitvertreib, dem sich Tanaquil während der Wochen, Monate, Jahre ihres Lebens in Jaives Festung hingegeben hatte, war das Spazierengehen. Ihre früheste Erinnerung an Spaziergänge bestand darin, dass ihr Kindermädchen – natürlich hatte Jaive wenig Zeit für sie übrig gehabt – mit Tanaquil durch sämtliche Flure auf und ab gegangen war, und manchmal auch hinaus in den Innenhof, der ziemlich groß und mit Orangenbäumen, Weinstöcken, Lorbeerhecken und einer staubigen, verkümmerten, nur dreizehn Fuß hohen Palme bepflanzt war. In einer Ecke des Hofes befanden sich ein ziemlich überwucherter Gemüsegarten und eine kleine Grasfläche, wo Ziegen angepflockt waren, sowie ein steinerner Zierbrunnen, auf dem ein steinerner Adler saß. Hin und wieder hatte der Adler seine Gestalt verändert, und die kleine Tanaquil war immer als Erstes zu ihm hingerannt, um nachzusehen: Einmal hatte er wie ein Straußenvogel ausgesehen. Damals pflegte Tanaquil im Hof zu spielen, allein bis auf das Kindermädchen, denn nirgendwo in der Nähe gab es Kinder in ihrem Alter. Als Tanaquil älter und das Kindermädchen noch ältlicher wurde, dehnten sich die Spaziergänge bis in Gegenden außerhalb der Festung aus. Anfangs war Tanaquil an der Wüste sehr interessiert gewesen, hatte Sandburgen gebaut, die gefälliger aussahen als die Festung. Doch jenseit des Schattens, den die Festungsmauern warfen, brodelten die Dünen in der Sonne. Meilenweit gab es keine Oase, kein Dorf; einzig die Festung verfügte über Wasser. Als sie noch älter war, erkundete Tanaquil die Felshügel. Das Kindermädchen schaffte es nie so weit; sie stand unter ihrem Sonnenschirm irgendwo im Sand und rief mit schwacher Stimme nach ihr. Tanaquil war noch keine zwölf, als es ihr gelang, bis zu der Hügelkette vorzustoßen. Ihr Hochgefühl wurde allerdings durch den Umstand gedämpft, dass es auf der anderen Seite rein gar nichts gab außer noch mehr Sand, der sich in nichts von dem übrigen unterschied und sich endlos bis zum lavendelfarbenen Horizont erstreckte.

Jetzt ging Tanaquil jeden zweiten Tag spazieren, nur um ihre Ruhelosigkeit durch Bewegung zu mildern. Das Spazierengehen war schrecklich langweilig und entbehrte jeglichen Sinns und Zwecks. Aber zu solchem Unterfangen musste sie Stiefel gegen den brennenden Sand anziehen und ihren rothaarigen Kopf mit einem Seidentuch bedecken, das mit einer Kordel festgebunden war. Sie pflegte bis zu den Felsenhügeln zu gehen, sich in deren Schatten niederzusetzen und etwas von dem Wasser zu trinken, das sie mitgebracht hatte. Manchmal kletterte sie an den Hängen hinauf und löste mit ihrem Messer kleine, zerbrechliche Fossilien aus dem Gestein. Dann marschierte sie vielleicht eine Meile oder so weiter, nach Westen, über den Sand. Dabei stellte sie sich in ihrer Phantasie vor, dass sie von zu Hause fortging. Dass gerade außerhalb ihrer Sichtweite eine gewaltige Stadt mit Kuppeln und Gärten, mit gefliesten Wänden, Brunnen, Märkten und lärmenden Menschenmengen läge. Doch sie wusste aus dem Unterricht, den ihre Mutter ihr täglich eine Stunde lang bis zum Alter von vierzehn Jahren erteilt hatte, dass es zwar eine solche Stadt gab, diese jedoch hundert Meilen weit entfernt war. Auch hatte Tanaquil in ihrem ganzen Leben noch nie eine Karawane gesehen, die in der Gegend um die Festung die Wüste durchquert hätte. Die einzigen Fremden, die sie zu Gesicht bekam, waren Wüstenhändler, Hirten, wilde Hunde und Schakale. Wenn sich die Sonne zum Untergehen neigte, fügte Tanaquil sich den Tatsachen, machte kehrt und wandte der Wüste den Rücken zu.

Heute brach Tanaquil zu einem Spaziergang auf.

Während sie durch den Sand stapfte und die Dünen hinunterrutschte, beschäftigten sie viele Fragen. Hatte sich der gestrige Tag so sehr von all den übrigen unterschieden? Hatte sie gestern einen stärkeren Drang zum Weglaufen als sonst gespürt, über bloße Phantasie hinausgehend? Es war, als ob sich ihre Gestalt wie die des Adler über Nacht gewandelt hätte. Jetzt war sie eine andere Person, eine veränderte, verzweifelte Tanaquil.

Aber es war unmöglich. Sie musste von hier weg – und sie schaffte es nicht.

Einige Grummel tollten am Fuß der Hügelkette herum. Sie

stießen laute, kehlige Schreie aus und Tanaquil wurde bewusst, dass die magische Sprache noch nicht auf sie übergegangen war.

Sie trank Wasser aus ihrer Flasche, dann stieg sie den Hügel hinauf, der wie eine Brücke geformt war, mit einer beinahe flachen Kuppe und einem großen Hohlbogen darunter. Dann saß sie auf dem Brückenhügel und betrachtete all die alten Kerben, die ihr Messer im Gestein hinterlassen hatte. Ein kleines Fossil war noch übrig, eine blasse Muschel, doch sie würde ganz gewiss zerbrechen, wenn Tanaquil versuchen würde, sie herauszuschneiden.

Stattdessen ließ Tanaquil den Blick über den Sand schweifen. Allmählich entstand ein Trugbild, ein Fluss mit baumbestandenen Ufern.

Einst war die ganze Wüste vom Meer bedeckt gewesen, das die Muscheln und Skelette von inzwischen ausgestorbenen Wesen zurückgelassen hatte. Eines Nachts hatte Jaive Tanaquil eine Vision vorgeführt, die die meerüberflutete Wüste zeigte. Schaumgekrönte Wellen hatten um die Festung herum getanzt und der Mond hatte roter geleuchtet als die Sonne.

»Du darfst nicht vergessen«, hatte Jaive der neunjährigen Tanaquil erzählt, »dass diese Welt ein schlechtes Machwerk ist. Aber wir Zauberer glauben, dass es andere Welten gibt, von denen einige schlechter sind, eine jedoch das verbesserte Abbild von dieser hier ist. Vielleicht erhaschen wir dann und wann einen flüchtigen Abglanz von dieser vollkommenen Welt.« Und sie hatte versucht, Tanaquil den Umgang mit dem Magischen Spiegel beizubringen, aber Tanaquil hatte einen Fehler gemacht; der Spiegel war zerbrochen und Jaive war sehr wütend geworden.

»O Mutter«, stöhnte Tanaquil.

Sie saß auf dem Brückenfels, bis die Sonne sich allmählich über die Dünen nach Westen neigte; dann erst stand sie auf und begab sich zurück zur Festung der Zauberin.

Wahrscheinlich würde sie irgendwelche kalten Happen in der Küche vorfinden; im Bankettsaal ihrer Mutter fanden nur selten richtige Abendessen statt. Anschließend wollte sie in der Bibliothek nach einem lesbaren Buch suchen – obwohl voll gestopft mit Bänden, enthielt sie wenig von dieser Sorte. Und danach? Was blieb ihr dann noch anderes übrig, als ins Bett zu gehen und so lange wie möglich zu schlafen?

Tanaquil ging von der Bibliothek in ihr Zimmer hinauf, nachdem sie dort in einem Buch über alte Zauberkunst und in einem Pergament über Zauberfürsten geschmökert hatte; etwas anderes war nicht ausfindig zu machen gewesen. Sie beschloss, sich auf die Suche nach einigen ihrer abhanden gekommenen Kleidungstücke zu begeben, die sich für gewöhnlich an den absurdesten Orte verbargen, wie zum Beispiel in einem Kaminschacht, oder die die Farbe wechselten und sich dem Mobiliar anpassten, so dass sie nicht mehr davon zu unterscheiden waren.

Während sie den Rauchfang untersuchte, fiel Tanaquil der Grummel wieder ein, der auf der Suche nach einem Knochen hier durchgekrochen war. Sie hoffte, dass er einen Weg hinaus gefunden hatte. Obwohl die Nächte eiskalt waren, wurden nicht oft Feuer angezündet. Tanaquil drückte im Vorbeigehen den Löwenkopf, um heißes Wasser zu bekommen, doch ein Schwall von Papierblumen quoll hervor.

Draußen vor dem Fenster trieb leichter Schneefall in Richtung Wüste. Der Mond war aufgegangen und die Dünen sahen aus wie glasierte Kekse.

Tanaquils Blick fiel auf ihr Bett.

Auf dem Kopfkissen lag etwas Rundes, Schwarzes. Tanaquil näherte sich vorsichtig. »O nein!«, rief sie aus. »Du garstiges Untier!«

Der Grummel vom Morgen – über und über bedeckt mit dickem schwarzem Ruß, den er auch großzügig über das ganze

Bett und die Kissen verteilt hatte, ganz zu schweigen von den dekorativen schwarzen Pfotenabdrücken – hob den Kopf.

»Was?«, nuschelte der Grummel.

»Sieh mal, was du gemacht hast, du Plagegeist!«

»Nichts gemacht«, brummte der Grummel. »Was gemacht?« Er sah sich erstaunt um.

»Dieser ekelhafte Dreck …«

»Ruß«, erklärte der Grummel. »Putz, putz«, und er rollte sich herum, leckte sich halbherzig ab und verteilte den Ruß noch mehr.

Tanaquil packte den Grummel und trug ihn zum Fenster. Sie ließ ihn auf die Brüstung plumpsen und versetze seiner Flanke einen kräftigen Klaps. »Hinaus mit dir! Hau ab!«

»Mond«, murmelte der Grummel und starrte hingerissen zum Himmel hinauf.

»*Verschwinde!*«

Tanaquil schlug die Fensterläden hinter ihm zu.

Im Traum rannte sie im Schnee über die Dünen. Sie war barfuß, wehte dahin wie der Wind. Es gab keine Felsen, kein Anzeichen von der Festung, sie wusste nicht, wo sie war, und es kümmerte sie auch nicht.

Sie wachte durch ein lautes Scharren und Kratzen an den Fensterläden auf.

»Reinkommen«, tat eine Stimme kund. »Jetzt.«

»Verschwinde«, befahl Tanaquil dem Grummel zum wiederholten Mal.

Aber der Grummel kratzte weiter und verlangte eingelassen zu werden.

»Wenn ich zum Fenster komme, stoße ich dich hinunter aufs Dach«, drohte Tanaquil.

»Reinkommen«, wiederholte der Grummel beharrlich. »Jetzt.«

Tanaquil erhob sich mit grimmiger Miene und stieß die Fensterläden schwungvoll auf. Da hockte in einem schimmernden Mondschein-Oval der Grummel. »Knochen«, raunte er bedeutungsvoll. »Hab Knochen *gefunden.*«

Und er stupste mit der Nase etwas an, das neben seiner Pfote auf dem Stein lag.

Tanaquil sah genauer hin. Was sie für einen Streifen Mondlicht gehalten hatte, war etwas ganz anderes. Es war in der Tat ein Knochen. Lang und schmal, nicht menschlich, nicht auf den ersten Blick zuzuordnen; das Material, aus dem er bestand, glänzte wie poliertes Milchkristall. Und in dem Kristall waren winzige funkelnde Flecken und Glitzer, wie Diamanten – nein, wie vom Himmel gefallene Sterne.

»Ein *Knochen?*« flüsterte Tanaquil. »Wo hast du den gefunden?«

»*Gefunden*«, bestätigte der Grummel.

»Aber *wo*?«

»Sandig«, sagte der Grummel. »Heiß.« Er blinzelte und hob den Knochen wieder behutsam mit dem Maul hoch.

Tanaquil streckte die Hand aus, um ihn zu berühren. Der Grummel knurrte, ohne den Knochen aus dem Maul zu legen, und schlug mit dem Schwanz, wodurch er ein Pochen gegen die Fensterläden erzeugte. »*Meins.*«

»Ja, ich weiß, er gehört dir. Aber du hast ihn hergebracht, um ihn mir zu zeigen. Lass mich …«

»Rrrr«, machte der Grummel.

Er wich geduckt zurück, die unglaubliche Röhre aus Sternenlicht leuchtete zwischen seinen Zähnen.

»Pass auf, dass du ihn nicht … *zerbeiße* ihn nicht!«, schrie Tanaquil.

Der Grummel legte das Gesicht in Falten und warf sich jäh herum, in einer Art horizontalem Purzelbaum. Er rannte davon, mit gekräuseltem Fell und peitschendem Schwanz, über das Dach unter ihrem Fenster hechtend und rollend, und verschwand über eine Schmuck-Wetterfahne in dem Labyrinth von Dunkelheit darunter.

2

Am Morgen war es noch dämmerig in der Küche; die Öllampen brannten und die Köchin löste die Klammern aus ihren Haaren, während Puscha ihr Kind im Spülbecken badete.

Tanaquil trat hinzu, öffnete tapfer den Abfallkübel und wühlte darin herum.

»Du liebe Güte, wonach sucht Ihr denn, edles Fräulein?«

»Ich suche einen hübschen saftigen Fleischknochen.«

Puscha stieß einen gedämpften Schrei aus.

Die Köchin sagte mit einem gewinnenden Gesichtsausdruck: »Also, edles Fräulein. Wartet ein bisschen, dann brate ich Euch etwas Brot ...«

»Nein, mir geht es um einen Knochen, an dem noch ein Gutteil Fleisch dran ist – gebraten oder roh, das ist mir einerlei.«

»Armes Mädchen«, murmelte Puscha.

»So etwas hat es hier bestimmt schon seit einem Monat nicht mehr gegeben«, erklärte die Köchin, »nicht seit dem letzten Abendessen im Saal. Wollt Ihr das Mark, für eine Suppe?«

»Es ist nicht für mich.« Tanaquil klang leicht verärgert. Der Kübel enthielt Gemüseabfälle und Eierschalen, verschimmelte Rinden und anderen unerfreulichen Müll. Keine Knochen und keine Fleischreste. Sie wusste sehr wohl, dass sich die Küche für gewöhnlich einmal wöchentlich einen riesigen Braten zubereitete, aber vielleicht waren sie in letzter Zeit zu faul gewesen. »Was habt ihr denn sonst so? Ausgelassenen Speck? Für mich kannst du damit geröstetes Brot belegen, dick, bitte – und dazu hätte ich gern eine Kanne von dem grünen Tee.«

»Grün?« Die Köchin schüttelte ihre Haarkringel. »Hier gibt es keinen grünen Tee. Wahrscheinlich ist der aus einem weiteren Leck in der Magiekammer der Herrin gesickert.«

Tanaquil blieb in der Küche, bis Toast und Speck fertig waren. Während des Wartens aß sie eine Orange und beobachtete, wie Puschas Kleine versuchte, ihre Puppe an einem Herd zu zerbrechen, aber die Puppe blieb heil und machte nur *Mamaa!*

Bewaffnet mit dem Frühstück eilte Tanaquil zu der Treppe zurück, die zu ihrem Zimmer führte, und legte den schmierigen Toast für den Grummel auf die Fensterbrüstung. Sie hatte die Fensterläden die ganze Nacht über angelehnt gelassen, aber er war nicht zurückgekehrt. Irgendwo musste er seinen Bau haben, ausstaffiert mit Dingen, die er ausgegraben oder gestohlen hatte. Aber wo? Und wo war der Knochen gewesen? Irgendwo im Sand, während der heißen Zeit des Tages …

Tanaquil war auch schon der Gedanke gekommen, dass der Knochen des Grummels ein ganz gewöhnlicher Knochen gewesen sein könnte, nur verwandelt durch die magische Kraft, die die Festung verströmte. Und dennoch hatte er nicht so ausgesehen oder *diesen Eindruck erweckt*. Die Verwandlungen hier neigten zu lächerlichen oder beunruhigenden Ergebnissen, der Knochen hingegen war einfach etwas ganz Besonderes gewesen.

Tanaquil saß an ihrem Arbeitstisch, wo sie mit Fossilien herumhantierte und ihre Reparaturwerkzeuge reinigte, von denen eines sich wie eine Schnecke zusammengeringelt hatte und geglättet werden musste. Danach saß sie einfach nur da, das Kinn auf die Hände gestützt, und blickte zum offenen Fenster hinaus.

Der Grummel kam nicht zurück. Hatte sie ihn verärgert oder traurig gemacht? Vielleicht hatte er den Knochen zerbissen und verspeist – aber das konnte doch wohl kaum geschehen!

Die Sonne wurde heißer und tauchte den Raum in Licht. Der Speck duftete und eine goldene Fliege tanzte darauf und hielt ein Festmahl.

Es war Mittag. Der Grummel war nicht zurückgekommen und würde wohl auch nicht zurückkommen.

Tanaquil stand auf. Sie hatte ihren Hosenrock gefunden und stopfte gerade die Säume in die Stiefel, schwang sich dann über die Fensterbrüstung nach draußen und setzte den Fuß auf das abschüssige Dach darunter.

Hier draußen brannte die Sonne sengend heiß. Es war eine Welt von Dachhügeln und Regenrinnen, gekrönt von unzähligen Wetterfahnen und alten geheimnisvollen Rohren. Die Kupferdachplatten waren von Grünspan überzogen, hier und da ragte ein Wäldchen von Schornsteinen auf. Darüber erhoben sich die höchsten Türme und die Hecken von Zinnen, wo zwei Soldaten mit einem verschlafenen Speereklirren aneinander vorbeigingen. Befand sich der Bau des Grummels hier zwischen den Dächern, oder hatte das Tier aus einer Laune heraus beschlossen, zu ihrem Fenster hochzuklettern?

Tanaquil wählte mit Bedacht einen Weg über die Kupferplatten, zwischen den Schatten der Schornsteine hindurch. Der Grummel konnte sich ebenso gut ein Lager in einem der selten genutzten Rauchfänge eingerichtet haben. Sie spähte in Ritzen und entdeckte rote Blumen, die aus Spalten wuchsen. Weiter weg, unter der Dachtraufe der Bibliothek, war ein großes unordentliches Nest, das einst von Raben benutzt worden war. Sie hatten die Fähigkeit der Sprache erworben und waren fortgeflogen, mit lautem Gekrächze verkündend, dass der Müllhaufen der Festung nicht interessant genug sei. Das Nest lag im Schatten eines Turms und wurde von Gebäudevorsprüngen und Dachgiebeln geschützt.

Tanaquil stieg zu einem trockenen Kanal zwischen den Dächern hinab und schob sich zwischen den Blumen hindurch vorwärts. Am Ende des Kanals befand sich eine Zisterne, die mit brackigem Wasser gefüllt war – bei Nacht fing sie den Schnee auf, der dann tagsüber gärte. Auf dem Rand der Zisterne waren schwarze Pfotenabdrücke!

Um auf das Dach der Bibliothek zu gelangen, musste Tanaquil über einen schmalen Spalt springen, durch den sie den Gemüsegarten darunter sah. Puscha und noch ein Mädchen, vielleicht Salama, hängten Wäsche zum Trocknen auf. Sie wirkten so klein wie die Puppe des Kindes. Tanaquil holte tief Luft und sprang. Sie landete auf der Bibliothek und hörte Puscha weit unter ihr sagen: »Hör mal, anscheinend sind die Raben wieder da.«

Einer der Soldaten sah ebenfalls von den Zinnen herüber. Tanaquil befürchtete einen Moment lang, er könnte sie für einen Eindringling halten und auf sie schießen, aber er winkte nur.

Das Rabennest war leer, doch jenseits davon führte ein Kanal unter den Mauern des Turms und dem überhängenden Dach entlang. Tanaquil huschte weiter durch den tiefen Schatten und stolperte über einen Haufen von Lumpen und Stroh. Die Mauer roch nach Grummel, sauberem Fell und Fleisch und Geheimnissen. Und da war eine Sammlung von gehortetem Krimskrams – eine kleine Pfanne aus der Küche, ein paar Pailletten, wahrscheinlich von einem von Jaives Gewändern, eine Speerspitze – und, wie weißes Wasser im Schatten glitzernd … »Sieben«, sagte Tanaquil laut. »Sieben an der Zahl.« Sieben Knochen von der Art dessen, den sie in der Nacht zuvor gesehen hatte: zwei sehr kleine und ein sehr langer, zerbrochen und gebogen, vielleicht wie eine Rippe, und vier, die genau dem ersten glichen, von dem sie ein Abguss hätten sein können. Und alle wie Milchkristall und Sterne!

»*Schlecht.*«

Tanaquil zuckte schuldbewusst zusammen. Sie sah sich um; oben auf dem Rabennest thronte der Grummel, der sich als Silhouette gegen den hellen Himmel abhob. Sein Fell war gesträubt, die Ohren waren aufgestellt, sein Schwanz glich einem struppigen Pinsel. Unter seinen Vorderpfoten steckte ein weiterer der erstaunlichen Knochen. Der achte.

»*Mein* Versteck«, sagte der Grummel.

Tanaquil fragte sich, ob er sie wohl angreifen würde.

Dann legte er das Fell an und seine Ohren fielen schlaff herab. Sein Gesicht nahm einen verlorenen und traurigen Ausdruck an.

»Ach, versteh doch, ich will dir nichts stehlen«, sagte Tanaquil reuevoll. »Ich habe auf deine Rückkehr gewartet, damit du mir den Knochen noch mal zeigst. Und als du nicht kamst, bin ich hierher gekommen.«

»*Mein* Versteck.«

»Ja, ich bin zu deinem Versteck gekommen. Wie viele Knochen du da hast! Was für ein gescheiter Kerl du bist!«

Der Grummel setzte sich ins Nest und kratzte sich hinter dem Ohr.

»Juckt«, erklärte er. Es sah so aus, als habe ihr Kompliment ihn veranlasst, sich aufzuplustern. »Gescheit«, wiederholte er.

»Natürlich gehören sie *dir*. Aber erlaubst du mir vielleicht, dass ich dir dabei helfe, sie zu finden – ich meine, falls es ... noch mehr davon gibt?«

»Mehr. Viele.«

Ein kalter Schauder huschte trotz des brennend heißen Tags über Tanaquils Rücken.

»Zeigst du's mir? Darf ich dir helfen?«

Der Grummel senkte den Kopf und betrachtete die acht Knochen, die er zusammengetragen hatte. Es herrschte Schweigen.

Schließlich sagte Tanaquil: »Weißt du, die Raben könnten zu ihrem Nest zurückkommen und dich bestehlen.«

Der Grummel warf den Kopf in den Nacken und ließ den Blick über den Himmel schweifen, wobei seine Schnurrhaare kühne Bogen beschrieben.

Tanaquil kam sich wie ein Schurke vor.

»Lass mich dir helfen«, wiederholte sie. Sie ging zu dem Grummel und streichelte ihm sanft den Kopf. Der Grummel ließ sie gewähren und sah sie mit Topasaugen an. »Du bist so *gescheit*! Es ist ein wundervoller Knochen.«

Am Nachmittag, als die schlimmste Hitze etwas nachgelassen hatte, gingen sie hinaus. Der Grummel war den ganzen Morgen über hin und her gerannt und hatte nur innegehalten, um ein paar Schluck aus der Dachzisterne zu trinken.

Zumindest machte der Grummel den Eindruck, als ob er sich freute, Gesellschaft zu haben. Er tobte herum, rannte manchmal weit voraus und spielte dann im Sand, bis Tanaquil ihn einholte. Sie gingen in Richtung der Felshügel. Tanaquil nahm das alles mit einem sonderbaren Gefühl in der Magengegend hin.

Als der kurze Nachmittagsschatten der Felsen auf sie fiel und der Grummel mit einem Satz unter den hohlen Hügel sprang, der wie eine Brücke geformt war, nickte Tanaquil. Der Schatz von herrlichen Knochen lag genau unter der Stelle, wo sie vor sich hin gebrütet hatte. Vielleicht hatte der Sandsturm vor einer Woche ihn frei gelegt oder vielleicht sogar andere spielende Grummel.

Die dunkle Hitze unter dem Felsbogen wirkte feierlich und purpurn. Der Grummel begann, auf der anderen Seite zwischen den Sehnen des Gesteins zu buddeln, wobei er Sandfontänen aufschleuderte.

Tanaquil eilte zu ihm, um nachzusehen.

Und da waren die Spitzen der Knochen, wie Kristallpflanzen senkrecht aufragend.

Sie gruben gemeinsam.

»Gut, gut«, sagte der Grummel; er stieß die Schnauze in den Sand und brachte plötzlich – daran konnte kein Zweifel bestehen – einen vollständigen Brustkorb zum Vorschein.

Er war gewaltig, Furcht einflößend. Wie er im Schatten glänzte! »Sprr«, machte der Grummel. Sie zogen den Rippenkasten heraus; Beinknochen folgten und fielen auseinander wie Bruchstücke von Juwelen. Es sah aus wie das Bein eines großen Hundes oder eines Pferdes.

»Gibt es auch noch einen Schädel?«, fragte Tanaquil.

Der Grummel ging nicht auf ihre Frage ein, sondern grub weiter. Offenbar war ihm die Erkenntnis gekommen, dass er ruhig alle Kochen ausgraben konnte, da Tanaquil ihm beim Tragen helfen würde.

Sie hatten vielleicht eine Stunde lang in der Höhle gearbeitet, als der Sand nachgab und in einen großen Kessel rutschte. Einige der Knochen, die soeben erst ans Tageslicht befördert worden waren, wurden von dem Sandrutsch wieder begraben.

Der Grummel überschlug sich, wild zappelnd. Tanaquil gebrauchte einen der Flüche, die bei den Soldaten beliebt waren.

Sehr wahrscheinlich lagen die Knochen über einem Hohlraum im Sand; es konnte also passieren, dass sie in einen verborgenen Abgrund fielen, wo sie unerreichbar sein würden. Es konnte außerdem passieren, dass der Sand unter Tanaquil und dem Grummel vollständig nachgeben und sie zu den Knochen in den Abgrund ziehen würde.

Tanaquil versuchte dies dem Grummel begreiflich zu machen, aber er schenkte ihr keine Beachtung, sondern nahm seine Buddelei wieder auf. Tanaquil zuckte mit den Schultern und wappnete sich für den Fall, dass sie irgendeine Bewegung unter sich spüren würde, um jederzeit bereit zu sein, das Tier zu packen und zu flüchten.

Doch es folgte kein weiterer Sandrutsch, und allmählich kamen die neu entdeckten Knochen wieder klar zum Vorschein. Da waren Teile von Rückenwirbeln und die Segmente eines lang gestreckten Halses: Sternenblumen.

Dann spürte Tanaquil den Widerstand einer glatte Masse unter ihren schaufelnden Händen. Sie hob den Gegenstand heraus und schüttelte den Sand ab.

»Nicht gut«, sagte der Grummel. »Kein Knochen.«

»Das ist der *Schädel*«, erklärte Tanaquil.

Sie hielt den Schädel in Händen, voller Erstaunen, selbst nach allem, was sie schon gesehen hatte.

Es war ein Pferdeschädel, oder zumindest einem solchen sehr ähnlich, und er schimmerte vielfarbig wie ein Opal, wie auf Hochglanz poliert, mehr noch als die anderen Knochen.

Sie stellte sich das Gehirn in diesem Behältnis vor, das von solchen Farben gelebt oder sie verursacht haben musste. Sämtliche Zähne, silberweiß, waren noch vorhanden. Ein Knochenwulst wölbte sich auf der Vorderseite des Schädel, über den Augenhöhlen – Schichten aus Opal – mit einer Vertiefung wie eine weitere Höhle, wie die Fassung für einen wertvollen Edelstein.

Tanaquil sah sich um: Sie war umgeben von den Knochen. Der Grummel buddelte immer noch emsig weiter, schleuderte Sand in die Luft, verschwand langsam in einem Loch.

»Ich glaube, das ist alles«, sagte Tanaquil. »Jetzt dürfte das Skelett beinahe vollständig sein.«

»Mehr«, sagte der Grummel.

»Lass uns zurückgehen.«

Der Grummel strampelte mit den Beinen und der Sand gab nach. Das Wüstentier fiel nur ein paar Handbreit tief, doch Tanaquil bückte sich und packte ihn. Zappelnd und wütend prustend kam er an die Luft.

»Will graben.«

»Nein, das ist genug.«

»Graben, graben.«

»Komm, wir bringen diese Knochen in mein Zimmer, das ist ein sicherer Aufbewahrungsort. Du kannst mit in meinem Zimmer wohnen, das wird dir gefallen. Ich besorge dir auch leckeren Speck.«

Der Grummel überlegte. Er kauerte sich nieder und putzte sich, ohne sich weiter um das Loch mit den Gebeinen zu kümmern.

Tanaquil machte sich daran, die Knochen einzusammeln. Sie nahm das Kopftuch ab und legte die Knochen hinein, steckte sich Knochen in die Stiefelstulpen und in die Taschen. Der Brustkorb bereitete einige Schwierigkeiten; irgendwie schaffte sie es jedoch, sich das sperrige Teil auf den Rücken zu wuchten. Sie hob den schimmernden Schädel auf und klemmte ihn sich unter den freien Arm. »Nimm du die da!« Sie deutete auf die letzten paar schlanken Wirbelknochen, die sie beim besten Willen nicht mehr an sich unterbringen konnte. Der Grummel nahm sie zwischen die Zähne. Sein Maul klaffte auf und es glitzerte.

Angenommen, jemand würde sie sehen? Im Allgemeinen war die Festung während des Nachmittags wie verlassen. Die Soldaten und die Dienerschaft dösten und Jaive, unempfindlich gegen die Hitze, werkelte in ihrem Zauberreich herum. Tanaquil hoffte, dass sich alle an ihren üblichen Tagesablauf halten würden, denn sie hatte keine Lust, ihre Entdeckung mit jemandem zu teilen. Obwohl sie die Festung nicht verlassen konnte, hatte sie eine zeitweilige Fluchtmöglichkeit gefunden – denn die Gebeine des magischen Tiers bewirkten, dass sie sich vorübergehend selbst vergaß. Im Vergleich zu ihnen war alles andere nebensächlich.

Der grelle Sonnenschein jenseits des Brückenfelses war überwältigend, doch die Sonne senkte sich allmählich gen Westen und der Himmel war leicht verhangen und golden.

Tanaquil und der Grummel warfen auf dem Weg zur Festung einen langen Schatten vor sich her.

Tanaquil schwärmte dem Grummel von fettem Speck auf geröstetem Brot und gebratenem Fleisch und anderen Dingen vor, von denen sie glaubte, sie könne sie für ihn besorgen. Er hielt mit ihr Schritt, ohne Widerrede, das Maul voll Magie.

Der Grummel baute sich eine Lagerstatt unter Tanaquils Bett; er knüllte ihre Decke zusammen, schob sie darunter und nahm sich auch ein Kissen. Ein Schneegestöber aus den Federn der Füllung wirbelte aus dem zerrissenen Kissen über den Boden.

Während sie auf der anderen Seite des Zimmers die Knochen am Boden ordnete, hörte sie, wie der Grummel prustete und vor sich hin maulte und geräuschvoll herumwühlte. Er hatte den ranzigen Speck vom Fenstersims gegessen und sie hatte frischen aus der Küche geholt, wo sie nur zwei Küchenjungen schlafend auf einem kalten Steinofen angetroffen hatte. Hin und wieder kam der Grummel unter dem Bett hervor und beobachtete Tanaquils Treiben mit den Knochen. »Bitte, bring sie nicht wieder durcheinander«, bat Tanaquil. Ihr kam der Gedanke, es wäre besser, das Skelett frei in der Luft baumelnd aufzuhängen, vielleicht an einem Deckenbalken, und so öffnete sie ihren Werkzeugkasten, maß passende Stücke einer feinen Bronzekette ab, schnitt sie durch und suchte nach Klammern, um die Kettenglieder zu befestigen – sie wollte keinen einzigen Knochen anbohren, war sich allerdings nicht sicher, ob ihr das gelingen würde.

Am Boden nahm das Skelett allmählich seine echte Form an, und schließlich stand Tanaquil auf, um es zu betrachten.

Einzelne Stücke waren abgebrochen, es gab Lücken, Teile der langen Wirbelsäule fehlten, die Rippen des Brustkorbs waren unvollständig – und unterhalb des rechten Vorderbeins war der kleine scharfe Hufzeh nicht vorhanden. Doch Tanaquil glaubte in der Lage zu sein, alle fehlenden Teile in einem weniger schönen, aber geeigneten Material zu ersetzen, so dass zumindest das Knochengerüst des Tieres ein Ganzes sein würde.

Zweifellos war das, was sie jetzt vor sich sah, das Skelett eines ungewöhnlichen Pferdes, eines Pferdes von außerordentlicher Feinheit; Rücken, Schwanz, Hals, Beine und auch der Kopf waren jeweils länger als üblich und dann war da noch der seltsame Knochenwulst über den Augen …

Das Skelett funkelte, es sah beinahe freundlich aus. Dann änderte es sich aufgrund einer Verschiebung des Sonnenlichts und ein unbestimmtes Entsetzen ergriff Tanaquil, wie sie es noch nie zuvor empfunden hatte. Ihre Mutter glaubte nicht an Religion oder Geistliche, aber Tanaquil überlegte, ob sie Gott vielleicht ein Opfer darbringen sollte. Denn nur Gott konnte wissen, was dieses Ding einmal gewesen war.

Das Licht zerfloss; die Sonne war untergegangen. Am tiefblauen Himmel erschienen nach und nach die Sterne, und die Kälte der Nacht hauchte gegen das Fenster.

»Hier wirst du es warm haben«, sagte Tanaquil zum Grummel. Er schnarchte bereits auf seiner Lagerstatt.

Tanaquil kletterte auf ihren Arbeitstisch und machte sich daran, Bronzehaken in den Balken darüber zu schrauben …

Ein Klopfen an der Tür. Die Stimme von Tirili, einem der Mädchen, die immer noch hin und wieder gedankenlos die Räume der Festung reinigten, drang durch das Holz herein. »Edles Fräulein Tanaquil?« Tanaquil kam es vor, als habe sie Tirilis Stimme seit zwei Monaten nicht mehr gehört, als sei sie ihr schon lange nicht mehr über den Weg gelaufen. Und jetzt war sie nicht erfreut darüber, Tirili zu hören oder zu sehen.

»Augenblick!«

Tanaquil rannte zum Bett, zog die oberste Steppdecke ab und warf sie über das Skelett. Dann öffnete sie die Tür. Tirili verneigte sich, was das Küchenpersonal, das Tanaquil beinahe jeden Tag sah, niemals tat.

»Die Herrin, Eure werte Frau Mutter, schickt mich, Euch zu holen.«

»Was will sie?«

»In ihrem Wachskreis sitzt ein Dämon. Ich habe laut aufgeschrien, als ich ihn sah.«

»Sie hat immer irgendwelche Dämonen in ihrem Kreis. Was will sie von mir?«

»Sie hat mir nur aufgetragen, Euch unverzüglich zu holen.«

»Das passt mir jetzt gerade überhaupt nicht …« Tanaquil wägte ab. Wenn sie nicht zu ihrer Mutter ginge, würde Jaive vielleicht bei ihr hereinschneien. Ein Besuch von Jaive war eine Seltenheit, aber ebenso selten war die Aufforderung, zu ihr zu kommen. »Also gut«, sagte Tanaquil; sie verließ den Raum und verschloss die Tür hinter sich. Anscheinend hatte Tirili die Steppdecke nicht bemerkt, nicht einmal das Gestöber von Kissenfedern oder das verschmierte Speckfett.

Sie stiegen die Steinstufen hinauf. Eine Holzfrucht löste sich vom Geländer und hüpfte davon; keines der Mädchen reagierte darauf. Auf den offenen Treppenabsätze war es empfindlich kalt; draußen spendete die Glut in Kohlebecken entlang der Wehrgänge, wo die Soldaten Seemannslieder sangen, ein wenig Wärme.

»Sucht ihr Jaive?«, fragte der Jadekopf an der Tür zum Zauberreich.

»Na, wen denn sonst?«

»Rang und Namen?«

Doch die Tür musste feststellen, dass sie mitten in der Frage von innen geöffnete wurde, und sie sah beleidigt aus.

Tirili stieß einen schrillen kleinen Schrei aus und hastete die Treppe hinunter.

Die Wände von Jaives Magie-Gemach wirkten seltsam verschleiert, als ob Nebel im Wald herrschte. Die Mitte des Raums jedoch war klar, und dort in dem Wachskreis, von brennendem Kerzen erhellt, saß ein Dämon mit zwei Köpfen, Elefantenohren und Froschaugen und einem gewaltigen Bauch, aber ohne Beine, denn sein Körper hörte am Becken auf – oder vielleicht befand sich der Rest davon in einer anderen Dimension unter dem Boden.

Jaive stand gebieterisch neben ihm. Sie musterte ihre Tochter, warf den roten Haarschopf zurück und sagte: »Was hast du getrieben, Tanaquil?«

»Nichts«, antwortete Tanaquil. »Wie meinst du das?«, fügte sie hinzu und bemühte sich um einen beiläufigen Ton.

»Epbal Enrax hat mir berichtet, dass merkwürdige Elemente meine Festung betreten haben.«

Epbal Enrax war der Dämon. Er wurde etwa einmal im Monat herbeibeschworen. Tanaquil nickte ihm höflich zu. »Wie geht's, Epbal Enrax?« Der Dämon hauchte eine malvenfarbene Atemwolke aus, was ein Zeichen von Zufriedenheit war. »Ich verstehe nicht«, fuhr Tanaquil, wieder an ihre Mutter gewandt, fort, »wieso du zu der Annahme kommst, irgendwelche merkwürdigen Elemente könnten etwas mit mir zu tun haben.«

»Epbal Enrax«, befahl Jaive dem Dämon, »sprich!«

Epbal Enrax sprach. Das Gemach erbebte und Stößel und Pergamentschriftstücke fielen aus Schränken – seine Stimme war nicht laut, sondern lediglich *nachhallend.*

»*Unten*«, sagte Epbal Enrax. »*Nah.*«

»Das bist du, Tanaquil.«

»Das sind auch die Hälfte deiner Soldaten, die Zofen …«

»Weiter, Epbal Enrax.«

»*Rothaar führt Hand zu Funkenfeuer.*«

Tanaquil erschauderte. Zum Glück verbreitete der Dämon zusätzliche Kälte – einige der Kerzenflammen waren in Frost erstarrt –, deshalb hatte sie eine Entschuldigung für ihr Zittern. Sie bedachte ihre Mutter mit einem ätzenden Blick und entgegnete: »Er meint *dich*, Mutter. Rotes Haar und Funken und all so etwas. Da ist wohl mal wieder einer deiner Bannsprüche in die Irre gegangen und treibt sich jetzt auf dem Treppenabsatz herum. Er versucht dich hinters Licht zu führen. Du hast mir einmal erzählt, dass Dämonen immer dazu neigen.«

Jaive runzelte die Stirn und wandte sich an den Dämon.

»Hier steht meine Tochter. Was fällt dir zu ihr ein?«

Epbal Enrax sagte: »*Rebellion.*«

Tanaquil hatte das ungute Gefühl, dass er ihr jetzt bei ihrem Täuschungsmanöver Hilfe leistete. Dämonen sorgten mit Vorliebe für Scherereien, wann immer sie konnten. Aber sie griff das Stichwort auf.

»Ja«, sagte sie, »es geht um diese Auseinandersetzung zwischen uns beiden, Mutter. Über meinen Wunsch, von hier wegzugehen. Du wolltest mich nicht gehen lassen.«

Jaive büßte einen Großteil ihrer Ausstrahlung von Macht ein, denn sie war schlichtweg wütend.

»Glaubst du, ich will mir jetzt diesen Unsinn anhören?«

»Du hast mich hergeholt.«

»Was hast du getrieben?«, wollte Jaive mit einem letzten Aufwallen von Argwohn wissen.

»Was soll ich denn schon treiben? Dinge reparieren, an diesem und jenem herumbasteln. Mir ist langweilig. Das ärgert mich. Ich möchte weggehen und …«

»Halt den Mund!«, brauste Jaive auf. Sie wandte sich wieder dem Dämon zu und schleuderte einen Lichtblitz auf ihn, woraufhin der Dämon zischelte und winselte. »Du halt auch den Mund! Ich bin umgeben von Narren. Wenn dir der Sinn nach Abwechslung steht, Tanaquil, dann werden wir ein Abendessen im Bankettsaal veranstalten. Ja, ein Fest, ein Gastmahl. Du kannst eines deiner besten Kleider anziehen.«

»Das wird *wirklich* Spaß machen«, stellte Tanaquil trocken fest.

»So, jetzt geh! Was dich betrifft …«

Tanaquil schloss schnell die Tür und hörte noch über die ganze erste Treppenflucht hinweg die Schreie und Entschuldigungen des Dämons.

Die Festung lag jetzt in fast vollständiger Dunkelheit da, bis auf die noch vereinzelt an den Treppenfluchten und in den Windungen der Flure brennenden Lampen, die Sterne in den Fenstern und das Flackern von Kohlebecken.

Tanaquil öffnete die Tür zu ihrem Zimmer und zögerte.

Durch die Dunkelheit und die ausgebreitete Steppdecke hindurch schwebte ein schwacher, sanfter Schimmer vom Boden herauf. Die Knochen leuchteten wie Sterne. Hand am Funkenfeuer … hatte der Dämon tatsächlich sie und ihr Tun gemeint? Und was tat sie denn eigentlich? Welche Zauberkraft jenseits ihres Zugriffs mochte sie entfesseln?

Sie betrat ihr Zimmer und blieb stehen, umhüllt von der Nacht.

»Grummel«, rief sie leise, »was steht uns bevor?«

Keine Antwort. Tanaquil fuhr fort: »Wir veranstalten ein Festmahl. Ich besorge dir einen köstlichen Fleischknochen …«

Und gleichzeitig sah sie, dass der Fensterladen weit aufgestoßen worden war. In der Schicht von Kissenfedern am Boden bemerkte sie die Spuren fettiger Pfoten. Der Grummel war weg. Angezogen von der Dunkelheit, war er zu dem hohlen Felsen in der Wüste zurückgekehrt.

Tanaquil wurde von einem Angststich durchbohrt. Sie war für den Grummel verantwortlich, sie waren gemeinsam an diesem Abenteuer beteiligt. Nein, das war töricht. Wer konnte einem Grummel sagen, was er zu tun hatte?

Sie zündete die Lampe an und der Schein des Skeletts verblasste.

»Ich mache einfach weiter«, sagte sie laut.

Sie dachte an den Sand, der in dem hohlen Hügel nachgegeben hatte, und wie der Grummel davon begraben worden war. Voller Grimm kletterte sie wieder auf ihren Arbeitstisch und machte sich erneut daran, die Haken am Deckenbalken anzubringen.

Wie langsam die Nacht verging!

Hatte sie jemals zuvor eine schlaflose Nacht erlebt? Tanaquil konnte sich an keine Einzige erinnern. Unzufriedenheit und Langeweile hatten ihr eher den Schlaf *beschert*. Jetzt war sie überhaupt nicht gelangweilt, sondern hellwach, angespannt, sehr besorgt.

Sie hatte alles getan, was ihr die ihr zur Verfügung stehenden Werkzeuge ermöglichten. Morgen würde sie den Schmied, der gleichzeitig einer der Soldaten war, aufsuchen, in der Hoffnung, dass er nicht zu betrunken sein würde, um sein Handwerk auszuführen. Er müsste eigentlich in der Lage sein, nach ihren genauen Anweisungen jene Teile für sie zu schaffen, die sie brauchte, um das Knochenwesen zu vervollständigen. Außerdem war ihr ein kühner Gedanke gekommen: Man könnte Zahnräder und Scheiben, Scharniere und winzige Spindeln aus Bronze und Kupfer in das Skelett einfügen, in die Beine, den

Hals und die Wirbelsäule. Vielleicht konnte sie es dazu bringen, sich zu bewegen, zu tapsen und zu springen, sich mit den Pfoten am Boden abzustützen, den Kopf zu schütteln und mit dem schlanken Schwanz zu wackeln. Wenn sie es geschickt anstellte, würde der Schmied lediglich denken, sie arbeite wieder einmal an einer komplizierteren Uhr.

Nachdem sie alles vollbracht hatte, was sie konnte, war die Nacht in die schwarzen Stunden des frühen Morgen hinübergeglitten. Der Mond war aufgegangen und wieder verschwunden, Schnee war gefallen und fest gefroren. Immer noch zitternd hatte Tanaquil im Ofen Holz aufgeschichtet und ein Feuer gemacht.

Sie ließ die Fensterläden angelehnt. Manchmal quietschten sie und sie hob den Blick – aber der Grummel war nicht da.

Am Morgen würde sie sich auf die Suche nach ihm machen, auf den Dächern, in den Felsen. Es wäre ein hoffnungsloses Unterfangen, es jetzt zu versuchen; die Kälte wäre unerträglich gewesen. Sie konnte nicht einmal ihre Wolljacke oder ihren Umhang finden.

Schließlich legte sie im dumpfen Licht des Feuers eine zweite Steppdecke über das Skelett, um den geheimnisvollen Schimmer zu verbergen, löschte das Licht und begab sich zu Bett.

Sie lag da und blickte hinauf zum gewöhnlichen Widerschein des Kaminfeuers an der Decke …

Dann war sie draußen in der Wüste und eilte über den Firnschnee zur Festung. Von oben hörte sie die Rufe der Soldaten, die mit ihren Armbrüsten auf sie schossen, aber sie verfehlten ihr Ziel. Tanaquil erwachte halb und hörte die Soldaten in Wirklichkeit herumscheppern und rufen. Aber das war nichts Außergewöhnliches, denn sie sahen ständig irgendwelche Dinge, die nicht existierten, und schossen darauf. Sie fing einen erstickten Schrei auf: »Das ist doch nur ein Geisterlicht auf dem Schnee, du Idiot!«

Dann schlief sie wieder ein und stand auf dem hohlen Fels, der wie eine Brücke aussah. Am westlichen Horizont stieg der Mond erneut auf, nachdem er zuvor untergegangen war. Sie betrachtete ihn und öffnete dann die Augen.

Weitere Zeit war vergangen, das Feuer erloschen. Das Zimmer hätte eigentlich in Dunkelheit getaucht sein müssen, aber es war von Licht erfüllt. Der Mond schien durch das Fenster herein.

Und dann bemerkte Tanaquil den Grummel, der am Fußende ihres Bettes stand. Beinahe dieselbe Szene wie in der vergangenen Nacht, nur dass sie diesmal den Weg für ihn offen gelassen hatte, nur dass er jetzt einen Gegenstand im Maul hielt, der zu groß war, um mühelos getragen zu werden, lang und spiralförmig wie eine riesige Meerschnecke, zu einem Punkt zugespitzt, der dünner als eine Nadel war. Und es leuchtete, dieses Ding, es *flammte* und verwandelte den ganzen Raum, den Grummel, Tanaquil und sogar die Luft an sich in Silber.

Dann ließ der Grummel seine Last behutsam auf das Bett fallen und der helle Glanz verringerte sich, bis er nur noch dem Sternenschein des Knochenwesens glich. Und jetzt sah Tanaquil genau, was der Grummel ihr aus dem Sand unter dem Fels mitgebracht hatte: ein Horn. Und obwohl sie noch niemals ein solches Horn zu Gesicht bekommen hatte, erkannte sie es, so wie es jeder erkannt hätte, der auf dieser Welt lebte.

»O Grummel«, wisperte Tanaquil fassungslos. »Bei Gott. Es ist ein Einhorn.«

3

Als Tanaquil fünf Tage später die Augen öffnete, war das erste, worauf ihr Blick fiel, nicht etwa das Gemälde von Jaive. Instinktiv hatte sich Tanaquil im Schlaf umgedreht und lag jetzt mit dem Gesicht zum Arbeitstisch. Und über diesem – frei im Raum baumelnd und das durch das Fenster hereinfallende Sonnenlicht spiegelnd – hing das vollendete Knochengerüst des Einhorns.

Es war gespenstisch und schön, weniger wie ein Skelett, sondern vielmehr wie ein märchenhaftes Musikinstrument. Die Ersatzscheiben und -röhren aus poliertem Kupfer störten den Gesamteindruck keineswegs; es waren lediglich warme Sonnenflecken auf Kristall, und der rekonstruierte Huf wirkte wie ein Funken sprühendes Feuer. Der Schädel des Einhorns erschien wie ein blasser Regenbogen und das Horn, das bei Tageslicht zunächst nur eine riesige Muschel aus Perlmutt zu sein schien, war mit Bronzestiften an der Stirn befestigt worden: ein Diadem.

Das Einhorn schaukelte leicht im frühmorgendlichen Lufthauch; die Ketten, mit denen es an dem Balken aufgehängt war, sahen wie ein glitzernder Regen aus.

An den Gelenken befanden sich die zierlichen glänzenden Hebel und Rädchen, die Tanaquil dort um Mitternacht angebracht hatte.

Unter dem Skelett, auf dem Tisch, saß der Grummel.

Die Soldaten hatten ihre Bemerkungen zu dem Grummel gemacht, der Tanaquil bei jedem ihrer Ausflüge in die Schmiede nicht von der Seite gewichen war. Sie hielten den Grummel für ein Schoßtier, bewunderten seine Anhänglichkeit, wenn er still dasaß und die Arbeit des Schmieds beobachtete. Tanaquil aber wusste, dass der Grummel lediglich an den Teilen für das Einhorn interessiert war. Während sie in ihrem Zimmer daran gearbeitet hatte, hatte er ihr von seinem Lager unter dem Bett aus zugeschaut. Manchmal war er hervorgekrochen, durch die Werkzeuge getapst und hatte alles durcheinander gebracht; er sprach sehr wenig. Gestern waren die Viehhirten zur Festung gekommen, und inzwischen wurden riesige Portionen Fleisch für Jaives Festmahl vorbereitet. Tanaquil hatte dem Grummel mehrere Kostproben gebracht, die er zum Verzehr unter das Bett gezerrt hatte; eine eklige, übel riechende Speisenauswahl, die Tanaquil geflissentlich zu missachten versuchte.

»Hallo, Grummel«, sagte Tanaquil jetzt, um ihm kundzutun, dass sie ihn sah. Der Grummel nahm zunächst keine Notiz von ihr, hob aber dann langsam eine Pfote. Und bevor sie Einwände erheben konnte, stupste er den untersten Knochen des linken Hinterbeins an.

Ein melodisches Klingeln ertönte und verhallte zwischen den Gebeinen.

Als Tanaquil sich aufrichtete, sprang der Grummel rückwärts vom Tisch und huschte unters Bett.

»Siehst du«, sagte Tanaquil streng, wobei sie sich hinunter beugte, um dem Grummel ins erstaunte spitze Gesicht zu blicken. »Ich habe dir doch gesagt, du sollst es nicht berühren.«

Sie stieg aus dem Bett und ging zu dem hängenden Skelett. Leicht wie Staub berührte sie die Knochen der Vorderbeine und wieder schwebte ein Klanggeriesel durch den Raum. Mit den Fingern fuhr sie über den Brustkorb, worauf ein glockenhelles Plätschern ertönte, als ob Silberperlen eine Marmortreppe hinunterkullerten.

Sie hatte es letzte Nacht nicht über sich gebracht zu versuchen, ob das Einhorn sich bewegen konnte. Sie fürchtete halb, es würde sich tatsächlich rühren und durch diese Bewegung würde womöglich ein Teilchen herausbrechen und herunterfallen. Davon abgesehen hatte sie ganz schlicht und einfach Angst.

Das Klingeln der Knochen erfüllte sie mit Ehrfurcht. Sie trat zurück, ging zum Bett, setzte sich und starrte das Skelett einfach nur an, während der Grummel den Kopf herausstreckte und ebenfalls mit untertassengroßen Augen schaute.

Tirili klopfte an der Tür, verneigte sich und hielt eine wallende Kaskade aus olivgrüner Seide in den ausgestreckten Armen.

Tanaquils »beste« Kleider verschwanden nie durch magische Verirrungen, denn ihre Mutter bewahrte sie in einem Schrank in ihrem Zimmer auf. Mit einem zustimmenden Nicken nahm Tanaquil das Kleid entgegen – ein Gebilde, bestehend aus einem bodenlangen, weiten, raschelnden Rock, einem fischbeinverstärkten Mieder, hohem Kragen und kompliziert geschnittenen Ärmeln. Es war über und über mit einer himmelblauen Stickerei von Lyren und Lilien versehen.

Tirili spähte unvermeidlicherweise an Tanaquil vorbei.

»Ooh, was ist das denn?«

»Was genau?«

»Das baumelnde Glitzerding?«

»Das habe ich irgendwo gefunden. Es hängt schon seit einer Ewigkeit dort.«

Tirili machte ein zweifelndes Gesicht, sagte aber nur: »Eure Mutter, edles Fräulein, hat mich beauftragt, mich für das Fest zu Eurer Verfügung zu halten.«

Tanaquil runzelte die Stirn. Wie sie befürchtet hatte, war ihre Mutter entschlossen, das Festmahl mit allem Pomp und ohne Verzicht auf die übertriebenen Rituale zu gestalten. »Ich soll mein graues Samtkleid anziehen«, sagte Tirili.

»Oh, *gut*«, sagte Tanaquil.

»Der Gong wird gleich nach Sonnenuntergang ertönen. Dann gehen wir hinunter.«

Tirili freute sich offensichtlich auf das Festmahl. Vielleicht freuten sich alle, bis auf Tanaquil, die wütend war und sich beinahe peinlich berührt fühlte, denn Jaive veranstaltete die Festlichkeit Tanaquil zuliebe mit dem gleichen Hintergedanken, mit dem die Köchin ihr vorgeschlagen hatte, einen Kuchen zu backen.

Nachdem sie Tirili dazu überredet hatte zu gehen, schloss Tanaquil ihre Tür ab und warf das prächtige Kleid aufs Bett, woraufhin der Grummel kam und es einer genauen Prüfung unterzog.

Tanaquil war unzufrieden, hatte sie doch gerade feststellen müssen, dass sie keine Lust mehr verspürte, sich in die Nähe ihres Arbeitstisches unter den baumelnden Knochen zu begeben.

»Heute Abend«, sagte sie zum Grummel, »vor dem blöden Fest, werde ich versuchen, es in Bewegung zu versetzen.«

Dann wandte sie dem Einhornskelett den Rücken zu und setzte sich in die Fensternische. Aber es schien, als ob das höchst ungewöhnliche Mobile eine Spiegelung auf die Wüste würfe, eine ferne, glitzernde Spiegelung.

Eine Stunde vor Sonnenuntergang kehrte Tirili zurück, um Tanaquils Haare mit einer Brennschere zu Korkenzieherlocken zu formen. Unterwegs war mit der Brennschere jedoch irgendetwas geschehen, denn sie zappelte und bäumte sich auf und entwand sich schließlich Tirilis Händen und marschierte auf ihren beiden Beinen in eine Ecke. Der Grummel fauchte und spuckte sie aus seinem Nest in Tanaquils Kleid an.

»Ihr hättet nicht zulassen dürfen, dass Euer Schoßtier mit seinem Fell Euer Kleid berührt«, sagte Tirili.

Sie schüttete Wasser auf das Feuer, mit dem sie die Schere hatte erhitzen wollen, und hob den Grummel von dem Kleid. »Nein, *schön*«, schrie er und krallte sich an der Stickerei fest. Tirili kleidete Tanaquil an und brach über deren Pracht in hellen Jubel aus.

»Dieses Fischbein drückt mir die Luft ab«, beschwerte sich Tanaquil.

Alles war Gebein und Knochen. Das enge Mieder, Grummels stinkende Leckerchen unter ihrem Bett, das Schimmern des Skeletts am Deckenbalken – dem Tirili in diesem Moment keinen einzigen Blick schenkte.

Der Grummel schmollte auf den Kissen.

»Geh und wirf dich in deinen Samt«, forderte Tanaquil Tirili auf. »Wir treffen uns beim Gong nach Sonnenuntergang.

Nachdem Tirili wieder gegangen war, raffte Tanaquil den Rock ihres Kleides und kletterte auf den Arbeitstisch. »*Jetzt.*« Tanaquil nahm eines der feinen Werkzeuge, die sie für gewöhnlich zum Reparieren von Uhrwerken benutzte, zur Hand und steckte es vorsichtig in die Rille einer kleinen Bronzeschraube. Als nächstes klopfte sie mit dem Griff des Werkzeugs gegen das Rädchen im Vorderbein des Tieres. Das Rädchen drehte sich, wurde zu einem verschwommenen Wirbel. Ein Scharnier bewegte sich, eine Spindel zog sich zusammen, als ein Zapfen nach hinten glitt …

»Dann machst du es also nicht«, sagte Tanaquil kühn zu dem Einhorn. »Du hättest mit den Hufen über den Boden stapfen sollen – oder auch durch die Luft, falls dir das beliebt. Warum machst du das nicht?« Sie unternahm denselben Versuch am rechten Vorderbein. Das Rad drehte sich, die Gelenke aus Bronze bewegten sich, aber nichts geschah. »Habe ich das Gewicht falsch berechnet?« Mit verminderter Nervosität, da sie nun enttäuscht und verwirrt war, versuchte Tanaquil, den spitz zulaufenden Schwanz, den schimmernden Kopf zum Leben zu erwecken. Keine Reaktion.

Allmählich färbte sich das unbewegliche Einhorn rubinrot. Die Sonne ging im Fenster unter.

»Wenn du nicht willst, dann willst du eben nicht.«

Tanaquil sprang vom Tisch. Sie verspürte beschämt eine gewisse Erleichterung und war gleichzeitig so ausgelaugt, als ob sie meilenweit unter der sengenden Mittagssonne marschiert wäre.

Das Einhorn loderte wie ein Feuer.

»Ich muss runtergehen.«

»Runter«, sagte der Grummel. Er vergrub sich unter einer Steppdecke.

Tanaquil verließ den Raum und schloss die Tür. Gleich darauf hörte sie bereits den Gong unten dröhnen – zu früh! Zähneknirschend ging sie hinunter zu Jaives Abendessen.

Jaive erhob sich, begleitet von einem Funkenfeuer von Pailletten. »Wir begrüßen die köstliche Quarkspeise!«

Alle sprangen auf. »Die köstliche Quarkspeise!«

Alle setzten sich wieder.

Und die beiden alten Tafelmeister, zwei von vielen, die anlässlich solcher Festessen aus ihrem in Dachstuben und Kellern verlebten Ruhestand zurückgerufen wurden, humpelten mit ihren silbernen Schalen im Saal herum. Auf jeden Emailteller klatschten sie einen Klumpen der fahlen, wabbeligen Quarkspeise.

Trotz der prasselnden Feuer in drei Kaminen, der Reihen von Fackeln in dämonenförmigen Haltern und der rosigen Seidenvorhänge entlang der Wände war es in Jaives Saal immer zugig. Ein einsamer Esstisch stand verloren in der Mitte, mit Blickrichtung zu einem riesigen runden Fenster aus smarardgrünem und rotem Glas. An der Außenseite des Fensters hatten sich bereits neue Eisblumen gebildet, dahinter erstreckte sich die dunkle, einen fröstelnd machende Wüste; ihr grober Sand lag nur fünf Fuß unterhalb der Scheibe – aber das bunte Glas war mit einem Zauber versehen, und nur ein Gegenzauber konnte es zerbrechen. Von den geschnitzten Balken hingen jedoch ganz gewöhnliche Spinnweben herab, die Vorhänge hatten Löcher, ebenso die Damasttischdecke. Die Ratten feierten Feste in dem Saal, wenn Jaive keine Einladung gab.

Die bemalten Türflügel an der Südseite des Raums schwangen zum vierten Mal ächzend auf.

Jaive erhob sich.

»Wir begrüßen die Suppe!«

Alle anderen standen ebenfalls auf. »Die Suppe!«

Alle setzten sich wieder.

Jaive thronte in der Mitte der Tafel in einem großen Ebenholzsessel mit Einlegearbeiten, die magische Symbole mit fragwürdiger Bedeutung zeigten. Ihre Gäste hatten ihre üblichen Plätze eingenommen. Tanaquil saß zur Rechten ihrer Mutter;

Tirili stand direkt hinter ihr, zusammen mit den anderen Zofen, Jieva und Prunella. Zu Jaives Linken saß der Hauptmann der Soldaten in seiner vergoldeten Schmuckrüstung, an die einige möglicherweise echte Orden geheftet waren. Die übrigen Plätze entlang der Tafel zur linken und rechten Seite nahmen der stellvertretende Befehlshaber der Truppe und sieben ältliche ehemalige Dienstboten der Festung ein, darunter auch Tanaquils früheres Kindermädchen. Jeder hatte sich mit seinem besten Gewand herausgeputzt, das in einigen Fällen allerdings stark nach Mottenkugeln roch.

»Wir begrüßen den Bratfisch!«

In der Festung wurde niemals Fisch aufgetischt, da sie über hundert Meilen vom Meer entfernt lag. Stattdessen bereitete die Köchin einen Fisch aus Salzgebäck und färbte ihn mit Limonen grün. Er wurde von einer kreuzlahmen Dienerin von neunzig Jahren hereingetragen; der Fisch oblag stets ihrer Zuständigkeit und Tanaquil rechnete jedes Mal damit, dass die alte Dame die Platte fallen lassen würde, aber aus irgendwelchen Gründen geschah das nie.

Nachdem sie bedient worden war, betrachtete Tanaquil mit finsterer Miene den teigigen grünen Klumpen vor ihr, während um sie herum die Jungfern und die ehemaligen Dienstboten plapperten und der Hauptmann und sein Stellvertreter zwei der Weinkaraffen zwischen sich hin und her reichten.

»Ein großartiges Essen, Ma'am«, hörte Tanaquil den Hauptmann Jaive zuraunen.

Tanaquil betrachtete das Gesicht ihrer Mutter mit einem Seitenblick. Jaive hatte den erhabenen Ausdruck aufgesetzt, den sie meistens zur Schau stellte. Ihre Gedanken weilten stets bei höheren Dingen, den Gipfeln der Magie. Nichts konnte an diese Höhen heranreichen, doch sie zelebrierte das alberne Festmahl mit einem Gehabe, als tue sie damit allen einen großen Gefallen.

Die Türflügel ächzten.

»Wir begrüßen das Fruchteis!«

Es handelte sich um Orangeneis, jede Portion zierte eine Orangenblüte. Die Blüten verwandelten sich weder in Eidechsen noch flogen sie davon. Solange ihre Mutter anwesend war, hielten sich die Zauberbanne achtungsvoll im Zaum.

Tanaquil aß ihr Eis, und dessen Kälte drang ihr in den Bauch wie sechs kalte Worte: *Diese Knochen bedeuten mir gar nichts.* Und dann noch weitere zwölf: *Nichts ist geschehen. Nichts hat sich geändert. Ich werde niemals frei sein.*

Die Silberlöffel lagen in den leergegessenen Eisschalen, als Jaive die Stimme erhob. »Und nun werde ich ein Opfer darbringen.«

Die Ehemaligen, die Zofen und die Soldaten verfielen in ehrfurchtsvolles Schweigen und die Tafeldiener strafften ihre Haltung, indem sie sich auf ihre Stöcke stützten.

Obwohl sie nicht religiös war, vollführte die Zauberin bei ihren Festlichkeiten stets einen Akt der Anbetung.

Sie verließ den Tisch und ging hinüber zu dem Platz vor dem dunkel gewordenen Fenster; dort goss sie einen üppigen Schuss Wein auf den Boden und schüttete etwas Pulver darüber. Der Wein und das Pulver mischten sich, brodelten und blühten auf wie eine karmesinrote Rose. »Wir danken euch für eure Gaben und bitten euch, an unserem Mahl teilzuhaben, all ihr wohl wollenden Mächte. Lasst uns in unserem Leben in aller Demut der vollkommenen Welt gedenken, die ohne Zweifel nicht die hiesige ist.«

Die Rose verdampfte mit einem süßen Duft; trudelnde Flocken schwebten zur Decke empor.

Die Türflügel ächzten.

»Wir begrüßen das Fleisch!«

»Das Fleisch!«

Herein marschierten zwei der Küchenjungen in sauberen weißen Kitteln, die Flöte spielten – möglicherweise sogar eine Melodie. Hinter ihnen trippelten Puscha und Salama in den

Saal und verstreuten Streifen aus Goldpapier. Nach den Spülmädchen stolzierte die Köchin herein, eine erstaunliche Erscheinung mit einer Schürze aus Goldstoff, die in einer Hand einen goldenen Rührlöffel und in der anderen eine Fliegenklatsche aus Elfenbein hielt.

Der Köchin folgten drei Ziegen mit schwarzem und braunem Fell, gewaschen und gestriegelt, geführt von dem dritten weiß gekleideten Küchenjungen; sie zogen einen kleinen zweirädrigen Wagen, auf dem das Tablett mit dem Fleisch ruhte.

Tanaquil unterdrückte ein Seufzen.

Die einzelnen Bratenstücke waren zu einer turmhohen Festung aufgebaut worden, mit Zinnen aus gebratenem Brot, Dächern aus Knusperkruste, Fenstern aus glasiertem rotem und gelbem Gemüse, eingebettet in Dünen aus Hackfleisch.

Gieriger Applaus toste.

Ich könnte das Skelett ebenso gut wieder abhängen, dachte Tanaquil. *Könnte all die glänzenden Knochen, den Regenbogenschädel in einer Truhe verstauen. Ein Einhorn. Ich sollte es IHR geben.*

Fleischscheiben wurden von einem dreiundachtzigjährigen Diener serviert. Ein anderer, sechsundachtzig Jahre alt, kam mit einem Soßenbehältnis aus gepunztem Gold zu ihr, und Tanaquil dankte ihnen. Sie dachte: *Ich werde hier versauern, bis auch ich achtzig bin. Oder neunzig.*

Irgendwo hoch oben in ihrem Schädel oder noch höher – in Jaives Festung? – ertönte ein lauter Knall. Als ob eine Tür aus den Angeln gerissen worden wäre.

Einige Gesichter hoben sich von den Gabeln voller Braten. Prunella sagte: »Da haben wir wieder mal eine Zauberei unserer Herrin.«

Der Hauptmann scherzte mutig zu Jaive hinüber: »Besser als die Kanone, edle Dame.« Und Jaive lächelte.

Mehr Aufmerksamkeit als das wurde dem Knall nicht zuteil.

Tanaquil dachte: *Vielleicht hat sich uns ein Feind genähert und nimmt uns unter Beschuss! Ein Hoffnungsschimmer!*

In ihrem Kopf war allerdings immer noch ein komisches Gefühl, kribbelnd und verwirrend. Es war, als ob ein grellweißer Gedanke durch die Schichten ihres Gehirns galoppierte, den Nacken hin und her werfend, mit Hufen, die schlitterten und Funken sprühten, aufprallten und klickten wie Messer auf einem Schild.

»Trink deinen Wein, Tanaquil«, sagte ihre Mutter. »Das ist gut gegen dein Kopfweh.«

Erst jetzt wurde Tanaquil bewusst, dass sie sich die Hand an die Stirn gelegt hatte. »Mutter, etwas kommt die Treppe herunter.«

»Tatsächlich? Das ist nur ein kleiner verschütteter Zaubertropfen.«

»Nein, Mutter, ich glaube …«

Ein Hindernis wurde niedergerissen; das Ding in Tanaquils Kopf schien daraus hervorzuspringen und mit lautem Getöse, als ob eine Trompete direkt hinter der Saaltür schmetterte, ertönte das metallene Quietschen einer Amok laufenden Maschinerie.

Prunella, Jieva und Puscha schrien auf. Das Kindermädchen, die alte Dienerin und die Ziegen, die den Fleischwagen gezogen hatten, blökten gleichermaßen mit zitternden Stimmen. Die Köchin wandte sich der Tür zu, den Kochlöffel und die Fliegenklatsche in Bereitschaft. Der Hauptmann und sein Stellvertreter waren aufgesprungen, leicht schwankend, jedoch mit gezückten Schwertern.

»Fürchtet nichts, Madam.«

Jaive zeigte sich ungerührt. »Wird halt ein Dämon sein«, sagte sie. »Ich werde ihn mit angemessener Entschlossenheit behandeln.«

Dann wackelten die Türflügel, als ob sie gerammt worden wären, und flogen mit gewaltigem Schwung auf.

Was hereingaloppierte, war ein Wirbelwind aus Licht. Es schien keine Substanz zu haben, sondern nur aus Bewegung und prismatischen Flammen zu bestehen, tänzelnde Farben versprühend. Jetzt erklang kein Glockengeläut, doch hörte man das unüberhörbare Surren von Rädern, das scharfe Klappern von Hufen. Furcht erregender als die Schwerter der Soldaten peitschte ein wild gewordenes Horn durch die Luft, schnitt sie in Stücke.

Das Skelett des Einhorns! Also hatte es sich endlich doch in Bewegung gesetzt, war in einer Art von grellem Zorn in Bewegung ausgebrochen. Es hatte Ketten gesprengt, Türen aus dem Weg gestoßen, Treppen übersprungen.

Es fegte durch den Saal und Prunella, Jieva, Tirili, Puscha und Salama stoben kreischend auseinander, um ihm den Weg freizugeben. Die Küchenjungen schrien, die ehemaligen Dienstboten tatterten, die Köchin sackte zu einem Häufchen Elend zusammen, die Soldaten brüllten, stießen zu und – verfehlten ihr Ziel.

Tanaquil hatte den Eindruck, als surrten lang gestreckte Blitzstreifen durch den Saal, in ihrer Mitte winzige Bronzewirbel. Sie bemerkte ein Beben des Regenbogenschädels; die Soldaten brachten sich derweil hinter den Weinkaraffen in Deckung.

Jaive hatte sich von ihrem Sessel erhoben. Sie sprach laut ein unverständliches Mantra und breitete die Arme wie paillettenbesetzte Flügel aus. Kraftringe rollten von ihr los, doch das Einhorn war zu schnell. Nichts konnte es einfangen, es aufhalten, es verlangsamen. Es sprang auf den Tisch – Teller und Gläser kippten um, die Soße in den Fleischschalen spritzte auf. Prunella, Jieva, Tirili, Puscha und Salama rannten wie aufgescheuchte Hühner durch den Saal; die Küchenjungen, das Kindermädchen und zwei oder drei weitere Anwesende krochen unters Tischtuch. Der für den Fleischgang zuständige Diener schleuderte seine Krücke von sich; sie traf die Nase des Hauptmanns.

»Geist aus Luft oder Wasser, Räderwerk aus Feuer oder Erde, füge dich dem allumfassenden Gesetz!«, rief Jaive aus.

Das Einhorn aus Knochen tapste durch ihren Teller, auf den

Pailletten der Zauberin und in ihrem roten Haar glänzten gleich darauf Soßentropfen wie höhnische Grimassen.

»Ich bin es, hinter der es her ist«, verkündete Tanaquil. Sie wappnete sich für den Schmerz, wenn das vollkommene Horn ihr das Herz brechen würde. Für Angst war jetzt kein Raum; sie hatte keine Angst.

Doch das rasende Gerippe des Einhorns flitzte an ihr vorbei. Erstaunt ließ sie sich auf ihren Stuhl zurücksinken.

»Schluss damit, sagte ich!«, schrie Jaive. Ihr Gesicht war rot angelaufen. Sie war gezwungen, sich aus ihren erhabenen Gefilden herabzulassen, und sie war wütend.

Tanaquil beobachtete mit seltsamer Faszination, wie ihre Mutter die Beherrschung verlor. War es *ihr* jemals gelungen, so etwas zu bewirken?

Das Einhorn aus Knochen stürmte weiterhin mit Karacho durch den Saal. Es rannte von links nach rechts, sprang irgendwie über sich selbst und hechtete dann von rechts nach links, wie der Mechanismus einer verrückt gewordenen Uhr.

Die Ziegen traten mit den Beinen aus, stießen mit den Hörnern um sich und warfen das Fleischtablett um. Der Hauptmann, der sich die rote Schärpe an die blutende Nase hielt, vollführte Ausfallschritte, ohne den Tisch zu verlassen. »Möge Gott uns helfen«, betete das Kindermädchen weinerlich von unten hervor.

Jaive ballte die mit Ringen geschmückten Hände zu Fäusten; es schien, als ob ihr Körper wüchse und sich wie eine Gewitterwolke ausdehnte.

»Ich rufe die Kräfte des bindenden Eisens, ich rufe die Kräfte der verzehrenden Hitze …«

Tanaquil bemerkte über den Aufruhr im Saal hinweg den Grummel, der in der offenen Tür saß. Sein Fell war gesträubt, sein Schwanz glich einer Kaminkehrerbürste. Genau wie Jaive hatte er sich zur doppelten Größe aufgeplustert.

Tanaquil lachte.

Ein Geräusch wie von etwas Zerreißendem erklang – das wilde Horn hatte sich in einem der Seidenvorhänge verfangen. Der Stoff war über die gesamte Länge in der Mitte aufgeschlitzt und fiel herab, so dass das Einhorn aus Knochen in rosafarbene Seide gehüllt war.

»Tut, was ich euch sage!«, kreischte Jaive. »*Gehorcht mir!*«

Und sie schleuderte einen Brocken ihrer Magie durch den Saal, auf das unberechenbare Ding aus Knochen und Seide, das pures Chaos war.

Die Erde bebte.

»O Gott«, jammerte die Köchin am Boden, »jetzt hat sie bestimmt etwas Schlimmes getan.«

Dann schwiegen alle, wahrscheinlich atmete sogar niemand. Der große, widerhallende, zugige Saal wurde mit einem Mal erstickt, *gefüllt*, als ob die angehaltene Zeit sich hier gestapelt hätte. Niemand konnte sich bewegen. Tanaquil meinte, ihren Herzschlag zu spüren, jedoch tief unter ihren Füßen. Sie wandte den Kopf um, doch ließ er sich nur mit Mühe drehen, als ob sie in zähem Klebstoff versunken wäre.

Und wie klebrig dunkel es war! Die Fackeln und die Feuer hatten sich zu einem entsetzlichen Schwarz-Rot verfärbt.

Auf der anderen Seite des Raums, in einem Durcheinander von zitternden Mädchen, zerbrochenem Geschirr, Soße und Ziegen, sah Tanaquil den Haufen des zerrissenen Vorhangs, der dort in sich zusammengesackt war, wo das rasende Etwas gewesen war. Jaives Magiebrocken hatte es erwischt. Jetzt hatte der Vorhang keine Form mehr, es war vorbei mit dem zackigen Hufgetrappel, nicht länger dieses Wirbeln von Rädern, kein kosmisches Leuchten und Glitzern.

»Mutter, was hast du getan?«

Doch Tanaquils Stimme drang nicht aus ihrem Mund, denn auch ihre Kehle war von der zähen Masse verklebt.

Was Jaive betraf, so war sie in sich zusammengeschrumpft, nicht auf ihre normale beeindruckende Größe, sondern zu etwas irgendwie Kleinerem. Ihr Haar wirkte in dem düsteren Licht farblos.

Und dann zischte ein Speer aus reinem Licht quer durch den Saal.

Tanaquil rang nach Luft. Es war, als ob ihr Herz mit Stricken umwickelt wäre und jetzt jemand daran zöge.

Der Haufen zerrissener Seide warf Blasen; er bauschte sich auf wie ein Zelt. Eine Form entstand und die Seide rutschte daran ab.

Jaives Saal war nun vom Licht eines Schneemondes erfüllt.

Und in dem Licht, das sich selbst bewirkt hatte, das die Strahlung seines Perlmutthorns war, gewahrte Tanaquil das Einhorn.

Das Einhorn.

Es war nun nicht mehr nur ein Tier aus Knochen, es hatte Substanz und Gestalt angenommen, war schwarz wie die Nacht, so schwarz wie alle Nächte der Welt zusammen; und es leuchtete so, wie die Nacht durch einen Kometen leuchtet. Gegen diese brennende Schwärze waren seine Mähne und der prächtige Schwanz wie ein ätzendes, silbergoldenes Feuer am Ufer des Meeres. Es war geschweift mit dieser Meer-Feuer-Säure und Dornen davon waren an den schlanken Fesseln; seine Augen waren so rot wie Metall im Schmiedefeuer. Es war nicht nur Schönheit und Kraft, es war Schrecken. Es wuchs immer höher, bis zu einer Höhe, die das Fassungsvermögen des Raums scheinbar sprengte, und sein schwarzer Schatten zog darüber hinweg, weit weniger schwarz als es selbst.

Jaive sagte mit ziemlich ruhiger Stimme: »Ich grüße dich. Aber bedenke die Mächte, die ich herbeirufen kann; du solltest dich vor mir in Acht nehmen.«

Das Einhorn schnaubte und feuriges Gas schlug aus seinen Nüstern; es scharrte mit dem Vorderhuf über den Boden und der Saal schaukelte wie von einem mäßigen, dennoch bedrohlichen Erdbeben.

Und dann machte das Einhorn einen Satz in die Luft. Es glich einem Windbogen, der mit einem weit entfernten Dröhnen, Grollen und Donnern verging.

Dort, wo es landete, hinter den Gästen, dem Durcheinander und dem Tisch, prallte es mit dem Horn gegen das runde Zauberfenster. Das Fenster zerbarst wie eine Eisplatte. Bruchstücke stoben davon zum Himmel und in die Kälte der Nacht und in den Schnee, der hereingeweht wurde. Das Einhorn hingegen wehte hinaus. Es schwang sich in die dunkle Leere und war verschwunden.

Da wusste Tanaquil, was an ihr zerrte. Sie wusste es, weil es sie in einem lächerlichen Gezappel nach oben und nach vorn zog. Bevor sie begriff, was sie tat, bevor es irgendjemandem einfiel, sie festzuhalten, war sie schon durch den Saal geschossen und durch die Fensteröffnung auf den eisverkrusteten Sand darunter gesprungen. Beim Laufen spürte sie die Eiseskälte durch die Seidenschuhe und wünschte sich dumpf, sie hätte sie nicht angezogen. In Wirklichkeit war ihr jedoch nicht klar, was geschehen war. Der Himmel wirkte ungeheuerlich, gewaltig, und das Land ebenfalls. Und das Einhorn jagte dahin. Schwach hörte sie hinter sich die tapsenden Pfoten eines Pelzknäuels – der Grummel, der ihr hinterherrannte, während sie das Einhorn in die öde Wüste verfolgte.

Teil Zwei

4

Sie fror entsetzlich.

Vielleicht sollte sie aufstehen und das Feuer entfachen. Tanaquil öffnete die Augen. Da waren ein Teppich aus weißem Schnee sowie Wände und Decke einer blassschwarzen mondhellen Nacht.

Ein Schleier des Entsetzens fiel herab und hüllte sie ein.

Sie wusste, was geschehen war, was sie getan hatte. Natürlich war sie verzaubert oder besessen gewesen – ihre Hingabe an die Knochen hatte dafür gesorgt. Dem Einhorn verfallen, war sie diesem in einem Wahn hinterhergejagt. Jetzt, da sie wieder zu sich kam, fand sie sich in der Wüste, und als sie sich langsam umdrehte, sah sie nichts, das ihr bekannt gewesen wäre, sondern nur den Schnee und den Sand und die Nacht. Die Festung ihrer Mutter war nicht zu sehen, die Felsenhügel ebenfalls nicht.

Etwas glitzerte im Mondlicht auf dem Schnee, von einer Erhebung herabführend: eine schmale Spur, von den Hufabdrücken des Einhorns geschaffen. Jede Vertiefung hatte sich mit Eis sowie etwas seltsam Grünem gefüllt und glänzte wie eine der bunten Glasscherben aus Jaives zerschmettertem Fenster. In der anderen Richtung führte die Spur über den Schnee in eine unbestimmte Ferne. Dieser Spur durfte sie nicht folgen, sie musste vielmehr die Schritte zurückverfolgen auf dem Weg, den sie gekommen waren. Ihre eigenen Füße hatten keine Abdrücke hinterlassen.

Tanaquil wanderte eilig auf dem glasig schimmernden Pfad dahin und die Anhöhe hinauf; das musste wohl eine Viertelstunde gedauert haben. Oben angekommen, hielt sie Ausschau und stellte fest, dass sich der Schnee und der Sand bis an die Grenze der Sichtweite erstreckten. Die seltsame Spur des Einhorns war ebenfalls verschwunden; ein nächtlicher Wind war darüber hinweggefegt und hatte sie verwischt.

Hatte sie wirklich die weite Strecke bis hierher zurückgelegt? Sie konnte sich nicht daran erinnern. Es war, als ob sie geschlafen hätte, in einem fröhlichen Traum versunken, wie jene, die sie zuvor gehabt hatte und in denen sie über den Schnee gerannt war.

Nun gut, jetzt bestand kein Zweifel mehr. Sie war aus der Verzauberung aufgetaucht und würde in wenigen Stunden erfrieren.

»Nein«, sprach Tanaquil laut vor sich hin. Rettung würde kommen, denn Jaive würde ihr die Soldaten hinterher schicken. Sie würden sie bald einholen, also brauchte sie nur zu warten.

Einige Meilen entfernt heulte ein Schakal den Mond an.

Tanaquil lauschte. Geräusche trugen hier über eine weite Entfernung, dennoch konnte sie nichts hören, das auf irgendwelche Soldaten hingewiesen hätte. Nun, immerhin mussten sie von der Festung her kommen, bestimmt würden sie unsicher herumirren … ob sie sie wohl fanden? Wahrscheinlich würde Jaive den Magischen Spiegel zu Hilfe nehmen. Aber andererseits gab es hier nicht die geringsten Orientierungspunkte. Selbst wenn Jaive in ihrem Spiegel einen Blick auf ihre Tochter erhaschte, konnte sie dann mit Sicherheit sagen, wo genau sie sich befand?

Tanaquil war jetzt zu sehr durchgefroren, um zu zittern. Ihre Füße und Hände waren taub; sie hüpfte auf und ab und schlug die Handflächen gegeneinander.

Während sie sich auf diese Weise zu wärmen versuchte, bemerkte sie, dass etwas sich ihr näherte.

War es ein hungriger Hund oder ein einzelgängerischer Schakal?

Da sie noch ihre Abendkleidung trug, hatte sie kein Messer bei sich. Sie würde also ihre Fäuste gebrauchen müssen.

»He!«, schrie der Hund oder Schakal, der keines von beidem war.

»Grummel …«

»Fels«, keuchte der Grummel, wobei er sich an ihren Beinen rieb. »Großer Fels mit Loch.«

»Meinst du die Hügel?«

»Fels«, wiederholte der Grummel. Er nahm einen Mund voll von ihrem Kleid und zerrte an ihr. Tanaquil fügte sich und lief mit ihm. Sie eilten über den Schnee, rutschten immer wieder aus und fielen hin. Die Nacht war zu einem einzigen großen Schmerz aus Kälte und Mühsal geworden.

Der Fels schien aus dem Nichts aufzutauchen, sich unvermittelt aus den Dünen zu erheben; er war so groß wie ein Zimmer und hatte einen niedrigen Eingang, eine Höhle, die in ihn hineinführte. Tanaquil und der Grummel zwängten sich durch die Öffnung; es war eine Art Unterschlupf, der jedoch weniger Wärme bot als das Freie. Im Schein des nach Westen wandernden Mondlichts erkannte Tanaquil nach und nach Grasbüschel und Dornengestrüpp, die innerhalb des Felsens wuchsen. Ihr kam der abwegige Gedanke, dass sie, wenn sie ihre Zunderbüchse dabei gehabt hätte, ein Feuer hätte entfachen können.

Der Grummel würde in der Wüste überleben können, schließlich war er ein Wüstentier; es sei denn, er hätte vergessen, wie das geht, nachdem er schon so lange in der Festung lebte.

Als sie sich mit Blick zur Höhlenöffnung niederließ, kuschelte sich der Grummel in ihren Schoß. Sie drückten sich dicht aneinander, um sich gegenseitig Wärme zu spenden.

»Wenn die Soldaten meiner Mutter mich nicht finden …«, grübelte Tanaquil laut vor sich hin. Sie fühlte sich erschöpft, irgendwann würde sie einschlafen und vielleicht nie wieder aufwachen. Entschlossen sprach sie weiter. »Aber sie werden mich finden. Was war ich doch für eine Närrin!«

»Soße«, sagte der Grummel, scheinbar ohne jeden Zusammenhang. Und schon war er eingeschlafen.

»Woher wusstest du etwas von den Knochen?«, fragte Tanaquil. »Das Einhorn hat offenbar auch dich verzaubert. Anscheinend hat es dich dort hingezogen, um sie auszubuddeln. Ich habe es wieder hergestellt, und Jaives Magie hat ihm wieder Leben eingegeben. Und …«

Wenn ich nicht erfriere und morgen früh noch lebe, dachte Tanaquil, *werde ich bei lebendigem Leib von der Sonne gebraten.*

Nein, sie werden mich morgen früh finden, oder ich finde den Weg zurück zur Festung.

Im Höhleneingang schimmerte das vom Mondlicht beschienene Eis.

Ein heller Schatten huschte darüber.

Tanaquil umklammerte den schlafenden Grummel. In starrer Haltung beobachtete sie, wie das Einhorn über die weißen Dünen – über die Stille – zum Höhleneingang herunterstieg. Dort senkte es den Furcht erregenden Kopf und seine schwarzen Augen, glühenden Kohlen gleich, musterten sie mit flammenden Blicken.

Vielleicht bringt es mich um. Dann brauche ich nicht zu warten, bis ich erfriere oder verbrenne.

Tanaquils Zähne klapperten.

Das Einhorn hob den Kopf. Jetzt konnte sie nur noch seinen Körper sehen, der an einen Windhund erinnerte: die ausgeprägte, schlanke Form seines Bauches und die langen, eleganten Beine. Das Tier stampfte gleich nach dem Eingang im Inneren der Höhle auf den Steinboden, und ein Hagel von silbernen Funken stob durch die Luft und ging an der Öffnung nieder. Sie bündelten sich auf einem der trockenen Dornenbüsche, die aus dem Höhlenboden wuchsen, und einen Augenblick lang sah es so aus, als wimmele es in dem Busch von silbernen Insekten. Dann stiegen träge Rauchkringel von ihm auf: Der Busch stand in Flammen!

»Oh!« Tanaquil rollte den Grummel von ihrem Schoß, kroch dann in der niedrigen Höhle auf Knien herum, brach Zweige von den Büschen und fütterte damit das Feuer.

Das Einhorn stieg wie zum Flug auf und schwebte tatsächlich davon, verschwand aus der Sicht. Nun leuchteten nur noch der Mond auf den Schnee und das heiße Feuer am Boden der Höhle.

Tanaquil döste die ganze Nacht hindurch nur in leichtem Schlummer neben dem wundersamen Feuer, sorgsam darauf bedacht, es nicht ausgehen zu lassen. Sparsam legte sie neue Scheite nach; der Grummel lag derweil bequem auf einer Falte ihres Kleides, den Bauch der Wärme ausgesetzt.

Während der restlichen Nacht kam nichts mehr in ihre Nähe und sie hätte sich vorwerfen können, das Erscheinen des Einhorns nur geträumt zu haben, wenn nicht das Feuer gewesen wäre.

Als sich der Himmel erhellte, trat Tanaquil aus der Höhle, kratzte Reif und Schnee von den Dünen und steckte sich das sandige Zeug in den Mund. Bis jetzt hatte sie noch keinen Durst, aber wenn die Sonne erst einmal aufgegangen war, würde es bald so weit sein. Der Grummel tat es ihr gleich, leckte sich geschäftig das Fell und fühlte sich offensichtlich wohl in seiner Haut.

Tanaquil riss ein Drittel ihres bestickten Rockes ab, wobei sie den hellblauen Unterrock ganz ließ, um ihre Beine zu schützen. Aus dem Rockfetzen bastelte sie sich eine Kopfbedeckung und verband sich die Hände mit Stoffstreifen; ein weiteres Mal verfluchte sie ihre Schuhe.

Als die Sonne vollends aufging, war der Grummel kaum noch zu halten. Er hüpfte am Höhleneingang hin und her. »Gehen? Gehen?«

»Ja. Wir machen uns jetzt auf den Weg; vielleicht begegnen wir ja jemandem.«

Als sie aufbrachen, war der Himmel blass und unschuldig blau. Anfangs war das sehr angenehm nach der frostigen Nacht. Aber sie mussten der Sonne entgegenwandern. Tanaquil hielt den Kopf gesenkt.

Das Gehen auf dem Sand war mühsam, wie immer.

Sie marschierten etwa eine Stunde lang weiter. Allmählich änderte sich die wohl tuende Wärme des Sandes, denn er fing an zu brutzeln und Blasen zu werfen. Jeder Schritt war eine Strafe. Die Sonne schien Tanaquil grell in die Augen und hämmerte wie ein Gong in ihrem Kopf.

Tanaquil dachte verzweifelt an Eis. Berge von Eis, die sie mit Kälte versengten. Sie schmolzen.

Eine weitere Stunde verging.

Tanaquil hatte keinen anderen Wunsch, als sich in den Sand zu legen, und schließlich musste sie sich setzen. In keiner Richtung gab es so etwas wie Schatten oder Schutz. Sie konnte kaum noch schlucken.

»Mutter«, krächzte Tanaquil. »Was machst du?«

Der Gedanke kam ihr, dass Jaive vielleicht annehmen könnte, Tanaquil habe sich von ihr losgesagt. Schließlich hatte Tanaquil damit gedroht wegzugehen. Vielleicht glaubte Jaive, Tanaquil und das Einhorn wären Komplizen. Würde Jaive in diesem Fall Tanaquil aufgeben? Würde Jaive Tanaquil in der Wüste ihrem Schicksal überlassen?

Tanaquil biss sich auf die Lippe. Am liebsten hätte sie geweint, aber das Vergießen von Tränen hätte ihren Durst nur noch verschlimmert.

Plötzlich rannte der Grummel in Windeseile davon. Tanaquil krächzte ihm hinterher; er nahm keine Notiz davon, sondern verschwand über die Erhebung einer Düne zur Linken. Hatte auch der Grummel sie im Stich gelassen?

»Sie hätte ein paar ihrer Dämonen schicken können«, flüsterte Tanaquil mit belegter Zunge. »Sie hätte mich finden können. Sie ist eine *Zauberin*!«

Eine Träne kullerte aus ihrem rechten Auge. Sie hätte sie zurückgehalten, wenn sie es vermocht hätte. Warum sollte sie über die Gleichgültigkeit ihrer Mutter weinen? Ihre Mutter war ihr gegenüber immer gleichgültig gewesen. Tanaquil war eine einzige Enttäuschung für Jaive, die sich offenbar gewünscht hatte, ihre Tochter wäre genau wie sie selbst. Sie hatten einander nichts zu sagen.

»Sie schämt sich meinetwegen«, japste Tanaquil. »So ist es nun mal.«

Die Sonne stand jetzt sehr hoch. Die Zeit war schnell vergangen, während sie wie betäubt dagesessen hatte; bald würde es Mittag sein. Tanaquil machte sich daran, den glühend heißen Sand zur Seite zu scharren und sich eine Kuhle zu graben. Die Mulde war nicht tief genug, aber sie legte sich hinein und ringelte sich zusammen, wobei sie den Sand wieder über sich warf. Sie hatte das Gefühl, gesotten zu werden, doch waren die direkten Strahlen der Sonne jetzt immerhin ein wenig vermindert. Tanaquil schlug ihren Rock um, damit ihr Kopf und ihr Gesicht geschützt waren.

Ich werde überleben. Etwas wird geschehen.

Sie versuchte der Hoffnung zu widerstehen, dass das Einhorn zurückkehren würde. Dennoch gab sie sich dem Traum oder der Halluzination hin, dass ebendieses geschehen möge, dass es sein Horn in den Sand bohren und daraufhin Quellwasser heraussprudeln würde. Stattdessen war es der Grummel, der ihr mit heißer, sandiger Zunge die Stirn und die Wangen ableckte.

Tanaquil machte Anstalten, den Grummel zu umarmen, aber dieser bestand darauf, etwas gegen ihren Mund zu stupsen. Tanaquil zuckte zurück. Das Etwas war eine Schlange, die der Grummel in den Dünen erjagt und getötet hatte.

»Essen«, sagte der Grummel.

Tanaquil betrachtete die Schlange zweifelnd. Sie hatte vermutlich ein reizvolles Äußeres gehabt, bevor der Grummel sie angegriffen hatte. Jetzt war es ein zermatschtes Stück rohes Fleisch, das sie nicht haben wollte. Trotzdem, es wäre vernünftig, etwas davon zu essen, und es wäre undankbar gewesen, es nicht zu tun.

»Danke.«

»Gern geschehen«, sagte der Grummel. Er machte sich daran, das andere Ende zu verspeisen, wobei er Tanaquil bildhaft vorführte, wie lecker Schlange schmeckte, indem er geräuschvoll schmatzte und die Augen genüsslich verdrehte.

Tanaquil schaffte es, ein Stück von der Schlange abzulösen, zu kauen und hinunterzuschlucken. Das Fleisch war kühl und tat ihr in der Kehle gut, doch die feine Haut störte sie. Bilder wogten vor ihren Augen, Gärten und Seen mit Booten darauf, wie Jaive sie ihr in dem Spiegel gezeigt hatte. Sie dachte an Jaives ständige Litanei darüber, wie schlecht die Welt sei und dass es andere Welten gäbe, die noch viel schlechter seien, und dass nur eine einzige Welt die vollkommene Schöpfung sei. Offensichtlich war Tanaquils Welt durch und durch von Übel, ein Ort, wo man nur leben konnte, indem man andere Geschöpfe umbrachte.

Jedes Tier machte sich andere zur Beute. Selbst jene, die sich von Grünzeug ernährten, zerstörten lebende Früchte und Samen. In der vollkommenen Welt gab es eine vollkommene Nahrung, die alle Lebewesen dort zu sich nahmen. Sie war nicht lebendig, brauchte nicht angegriffen oder abgeschlachtet zu werden.

»Sieh mal, da ist das Meer«, sagte Tanaquil zu dem Grummel. Sie legte sich in den Sand und zog sich das grüne Tuch übers Gesicht, war sich dabei eines schwachen zusätzlichen

Schattens bewusst und merkte, dass der Grummel sich neben ihren Kopf gesetzt hatte und die Sonne, die sich von ihrem Zenit weiterdrehte, allmählich den Körperschatten des Grummels auf sie warf.

Tanaquil bildete sich ein, Jaive kämmte ihre Haare, aber sie ging grob mit dem Kamm um und Tanaquil beschwerte sich. Sie befanden sich in einem Boot auf einem See. Das Boot schaukelte und hüpfte heftig und Tanaquil wurde auf dem Sitzpolster hoch und runter und hin und her geschleudert. Der Grummel landete auf ihrer Brust. Er schaute an ihrem Kopf vorbei und knurrte Jaive an, die immer noch Tanaquils Haare unsanft mit dem Kamm bearbeitete.

»Autsch! Mutter, bitte!«, empörte sich Tanaquil.

Sie hob die schweren, reibenden Augenlider, und augenblicklich peinigte die Sonne ihre Augen. Jemand zog sie an den Haaren. Sie sprang über die Dünen und der Grummel tobte um sie herum, spuckend und vor Zorn hicksend.

Tanaquil blinzelte. Ohne Überraschung sah sie die nachtschwarze Gestalt; das flammend helle Horn ragte genau über sie hinweg.

Das Einhorn zog sie an den Haaren.

Es war ein Traum.

»Was bist du?«, fragte Tanaquil das Einhorn. »Ich meine, was bist du wirklich? Woher kommst du? Was willst du?«

Sie wurde einen Sandhügel hinaufgezogen, hinter dem die Sonne flackernd unterging. Und dann brach die Sonne wieder hervor und sie taumelte und stolperte durch einen Fluss von Körnern und Teilchen, durch den Staub von Wüstenjahrhunderten. Würgend und hustend plumpste sie fünfundzwanzig Fuß tief auf einen harten grauen Buckel. Der Grummel schoss an ihr vorbei und prallte mit dem Kopf voran in eine Sandverwehung, wühlte sich aber ohne jede Würde und mit viel Lärm wieder heraus.

Tanaquil lächelte. Obwohl das Hindernis, auf das sie geprallt war, ihr eine ordentliche Prellung zugefügt hatte, lag sie jetzt in einem langen blauen Schattenstreifen, der ihr so kühl und angenehm vorkam wie ein Fluss.

Ein Zeit lang gab sie sich diesem wohligen Gefühl hin, dann betrachtete sie die Sonne, unterteilt von einem Baum, dessen große Wedel ihr goldenes Licht filterten.

Irgendwann rollte sie sich herum. Das Hindernis war ein Stein, der einen waagerechten Tunnel im Sand kennzeichnete: eine Brunneneinfassung mit einem Brunnenschacht darunter! In dem Brunnen hing ein Schöpfeimer aus Leder. Er enthielt tiefes, kaltes schwarzes Wasser.

Der blaue Schattenstreifen ging von einer einzelnen Palme von eindrucksvoller Höhe aus. Der Grummel, der sich wieder erholt hatte, war bereits am dem Stamm hinaufgeklettert und raschelte zwischen den kupferfarbenen Blätter herum. Ein Hagel von Datteln prasselte in Tanaquils Schoß.

Der Frieden der Oase war wundervoll. Nichts deutete darauf hin, dass die Nacht wiederkehren würde, der Brunnen gefrieren und Schnee fallen könnte. In der Oase dauerte der Nachmittag ewig.

Tanaquil dachte überhaupt nichts, sie hatte das Denken aufgegeben. Es war ohnehin alles sinnlos.

Die Sonne sank tiefer und der Himmel gerann in einem dunkleren Licht. Der Schatten der Palme schien sich eine Meile weit fortzusetzen.

Tanaquils Blick wanderte den Schatten entlang und sie sah ein weiteres Wunder. Diesmal war es so etwas wie eine Laufbewegung des Landes. Der Sand stieg in einer glänzenden Wolke auf. Formen, die wie Tiere aussahen, tauchten aus der Wolke auf, ebenso Kutschen samt Fahrer. Dieses Wunder war nicht wie die anderen, es war mit Geräuschen unterlegt, einem Rumpeln und Raunen und dem hellen Klingeln kleiner Glocken.

Tanaquil betrachtete das Trugbild wohl wollend. Es kam näher und wurde deutlicher und lauter. Tanaquil sah fünf beigefarbene Kamele, die mit bunten Quasten geschmückt waren, auf ihren höckerigen Rücken Männer, die im Staubdunst schwankend voran getragen wurden, und schließlich die großen Räder von drei Kutschen, die jeweils von sechs Maultieren gezogen wurden. Sie sah Männer in Tuniken, Hosen und Stiefeln, die ihre Köpfe mit Tüchern umhüllt hatten, und als Nächstes drei weitere Kamele in Ziegelrot, auf deren Rücken seidene Sänften schaukelten.

Tanaquil stand auf. Sie kam wohl nicht umhin, das Denken wieder aufzunehmen.

»Grummel, hör zu. Das ist eine Karawane – eine echte Karawane. Na klar, das hier ist eine Oase. Vielleicht – nein, bestimmt – sind sie unterwegs in die Stadt. Jetzt müssen wir klug sein. Wir dürfen meine Mutter nicht erwähnen – wenn sie vernünftig sind, misstrauen sie der Zauberei. Und Grummel – *rede nicht.*«

»Was reden?«, maulte der Grummel. Er war wieder halbwegs den Stamm der Palme hinaufgeklettert und spähte zu der herannahenden Karawane aus.

Tanaquil stand schwindelig und verdattert da; noch nie hatte sie eine solche Hochstimmung erlebt. Denn das waren Fremde – Menschen –, und sie waren unterwegs in eine Stadt.

»Guten Abend, Mädchen«, rief der Mann mit dem Viehtreiberstock, der neben dem ersten beigefarbenen Kamel her ging. »Was hast du zu verkaufen?«

Tanaquil blinzelte. »Nichts.«

Ihr kam der Gedanke, dass die Leute aus umliegenden Dörfern sich wahrscheinlich in Oasen, in denen eine Karawane erwartet wurde, zu versammeln pflegten, um den Reisenden ihre Waren anzubieten.

»Warum treibst du dich dann hier herum?«

Tanaquil fühlte sich wie vor den Kopf gestoßen. »Ich bin

hier, um mich eurer Karawane anzuschließen. Ihr reist in die Stadt, wie ich vermute?«

Der Mann warf einen Blick zu den drei Reitern auf den am nächsten stehenden Kamelen hinauf. Alle vier Männer lachten. Es war eigentlich kein richtiges Lachen, sondern vielmehr so etwas wie eine Drohung.

»Ja, wir sind unterwegs zur Meerstadt. Du musst den Karawanenführer fragen, ob du dich uns anschließen darfst. Wir nehmen nicht jedes Gesindel mit, verstehst du? Und außerdem verlangen wir einen Preis. Kannst du zahlen?«

Daran hatte Tanaquil gar nicht gedacht. Sie strengte ihr Gehirn an. Genau wie es wenig Sinn hatte, mit einer Mutter anzugeben, die Zauberin war, war es zwecklos, von Fremden zu erwarten, dass sie ihr uneigennützig entgegenkommen würden.

»Ich stamme aus dem Dorf Um«, sagte Tanaquil.

»Nie davon gehört.«

»Das hat kaum jemand. Es ist ein sehr kleines Dorf. Ich habe etwas Geld zusammengespart, um mir einen Platz in einer Karawane zu kaufen, doch auf dem Weg hierher wurde ich überfallen und beraubt. Sie haben mir alles genommen, mein Geld, meinen Esel. Beinahe hätte ich es gar nicht bis hierher geschafft. Jetzt, so fürchte ich, bin ich ganz und gar auf eure Hilfsbereitschaft angewiesen.«

Die Männer musterten sie. Bisher kannte Tanaquil eigentlich nur die Soldaten, die die meiste Zeit betrunken waren und einen lässigen Umgang mit ihr pflegten, indem sie sie wie eine kluge ältere Schwester behandelten. Jetzt erlebte Tanaquil, wie die meisten Männer auf der Welt die meisten Frauen betrachteten. Es verunsicherte sie, doch sie ließ sich nichts anmerken und lächelte demütig zu ihnen hinauf. Es gab einen Wüstenkodex, das wusste sie. Man durfte keinen Verirrten oder Bedürftigen seinem Verhängnis überlassen.

»Also gut«, sagte der Mann neben dem Kamel und schlug

dabei mit dem Stock gegen seinen Stiefel, an dem kleine silberne Scheiben hingen. »Du tätest gut daran, mit dem Anführer zu sprechen.« Er wandte sich um, hob den Arm und rief mit lauter Stimme in den Staub und das Getrappel der ankommenden Karawane: »Nachtrast! Alles anhalten!«

Die Karawane breitete sich im Sonnenuntergang in der Oase aus. Alles in allem bestand sie aus sieben Planwagen, und diese waren so zusammengestellt worden, dass sie einen Schutzwall gegen die Wüste bildeten. In den Lücken zwischen den Wagen brannte jeweils ein Feuer. Schakale waren herangekommen und heulten sich in nächster Nähe gegenseitig an. Die Palme und der Brunnen bildeten den Mittelpunkt des Lagers. Ständig wurde Wasser heraufgezogen und Datteln – und nebenbei auch der Grummel – waren von dem Baum geschüttelt worden.

»Was ist denn das?«, fragte der Mann mit dem Viehtreiberstock misstrauisch, wobei er auf den Grummel deutete. »Sieht komisch aus.«

»Mein Tier«, erklärte Tanaquil.

Der Grummel knurrte und Tanaquil tätschelte ihm den Kopf. »Schsch!«

»Schlecht«, sagte der Grummel.

»He?« Der Mann mit dem Stock starrte den Grummel an.

»Ach, nichts«, sagte Tanaquil. »Er hat nur gebellt.«

Der Mann mit dem Stock hieß Gork. Sein Kopftuch wurde mit einem Silberreif an seinem Platz gehalten, seine dunkle Kleidung war übersät von Ornamenten und auf seiner Brust hing eine große goldene Taschenuhr. Er klimperte und klirrte andauernd und wenn er das Gefühl hatte, dass er nicht genug Geräusche machte, schlug er mit dem Stock gegen seine Stiefel und pfiff.

»Hier entlang. Das Zelt des Anführers wird dort drüben aufgeschlagen.«

Der Anführer der Karawane saß unter einer Plane auf einem Stuhl im Sand. Er war in einer der seidenen Sänften auf dem Rücken eines Kamels am Ende des Zuges gereist. Ein dicker Mann mit Bart.

Gork erklärte die Lage auf seine besondere Weise. »Dieses Mädchen ist uns nachgelaufen, hat sich jedoch unterwegs ausrauben lassen. Sie hat keinen roten Heller und erwartet von uns, dass wir sie mitnehmen.«

»Ich fürchte, das wird nicht gehen«, sagte der Anführer, ohne sich die Mühe zu machen, einen von beiden anzusehen, sondern sich eingehend mit einer Schachtel mit kandierten Trauben beschäftigte.

»Du musst zahlen. Schon allein die Nahrung ist teuer, ganz zu schweigen von unserem Schutz.«

»Ihr dürft mich nicht einfach in der Wüste dem Tod überlassen«, sagte Tanaquil mit fester Stimme.

»Natürlich würde das, rein theoretisch, gegen das Gesetz verstoßen«, bestätigte der Anführer. Er betrachtete begeistert die Trauben und sagte nichts weiter.

Der Grummel neben Tanaquil bewegte sich unruhig.

Tanaquil beeilte sich zu sagen: »Meine drei Brüder in Um wissen, dass ich die Absicht habe, mich dieser Karawane anzuschließen. Wenn sie nicht in angemessener Zeit eine Nachricht von mir aus der Stadt erhalten, könnte es sein, dass sie sich an den Anführer der Karawane wenden.«

»Sie ist lästig, findest du nicht?« Der Anführer wandte sich an Gork. »Gib ihr den lahmen Maulesel von Wobbols Karren. Und einen Happen zu essen, um sie über die Runden zu bringen. Dann soll sie sich in ihr Dorf zurück trollen.«

»Ich möchte nicht zurück nach Um«, sagte Tanaquil. Sie nahm ihren ganzen Grips zusammen und fügte hinzu: »Kann ich irgendetwas als Gegenleistung tun, um mit euch reisen zu können?«

»Was, um alles in der Welt, könntest *du* tun?«, fragte der Anführer, der sie jetzt zum ersten Mal ansah, als wäre sie eine verdorbene Traube in der Süßigkeitenschachtel.

In diesem Augenblick ertönten eine Krachen und ein Chor von Gebrüll und Flüchen. Droben auf den Dünen jaulten die Schakale. Im Feuerschein konnte man sehen, dass einer der Wagen ein Rad verloren hatte. Jetzt stand dieser Wagen in bedrohlicher Schräglage da und der Mann, der sich an den Rädern zu schaffen gemacht hatte, um sie vom Sand zu reinigen und zu ölen, lag jämmerlich zappelnd unter mehreren großen Taschen und Säcken, die herausgefallen waren. Männer rannten zu der Stelle, um ihn – oder die Taschen und Säcke – zu retten.

»Vergebliche Mühe«, bemerkte der Anführer. Er steckte sich noch eine Traube in den Mund. »Ab morgen könnt ihr den Kerl von der Proviantliste streichen.«

»Die Sache ist die, Chef«, sagte Gork und schlug dabei gegen seinen Stiefel. »Wobbol war der Einzige, der dazu taugte, Räder und das andere Zeug zu reparieren. Und wie du dich sicherlich erinnerst, wäre Wobbol beinahe explodiert, als du ihm seinen Wagen samt Ladung zu einem Viertel des Preises abgekauft hast …«

»Ja, ja«, sagte der Anführer. »Die Waren müssen auf die Maulesel geladen werden.«

»Die Maulesel können diese Menge nicht tragen, nicht über eine so weite Strecke.«

Tanaquil fühlte sich beinahe beschwingt. Was ihr widerfahren war, war verrückt, aber irgendwie musste es auch richtig gewesen sein. Denn jetzt verschwor sich alles zu ihren Gunsten. Höchstwahrscheinlich würde sie das Einhorn nie wieder zu Gesicht bekommen und im Lauf der Zeit würde sie selbst nicht mehr daran glauben. Aber immer noch wirkte offenbar eine Art Magie auf sie ein, denn immerhin hatte sie den Mut zum Risiko aufgebracht.

»Keine Sorge«, sagte sie. »Ich kann das Rad reparieren.«

»Du?« Der Anführer verzog nur höhnisch das Gesicht; er hatte verschlagene, unergründliche Augen.

»Dann wollen wir mal sehen, ob sie es kann. *Falls* sie es kann«, fügte er hinzu, »darf sie mit uns reisen und bekommt etwas von uns zu essen, ohne dass sie was zahlt. Andererseits, Gork, wenn sie es *nicht* kann, dann wirfst du sie den Schakalen vor.«

Tanaquil zuckte mit den Schultern. Es lag ihr auf der Zunge zu sagen, die Schakale wären als Gesellschaft auf jeden Fall dem Anführer vorzuziehen, doch verkniff sie sich die Bemerkung; stattdessen ging sie zu dem gekippten Wagen, den drohend aufgeplusterten Grummel im Schlepptau.

»Räumt diese Säcke aus dem Weg«, befahl Tanaquil im gebieterischen Ton ihrer Mutter. »Gibt es irgendwelche Werkzeuge?«

Und schon kniete sie neben dem Wagen. Da es sich tatsächlich um Wobbols Gefährt handelte, hatte sie den Verdacht, dass er aus Rache die Sache mit dem fehlerhaften Rad manipuliert hatte. Die Radachse war verbogen, der Radbolzen aus der Lagerung ausgerastet. Tanaquil sorgte dafür, dass eines der Feuer zu einer provisorischen Schmiede umfunktioniert wurde. Anschließend scheuchte sie die Handlanger der Karawane hierhin und dorthin, um dieses und jenes zu besorgen und zu verrichten. Sie hämmerte einen neuen Bolzen aus einer Brosche, die man ihr zur Verfügung gestellt hatte; es bedurfte keines allzu großen Kraftaufwands. Selbst Gork kam und sah dem dummen Dorfweibchen zu, wie es Räder reparierte.

Als das Rad wieder sicher an Ort und Stelle war, stand Tanaquil auf.

»Gute Arbeit«, lobte Gork widerwillig. »Wo lernt ein Mädchen so was?«

»Meine Brüder haben es mir beigebracht«, erklärte Tanaquil mit Bedacht. »In Um.«

5

Beinahe drei Wochen lang reiste Tanaquil mit der Karawane, doch jede Stunde davon verbrachte sie in Unruhe, durchlebte jede Stunde mit einem Gefühl der Unsicherheit und der Gefahr, das sie nie zuvor gekannt hatte. Sie war draußen in der Welt.

Mindestens einmal am Tag kamen sie an einer Wegmarke im Sand vorbei, die die Strecke zur Stadt kennzeichnete. Meistens waren das schlichte Steinpfosten, etwa zehn oder elf Fuß hoch, die jedoch wegen der Sandverwehungen, die sich um sie herum aufgetürmt hatten, häufig viel kürzer aussahen. Als sie dann näher an die Stadt herankamen, ragten gelegentlich Steinsäulen gen Himmel, mit eingeritzten Gebeten oder Zitaten. Am neunten Tag gelangten sie zum nächsten Wasserloch. Am sechzehnten Tag, gegen Sonnenuntergang, erreichten sie eine ausgedehnte Oase mit Palmen, Akazien und Feigenbäumen sowie einem Dorf am Rand. Tanaquil war nervös. Vielleicht würde man sie hier absetzen, denn es gab nichts mehr zu reparieren und sie bedeutete zusätzliches Gewicht für den Wagen, auf dem sie reiste. Auch der Grummel hatte Schwierigkeiten verursacht. Obwohl es ihr immer noch gelungen war, Zuhörende davon zu überzeugen, dass sein Murren und seine lauten Äußerungen eine seltsame Art von Bellen waren, hatte sie mehrere Leute gesehen, darunter auch die Kaufleute, die in den seidenen Sänften reisten, die argwöhnische Zeichen in Richtung des Grummels machten. Zweimal hatte er sich des Nachts in die Unterkünfte dieser Kaufleute geschlichen und ihre wertvollen Teppiche als Toilette missbraucht. Die vergangene Nacht aber war die schlimmste gewesen: Der Grummel hatte seinen Kot in der Nähe des Kopfes des schlafenden Gork hinterlassen und dann beim Zuschaufeln seines Werkes den Mann ums Haar bei lebendigem Leibe begraben. In dem Augenblick jedoch, als sie die Oase erreichten, hörte die goldene

Uhr des stirnrunzelnden Gorks auf zu ticken. Nachdem er sie geschüttelt, verflucht und in den Sand geschleudert hatte, merkte Gork, dass Tanaquil neben ihm stand. Er reichte ihr die Uhr mit schrecklichen Drohungen, doch sie reparierte sie innerhalb einer halben Stunde. Nach diesem Vorkommnis wurde nicht einmal andeutungsweise davon gesprochen, dass Tanaquil die Karawane verlassen sollte.

Den Anführer bekam sie selten zu Gesicht. Am Tage reiste er, genau wie die Kaufleute, in einem Seidenballon, der über einen Rahmen aus Weidenrutengeflecht gespannt war, auf einem Kamel. Die anderen Männer, die bei der Karawane das Sagen hatten, erteilten Befehle, schrien die Leute an, stellten Regeln auf, schwatzten über Wagenrennen und gaben sich waghalsigen Glücksspielen hin. Die männlichen Knechte und Handlanger behandelten Tanaquil mehr oder weniger wie eine der ihren, obwohl sie ein Mädchen und damit minderwertig war. Man hatte ihr deren ausrangierte Kleidung verpasst, als Ersatz für ihr unpassendes Kleid. Soweit sie es aufgrund von Schlitzen in den Säcken, von Gerüchen und Zufällen beurteilen konnte, beförderte die Karawane Seife, Zucker, Duftstoffe und Papier aus einer Stadt im Osten. Tanaquil hatte noch nie etwas von dieser Stadt gehört. Ihre Mutter, die sie unterrichtet hatte, hatte lediglich von einer Stadt im Westen gesprochen. War das von Bedeutung?

Meistens bemühte sich Tanaquil, überhaupt nicht an ihre Mutter zu denken. Außerdem bemühte sie sich, nicht an das Einhorn zu denken.

Die Sache mit dem Einhorn war etwas so Wahnwitziges, wie es nur einmal geschehen konnte. Wenn überhaupt. Vielleicht war es ihr in der Wüste tatsächlich zu Hilfe gekommen, vielleicht hatte sie sich das alles aber nur eingebildet. Vielleicht war der Dornenbusch in der kalten Höhle auf natürliche Weise in Brand geraten. Vielleicht war sie aus eigener Kraft zu dem Brunnen gekrochen.

Inzwischen erschien es ihr durchaus möglich, dass sie und der Grummel unter dem hohlen Felsen überhaupt nichts gefunden hatten. Und dass bei Jaives Fest nichts schief gelaufen war, außer dass Tanaquil aus eigenen Stücken eine Tür aufgestoßen hatte und weggerannt war.

Eines Morgens sagte sie tatsächlich zu dem Grummel: »Erinnerst du dich an den sternförmigen Knochen, den du gefunden hast?«

»Knochen?«, rief der Grummel erfreut. »Wo?«

Und ein vorbeikommender Kaufmann, der sich mit einem Fächer Luft zufächelte, starrte den Grummel an und machte das Zeichen gegen böse Geister.

Es war der neunzehnte Tag von Tanaquils Reise mit der Karawane und ein wundervoller Sonnenuntergang setzte den Himmel in Flammen, zinnoberrot und bernsteinfarben, mit Wolken im Westen, die wie eingerollte magentarote Flügel aussahen. Es herrschte die allgemeine Meinung vor, dass sie die Stadt am kommenden Abend erreichen würden. Alle waren froh und die Knechte hatten Tanaquil den ganzen Tag über haarsträubende Geschichten über die Stadt erzählt. Zum Beispiel besaß der in der Stadt herrschende Fürst angeblich einen Palast aus weißem Marmor, der fünfzehn Stockwerke hoch war. Tanaquil nickte höflich.

Am Nachmittag waren sie an einem großen Obelisken vorbeigekommen, auf dessen Spitze ein nach Westen zeigender Bronzepfeil angebracht war. Das Gebet auf dem Obelisken lautete: *Wir danken Gott, der uns sicher zur Meerstadt geleitet.*

Die Wüste änderte ihr Aussehen. Niedrige Felsenklippen ragten nun zwischen den Sanddünen auf und aus dem Gestein wuchs trockenes braunes Gestrüpp und hier und da ein knorriger wilder Baum. Als sich das Tageslicht rot verfärbte, gelangten sie in eine Gegend mit gerundeten Hügeln und vereinzelten Baumgruppen von grünen Zedern. Herden grasten und in jeder Richtung lagen kleine Dörfer, eins neben dem anderen, in denen Feuer und Lampen brannten wie vom roten Himmel gefallene Farbtupfer.

Der Anführer verließ seine Sänfte und bestieg einen Maulesel. Er ritt an der Spitze der Karawane und Gork ging neben ihm her. »Wir werden die Nacht in Hornquell verbringen«, sagte der Anführer mit gekünstelter, süßlicher Stimme.

Tanaquil spürte so etwas wie das Reißen eines Vorhangs in ihrem Denken.

Sie wandte sich an einen der Knechte namens Flinkfuß.

»Warum heißt der Ort Hornquell?«

»Eine geheiligte Legende der Stadt«, antwortete Flinkfuß.

»Ein unwissendes Mädchen vom Land, wie ich es bin«, sagte Tanaquil, »hat noch nie etwas davon gehört.«

»Nein«, sagte Flinkfuß feixend. Er beschloss, nett zu ihr zu sein. »Angeblich ist mal ein Fürst aus der Stadt dorthin gekommen. Es war ein sehr sandiges Jahr und er war vom Durst schon ganz ausgetrocknet. Also bat er den Gott um Wasser und ein gehörntes Wesen galoppierte aus der Wüste herbei, stieß sein Horn in einen Fels und Wasser sprudelte heraus.«

»Wie praktisch«, sagte Tanaquil betont lässig, obwohl ihr die Haare auf dem Kopf zu Berge standen.

»Pass auf, dein komisches Tier ist schon wieder in der Seife«, sagte Flinkfuß.

Der Himmel war von einem verblassenden Weinrot. Die Karawane schlängelte sich einen staubigen Pfad hinauf, bis sie sich auf einem kahlen dunklen Hügelkamm befanden. Über ihnen bildete ein großer spitzer Fels, der wie ein Kamin aussah, den Gipfel des Hügels; unterhalb des Felsens befanden sich ein kleines Wäldchen und ein weiterer Brunnen mit einer Steineinfassung, nichts Atemberaubendes.

Der Anführer stieg von seinem Maultier, trat an den Brunnen und dankte Gott für die unbeschadete Ankunft der Karawane.

Man schlug das Lager unterhalb des Wäldchens auf und schöpfte Wasser aus dem Brunnen. Flinkfuß empfahl Tanaquil, etwas davon zu trinken, da es angeblich sehr gesund sei und überdies die Eigenschaft habe, Wünsche in Erfüllung gehen zu lassen. Tanaquil ging jedoch nicht zum Brunnen. Inzwischen war die Dunkelheit hereingebrochen und es wurde kalt; der dünne Schnee peitschte auf den Schwingen eines flatternden Windes herbei, der bald nach Sonnenuntergang gehörig auffrischte.

Tanaquil saß bei einem der Feuer und verzehrte ihre Tagesration, die sie mit dem Grummel teilte. »Was sollen wir in Meerstadt machen?«, fragte sie ihn und fuhr dann eilends fort: »Sag nichts. Gork ist in der Nähe.«

»Böse«, sagte der Grummel.

»Das Tier hat wirklich eine seltsame Art zu bellen«, bemerkte Gork. Der Grummel schnaubte und verzog sich mit einem Salzkeks unter einen Wagen. »Was wirst du in der Stadt machen?«, fragte Gork Tanaquil und wiederholte damit unbewusst ihre eigene Frage.

»Ach, dies und jenes.«

Gork warf einen prüfenden Blick auf seine Taschenuhr, schlug gegen seine Stiefel und pfiff vor sich hin. Als Nächstes sagte er leise: »Hast du eine Liebschaft?«

Tanaquil war verdattert. Sollte sie sich geschmeichelt fühlen oder lachen? Mit vollem Ernst antwortete sie: »Leider ist es so. Meine Brüder haben mich einem Mann in der Stadt versprochen.«

»Anscheinend kümmern sich diese Brüder nicht ausreichend um dich«, sagte Gork.

»Aber es sind Männer, deshalb muss ich tun, was sie sagen.«

»Ja, ganz richtig.«

Der Grummel zerbiss seinen Keks mit lautem Krachen und Gork straffte sich und pfiff den Schnee an. Ohne ein weiteres Wort ging er von dannen. Vermutlich, dachte Tanaquil, hatte er den Wert einer Geliebten erfasst, die die Räder eines Wagens und seine Uhr reparieren konnte.

Und dann setzte das Geräusch ein.

Anfangs hielt sie es für einen reinen Ton des Windes. Es schien überall um sie herum zu sein, fließend, anschwellend und abebbend.

Gelassen, da sie immer noch an die übernatürlichen Vorkommnisse in Jaives Festung gewöhnt war, mutmaßte sie: *Vielleicht sind Dämonen im Wind.*

»Aajee! Seht nur! Seht!«

Ein Topf fiel scheppernd zu Boden. Zu der gespenstischen Süße der Windmusik gesellte sich ein Furcht erregendes Getöse. Karawanenknechte, die gerade vom Brunnen herabgestiegen waren, erstarrten mitten in ihrem Tun, ließen Wassergefäße fallen und deuteten wehklagend auf eine Stelle oberhalb des Wäldchen.

Plötzlich war das gesamte Lager in Aufruhr. Männer zückten Messer und Knüppel, die Kaufleute traten mit weinerlichen Schreien unter ihren Planen hervor und einer fiel auf die Knie, um Gott daran zu erinnern, dass er Schutz brauchte. Auch die Kamele stampften brüllend und schnaubend an ihren Pfählen, während die Maultiere zum Wahnsinnigwerden schrien.

»Ein Satan! Ein *Ungeheuer!*

»Tötet es!«

»Lauft weg, so schnell ihr könnt!«

Tanaquils Blick wanderte über den Hügel, den Kamin aus Felsgestein entlang. Wie von unsichtbaren Fäden gezogen, erhob sie sich.

Oberhalb des Kamins lag eine Schwärze über der Nacht, die um vieles schwärzer war als die Nacht selbst. Dem Anschein nach hatte sie keine Form, doch ein Flackern wie von einem glimmenden Feuer umgab sie. Und aus diesem Flackern heraus brannten zwei rote Sterne unter einem Schwert aus Licht.

Langsam drehte es sich, dieses Schwert, nach Osten und

Westen, Süden und Norden, fing mit seinen Spiralrippen und seiner gnadenlosen Spitze das Wehen des Windes ein. Und der Wind spielte auf dem Schwert, der Wind machte Musik.

Das Hornschwert *sang* und jetzt herrschte Stille im Lager, sogar die stimmgewaltigen Kamele und die heiseren Maultiere schwiegen.

»Es gibt dich«, sagte Tanaquil. Und bevor sie wusste, was sie tat – wieder mal –, streckte sie die Hände aus, als ob sie das Wesen auf dem Felsen, gute fünfzig Fuß über ihr, berühren wollte.

Doch mit einem Wirbel von Weiß und von Schwarz hatte das Einhorn kehrtgemacht und sprang mit großen Sätzen davon. Die Musik hörte auf, und über den Wind hinweg hörte Tanaquil die Stimme des betenden Kaufmanns.

»Schaut sie euch an, diese Hexe. Der kann man nicht trauen. Sie ruft Dämonen herbei.«

Tanaquil wandte sich vom Himmel ab. Sämtliche Männer um sie herum waren in Bewegung geraten. Sie standen auf dem Hügel und starrten sie an. Die Messer und Stöcke bildeten einen Wald und eine Zeit lang konnte sie nichts anderes sehen.

Dann drängte sich der dicke Anführer herbei und musterte sie voller Abscheu.

»Ich habe dich bei uns aufgenommen, Mädchen. Ich habe gestattet, dass du dieses Tier behältst, von dem mein guter Patron Pudit sagte, es sei verhext. Mach keine Scherereien ihretwegen, habe ich gesagt. Sie hat keine bösen Absichten.«

»Das stimmt«, sagte Tanaquil.

»Warum hast du dann einen Dämon auf dem Fels herbeibeschworen?«

Tanaquil fiel ein, wie sie die Arme erhoben hatte und welchen Anschein das erweckt haben musste.

»Ich habe ihn nicht herbeibeschworen. Und es war kein Dämon …« Beinahe wäre sie mit der Bemerkung herausgeplatzt, dass sie einen Dämon erkennen würde, wenn sie einen zu Gesicht bekäme, doch sie hielt sich noch rechtzeitig zurück. »Wisst ihr denn nicht, was das war? Das war ein Einhorn …«

Der Anführer stieß ein missmutiges Lachen aus. »So was gibt's nicht.«

Sie dachte: *Er glaubt bestimmt an etwas Übernatürliches und Böses, aber nicht an die Pracht eines Einhorns.*

Der Kaufmann Pudit war herangekommen. »Es gibt nur eine Methode, mit einer Hexe zu verfahren. Sie muss gesteinigt werden.«

»Klingt für mich vernünftig«, pflichtete der Anführer bei. Dann jaulte er auf, sprang in die Luft und trat mit dem linken Bein, das in einer braunen Fellhose steckte, in die Luft.

Männer eilten zur Hilfe herbei. Der Grummel, der mit einem zornigen Knurren die Zähne von seinem Opfer löste, sprang stattdessen den Kaufmann Pudit an. Er biss ihn mehrmals, während Pudits Diener, die versuchten, den Grummel mit ihren Keulen zu schlagen, den Kaufmann an Armen und Brust erwischten.

Tanaquil war sich nicht sicher, ob der Grummel beabsichtigt hatte, ein ablenkendes Durcheinander zu erzeugen, um ihr die Flucht zu ermöglichen. Falls das der Fall gewesen sein sollte, dann war der Plan fehlgeschlagen, denn Flinkfuß und einer der anderen Männer hatten sie bei den Armen gepackt und hielten sie fest.

Nach ein paar weiteren Augenblicken unglaublichen Krachs und Gerangels ließ der Grummel jedenfalls los und machte sich aus dem Staub, flitzte zwischen Beinen und dreschenden Knüppeln hindurch und verschwand den Hügel hinab, schneller als ein kullernder Stein.

»Bis auf den Knochen durchgebissen«, verkündete der Anführer gequält. »Das Tier ist ihr Schutzgeist.«

Tanaquil stellte fest, dass auf dem Hügel jede Menge Steine herumlagen, und einige der Männer hatten bereits angefangen, sie aufzulesen.

Sie sah entgeistert zu.

Dann erblickte sie Gork, der sich durch die Menge schob und sich vor seinen gebissenen Anführer stellte, rasselnd und scheppernd und mit dem üblichen Klack-Klack-Klack, mit dem sein Viehtreiberstock gegen seine Stiefel schlug.

»Es wäre nicht gut, sie zu töten«, sagte Gork. »Das bringt Unglück.«

»Unsinn«, erwiderte der gebissene Anführer. Aber die Männer mit den Steinen zögerten.

»Erinnerst du dich nicht an letztes Jahr?«, fragte Gork.

Es entstand eine lange Pause. Was immer letztes Jahr geschehen sein mochte, man rief es sich offensichtlich in allen Einzelheiten ins Gedächtnis.

»Damals«, sagte der Anführer und tätschelte dabei sein Bein, »lagen die Dinge vollkommen anders.«

»Nun, ich jedenfalls«, sagte Gork laut, »werde nicht mit einer Karawane reisen, auf der der Todesfluch einer Hexe lastet. Und meine Männer ebenfalls nicht.«

Man hörte das Poltern zu Boden fallender Steine.

»Also gut«, gab der Anführer missmutig klein bei.

»Wir jagen sie davon«, sagte Gork. »Soll sie doch in den Hügeln zu ihren Dämonen sprechen.« Sein Vorschlag wurde mit allgemeiner herzlicher Zustimmung bedacht. Gork sagte zu Flinkfuß und dem anderen Mann: »Ich würde sie an eurer Stelle nicht anrühren. Wer weiß, was dem Luder als Nächstes einfällt.« Dann trat er zu ihr und brachte sein Gesicht ganz nah vor das ihre. Gork blinzelte. Er schrie: »Hau ab, du dreckige Hexe.« Und er versetzte ihr einen kraftlosen Stoß.

Tanaquil nickte. Sie drehte sich um und rannte den Hügel hinab; die Männer wichen vor ihr zurück, einige brüllten ihr Schimpfworte hinterher. Ein Wurfgeschoss zerplatzte direkt hinter ihr, aber es war nur ein Klumpen Erde gewesen.

Während sie rannte, fielen ihr das nützliche kleine Messer und die Zunderbüchse ein, die sie von Flinkfuß erschachert hatte, im Tausch gegen die zerrissene Seide ihres Abendkleides. Sie dachte darüber nach, dass Gork ihr wahrscheinlich das Leben gerettet hatte. Und dass das Einhorn, das ihr in der Wüste ebenfalls das Leben gerettet hatte, ihr heute Abend wohl einen üblen Streich spielen wollte, indem es sie unversehens aus der friedlich-düsteren Gefahr und Unsicherheit aufgeschreckt hatte.

Tanaquil suchte in dieser Nacht in einer Felsenhöhle Unterschlupf, nachdem sie so viel Abstand wie nur möglich zwischen sich und die Karawane gebracht hatte. Dichtes Gebüsch verbarg den Höhleneingang und das von ihr entzündete Feuer; ab und zu stocherte sie mit einem Zweig im Feuer herum und bedachte den Karawanenführer, Pudit, Flinkfuß und gewisse andere Männer laut mit kräftigen Flüchen. Aufgrund ihres Murmelns und des Feuerscheins fand der Grummel in den frühen Morgenstunden den Weg zu ihr. Er hatte ein kleines Nagetier getötet, das er mit entschuldigenden Worten für sie beide briet. Von seiner Anhänglichkeit und Treue wollte er selbst anscheinend kein Aufhebens machen.

Sie schliefen ein und wurden von der aufgehenden Sonne geweckt.

Als Tanaquil aus der Höhle trat, sah sie, dass die Hügel im Westen sanft zu einer ausgedehnten Ebene hin abfielen. Von der aufgehenden Sonne angestrahlt, glitzerte ein goldener Halbmond am äußersten Rand der Ebene, dort, wo wie in einer Krümmung der Oberfläche der Himmel und das Land miteinander verschmolzen.

»Das ist die Stadt«, erklärte Tanaquil dem Grummel. Der Grummel putzte sich hingebungsvoll, ohne einen Blick für irgendetwas zu erübrigen. »Und dahinter liegt das Meer.«

Sie war sehr beeindruckt. Eine Sekunde lang verspürte sie das Verlangen, in die Luft zu springen und zu jubeln, aber sie beherrschte sich.

Sehr wahrscheinlich würde es mehrere Tage dauern, die Ebene zu durchqueren, aber Tanaquil fühlte sich beruhigt angesichts der Beschaffenheit der Landschaft, in die sie nun hinabstieg. Der Sand war von dürftigem Gras und ausgedehnten Flecken wilder roter und purpurner Blumen abgelöst worden. Hier wuchsen Palmen und Akazien, und später gab es Haine mit Palmen und Feigenbäumen, Oliven- und Zitronenbäumen hinter niedrigen Mauern. Dörfer lagen in der Ebene verstreut wie Trittsteine zur Stadt. Beherzt ging Tanaquil in eines davon und bat um etwas Obst. Man hielt sie für einen Jungen mit sehr langen Haaren, gab ihr Obst und war erstaunt über den ›zahmen‹ Grummel.

Tanaquil und der Grummel wanderten den ganzen Tag lang, und Tanaquil verfluchte ihre schlecht passenden ausrangierten Stiefel. Gegen Sonnenuntergang frischte der Wind erheblich auf. Männer erschienen in den Obsthainen, um die jüngeren Bäume gegen die Kälte abzudecken. Da vor ihr wieder ein Dorf lag, ging Tanaquil hinein und erkundigte sich bei einer Frau auf der Straße, ob sie ihr wohl eine Unterkunft für die Nacht gewähren könnte. »Ich kann Dinge reparieren«, fügte Tanaquil als eine Art Lockmittel hinzu.

Die Frau erlaubte ihr, in der Scheune zu nächtigen, und es dauerte nicht lange, da brachte man ihr den dorfeigenen Leierkasten in Einzelteilen. Tanaquil saß ohne Stiefel auf dem Stroh und arbeitete an der Musiktruhe, während der Grummel echte und eingebildete Mäuse jagte und spärlicher Schnee das Dorf in weißen Umrissen zeichnete. Als sie ihre Arbeit ausgeführt hatte, gab man ihr ein Essen, das aus pfeffrigem Haferschleim und Oliven bestand, und holte die Musiktruhe wieder ab. Sie hörte, wie sie bis Mitternacht von Haus zu Haus spielte.

In der Nacht schlich die *Nacht* durch die Gassen.

Tanaquil wachte auf und sah unter der Scheunentür hindurch vier schwarze Säulen mit einem Schweif aus glänzendem Meer. Sie hörte die Spirale des Horns an der Tür kratzen, spürte das Entsetzen, das davon ausging, die Magie und die Unmöglichkeit, dass es tatsächlich dort stand oder dass sie zu ihm hingehen sollte.

»Was willst du?«

Doch das Einhorn huschte durch das Dorf wie der Wind, lautlos, ohne Musik.

Kurz vor Sonnenaufgang starrten vier oder fünf Frauen beim Brunnen auf gefrorene rosafarbene Hufspuren im Raureif.

»Was ist das?«, fragten sie.

»O ja, was könnte das nur sein?«, fiel Tanaquil mit ein.

Der Grummel legte sieben zur Strecke gebrachte Mäuse, Opfer der Gesetze der grausamen, schlecht gestalteten Welt, seiner Wirtin zu Füßen.

Und so kam es, dass Tanaquil, Tochter der Zauberin Jaive, endlich in die Stadt gelangte, von der sie seit beinahe sechzehn Jahre so viele unbestimmte Dinge gehört hatte.

Sie war an diesem Tag in einer solchen Hochstimmung, weil sie dort angekommen war, dass sie sich fast einbildete, sie habe die Stadt persönlich geplant und erbaut.

Als sie aus einem kleinen Hain trat, entdeckte Tanaquil zunächst einen der steinernen Obelisken. Dieser hier kennzeichnete den Anfang einer gepflasterten Straße. Es handelte sich jedoch um eine ziemlich schmale Straße und sie war leer; wenn Tanaquil zu beiden Seiten über die Ebene blickte, sah sie in der Ferne Anzeichen von viel Staub und Verkehr, der offensichtlich auf breiteren Straßen in die Stadt strömte.

Die schmale Straße, die gerade ausreichend Platz für einen leichten Wagen und einen Maulesel geboten hätte, verlief zwischen Zitronen- und Fliederbäumen hindurch; an einer Stelle befand sich ein Steinbecken mit Wasser und einer mit einer Kette befestigten Eisenkelle. Die Kette vertiefte in Tanaquil einen Gedanken, der sie schon eine ganze Weile beschäftigte.

»Grummel, würde es dir etwas ausmachen, wenn ich dich an eine Leine nähme?«

Der Grummel hatte eine Zitrone gefunden und versuchte sie zu verspeisen. Sie schälte die Zitrone für ihn und während er das Mark untersuchte, band Tanaquil ihm die lange Kordel, die ihr Kopftuch gehalten hatte, um den Hals. Die Leine war ziemlich unpraktisch, aber im Augenblick würde sie den Zweck erfüllen und irgendwelchen Bemerkungen von Seiten der Stadtbewohner vorbeugen.

Der Grummel spuckte die Zitrone aus und fuhr sich mit den Krallen an den Hals.

»Nein, nein. Es tut mir Leid, aber du musst dich damit abfinden.«

»Weg!«, maulte der Grummel. »Weg, weg!«

»Nein. *Bitte.* Nur solange, bis wir dort ankommen – wo auch immer.«

»Brrr!«, machte der Grummel.

Er rollte sich hin und her und verhedderte sich in der Leine. Tanaquil befreite ihn umsichtig, bevor er sich womöglich noch erdrosselte. »Eine halbe Stunde?«

Der Grummel schmollte, während sie entlang der Straße weitergingen. Alle paar Minuten setzte er sich und Tanaquil ertappte sich dabei, dass sie ihn ungeduldig auf dem Hintern über das Pflaster zog. Der Grummel fluchte, hatte er doch einige Flüche von den Soldaten gelernt.

»Wenn es dir nicht passt, dann bleibst du eben draußen.«

Die Stadt war umgeben von Häusern, die unterhalb der Mauer gewachsen waren. Es gab Gärten mit Zypressen und Blumenbeeten, blau und weiß, gelb und malvenfarben und rot; die Dächer der Häuser waren mit drachenfarbenen Schindeln bedeckt. Die Mauer überragte sie alle, und Berichten zufolge zeigten deren Ziegel Bilder von zweirädrigen Wagen, von Rennpferden gezogen, von Löwen, Obstbäumen und so weiter. Die schmale Straße endete an einem schmalen Tor, wo zwei Soldaten, reglos wie Puppen, in vorbildlich strammer Haltung dastanden.

Aus der Stadt drang ohrenbetäubender Lärm. Anscheinend erklangen dort alle auf Erden denkbaren Geräusch gleichzeitig. Tanaquil hörte das Rumpeln von Rädern, das Klappern von Maschinen, das Scheppern von Eimern und das Plätschern von Wasser; sie machte brüllende Rinder und bellende Hunde aus, während Trompeten schmetterten, Türen knallten, Vögel zwitscherten und Männer und Frauen stritten und lachten und sangen. Sie war überwältigt. *Nun, was hast du erwartet?*

Der Grummel starrte ungläubig in Richtung des Stadtlärms und versuchte, sämtliche Gerüche zu erschnuppern, unter anderem auch den des Meeres.

»Hier gibt es viele Knochen und Fleisch und Kekse«, sagte Tanaquil.

Sie schlenderte zu dem Tor und plötzlich erwachten die beiden Soldaten zum Leben.

Sie versperrten den Eingang zur Stadt mit gekreuzten Speeren.

»Halt!«

Tanaquil blieb stehen. Was nun?

»Nenn dein Begehr in der Meerstadt.«

»Ich besuche meine Tante.«

»Leg ihre Einladung vor.«

»Ich habe keine.«

»Ohne ein Schreiben oder eine sonstige Beglaubigung kannst du die Stadt nicht betreten.«

»Da wird meine Tante aber ganz schön wütend sein«, sagte Tanaquil.

Die Soldaten schien diese Nachricht nicht zu beunruhigen. Sie sagten nichts, ihre Gesichter waren ausdruckslos und die Speere blieben überkreuzt.

»Welche Gründe berechtigen zum Einlass?«, fragte Tanaquil.

»Eine schriftliche Einladung von einem Bürger der Stadt. Eine Vorladung durch den Fürsten oder eine andere hohe Stelle. Der Transport von Waren in die Stadt. Die Absicht, hier gesetzesgemäß Geschäfte zu treiben. Und lass dich warnen«, fügte einer der Soldaten hinzu. »*Sage nicht, dass du Sachen reparierst.* Diesen schwachen Vorwand hören wir etwa zwei Mal am Tag.«

»Ich verstehe. Das wusste ich nicht.« Sie hatte das Gefühl, dass sie noch nie so schnell einen Plan gefasst hatte. »Ich bin Schaustellerin. Ich führe magische Tricks vor.«

»Das dürfte zulässig sein. Der Bazar unterstützt Gaukler. Aber du musst einen Beweis liefern.«

»Heißt das, ihr wollt sehen, wie ich etwas zum Besten gebe? Das ist eine ziemlich vertrackte Angelegenheit. Wisst ihr, ich bin in der Wüste ausgeraubt worden. Sie haben mir alles gestohlen – meinen Esel, meine Trickkiste ...«

»Wie willst du dann in der Stadt deine Beschäftigung ausüben?«

»Eins ist mir geblieben«, sagte Tanaquil. »Seht ihr diesen Grummel? Nur ein einfaches Wüstengeschöpf. Aber durch eine geschickte Sinnestäuschung kann ich bewirken, dass man den Eindruck hat, es *spricht*.«

Die Soldaten wandten ihr die maskenhaften Gesichter zu.

Tanaquil zerrte jäh an der Leine des Grummels.

Der Grummel trat um sich und fletschte die Zähne. »Rrrr!«, machte er.

Tanaquil hustete. »Entschuldigung. Ich habe Staub in der Kehle. Noch ein Versuch ...«

Sie stieß dem Grummel sehr sanft den Zeh in die Seite.

Er spuckte. »*Schlecht*«, sagte der Grummel. »Will nicht. Mag nicht. Will in Wüste gehn.« Und indem er sich blitzschnell in der Kordelschlaufe herumdrehte, gelang ihm ein kleiner Satz und er brachte Tanaquil aus dem Gleichgewicht. Während sie und der Grummel auf dem harten Pflaster taumelten, hörte sie, wie die Soldaten in schallendes Gelächter ausbrachen.

»Das ist eine tolle Nummer«, japste einer. »Kannst du das noch mal machen?«

»Einmal reicht fürs Erste«, entgegnete Tanaquil.

»Beißen!«, schrie der Grummel und zerrte an der Leine. »Wuff!«

»Ja, das ist wirklich umwerfend!«

Der Grummel fluchte und die Soldaten bekamen beinahe einen Anfall vor Lachen. Ihre Speere gaben den Weg frei und sie schlugen Tanaquil viel zu herzlich auf den Rücken, als diese den widerspenstigen Grummel in die Stadt zog. »Viel Glück, Junge. Du hast wirklich was drauf. Wir erzählen all unseren Freunden davon.«

6

Jede noch so übertrieben erscheinende Vorstellung, die Tanaquil in ihrer Phantasie jemals von der Stadt gehabt hatte, wurde von den Tatsachen in den Schatten gestellt. Selbst Jaive hatte in ihrem Magischen Spiegel niemals etwas Vergleichbares gezeigt. Es war, als befände man sich im Inneren eines riesigen Uhrwerks mit zahllosen Teilchen und Rädchen. Das Ganze wirkte gleichzeitig wirr und geordnet, zufällig und durchdacht. Genau wie der von der Stadt erzeugte Lärm, der eine Mischung aus Tausenden von Geräuschen war, so war auch ihre Form aus allen vorstellbaren und nicht vorstellbaren Formen gebildet – Linien, Winkel, Beulen, Kegel, Rundungen – und ihre Grundfarben Braun, Gelb und Weiß erblühten in der Mittagssonne zu bunten Blumen, grellen Metallfunken und gebrochenen indigofarbenen Schatten.

Tanaquil versuchte erst gar nicht, alles in sich aufzunehmen, sie marschierte einfach hinein und blickte sich aufgeregt, überwältigt um. Während der Grummel sie mit lautstarker Fassungslosigkeit begleitete – die unzähligen Gerüche der Stadt hatten seine Aufmerksamkeit vollkommen in Anspruch genommen –, knurrte und winselte er, schnupperte, grunzte und gab manchmal ein Quieken von sich. Hin und wieder preschte er seitwärts davon, weil ihn irgendetwas besonders interessierte, und Tanaquil, deren Konzentration auf viele Dinge verteilt war, wurde gegen eine Backsteinmauer oder in die Einmündung einer engen Gasse gezogen. Sie überlegte, ob sie den Grummel von der Leine lassen und ihm erlauben sollte, frei herumzulaufen. Aber vielleicht würde sie ihn dann nie mehr wieder sehen– es könnte ihm ja leicht etwas Schreckliches zustoßen. Er war in der Wüste zu Hause und dieser Ort hier überforderte ihn ebenso wie sie selbst.

Anfangs, gleich nach Durchschreiten des Tors, waren sie nur wenigen Leuten begegnet, lediglich kleineren Gruppen, wie man sie auch in einem Dorf antreffen mochte, Frauen in Eingängen oder an Brunnen oder ein paar Männer mit Spaten über den Schultern.

Dann öffneten sich die Gassen, die zwischen den Mauern und unter den Torbögen miteinander verschlungen waren und sich umeinander wanden, zu einer breiten weißen Prachtstraße. Palmen von gewaltiger Höhe säumten sie und es gab Marmortröge mit Wasser, zu einem von denen drei wie poliert aussehende Pferde zum Trinken geführt worden waren. An den Straßenrändern wimmelte es von allen möglichen Leuten, und an den Fenstern und in den Eingängen und auf Balkonen an den Gebäuden entlang der Straße drängten sich Menschenmengen so dicht wie die Beeren einer Traube. Treppen führten so hoch hinauf, dass man ihr oberes Ende von der Prachtstraße aus nicht sehen konnte, und Bürger eilten auf ihnen hinauf und herunter, wobei sie manchmal zusammenstießen. Gedrehte Äste von Bäumen reckten sich aus Dachgärten gen Himmel. Buntglasfenster blinkten, da sie andauernd aufgestoßen oder geschlossen wurden.

Die Straße hallte von Stimmen wider und von den Fahrzeugen, die in beide Richtungen fuhren: zweirädrige Karren und Kutschen, seidenbespannte, auf den Schultern von trabenden

Männern getragene Sänften und ein stattliches Kamel unter der Last von grünen Bananen.

Tanaquil stolzierte die Straße entlang und schob sich durch den Schwarm von Menschen, wie sie es bei allen anderen beobachtet hatte. Der Grummel an einer sehr kurzen Leine hielt sich jetzt dicht bei ihr, und sein Murren verlor sich in dem allgemeinen Tohuwabohu.

Bald öffneten sich wundervolle Läden in den Gebäuden. Sie sah Regale mit Kuchen wie Juwelen und Auslagen mit Juwelen wie Blumen und Gebinde von Blumen wie Lanzen und in einem Waffengeschäft Lanzen wie – Lanzen.

Sie wollte alles betrachten, wollte lachen und schreien. Sie kam sich größer vor als jede andere Person in der Menge. Außerdem war ihr schwindelig, denn das alles war zu viel und sie war trunken davon, so wie der Grummel von den Gerüchen ganz benommen war.

Am Ende der Prachtstraße gab es eine noch größere Überraschung. Sie mündete in einen Marktplatz, einen Bazar, wo sich jede auf dieser Erde denkbare, in der Öffentlichkeit zu betreibende Tätigkeit abspielte.

Zwei rosafarbene Marmorlöwen bewachten den Eingang und Tanaquil und der Grummel lehnten sich gegen den Sockel des einen, während sich Lastenträger, Karren und das Bananenkamel vorbeiwälzten.

Tanaquil versuchte, die Dinge auf dem Markt einzeln zu betrachten, doch das war unmöglich.

Ihr Blick glitt von den Körben mit Pfirsichen über die Wollballen zu dem Pferch mit lockigen Schafen und von dort zu dem Jongleur mit seinen Funken sprühenden Messern zum Zelt der Wahrsagerin mit den aufgestickten falschen Zauberzeichen und immer weiter.

Der Markt lag an einem Hang und war terrassenförmig angelegt, um zu verhindern, dass irgendetwas bergab kippte. Doch Tanaquils Blick purzelte den ganzen Weg hinunter und dort unten, blauer als der Himmel, blauer als alles, war das Meer. Als Kontrast zu dem emsigen Treiben am Ufer glitten schlanke Schiffe langsam über die Wasserfläche, mit rotbraunen und melonengelben Segeln. Der fischige, salzige Geruch flimmerte in der Luft wie Glas, stärker als Parfüm, Schafe und Pfirsiche zusammen.

»O Mutter«, sagte Tanaquil, »wir begrüßen den *Fisch*.«

»Was ist denn, geh doch weiter, verdammt nochmal!«, schimpfte ein grobschlächtiger Mann mit einer Schürze und drückte sich an ihr vorbei.

»Sei brav«, raunte Tanaquil dem Grummel zu, »dann bekommst du …« Sie zögerte. Sie hatte versprechen wollen, dass sie ihm etwas gekochtes Fleisch von einem der Verkaufsstände besorgen würde. Aber sie besaß ja kein Geld. Tatsächlich hatte sie noch nie Geld gesehen, außer in Jaives Schatztruhe und in jüngster Vergangenheit bei den Würfelspielern der Karawane. »Na ja, schauen wir mal«, sagte Tanaquil. Sie würden schon nicht verhungern. Schließlich beherrschte sie ja ihren sagenhaften »Zaubertrick«, oder etwa nicht? Anstatt die Herrlichkeiten des Marktes zu bestaunen, sollte sie besser einen Standplatz suchen, um das arglose Publikum mit dem sprechenden Grummel zu verblüffen.

Sie stürzten sich in das Marktgewühl und spazierten durch wogende Bahnen von blutroter Seide und vorbei an Girlanden aufgereihter geflochtener Körbe die Terrassen hinunter.

Ein Jongleur verdiente einen ansehnlichen Haufen von Münzen, die ihm von der Menge zugeworfen wurden – ein ermutigender Anblick. An einer anderen Stelle tanzte ein Mädchen mit Glöckchen an den Hand- und Fußgelenken, wieder anderswo bildeten junge Burschen eine lebende Pyramide und Feuerschlucker verblüfften mit ihrem Können.

Tanaquil und der Grummel gelangten zu einer Ochsenhälfte, an der der Grummel heftiges Interesse zeigte. Während sie versuchte, Ochsenhälfte und Grummel zu trennen, gewahrte sie vor sich einen weiteren Marmorlöwen. Zwischen seinen Füßen saß ein Mann und spielte Flöte. Beim Spielen wiegte er den Körper und aus einer Holzschale vor ihm reckte sich eine sich ebenfalls wiegende Schlange mit einer Haut wie eine Matte aus glänzenden Münzen empor.

»Sieh dir das an«, sagte Tanaquil zu dem Grummel, um ihn von dem Ochsenkadaver wegzulocken. Der Grummel sah hin, mit einemmal gehorchend. Tanaquil wurde bewusst, dass sie einen Fehler begangen hatte. »Nein ...«

Die Leine entglitt mit brennendem Schmerz ihrer Hand.

Wie ein geschleuderter brauner Schneeball überwand der Grummel die Entfernung zwischen sich und dem Marmorlöwen. Die Menge um die Statue herum teilte sich mit Geschrei. Der Grummel hechtete hindurch, machte einen Satz steil in die Luft, landete.

Es entstand so etwas wie eine Explosion von Schwänzen, Pfoten, Schale, Flöte, Schlange. Fellfetzen und Schuppen flogen durch die Luft.

Der Flötenspieler stand blaffend da und fuchtelte wild mit den Armen; offensichtlich hatte er Angst, sich in diesen Wirbelsturm einzumischen. Die mitleidlose Menge lachte und johlte.

Ein schreckliches Scheppern hallte von dem Marmor wider. Die Schlange war weg, stattdessen lag ein Haufen von Schuppen und wippenden Spiralfedern zu Füßen des Löwen. Der Grummel galoppierte mit einem silberfarbenen Rückgrat und ebensolchem Kopf zu Tanaquil.

Sie fing ihn ein. »*Schlecht*«, schrie Tanaquil unpassenderweise. »Du Dummkopf, sie war nicht mal echt ...«

Der Grummel kauerte sich zu ihren Füßen nieder, mit einem gequälten Blick auf die silberne Wirbelsäule der mechanischen Schlange, und jaulte. Anscheinend war er ein wenig peinlich berührt.

»Es tut mir Leid ...« Tanaquil eilte zu der Statue und sah zu dem Schlangenbeschwörer hinauf, der die verstreuten Teile seiner Darbietung zusammenklaubte.

»Fünfundsiebzig Kupfertaler und drei Heller hat mich das gekostet«, stöhnte er. »Vom besten Kunsthandwerker der Stadt gefertigt. Jetzt sieh dir das an!«

Der Grummel war Tanaquil gefolgt, seine Leine hinter sich herschleifend. »Gib mir *das*!« Sie nahm die Wirbelsäule und den Kopf aus seinen Zähnen; er war anscheinend froh, das Zeug los zu sein, und putzte sich gründlich. Der Kopf hatte grüne Facettenaugen aus Glas und Elfenbeinfangzähne in den mittels Scharnieren beweglichen Kiefern. Tanaquil machte sich daran zu versuchen, die Federn in ihre Nuten zurückzudrücken. »Ich glaube, ich kann das reparieren.«

»Nein, nein, mein Glück ist zerstört. Ich bin ruiniert.«

»Wirklich, ich glaube, ich schaffe es. Ich kann wirklich Sachen reparieren.«

Der Schlangenbeschwörer sah sie mit tränenerfüllten Augen an.

»Bist du eine *Kunsthandwerkerin*?«

»Nun – so könnte man es nennen.«

»Also gut. Dann *mach's*!«

»Ich brauche ein paar Werkzeuge ...«

»Eine Handwerkerin und keine Werkzeuge!« höhnte der verbitterte Schlangenbeschwörer. Er setzt sich auf den Löwen und weigerte sich, Tanaquil, den Grummel, die Menge oder die Schlange anzusehen.

»Da drüben, Bindats Bude – er leiht dir bestimmt das, was du brauchst«, sagte ein Mann, der von den Fleischverkaufsständen herübergekommen war. »Inzwischen kannst du mir die Portion bezahlen, die dein Hund von meinem Ochsen abgefressen hat.«

»Ich besitze keinen roten Heller«, sagte Tanaquil.

Der Mann antwortete erstaunlicherweise: »Dann nimm es geschenkt. Es war den Spaß wert.«

Den ganzen Nachmittag saß Tanaquil unter dem Marmorlöwen und reparierte die mechanische Schlange.

Es war eine ziemlich schwierige Arbeit, doch je weiter sie gedieh, desto mehr bekam sie ein Gespür dafür, was getan werden musste. Die Schuppen, die nach ihrer Befürchtung die schlimmste Aufgabe sein würden, waren lediglich mit kleinen Haken aneinander gefügt.

Während sie arbeitete, blieben die Leute stehen und sahen ihr zu. Ohne Notiz von dem Grummel zu nehmen, der an einen Pfosten angebunden war, oder von dem Schlangenbeschwörer, der auf dem Löwen vor sich hin brütete, erkundigten sich einige, was Tanaquil für die Reparatur eines Spielzeugs, einer Uhr, eines kleinen Bewässerungsgeräts verlangen würde. Tanaquil antwortete: »Ich berechne die Hälfte des gängigen Preises.«

Das führte dazu, dass bis zu der Zeit, da sich die Sonne gen Westen neigte, verschiedene Gegenstände ihrer Obhut überlassen worden waren. Die Läden im Bazar schlossen keineswegs bei Sonnenuntergang; es wurden bereits Lampen und Fackeln angezündet.

»So, das wär's«, sagte Tanaquil und hob die wie neu aussehende Schlange in das rötliche Abendlicht. »Versuch mal, ob sie geht.«

»Natürlich geht sie nicht. Ihr haarfeiner Mechanismus …«

»*Versuch*'s doch einfach!«

Der Schlangenbeschwörer packte die Schlange und warf sie missmutig in die Holzschale. Aber immerhin blies er eine Tonfolge auf der Flöte. Die Schlange bewegte sich. Zu der verhaltenen Melodie reckte sich die Schlange aus der Schale und tanzte im Sonnenuntergang.

Der Schlangenbeschwörer setzte die Flöte ab und die Schlange verharrte in der Senkrechten, im Abendlicht schimmernd.

»Ich werde dir nicht danken. Schließlich hat dein Hund sie kaputtgemacht.«

»Nein, *bitte,* danke mir nicht«, sagte Tanaquil. »Es könnte sonst womöglich zu einer schlechten Angewohnheit werden.«

Sie lockerte die Finger, verdrängte Hunger und Durst durch ein trockenes Schlucken, nahm die beiden Hälften eines Spielzeugsoldaten zur Hand und machte sich erneut an die Arbeit.

Vier Stunden später waren alle ihr überlassenen Gegenstände abgeholt worden und eine Hand voll Münzen glänzte wie die Schlange im Licht der Fackeln.

Irgendwo läutete eine Glocke. Es war Mitternacht. Als sie aufsah, erblickte Tanaquil einen zerlumpten Mann vor sich. Ein Eisenhelm saß auf seinem Kopf und bedeckte die Augen. Er tastete mit seinem Stock in eine unsichtbare Leere. Ein blinder Bettler.

»Kling, kling«, sagte er. »Ich habe gehört, wie die Münzen gefallen sind. Gib mir eine davon ab.«

Tanaquil legte eine Münze in seine dürre, suchende Hand.

Sie erinnerte sich mit erschüttertem Herzen an das Einhorn. Diese unvollkommene Welt …

Bindats Frau, Kuckuck, schlug vor, dass Tanaquil für eine Bezahlung von drei Hellern die Nacht in einem Nebengebäude ihres Hauses verbringen könnte. Tanaquil war todmüde und nahm das Angebot an. Es war jedoch ein langer Fußmarsch zu Bindats Haus, das hinter dem großen Markt und weit ab von der Prachtstraße in einem Elendsviertel lag. Hier lehnten sich die Behausungen aneinander, um nicht umzufallen, baufällige Holzbrücken führten über die Straßen, neben den von Haus zu Haus gespannten Wäscheleinen, von denen Diebe vor ihren Augen Wäschestücke stahlen. Bindat und Kuckuck grüßten sogar einen dieser Diebe warmherzig. Sie stapften durch offene Abflusskanäle, die in der Nacht zugefroren waren, und gelangten schließlich zu Bindats Haus. Das Nebengebäude war eine heruntergekommene Hütte mit Ritzen und Löchern, weiß vor Frost. Holz war hier aufgestapelt und Käfer krabbelten darin herum. Der Grummel, dem die Leine abgenommen worden war, verbrachte die ganze Nacht damit, diese Käfer zu jagen und zu verspeisen, obwohl Tanaquil die wässrige Suppe, aus der ihr Abendessen bestanden hatte, mit ihm geteilt hatte. Sehr früh am Morgen erfuhr Tanaquil, dass sie zusätzlich zu den drei Hellern für die überaus komfortable Unterbringung auch noch mit ihrer Arbeitskraft zu bezahlen hatte, indem sie den Hof kehren und die Ziege melken musste. Als Kind war es für sie ein besonderer Spaß gewesen, wenn sie manchmal die Ziegen in der Festung ihrer Mutter melken durfte. Hier gestaltete sich diese Aufgabe jedoch weniger angenehm, da die Ziege und der Grummel einander den Krieg erklärt hatten.

Nach einem Frühstück, das aus verbrannten Brotkrusten bestand, gingen Tanaquil und der Grummel zusammen mit Bindat und Kuckuck durch die heißen, stinkenden Abwasserkanäle, vorbei an schimpfenden ehemaligen Besitzern gestohlener Wäschestücke, zum Bazar zurück. Tanaquil war entzückt, als sie eine Menschenschlange unter dem Marmorlöwen antraf, die auf sie wartete: Die Kunde von ihrer Dienstleistung hatte sich in Windeseile verbreitet.

Gegen Mittag kam Bindat zu Tanaquil herüber und erklärte ihr in freundschaftlichem Ton, dass ihm die Hälfte ihrer Einnahmen zustünde, da er und Kuckuck persönlich ihr alle Kunden geschickt hätten. Während er sprach, ließ sich Kuckuck viel sagend beim Reinigen eines großen Messers an ihrem Stand sehen.

Tanaquil verzichtete auf eine Auseinandersetzung und gab Bindat die Hälfte ihrer Münzen. Als er weg war, erklärte sie ihrem nächsten Kunden, dass sie zu den Zelten der Gewürzhändler umziehen würde, da sie der Geruch angelockt habe.

Nachdem sie alle zuvor instand gesetzten Gegenstände ihren Besitzern wieder ausgehändigt hatte, huschte sie davon, die Terrassen hinunter, aus Bindats Sichtweite. Inmitten der Gewürztöpfe ließ sie sich gemeinsam mit dem Grummel bei einem Obelisken mit einem steinernen Fisch auf der Spitze nieder, und während sie ihre Arbeit wieder aufnahm, betrachtete sie den Fischmarkt unterhalb ihres neuen Standortes und das blaue Meer, das im Vergleich zum Hafen grün wirkte.

Ein- oder zweimal hatte sie während der Nacht im Nebengebäude leicht gedöst. Dann war es ihr so vorgekommen, als ob das Einhorn vor der Tür tänzelte, rein wie schwarzer Schnee inmitten des Elendsviertels. Doch wenn sie dann aufwachte, weil der Grummel bei seiner Jagd über sie stolperte, wusste sie, dass das Einhorn nicht da sein konnte.

Jetzt hatte sie das Gefühl, in einem Feld von Gewürzen zu arbeiten – Pfeffer und Ingwer, Zimt und Ysop und Anis, vermischt mit dem fischigen Salzgeruch des Meeres.

Der Grummel nieste und vertilgte das Bratenstück, das sie ihm mitgebracht hatte. Dann schlief er nach seiner anstrengenden Nacht auf ihrem Fuß ein und ihr Fuß tat es ihm nach.

Ein Schatten fiel auf Tanaquil, als sie gerade dabei war, den Rahmen eines mechanischen Brettspiels zu befestigen, der eine Sammlung kleiner Porzellantierchen zusammenhielt. Sie blickte auf. Ihre neuen Kunden waren drei Männer von stattlichem Wuchs. Derjenige, der allem Anschein nach die Hauptfigur darstellte, war in Schwarz und Rot gekleidet und seine Gürtelschnalle zeigte einen vergoldeten Hammer, durchkreuzt von einem Bronzemeißel.

Er sprach mit dröhnender Stimme. »Ich bin Wusch.«

»Sehr schön«, sagte Tanaquil.

Um sie herum waren das Geplapper und das Feilschen an den Gerwürzständen verstummt. Alle starrten Wusch und seine beiden stämmigen Begleiter an.

»Kennst du mich nicht?«, fragte Wusch. Er hatte einen Furcht erregenden Bart, der beim Sprechen in ihre Richtung ruckte.

»Ich bedaure sehr, nein.«

»Ich bin der Meister der Kunsthandwerker-Gilde von Meerstadt.«

Tanaquil spürte das Anklingen eines inneren Alarms. Sie packte die Leine des Grummels nah am Hals, denn er gab bereits ein Schnauben von sich.

»Freut mich sehr, deine Bekanntschaft zu machen«, sagte Tanaquil.

»Das ist ein Mädchen«, meinte der Begleiter zu Wuschs Linken. Er verlagerte sein Gewicht, so dass Tanaquil seinen Gildenschurz und ebenfalls die Schnalle mit Hammer und Meißel sowie einen mit Bronze verzierten Knüppel sehen konnte.

»Wenn das so ist«, sagte Wusch, »dann sollte sie brav zu Hause sitzen, anstatt hier Scherereien zu machen.«

»O je, habe ich das?«, rief Tanaquil mit gespielter Unterwürfigkeit und Zerknirschung aus.

Natürlich war offenkundig, was geschehen war. Es hätte dazu gar nicht Wuschs Begleiter zur Linken bedurft, der nun verkündete: »Bindat hat dich der Gilde gemeldet. Er behauptet, du verlangst die Hälfte der üblichen Preise für deine Arbeit. Alle Preise werden von uns festgelegt.«

»Und du bist kein Mitglied der Gilde«, erklärte Wusch. »Das bedeutet, dass es dir überhaupt nicht erlaubt ist, in der Stadt zu arbeiten.«

»Das wusste ich nicht«, verteidigte sich Tanaquil. »Bitte versteht, ich komme aus einem abgelegenen Dorf, und mir hat nie jemand gesagt …«

»Gib mir das da«, sagte Wusch und deutete auf das Spiel.

Tanaquil dachte: *Er wird es zerschmettern. Vielleicht auf meinem Kopf.*

Bevor sie sich entschließen konnte, den Grummel loszulassen, streckte Wuschs Kumpan zur Linken die Hand aus und schnappte sich das Spiel, doch anstatt sie damit zu schlagen, prüften alle drei mit gewichtigen Mienen den Mechanismus.

»Kein schlechtes Stück Arbeit«, lobte Wusch schließlich.

Tanaquil lächelte affektiert. *»Oh, vielen Dank!«*

»Wir haben keine Frauen in der Gilde«, sagte Wusch. »Du musst als Junge beitreten.«

»Aber beitreten musst du auf jeden Fall«, fügte der Kumpan zur Rechten hinzu. »Sonst bist du für den Hafen fällig.«

»Heißt das, ihr setzt mich in ein Boot und schickt mich fort?«

»Das heißt, wir werfen dich mit Bleisandalen ins Meer.«

»Ich trete bei«, sagte Tanaquil. »Es ist mir eine Ehre.«

»Die Gebühr beträgt vierzig Silbertaler.«

»Oh!«

»Du brauchst jemanden, der für dich bürgt, der für deine Kosten aufkommt. Eines der Gildemitglieder könnte das tun.«

»Dann stehst du in seiner Schuld.«

»Du musst besonders viel arbeiten, um ihm sein Geld zurückzuzahlen.«

»Dafür brauchst du die Gilde.«

»Ja.«

Der Grummel holte mit der Pfote aus und zielte mit den Krallen auf Wuschs teure Stiefel. Der Hieb ging daneben.

»Komm bei Sonnenuntergang zum Gildehaus«, sagte Wusch. »Jeder kann dir den Weg dorthin weisen.«

»Wenn du nicht kommst«, fügte der Mann zur Linken hinzu, »dann kommen wir zu *dir*.«

»Zu freundlich«, sagte Tanaquil.

Sie sehnte sich nach einem von Jaives Bannsprüchen, der – jedenfalls laut Jaive – Wusch und seine Begleiter in Frösche verwandelt hätte.

Es stimmte, dass anscheinend jeder wusste, wo das Gildehaus der Kunsthandwerker zu finden war, oder jedenfalls wiesen die Leute, die Tanaquil frage, ihr ohne Zögern den Weg. Das Gebäude befand sich in einer weiteren vornehmen Straße, ins Licht des Sonnenuntergangs getaucht. Die vergoldeten Säulen leuchteten und das Symbol von Hammer und Meißel erstrahlte über dem Eingang, die Tür war jedoch fest verschlossen. Tanaquil, die den Grummel an einer neuen starken Leine führte, die sie am Nachmittag gekauft hatte, klopfte höflich und danach etwas heftiger, es tat sich jedoch nichts. Vielleicht war die unheilvolle Einladung der Kunsthandwerker nur eine Herausforderung gewesen oder womöglich ein böser Spaß, um sie dumm dastehen zu lassen. Diese Hoffnung wurde jedoch zunichte gemacht, als aus einer runden Öffnung über ihr ein fettes, griesgrämiges Männergesicht herausschaute.

»Wer ist da?«

»Ich wurde von Wusch dem Kunsthandwerker hierher beordert.«

»Du bist die Frau vom Markt. Halte das Tier im Zaum.« Der Grummel kratzte an der Vergoldung der Säulen.

Während Tanaquil versuchte, den Grummel im Zaum zu halten, glitt plötzlich eine kleinere Tür in dem großen Portal auf. Tanaquil trat hindurch, den Grummel hinter sich her ziehend. Die kleine Tür, von einem Räderwerk betrieben, schnappte hinter ihnen wieder ins Schloss.

Nun standen sie in einem langen, von Hängeleuchten erhellten Korridor; am anderen Ende dieses Korridors befand sich eine zweite massive Tür. Die einzige Möglichkeit bestand darin, weiterzugehen, und das tat Tanaquil.

Kaum hatte sie sich in Richtung der zweiten Tür in Bewegung gesetzt, als sich rings um sie herum mechanische Merkwürdigkeiten in Betrieb setzten, vielleicht durch ihre Schritte am Boden ausgelöst. Glocken läuteten, winzige Fenster flogen auf und Vögel aus Holz flitzten herum – der Grummel sprang hinter ihnen her –, Gipsköpfe drehten sich bedrohlich und streckten rote Gipszungen heraus. Tanaquil fand das alles ziemlich plump.

Als sie die zweite Tür erreicht hatte und der Grummel neben ihr mit viel Theatralik versuchte, seine Bedürfnisse zu verdeutlichen, indem er *»Vogel! Vogel!«* plärrte, klopfte Tanaquil erneut – und diesmal schwang die Tür weit auf.

Die Halle der Kunsthandwerker – diese Bezeichnung stand in goldenen Lettern auf der Wand gegenüber der Tür und darüber prangte wieder einmal das goldene Symbol von Hammer und Meißel, ergänzt durch goldene Sägen, Zangen, Messleisten und Ähnliches – war genau quadratisch, schwarz getüncht und von Fackeln erhellt. Auf schwarzen Stühlen rings herum saßen dreißig Männer, die Tanaquil für irgendwelche Amtsinhaber oder Würdenträger der Gilde hielt. Und der Tür gegenüber, unter der Schrift, saß ein Mann, der Wusch sein musste, denn sein Stuhl war der größte und ein Furcht erregender Bart ragte unter seiner Maske hervor. Alle Männer im Raum waren maskiert. Die Masken sahen alle gleich aus: Bronzevisiere und schwarze Glasscheiben anstelle der Augen. Die Masken erfüllten ihren Zweck, einen düsteren Eindruck von unbarmherziger Skrupellosigkeit zu erzeugen, mit Erfolg. Tanaquil schwankte zwischen Verachtung und äußerstem Unbehagen. Und da sich ihre Stimmung auf den Grummel übertrug, kauerte er sich sprachlos und mit aufgestelltem Fell zu ihren Füßen nieder.

Eine Stimme erklang jäh aus der Luft. Wieder eine Maschine, diesmal jedoch von verblüffender Wirkung.

»Bei dem hier Anwesenden handelt es sich um den Knaben Tanaquil. Er ist befähigt, Spielzeug zu reparieren, und er ersucht um Aufnahme in unsere Gilde. Bisher hat er ohne Mitgliedschaft gearbeitet und schuldet deshalb der Gilde ein Strafgeld von drei Kupfertalern. Außerdem kann er die Aufnahmegebühr nicht bezahlen. Ein Bürge ist also gefordert. Sagt, Brüder, wird einer von euch dem Knaben Tanaquil diesen Gefallen erweisen?«

Einer der maskierten Männer, dürr und knochig, rappelte sich mühsam von seinem Stuhl hoch. Mit säuerlicher Miene sagte er: »Wusch, unser Meister, hat vorgeschlagen, dass ich das übernehmen soll. Deshalb werde ich das Silber für den Knaben Tanaquil entrichten, das er mir danach schuldet, zuzüglich der Zinsen von einem halben Bronzetaler, insgesamt im Lauf des nächsten Jahres in bar an mich fällig, und zwar vor dem Fest der Segnung.« Er setzte sich.

»Wir schätzen«, sagte die Stimme in der Luft, »die Großzügigkeit unseres Bruders Jops. Hat der Knabe Tanaquil zugehört und verstanden? Gelobt er, dieses Darlehen zu würdigen und es fristgerecht zurückzuzahlen?«

Tanaquil zuckte mit den Schultern. »Wenn ich muss. Wenn ich *kann*. Habe ich eine Wahl?«

»Nein«, sagte die Maske mit Wuschs Bart. »Antworte in angemessener Weise.«

»Ich werde das Darlehen zurückzahlen«, sagte Tanaquil. »Was geschieht, wenn ich es nicht kann?«

»Dann wirst du als säumiger Schuldner von der Gilde mit Peitschenhieben durch die Straßen der Stadt getrieben werden,« zischte die Wusch-Maske verärgert.

»Wartet«, sagte Tanaquil. »Ich gebe die Sache auf. Ich werde nichts mehr reparieren. Bestimmt finde ich eine andere Arbeit.«

Lautes Raunen erhob sich im Saal und sie hörte, wie eine andere Maske triumphierte: »Ich habe euch ja gewarnt, es handelt sich hier um dieses Mädchen mit dem sprechenden Tier, von dem ich gehört habe.«

Wusch räusperte sich und in der Halle herrschte Stille.

Er sprach: »Zu spät. Die Entscheidung ist gefallen.« Und dann befahl er mit dröhnender Stimme: »Bringt den Fisch der Gerichtsbarkeit herbei.«

Begleitet von einem gedämpften Rumpeln verborgener Räder glitt ein Teil des Bodens in würdevoller Trägheit zurück und zog dabei neunundzwanzig Stühle die Wände hoch, während Wuschs Stuhl in einem eleganten Bogen nach rechts schwang.

Der Grummel knurrte.

Die Wand mit den goldenen Zeichen und Buchstaben teilte sich und gab eine hohe rechteckige Öffnung frei.

Tanaquil erhaschte einen Blick auf Bäume in einem Hof oder Garten hinter dem Gildehaus sowie einen pfauenblauen Abendhimmel, übersät mit Sternen – ein Fluchtweg? –, aber stattdessen kam etwas in die Halle herein und die Tür schwang wieder zu.

Die Stimme in der Luft intonierte salbungsvoll:

»Aus dem Meer kommt der Wohlstand der Stadt. Dem Meer zollen wir unsere Verehrung. Möge das Meer unser Richter sein.«

Ein Eisentisch rutschte von der Wand weg zu Tanaquil hin. Darauf stand eine Bronzewaage, deren beide Schalen beim Herankommen hin und her pendelten. Es herrschte ein strenger, nunmehr erkennbarer Geruch.

Die Bruderschaft der Gilde erhob sich. »Der Fisch!«

Tanaquil dachte an das Festmahl ihrer Mutter.

In der linken Waagschale lag ein Fisch mit silbernen Schuppen. Es war ein künstlicher Fisch, eine handwerkliche Arbeit von äußerster Schönheit, genau wie die Schlange in dem Bazar. In der anderen Waagschale lag ebenfalls ein Fisch. Dieser war grünlich-grau und stank zum Himmel. Ein echter Fisch vom Fischmarkt.

Die Gildenbrüder hoben die maskierten Köpfe und reckten die Arme in die Höhe.

Wusch, das Gesicht der Decke zugewandt, die Arme nach oben ausgebreitet, sagte: »Wähle nun, Knabe Tanaquil, welcher Fisch soll es sein?«

Da man ihr die Zeremonie nicht erläutert hatte, konnte Tanaquil nur vermuten, sie solle den künstlich hergestellten Fisch wählen, der ohnehin angenehmer war. Andererseits, vielleicht stellte der stinkende echte Fisch so etwas wie ehrliche Arbeit dar? Wenn sie die falsche Wahl träfe, welche lächerliche und abscheuliche Bestrafung würde das wohl nach sich ziehen?

Unweigerlich kam ihr der Gedanke: *Die letzte idiotische Zeremonie, an der ich teilgenommen habe, war das Festmahl meiner Mutter. Das Einhorn hat mich da zum Glück rausgehauen.*

Sie stellte sich vor, eine der Türen, die in die Halle führten, würde plötzlich schwungvoll auffliegen und Dunkelheit würde hinter dem Perlmuttmond des Horns hereinfluten.

Dann sah sie wieder auf die beiden Fische hinunter.

Es war nur noch einer da.

War das göttliche Einmischung? Der übrig gebliebene Fisch war der hübschere, der künstlich hergestellte.

»Nun, ich nehme an …«, sagte Tanaquil. Sie hielt inne, weil die Kunsthandwerker ebenfalls die Köpfe gesenkt hatten, und sogar durch die Masken hindurch ahnte sie, dass sie die leere Waagschale fassungslos anstarrten.

»Wo ist der Fisch?«, fragte die säuerliche Stimme von Jops.

»Er war da«, sagte jemand anderes. »Ich habe ihn *gerochen.*«

»Ohne den Fisch ist die Zeremonie null und ni…«

»Wo, ach wo …?«

»*Da* ist der Fisch«, erschallte Wuschs Stimme.

Tanaquil merkte, dass etwas Heisses und Pelziges neben ihrem Bein saß, und aus dessen spitzschnauzigem Gesicht, zwischen den reglosen Kiefern, hingen drei Fingerbreit eines silbergrünen Schwanzes heraus.

Tanaquil griff sich den künstlich hergestellten Fisch aus der anderen Schale.

»So höret denn!«, rief Tanaquil klangvoll. »Ich habe den künstlich hergestellten Fisch gewählt. Mein Grummel dagegen hat den Fisch gewählt, den man essen kann.«

»Sakrileg!«, stöhnte Jops. »Eine Verhöhnung des altehrwürdigen Rituals! Muss ich jetzt trotzdem die gesamten Kosten für sie vorstrecken?«

»Das ist zweifellos ein sehr ernster Fall«, erklärte Wusch.

Tanaquils Blick hielt dem Kreis von böse starrenden Masken stand, der lächerlichen, gefährlichen Düsternis dieser Männer, die wahrscheinlich noch verrückter waren als ihre Mutter, und darüber hinaus noch viel ungerechter.

»Welche Strafe steht auf das Verzehren des Fischs?«, stöhnte der niederträchtige Jops.

»Der Fisch«, murmelte Tanaquil leise vor sich hin, »das Fleisch, die Suppe, die Treppe, die Tür – ich habe dich aus Knochen und einem Räderwerk zusammengebaut und du bist zum Leben erwacht. Ist das ein Zauber, den ich bewirkt habe? *Wo bist du?*«

»Sie hat unsere Halle gesehen«, sagte Wusch, »und das Ritual der Mitgliedschaft miterlebt. Aber sie kann unserer Gilde nicht beitreten, denn das würde für uns alle Unglück bedeuten.«

»Dann heißt das für sie: fällig für den Hafen«, sagte eine Stimme, die ihr bekannt vorkam.

7

Die Wand unter den Buchstaben, dem Hammer und dem Meißel veränderte sich. Dann teilte sie sich, einfach so. Wieder waren da Baumwipfel und ein noch dunklerer, noch tiefer blauer Himmel voll noch wilderer Sterne. Behutsam wie eine Katze kam das Einhorn wie in Glasschuhen durch die Öffnung herein und durchquerte die Halle. Ohne Gewalt, ohne Hast. Es bewegte sich im Rhythmus eines alten Tanzes, machte allen Ritualen dieser Welt Schande. Schwarz, silbern, golden und mondschimmernd, Nacht und Meer, Feuer, Erde, Luft und Wasser.

Diesmal habe ich es tatsächlich gerufen. Oder vielleicht habe ich es jedes Mal gerufen?

Tanaquil hörte, wie der Grummel zu ihren Füßen den ganzen Fisch in einem Stück hinunterschluckte. Und sie hörte das ungedämpfte Pochen ihres Herzens.

Dann schrie einer der Handwerker laut auf.

»Es ist das Heilige Tier! Retter euer Leben! Die Stadt ist verloren!«

Und irgendwie wurden die mechanischen Stühle umgeworfen, die geschlossene Tür zum Flur aufgerissen, und die Meute der Handwerker quoll hindurch. Das Einhorn, sanftmütig wie ein Reh, tänzelte leichten Schrittes hinter ihnen her. Es zog an Tanaquil vorbei wie eine Woge von Sternen. Sie glaubte, die Musik seiner Gebeine und des um sein Horn gewundenen Nachtwindes zu vernehmen.

Als das Einhorn die Tür durchschritt und im Flur dem äußeren Ausgang zustrebte, zerrte der Grummel an seiner Leine, was als Hinweis für Tanaquil gemeint war, ihm zu folgen. Und wieder einmal fühlte sich Tanaquil dazu hingerissen, das Nachttraumwesen zu jagen.

Im Flur wandten sich die Gipsköpfe um und streckten die Zungen heraus, was allerdings niemanden beeindruckte. Hinter dem geöffneten Säulenportal lag die Straße, und die Gildemeister, immer noch angetan mit ihren geheimen Insignien, hetzten die Straße entlang, aller Feierlichkeit entblößt der Öffentlichkeit preisgegeben, sprachlos, nur noch von Panik beherrscht. Und das Einhorn tänzelte hinter ihnen her.

Tanaquil zog an der Leine. »Nein … lass es laufen … ich hätte nicht … nein … nein …« Die Leine riss und der Grummel sprang auf die Straße hinaus, vielleicht einfach nur auf der Jagd nach seinem alten Phantasiebild von einer Mahlzeit oder einem Schatz – dem Knochen – , und Tanaquil folgte ihm gemessenen Schrittes. Sie zwang ihren Geist zum Arbeiten, während ihre Füße versuchten, nicht zu rennen.

Wie war das Einhorn in die Stadt gelangt? Sie sah es vor sich, wie es vom Himmel heruntersprang wie ein herabstürzender Planet. Aber nein, der Vorgang war viel schlichter gewesen. Sie glaubte das schmale Tor vor sich zu sehen, durch das sie hereingekommen war: Ein Soldat ist neben einer Weinkaraffe eingenickt und der andere steht müßig da und beobachtet etwas, das sich leise aus den Wäldchen und Obsthainen der Ebene nähert. Ein Pferd? Ja, ein hübsches Pferd, das irgendeinem Edelmann entlaufen ist. Und das Pferd kommt zum Tor und der Soldat, der nicht genügend betrunken ist, um fest zu schlafen, lächelt es an und versucht, es zu streicheln, aber irgendwie gelingt ihm das nicht. Dennoch öffnet er den Eingang in die Stadt und einer Dunstwolke gleich gleitet das Einhorn hinein. »Pferd-Pferd«, lallt der Soldat freundlich. »Eines Tages werde ich auch ein Pferdchen haben.«

Entlang der Straße brannten in regelmäßigen Abständen Fackeln und hier und da fügte eine Lampe, die in einem Eingang oder einem Fenster hing, den Schimmer von buntem Glas hinzu.

Durch kalte Schattenbögen und kühle Lichtkegel eilten die fliehenden Kunsthandwerker. Sie keuchten jetzt wie rostige Blasebälge, und hin und wieder stöhnten oder fluchten sie. Der eine oder andere spähte manchmal über die Schulter zurück, und sobald er sah, dass die schlanke schwarze Schreckensgestalt immer noch mit eleganter Leichtigkeit hinter ihnen trabte, erhöhte er seine Fluchtgeschwindigkeit für kurze Zeit, bis ihn die Kräfte wieder verließen.

Niemand schaute aus dem Fenster, um zu sehen, was da vor sich ging. Die Stadt war Tag und Nacht voller Geräusche. Auch begegneten sie niemandem.

An ihrem Ende mündete die Straße in einen breiten Boulevard von besonderer Pracht. Er war gesäumt von Löwen aus vergoldetem Eisen sowie von einheitlichen Laternen aus saphirklarem grünem und rotem Glas. Menschen flanierten darunter und an den Straßenrändern hatte sich eine kleine Menge versammelt, die dastand und mit leichter Besorgnis den Boulevard entlangblickte.

Die Kunsthandwerker hatten keine Nachsicht für diese Barriere übrig. Sie stoben hinein, schlugen um sich und stießen Warnungen aus, man möge das Weite suchen oder zumindest den Weg freigeben. Doch die Menge umringte sie neugierig und deutete auf die Masken. »Seht mal, das ist die Gilde der Kunsthandwerker! Sie sind allesamt verrückt geworden!« Und als sich die Kunsthandwerker, atemlos Beschimpfungen ausstoßend, die Leute mit Stöcken und Fäusten bearbeiten, zahlten es ihnen diese auf die gleiche Weise heim. Ein aufregendes Handgemenge begann.

Tanaquil, die mit einem Abstand von etwa zwanzig Metern folgte, wandte den Blick von dem Aufruhr ab. Sie sah, dass das Einhorn stehen geblieben war, klar und rein wie die Statuen in den Lichtern der Prachtstraße. Die wogende Menge nahm es anscheinend nicht wahr. »Nein«, sagte Tanaquil wieder. »Tu es nicht.« Und das Einhorn, als ob es sie hören würde und auf seine erhabene, unirdische Weise necken wollte, vollführte einen stolzen Paradesprung seitwärts. Dort war ein Garten oder eine Gasse und darin verschwand das Einhorn.

Tanaquil rannte, holte den Grummel ein. In einer Lücke zwischen hohen Häusern blieben beide stehen, spähten in einen Tunnel aus Dunkelheit, aber da war nichts. Wieder einmal. Weg.

Der Grummel saß auf der Straße und putzte sich emsig, als wäre er lediglich zum sportlichen Vergnügen gerannt, nicht um etwas zu *jagen*. Tanaquil bekam seine Leine zu fassen.

Das Toben der Menge war jetzt vollends ausgeufert. Tanaquil wurde bewusst, dass sie nicht nur Kampfeslärm hörte, sondern auch Jubelrufe und -pfiffe, die immer näher kamen. Bürger, die nicht an der Schlägerei beteiligt waren, deuteten in die entsprechende Richtung. Sie sah eine geordnete Bewegung und das schwache Leuchten von Laternen auf Speeren. Soldaten näherten sich, um die aufgebrachte Menge zur Ordnung zu bringen. Und hinter den Soldaten kamen weitere Lichter, Trommeln, das Rollen von Rädern.

»Es ist eine Prozession«, sagte Tanaquil.

Vorsichtig ging sie näher.

Die wild um sich dreschenden Handwerker und ihre Angreifer mischten sich jetzt mit zankwilligen Soldaten in polierten Rüstungen und federgeschmückten Helmen. Der Aufruhr hatte sich mittlerweile in die Prachtstraße ausgedehnt. Plötzlich entwirrte sich das Menschenknäuel und die Menge flutete quer über die Straße.

Tanaquil hievte sich auf den Sockel einer Laterne, während der Grummel den Pfosten hinaufkletterte.

Kunsthandwerker und gewöhnliche Leute strömten über die Straße, Soldaten teilten Schläge mit Speerkolben aus und eine Gruppe von Trommlern fiel kreischend über sie her, während Pferde scheuten und Wagen umkippten und Blumen und Feuer durch die Luft wirbelten.

»Das ist jetzt keine Prozession mehr«, bemerkte Tanaquil.

Voller Erstaunen betrachtete sie das chaotische Durcheinander, das nicht so aussah, als könne es jemals wieder entwirrt werden, als ein erstaunlich unversehrter zweirädriger Wagen geradewegs aus dem Tumult herausschoss und mit einem eleganten Bogen unter Tanaquils Sockel schwenkte, wo er zum Stehen kam.

Der Wagen war zierlich, bemalt und vergoldet und mit Blumengirlanden geschmückt, und er wurde von zwei kleinen weißen Pferdchen gezogen. Die Fahrerin war ein Mädchen, vielleicht ein Jahr jünger als Tanaquil. Sie hatte lange Zöpfe von dichtem schwarzem Haar und trug einen Umhang aus rotem Samt und einem reingoldenen Gewebe, der anscheinend mit Rubinen bestickt war.

»Was ist das hier für ein abscheuliches Schauspiel?«, rief das Mädchen mit durchdringend hoher, gebieterischer Stimme.

Sofort verstummte der Lärm. Die Streitereien auf der Straße hörten auf, und die Kämpfenden lösten sich voneinander, sofern es ihnen möglich war. Sie nahmen sich die Masken, hielten sich Tücher an die blutenden Nasen und standen mit betretener Miene herum.

Aha, dann ist sie also eine bedeutende Persönlichkeit, dachte Tanaquil. Und als sie das Mädchen ansah, hatte sie das seltsame Gefühl, sie schon einmal gesehen zu haben.

»Also?« sagte das Mädchen, immer noch mit theatralischem Gehabe, inzwischen aber etwas ruhiger, nun, da Stille herrschte. »Welche Entschuldigung habt ihr vorzubringen?«

»Hohe Dame, diese Rüpel haben sich direkt vor unseren Augen einen Kampf geliefert«, meldete ein geckenhafter Offizier der Soldaten.

»Offensichtlich«, sagte das Mädchen. Auf dem Kopf trug sie eine aus Gold geflochtene Kappe mit einer wippenden roten Feder. »Du«, fügte sie, an Wusch gewandt, hinzu. Wusch richtete sich auf; er hatte sich die Maske halb vom Gesicht gezogen, so dass ein schwarzes Auge über dem Bart hervorlinste. »Du bist das Oberhaupt der Kunsthandwerkergilde, nicht wahr?«

»Jff«, gab Wusch mit aufgeplatzter Lippe zu.

»Was steckt hinter dieser Rauferei?«

Ein Ausdruck der Verzweiflung huschte über Wuschs angeschwollenes Gesicht. Er straffte die breiten Schultern.

»Wir find von einem Einorn werwolgt worn, Euer Oeit.«

»Einem was?«

»Einem Einorn.«

»Er meint ein Einhorn, hohe Dame«, erläuterte der Offizier und gab ein bühnenreifes Lachen von sich.

»Wo ist es?«, sagte das Mädchen und sah sich mit aufrichtiger Begeisterung um. »Hast du dir das ausgedacht?«

»*Nein*, Euer Oeit. Das Eilige Tier at unter unf gewütet.« Wusch fügte mit schicksalsschwerer Stimme hinzu: »Daf ift daf Ende.«

Ein Seufzen ging durch die Menge. Tanaquil sah, wie hier und da Zeichen zur Abwehr des Bösen und das Unglücks gemacht wurden.

»*Falls* das Heilige Tier«, sagte das Mädchen, »jemals zu uns zurückkehrt, würde es meinem Vater, Fürst Zorander, seine Loyalität erweisen. Wir haben nichts zu fürchten. Was euch betrifft, so glaube ich, dass ihr alle von irgendeinem sonderbaren Gilde-Ritual trunken seid. Ihr habt euch eingebildet, alle möglichen Dinge zu sehen, und dann seid ihr auf die Straße gerannt und habt diesen Aufruhr verursacht. Zweifellos wird mein Vater eure Gilde zur Rechenschaft ziehen. Darauf könnt ihr euch schon mal freuen und hört auf, dummes Zeug über Einhörner zu verbreiten.«

Die Kunsthandwerker sackten in sich zusammen, waren in höchstem Maß peinlich berührt. Angedeutete Zweifel wurden in ihren Reihen laut. Hatten sie sich das Einhorn vielleicht tatsächlich nur *eingebildet?*

Dann stampfte ein dünner, kauzig aussehender Kunsthandwerker mit dem Fuß auf, stieß den Finger anklagend in die Luft und deutete zu dem Laternensockel, wo Tanaquil und der Grummel hockten.

»*Sie* ist die Unruhestifterin. Sie ist eine Hexe. Sie hat bewirkt, dass wir Dinge sehen«, heulte Jops.

Alle Köpfe wandten sich ihr zu, jedes Gesicht im Umkreis von einer Meile blickte zu ihr hinauf. Einschließlich des Gesichts der Prinzessin.

Die Prinzessin runzelte die Stirn. Für einen kurzen Augenblick war sie möglicherweise verdutzt, vielleicht durch den Anblick des Grummels, der mit einer Pfote und dem Schwanz an den Krümmungen der Laterne hing.

»Dieses Mädchen?«, fragte die Prinzessin.

Wusch sagte mit schwerer Zunge: »Fie at fich alf Junge werkleidet in unfere Alle eingeflichen. Fie at ein Ritual werunglimpft …«

Die Prinzessin unterbrach ihn und wandte sich direkt an Tanaquil. »Was hast du dazu zu sagen?«

»Ich bin keine Hexe«, antwortete Tanaquil heftig. Sie sah das

Mädchen an und bemühte sich um Selbstbeherrschung. »Natürlich gab es kein Einhorn. Weil ich die Fähigkeit besitze, Dinge zu reparieren, wollten sie mich zwingen, ihrer Gilde beizutreten. Sie haben gedroht, mich zu ertränken, falls ich es nicht täte.«

»Ach ja«, sagte die Prinzessin. »Das wird meinen Vater interessieren.«

Die Kunsthandwerker tuschelten aufgeregt miteinander. Der Offizier bedachte sie mit einem strengen Blick und sie verstummten.

»Dann«, erzählte Tanaquil weiter, »gerieten sie vollkommen aus dem Häuschen, rannten auf die Straße hinaus und kreischten etwas von heiligen Tieren. Ich bin fremd in dieser Stadt. Das alles hat keinen sonderlich guten Eindruck auf mich gemacht.«

»Natürlich nicht«, pflichtete das Mädchen bei. Sie sah die Soldaten an. »Ich bitte euch, räumt die Straße.«

Endlich war die Ordnung wiederhergestellt. Die anderen Fahrzeuge wurden wieder fahrbereit gemacht, die Soldaten trieben die Handwerker und Bürger aus dem Weg. Als sie Wusch am Straßenrand absetzten, wurden spöttisches Gelächter und höhnische Bemerkungen laut.

Die Prinzessin sagte zu Tanaquil: »Klettere da runter und steig in meinen Wagen. Dein Tier kannst du mitbringen.«

Tanaquil antwortete: »Ich bin sicher, ich kann der Ehre nicht gerecht werden.«

»Das ist keine Ehre«, erwiderte die Prinzessin. »Es ist eine Aufforderung.«

Tanaquil kletterte von dem Löwen herunter, der Grummel rutschte hinter ihr her. Sie stiegen in den blumengeschmückten Wagen und die Prinzessin ruckte an den Zügeln. Die kleinen weißen Rösser schossen davon, mitten durch die Umstehenden auf der Straße hindurch, die erschrocken zur Seite taumelten.

Ein paar Schneeflocken, etwas Ungewöhnliches in der Stadt, wirbelten durch die Luft.

»Übrigens, es tut mir Leid, aber Vater wird die Kunsthandwerker keineswegs zur Rechenschaft ziehen. Es wäre sinnlos, ihn dazu überreden zu wollen. Es spricht, nicht wahr?«, fragte die Prinzessin. »Das Tier.«

»Ich kann – äh – es so erscheinen lassen.«

»Gut. Ich dachte mir schon, dass du in Ordnung bist.«

Sie fuhren mit hoher Geschwindigkeit aus der Straße der Löwen in eine Straße, die mit vergoldeten, von Laternen beleuchteten Delphinen gesäumt war. Der Grummel wickelte sich um Tanaquils Bein und klammerte sich an sie. »Zu schnell. Will aussteigen.«

»Das beherrschst du hervorragend«, lobte die Prinzessin.

»Oh. Danke.«

Auf der anderen Seite des Hügel, wo die Straße abwechselnd von laternenbeleuchteten vergoldeten Kraken und ebensolchen Kamelen gesäumt war, tauchte ein auffallend weißer, angestrahlter Berg auf.

»Da wohnt mein Vater«, sagte die Prinzessin, einigermaßen gelangweilt.

Als der Wagen langsamer wurde, versuchte Tanaquil erfolgreich, die Linien der Fenster und Balkone zu zählen: fünfzehn Stockwerke.

»Du kannst dieses Zimmer benutzen, wenn du willst«, sagte die Prinzessin. Ihr Name war Lizra, wie sie offenbart hatte. »Nimm ein Bad und such dir eins von den Kleidern aus dem Zedernholzschrank aus. Dann gehen wir hinunter zum Abendessen. Es wird sich stundenlang hinziehen. Macht nichts, wenn wir zu spät kommen.«

Sie hatte ihren Umhang abgeworfen und saß in einem roten Prunkgewand mit goldenen Knöpfen da.

Beim Betreten ihres Schlafzimmers war Tanaquil halb wie

vor den Kopf geschlagen, aber auch halb entzückt gewesen. Es war ein Raum von gewaltigen Ausmaßen, und jede Wand war so bemalt, dass man glaubte, in einen schönen Garten mit Obstbäumen und Blumen zu blicken, mit einem Flamingo-Teich, dessen Wasser ein Mosaik aus Lapislazuli war, die widerzuspiegeln und sich zu kräuseln schienen.

An der blauen Decke blinkten eine goldene Sonne und ein silberner Mond und einige Kupfer- und Platin-Planeten, die sich in wirklichkeitsgetreuen Bahnen bewegten. Als Lizra einen goldenen Griff am Bett betätigte, flogen drei künstliche weiße Tauben darüber.

Das Bett an sich war in der Form einer Meeresmuschel gehalten, mit Perlmutt eingelegt. Es gab keine offenen Kamine;. anscheinend verliefen Rohre mit heißem Wasser unter dem Boden und hinter den Wänden, gespeist von Brennöfen im Keller.

Auch der Grummel war überwältigt. Er hinterließ sofort etwas Dung auf einem goldgewirkten Teppich und faltete dann den Teppich wie einen hässlichen Pfannkuchen über der Untat zusammen.

Tanaquil rechnete mit dem sofortigen Tod, doch Lizra hob lediglich den Teppich und warf ihn aus dem Fenster, zehn Stockwerke tief in den Garten. »Jemand wird ihn finden, den Blumen den Dung geben, den Teppich reinigen und ihn zurückbringen.«

Dennoch zeigte sie Tanaquil und dem Grummel ein Marmorbad, in das bereits ein großes Tablett mit Erde gebracht worden war.

Das andere Zimmer ging vom Schlafgemach ab. Es war ganz in einem Rosenmuster gehalten und darin befanden sich ein offener Kamin und ein Bett, beides mit zimtfarbenen Säulen. »Hier pflegen meine Besucher zu nächtigen«, sagte Lizra leichthin. »Freunde.«

Tanaquil hob die Augenbrauen. »Zu liebenswürdig. Bestimmt erweist du mir nicht die hohe Ehre, mich zu deinen Freunden zu zählen?«

»Bist du dann vielleicht eine Feindin?«, fragte Lizra und bedachte Tanaquil mit einem messerscharfen Blick.

»Ich habe nur gemeint ...«

»Denk dir nichts dabei«, sagte Lizra. Sie beobachtete den Grummel im Bad, der mit einiger Verzögerung die Erde von dem Tablett über den ganzen Boden scharrte. »Lass ihn was sagen«, sagte Lizra. »Ich glaube, er möchte es.«

»Verbuddelt«, nuschelte der Grummel. »Klug ich.«

»Ja«, sagte Lizra. »Das habe ich mir gedacht.«

Tanaquil badete in einer Wanne, in der sie hätte schwimmen können, wenn sie des Schwimmens kundig gewesen wäre. Da waren mit Seife gefüllte schwimmende Jadeenten und ein Fisch, der einen mit warmem Wasser bespritzte, wenn man ihn neigte.

Lizra suchte aus ihrem Schrank ein Kleid aus löwengelber Seide für Tanaquil aus. Es war reich verziert und mit Fischbein verstärkt, genau wie das rote Gewand. »Wir haben dieselbe Größe. Das ist gut. Man muss sich hier nach der Etikette kleiden, besonders fürs Abendessen. Es gibt unheimlich viele Regeln, genau wie bei der Prozession.«

Lizra war durch die Stadt gefahren, um gewissermaßen die Leute zu inspirieren. »Vater meint, das wirkt«, sagte Lizra, »aber die Hälfte von ihnen nimmt es gar nicht wahr. Warum sollten sie auch? Ich muss einmal im Monat die Runde machen. *Er* kümmert sich nur um die Feierlichkeiten. Das geht einem ganz schön auf die Nerven.«

»Was sagt denn deine Mutter dazu?«

»Meine Mutter ist tot«, sagte Lizra schroff. »Erzähl mir nicht, dass dir das Leid tut und wie schrecklich du das findest, denn du hast sie ja gar nicht gekannt; ich übrigens auch nicht, nicht richtig. Sie ist gestorben, als ich fünf war.«

Aber Tanaquil hatte tatsächlich deshalb nichts gesagt, weil

sie sich vorstellte, wie ein Leben ab fünf ohne Mutter wohl sein mochte – oder ohne die einzige Mutter, die sie kannte, Jaive.

»Also, gehen wir runter«, sagte Lizra.

»Wird dein Vater wissen wollen, wer ich bin?«

»Sofern er einen von uns beiden überhaupt zur Kenntnis nimmt, wird er annehmen, dass du irgendeine Fürstentochter aus einer anderen Stadt bist, die bei uns das Besuchsrecht genießt. Das ist nichts Außergewöhnliches. Andererseits war ich mal mit der Tochter eines Straßenkehrers befreundet, Yilli, und sie war oft hier. Ich habe sie wirklich gemocht. Dann hat sie eines Morgens versucht, mir die Kehle durchzuschneiden, weil sie mir etwas von meinem Schmuck stehlen wollte, den ich sowieso nicht leiden kann. Sie hätte ihn gern haben können. Seither vermeide ich es, mich mit jemandem anzufreunden.«

Tanaquil war so empört, dass sie eine Art sonderbares Mitleid empfand. Sie sah alles vor sich, die schmerzliche Eifersucht der Straßenkehrer-Tochter, Lizras kühnes, blindes Vertrauen, ihre Erschütterung, die tiefe Wunde, die dieser Verrat hinterlassen hatte und von der sie glaubte, sie mit Gleichgültigkeit überspielen zu können.

»Ich bekomme sie immer noch manchmal zu Gesicht«, sagte Lizra mit belegter Stimme. »Sie bäckt auf dem Löwenmarkt Pasteten.«

Tanaquil kam in den Sinn, dass sie möglicherweise eine dieser Pasteten gegessen hatte. Sie sagte: »Heißt das, du hast sie gehen lassen?«

»Zuerst habe ich sie kopfüber aus dem Fenster gehalten.«

Tanaquil sagte: »Soll das im Klartext heißen, dass du mich warnst, auf der Hut zu sein? Da du nichts von mir weißt …«

»Na und?«, erwiderte Lizra. »Ich glaube einfach, ich möchte dich gerne *kennen*, doch dafür brauche ich nichts über dich zu *wissen.* Ja, die arme Yilli war ein Fehler. Aber man muss Risiken eingehen.«

»Ja«, sagte Tanaquil.

»Bring deinen Grummel mit. Das Abendessen wird ganz nach seinem Geschmack sein.«

Sie fuhren im Fliegenden Stuhl hinunter in den Speisesaal. Dem Grummel gefiel das gar nicht, so wenig wie es ihm beim Herauffahren gefallen hatte.

Mehrere Marmortreppen mit geräumigen Absätzen führten über die fünfzehn Stockwerke des Palastes hinauf und hinunter. Zu jeder Treppenflucht gehörte auch ein Fliegender Stuhl. Sie sahen aus wie Vogelkäfige mit Sparren aus vergoldetem Eisen und einer gepolsterten Bank im Inneren. Man trat hinein, setzte sich und betätigte eine goldene Glocke im Boden des Käfigs. Ihr Läuten kam bei den Bedienungsmannschaften im Erd- und Dachgeschoss des Palastes an, woraufhin diese sich daran machten, an vergoldeten Seilen zu ziehen. Der Käfig funktionierte mittels eines Gegengewichts, das behutsam hochgezogen wurde, um die Kabine abzusenken, und das behutsam gesenkt wurde, um sie hochzuheben. Sollte man einen Halt im zwölften Stockwerk wünschen, wurde die Glocke zwölfmal geläutet und so weiter. Manchmal kam die Zahl der Glockenschläge falsch an, aber niemals sehr falsch.

Tanaquil ihrerseits mochte es auch nicht besonders, durch die Luft der Treppenschächte hinauf und hinunter zu fliegen, mit den geschnitzten Säulen, Balustraden und Fenstern, die in der entgegengesetzten Richtung vorbeiglitten. Der Trupp von Stuhl-Dienern, die sich grinsend über die Geländer beugten, war manchmal weit unten oder weit oben zu sehen. Sie alle machten einen ziemlich durchgeknallten Eindruck.

»Hat es mit den Fliegenden Stühlen jemals ein Unglück gegeben?«, hatte sie sich erkundigt, als man ihr anfangs das System erklärt hatte.

»Ein- oder zweimal«, sagte Lizra und fügte philosophisch hinzu: »Sie fallen nie sehr tief. Vaters Oberster Hofrat, Gasb, hat sich einmal das Bein gebrochen. Ratten hatten die Seile durchgenagt. Der Seilprüfer wurde enthauptet.«

Sie erreichten den fünften Stock, wo sich der Speisesaal befand, und stiegen aus, begleitet von einem Chor zufriedener Jubelrufe von dem unteren Stuhl-Trupp.

Die Türen zum Saal waren mit Gold überzogen. Zwei Diener warfen die Flügel auf. Sofort sprangen ihnen ein Flöten spielender Junge und ein Blüten streuendes Mädchen in den Weg und gingen ihnen voraus in den Saal. Es war unwahrscheinlich, dass sich auch nur einer der zahlreichen dort versammelten Menschen nach ihnen umsah. Das Getöse war ohrenbetäubend. Gruppen von Musikern spielten auf einer Empore rings um den Saal herum: Flöten und Trommeln, Harfen und Tamburine. Niemand hörte zu oder gab sich auch nur den Anschein, es zu tun.

Reihen von Tischen mit hohen und niedrigeren Beinen, die sich unter der Last von Speisen und Getränken förmlich bogen, hatten die Gäste wie hungrige Möwen angezogen. Diener, beladen mit Tabletts voller Gemüse, Obst, Gebäck, Kuchen und Gebratenem sowie Behältern mit Wein, Wasser, Tee und Kognak huschten herum. Allem Anschein nach wurde die Mahlzeit nicht in einer Abfolge von verschiedenen Gängen gereicht, vielmehr wurde alles gleichzeitig und ununterbrochen serviert. Zerdrückte Blumen lagen auf dem Mosaikboden, geschmeidige Hunde, Katzen und Affen mit Kragen aus Silber und Edelsteinen streiften umher, während an mehreren der großen goldenen Kandelaber gezähmte Papageien schaukelten, etwas knabbernd oder sich an den Kerzen die Federn verbrennend. Ein rosafarbener Vogel stürzte sich kopfüber herab und zog eine Leine von Kristallen hinter sich her. Der Grummel setzte zum Sprung an, doch Tanaquil hielt ihn zurück. Gleich darauf ließ sich der Vogel in einer Terrine aus geschliffenem Glas nieder, in der sich vermutlich kalte Suppe befand, und fing an zu plantschen und sich zu putzen.

Die fürstliche Tafel befand sich am Ende des endlos erscheinenden Saals, inmitten einer Raumbepflanzung von Ranken und eingetopften Bäumen, deren Zweige mit kleinen glitzernden Edelsteinen behängt waren. Der Tisch selbst bestand aus Gold und hatte eine seltsam gewundene Form, die an die Biegungen eines Flusses erinnerte. Ungefähr siebzig Personen hatten in der einen oder anderen Kurve Platz genommen. Sie alle trugen unglaubliche Gewänder in vielen ausgefallenen Stilrichtungen, verziert mit wertvollen Metallen und Steinen.

»Das da ist mein Vater«, sagte Lizra. »Und dort ist Gasb, der mit dem Hut wie eine Eule.

Tanaquil sah als Erstes den Hut. Er war aus Federn gefertigt, die wie ausgebreitete Flügel zu beiden Seiten des Kopfes abstanden; die Maske war weit über die Augen herabgezogen und verdeckte auch die Nase mit einem Schnabel aus Gold. Was immer er in Wirklichkeit sein mochte, die aufwendige Aufmachung ließ ihn gleichermaßen lächerlich und gnadenlos grausam erscheinen. Tanaquil erhaschte lediglich einen flüchtigen Blick auf den Fürsten, bevor Lizra sie seitwärts in eine Biegung des Tisches drehte; dort saß bereits ein Mann mit sehr schwarzem, langem lockigen Haar, mit einem diamantenbesetzten Diadem, Kleidung aus gestückelter Seide, Goldstoff und den Fellen und Pelzen zahlloser Tiere, die ansonsten wohl noch ihr eigenes Leben geführt hätten.

»Nimm etwas hiervon«, empfahl Lizra. »Lass den Grummel ruhig auf den Tisch, wenn er das will. Sieh mal, da sitzt Lady Orchidees Krallenaffe in der Pastete.«

Tanaquil begann zu essen. Die Speisen waren schmackhaft, wenn auch einige davon sehr stark gewürzt. Die Adligen vom Hof des Fürsten schütteten zusätzlich noch ständig Wolken von Pfeffer, Salz und Zimt auf ihre Teller und rührten Zucker und Aromen in ihre Schalen. Hin und wieder erhaschte Tanaquil einen weiteren Blick auf Lizras Vater – ein gut aussehender Mann, der wohl niemals lächelte. Und obwohl er dem allgemeinen Schauspiel am Tisch keine Aufmerksamkeit schenkte, schob er den sauberen, niedlichen Krallenaffen der Lady Orchidee grob beiseite, wenn dieser in seine Nähe hopste, und man konnte beobachten, wie Lady Orchidee in einer theatralischer Geste ihr prächtiges Gewand zu einer um Entschuldigung heischenden Verbeugung raffte.

Anscheinend hatte Lizra keinerlei Bezug zu ihrem Vater. Sie blickte sich um und sprach mit mehreren Personen am Tisch. Sie deutete auf einen Herrn, der dem Vernehmen nach eine Rosensorte gezüchtet hatte, die bei Sonnenuntergang in die Erde hinein schrumpfte und deshalb nicht jeden Abend von Gärtnern mit einer Schutzabdeckung gegen den Frost versehen werden musste, und auf eine Dame, die ein Wagenrennen gewonnen hatte, sowie auf einen General in goldenem Kettenhemd, von dem behauptet wurde, er habe ein Krokodil verspeist.

Doch über Fürst Zorander verlor Lizra kein Wort. *Zwischen den beiden besteht keinerlei Beziehung*, dachte Tanaquil. *Ebenso wenig wie zwischen mir und Jaive.* Dann lachten sie und Lizra wieder über etwas und Tanaquil fragte sich überrascht: *An wen erinnert sie mich?*

»Wisst ihr schon«, brach sich Lady Orchidees laute Stimme voller Selbstüberzeugung Bahn, während sie versuchte, die grüne Leine des Krallenaffen an ihren Stuhl zu binden, »dass wieder einmal ein Einhorn in der Stadt gesichtet wurde?«

»Ein Einhorn? Irgendein Blödsinn …«

»Nein, es gab mehrere Berichte aus der Löwen- und aus der Luchs-Straße. Gegen Mitternacht sei eine gespenstische Gestalt mit einem schimmernden Silberhorn vorbeigehuscht.«

»Ich habe gehört, das Geschöpf sei scharlachrot gewesen und habe feurige Augen gehabt«, widersprach ein Adeliger zu Lady Orchidees Linken.

»Die Fischer berichteten, sie hätten das Heilige Tier der Stadt kurz vor Sonnenaufgang im Meer schwimmen gesehen.«

»Es gibt immer derart irreführenden Gerüchte«, warf Gasb plötzlich mit strenger, eulengrausamer Stimme ein, die über sämtliche Biegungen der Tafel hinweg trug.

Jeder beeilte sich zuzustimmen. »O, wie wahr, Lord Gasb.«

Irgendwo weit oben, in der Wölbung des Palastes, läutete eine große Glocke. Sie schlug die mitternächtliche Stunde und der ganze Saal versank jäh in vollkommene Stille.

Fürst Zorander erhob sich. Er war von stattlicher Gestalt und wirkte befehlsgewohnt in seinem Gewand aus toten Dingen. Der Kelch, den er hob, war offensichtlich aus einem einzigen Amethysten geschnitten. Alle Anwesenden standen ebenfalls auf und hoben die Trinkgefäße. Auch Tanaquil erhob sich, ebenso wie Lizra. Die kühle, ruhige Stimme des Fürsten schallte wie die Glocke. »Die Stadt begrüßt die Mitternacht und das Heilige Tier.«

»Mitternacht. Das Tier.«

Sie tranken und setzten sich. Der Grummel, der sich wortlos an Fleischbrocken auf dem Tisch und verschütteter Soße gütlich getan hatte, kletterte auf Tanaquils Schoß und ruinierte Lizras gelbes Kleid.

8

Bei Sonnenaufgang führte Lizra Tanaquil durch die ausgedehnten Palastgärten.

Tanaquil war sich nicht ganz sicher, ob es ihr gefiel, abends so spät ins Bett zu gehen und am nächsten Morgen so früh aufzustehen. Das Feuer, das für die Nacht in ihrem zinnoberroten Kamin entfacht worden war, glühte immer noch, als sie dadurch aufwachte, dass Lizra mit einem Frühstückstablett neben ihrem Bett stand, bereits mit einem Aufsehen erregenden weißen Gewand mit gefiederten Ärmeln bekleidet. »Begrüße den Tag!«, sagte Lizra, genau wie Jaive ihr Zauberporträt hatte sagen lassen.

Dennoch bot die Sonne, die über den vielen unterschiedlichen Bäumen und Statuen und über den klaren Teichen des Gartens aufging, einen wundervollen Anblick.

Die Gärtner waren ringsum emsig damit beschäftigt, die Pflanzen und Sträucher von ihren Schutzhüllen zu befreien. Einige waren unbedeckt geblieben und hatten tapfer der Kälte trotzen müssen, deshalb waren ihre Blüten vom Frost angefressen und schwarz, doch es brachen bereits neu Knospen hervor und bis Mittag würde alles wieder in voller Blütenpracht stehen. Stelzvögel fischten in den Teichen.

»Glaubst du, es könnte so etwas wie ein Einhorn geben?«, fragte Lizra.

»Glaubst du es?«

»Ich weiß nicht, woher du kommst«, sagte Lizra. »Nein, ich möchte es gar nicht wissen. Aber wahrscheinlich hast du die Legenden unserer Stadt noch nicht gehört. Es gibt zwei. Die eine besagt, das Einhorn habe die Stadt gegründet. Es wurde von einer riesigen Welle an Land gespült und dort, wo es die Erde mit seinem Horn berührte, entsprang eine Zauberquelle, der Ursprung sämtlicher Gewässer der Stadt. Von Zeit zu Zeit kehrte das Tier zurück, um den Fürsten seine Aufwartung zu machen. Eines Tages wird es wiederkommen, sich dem Fürsten nähern, ihn berühren und ihm große Macht einflößen, ihn unsterblich machen, unverwundbar – oder so ähnlich. Und dann wird die Stadt eine Blütezeit erleben wie nie zuvor.«

»Wie lautet die andere Legende?«, fragte Tanaquil, die sich an das Geschrei der Kunsthandwerker erinnerte.

»Gemäß der anderen Legende haben wir das Einhorn beleidigt – ich weiß nicht, auf welche Weise. Deshalb wird es bei seiner Rückkehr die Menschen töten oder zu Krüppeln machen, und vielleicht wird das Meer über die Ufer treten und die Stadt in einer Sintflut zerstören.«

Tanaquil stand nachdenklich da. Sie stellte sich vor, wie das Urmeer die Wüste, die Fossilien und die Sternenknochen, die sie unter dem hohlen Hügel gefunden hatte, überflutete.

Der Grummel plumpste in einen Teich, und sie fischten ihn eilig wieder heraus.

»Blubb. Schlecht«, schimpfte der Grummel. »*Nass.*«

»Es ist wirklich großartig, wie du das machst«, bemerkte Lizra. »Deine Lippen bewegen sich überhaupt nicht.«

Tanaquil hätte Lizra gern die Wahrheit gesagt, aber auch diesmal hielt sie sich zurück, denn genau wie Lizra hatte vielleicht auch sie nie eine wahre Freundschaft gekannt. Klar, sie hatte versucht, sich mit den Zofen in der Festung anzufreunden, aber diese hatten Tanaquil entschieden an ihren »angestammten Platz« verwiesen: Tochter der Gebieterin.

Der Tag war warm und der Grummel schüttelte sich neben ihnen und plusterte das Fell auf, während sie zu dem mechanischen Wasserrad gingen, das das Wasser für die Gartenanlage aus der Tiefe holte.

Während sie dastanden und das Rad beobachteten, mittels dessen die vollen Eimer hochgekurbelt, seitwärts in einen Kanal gekippt und dann wieder in die Zisterne hinunter geschwenkt wurden, näherte sich ein Palastdiener Lizra im Laufschritt.

»Hoheit, Euer Vater bittet Euch in die Bibliothek.«

»Danke«, sagte Lizra. »Ich folge der Aufforderung.« Der Diener entfernte sich und Lizra fluchte. »Ich weiß, worum es geht, nämlich um das Fest der Segnung am Ende der Woche – morgen. Es gibt so viele Rituale«, sagte sie, als sie den Palast betraten und zum Fliegenden Stuhl gingen. Während die Bedienungsmannschaft sie mit Jubelschreien heraufzog, umklammerte Tanaquil ihre Knie und der Grummel krallte sich an den Polstern fest, stellte das Fell auf und sah so aus, als könne ihm jeden Augenblick übel werden. Lizra fügte hinzu: »Übrigens, ich befürchte, für die letzten drei Stockwerke müssen wir Vaters privaten Stuhl benutzen. Das ist schlimmer als das hier.«

»*Schlimmer?*«

Sie stiegen im zwölften Geschoss aus und gingen durch einen von salutierenden goldenen Wachen gesäumten Flur, an dessen Ende sich eine geschnitzte Tür befand; als sie hindurchgingen, standen sie auf einem Treppenabsatz aus grünlichem Onyx. Auf einer Treppenflucht tollte eine Gruppe von schrecklich aussehenden Kerlen auf gefährliche Weise herum; sie schlugen über die Geländer Purzelbaum und schaukelten kopfüber daran, wobei sie ein abscheulich kehliges Geschrei und Gekicher von sich gaben. Sie waren schön gekleidet, jedoch barfuß. Die Haare standen ihnen zu Berge.

Lizra befahl streng: »Stuhl *runter.*«

Sofort verwandelte sich das allgemeine tolle Treiben in ein zielstrebiges polterndes Rennen die Treppe hinauf. Von drei Stockwerken höher erklangen Rufe und Geheul und dann der wilde Gesang eines Liedes, dessen Worte sich völlig sinnlos anhörten.

Ein Fliegender Stuhl von überwältigender Pracht an einem silberummantelten Seil kam die Treppe herunter. Er blieb auf dem Treppenabsatz stehen.

»Sie binden ihn oben los«, erklärte Lizra. »Wir gehen besser hinein. Sie sind nicht fähig, längere Zeit still zu bleiben.«

Tanaquil folgte Lizra voller Unbehagen in den Stuhl, setzte sich und hielt den Grummel mit eiserner Umklammerung in den Armen.

Lizra trat mit der Fußspitze gegen etwas Goldenes am Boden und über ihnen schmetterte eine Trompete.

Der Krach steigerte sich zu einem Orkan, als der Käfig ruckte und sich hob.

Auf dem Weg nach oben kamen sie an der Bedienungsmannschaft vorbei, die mit dem anderen Ende des Silberseils die Stufen hinunter rannte, kreischend und etwas singend wie:

»Hau ruck, zack und zuck …«, wobei ihre Füße nie die Trittflächen verfehlten. Ihre Augen waren gerötet und sie hatten Schaum vor dem Mund.

»Na, wenn das mal gut geht!« rief Tanaquil.

Doch sie erreichten unversehrt den oberen Treppenabsatz und der Stuhl blieb starr wie ein Stein stehen.

»Jetzt binden sie ihn unten fest«, erklärte Lizra. »Dann müssen sie warten, bis der nächste Fahrgast hinauf oder hinunter will. Wenn Vater beschäftigt ist, rennen sie manchmal alle zehn Minuten rauf und runter. Sie sind das Gegengewicht, verstehst du? Das war Gasbs Idee. Mein Vater fand es ungewöhnlich. Alle diese Bediensteten drehen durch, sie können niemals in Ruhestellung sein. Und sie müssen in mechanisch betriebenen Hängematten schlafen, die ständig schaukeln.«

Tanaquil war übel, und das nicht nur von dem Stuhl.

Jetzt standen zwei Goldsoldaten mit überkreuzten Speeren vor einer Goldtür.

»Dies ist die Tür zu den Gemächern des Fürsten.«

»Ich, die Tochter des Fürsten, begehre Einlass, gemeinsam mit meiner Begleiterin, der Prinzessin Tanaquil.«

»Tretet ein!«

Hinter der Tür war etwas, wovon Tanaquil schon gehört, das sie jedoch noch nie gesehen hatte: Tageswinter.

»Kümmere dich einfach nicht drum«, sagte Lizra.

Sie stiegen zehn Stufen empor, die aus reinstem Eis zu bestehen schienen, aber aus irgendeinem Grund rutschten sie trotzdem nicht aus. Zu beiden Seiten erstrecken sich ausgedehnte Schneeflächen in eine bläuliche Ferne, wo weiße Schneeberge in einen königsblauen Himmel stachen. Auf den Schneeflächen schlichen große Katzen mit weißfleckigem Fell umeinander herum.

Tanaquil verzog das Gesicht. Sie zwang sich, die Glasscheiben zwischen sich und dem Schnee bewusst wahrzunehmen.

Sie erreichten den oberen Treppenabsatz und einen offenen

Bogen. Durch den freien Raum darunter tapste ein Schneeleopard auf krallenbewehrten Pfoten. Er wandte den boshaften Kopf zu ihnen um und fauchte und das Fell auf seinem Rücken stellte sich auf.

Der Grummel hatte sich flach zu Boden geworfen, mit schlängelndem Rumpf und grunzend.

»Nur ein mechanisches Gebilde«, sagte Lizra. »Alles nur mechanisch.«

Der Grummel stand wieder auf. Der Schneeleopard hatte offenbar keinen Geruchssinn und jetzt zog er sich tatsächlich in die Wand zurück.

Sie gingen durch den Bogen und verließen den Schnee, um eine große Bibliothek mit goldenen Büchern zu betreten. Das Licht der Sonne fiel durch eine Tür, die auf das Dach hinausführte, in den Raum und überflutete den glänzend polierten Boden. Schmetterlinge waren hereingeflogen; weiß und silbern und blassblau schwirrten sie im Raum herum und ließen sich auf den Büchern nieder.

»Alles mechanisch«, wiederholte Lizra. Sie warf Tanaquil einen Blick zu. »Mein Vater mag Dinge, die nicht echt sind.«

Entlang des Daches, das mit drachenförmigen Schindeln belegt war, glitt ein bemaltes Boot dahin, gezogen von einem Ballonsegel, das sich im Wind blähte.

Das Boot kam zur Tür, die Luft wich aus dem Ballon und er sackte in sich zusammen: Der Fürst und sein Oberster Berater betraten die Bibliothek. Heute trug Zorander eine Tunika mit Käferflügeln, Gasb hatte sich mit einem Hut geschmückt, der aussah wie ein Geier.

»Wer ist das?«, fragte der Fürst. Einen Augenblick lang dachte Tanaquil, er meinte seine eigene Tochter, was sie seltsamerweise kaum überraschte; aber es war Tanaquil, auf die sich seine Frage bezog.

»Oh, das ist Prinzessin Tanaquil. Von … Erm«, antwortete Lizra.

»Und *das?*«

»Ihr Grummel. Er kann sprechen.«

»Ist er stubenrein?«

»Ja, Vater.«

»Halte die Leine kürzer, wenn ich dich bitten darf«, sagte Zorander zu Tanaquil.

Ihre Blicke trafen sich. Der seine war kalt, wie seine Schneewelt und die vielen mechanischen Gebilde. Anscheinend gefielen ihm ihre Haare und ihr geborgtes Kleid nicht. Sie verneigte sich und er wandte den Blick von ihr ab. Sie war nicht gerade unglücklich darüber.

»Es geht um das Fest der Segnung«, sagte der Fürst zu Lizra.

»Ja, Vater?«

»In diesem Jahr wirst du mir alle Ehre machen, die Leute erwarten das. Dein Festgewand wird bereits genäht, heute Abend wirst du es bekommen. Es sind sieben Schichten goldener Spitze.«

Lizra zuckte zusammen, doch der Fürst merkte es nicht. Er blickte zur anderen Seite der Bibliothek, wo auf einer Schneiderpuppe ein Männergewand drapiert war.

Tanaquil sah purpurnen Samt und eine Brustplatte aus Gold mit Edelsteinen. Darunter würde es noch heißer sein, wenn es vielleicht auch nicht so kratzig war wie Spitze.

»Sieh es dir an, wenn du möchtest«, sagte der Fürst. Seine Worte waren an Tanaquil gerichtet – kalt wie Schnee, aber gleichzeitig ein Angeber. Sie durchquerte höflich den Raum und blieb vor der Schneiderpuppe stehen. »Die Stadt entbietet dem Meer alle Ehre. Und deshalb ist der Umhang aus der Haut von siebzehn Haien gefertigt«, sagte er. »Und an den Säumen mit den Zähnen von zwanzig Delphinen gefranst.« Wie schade, dass sie ihn nicht beißen konnten! Tanaquil betrachtete das Gewand und bemerkte, dass der Umhang an jeder Schulter mit einer strahlend milchweißen Spiralfibel an der Brustplatte befestigt war. Fossilien – und von einer solchen

Größe und Vollkommenheit, dass es sie mit aller Macht danach drängte, sie zu lösen.

»Nett«, sagte der Grummel. Er betrachtete höchst interessiert dieselbe Stelle wie sie. »*Schnecken.*«

»Nein«, sagte Tanaquil. Sie zog den Grummel herum und ging zu der Bücherwand hinüber. Mit hochmütiger Miene missachtete er das Flattern der mechanischen Schmetterlinge.

Zorander stand mit seiner Tochter an einem Tisch und redete mit gedämpfter, schrecklich ernster Stimme auf sie ein. Sie sah ihn mit funkelnden Augen an und zirpte lebhaft zurück. Offensichtlich war jeder der beiden von der Persönlichkeit des anderen angewidert. Erneut überkam Tanaquil eine bestimmte Art von Übelkeit – wegen Lizra, wegen ihr selbst.

Dann gesellte sich Gasb zu ihnen. Er humpelte, vielleicht aufgrund des alten Beinbruchs, doch dadurch wirkte er noch Abscheu erregender als sonst.

»Je nun, Prinzessin Tanaquil, von Erm. Wie nachlässig von mir, ich kann mich gar nicht an Erm erinnern. Wo liegt es noch mal?«

»Es ist eine Stadt in der Wüste«, antwortete Tanaquil.

»Ah. Dabei fällt mir ein, dass es mal eine Prinzessin Yilli von Straßenkehricht gegeben hat. Hast du jemals von ihr gehört?«

Tanaquil wusste nicht so recht, wie sie sich verhalten sollte. »Nein, tut mir unendlich Leid, aber nein, ich habe nie von ihr gehört.«

»Vielleicht umso besser. Ich möchte dir lediglich raten, *Pinzessin*, nur ja nicht zu vergessen, dass hier vieles geduldet wird, außer wenn sich jemand als Ärgernis erweist. »

Der Grummel grollte lautstark.

»Er spricht, ja?«, fragte der Oberste Hofrat.

»Unnob!« knurrte der Grummel und fletschte die Zähne.

»Ungezogenes kleines Tierchen«, sagte Gasb. »Vielleicht sollten wir dich häuten und einen braunen Pelzmuff aus dir anfertigen.«

»Bei uns in Erm haben wir ein Sprichwort«, sagte Tanaquil, bevor sie es sich verkneifen konnte, »tritt niemals einen Mann, der Eisenstiefel trägt.«

Gasb straffte sich. »Und wer steckt in solchen Stiefeln? Du vielleicht?«

»Ich?«, zwitscherte Tanaquil mit Unschuldsmiene.

»Gasb«, rief der Fürst. »Lass uns gehen und Vögel schießen.«

Gasb der Geier schlängelte sich aus dem Raum, gierig nach noch mehr Federn.

Lizra, blass und missmutig aussehend, kam zu Tanaquil. Sie flüsterte ihr zu: »Wir können über die Terrassentreppe zu den Ställen auf dem mittleren Dach hinuntersteigen. Wenn wir uns als Pferdeknechte verkleiden, können wir mit einem Wagen ausfahren.«

»Was hat er dir *aufgetragen* zu tun?«

»Für das Gelingen des Festes zu beten.«

Die beiden Mädchen und der Grummel waren allein in der sonnendurchfluteten Bibliothek zurückgeblieben, doch war die Gegenwart der beiden Männer noch immer zu spüren.

Lizra sagte: »Was ich dich noch fragen wollte – sag mal, hast du eine Mutter?«

»Ja.«

»Du Glückliche!«

»Ich Glückliche, weil ich von ihr weggegangen bin.«

»Meine ist *von mir* weggegangen«, sagte Lizra. »Ich könnte sie dafür umbringen, dass sie gestorben ist.«

Gekleidet wie Stallburschen fuhren Lizra und Tanaquil einen kleinen schlichten zweirädrigen Ponywagen eine Rampe hinunter, am Rand des Gartens entlang und in die Stadt hinein. Nach drei oder vier eindrucksvollen Prachtstraßen gelangten sie in ärmlichere Gassen, und Tanaquil erkannte wieder die Elendsbehausungen und die lückenhaften Abwasserkanäle. Sie kamen in eine Gegend, wo die Stadtmauer baufällig und niedrig war, und fuhren durch ein unbewachtes Tor hinaus. Lizra steuerte den Wagen durch eine Straße, die oberhalb des Strandes entlangführte. Gestutzte Palmen wuchsen neben der Straße und zur Rechten erstreckten sich die Dünen bis zum Meer. Wenige Häuser standen noch neben der Straße, aber sie waren verlassen, ihre Schindeln zerbröselt, die Dächer eingefallen. Die Stadt blieb hinter ihnen zurück. Trotz der Sonne und des leuchtenden Blaus des Wassers lag ein düsterer Schatten auf dem Morgen.

Tanaquil fiel nichts ein, um Lizras oder ihre eigene Niedergeschlagenheit zu lindern. Sie beide und der Grummel – der sich inzwischen an die Bewegung des Wagens gewöhnt hatte – blieben schweigsam.

Schließlich sprach Lizra.

»Ich bringe dich zu der Stelle, wo angeblich das Heilige Tier aus dem Meer gestiegen ist.«

»Oh …«, sagte Tanaquil. »Gut.«

»Irgendwie habe ich das Gefühl, dass du den Ort sehen solltest.« Lizra ließ die Zügel wie Peitschen knallen und die Ponys liefen schneller.«Ich möchte dir noch eine Frage stellen.«

»Ja?«

»Und ich möchte, dass du mir die Wahrheit sagst.«

»Wenn ich kann.«

»Ich werde dich auch nicht verraten«, sagte Lizra.

Tanaquil, die an das Einhorn gedacht hatte, verkrampfte sich und runzelte die Stirn. Sie hatte von Anfang an das schwer fassbare Gefühl gehabt, dass sie Lizra trauen konnte, und das machte sie außerordentlich vorsichtig.

»Wie lautet die Frage?«

»Bist du eine Hexe?«

Tanaquil lachte. »*Nein!* Du lieber Himmel, alles andere als das!«

»Mein Vater«, sagte Lizra, »hat mir erzählt, dass Hexen oft rote Haare haben.«

»Ach, hat er das?«

»Das ist hier ein weit verbreitetes Vorurteil.«

»Nun, ich kann dir versichern, ich habe ungefähr so viele magische Fähigkeiten wie eine Orange.«

»Das klingt für mich so«, bemerkte Lizra scharfsinnig, »als hätte dich mal jemand auf die Probe gestellt, um die Wahrheit herauszufinden.« Tanaquil schwieg. »Aber was ist mit dem Grummel?«

»Du meinst den Trick, so zu tun, als ob er sprechen könnte? Das ist nichts weiter als ein Zauberkunststückchen.«

»Nein, ich meine die Tatsache, *dass er spricht.*«

Tanaquil betrachtete die melancholische, sonnenbeschienene Landschaft. Die gestutzten Palmen raschelten im Wind, der vom Meer her wehte, und Sand stob von den Füßen der Ponys auf. Eine Hausruine neigte sich zur Straße hin. Der Grummel, der zwischen den Sparren des Wagens hindurchspähte, verkündete laut: »Da Ratten. Will in Haus.«

Lizra, deren Stimme etwas von der Kälte ihres Vaters angenommen hatte, sagte: »Alle Leute lügen mich ständig an, verstehst du? Oder sie verschweigen mir manche Dinge einfach. Oder sie erzählen mir Sachen, die mir Angst machen sollen, wie das mit den roten Haaren. Selbst Yilli – du weißt ja – hat gesagt, als sie mir das Messer an die Kehle hielt: ›*Es tut nicht weh.*‹«

»Vielleicht hätte es ja wirklich nicht weh getan«, sagte Tanaquil. »Oder vielleicht mochte sie dich immerhin so sehr, dass sie sich wünschte, es würde nicht weh tun.«

»Daran habe ich noch gar nicht gedacht.«

»Ratten«, sagte der Grummel wehmütig.

»Du brauchst keine Ratten. Du hast ein üppiges Frühstück gehabt«, sagte Tanaquil. Am Lizra gewandt fuhr sie fort: »Hier fällt alles über alles andere her. Und die elegante Stadt hat dreckige Hintergassen und blinde Bettler. Ja, ich habe eine Zauberin gekannt. Sie pflegte mir von einer vollkommenen Welt zu erzählen, wo sich alle Dinge in Harmonie befinden. Und sie hat mir ein Meer in der Wüste gezeigt. Aber sie verkleckert überall Magie wie Suppe. Und – der Grummel hat einen Spritzer abbekommen. Deshalb spricht er.«

»Mein Vater …«, setzte Lizra an, hielt jedoch gleich inne. »Sieh dort, das ist die Stelle, an der das Einhorn an Land gekommen ist.«

Der Wagen kam zum Stehen. Der Grummel sprang hinaus und rannte zu der Ruine zurück, wobei die Leine lose hinter ihm her peitschte.

Es wurde sehr still und der Wind rauschte so, als wäre der Stille eine dünne, verwehende Stimme verliehen worden. Hitze brannte vom Himmel nieder und vom blendenden Meer her. Eine Felsenreihe ragte aus dem Wasser, niedrige Plattformen, die auf dem Weg ins Landesinnere zu Klippen wurden. Wo die Wellen an den Strand klatschten, waren die Klippen ausgehöhlt – ein Tunnel, ein Bogen, eine Brücke. Die Formation ähnelte im Aussehen so sehr dem Felshügel in der Nähe der Wüstenfestung, dass Tanaquil überhaupt nicht erstaunt war.

»Möchtest du hinuntergehen?«

»Ja«, sagte Tanaquil. Sie wollte es nicht, aber das machte keinen Unterschied.

»Steht still!«, befahl Lizra den Ponys.

Sie verließen den Wagen und machten sich auf den Weg über die Stranddünen, die ihre Füße ebenso versengten wie der Wüstensand.

»Hier nahm die Stadt ihren Ursprung«, erklärte Lizra, »vor Hunderten von Jahren, aber dann hat sie sich verlagert.« Sie kamen hinunter zu der Stelle, wo sich der Klippenbogen emporwölbte, die Wurzeln im Sand verankert. »Bei Flut«, sagte Lizra, »steigt das Wasser bis hier her. Es gab einmal einen Brunnen, aber sein Wasser wurde salzig.« Sie waren vor dem Bogen, der einem riesigen Kristalltor glich, stehen geblieben. Zwischen den Klippen hindurch konnten sie den dahinter liegenden Strand und den Himmel sehen, konnten sie aber nicht durchschreiten.

»Und man sagt, das Einhorn sei hier aus dem Meer gekommen?«, fragte Tanaquil, aber nur, um die Stille und das leise Säuseln des Windes zu unterbrechen.

»Ja. Auf einer Welle. Es trat aus diesem Bogen heraus und stieß mit dem Horn in den Sand, woraufhin die Quelle entsprang. Man nannte den Felsen ›Heilige Pforte‹. Selbst heute noch bringt es angeblich Unglück, ihn zu durchschreiten, ich meine, wirklich durch die Öffnung hindurchzugehen und auf der anderen Seite wieder herauszukommen.«

Sie standen auf dem heißen Sand und blickten hinaus auf den Strand und aufs Meer und zum Himmel auf der anderen Seite des Bogens.

»Traust du dich?«, fragte Tanaquil.

»Immer wieder gehen Leute hinein und kommen wieder heraus, nur so als Mutprobe. Es gibt jedoch eine Geschichte von drei jungen Männern, die hineingegangen und nie mehr herausgekommen sind. Und von einer alten Fischersfrau, die auf der einen Seite hineingegangen und auf der anderen Seite als Delphin herausgekommen ist.«

Sie grinsten einander an. Dann nahmen sie sich bei den Händen und rannten ohne Zögern kreischend durch den Felsbogen hindurch.

Der violette Schatten schlug über ihnen zusammen wie eine Welle. Der Sand war hier kühler, feucht und klebrig; man hatte den Eindruck, er könnte jeden Augenblick nachgeben und einen in die Tiefe ziehen – Tanaquil erinnerte sich, wie sie die weißen Knochen ausgegraben hatte und der Sand weggerutscht war – und dann folgte ein seltsamer, unbeschreiblicher Augenblick. Es war, als ob sie die Augen geschlossen hätte; mehr noch, als ob sie für die Dauer von drei oder vier oder fünf Herzschlägen eingeschlafen wäre. Und dann rannten sie auf den heißen Sand des Strandes hinaus und die Sonne prallte auf sie herunter.

»Hast du das gespürt?«

»Es war komisch.«

»Aber – nur für einen Augenblick … *irgendetwas.*«

»Aah!«, rief Lizra. »Du hast dich in einen Delphin verwandelt!«

Daraufhin mussten beide herzlich lachen. Und plötzlich umarmten sie sich, doch genauso plötzlich ließen sie wieder voneinander ab und wichen zurück.

Tanaquil sagte: »Unter dem Fels gibt es ein Stück Luft, bei dem man das Gefühl hat, als würde man durch zerrissene Bänder laufen.«

»Das ist mir gar nicht aufgefallen«, erwiderte Lizra. »Ich glaube, du bist wirklich eine Hexe. Eine Art Hexe – von einer bestimmten Sorte. Schließlich können ja nicht alle Hexen böse sein. Das liegt nur an meinem Vater. Er hat mir mal erzählt, dass er eine schreckliche Hexe in der Wüste kennen gelernt hat. Eine Dämonin, behauptet er.« Und Tanaquil erlebte, wie sich dort in der grellen Sonne ein Tor, das größer, dunkler, tiefer, geheimnisvoller und schrecklicher war als jedes Einhorn Tor, danach lechzend, sie in sich aufzunehmen. »Es war kurz vor seinem Regierungsantritt, kurz bevor er Mutter heiratete. Er begab sich in die Wüste, um zu jagen, verirrte sich, verlor einige Begleiter; irgendwann gelangte er zu einer Burg oder Festung. Dort wohnte eine rothaarige Zauberin und sie hielt ihn tagelang gefangen, bevor er sie übertölpeln konnte und ihren Fängen entkam. Sie hatte Schlangen im Haar, erzählte er. Und sie war ziemlich verrückt.« Lizra zögerte. »Aber ich wünschte, mir würde einfallen, an wen *du* mich erinnerst.«

Tanaquil holte tief Luft, atmete durch bis zu den Fußsohlen.

»Ich erinnere dich an dich selbst, Lizra, genau wie du mich an *mich* erinnerst. Und das ist kein bisschen verwunderlich, denn wir sind Schwestern.«

Sie standen auf dem Sand, auf der anderen Seite des Bogens.

»Ich glaube dir«, sagte Lizra. »Aber sag mir, warum.«

»Meine Mutter«, sagte Tanaquil. Sie spürte, wie sich ihre Augen mit Tränen füllten und gleichzeitig eine unheilvolle Heiterkeit und ein bitterer Zorn in ihr aufstieg. »Sie ist die rothaarige Zauberin. Aber sie hat keine Schlangen im Haar, ehrlich gesagt ist sie ziemlich hübsch. Sie hat mir erzählt, sie hätte sich von meinem Vater losgesagt, aber offenbar hat *er sie* einfach sitzen lassen. Das erklärt, warum sie so viel über die Stadt gesprochen und sich andererseits geweigert hat, mir die Stadt richtig zu zeigen oder mich auch nur in die Nähe der Stadt zu lassen. Wie hat sie es bloß angestellt, dass er sie überhaupt *wahrgenommen* hat? Und wenn auch nur für eine Minute? Sie sind wie Feuer und gefrorener Stein. Natürlich wusste er nichts von mir. Und ich … nun, ich nehme an, ich habe gehofft, dass eines Tages irgendetwas geschehen möge. Falls ich ihn fände, meinen Vater. Lizra, es tut mir Leid, aber ich mag ihn nicht. Er bedeutet mir gar nichts.«

»Er möchte dir auch nichts bedeuten«, seufzte Lizra. »Ich weiß es. Ihm wäre das Ganze bestenfalls völlig gleichgültig. Du wärst höchstens eine weitere lästige Tochter für ihn.«

9

Tanaquil und Lizra saßen auf dem Muschelbett und betrachteten das riesige grüne und goldene Ding, das auf einem Gestell vor ihnen ausgebreitet lag. Es dämmerte bereits, bald würden Palastdiener erscheinen und die Lampen anzünden. Im Licht würde das festliche Kleid dann noch schlimmer aussehen. Es bestand aus sieben Schichten steifer Goldspitze, die sich in Volants den Rock hinunter ergossen. Den Unterrock bildete ein in steife Plisseefalten gelegtes Goldgewebe, das Mieder ein Panzerhemd aus goldenen Schuppen über lindgrüner Seide. Die ebenfalls lindgrünen Ärmel lagen hauteng an und wurden von goldenen, smaragdbesetzten Reifen umfasst. Ein Stehkragen aus Goldspitze und Malachit ragte am Nacken aus dem Oberteil hervor und zog eine Schleppe aus grüner Seide mit aufgenähten Medaillons hinter sich her. Schon allein der Anblick dieser Gewandung bereitete Tanaquil Hitzewallungen und Kopfschmerzen.

»Wie wirst du dich darin bewegen?«, fragte sie. »Wie wirst du atmen?«

»Gar nicht«, seufzte Lizra schicksalsergeben. »Letztes Jahr war es schon ziemlich schlimm, aber nicht so schlimm wie diesmal. Ich muss es tragen, mir bleibt keine Wahl. Und morgen findet das Fest statt. Na ja, je eher, desto schneller habe ich es hinter mir. Du kommst doch mit mir, ja?«

»Natürlich«, sagte Tanaquil und fügte hinzu: »Was soll *ich* anziehen?«

»Irgendetwas Prunkvolles, und leg reichlich Schmuck an.«

Sie saßen da und betrachteten das Kleid, als die Diener an der Tür klopften, eintraten und die Lampen entzündeten. Das Kleid brüllte schrill wie ein grüner Tiger.

Bisher hatten sie noch nicht über das Fest gesprochen. Sie hatten den Bogen wieder durchquert – schreiend, rennend – und hatten den Tag damit verbracht, am Strand entlangzufahren oder unter Palmen zu sitzen und die Speisen zu verzehren, die Lizra im Wagen mitgebracht hatte. Der Grummel kehrte ohne Rattenbeute aus der Ruine zurück und schoss hierhin und dorthin und ab und zu stürzte er sich angriffslustig aufs Meer, um es sich dann jedoch jedes Mal im letzten Augenblick anders zu überlegen und zurückzutrippeln. Am Nachmittag bauten sie eine Sandburg – ein eindrucksvolles Gebilde, bei dessen Errichtung all ihre Fähigkeiten zum Tragen kamen.

Als sich die Sonne zum Untergang neigte, stahlen sich die Wellen immer höher den Strand herauf. Sie wussten, dass die Burg noch vor Einbruch der Nacht zerstört werden würde, und sie fuhren weg, um das nicht mitansehen zu müssen.

Sie hatten sich gegenseitig von ihrer Kindheit erzählt, von ihren Abenteuern und ihrer Langeweile; beiden war es gelungen, dabei stets nur am Rand von dem Fürsten und der Zauberin zu sprechen. Wahrscheinlich behielt Lizra bestimmte Geheimnisse für sich, und Tanaquil erwähnte mit keiner Silbe das Einhorn. Nicht etwa, weil sie befürchtete, Lizra würde ihr nicht glauben. Zum erstenmal war Tanaquil einer Person begegnet, die ihre Gedanken uneingeschränkt nachvollzog, ihr ihre Erfahrung zugute hielt und nicht versuchte, ihren Geist zu besänftigen oder zurechtzustutzen. Der Grund, warum Tanaquil nicht mit ihr darüber sprach, war vielmehr der, dass Lizra das Einhorn eben nicht in Frage stellen oder abwertende Bemerkungen darüber machen würde. Das Einhorn bedeutete Chaos und Unsicherheit, es war kapriziös, fast so etwas wie schelmisch – und schrecklich. Es hatte sie gerettet und ihr Streiche gespielt, aber das Horn war schärfer als ein Schwert. Seine Augen waren Feuer. Und sie hatte es herbeibeschworen, Zauberin oder nicht. *Es gehört mir, im Guten wie im Schlechten.* Wann würde es wieder erscheinen? Ein im Voraus geworfener Widerschein seiner Gestalt schien hier in diesem Raum zu schweben. In welchem unpassenden, lächerlichen oder tödlich gefährlichen Augenblick würde es wieder auftauchen?

Später gingen sie zum Abendessen hinunter, wo sie beinahe die gleiche Szenerie vorfanden wie am Abend zuvor. Gasb trug einen Rabenhut, der Fürst seine toten Häute. Keiner würdigte Lizra oder Tanaquil eines einzigen Blickes, doch Tanaquil betrachtete den Fürsten und versuchte sich einzureden, dass das ihr Vater war. Je angestrengter sie versuchte, diese Tatsache in ihrem Bewusstsein aufzunehmen, desto unbehaglicher wurde ihr zumute.

Lizra und sie aßen sehr wenig, wohingegen der Grummel sich ein herzhaftes Mahl einverleibte; heute Abend war Lady Orchidees Krallenaffe nicht zum Essen mitgebracht worden. Lange vor Mitternacht kehrten sie in Lizras Gemach zurück und setzten sich an deren Silbertisch, um »Skorpione-und-Leitern« oder »Schiffe-und-Wagen« zu spielen oder einfach nur, um ihr früheres Gespräch fortzusetzen – darüber, was sie mit fünf, mit zehn, mit dreizehn getan hatten: *Das habe ich auch gemacht* oder *Das habe ich nie gemacht.* Der Grummel hatte sich ein Lager unter Tanaquils Bett eingerichtet und zog sich frühzeitig zurück. Als er schon schlief und sie beim Licht einer Kerze hineinblinzelten, sahen sie eine silberne Schere, die er aus Lizras Zimmer gestohlen hatte, sowie eine kleine Glasflasche, eine Perlenkette und zwei oder drei Gegenstände, die sie nicht erkannten. »Wem mag das alles wohl gehören? Er muss nachts zu Raubzügen durch sein Fenster entwischen.«

Schließlich hörten sie die Mitternachtsglocke. Lizra sprach beiläufig: »Wir begrüßen das Heilige Tier.«

Sie trennten sich mit seltsamen, unausgesprochenen Empfindungen, jede mit dem Gefühl, die andere könnte für immer in der Nacht verschwinden. Tanaquil konnte nicht schlafen, und allmählich kamen ihr Zweifel. Hätte sie Lizra besser nicht sagen sollen, dass sie Schwestern sind? Welche Verpflichtungen ergaben sich daraus für sie beide? Im ersten Augenblick war es ihr wundervoll erschienen, im nächsten fand sie es eher belastend. Der Grummel stahl sich aufs Bett, im Maul eine von Lizras Jade-Spielfiguren von »Schiffe-und-Wagen«, die er unter Tanaquils Kinn legte. Er hatte ihr ein Geschenk gebracht. Sie dankte ihm herzlich und schlief endlich ein, den Kopf in seiner pelzigen Flanke vergraben.

Die feierliche Prozession von Fürst Zorander bewegte sich im Zickzack durch die Stadt wie eine juwelenbesetzte Schlange.

Es war die zweite Stunde des Nachmittags und die Luft war brutofenheiß. Die Hitze tauchte alles in einen flirrenden Schleier. Sie brachte eine Million Gerüche zutage, köstliche und üble, schimmerte auf Edelsteinen und Metallen und schickte blendende Strahlen in alle Richtungen.

Doch die Hitze drückte die Menschenmenge, die seit Sonnenaufgang auf den Beinen war, keineswegs nieder.

Sie flanierten stolz einher oder schwelgten in Spielen und Raufereien, drängten sich an den Straßenrändern und sahen der Prozessionsschlange zu, während diese von einer Prachtstraße in die nächste zog.

Da gab es Musikanten in Luchspelzen und Tänzerinnen in regenbogenfarbig schillernden durchsichtigen Gewändern, große Schwadronen von Soldaten in flammender Rüstung, mit Federn geschmückt und mit Lanzen, Bogen, Schwertern bewaffnet und Schlachtenabzeichen auf vergoldeten, mit Blumen umrandeten Pfählen tragend. Es gab Standarten in Purpurrot, Magentarot und Scharlachrot; es gab zweirädrige Karren, die von glänzend gestriegelten Pferden gezogen wurden, mit Brillanten an den Zügeln und silbernen Hufen; es gab ohrenbetäubend schmetternde Trompeter und Narren, die als wilde Tiere und Meereswesen, Löwen und Tümmler, Garnelen und Schakale verkleidet waren und die hüpften und herumtollten und Scheinangriffe gegeneinander durchführten oder farbige Bänder aus den Nasen der Zuschauer zogen. Und es gab Mädchen, die weiße Mohnblüten, wie auch Mädchen, die rote Lilien streuten, Terrakotta-Kamele, auf deren Höckern sich feurige Männer in Wüstenkleidung wiegten.

Dann kamen die bewegten Bilder. Auf einem war ein großes Schiff mit einem geblähten türkisfarbenen Segel dargestellt, sanft schaukelnd auf den Rücken von zwanzig blau und silbern gekleideten Männern, die das Meer verkörperten. Ein anderes Bild zeigte eine Nachbildung der Stadt aus vergoldetem Holz, bei der sogar der fünfzehn Stockwerke hohe Palast sowie Puppen, die ihn bewachten, nicht fehlten. In dem gesamten Bild herrschte eine abgehackte, marionettenhafte Bewegung in den Straßen, die die Bürger darstellen sollte. Es gab andere Abbildungen von historischen oder mythologischen Augenblicken. Das letzte Tableau zeigte eine Szene aus dem Geschichtsmythos. Man sah einen der früheren Fürsten in Karmesinrot und Gold und vor ihm ein riesiges Einhorn. Es bestand aus reinstem weißen Alabaster mit einer von Funken umsprühten Mähne und einem ebensolchen Schweif. Dank eines verborgenen Mechanismus erhob es sich vor dem Fürsten und verbeugte sich, erhob sich wieder und verbeugte sich, und der Fürst streckte in Richtung des Chrysolithhorns eine Blumengirlande aus.

Nach dem letzten Tableau mit dem Einhorn fuhr der gegenwärtige Fürst in seinem zweirädrigen Wagen vorbei, umringt von Soldaten mit Armbrusten und gezückten Schwertern. Er trug die königlichen Insignien, die in seiner Bibliothek ausgestellt worden waren, den Purpurumhang und die Brustplatte. Sein Gesicht war eiskalt, anscheinend spürte er nichts von der Hitze. Auf seinem Rücken schimmerte der Mantel aus Haifischhaut, an den Schultern mit den beiden cremefarbenen Fossilien festgehalten, vielleicht so alt wie die Erde selbst. Auf seinem Kopf saß der Kopf eines großen blauen Haifischs.

In dem Wagen hinter dem des Fürsten fuhr seine Tochter, die Prinzessin, die ebenfalls wie eine goldene und grüne Puppe wirkte, neben ihr eine rothaarige Prinzessin aus einer fremden Stadt.

Dann fuhren die Adeligen vorbei, die Damen und die Ratsmitglieder und der Oberste Hofrat Gasb mit einem Hut von der Form eines Seeadlers.

Nach dem Hofstaat kamen Tierbändiger, die die Menagerie des Fürsten führten; angeblich wurde ein Teil der Geschöpfe mechanisch betrieben, doch ausnahmslos alle schnaubten, trabten vorwärts und blickten um sich.

Weitere Musikanten schritten hinter den Tieren her und spielten sanfte, einschmeichelnde Weisen.

Kaufleute und Würdenträger folgten als Nächste im Zug, sowie alle Gilden in ihren Prunkuniformen mit Abzeichen und Bannern: Töpfer und Maurer, Schiffsbauer und Weinhändler.

Die Gilde der Kunsthandwerker machte einen unglücklichen Eindruck, ihre Mitglieder spähten andauernd in alle Richtungen und über die Schultern zurück zu den Salzarbeitern, die hinter ihnen her marschierten und an den Blicken Anstoß nahmen.

Das Ende der Prozession bildeten weitere Bataillone von Soldaten, mit Karren voller Kriegsmaschinerie, sorgfältig geölt und bekränzt – Kanonen mit Hyazinthen, Katapulte mit Narzissen, Rammböcke mit Rosen.

Die Menge begrüßte alles mit lautem Jubel, sie erfreute sich an allem. Hier wurde der Wohlstand und die Macht der Stadt zur Schau gestellt. »Das alles besitzen wir«, sagten die Leute. »Es gehört uns.« Und dabei deuteten sie auf Dinge, die sie einmal im Jahr über die Köpfe der anderen hinweg zu Gesicht bekamen, und auf den kühlen Fürsten Zorander und das alabasterblasse Einhorn, das sich unaufhörlich vor ihm verneigte.

Auf ihrem Platz in Lizras Wagen, in fischbeinverstärkte Seide gezwängt und mit Topasen geschmückt, war sich Tanaquil der Gegenwart des Fürsten Zorander vor ihnen, inmitten seiner waffenstrotzenden Hecke von Soldaten, sowie des Seeadlers Gasb fünf Wagen weiter hinten sehr stark bewusst.

Lizra ließ sich nicht ablenken. Das Mädchen stand reglos wie eine Statue da, blass und mit finsterer Miene, fast von ihrer Kleidung erstickt. Hin und wieder bemerkte sie in schnodderigem Ton: »Sieh dir das nur an!« und deutete dabei mit königlicher Geste auf irgendetwas, auf das sie Tanaquil aufmerksam machen wollte. Das Gesicht und die Haltung, die Lizra in der Öffentlichkeit zeigte, waren so beherrscht wie bei ihrem Vater.

Die Dinge, auf die sie Tanaquil aufmerksam machte, waren häufig außerordentlich sonderbar.

Nicht nur die Prozessionsteilnehmer hatten sich herausgeputzt, auch in der Zuschauermenge waren Personen mit indigofarbenen Gesichtern, die auf Stelzen liefen, mit riesigen erschreckenden Masken, Fässer auf Beinen und Männer mit Fischköpfen. Es gab außerdem zwei Narren, die noch weiter gegangen waren als die Spaßmacher des Fürsten: Sie hatten eine Haut aus Leinwand und einen Kopf aus Pappmaché übergezogen, so dass sie aussahen wie ein Pferd, aber aus der Stirn dieses Pferdes ragte ein Horn. Sie verkörperten das Einhorn der Stadt. Um die Dinge noch schlimmer zu machen, war der hintere Teil des Einhorn-Pferdes betrunken oder verrückt. Während der vordere Teil stolz trippelte und manchmal mit dem Horn die Leute behutsam anstupste, plumpste der hintere Teil andauern zu Boden, spreizte die Beine oder rollte sich zu einer Kugel zusammen.

»Das bringt Unglück«, sagte der Adlige in dem Wagen hinter Lizra. »Was mag ihnen nur in den Sinn gekommen sein? Das ist eine Beleidigung des Heiligen Tiers.«

»Ach was, Edler Oppit. Das Einhorn sieht es ja nicht.« Gasbs Stimme, wie ein Messer im Rücken, bereit zum Zustechen.

»Oh – ganz recht, Lord Gasb.«

»Das Fest der Segnung hat also mit dem Einhorn zu tun«, stellte Tanaquil laut fest.

»Natürlich«, bestätigte Lizra.

Tanaquil wünschte, sie hätte das früher begriffen. Irgendwie war es ihr nicht klar gewesen. Sie dachte an den Grummel in seinem Lager unter ihrem Bett im Palast. Wenn etwas geschähe, was wohl unvermeidlich war, wäre es ihr vielleicht niemals möglich, dorthin zurückzukehren. Doch Lizra würde sich bestimmt um den Grummel kümmern …

Sie kamen in die Straße des Seepferds. Hoch oben auf Säulen standen die Marmor-Seepferde unter ihren Laternen, mit Flossen und geringelten Schwänzen – und jedes mit einem kleinen glänzenden Horn auf der Stirn.

Am Ende der Straße erblickte Tanaquil zwischen dem Gewühl von Wagen und Marschierenden die dunkelblaue Fläche des Ozeans. Die Straße mündete in einen Platz oberhalb des

Meeres. Auf dem Platz wimmelte es von Leuten und die Prozession flutete auf sie zu, teilte sich nach beiden Seiten und erlaubte dem Wagen des Fürsten und seinem Gefolge die Durchfahrt. Vor ihnen war eine hohe Plattform; eine breite Rampe, ausgelegt mit einem purpurroten Teppich, führte hinauf.

Fürst Zoranders Wagen wurde geradewegs hinaufgesteuert, der Rest seines Hofstaates folgte.

Tanaquil blickte sich nach hinten um, während Lizras Wagen die Rampe hinauffuhr. Der Platz war jetzt eine einzige Menschenmasse, die emporgereckten Gesichter so dicht nebeneinander wie Perlen in einer Schachtel. Die wilden Tiere knurrten an ihren Leinen, die Soldaten und die Kriegsmaschinerie, die Tänzerinnen, die Musikanten und die Narren, alle quetschten sich noch zwischen die Leute, führten zu einem vollkommenen Bewegungsstillstand, waren jedoch trotzdem fähig, mit den Armen zu winken, zu brüllen, Blumen zu werfen und mit dem Funkeln von Pailletten die Sonne zu überstrahlen. Und dort das blendende Weiß des Alabaster-Einhorns, das sich immer wieder verneigte.

Keine Fluchtmöglichkeit, dachte Tanaquil nüchtern.

Oben auf der Plattform blieben die Wagen stehen. Auf der anderen Seite des Platzes, hundert Fuß tiefer, brannte der Ozean mit blauer Flamme; der Rest war Himmel, mit einem winzigen Wolkenfetzen.

Der Fürst verließ seinen Wagen und auch alle anderen stiegen aus.

Der Fürst schritt allein zur Mitte der Plattform, wandte sich dem Ozean zu und hob die Arme – und die Tausende auf dem Platz und der Rest der Menge entlang der Straße verstummten. Es war so still, dass Tanaquil das Klirren goldener Scheiben an den Leinen der Tierbändiger hörte. Sie glaubte das Uhrwerk in dem sich verneigenden Hals des Einhorns ticken zu hören.

Zorander senkte die Arme. Er stand in dramatischer Einsamkeit in der Mitte der Plattform, und in dem stillen und zeitentrückten Sonnenlicht kam das Einhorn aus dem Meer zu ihm.

Offenbar musste es auf der anderen Seite der Plattform einen weiteren Weg herauf geben und das Geschöpf war dorthin geführt worden. Gut abgerichtet, wie es war, schaffte es den Aufstieg allein. Es trottete auf Zorander zu und die Menge murmelte, unbeschwert, wie Menschen in einem angenehmen Schlaf.

Das Einhorn war natürlich eine Fälschung, denn es handelte sich um ein schlankes weißes Pferd mit eingelegten Opalen in der Mähne und im Schweif; ein silbernes Horn war mit einem Geschirr aus weißen Riemen, das man vermutlich von unten nicht sehen konnte, an seiner Stirn befestigt.

Es ging ganz nahe an Zorander heran und der Fürst legte ihm eine Hand auf die Stirn, direkt unter dem Horn. Die ansprechende Fälschung nickte, dann kniete sie sich in der Art eines klugen Theaterpferdes nieder, neigte den Kopf und berührte sanft die Füße des Fürsten mit dem Horn, einmal, zweimal.

Die Menge brach in lauten Jubel und Beifall, in Lachen und Pfeifen aus. Die meisten von ihnen wussten wahrscheinlich, dass dieses Geschöpf kein echtes Einhorn war, sondern lediglich ein Symbol. Dennoch waren sie ganz und gar aus dem Häuschen, begeistert über das gelungene Ritual.

Durch den Lärm hörte Tanaquil hinter sich den Edlen Oppit murmeln: »Seht nur die Wolke – wie sonderbar.«

Wer immer sonst noch hinschauen mochte, Tanaquil jedenfalls tat es. Es war die Wolke, die ihr zuvor schon über dem Meer aufgefallen war. Sie war jetzt nicht mehr ganz so klein und sie war schnell am Himmel emporgestiegen, von einem heißen, feuchten Wind getrieben, der plötzlich aus dem Ozean aufgetaucht war und die Seidengewänder des fürstlichen Hofstaats und die Mähne des knienden hornbestückten Pferdes flattern ließ.

Die Wolke hatte eine bestimmte Form. Sie glich einer langen, dünnen Hand, mit ausgestreckten, greifenden Fingern. Sie war sehr dunkel. Außer ihr waren keine anderen Wolken da.

Glöckchen und Pailletten klingelten im Wind; der strahlende Sonnentag verblasste ein wenig.

»Kein gutes Omen«, stellte Oppit fest.

Diesmal widersprach ihm niemand.

Leute in der Menge deuteten zum Himmel. Die Tonart des Raunens veränderte sich, wurde drängend und unglücklich.

Das hornbestückte Pferd reckte sich und schüttelte die Mähne, sah sich mit geblähten Nüstern um.

Tanaquil beobachtete, wie sich die Wolke, die einer Hand glich, am Himmel vergrößerte. Dabei peitschten ihr die Haare ins Gesicht, auch Lizras Haare kringelten sich und flatterten unter dem Diadem, ebenso wie die Gewänder des Fürsten; die Haifischhaut flappte wie Flügel in der Luft.

»Sie greift nach der Sonne«, hauchte Lizra.

Wolkenfinger glitten über die Sonnenscheibe, dann schloss sich die ganze Hand darum. Die Sonne verschwand. Ein Vorhang aus Dunkelheit senkte sich vom Himmel herab.

In der Menge wurden Schreie laut, ein undeutliches, weit entferntes Rumoren und Kreischen zog sich die Straßen entlang.

»Dummköpfe«, ließ sich Gasbs schroffe Stimme vernehmen. »Das ist nur das Wetter.«

Nagelscharfe Regentropfen prasselten nieder; der Regen war heiß und salzig.

Das hornbestückte Pferd warf den Kopf hin und her, verdrehte die Augen und wieherte. Der Fürst wich langsam von ihm zurück, würdig und erhaben, und zwei Stallburschen kletterten auf die Plattform, packten das Pferd beim Zaumzeug und führten es zur Seite ab.

Die Wolke zog nicht weiter. Die Dunkelheit verdichtete sich auf geheimnisvolle Weise. Die Stadt lag anscheinend unter einer Schattenglocke. Jenseits davon strahlte der Himmel blau und klar …

Und dann kam das Einhorn ein zweites Mal, über die verdeckte Rampe, die vom Meer heraufführte. Und diesmal war es so echt wie die Dunkelheit, die über die Stadt hereingebrochen war.

Es stand auf der Plattform, ein Wesen aus Ebenholz, in Licht getaucht. Und in dem Schatten war das Horn wie ein weißer Blitz.

Jetzt erstickte eine unheilvolle Stille die Menge. Nur das Heulen das Windes war zu hören, das Klirren von Gegenständen, das Platschen der nagelscharfen Regentropfen.

Plötzlich trat das abgerichtete Pferd aus, machte einen Satz nach vorn und stieß mit dem falschen Horn gegen die Plattform, woraufhin die Attrappe abknickte ab und scheppernd zu Boden fiel.

Das Einhorn wandte sich um, setzte sich langsam in Bewegung. Es glich nur in dem Maß einem Pferd, wie eine Scheide einem Schwert gleicht. Leicht hob es den Vorderhuf und hielt ihn elegant in der Schwebe, wie eine Porzellanfigurine. Und dann stampfte es auf den Boden, den Teppich. Es stampfte purpurnen Staub auf, dann purpurnes Feuer. Aus dem Teppich loderten Flammen und das Einhorn bäumte sich auf. Nein, nicht wie ein Pferd. Es war ein Turm und das Horn strich über den Himmel. Der Himmel musste zerbrechen und herabfallen – und auf dem Platz drängelte und schubste die Menge, einer prallte brüllend gegen den anderen, im panischem Kampf ums Entkommen.

Lizra schrie auf, und Fürst Zorander hatte bereits die Röcke seiner Gewandung gerafft; der Kopf aus Haifischhaut rutschte seitlich von seinem eigenen herunter. Er ergriff die Flucht, stieß seine Leibgarde zur Seite und stolperte in den königlichen Wagen.

Sein Gesicht war nun nicht mehr kühl und gelassen, es war

ein dummes Gesicht, das anscheinend keine Knochen hatte. »Aus dem Weg!«, brüllte er.

Der Wagenlenker zögerte. »Die Leute, Eure Hoheit …«

»Vertreibt sie mit der Peitsche. Fahrt sie nieder. Ihr …«- an die Soldaten gewandt – »… tötet dieses Ungeheuer.«

Der Platz leerte sich mit bemerkenswerter Schnelligkeit. Die Zuschauermenge und die Prozession waren in ihrer Panik nicht nur in die Seitenstraßen zurückgewichen, sondern drängten sich auch zwischen den Gebäuden, in Gassen und Gärten zu allen Seiten des Platzes. Menschenschwärme quollen über Mauern, kletterten auf Bäume oder verflüchtigten sich auf sonst irgendeine Weise.

Zoranders Wagen wühlte sich durch den Tumult.

Die Soldaten legten ihre Armbruste an …

Das schwarze Einhorn sprang von der Plattform, und als es wieder Herr seiner vier Beine war, prasselte ein Geschhosshagel aus den Armbrusten auf es ein.

Die Bolzen trafen das Einhorn, prallten auf seine Schwärze; Feuerstreifen zuckten auf und die Bolzen wurden abgelenkt, zersplitterten wie brüchige Zweige. Rings um das Einhorn herum lagen Bolzen verstreut und in seiner Mähne und seinem Schweif hingen sie wie böse Blumen.

Jetzt stoben auch noch die letzten Verbliebenen in alle Richtungen davon. Tanaquil und Lizra klammerten sich aneinander fest und wurden miteinander zu Boden gestoßen. Füße in Panzerstiefeln sprangen über sie hinweg, fügten ihnen Prellungen zu, Räder verfehlten sie um Haaresbreite; schwere Seide und Goldornamente schlugen ihnen ins Gesicht. Sie bedeckten sich die Köpfe, vor Angst und Fassungslosigkeit schluchzend und fluchend, bis die Stampede vorbeigezogen und sie zurückgelassen hatte wie Strandgut.

Sie richteten sich mit weißen Gesichtern auf und wischten sich ärgerlich die kindischen Tränen aus den Augen, wobei sie schlimmer fluchten als die Soldaten.

Sie waren allein auf der Plattform im Regen.

Trümmer bedeckten den Teppich. Armbrustbolzen, Armreifen, Umhänge und der Seeadlerhut des Obersten Hofrats Gasb. Ein Wagen stand verlassen und ohne Zugtier da.

Unten wuselte die aufgelöste Menge noch immer über den Platz, die Wagen jedoch hatten sich einen Weg freigeräumt und waren davongerast. Ein Einhorn war nicht zu sehen. Weit und breit kein einziges Einhorn.

»Mein Vater hatte Angst«, sagte Lizra. »Und er hat mich hier zurückgelassen.«

»Ja«, bestätigte Tanaquil. Sie dachte daran, wie Jaive sie in der Wüste dem Tod überlassen hatte. Aber Jaive hatte zumindest so etwas wie eine Entschuldigung gehabt.

Sie standen auf. Der ganze Himmel war jetzt so purpurn wie der Teppich. Donner dröhnte wie Trommeln und der Regen wurde dick wie Öl.

»War es echt?«, wollte Lizra wissen.

»Es war echt.«

»Also nicht wieder nur ein Pferd mit einem am Kopf angeschnallten Silberhorn.« Tanaquil sagte nichts. »Und die Geschosse konnten ihm nichts anhaben. Vielleicht haben die Männer absichtlich daneben gezielt – wie hätten sie es wagen können, auf das Heilige Tier zu schießen?«

»Du hast doch *gesehen*, was geschehen ist«, entgegnete Tanaquil.

Lizra sagte: »Dann stimmte es also, dass wir ihm ein Unrecht angetan haben. Es hat eine Rechnung zu begleichen. Hat es die Verfolgung der Wagen aufgenommen?«

»Vielleicht.«

Doch Tanaquil stellte sich bildhaft vor, dass das Einhorn wie Rauch durch die Dunkelheit des Tages glitt, durch den strömenden Regen. Die fliehenden Menschen erspähten ihr Heiliges Tier und verkrochen sich voller Entsetzen. In der höchsten Mauer musste es eine Tür geben. Soldaten würden schießen und wegrennen, denn die Spitze des Horns konnte Balken wie Glas zersplittern lassen. Anschließend die Zufahrtsrampen zum Palast hinauf, über das Dachgebirge aus Drachenschindeln. Blitze und das Einhorn tanzten gemeinsam hoch oben auf Zoranders Palast.

»Sieh dir diesen idiotischen Hut an«, schimpfte Lizra und trat mit dem Fuß gegen den Seeadler.

Die Tableaus standen blödsinnig auf dem Platz herum, während die letzten Reste der Menge an ihnen vorbeihastete. Das nickende weiße Tier war umgekippt.

Nach einer Weile, als der Platz endgültig leer war, verließen auch die beiden Mädchen die Plattform. Unpassend wie sie gekleidet waren, in ihrer durchnässten, mit Edelsteinen besetzten Seide, nahm niemand von ihnen Notiz, belästigte sie niemand. Der Regen und der Donner hätten ohnehin jede Bemühung, sich mit ihnen zu befassen, unsinnig gemacht. Die Leute auf den Straßen rannten oder hatten sich in Eingängen untergestellt. Man hörte Wehklagen und Jammern. Schließlich stießen sie in der Luchsstraße auf eine Gruppe von Soldaten, die sie erkannten. »Das sind die beiden Prinzessinnen!« Von da an hatten sie eine Eskorte zum Palast.

Wenn das Klopfen nicht so laut gewesen wäre, hätte man es für Donner halten können. Doch sie hatten auch das Klirren von Schwertern, das Klappern von Speeren im Korridor gehört.

Sie hatten im Rosenzimmer am zinnoberroten Kamin gesessen, in dem ein Feuer angezündet worden war, um Wärme und Behaglichkeit zu schaffen. Die unangenehme bedrückte und angespannte Stimmung musste durch irgendein bedeutungsschweres Ereignis durchbrochen werden. Und hier war es auch schon.

»Gasb ist der Einzige, dem es einfallen konnte, eine Leibgarde mitzubringen …«

»Das ist bestimmt meinetwegen.«

»Warum?«

»Wegen dieser Hexen-Geschichte. Sie verfolgt mich. Und das Einhorn – irgendwie hat das Einhorn etwas mit mir zu tun.«

Der Grummel, der auf Tanaquils Schoß lag, ließ ein Stück Kuchen aus dem Mund fallen und knurrte.

Lizra stand auf. »Bleib hier. Ich veranlasse ihn zu verschwinden.«

Tanaquil bezweifelte das, widersprach aber nicht. Lizra ging hinaus und schloss die Tür. Tanaquil schob den Grummel weg, ging zur Tür und lauschte an der Holztäfelung. Sie hörte, wie sich die äußere Tür öffnete.

»Ach«, ertönte Gasbs unverwechselbare widerliche Stimme. »Ich bitte um Vergebung. Ich suche das Mädchen aus – äh – *Erm.*«

»Prinzessin Tanaquil«, erklärte Lizra in ihrem offiziellen Ton, »befindet sich nicht hier. Und überhaupt, was soll das bedeuten, dass Ihr so hierher kommt mit – drei, vier, fünf, *sechs* Soldaten?«

»Tanapattel oder wie immer sie sich nennt ist eine Zauberin. Sie stellt eine Gefahr für uns alle dar, Euch, edles Fräulein, eingeschlossen. Um dies zu erkennen seid Ihr natürlich noch zu jung. Ihr Kunststückchen, das Trugbild eines Einhorns herbeizubeschwören, hat in der Stadt einen gewaltigen Aufruhr verursacht ...«

»«Ich sagte bereits«, fauchte Lizra, »Tanaquil befindet sich nicht hier. Geht und belästigt jemand anderen.« Es entstand eine Pause. Dann fuhr Lizra fort: »O nein, Ihr werdet doch nicht ...« Und dann: »Wie könnt Ihr es *wagen*?«

Das Stampfen marschierender Soldatenstiefel hallte durch den großen bemalten Raum, Gasbs weiche Pantoletten schlurften hinterher.

»Da drin?«, fragte Gasb.

»Mein Vater wird sehr erzürnt sein«, sagte Lizra.

»Euer Vater stimmt mit mir darin überein, dass die Hexe verhaftet werden soll.«

Tanaquil trat zurück, damit die Soldaten sie beim schwungvollen Aufstoßen der Tür nicht umwerfen würden. Sie stellte sich neben den Kamin, und der Grummel kauerte sich vor ihr hin wie ein knurrender, gegen den Strich gekämmter Mob.

Die Tür flog weit auf und sechs Soldaten eilten herein, die Speere auf Tanaquils Herz gerichtet. In ihrem Kopf drehte sich alles. Sie dachte: *Wenn sie wüssten, wie sie dabei aussehen, würden sie so etwas* niemals *tun.*

Gasb huschte hinter ihnen herein, diesmal ohne Kopfbedeckung. Er war ziemlich kahl und seine Gesichtszüge glichen nach wie vor denen eines Raubvogels.

»Mut, Männer«, sagte er.

Tanaquil kraulte den Grummel sanft mit dem Zeh und raunte ihm zu: »Ich öffne das Fenster. Spring auf das Dach darunter und lauf weg!«

»Bleiben und beißen«, entgegnete der Grummel.

»Ein Beweis für ihre Hexenkünste«, sagte Gasb zu den nervösen Soldaten. »Ihr habt gehört, wie das Tier gesprochen hat. Ein Schutzgeist. Wir müssen sie jetzt unverzüglich ergreifen, bevor sie Dämonen zu ihrer Hilfe herbeirufen kann.«

Lizra sagte in ihrem aufgesetzten, durchdringend königlichen Ton: »Bevor Ihr ihr auch nur ein Haar krümmt, denkt daran, dass sie die Prinzessin einer fremden Stadt ist. Möchtet Ihr den Kriegszustand?«

»*Prinzessin!*« Gasb feixte. »Sie ist ebenso wenig eine Prinzessin wie dieses Straßenkehrerflittchen.«

Tanaquil hatte sich verstohlen vom Kamin zum Fenster gedrückt, den Grummel im Schlepptau. Plötzlich stand ein Soldat vor ihr. »Nein, Werteste«, sagte er schroff.

»Macht euch nicht die Mühe mit ›Werteste‹ und so. Umzingelt sie. Wir bringen sie an einen etwas … stilleren Ort.«

Tanaquil sah Gasb in seiner ganzen unverhohlenen Boshaftigkeit vor sich; sie hatte Angst vor ihm und fühlte sich deswegen gedemütigt. Sie packte den Grummel, der ganz aus dem Häuschen war. Und in diesem Augenblick ließ ein unirdischer Schrei die Mauern des Palastes erzittern, schauriger als alles, das sie je im Leben gehört hatte; sie wusste, was das war, obwohl sie gleichzeitig wusste, dass es unmöglich war, es auf diese Weise zu hören.

»Der Fürst!«

Die Soldaten standen wie versteinert da, selbst Gasb war in Fassungslosigkeit erstarrt. Lizra fragte: »Hat es meinen Vater getötet?«

Und Tanaquil erblickte irgendwie, irgendwo in ihrem Geist Zorander in seiner Bibliothek über dem Schnee, wo mechanische Schmetterlinge auf ungelesenen Büchern herumschwirrten. Sie sah ihn vor sich, wie er vor Entsetzen versteinerte. Und auf der Türschwelle, hereingekommen von den Dächern, aus dem Land des Regens und des Donners und des Blitzes, die schwarze Nacht und das mörderische Horn und die Augen wie flüssige Lava.

»Ergreift die Hexe, sie muss augenblicklich sterben!«, kreischte Gasb schrill. Die Soldaten schlossen den Kreis enger um sie.

Ein rauschendes Pfeifen kam durch die Luft. Es war ein Blitzschlag, der auf den Palast niederfuhr, genau über diesem Raum – die Soldaten stoben auseinander. Tanaquil ließ sich flach auf den Grummel fallen und rollte sich gemeinsam mit ihm seitlich zum Bett. Der Kamin ächzte und rumpelte. Und das lodernde Feuer – *gefror*. Die Flammen waren Spitzen aus gelbem Eis …

Alle schrien laut auf. Der Blitzschlag traf das Kaminfeuer und Eis und Ruß und Mauersteine und Kohle flogen heraus, während der Raum erbebte und Gips von der Decke bröselte.

»*Dämonen*!«

Es war nur einer. Tanaquil blickte auf und gewahrte ein Geschöpf mit zwei Köpfen und Elefantenohren und Froschaugen, das auf seinem riesigen Bauch und einem fetten Schwanz im Kamin hockte.

»*Komm*«, sagte Epbal Enrax, der Kältedämon, und Risse durchzogen die Wand. Er streckte Arme wie baumstammdicke Elefantenrüssel aus und hob Tanaquil und den sich an sie krallenden Grummel vom Boden hoch. »*Rothaar, wir gehen*«, sagte Epbal Enrax. Und sie gingen.

Teil Drei

10

Unter dem stürmischen Himmel brodelte und toste das Meer wie flüssiges, malvenfarbenes Kupfer. Die Farben der Dinge waren verfälscht:. Der Sand sah aus wie die Schlacke eines schrecklichen Feuer. Die Palmen waren schwarz und ächzten im Wind. Der Strand schien nicht von dieser Welt zu sein, sondern einer anderen Welt, die so etwas wie die Hölle sein musste, anzugehören. Und aus der Schlacke und den Wogen von flüssigem Kupfer ragten die Felsen empor wie das Gerippe eines versteinerten Ungeheuers.

Von der Düne aus, auf der sie angekommen war, überblickte Tanaquil die Szene. Sie hatte zuvor schon von Dämonenflügen gehört, jedoch noch nie einen erlebt. Es hatte ihr den Atem verschlagen, aber sie war eher verwirrt als erschüttert, denn sie begriff sehr wohl, dass sie dem wahrscheinlichen Tod durch Gasbs Soldaten entronnen war. Sie hatte eine undeutliche Erinnerung an einen Kamin, jede Menge Dächer darunter, Blitze, die wie Speere zuckten, und daran, dass sie wie in einem Wirbelwind abwärts getrudelt war. Und sie begriff, dass dieser unwirtliche Ort der Meeresstrand war, und durch die hoch aufspritzende braune und braunrote Gischt erkannte sie den Einhorn-Bogen, die Heilige Pforte. Der Grummel saß ganz in der Nähe und putzte sich gründlich. Tanaquil sah sich nach hinten um. Epbal Enrax balancierte auf den Dünen, anscheinend bis zum Bauch im Sand. Er machte einen zufriedenen Eindruck – Malve war natürlich die Lieblingsfarbe des Dämons.

»Wer hat dich geschickt, mich zu holen?«, fragte Tanaquil. Ein Dämon stand jedem bereitwillig zur Verfügung, der mächtig genug war, ihn zu beschwören. Beunruhigende Bilder von Wusch und den anderen Kunsthandwerkern, die einen Zauberer in ihren Dienst genommen hatten, gingen ihr durch den Kopf.

Aber Epbal Enrax antwortete: »*Andere Dame von Rothaar. Drüben.*«

Dort stand etwas auf dem Meer.

Tanaquil hatte es für ein durch das Wetter hervorgerufenes Trugbild gehalten, eine Wolke, eine Wasserfontäne. Jetzt stand sie langsam auf und ging auf den aufgewühlten Wellensaum zu. Der Grummel erhob sich ebenfalls, um ihr zu folgen, überlegte es sich jedoch anders und buddelte stattdessen ein Loch in den Sand.

Das Ding auf dem Meer waberte wie eine Flamme mit einer feurigen roten Spitze. Der Ozean schwappte immer höher ans Ufer und jetzt bewegte sich auch das Ding landwärts, hielt etwa zehn Fuß vom Strand und damit von Tanaquil entfernt inne. Es verfestigte sich, nahm Gestalt an, und nach einer halben Minute stand Jaive, die Zauberin, auf dem Wasser. Ihr Haar wehte wie verrückt, wie ein scharlachroter Miniatur-Wirbelsturm. Sie war bekleidet mit einem theatralischen schwarzen Umhang, übersät von Heuschrecken aus Silber und Jaspis. Ihr Gesicht hatte einen leidenschaftlichen Ausdruck. Sie schwieg.

»Mutter«, sagte Tanaquil.

Jaive hob zu Sprechen an. »Ja, das stimmt, ich bin deine Mutter.«

Nach diesem wenig sinnreichen Wortausausch trotzten sie dem Sturm und starrten einander an.

Schließlich sagte Tanaquil steif: »Also hast du dich letzten

Endes doch dazu entschlossen, mich zu suchen. Ich dachte, dich würde das alles überhaupt nicht kümmern. Ich meine, nachdem du mich in der Wüste zurückgelassen hast und so weiter.«

Jaive runzelte die Stirn. Ihr Augen funkelten. »Dummes Kind! Wenn du nur eine Ahnung hättest, welche Schwierigkeiten ich gehabt habe!«

»Du Allerärmste.«

»Das Einhorn – wenn ich es nur erkannt hätte, die Magie, das Geheimnis! Ich hielt es für eins deiner Spielzeuge, geschickt aus Kristallteilchen, Rädern und Schrauben hergestellt, deinen üblichen mechanischen Krimskrams.«

»Ich stelle keine Dinge her, ich repariere sie«, erwiderte Tanaquil. Jaive winkte wegwerfend ab. Das Meer kräuselte sich und spuckte ihr auf die Füße. »Und musst du unbedingt auf dem Wasser stehen?«

»Tue ich das?« Jaive blickte sich um. »Das bin gar nicht ich selbst, es ist nur eine *Projektion* meines Abbildes. Mehr bringe ich derzeit nicht zustande, denn meine Zauberkraft ist nicht mehr so wie früher. Wenn ich das gewusst hätte – hätte ich dann, eine geübte Meisterin der magischen Künste, meine Macht auf ein echtes *Einhorn* verwendet? Der Schaden, den meine Fähigkeiten genommen haben, war sehr groß. Erst jetzt erhole ich mich allmählich wieder, kehren meine Kräfte langsam zurück.«

»Verstehe«, sagte Tanaquil. »Du willst damit andeuten, du hast nicht früher nach mir gesucht, weil du dich nicht in der Lage dazu sahst? Es war also nicht nur Desinteresse oder Gereiztheit?«

»Wie kannst du es wagen, an deiner Mutter zu zweifeln?«

»Das ist leicht.«

Jaives Gesicht runzelte sich und ein Zucken durchfuhr ihren ganzen Körper. Tanaquil war sich nicht sicher, ob die Ursache dafür fehlerhafte Magie, Wut oder etwas anderes war.

»Ich verliere kein Wort darüber«, rief Jaive, »dass du in diese Stadt gekommen bist. Ich sage nichts über den Palast, in dem ich dich ausfindig gemacht habe.«

»Zoranders Palast«, sagte Tanaquil. Jaives Bild fältelte, verzerrte sich. »Es tut mir Leid. Wenn du mir vertraut hättest … Ich weiß es, ich meine, ich weiß, dass …«

»Dieser Mann ist dein Vater«, rief Jaive. »Ich habe mich von ihm losgesagt.«

»Ja, Mutter.«

Jaive hörte auf zu schreien und die Falten glätteten sich allmählich.

»Ich kann über dein Benehmen hinwegsehen«, sagte Jaive, »denn meines Wissens war es das Einhorn, das dich hierher gebracht hat, und es ist das Einhorn, das deine Hilfe braucht und verlangt.«

Tanaquils Mischung von Gefühlen verflüchtigte sich und es blieb nur eine Frage: »Warum? Was will es? Mutter, was weißt du wirklich?«

Jaive lächelte. Es war mit keinem Lächeln zu vergleichen, das Tanaquil je zuvor im Gesicht ihrer Mutter gesehen hatte. *Sie ist wirklich schön, diese grässliche Frau.*

»Ich habe die ganze Zeit gedacht, du bist *seine* Tochter«, fuhr Jaive fort. »Besessen von all dem mechanischen Zeug. Aber du gehörst mir. Tanaquil, du bist eine Zauberin.«

»Da haben wir es wieder mal«, seufzte Tanaquil ungeduldig. »Natürlich bin ich das nicht.«

»Deine Zauberkraft«, fuhr Jaive gnadenlos fort, »liegt in deiner Fähigkeit, Dinge zu reparieren. Du kannst wirklich alles instand setzen. Und was du einmal instand gesetzt hast, geht niemals wieder kaputt. Seit deiner frühesten Kindheit habe ich beobachtet, wie du das machst, und mir ist nie der Gedanke gekommen, dass es etwas anderes sein könnte als eine rein handwerkliche Begabung, aber in Wirklichkeit ist es Magie.«

»*Mutter!*«

Jaive hielt gebieterisch die Hand hoch. »Denk nach und antworte mir ehrlich: Wenn du etwas reparierst – eine Uhr, eine Armbrust, eine Puppe –, was tust du dann?«

»Ich sehe mir das Ding an. Und dann nehme ich das richtige Werkzeug zur Hand … und ich …«

»Wie findest du den Fehler? Woher weißt du, welches Werkzeug ihn beheben kann? Wer, Tanaquil, hat dir das beigebracht?«

»Niemand. Ich kann es einfach, Mutter.«

»Als ich zehn war«, sagte Jaive, »rief ich alle kleinen Kobolde aus einem Kessel herbei. Sie sagten: ›Wie hast du das gemacht, wer hat dich das gelehrt?‹ Ich antwortete: ›Niemand. Ich kann es einfach.‹«

»Mutter …«

»Genug Zeit verschwendet«, gebot Jaive. »Das Einhorn ist zu dir gekommen, weil es deine Magie gespürt und erkannt hat, wie es sie sich nutzbar machen kann. Es kam in Form eines Knochens, eines zerbrochenen Gerippes, und du hast es zusammengebaut und zum Laufen gebracht. Es war mein eigener gedankenloser Schlag, der es vollends wieder zum Leben erweckt hat – ein wundersamer Zufall. Oder hat das Einhorn auch mich benutzt? Diese Vorstellung bereitet mir große Freude. Nichts kann ein Einhorn zerstören, Tanaquil, und nur die Verzweiflung kann es umbringen. Einst war es verzweifelt – und selbst das überstanden seine Knochen unversehrt und das Leben darin blieb bestehen. Jetzt wartet es. Auf deine Hilfe.«

»Meine Hilfe? Was kann ich tun?«

Wieder lächelte Jaive. Wärmer als ihr feuerrotes Haar war ihr Lächeln.

»Glaubst du, Einhörner könnten wirklich jemals auf dieser Erde gelebt haben? Nein, ihre Heimat ist die vollkommene Welt. Eine Welt, für die diese ein Vorbild hätte sein sollen, das sich jedoch als untauglich erweisen hat. Aus irgendeinem

Grund ist das Einhorn durch eine Bruchstelle in der Mauer jener Welt ausgerissen oder wurde weggelockt. Und dann wurde das Tor hinter ihm geschlossen. Die Rückkehr war ihm verwehrt. Es lebte hier und es litt. Und es starb den einzigen ihm möglichen Tod, indem es in der Wüste schlief. Bis du es gefunden hast.«

»Genau gesagt hat der Grummel es gefunden.«

»Der Grummel hat sich dir verschrieben, als dein Schutzgeist.«

Wütend, aber gläubig, sagte Tanaquil erneut: »Ja, Mutter.«

»Zweifellos«, sagte Jaive, »war derjenige, der dieses Verbrechen an dem Einhorn begangen hat, indem er es aus seiner vollkommenen Heimat lockte und das Tor hinter ihm versperrte, der erste Herrscher über diese Stadt. Um das Gleichgewicht wiederherzustellen, muss einer seiner Nachfahren das Einhorn wieder frei lassen. Und du, Tanaquil, bist die Tochter eines Fürsten.« Jaive warf mit unterdrücktem Zorn und Schmerz den Kopf zurück, während Tanaquil sie beobachtete. Dann fuhr sie fort: »Erledige deine Aufgabe.«

»Wenn ich dich richtig verstehe, dann meinst du, dass der Bogen in dem Felsen das Tor zu einer anderen Welt ist – und dass es zerbrochen ist, so dass niemand hindurchgehen kann. Aber ich kann die Pforte reparieren, richtig?«

»Ja, Tanaquil.«

»Aber, Mutter, es besteht doch nur aus Luft und Stein – nicht aus Bronze und Eisen. Es hat keine Zapfen oder Zahnräder oder Federn oder Scharniere …«

»Doch, all das ist vorhanden. Nur eine Zauberin mit deinen besonderen Fähigkeiten kann es finden.«

»O Mutter …«

»Wage nicht, mir zu widersprechen. Ich hatte Angst vor dem Einhorn. *Ich.* Du hingegen niemals. Und jetzt *schau*!« Jaive deutete den Strand entlang. Wieder zeigte ihr Gesicht einen neuen Ausdruck, nicht länger mehr Entsetzen, sondern Ehrfurcht, Jugend und lachendes Entzücken. »Geh hin und sieh und lass es nicht länger warten!«

Das Einhorn stand am Strand unter dem Felsen. Seine Schwärze übertraf die Schatten, sein Horn brachte das Licht zurück. Der Regen hatte aufgehört, die Wogen glätteten sich.

Zerrissene Bänder …

Hast du das auch gespürt? … Es war seltsam … Nur für einen Augenblick – etwas …

Diesmal schrie Tanaquil nicht auf und rannte nicht davon. Sie war allein. Die trübe Milch der Gischt brodelte unter dem Bogen hindurch und sie watete bis zu den Knöcheln im Wasser. Der Sturm hatte sich gelegt, aber der Tag versank schnell in dichten Wolken. In einer Stunde würde die Nacht hereinbrechen.

Einmal hatte sie sich umgeblickt und Jaives Flamme war immer noch dort auf dem sich verdunkelnden Meer. Sie hob die Arme und winkte ihr zu, so wie die Gestalt ihrer Mutter ihr ein- oder zweimal von den hohen Fenstern der Festung zugewinkt hatte, als sie noch ein Kind gewesen war. Aber das projizierte Abbild schwankte und verging wie das Tageslicht. Epbal Enrax war bereits verschwunden, der Grummel hatte sich im Sand versteckt. Tanaquil wusste nicht, was sie fühlen oder von den Geschehnissen halten sollte. Lizra und Zorander und Gasb waren ebenfalls verschwunden. Es war die Pforte, die zählte. Das Einhorn.

Das Einhorn war zurückgewichen, als sie sich ihm genähert hatte. Nicht scheu, sondern vorsichtig, als ob es sie erneut auf die Probe stellen wollte. Sie erinnerte sich daran, wie es die Kunsthandwerker gejagt hatte, an den Augenblick, als es sich auf der Plattform aufgebäumt hatte. Das Einhorn könnte sie viel wirkungsvoller umbringen als Gasb. Aber es war elegant von ihr weggetänzelt, die Felsen hinauf, als sie unter den Bogen getreten war.

Tanaquil machte langsam einen Schritt nach dem anderen. Das Gefühl, ein Abgrund tue sich unter dem Sand auf, war sehr stark. Sie wählte behutsam ihren Weg, tastete sich nach dem unbeschreiblichen Empfinden vorwärts, das sie überfallen hatte, als ob sie für die Dauer mehrerer Herzschläge eingeschlafen wäre ... Denn so war es geschehen, als sie die Pforte durchschritten hatte, eine Pforte, die nirgendwo hinführte, weil sie zerbrochen war.

Während sie so bewusst, so langsam voranschritt, streifte sie den Rand seines Banns und schreckte sofort zurück. *Da.* Unverkennbar.

Aber – was nun?

Es war nichts zu sehen außer den düsteren Felsen, die sich aus dem Wasser erhoben, und – auf der anderen Seite des Bogens – Sand und die sich verdichtende Dunkelheit.

Zerrissene Bänder. Sie hatte gespürt, wie sie sie umflatterten, als sie und Lizra gerannt, hindurchgegangen und wieder zurückgekehrt waren.

Mit äußerster Behutsamkeit, so als wolle sie verhindern, ein Spinnennetz zu zerreißen, schob Tanaquil die Arme nach vorn in die leere Luft.

Und etwas streifte sie, wie ein Geist.

Das behagte ihr nicht, deshalb zog sie die Arme zurück.

Sie dachte: *Jaive ist in erster Linie eine Zauberin und erst dann meine Mutter. Für sie steht das Einhorn an oberster Stelle.* Und sie dachte: *Ich kann einem Einhorn helfen.*

Tanaquil ließ die Arme zurückgleiten in das unsichtbare Etwas, das sich zwischen den Felsen erstreckte. Wieder streifte sie etwas und diesmal griff sie ihrerseits zu.

Ihre Finger kribbelten, aber es war kein unangenehmes Gefühl. Die Elemente in der Luft waren anders als alles, was sie jemals berührt oder bearbeitet hatte.

Das macht nichts. Sie versuchte sich ins Gedächtnis zu rufen, was geschah, wenn sie den Mechanismus eines Schlosses, einer

Spieldose, eines Wagenrades oder der zerfetzten Schlange auf dem Bazar betrachtete.

Dann gab sie es auf. Indem sie sich immer noch an der ersten unbenennbaren Fremdheit festhielt, tastete sie sich am Netz der Luft entlang zur nächsten weiter. Sie schloss die Augen und hinter den Lidern sah sie eine Form wie eine silberne Rute; sie bog sie entschlossen um und hängte sie an einen goldenen Ring.

Ihre Hände bewegten sich mit tranceartiger Symmetrie. Gegenstände oder Trugbilder davon strömten auf sie ein und sie packte sie und fügte sie zusammen.

Sie brauchte keine Hilfsmittel – nur ihre Hände. Vielleicht ihre Gedanken.

Anders als bei einem Uhrwerk oder einer Maschine. Hier war alles in fließender Bewegung, wie Blätter auf einem Teich.

Sie vermeinte ihre Umrisse zu erkennen, glaubte jedoch nicht, dass sie das sah, was wirklich da war – und dennoch war das, was da war, gewiss so bizarr wie ihr Bild von Stäben und dünnen Nadeln, Ringen und Scheiben und Spindeln und Gewinden, wie die Buchstaben eines unbekannten Alphabets.

Wahrscheinlich mache ich etwas falsch.

Sie öffnete die Augen und sah nirgends eine Veränderung, außer der Dunkelheit, die jetzt einsetzte und sich schnell verdichtete.

Das Einhorn schimmerte schwarz vor einem Felsen in hundert Fuß Entfernung. Die blassen Schwingen des Meeres spiegelten einen wolkenerstickten Mondaufgang.

Sie schloss die Augen und sah wieder das wogende goldene und silberne Chaos der Pforte, das einem halb fertigen Halsband glich.

Plötzlich wusste sie, was sie tat. Es war nicht falsch. Es war anders als alles, doch es war richtig. Sie ergriff einen im Zickzack wandernden Stern und drückte ihn an sich …

Während sie sich mit derart fremdartigen Dingen beschäftigte, überlegte sie sich, ob sie es wohl merken würde, wenn das Werk vollendet wäre. Würde die Pforte dann vollständig aussehen – oder würde sie lediglich ein anderes phantastisches Muster gebildet haben, mit dem man spielen und das man bis in alle Ewigkeit immer wieder neu ordnen könnte.

Es war wie ein Erwachen aus dem Schlaf, sanft und doch rückhaltlos, ohne Benommenheit.

Sie trat zurück und senkte die Arme, die Augen immer noch geschlossen.

Die Pforte bildete ein Ganzes. Wie eine Galaxis – wie ein Juwel – wie nichts sonst auf der Erde. Aber die Gesamtheit war offensichtlich: ein zerschmettertes Fenster, bei dem jede Scherbe wieder an Ort und Stelle eingesetzt worden war. Es gab keinen Zweifel.

Dann öffnete Tanaquil die Augen und schließlich *sah* sie die Pforte. Sah sie so, wie sie jetzt erschien, in ihrer Welt sichtbar.

Man konnte nicht mehr durch den Bogen hindurchsehen. Eine dunkle, schimmernde Membrane füllte ihn aus, die man für eine aufrecht stehende Wasserwand hätte halten können, und durch diese Materie zuckten Flitterfunken, elektrisiert aufleuchtend und erlöschend.

Tanaquil hatte keine Angst davor, war aber auf der Hut. Sie wich noch ein paar Schritte zurück. Und runzelte die Stirn.

Was war das? Etwas, das selbst jetzt noch – nicht unvollständig war, bei dem jedoch etwas fehlte.

Sie machte kehrt und verließ den Felsbogen.

Das Meer hatte sich wieder zurückgezogen, bevor die nächtliche Flut hereinkam. Während sie auf dem Sand unter dem Felsen dahinschritt, hörte sie die laute Mitternachtsglocke aus dem Palast in der Stadt, von der Stille getragen, dünn wie ein Faden.

Sie dachte an Lizra, an Zorander. Sie dachte an Jaive. Doch vor ihr stand das Einhorn. Es war beinahe bis zu dem Felsbogen heruntergekommen, nach wie vor ganz Dunkelheit. Das Horn leuchtete nicht, selbst der blasse, wolkenverhangene Mond war heller.

»Ich habe getan, was ich konnte«, sagte Tanaquil. »Aber da ist noch etwas – ich weiß nur nicht, was.«

Das Einhorn trat neben sie, an den Eingang. Es spähte in den funkenstiebenden Schatten. Sie sah, wie seine Augen granatrot blinzelten. Dann senkte es den Kopf bis zum Boden, öffnete den Mund – sie erhaschte einen Blick auf die kräftigen silbernen Zähne, an die sie sich von seinem Schädel her erinnerte. Noch zwei weitere Gegenstände glitzerten auf dem feuchten Sand.

Tanaquil ging hinüber, wobei sie stets einen achtungsvollen Abstand zu dem Tier hielt – obwohl es sie einmal an den Haaren gezogen hatte –, um zu sehen, was da niedergelegt worden war.

»Hast du ihn deswegen getötet?«

Das Einhorn hob den Kopf wieder. Es bedachte sie mit einem schrägen Seitenblick. Einem solchen Gesicht hatte sie sich noch nie gegenübergesehen – nicht Mensch, nicht Tier, nicht Dämon. Einzigartig.

Dann neigte es das Horn und deutete damit nach unten, zum Fuß der Klippen. Das Horn verharrte in der Schwebe und schwang dann nach oben. Jetzt deutete es zum Kamm der Klippen, zwanzig Fuß über Tanaquils Kopf. Nach einem kurzen Augenblick machte das Einhorn einen Satz auf dem Sand und kehrte wieder zu seinem früheren Platz zurück. Dort wartete es.

Tanaquil bückte sich und hob die beiden cremeweißen spiralförmigen Fossilien auf, die das Einhorn aus dem Mund hatte fallen lassen: die Fibeln, die den festlichen Umhang des Fürsten zusammengehalten hatten. Die es von der Haifischhaut abgerissen haben musste. Waren sie vor langer Zeit womöglich von diesen Klippen abgerissen worden? Dann waren sie also die letzten Teilstücke der Pforte.

Tanaquil kniete an der Stelle nieder, wohin das Horn des Einhorns zuerst gedeutet hatte. Alt, feucht, porös, nicht mehr in der urpsrünglichen Form, zeigte sich eine Wunde in der Klippe, die einst eine gewundene Spiralmuschel enthalten haben mochte.

»Was habe ich bei mir?« Tanaquil untersuchte ihre Kleidung, das von Lizra für die Prozession geliehene Seidengewand. Es hatte keine Taschen oder Beutel für ein Messer, seine baumelnden Topase waren ungeeignet, die goldenen Applikationen zu weich. Schließlich zerriss sie das Mieder und drückte eins der Korsettstäbchen heraus – wie sie gehofft hatte, bestand es aus Bronze. Damit machte sie sich daran, an dem verwitterten Gestein zu kratzen, wobei sie hin und wieder eine Hand voll des groben Sandes als Feile benutzte.

»Eines Tages werde ich jemandem davon erzählen und man wird mir nicht glauben.«

Sie hatte versucht, das Fossil wieder in seinen ursprünglichen Platz am Fuß des Felsens einzupassen. Es saß nicht besonders fest, aber besser schaffte sie es nicht. Sie hatte die Pforte untersucht. Der flüssige Schatten hatte sich nicht verändert. Flitter blitzten auf und vergingen.

Tanaquil seufzte. Ihr Blick wanderte die steinige Klippe hinauf, bis zu dem wie eine Brücke geschwungenen Bogen. Die Geste des Einhorns war eindeutig gewesen. Wenn ein Fossil hier eingesetzt werden sollte, dann hatte das andere seinen angestammten Platz oben am Himmel.

Also machte sich Tanaquil daran, in ihrem hinderlichen Kleid und den denkbar ungeeigneten Palastschühchen den Felsen hinaufzuklettern.

Sie war froh, dass wenigstens der Sturm und das Unwetter aufgehört hatten, denn der Fels war rutschig und schwer zu begehen, viel schwieriger als die Hügel bei der Festung ihrer Mutter.

Während des Kletterns dachte sie daran, dass das Einhorn in der Wüste gestorben war, dort unter dem Bogen, der dem Bogen der Pforte so sehr ähnelte. Vielleicht hatte die Ähnlichkeit es besänftigt oder hatte seinen Schmerz verstärkt, als es in dieser fremden Welt gefangen war. Vielleicht hatte es mit seinen übernatürlichen Nüstern das alte Meer wahrgenommen, das einst die Wüste bedeckt hatte. Oder vielleicht – und das war eine kühnere und doch vernünftigere Vorstellung als alles andere – war alles vorherbestimmt gewesen: dass das Einhorn sich zum Sterben unter dem Hügel niederlegen und sie eine halbe Meile von seinem Grab entfernt geboren werden würde, eine Nachfahrin der Stadtfürsten, seine Retterin.

»Ich hoffe, das bin ich. Nach alledem wäre es gut für mich, wenn ich es wäre, um Himmels willen.«

Der Rock in Fetzen, ihre Füße aufgeschnitten und die Hände zerkratzt, erreichte sie den Gipfel der Klippe.

Sie dachte an die Muschel, die sie in dem Fels in der Wüste gesehen hatte, fest eingebettet in den Stein. Würde es bei dieser Versteinerung ähnlich sein?

Nein. Diese hier hatten ihren Platz links von dem Bogen, in der Nähe der Öffnung, dem darunterliegenden Fossil schräg gegenüber. *Wieso weiß ich das? Einerlei.*

Tanaquil kroch näher, um sich zu überzeugen. Sie entdeckte Beete von Seetang, dessen Wurzeln widerspenstig im Gestein verkrallt waren. Mit Wutschreien zog sie sie heraus. Und fand die alte Wunde des Fossils, unverkennbar, genau bemessen, unglaublicherweise keiner Anpassung bedürfend.

Sie drückte die Muschel hinein. Sie passte.

Tanaquil war nicht darauf vorbereitet …

Denn der Fels bebte, zitterte. Und aus dem Bogen darunter kamen eine Woge von waberndem, wirbelndem Licht und ein Ton wie die Note eines Liedes, eines Liedes von Stein und Wasser, Sand und Nacht und denkbarerweise von den Sternen.

Tanaquil klammerte sich an den Fels, erwartete, dass die

Pforte darunter zusammenbrechen, dass sie abgeworfen werden würde, doch das Beben ließ nach und hörte schließlich ganz auf und das Licht darunter zerschmolz zu einem schwachen klaren Schein. Dann blickte sie zu dem Einhorn hinüber. Sie nahm an, es würde plötzlich auf den Fels zu und dann darunter hindurchrennen und weg sein. Aber das Einhorn bewegte sich nicht.

»Was ist los? Mach schon!«, rief Tanaquil. »Bevor etwas anderes geschieht – bevor jemand kommt – oder stimmt was nicht?«

Ja, ja, alles stimmte. Die Pforte war da, sie war wirklich da. Und dennoch zögerte das Einhorn, reglos wie ein Geschöpf aus Stein.

Tanaquil schwang sich über die Brücke und kletterte wieder den Fels hinab. Sie hatte es jetzt eilig und war nicht vorsichtig genug. Einmal verlor sie den Halt, zweimal, und fiel schließlich dreizehn Fuß tief in ein weiches Bett aus Sand.

Das Einhorn buddelte sie heraus. Sie ruderte durch die erstickende Masse und befreite sich daraus, wie eine Katze spuckend. Es war nicht das Einhorn.

»Pfff«, sagte der Grummel. »*Schlecht.*«

»Ja, danke. Sehr schlecht.« Sie rappelte sich auf und schüttelte Sandkörner aus ihren Haaren und Ohren. Der Grummel leckte ihre Schürfwunden, was kitzelte, deshalb schob sie ihn sanft weg. »Warum steht es da rum? Die Pforte ist doch …« Und sie sah die Pforte, wie sie jetzt war. Offen. Wartend. In der funkelnden Dunkelheit ein Oval aus Licht. Es war das Licht der Sonne einer anderen Dimension. Warm und rein, sowohl heller als auch weicher als jedes Licht, das sie jemals in der Welt gesehen hatte. In *ihrer* Welt. Und durch das Licht hindurch war es möglich, einen Blick auf – nein, es war unmöglich. Nur eine Art Traum war dort, wie ein Wunder, Farbe und Schönheit, strahlender Glanz und ein unbestimmter süßer Klang.

Tanaquil stand auf. Sie rief dem Einhorn zu: »*Geh*!«

Daraufhin schleuderte das Einhorn den Kopf hin und her. Es schnellte empor wie ein Pfeil von einer Bogensehne. Seine vier Beine waren hoch in der Luft. Es flog, wirbelte vorwärts, raste wie der Wind am Meer entlang.

Es flog unter der Klippe hindurch. Und Tanaquil sah, wie es das schimmernde Oval der Pforte durchbrach. Sie sah es inmitten der Schönheit und des Leuchtens.

Und dann riss sich der Grummel aus ihrem Griff los.

»*Schön! Schön!*«, quiekte der Grummel, während er zum Paradies sauste.

»Nein … das darfst du nicht … komm zurück, du Dummkopf, o Gott, du *Dummkopf!*«

Sie sah, dass sich das Einhorn umgewandt hatte, dort in dem Traum. Sein Kopf bewegte sich bedächtig hin und her. Es war keine Verneinung. War es ein Zeichen?

Der Grummel kreischte und tauchte durch das Tor aus Licht.

Mit einer Übelkeit erregenden bösen Ahnung, von einem grausamen Verlangen gepackt, rannte Tanaquil ebenfalls los, über den Sand, unter den Bogen. Sie spürte, wie die Pforte, einer Lage schweren Wassers gleich, ihr Widerstand bot und schließlich nachgab. Und auch sie stieß nun in die vollkommene Welt vor.

11

Bis an den Wellensaum reichten die Blumen. Einige wuchsen, so schien es, im Wasser. Ihre Farbe war wie das Löschen von Durst. Blaue Blumen von demselben blauen Ton wie das Meer und von einem dunkleren Blau, das ins Violette changierte. Und danach ausgedehnte Blumenbeete in Pfirsichrosa und Karmesinrot und Blumen so gelb wie Zitronenwein. Bäume wuchsen zwischen den Blumen hervor. Sie waren sehr hoch und bildeten ein Zelt aus durchscheinendem Laub von einem tiefgoldenen Grün. Glitzerdinge huschten zwischen den Blättern hin und her. Die Ebene aus Blumen und Bäumen erstreckte sich in weite Ferne und meilenweit entfernt verschmolzen Berge mit dem blauen Himmel. Ein einzelner schmaler Pfad aus Blütenwolken, wie zurückgelassene Federn, querte diesen Himmel. Die Sonne stand hoch und brannte heiß herab. Sie tauchte alles in ihre Wärme ein wie in Honig und ihr sanftes Licht war so klar wie Glas. Selbst die Wellen glitzerten nicht und leuchteten dennoch, als ob eine Sonne aus der Tiefe des Meeres heraufschiene. Und rings um die Sonne am Himmel schimmerten große Tagessterne wie ein Diamantnetz.

Einer der Vögel huschte aus einem der Bäume, die über das Meer hinausragten, senkte sich mit Gezappel ins Wasser hinunter. Es war ein Fisch. Er umkreiste Tanaquil, die im seichten Wasser stand, einmal, dann schwamm er gleichgültig von dannen.

Sie blickte sich um. Das leuchtende Meer kehrte zum Horizont zurück. Dort spielten Meereswesen und Wasserfontänen funkelten. Ein paar Fingerbreit über der Oberfläche der Wellen, keine drei Fuß von ihr entfernt, schwebte ein bleigraues Ei in der Luft – die Pforte.

Ich sollte sie schließen. Nein. Ich sollte gar nicht hier sein … ich muss zurückgehen …

Die Pforte wirkte trostlos und abweisend. Sie konnte sich nicht vorstellen, dass irgendjemand das Verlangen verspüren könnte, in ihre Nähe zu gehen. Selbst die Fische, die jetzt wie Silbertaler von den Bäumen hüpften, schwammen in einem großen Bogen um die Stelle herum.

Sie sah wieder nach vorn. Der Grummel, der anscheinend irgendwie instinktiv wusste, wie man schwimmt, war seiner spitzen Nase zum Ufer gefolgt, war aus dem Wasser gestiegen und rollte sich jetzt in den Blumen. Sie wurden nicht zerdrückt, sondern wichen ihm aus und tänzelten in ihre vorherige Haltung zurück, wenn er an ihnen vorbei war.

In der Ebene galoppierte das Einhorn, vollführte Schlenker und Sprünge und schien zu fliegen, ein Streifen goldsilberner Schwärze, während die Sonne Regenbogenstreifen von seinem Horn abwickelte.

»Dieses Wasser kann nicht salzig sein«, sagte Tanaquil, »oder falls doch, dann handelt es sich um harmloses Salz. Den Blumen schadet es jedenfalls nicht.«

Sie watete aus den Untiefen und stand dann zwischen den Blumen. Deren Duft war frisch und klar, wie das Licht. Sie bewegte die Füße und die Blumen, die sich unter ihren Füßen zusammengerollt hatten, federten aufrecht empor.

»Wir sollten zurückgehen«, sagte Tanaquil zu dem Grummel.

Der Grummel wälzte sich weiterhin in den Blumen.

Tanaquil hatte keine Lust zurückzugehen. Wenn dies die vollkommene Welt war, dann wollte sie sie sehen.

Vögel sangen in den Baumwipfeln. Es war nicht so, dass ihre Lieder schöner gewesen wären als die schönen Lieder der Erde, doch sie besaßen eine Klarheit, die frei war von jedem Missklang. Die Luft war erfüllt von einer Art Glückseligkeit oder einer anderen gütigen Macht, die keinen Namen hatte. Sie einzuatmen machte einen froh, nichts brauchte einen zu bekümmern: kein Schmerz der Vergangenheit, keine Angst vor der Zukunft. Keine Selbstzweifel. Kein Mangel an Vertrauen. Alles würde gut sein, jetzt und immerdar. Hier.

Das Einhorn hatte sich fürs Erste ausgetobt. Es bewegte sich mit geschmeidigem Gang zwischen den Blumen hindurch, entfernte sich jetzt landeinwärts. Und einmal warf es einen Blick zurück zur Küste.

Sie folgten ihm, ohne Hast, ohne Zögern.

Nicht nur Vögel sangen.

Während sie durch die Seide der Blumen über die Ebene wanderten, vernahmen sie ein Summen wie von Bienen … Obstbäume standen auf der Ebene: Äpfel und Pflaumen, Feigen und Orangen, Quitten und Oliven. Die duftenden Bäume ragten zu einer gewaltigen Größe auf, mit Girlanden aus Blättern und Früchten. Und die Früchte brannten wie Sonnen und Edelsteine. Ohne nachzudenken streckte Tanaquil die Hand nach einem dunkelroten Apfel aus und er zitterte in ihrer Hand. Er lebte. Nie gestört, nie gepflückt, nie verzehrt. Er *sang.*

»O hör mal, Grummel! *Hör dir das an!*«

Und der Grummel blickte mit fragendem Staunen auf.

»Insekt.«

»Nein, es ist der Apfel. Er singt.«

Keine Frucht war zu Boden gefallen. Vielleicht würde das nie geschehen. Als sie tiefer in den Obsthain hineingingen, verstärkten sich die wispernden, summenden Töne. Jede Sorte hatte eine andere Melodie, jede vermischte sich harmonisch mit den anderen.

Als sie aus dem großen duftenden Hain heraustraten, sahen sie Hirsche, die auf der Ebene herumtollten. Das Einhorn hatte sich zu ihnen gesellt und sie rannten vor Tanaquil nicht weg. Vögel flogen über ihr und tummelten sich auf den Luftströmungen in der Sonne.

»Was essen sie? Vielleicht ernährt die Luft sie und die Düfte – ach, sie sind so gut.«

Der Grummel tapste zu den Hirschen, die herumwirbelten und kanterten – alles spielerisch, aber der Grummel bekam Angst und rannte zu Tanaquil zurück.

»Sie tun dir doch nichts.«

»Groß«, sagte der Grummel mit verspätetem Respekt.

Die Sonne und die Tagessterne zogen am Himmel über ihnen dahin.

Sie mussten drei oder vier Stunden gewandert sein, doch Tanaquil war nicht müde. Sie hatte keinen Hunger. Der Grummel zeigte lediglich Anzeichen eines breit gefächerten Interesses an allem. Sie hatte befürchtet, er könnte versuchen, etwas auszugraben, etwas anzuknabbern und das Bein zwischen den Blumen zu heben. Aber anscheinend verspürte er keines dieser Bedürfnisse.

Vermutlich um die fünfte Stunde erreichten sie den Rand der Ebene, wo das Gelände zu einem See aus blauem Turmalin hin abfiel. Ein Wald lag am Ufer gegenüber, wo Papageien wie flammende Nadeln hin und her flogen. Tanaquil sah Tiere, die sich am Seeufer aalten. Das Einhorn, etwa eine Viertelmeile vor ihr, spazierte friedlich zwischen ihnen herum. Sie wandten sich ihm zu, um es zu betrachten, schlugen mit den Schwänzen und gähnten. Offenbar waren sie an den Anblick von Einhörnern gewöhnt.

»Sind das …? Ja, tatsächlich, es sind Löwen. Und schau mal, Grummel!«

Der Grummel schaute. Tanaquil war sich nicht sicher, ob ihm klar war, was das Bild bedeutete. Die stolzen gelbbraunen Löwen hatten sich mit einer kleinen Schafherde vermischt und lagen faul und friedlich mit ihnen zusammen. Einige kauerten in der gleichen Haltung im Gras, die Vorderbeine unter den Körper geknickt und die Köpfe erhoben, andere schliefen seitlich aneinander gelehnt. Ein paar Lämmer jagten Löwenjunge am Ufer, wobei sie eifrig blökten. Alle purzelten in einem Haufen von Fell und Wolle übereinander und machten sich daran, sich gegenseitig zu putzen.

Tanaquil war durchaus nicht unbehaglich zumute, als sie und der Grummel sich ebenfalls zwischen die Löwen begaben, und diese schenkten ihnen keine besondere Aufmerksamkeit. Die Schafe blökten leise und eine der schlafenden Riesenkatzen schnarchte. Sie bemerkte, wie sehr sich die Gesichter der Löwen und der Schafe ähnelten, die hoch eingesetzten Augen und langen Nasen.

Das Einhorn ging weiter, um den See herum.

Ein Leopard hatte sich auf dem Ast einer großen Zeder ausgestreckt, von wo aus er sie mit ruhigen, leuchtenden Augen betrachtete.

Schwäne glitten über die spiegelglatte Fläche des Sees.

Sie kamen an einem einsam stehenden, singenden Apfelbaum vorbei, dessen Stamm aus dem Wasser wuchs.

»Insekt«, sagte der Grummel.

In dem Wald standen gewaltige Zypressen, Stechpalmen und Magnolien. Auf sonnendurchfluteten Lichtungen wuchsen Orchideen in mosaikartigen Farben. Hirsche bewegten sich wie Schatten und Luchse saßen im Schatten, während sich Mäuse zwischen ihren Pfoten tummelten. Die Papageien kreischten vor Lachen, Affen hingen kopfüber an Ästen wie braune Früchte. Farne in trinkbarem Grün brachen aus den Mündern wilder Brunnen hervor, Wasserlilien pflasterten die Teiche. Schmetterlinge flatterten durch den Wald und Bienen summten in Spiralen um den bernsteinfarbenen Stamm einer Pinie. *Ob sie wohl einen Stachel haben?* Schlangen wie Rinnsale flüssigen Metalls ergossen sich durch das Unterholz.

Sie sahen das Einhorn weiter vorn durch den Wald stapfen. Es wirkte nun nicht mehr phantastisch. Hier war es genau richtig am Platz.

Als sie aus dem Wald traten, waren sie wieder hoch oben und indem Tanaquil sich umblickte, sah sie das Land, das sie durchquert hatten, hinter sich wegfließen. Die Berge waren näher herangekommen und die Sonne und ihre Begleitsterne standen tiefer am Himmel. Ein rosa-goldenes Licht, wie das eines makellosen Spätsommernachmittags, hielt die Welt umfangen wie im Inneren eines Edelsteins. Wieder, wie mit allem, war es nicht so, dass sie auf der anderen Seite der Pforte niemals ein solches Licht gesehen hätte. Es war nur so, dass sie hier nichts bedrohte oder zwischen sie und das Licht gelangen konnte. In Tanaquils Welt hatten die besten Dinge oft einen Beigeschmack von Traurigkeit oder Unbehagen. Nichts war ganz gewiss.

Das Licht der vollkommenen Welt war das Licht der absoluten Wahrheit. Und Tanaquil, die sich in Jaives Festung nach Ordnung, Abenteuer und Abwechslung gesehnt hatte, wusste nun, dass es hier andere Dinge gab. Einfach glücklich zu sein würde nichts Krankmachendes an sich haben, in Frieden zu leben würde nicht langweilig werden. Glück und Frieden erlaubten dem Geist, nach anderen Herausforderungen zu suchen. Sie hatte keine Ahnung, wie diese beschaffen sein mochten, spürte sie aber in der Luft. Würde sie sie kennen lernen? Würden sie sich ihr offenbaren?

Weiter oben, auf einem Hügelkamm, stand das Einhorn und hob sich vom leuchtenden Himmel ab. Ein sanfter Wind wehte und liebkoste das Horn, und das Horn sang, melodisch und rein. Doch es war nicht die wilde Musik, die sie in der Wüste gehört hatte. Das Einhorn war nicht mehr schrecklich. Es war lediglich … vollkommen.

Bald gingen sie weiter, stiegen mühelos die Hügel hinauf. In weiter Ferne, an einem anderen Hang, sah Tanaquil ein Geschöpf, das aus dem weißen Felsgestein in den sich neigenden Tag herausglitt. Es war so groß wie ein Haus in ihrer Welt und geschuppt wie eine große blaue Schlange. Sein mit einem Kamm versehener Kopf wackelte hin und her und die Flügel öffneten sich wie Saphirblätter über seinem Rückgrat. »Grummel, das ist ein Drache.« Der Grummel machte ein ängstliches Gesicht und sie strich ihm besänftigend über den Kopf. Blasses Feuer schlug aus den Nüstern und dem Maul des Drachen, versengte jedoch nichts auf dem Hügel. Wie das Salz des Meeres war Feuer hier etwas Harmloses. Der Grummel drückte sich hinter Tanaquil und sie schüttelte den Kopf, als er auf dem Bauch durchs Gras robbte. So setzten sie ihren Weg hinter dem Einhorn her fort, das sich anscheinend immer noch hin und wieder nach ihnen umsah und keinerlei Versuch unternahm, sie abzuschütteln.

Die Sonne ging unter. Der ganze Himmel nahm eine rosarote Färbung an und die Sonnenscheibe zeigte sich in einem Rotton, der Tanaquil so vorkam, als habe sie noch nie etwas Vergleichbares gesehen, aber vielleicht irrte sie sich da auch. Nachdem die Sonne unter die Welt gerutscht war, blieb das Bündel von diamantenen Tagessternen am Saum des Himmels und nahm ständig an Leuchtkraft zu. Der Osten hellte auf und färbte sich flammend grün.

Meilen entfernt schickte ein Hügel oder ein Berg eine Funkengarbe in die Luft und irgendetwas erhob sich daraus. Es flog mit weit schlagenden Schwingen über sie hinweg – unverkennbar ein Phönix.

»Arme Mutter«, sagte Tanaquil. »Bestimmt würde ihr das sehr gefallen. Warum hat sie nie versucht, einen Weg herein zu finden?«

Nachtigallen begannen mit ihrem Gesang. Die Hügel waren eine einzige riesige Spieldose.

Sie erreichten den letzten Hügel und in Unkenntnis dessen erklomm Tanaquil ihn; der Grummel hastete neben ihr her. Vom Gipfel des Hügels erstreckte sich das Land darunter in eine scheinbar unendliche Weite, wie der Himmel. Es war wie ein Garten aus Wäldern und Gewässern, alles verschwamm und glühte nun im Blumenrot und Smarardgrün der Abenddämmerung. Und über allem schwebte, weit entfernt und seltsam geformt, eine einzelne breite Wolke.

Tanaquil glaubte Sterne in der Wolke zu sehen. Aber das waren keine Sterne …

»Grummel …«

Der Grummel saß neben ihr auf der Hügelkuppe und blickte mit ihr hinauf. Falls er wusste, was er dort sah, so sagte er es nicht.

Aber Tanaquil wusste es.

Die Wolke war nämlich keine Wolke. Da waren Flächen und Terrassen, wenn auch vielleicht keine Außenmauern. Spitze Türme mit Kappen wie Perlen und Gebäude mit hohen Säulen und Statuen von Riesen – und die Lampen wurden entzündet. Dort, in dieser Stadt, die in der Luft schwebte, verströmten die Fenster aus Silber und Gold ihr Licht.

»Ich wusste, dass es hier ... Menschen geben muss ... aber ... *Menschen*?«

Und dann sah sie in der apfelgrünen Rose des Himmels schwach umrissene, leuchtende Gestalten, mit Haaren und Flügeln wie Rauch. Sie schwebten in Kreisen, vollführten eine Art Tanz und der Wind trug auch von ihnen den schwachen Klang von Musik an ihr Ohr.

An diesem Ort konnte es kein Unglück und keine Angst geben und doch, irgendwo in ihrem tiefsten Inneren, war beides. Derartige Gefühle waren ihr fremd geworden, sie spürte sie im Herzen und in der Seele und war verwirrt. Doch sie wandte sich von den geflügelten Leuten und den Schlössern in der Luft ab und blickte zurück auf den Weg, den sie gekommen waren.

Sie hatte es zuvor nicht gesehen. Oder hatte es nicht sehen wollen.

Das Gras und die Blumen, die sie und der Grummel niedergetrampelt hatten, hatten sich zwar kurz danach wieder aufgerichtet, waren aber jetzt zusammengesunken, die Stiele abgeknickt oder abgebrochen; in all der Sanftheit und Farbigkeit hatte ein unbarmherziges Verwelken eingesetzt, das Zeichen des Todes.

»Diese Welt ist nicht die unsere. Selbst auf die Einladung hin hätten wir nicht kommen dürfen. Sieh nur, was wir angerichtet haben.«

Der Grummel legte ihr die Tatze auf den Fuß. »Schuldigung.«

Tanaquil kniete sich nieder und sah ihm in die gelben Augen. Sie waren Kameraden, er und sie, und sie beide stammten aus einer unvollkommenen Welt.

»Du kannst nichts dafür. Es ist meine Schuld.«

»Schuldigung«, wiederholte der Grummel und fügte versuchsweise hinzu: »Schlecht?«

»Ich muss dich tragen«, sagte Tanaquil. »Du musst es zulassen. Auf der Schulter. Und ich werde nur dort hintreten, wo ich bereits gegangen bin – es ist so schrecklich, wie eine *Brandwunde.*«

In diesem Augenblick bemerkte sie das Einhorn. Es war auf der anderen Seite des Hügels ein Stück weit hinunter gegangen, in Richtung des ausgedehnten Gartens unter der schwebenden Stadt. Sein Horn leuchtete hell.

Sollte sie ihm hinterherrufen? Wahrscheinlich hatte es sie vergessen.

Hin und wieder hatte es einen Blick zurück geworfen, wenn sie ein Geräusch verursacht hatten, oder vielleicht hatte es die Spuren der Zerstörungen bei den Blumen und im Gras gesehen und hatte sie fortgewünscht. Aber hier würde es sie nicht angreifen, es konnte sie nicht davonjagen, so wie sie es verdient hätten.

Sie waren so vorsichtig gewesen, sie und auch der Grummel, um ja nichts zu verderben, doch ihre Anwesenheit reichte bereits aus, allein die Schritte, die sie machten.

Sie hob den Grummel hoch und er wehrte sich nicht, ließ es zu, dass sie ihn sich um den Hals legte, warm und schwer. Seine Hinterbeine baumelten frei in der Luft und sein Schwanz schlug ihr gegen die Schulter. Er klammerte sich mit den Krallen an ihrem Kleid fest und starrte finster um sich, das Gesicht dicht neben dem ihren.

Tanaquil stieg den Hügel hinab, den Rücken der Stadt zugekehrt. Dabei setzte sie die Füße wieder genau in die verhängnisvollen Abdrücke, die sie beim Aufstieg hinterlassen hatten.

Sie untersuchte den Schaden nicht eingehend und das Licht der Dämmerung war gnädig.

Vielleicht zweihundert Fuß hatten sie zurückgelegt, als sie das Trommeln von Hufen hörte, die sie verfolgten. Tanaquil blieb abrupt stehen, nicht beunruhigt, denn man konnte hier nicht beunruhigt sein; dennoch war sie verblüfft. Sie schwang mit dem Grummel um den Hals herum und sah sich dem Einhorn gegenüber, das auf sie zu raste und weniger als zwei Fuß von ihr entfernt stehen blieb. Jetzt war sein Horn zu einem Schatten verblasst.

In der sich verdichtenden Dunkelheit konnte sie das Einhorn nicht besonders gut erkennen, nur das Leuchten eines Auges, die ebenholzschwarze Maske …

»Einhorn«, sagte Tanaquil. Mehr brachte sie nicht heraus.

Der feurige Kopf ruckte nach oben. Die Sterne am Firmament warfen Diamanten auf das Perlmutt des Horns. Es loderte hell auf wie weißes Feuer, drehte sich und der Himmel wankte. Was war geschehen? War sie aufgespießt worden? Furchtlos versuchte Tanaquil zu begreifen, denn das Mondfeuer-Horn hatte ihre Stirn berührt, für Bruchteile einer Sekunde, der Hauch einer Nadelspitze, sanft wie Schnee.

»He«, sagte der Grummel. »Gut. Nett.« Und er reckte das Gesicht empor.

Und das brennende Schwert des Horns strich über Tanaquils Schulter, als das Einhorn den Kopf senkte. Wie schwarzer Samt kam die Zunge aus seinem Mund. Es leckte den Grummel ab, schnell, gründlich, rau, einmal vom Kopf bis zum Schwanz.

Der Geruch, den der Atem des Einhorns verströmte, war wie Wasser und wie Licht.

Tanaquil und der Grummel verharrten am Hang des Hügels, tief atmend, wie verloren und wieder gefunden. Und das schwarze Einhorn sprang zur Seite und flog den Hang hinauf, dem Lichtstrahl hinterher; auf dem Gipfel angekommen, machte es einen Satz in die Luft und sprang in den letzten grünen Schimmer des Himmels hinaus. Wurde zu einem Stern. War fort. Für immer entschwunden.

»Das war ein Abschied«, bemerkte Tanaquil.

»Mrrr«, machte der Grummel und schlief auf der Stelle ein.

Nun allein verantwortlich, setzte Tanaquil ihren Rückzug aus dem Himmel fort.

Während der Nacht der vollkommenen Welt gingen zwei Monde gemeinsam im Osten auf. Einer war ein goldener Vollmond, der andere eine schmale bläuliche Sichel. Sie strahlten rein und klar und in ihrem sowie dem zusätzlichen Licht der Sterne lag die Landschaft so hell wie bei Tage da.

Die Sterne formierten sich, bildeten Konstellationen. Und sie ergaben Bilder, nicht so, wie man es ihnen in Tanaquils Welt nachsagte, sondern genaue Darstellungen. Zuerst eine Frau mit einer Waage, wie in Zirkonen und Beryllen von Osten nach Westen gleitend. Und als ihr Bild vorübergezogen war und allmählich sank, stieg ein zweirädriger Wagen in Rosenquarzen und Opalen auf. Es waren keine Pferde an seine Deichsel gespannt, er hatte nicht einmal eine Deichsel. Während Tanaquil weitermarschierte, kam es ihr so vor, als entstünde zu jeder Stunde eine neue Konstellation am Himmel. Nach dem Wagen ein Löwe und nach dem Löwen zwei Delphine, ein Baum, ein Vogel, ein gekrönter Mann, eine Schlange, als ob sich ein Fluss aus silbernem Feuer über das Firmament bewegte.

»Siehst du«, murmelte Tanaquil, während ein Bild nach dem anderen kam und verging, »wie hätten wir *hier* wohl leben können?«

Die Monde und die Sterne zeigte ihr das verbrannte Gras, die geschwärzten Blumen. Noch nie war ein Weg so leicht zu finden gewesen.

Unter den kühl-warmen Lampen der Nacht tollten Panther

am Ufer des Sees herum, im Wald heulten Füchse vorwurfsvoll. Hätte sie Tränen vergossen, wenn es möglich gewesen wäre? Bestimmt wäre sie wütend gewesen.

Schließlich gelangte sie wieder zu den Obsthainen oberhalb des Meeres. Im Mondlicht, unter der sinkenden Sternenhand des Königs, glitzerte die Wasserlinie wie Quecksilber. Die Sternenschlange rollte sich über den Bäumen zusammen und deren Gesang hielt an, bei Tag wie bei Nacht.

Tanaquil wanderte durch die Obsthaine und gelangte zu einem stillen Baum. Sie hatte das erwartet. Es war der Baum, wo sie den Apfel berührt hatte.

Der Grummel wachte auf, begutachtete den Apfelbaum.

»Kein Insekt.«

»Kein Insekt. Meine Schuld.«

Sie wanderten von den Obstbäumen zu den Blumen. Wie geschwärzte Knochen sahen die geknickten Stiele an den Stellen aus, wo sie zuvor gegangen waren.

Schließlich erreichten sie die Küste; eigentümlicherweise verspürten sie keinerlei Müdigkeit. Unbeweglich und düster hing das Ei der Dunkelheit am lichtdurchfluteten Himmel. Die Pforte. Ihre Pforte.

Tanaquil ließ den Blick über die Landschaft von Bäumen und Blumen und Schönheit schweifen.

»Vergebt mir.«

Der Grummel schüttelte sich. Er stellte die Ohren spitz auf und seine Schnurrhaare kitzelten sie an der Wange.

»Insekt.«

Am Boden setzte ein seltsames Gewusel ein. Die Blumen richteten sich wieder auf, die schwarzen Hülsen fielen von ihnen ab. Wie ein Lauffeuer auf der Erde verbreitete sich die Heilung von der Küste aus und über die Ebene hinweg. Sie selbst konnte nicht hören, dass der stumme Apfelbaum wieder angefangen hatte zu singen, doch den scharfen Ohren des Grummels war es nicht entgangen.

Eine Erwiderung auf ihre Bitte um Vergebung? Weil sie sich und den Grummel von dieser Welt entfernte und die Welt nun, da sie wie ein unerträgliches Gewicht von ihr genommen wurden, wieder atmen konnte?

Tanaquil wusste es nicht. Ein Schwall gewöhnlicher Wut stieg in ihr auf. War es etwa ihre Schuld, dass sie entweiht worden waren, indem man sie zur zweiten Wahl gemacht hatte?

»Halt dich fest!«

Sie rannte ins Meer und das quecksilbrige Wasser spritzte auf; als sie sich der dunklen Pforte näherten, sprang sie hoch in die Luft und tauchte nach vorn, in die Öffnung. Der Grummel krallte sich an ihrer Schulter fest. Hier herrschte eine andere Art von Nacht und die Vollkommenheit war für immer dahin.

12

Draußen herrschte Tageslicht. Unvollkommenes Tageslicht, das blendete und grelle, klaffende Wunden ins Meer riss. Auch das Meer klatschte dunkel gegen die Wände des Klippenbogens; es wirkte wie aufgetürmt, obwohl überall sonst die Flut zurückgewichen war.

Tanaquil, der das beißende Salzwasser bis zu den Knien reichte, watete zum Eingang des Bogens und ließ den Grummel auf den trockenen Strand springen.

Sie hatte nur einen flüchtigen Blick für ihre Welt übrig, war noch nicht dafür bereit. Doch einiges musste erledigt werden.

Den Versuch unternehmend, nichts zu empfinden, obwohl all die üblichen, gewohnten Gefühle – Wut, Abscheu, Kummer, Zweifel, Verwirrung – auf sie einstürmten, stand Tanaquil in der Gezeitenpfütze vor dem Glitzern, dem schimmernden Oval, das so einladend wirkte – so wie von der anderen Seite der Pforte eine Warnung ausgegangen war – und krempelte die Ärmel bis zu den Ellbogen hinauf wie eine aufgebrachte Wäscherin, um die Pforte zu zerfetzen.

Sie riss sie in Stücke und schleuderte diese weg. Während sie ihr Zerstörungswerk vollbrachte, flimmerte das Licht der Pforte und erlosch; nur einzelne Schmierer seiner Leuchtkraft, wie die Schleimspuren von Zauberschnecken, blieben zurück.

Tanaquil spürte, wie zwei Tränen aus ihren Augen kullerten, und blinzelte sie ins salzige Meerwasser.

Sie kniete sich ins Wasser und tastete am Fuß des Felsens herum, bekam das Fossil zu fassen und drehte es mit einem Ruck heraus. Als sie wieder aufstand, triefend nass, bemerkte sie, dass das Leuchten des Bogens vollends vergangen war. Sie konnte zur anderen Seite hindurchblicken, sah die grelle Sonne und die Ödnis des Sandes.

»Ich werde es ordentlich machen«, sagte sie.

Sie kroch aus dem Bogen und spähte zum Felsgipfel hinauf.

In der anderen Welt hatte Tanaquil keine Müdigkeit gekannt. Jetzt war sie erschöpft, als ob sie tage- und nächtelang ohne Pause marschiert wäre. Trotzdem musste sie den mühsamen Aufstieg den glitschigen Fels hinauf auf sich nehmen, um das zweite Fossil herauszulösen. Es durfte nicht noch einmal geschehen, dass irgendjemand das Paradies betrat. Oder irgendetwas daraus entschwand.

Höher und höher kletterte sie, ein mörderisches Unterfangen. Sie hasste das alles und tat ihren Missmut auch laut kund.

Die grelle Sonne, die einen verbrannte, wenn sie nur konnte, näherte sich ihrem höchsten Stand, als sie den Gipfel erreichte. Dort legte sie sich flach auf den Bauch, umfasste mit festem Griff das zweite Fossil und ruckelte es los. Mit den beiden Versteinerungen, den Ur-Schlüsseln zur Pforte des Einhorns, in der Faust, schlief sie mit dem Gesicht nach unten auf dem Felsen ein.

Bumm, machte die Brandung, *nimm unser Opfer an.*

Bumm. Wende deinen Zorn von uns ab.

»Blöd«, murmelte Tanaquil im Schlaf. »Ich werde niemals einem von euch vergeben.«

O Heiliges Tier, lass uns in Ruhe.

»Das wird es, bestimmt wird es das.«

Das Gestein oben auf der Klippe war heiß und Tanaquil schmorte vor sich hin. Sie veränderte ihre Lage und sah, was sich unten am Strand abspielte. So etwas hatte sie schon einmal erlebt. Eine Ansammlung von Leuten, prächtig herausgeputzt und mit übertrieben viel Schmuck angetan; Pferde und Wagen oberhalb des Strandes auf der Prachtstraße unter den Palmen; Soldaten in goldenen Rüstungen. So etwas wie ein Chor von Frauen in weißen Kleidern schwenkten Tamburine und stießen Wehklagen aus. Und ganz in der Nähe tänzelte ein Mädchen mit sehr schwarzem Haar und einem Kragen voller Rubine wie schwebend am Meer und warf Girlanden ins Wasser. Die Blumen waren Rosen und sie würden sterben. »Hör auf damit, was für eine Verschwendung!«, murmelte Tanaquil.

»Wende deinen Zorn von uns ab! Lass uns in Ruhe! Wir bedauern, was wir dir an Schmerz und Beleidigung zugefügt haben«, schrie das Mädchen dem Meer und der Öffnung des Bogens zu. Sie schleuderte die letzte Girlande stolz von sich und kam auf die Klippe zu. Niemand ging neben ihr. Sie zögerte am Bogen und sagte ruhig: »Möge Gott uns vor dem Horn des Einhorns beschützen. Und möge Gott über die Sicherheit meines Vaters, Fürst Zorander, wachen. Und über meine verlorene Freundin und Schwester, Tanaquil, die von Dämonen verschleppt wurde.«

»Lizra«, rief Tanaquil leise. »Spring nicht. Ich lebe. Ich bin hier oben.«

Lizra hob den Kopf. Ihr Antlitz war weiß und ausdruckslos, wie ein unbeschriebenes Blatt Papier. Was würde darauf geschrieben werden?

»Es war ein Dämon meiner Mutter«, sagte Tanaquil. »Er hat

mich vor Gasb gerettet und hierher gebracht. Das Einhorn ist jetzt weg. Aber ich dachte, es ... ich meine, der Fürst ist wohlauf, oder?«

In Lizras Gesicht stand immer noch nichts geschrieben.

»Ja, mein Vater, der Fürst, ist wohlauf. Bist du Tanaquil?«

»Aber ja. Und das sind die traurigen Überreste deines Kleides. Was soll ich dir sagen? Ich muss dir viel erzählen.«

»Wir sind gekommen, um das Einhorn versöhnlich zu stimmen«, sagte Lizra wie eine Schlafwandlerin.

»Nun, wie ich bereits sagte, es ist weg. Zurück durch die Heilige Pforte.«

»Wenn das stimmt, dann wird sich mein Vater freuen.«

»Darauf wette ich. Übrigens, wenn du einen Beweis willst, dann sieh da hinunter.«

Lizra wandte sich um. Der Grummel wand sich schnaubend und niesend aus einem Sandloch. Als er Lizra sah, stürzte er auf sie zu und sprang an ihr hoch. Lizra fiel auf die Knie und umarmte ihn. Der Grummel zuckte überrascht zusammen, schien jedoch nicht beleidigt zu sein, sondern leckte Lizras Wange.

Tanaquil hatte ihre Aufmerksamkeit der Menge am Strand zugewandt. Die Höflinge standen einfach nur da, schillernd und gaffend. Doch bei den Wagen auf der Prachtstraße war ein unheilvolles Hin und Her von Bewegung.

Lizra stand auf. »Gasb ist hier. Vater hat ihn mit der Eskorte geschickt.«

»Entzückend«, sagte Tanaquil.

Männer in schimmerndem militärischem Gold rannten von der Straße herbei. Die Sonnenstrahlen fielen auf makellose Speere, Lanzen, Armbrüste und Schwerter. Und auf Gasb, der hinter den anderen daherschritt; für diesen Auftritt hatte er einem Habichthut gewählt.

Über den Sand hinweg vernahm sie seine widerliche Stimme, die ihr nur allzu gut in Erinnerung war.

»Die Hexe ist zurückgekehrt. Sie spukt in der Pforte des Tieres! Haben die Fischer uns nicht erzählt, dass seit drei Nächten sonderbare Feuer in der Pforte brennen, so dass sie diese furchtsam gemieden haben?«

Drei Nächte, dachte Tanaquil verwirrt. *Ich war doch nur einen Tag weg.*

Sie richtete sich auf der Klippe auf. Eine innere Stimme warnte sie: *Bleib flach liegen.* Doch selbst jetzt konnte sie die Waffen noch nicht so richtig ernst nehmen. Würde Gasb sie vor all diesen Leuten umbringen? Ausgeschlossen war das nicht.

»Das Einhorn ist ...«, schrie Tanaquil.

»Lasst nicht zu, dass sie einen Zauberbann erwirkt!«, kreischte Gasb schrill. »Bringt sie zum Schweigen!«

Und plötzlich, ganz einfach so, sah Tanaquil den Speer, der ihr Tod sein sollte, durch den Sonnenschein in hohem Bogen auf sie zu fliegen, denn für einen geübten Speerkämpfer war die Entfernung hinauf zum Felsen gar nichts. Und sie gab ein ausgezeichnetes Ziel ab, da sie sich deutlich gegen den Himmel abhob. Es war, als ob sie sich all dies zuvor schon überlegt hätte und denen nun helfen würde, dem Mann und dem Speer helfen würde. Sie sah ihn kommen, heraufzischen, wie an einer Schnur gegen ihr Herz geschleudert. Sie sah ihn und stellte sich vor, sich zur Seite zu werfen, doch obwohl sich der Speer langsam näherte, bewegte sie sich noch langsamer. Und im letzten Augenblick war der Speer vor ihr und blendete sie mit seinem Glanz.

Deshalb sah sie nicht, was geschah, sondern hörte nur eine Art Splittern. Sie hatte die Vorstellung von einem Feuerwerk und herumfliegenden Holzstücken. Die Höflinge am Strand kreischten laut auf.

Dann konnte sie wieder sehen. Der Speer trudelte in Splittern die Klippe hinunter. Leute, die den Eindruck erweckten, als hätten sie sich plötzlich an eine wichtige Verabredung erinnert, hasteten in Richtung Straße, fielen in den Sand und rappelten sich wieder auf.

Der Speer musste gegen etwas geprallt sein, irgendein Hindernis, kurz bevor er sie getroffen hätte.

Gasb war zurückgewichen, sein Hut flatterte im Wind. Er erteilte den Soldaten in drohendem Ton Befehle, doch die standen nur da, unter der Klippe, und gafften fassungslos den herabgefallenen Speer und Tanaquil an. Der Mann, der den Speer geworfen hatte, brabbelte sinnloses Zeug vor sich hin. Inmitten des Ganzen schoss der Grummel vom Fuß der Klippe heran und biss ihn ins Bein, durch den Stiefel hindurch. Der Soldat heulte laut auf und versetzte – vielleicht instinktiv – mit dem gebissenen Bein dem Grummel einen bösartigen Tritt.

Jetzt war Tanaquil Zeugin des Geschehens. Der tretende Fuß traf anstatt des Grummels irgendetwas in der Luft. Es war nicht sichtbar, aber wirkungsvoll. Der Soldat wurde weggestoßen, als ob er von einem sehr kräftigen Gegner hochgehoben und mit einem kraftvollen Wurf geschleudert worden wäre. Er landete dreißig Fuß vom Grummel entfernt mit einem gewaltigen Plumps im Sand und bewegte sich nicht mehr.

Der Grummel putzte sich. Er machte sich nicht die Mühe, irgendwelche Dinge zu hinterfragen, sondern beobachtete nur mit offensichtlicher Fröhlichkeit die anderen Soldaten, die am Strand davonstoben und sich in die Wagen stürzten, während Ströme von Höflingen neben ihnen in Richtung Stadt flüchteten, jammernd und strauchelnd.

Nur Gasb blieb zurück. Er hielt die Arme hoch, um Tanaquil und ihre Kräfte abzuwehren.

»Mächtige Zauberin, tut mir nichts, seid gnädig …« Und als ein niederschmetternder Schlag von ihrer Seite ausblieb, ergriff Gasb ebenfalls die Flucht und flitzte zu den Wagen; und wie zuvor, als er weggelaufen war, flog sein Hut davon und fiel zu Boden, wahrscheinlich froh darüber, den Gecken endlich los zu sein.

»Das Einhorn«, sagte Tanaquil. Da sie noch saß, stand sie auf. Ohne genau zu wissen, was sie tun sollte, kletterte sie die Klippe hinab. Während des Kletterns lauschte sie auf den Lärm auf der Straße, das Rattern der wegfahrenden Wagen.

Am Fuß der Klippe stand Lizra mit dem Grummel. Ihr Gesicht über den Rubinen war immer noch kreidebleich; vielleicht verschlimmerten die Edelsteine ihr Aussehen noch. Falls irgendetwas in ihren Zügen geschrieben stand, dann war es eine seltsame besorgte Selbstgefälligkeit.

»Du bist *doch* eine Hexe. Ich habe es ja gleich gesagt.«

»Das Einhorn hat mich berührt. Es hat auch den Grummel berührt. Ich vermute …«

»Das Einhorn hat auch meinen Vater berührt«, sagte Lizra. »Es hat ihm mit seinem Horn über die Brust gekratzt, als es die Muscheln von seinem Umhang gestohlen hat. Er wird für alle Zeiten von der Narbe gezeichnet sein.« Sie hatte wieder ihren offiziellen Ton angeschlagen.

»Lizra, es tut mir Leid, ich wollte dich nicht erschrecken. Wusste ich denn, dass so etwas geschehen würde? Ich meine, es ist etwas wirklich Außergewöhnliches.«

»Du bist unverwundbar«, sagte Lizra. Sie verneigte sich. »Große Zauberin.« Das war nicht spaßhaft gemeint.

»Verbeuge dich auch vor dem Grummel«, knirschte Tanaquil. »Das ist zu viel. Ich habe etwas Wundervolles gesehen, das mich nicht haben wollte – das niemand von uns haben kann. Freundin und Schwester hast du gesagt.«

»Alles hat sich verändert«, sagte Lizra. Sie hatte ihr prinzessinnenhaftes Gehabe abgelegt. Sie war klein und schutzlos, ein frierendes Kind. »Und du auch.«

»Nein, ich habe mich nicht verändert. Ich habe etwas erlebt, das ist alles.«

Lizra schien ein wenig zu wachsen. Nun war sie wieder fünfzehn. Sie sagte: »Ich muss dir etwas zeigen. Auf jeden Fall kannst du nicht weiter mit diesem Kleid herumlaufen.«

»Was würdest du mir stattdessen vorschlagen?«

»Der Soldat ist klein und zierlich. Seine Rüstung würde dir passen. Außerdem ist sie hier das einzig Verfügbare.«

Sie gingen zu dem am Boden liegenden Soldaten. Er war mit dem Rücken aufgekommen, sein Mund stand offen, er grunzte und stöhnte. Die Bissspuren des Grummels waren auf seinen Stiefeln zu sehen.

Tanaquil zog ihm die Stiefel aus und probierte sie an. Sie waren zu groß, aber sie würden ihren Zweck erfüllen.

Während der Mann bewusstlos dalag, nahmen sie ihm die Rüstung ab und ließen ihn in seiner hübschen Unterwäsche, von zarter Hand liebevoll bestickt, liegen. Tanaquil drapierte die Reste ihres Kleides und Unterrocks so über ihn, dass er bis zum Erwachen einigermaßen vor der Sonne geschützt sein würde.

»Behalte die Topase«, sagte Lizra. Als Tanaquil diese Worte vernahm, hörte sie dahinter einen anderen Satz: Ein Abschiedsgeschenk. Sie dachte an das Einhorn. *Das ist der Abschied.*

Unwillig ließ sie sich von Lizra beim Anlegen der Rüstung helfen. Sie bündelte ihr hexenrotes Haar und stopfte es in den großen Helm.

»Und jetzt?«

»Sie haben mir einen Wagen und Pferde dagelassen. Wie krankhaft freundlich von ihnen. Letztes Mal, auf der Plattform, sind sie mitsamt diesen Dingen abgehauen.«

Sie gingen am Strand entlang. Die glitzernden Wellen schlugen mit Wucht ans Ufer. Der Grummel tapste hinein und huschte gleich wieder zurück.

»Was ist geschehen, nachdem der Dämon meiner Mutter mich geholt hat?«, fragte Tanaquil.

»Gasb und die Soldaten schlugen Purzelbäume und flohen in den Palast. Ich ging zu meinem Vater, weil ich dachte, das Einhorn hätte ihn getötet.«

»Hat es aber nicht.«

»Nein, es hat nur die Muscheln mitgenommen und die Narbe hinterlassen.« Tanaquil umfasste die Fossilien noch fester mit der Faust. Sie hatte sie nicht gezeigt, hatte sie kein einziges Mal losgelassen. Was das Einhorn ihr gegeben hatte, war unfassbar. Bis jetzt konnte sie dieses Geschenk noch nicht annehmen; wahrscheinlich lag hier irgendein Irrtum vor oder die Sache hatte einen Haken. Sie wollte ein ganz gewöhnliches Erinnerungsstück. »Mein Vater braucht mich jetzt«, erklärte Lizra.

Das ist ein Abschied.

»Und du fühlst dich ihm gegenüber noch immer zu uneingeschränkter Treue verpflichtet, ja?«, sagte Tanaquil bissig.

»Er ist mein Vater.«

»Ach, hat er sich daran erinnert?«

»Ja«, antwortete Lizra.

Es war der Wagen, in dem Lizra damals bei ihrer ersten Begegnung gefahren war, bemalt und vergoldet, heute jedoch ohne jeglichen Blumenschmuck. Die kleinen weißen Pferde standen an der Deichsel, aufmerksam, ohne Panik. Die beiden Mädchen stiegen ein, gefolgt vom Grummel, und Lizra zog an den Zügeln. »Galopp!« Und sie fuhren los, entlang der Küste in Richtung von Zoranders Stadt.

Denk an die Sandburg. Wo mag sie jetzt nur sein?

»Warum fahren wir in die Stadt?«, fragte Tanaquil.

»Weil dort der Palast ist, und ich möchte dir etwas zeigen.«

»Was?«

»Ich möchte es dir zeigen, dir nicht davon erzählen. Deshalb fahren wir hin.«

Unter der Rüstung war es heiß, sie war unbequem und Tanaquils Haut juckte. Hatte der Soldat Flöhe gehabt? Plötzlich empfand Tanaquil Mitleid mit ihm. Es war nicht seine Schuld, dass man ihn dazu aufgehetzt hatte, den Speer zu werfen.

Bei ihrer Rückkehr in die Stadt benutzten sie nicht das Tor, durch das sie beim letzten Mal hinausgefahren waren. Lizra lenkte den Wagen in einen Hain oberhalb des Strandes hinauf und brachte sie so zu einem breiten Tor in der Stadtmauer, mit jeweils einem großen Steinlöwen an den Seiten. Hier wurde großes Aufhebens von ihnen gemacht und man stellte ihnen einen Begleitschutz zur Verfügung. »Ist einzig und allein dieser junge Kerl bei Euch geblieben, Hoheit? So etwas habe ich noch nie gehört. Sich von einer kleinen Bettlerin am Strand in Angst und Schrecken versetzen zu lassen! Das ist mir noch nie passiert!«

Die Stadt machte einen unveränderten Eindruck. Es herrschten der gewohnte Lärm und das übliche emsige Treiben; Massen von Menschen hasteten geschäftig durch die Straßen, es gab elegante Läden und exotische Märkte. Dann, als sie in die Straße der Kraken und Kamele einbogen, an deren Ende der fünfzehn Stockwerke hohe Palast des Fürsten aufragte, wurden sie gezwungen anzuhalten.

Eine Menschenmenge wälzte sich über die Prachtstraße, einige waren an den Laternenpfählen hochgeklettert. In der Mitte der Fahrbahn lag ein umgekippter Wagen. Die zugehörigen Pferde waren in der Menge auszumachen, von Dieben gestohlen, die sie einem neuen Arbeitsleben zuführen würden.

»Aus dem Weg!«, donnerte der Anführer der Eskorte. Eine Schneise wurde freigegeben. Wie schon auf anderen Straßen, durch die sie gekommen waren, wurden einige Jubelrufe für Lizra laut. Sie kamen nur langsam voran.

»Dieser Wagen gehört Gasb«, erklärte Lizra. Sie zog an den Zügeln. »Still gestanden!« Sie wandte sich an einen stämmigen Mann in der Menge, der die Schürze der Weinhändler-Gilde trug. »Was hat das zu bedeuten?« Ein Gewirr von Stimmen antwortete. Lizra sagte: »Einer nach dem anderen. Du da, dich habe ich zuerst angesprochen.«

»Ich fühle mich geehrt, Hoheit. Vor zwanzig Minuten ist der Oberste Hofrat Gasb in höchster Eile vorbeigefahren. Es waren mehrere Wagen. Die meisten drehten ab, als sie die Menge hier sahen, doch Gasb hielt direkt auf uns zu.«

»Wir haben nur gewartet«, sagte ein in Seide gekleideter Mann hinter dem Weinhändler, »dass wir irgendetwas Neues vom Fürsten oder über die Beschwichtigungs-Zeremonie erfahren würden, die Ihr, Hoheit, durchgeführt habt.«

»Es ist Tradition, dass die Bürger diese Straße benutzen.«

»Ja«, bestätigte Lizra. »Gasb fuhr also auf die Menge zu. Und dann?«

»Und dann, Hoheit«, sagte der Weinhändler, »bitte versteht es nicht falsch, dann haben einige von uns die Pferde abgelenkt und den Wagen umgekippt.«

Der Herr in Seide fügte mit Genugtuung hinzu: »Wir haben ihn veranlasst auszusteigen.«

»Genauer gesagt, wir haben ihn herausgezerrt«, ergänzte ein anderer hilfreich.

»Er wurde mit Eiern und reifen Früchten von einem Verkaufsstand beworfen«, sagte der Weinhändler. Die Männer verstummten und blickten einander betreten an. Der Weinhändler räusperte sich. »Gasb ist nicht beliebt.«

Der Seidengewandete sagte: »Einige der weniger zimperlichen Elemente in der Menge schleppten ihn weg, Hoheit. Vielleicht um sich mit ihm auf ihre Weise auseinanderzusetzen.«

»Mein Vater wird davon in Kenntnis gesetzt werden«, sagte Lizra. Ihrer dramatisch vorgebrachten Missfallensäußerung folgte keinerlei Reaktion.

»Gebt den Weg frei für die Prinzessin!«, rief der Anführer der Eskorte.

»Das Glück möge ihr hold sein!«, rief der Weinhändler mit besonderem Eifer, um kundzutun, dass er nicht der geeignete Kandidat für die Schwerter der Soldaten war.

Die Bedienungsmannschaften der Fliegenden Stühle feierten ein Fest. Sie grölten den Namen Gasb und wurden von Lachanfällen geschüttelt. Der Stuhl stieg jedoch ohne weiteren Zwischenfall auf. In dem langen Flur salutierten die goldenen Wachen und niemand stellte eine Frage bezüglich des Kameraden, der hinter Lizra hermarschierte, und auch nicht bezüglich des Tieres an der improvisierten Leine.

Die verrückte Truppe, die an dem Treppenabsatz aus grünem Onyx als Gegengewicht diente, war noch genau so, wie Tanaquil sie in Erinnerung hatte. Falls sie von Gasbs Schicksal gehört hatten, so ließen sie sich nicht darüber aus. Wahrscheinlich hatte der Wahnsinn ihrer Existenz jeden Gedanken an seinen Urheber in ihren Köpfen ausgelöscht.

Der Stuhl stieg auf und die Truppe polterte jauchzend und Faxen machend die Treppe hinunter.

Vor den Gemächern des Fürsten nahmen die Soldaten umgehend die überkreuzten Speere auseinander und öffneten die Tür.

Tanaquil und Lizra traten in das dahinter liegende Eisland. Auf den weißen Ebenen lauerten keine mechanischen Schneeleoparden und am Kopf der Treppe erschien kein Tier, um sie zu bedrohen.

Lizra blieb vor dem Bogendurchgang stehen. »Komm nicht mit hinein«, sagte sie. »Wenn du an der Tür stehen bleibst, sieht er dich nicht.«

Die Bibliothek lag im Dunkeln, nur von ein paar Lampen erhellt. Die Tür zum Dach war geschlossen und Vorhänge waren vorgezogen. In diesem Licht sahen die Bücher uralt und unecht aus. Kein einziger Schmetterling flog durch den Raum. *Hat er jetzt sogar vor ihnen Angst?*

»Lizra … bist du das, Lizra?«

»Ja, Vater, ich bin es.«

Tanaquil hatte ihn zuerst gar nicht bemerkt. Er kauerte zusammengesunken in seinem edlen Sessel in der dunkelsten Ecke des Raums. Er trug ein altes graues Gewand. Das schwarze Haar, nun ohne Krone, wirkte zu jung für ihn.

»Siehst du?«, sagte Lizra, an Tanaquil gewandt. Ihrer Stimme war keine Regung anzuhören. Hatte sie vielleicht Angst, es könnte so etwas wie Triumph durchklingen? »Gestern hat er vom Dach aus die beiden Männer in der Einhornverkleidung gesehen – erinnerst du dich? –, und die hintere Hälfte war wieder betrunken. Mein Vater hat vor Angst geschrien. Er befahl den Soldaten, das Tier zu ergreifen und zu töten. Natürlich haben sie das nicht getan. Die Stadt« – Lizra senkte den Blick – »die Stadt hält große Stücke auf mich, weil ich nicht wie der Rest der Prozession weggelaufen bin, als das schwarze Einhorn aus dem Meer kam. Der Fürst hingegen ist in Ungnade gefallen. Hätten sie es sonst wohl gewagt, Gasb anzugreifen? Mein Vater braucht mich.«

»Lizra, ich höre ein Flüstern. Was ist da los? Ist jemand bei dir?«

»Nur ein Diener, Vater.«

»Lizra, komm her und erzähl mir, was an der Pforte des Tieres geschehen ist.«

Tanaquil antwortete schnell, leichthin: »Ich habe eine andere Welt gesehen, und das war nicht gut. Ich hätte zuerst diese Welt kennen lernen sollen. Ich werde sie jetzt bereisen, werde sie mir ansehen. All die fernen Städte, die Wüsten, die Wälder, die Berge, die Seen. Ich fühle, dass ich das tun muss. Kommt mit mir.«

»Lizra«, sagte der Fürst mit der Stimme eines zweihundert Jahre alten Mannes, »du bist meine Tochter. Sei ehrlich zu mir. *Hast du das Tier gesehen?*«

»Nein, Vater. Das Tier ist fort. Wir sind jetzt in Sicherheit.«

»Wenn ich warte«, sagte Tanaquil, »ein paar Tage, eine Woche …«

»Dann müsste meine Antwort dieselbe sein.« Lizra lächelte. Wie sie da so stand, war sie mehrere Wesen gleichzeitig: ein Mädchen, das Bedauern empfand, ein Mädchen, das eine Schwester war, eine Frau, die eines Tages regieren würde, ein

Kind, das ein Kind sein wollte. Sie war schlau und überheblich, traurig und wehmütig, stolz und unbeweglich, selbstsüchtig. Einsam.

Wie ich. Genau wie ich.

»Nimm das«, sagte Lizra und löste den Rubinkragen von ihrem Hals.

»Ich bin nicht Yilli.«

»Natürlich nicht. Ich wünschte, ich brauchte dich nicht zu verlieren. Nimm den Schmuck. Damit kannst du nützliche Dinge kaufen.«

»Danke«, sagte Tanaquil. Sie streckte die geöffnete Hand aus und ließ zu, dass die Rubine hineingelegt wurden.

Dann umarmte Lizra sie. Nicht so, wie sie den Grummel umarmt hatte, mit einer unverkrampften, spontanen Zuneigung, sondern auf eine hastige und hölzerne Art, aus lauter Angst, sie könnte noch mehr tun. Die Abschiedsumarmung.

Und dann betrat Lizra die Bibliothek ihres Vaters und überquerte den glänzenden, von Lampen beleuchteten Boden. Zorander blickte zu ihr auf und hielt ihr die Hand hin, die sie ergriff.

»Du bist jetzt mein Trost«, sagte er.

Der Grummel knurrte – ein leiser, sandiger Ton.

»Leb wohl.« Tanaquil zog an der Leine.

Der Grummel rannte voraus, die drei Treppenfluchten hinab. Auf dem grünen Absatz bahnten sie sich einen Weg zwischen den Leuten hindurch, die mit fragwürdiger Sicherheit auf den Händen liefen.

Tun wir das nicht alle?

An diesem Tag sollte nur eine einzige Karawane in Richtung der Stadt im Osten aufbrechen.

Als sie sich dem Sonnenzelt des Karawanenführers am Rand des Bazars näherte, stieß Tanaquil auf Gork und seine Männer, die mit den Kamelen und dem Gepäck beschäftigt waren.

»Sieh mal einer an, das nenne ich pfiffig!«, begrüßte Gork sie, wobei er all seine Pailletten und seinen Schmuckfirlefanz klimpern ließ und sich mit dem Viehtreiberstock zackig gegen das Bein klopfte. »Aber du hast ja immer noch dieses Tier. Und du bist immer noch wie ein Mann angezogen. Das ist nicht in Ordnung, weißt du.«

»Zum Reisen eignet sich diese Kleidung viel besser«, entgegnete Tanaquil mit verhaltener Liebenswürdigkeit.

»Wie? Immer noch nicht verheiratet?«

»Ach, du weißt doch, wie solche Dinge laufen.«

Gork war erfreut. »Möchtest du mit uns in die Oststadt kommen? Ich könnte es einrichten.«

»Nein, leider nicht. Aber ich wollte fragen, ob jemand aus eurer Karawane vielleicht einen kleinen Umweg von etwa einem halben Tagesritt machen würde; ich kann ihm eine genaue Wegbeschreibung geben. Es geht um die Lieferung eines dringenden Briefes zu einer Festung in der Wüste. Ich werde sehr gut zahlen.«

»Wie viel?« Tanaquil, die einen kleinen Topas und eine der Rubine günstig eingetauscht hatte, nannte eine beträchtliche Summe. »*Ich* mache das. Kein Problem. Hast du eine Landkarte?«

»Ja, ich habe sie gerade erst vor einer Stunde zeichnen lassen. Hier.«

Gork nahm das Geld, die Karte, den Brief. Er zeigte ihr seine goldene Taschenuhr. »Sie geht richtig, auf die Sekunde genau. Und du bist jetzt wohlhabend. Ich gehe davon aus, dass du nicht mehr verlobt bist?«

»Leider doch. Ist das nicht blöd?«

Gork grinste. »Bis zum nächsten Mal.«

Tanaquil setzte sich in der Nähe der Stände der Parfümmacher nieder und dachte darüber nach, was wohl geschehen mochte, wenn Gork in all seiner Pracht zur Festung ihrer rothaarigen Mutter geritten käme. Alles Mögliche konnte geschehen.

Der Grummel machte sich über eine Duftseife her und Tanaquil nahm sie ihm ab.

Der Brief würde Jaive vielleicht nur ärgern. Darin stand etwas über ihre Entscheidung, das Abenteuer zu suchen, und etwas über die vollkommene Welt. Außerdem wurde darin eine respektvolle Frage gestellt, von Hexe zu Zauberin: ›Glaubst du, das Einhorn wird dort Schwierigkeiten haben wegen der Ergänzungen, die ich an seinen Knochen vornehmen musste, wegen des Kupfers und anderer Metalle, die ich zugefügt habe? Wird es von nun an deswegen eine ständige Verbindung zu dieser Erde behalten?‹ Tanaquil erwähnte nichts von der Gabe der Unverwundbarkeit – Jaive hätte sonst vielleicht einen hysterischen Anfall bekommen. Wie auch immer, Tanaquil glaubte nicht so ganz daran. Und sie erzählte auch nichts von den beiden cremefarbenen Fossilien, die sie bei einem Juwelier in der Palmen-Allee zu Ohrringen hatte umarbeiten lassen und die sie nun als Ohrschmuck trug. Keine Eitelkeit, sondern eine äußerst vernünftige Maßnahme. Wer würde sie jetzt noch erkennen? »Mutter, ich muss diese Welt sehen. Später, eines Tages, komme ich zurück. Das verspreche ich. Ich bin nicht mein Vater, bin nicht Zorander. Ich werde dich nicht verlassen … das heißt, ich werde nicht zulassen, dass du dich von mir lossagst. Wenn wir uns wieder sehen, haben wir allerlei zu bereden. Es wird aufregend und neu sein. Du musst mir vertrauen, bitte.«

»Lass die Seife in Ruhe!«

Mit ihrer eigenen Karte, in der alle Oasen und Brunnen und Städte in der östlichen Wüste eingezeichnet waren, machte sich Tanaquil gegen Sonnenuntergang auf dem streng dreinblickenden alten Kamel, das sie drei Tage zuvor erstanden hatte, auf den Weg. Es war eine interessante Erfahrung gewesen, das Reiten auf ihm zu erlernen, doch wie die meisten seiner Gattung besaß das Tier eine überwältigende Geduld. Und es verabscheute den Grummel nicht. Selbiger saß über dem Proviant auf seinem schwankenden Rücken und klammerte sich daran fest; sein Blick haftete schreckensstarr am schlingernden Boden unter ihm.

»Ruckel. Buckel. Will runter.«

»Sei still.«

Sie verließen die Stadt durch ein riesiges blaues Tor, das mit einem Email-Einhorn verziert war; Soldaten waren soeben eifrig dabei, dieses mit Hacken abzumontieren.

Die Straße war gesäumt mit Obeliksen und Statuen, hohen Bäumen und Brunnen mit angeketteten eisernen Schöpfkellen. Einige wenige Karren und Esel wurden eilig zum Tor getrieben, bevor sich der Tag seinem Ende zu neigte.

Goldener Dunst hing über der Ebene. Die Hügel blühten. Dort würde es Zedernbäume und die Lichter von Dörfern geben und dann, jenseits der Hügel, würde die Wüste ihre Bettelschalen aus Staub darbieten.

Gezüchtet für Kälte wie auch für Hitze, konnte das wollige, zynische alte Kamel bei Nacht reisen, während dünner Schnee von den Sternen herabfiel.

Irgendwo zwischen der Stadt und der Wüste setzte der Sonnenuntergang ein.

Der Himmel im Westen war apfelrot und im Osten hob die lilafarbene Kühle die Luftdecke in eine unglaubliche Höhe hinauf. Sterne brachen hervor, wie wenn sich Fenster öffneten. Das Land darunter färbte sich purpurn, schwarz, und seine östlichen Höhen waren Rosen am Stamm des Schattens.

»Es ist schön«, sagte Tanaquil.

Und es war schön. So schön wie jede Schönheit der vollkommenen Welt.

»Ach, Grummel. Wir können nichts dafür, dass uns nicht die beste aller Welten gegeben wurde, sondern diese hier, mit all ihren Unzulänglichkeiten. Aber können wir sie nicht verbessern? Ich weiß zwar nicht wie, denn unsere Aussichten sind nicht allzu rosig. Und doch – nur darüber *nachzudenken*, es einfach zu *versuchen* – das ist schon ein Anfang.

Doch der Grummel war an dem geduldigen, verächtlichen Vorderbein des Kamels hinunter geklettert und buddelte im staubigen Boden. Er hob das spitzschnauzige Gesicht aus der Dunkelheit und verkündete stolz: »Hab gefunden. Hab *Knochen* gefunden.«

Ende vom Ersten Buch

Zweites Buch

Das goldene Einhorn

Für John Kaiine,
meinen Ehemann und guten Engel

Teil Eins

13

Tanaquils Geist war mit höheren Dingen beschäftigt – ihre Gedanken richteten sich auf die drei Treppenfluchten, die noch vor ihr lagen. Gemeinsam mit den anderen hatte sie bereits vier davon erklommen, und vier waren ihrer Meinung nach mehr als genug. Besonders nach den vielen Münzen, die sie am Tor hatten berappen müssen.

Lady Mallow lehnte sich nach Luft ringend an Lord Ulp.

Der Rest der Adligen keuchte und schimpfte, sofern der Atem dazu reichte.

Der Einzige, der mit den endlosen Stufen keine Schwierigkeiten hatte, war der Grummel, der bisher jeden Absatz im Laufschritt hinter sich gebracht hatte, an der Leine zerrend und Tanaquil beinahe von den Beinen reißend. Mehrere Leute waren vom Grummel angerempelt worden und gerade eben hörte Tanaquil eine gewichtige Männerstimme tönen: »Warum hat man dem Tier dieser Frau den Zutritt gewährt, während wir unsere gesamte Dienerschaft unten zurücklassen mussten?« Niemand antwortete, mit Ausnahme des Grummels, der ein *»Rrrh«* von sich gab . Im Allgemeinen gehorchte er Tanaquil und hielt sich daran, dass er nicht in Gegenwart von Fremden sprechen durfte.

Gerade sagte Lady Mallow: »Der Magier erschwert einem diesen Aufstieg aus lauter Boshaftigkeit.«

»Du wollest ja unbedingt mitkommen«, hielt Lord Ulp ihr entgegen.

Sie setzten ihren Weg fort, mühsam den fünften Treppenabsatz erklimmend.

In ihren Händen flackerten und rauchten brennende Kerzen, die ihnen von den schwarz gewandeten Geldeinnehmern am Fuß der Treppe in die Hände gedrückt worden waren; ansonsten erhellten keinerlei Lampen das Steinhaus von Worabex.

»Dem Gott sei Dank, dass wir deine Mutter nicht auch noch mitgenommen haben«, ächzte Ulp, als sie den sechsten Absatz erreichten.

»Sie hätte sich bestimmt geweigert, mit uns hier heraufzusteigen«, sagte Lady Mallow. »Tanaquil, meine Liebe, schaffst du es?«

»Ja, danke.«

»Und das niedliche Tierchen?«

Das niedliche Tierchen hielt diesen Augenblick für geeignet, um wieder nach vorn zu sprinten, und Tanaquil wurde – mit einem Fluch und einer Entschuldigung auf den Lippen – an Ulp und Mallow sowie an einem korpulenten alten Adligen mit einem Stock, den er wütend schwenkte, vorbei gezerrt. Atemlos hing sie an der Leine.

»Grummel, lass das. Sitz!«

»Dinge!«, kreischte der Grummel heiser, vergessend, dass er angeblich ein ganz normaler Hund war, ohne die Gabe des Sprechens.

Tanaquil hatte nicht die Kraft, weitere Einwände vorzubringen. Sie erwog, die Leine einfach loszulassen – eine Erwägung, die ihr während ihrer Reisen in den vergangenen Jahren sehr oft durch den Kopf gegangen war. Zum Beispiel an jenem Tag, als der Grummel ein kleines Nashorn über den Markt von Nordstadt gejagt hatte oder als er zu dem Schluss gekommen war, dass es sich bei den Marionetten eines Puppentheaters (in einer großen Stadt namens Glop) in Wirklichkeit um Ratten handelte. Doch heute wie damals wagte sie es nicht, vielleicht lauerte ja auf der obersten Stufe irgendetwas. Worabex war dem Vernehmen nach ein großartiger Zauberer, und aus genaun diesem Grund hatten Lord Ulp und Lady Mallow sie hierher gebracht. Vielleicht hatte der Grummel, der im Haus einer Zauberin zur Welt gekommen war, den Geruch von Magie vermisst.

Wie auch immer, auf dem letzten Treppenabsatz verlor Tanaquil das Gleichgewicht und die Leine entglitt ihrer Hand.

»*Komm zurück!*«

Sinnlos, natürlich.

In der heißen Sommerabenddämmerung sah Tanaquil zu, wie der Grummel im düsteren Schein des flackernden Kerzenlichts die zwanzig letzten Stufen hinaufschoss und in der großen, dunklen, gewölbten Öffnung verschwand.

Es folgten ein lauter Krach, ein Knall, ein Scheppern wie von zu Boden fallenden Porzellantellern und dann ein weißer Blitz, der alles in ein gespenstisches Licht tauchte, das nichts preisgab.

Im nächsten Augenblick flitzte der Grummel wieder heraus. Er machte einen Satz zu Tanaquil und klammerte sich an ihr Bein, mit den Krallen in ihrem einzigen guten Kleid verhakt.

»Fehler«, jammerte der Grummel.

»Oh, verdammt«, sagte Tanaquil.

Hinter ihr gab eine der Damen ein missbilligendes »*Ttttt*« von sich. In diesem Augenblick hielt man einen Fluch offenbar für etwas Unheilvolles.

Alle warteten. Dann dröhnte eine Stimme aus der düsteren Türöffnung heraus.

»Wem von euch gehört das Tier?«

»Mir«, sagte Tanaquil. »Tut mir Leid.«

»Es muss angebunden werden.«

»Will nicht«, flüsterte der Grummel.

»Pech, fürchte ich.«

Tanaquil band den Grummel am Geländer fest, das in seiner geschnitzten Form einer sich aufbäumenden Schlange glich. Dem Grummel fiel das zum Glück nicht auf, er zischte und fauchte mit angehaltenem Atem.

Die anderen Menschen, die gekommen waren, um dem großen Zauberer Worabex einen Besuch abzustatten, hatten jetzt den letzten Treppenabsatz erreicht, wo sie sich versammelten, nach Luft japsend und mit größtem körperlichem Unbehagen.

»Ihr dürft eintreten«, dröhnte die Stimme. »Alle bis auf das Tier.«

Der Grummel setzte sich betrübt auf die Hinterbeine. Nachdem er sich seit geraumer Zeit vorwiegend in der Welt der Menschen bewegte, hatte er gelernt zu begreifen, wann nein wirklich nein bedeutete.

Während die Adligen scheu zu der Türöffnung trotteten, erstrahlte ein sanftes Licht.

Tanaquil, die als Letzte eintrat, blickte sich um. Gewisse Dinge in dem geräumigen Saal kamen ihr seltsam vor, doch konnte sie keinen wirklichen Schaden erkennen. Vielleicht hatte der Grummel einen Zauberbann gebrochen – was wahrscheinlich viel schlimmer war.

Die Wände vereinigten sich oben zu einer gewaltigen Kuppel, und in dieser Kuppel hing ein schwarzes Krokodil an einer Messingkette, wo es sich in einem geheimnisvollen Luftstrom langsam drehte.

Eines seiner Beine zuckte. Eine Dame kreischte.

»Es besteht kein Anlass zur Furcht«, tönte die Stimme. Sie klang blasiert, fand Tanaquil. Offenbar sollten sie entgegen dieser Äußerung in Angst und Schrecken versetzt werden.

Worabex selbst war nicht zu sehen, doch inmitten der Ansammlung von großen schwarzen Truhen, Maschinen und Gerätschaften aus Eisen und Silber, die von der Decke hingen, befand sich ein großer ovaler Spiegel. In diesem klaffte jäh ein gewaltiges Maul auf – grünlich, mit langen gelben Zähnen bestückt. Es rief weitere schrille Schreie und spitze Ausrufe hervor. Tanaquil war mitnichten beeindruckt, hatte ihre Mutter doch eine Neigung zu derlei Manifestationen gehabt, obwohl Jaive inzwischen bis zu einem gewissen Grad darüber hinweg war, Worabex indessen anscheinend noch nicht.

»Willkommen«, sprach das grüne Maul, »in meinem Zauberreich. Ihr braucht keine Angst zu haben, vorausgesetzt ihr tut, wie euch geraten wird. Was wollt ihr sehen?«

Der dicke alte Adlige mit dem Stock trat entschlossen vor. »Hast du etwas, um es gegen den Feind anzuwenden? Gegen die verrückte Fürstin Veriam, die Kinder verschlingt und das Land vernichtet?«

»Oh, es geht also um den Krieg«, sagte das Maul. »Die Angelegenheit wurde mir vorgetragen. Ich bin im Bilde.«

»Na fein«, murmelte Tanaquil. Der Zauberer verunsicherte sie in höchstem Maß, ganz wie sie es erwartet hatte. War das der Grund, warum sie gekommen war? Um sich selbst zu beweisen, wie verunsichernd Zauberer wirkten?

Eine der Wände hinter den Maschinen löste sich kurz auf. Blau und glyzeringlibberig entfaltete sich ein Drache in einer Feuerhöhle. So schien es wenigstens.

Zwei der adeligen Damen versuchten in Ohnmacht zu fallen, daraufhin blinzelte der Drache und verschwand.

Der dicke alte Adlige sagte gereizt: »Lautet so deine Antwort, Worabex?«

Das Maul verschwand ebenfalls vom Spiegel, und einen verblüffenden Augenblick lang war da nur gewöhnliches Glas; Tanaquil sah ihr eigenes Spiegelbild darin. Sie hatte sich selbst seit Monaten nicht mehr zu Gesicht bekommen, außer in den verzerrenden Kupferspiegeln, denen Lady Mallow den Vorzug gab – traurig hatte sie erklärt, diese Spiegelbilder seien freundlicher, wenn man älter wurde. Jetzt sah Tanaquil ein Mädchen von siebzehn Jahren, schlank und kräftig, in ihrem besten

Kleid, das im so genannten ›ländlichen Stil‹ gehalten und in der Taille nicht mit Fischbein verstärkt war. Der Stoff war von einem hübschen Braun mit irisfarbener Stickerei mit einer breiten hellroten Schärpe, die zu ihrem Haar passte. Der Grummel hatte mit seinen Krallen einen ungefähr fünf Zentimeter langen Riss oberhalb des linken Fußknöchels geschaffen.

Tanaquil schüttelte den Kopf; dabei baumelten an ihren Ohren die beiden weißen Ohrringe, die sie immer trug.

Dann war auch dieses Bild vergangen, und an Stelle des Spiegels war der Zauberer Worabex erschienen. Seine äußere Erscheinung war nichts sagend, mit einem fast kahlen Haupt und einem schmalen Mund, der überhaupt nicht grün war. Er trug ein schwarzes Gewand mit goldenen Schlangen an den Ärmeln, doch diese Ärmel störten ihn wohl ein wenig. Offensichtlich hatte er sich in dieses Gewand geworfen, um sein Publikum zu beeindrucken.

»Du zweifelst an mir«, sagte Worabex. Das war weder eine Frage noch eine Feststellung.

Der dicke alte Adlige, der sich auf seinen Stock stützte, antwortete: »Ich wollte wissen, welche Waffen du dir ausgedacht hast, um mit der feindlichen Fürstin fertig zu werden. Mit der Frau, die gegen uns Krieg führt.«

Worabex sagte: »Eigentlich will sie gar nicht richtig Krieg führen. Sie will nur das Land beherrschen.« Der dicke Adlige gab ein Schnauben von sich, und Worabex beeilte sich hinzuzufügen: »Klar, es ist möglich, einen Krieg zu beenden, aber fünf Minuten später bricht dieser oder ein anderer Krieg erneut aus. Die menschliche Natur muss verändert werden, das ist der Schlüssel.«

Der dicke Adlige fluchte einfallsreich und die Damen stießen bekümmerte Quiekser aus. Eine weitere Dame gönnte sich eine Ohnmacht.

Dann legte der Dicke wieder los: »Ich spreche ganz offen. Ich habe einfach Angst. In meinem Alter will man all diese

Scherereien nicht mehr – Hordenführer zu sein und so weiter. Mach mich wieder jung. Ich möchte gegen die Soldaten der Fürstin kämpfen, möchte tapfer und mutig sein.«

»Natürlich könnte ich dich jung machen«, sagte Worabex.

»Hhmm. Jung zu sein ist eigentlich gar nicht so erstrebenswert.« Der dicke Adlige überlegte, dann fuhr er fort: »Ich erinnere mich, die Jugend schmerzt. Und das Alter auch. Also, jage einfach die kriegerische Fürstin mit einem Atemhauch zum Teufel«.

Tanaquil beobachtete, wie Worabex' Blick über sie alle schweifte, und schließlich ruhten seine schwarzen Augen auf ihr. Sie senkte den Blick demütig auf ihre Sandalen.

»Und du bist das Mädchen mit dem Tier.«

»Ich habe es am Geländer angebunden«, versicherte Tanaquil schnell.

»Ja, aber was hältst du von alledem?«

»Es ist wunderhübsch«, antwortete Tanaquil geziert. *»Ehrfurcht einflößend!«*

Der Zauberer räusperte sich. »Ich meinte den Krieg mit der Fürstin.«

»Darüber weiß ich wenig«, sagte Tanaquil. »Ich war auf Reisen, und mir sind Gerüchte zu Ohren gekommen. Als ich hierher kam, habe ich noch einiges mehr gehört. Sie hat drei von vier Ländern besiegt und möchte dieses ebenfalls vereinnahmen. Stimmt das?«

»Anscheinend fürchtest du dich nicht«, bemerkte Worabex.

»Doch, schon, in gewisser Weise. Ich habe … Verwandte, die vielleicht in einem der besiegten Gebiete leben.« Tanaquil fragte sich, warum sie so viel herausschwatzte. Vielleicht erprobte der widerwärtig arrogante Zauberer seine Macht an ihr, indem er ihr die Zunge löste. Mit einschmeichelndem Gezwitscher fügte sie hinzu: »Aber schließlich bin ich nur eine Frau. Was *weiß* ich denn schon?«

Der Zauberer Worabex stieß ein Lachen hervor.

Er sagte: »Wenn Leute mein Haus besuchen, dann wird im Allgemeinen von mir erwartet, dass *ich sie* unterhalte. Trotzdem, ich habe deine Darbietung genossen. Vielleicht habt Ihr alle Lust, einen Schwarm zu besichtigen, den ich geschaffen habe?«

»Eine Geheimwaffe«, mutmaßte ein anderer Adliger.

»Das wäre denkbar«, schwächte Worabex ab.

Worabex hob einen Arm und ein schwarzer Vorhang stieg aus einem Bogengang auf. Glattes, blasses Licht erstrahlte dahinter und zeigte eine bizarre Art eines Hauszoos. Tanaquil fiel die Mäuse- und Katzensammlung ihrer Mutter ein, die sie regelmäßig in andere Dinge zu verwandeln oder zu ›verbessern‹ pflegte, indem sie lange Ohren oder Schwänze, abartige Farben und so weiter hinzufügte. Die Tiere hatten einen glückselig-gleichgültigen Eindruck gemacht, doch Tanaquil kam nicht umhin, dieses Vorgehen als unrecht zu verurteilen.

Die Tiere in der Einfriedung des Magiers waren ebenfalls von dieser Sorte. Ein großer türkisfarbener Hund saß auf einem Kissen und nagte an einem Knochen - bei dessen Anblick war Tanaquil froh, den Grummel draußen gelassen zu haben. Gefährlich aussehende Karpfen mit scharfen Fangzähnen schwammen in einem Tank, und an einer anderen Stelle spielten kleine rote Löwen, etwa in der Größe von Eichhörnchen, mit einem Ball.

Worabex deutete auf eine goldene, in die Wand eingelassene Jalousie. Er murmelte ein Wort und die Jalousie flog auf. Dahinter, in einer großen Glaskugel, flogen einige gestreifte Dinge emsig herum. Sie summten.

Die Adligen betrachteten sie mit starren Blicken.

Enttäuschung und Ungläubigkeit lagen in der Luft.

»Du machst dich lustig über uns, Worabex!«

Gegen ihren Willen neugierig geworden, reckte Tanaquil den Hals, um besser sehen zu können.

Sie brach in ein lautes Kichern aus.

»Oh, gut«, sagte Worabex. »Nun habe ich meinerseits dich unterhalten.«

»Fliegende Mäuse«, stellte Tanaquil fest.

»Ein bisschen mehr. Nur ein bisschen, naturgemäß.«

In der Kugel ließen sich die zehn oder mehr Geschöpfe auf einer buschigen Topfpflanze nieder und machten sich daran, sich zu putzen. Es handelte sich eindeutig um Mäuse, jeweils mit großen Flügeln wie die einer riesigen Libelle ausgestattet; ihr Fell war schwarz mit breiten gelben Streifen.

»Eine Kreuzzüchtung«, erklärte Worabex.

Lady Mallow trat vor und strich über das Glas. »Wie hübsch. Könnten wir vielleicht ein paar davon käuflich erwerben?«

»Werte Dame, Ihr müsst verstehen«, sagte Worabex, »dass ich, obwohl ich Geld für den Eintritt in mein Haus verlange, nichts verkaufe. Außerdem bin ich mir keineswegs sicher, ob Ihr wirklich solche Wesen bei Euch zu Hause haben wollt.«

In diesem Augenblick flog eines der Geschöpfe wieder hoch und schlug mit dem langen Mäuseschwanz gegen die Stelle der Kugel, wo Lady Mallows Hand war. Sie stieß einen kleinen Schrei aus. Etwas tropfte hässlich an der Innenseite des Glases herab.

»Ich nenne sie Mauspen«, erklärte Worabex. »Sie sind eine Mischung aus Maus und Wespe und haben einen Stachel im Schwanz.«

Ein Raunen durchlief die Zuschauer.

Tanaquil dachte: Das Blöde mit dem Bösen vermischt. Trifft das auch auf Worabex zu?

Bevor sie Zeit für weitere Überlegungen hatte, ertönte jenseits der beiden Kammern, in Richtung der Treppe, ein leicht beunruhigendes Geräusch, das sich wie ein Kratzen anhörte, unmittelbar gefolgt von einem gewaltigen Poltern und Krachen.

Tanaquil drehte sich rechtzeitig um, um ein Bündel aus Fell und Splittern zu sehen, das explosionsartig in das Zauberreich hineinbarst. Es war der Grummel, der sich in seiner Leine verheddert hatte, strampelnd und beißend und gegen die geschnitzte Schlange des Geländers kämpfend.

Der Zauberer machte ein erstauntes Gesicht und alle schrien durcheinander, einschließlich Tanaquil, die losrannte. Der Grummel jedoch war bereits wie eine Kanonenkugel in eine der Zaubermaschinen gerast, die in ein ungestümes Leben ausbrach, indem sie grüne Strahlen aussandte und gluckste. »Beißen! Beißen!«, schnaubte der Grummel, wobei er sich in einen Schrank rollte, der daraufhin unheilvoll schwankte. Die Türen flogen auf und einige Bücher flogen heraus, flogen buchstäblich auf weiten Schwingen.

Die Adligen duckten sich verängstigt, während der Schwarm von Büchern über sie hinweg schwebte und Worabex sagte: »Ich gebe dir zehn Sekunden, dein Tier einzufangen, junge Frau.«

Tanaquil warf sich auf den Grummel und wurde gegen eine hängende Bronzescheibe gezogen, die einen nachhallenden Ton von sich gab und einen Hagel grellen roten Lichts auslöste. Aus den Augenwinkeln sah sie, wie sich der türkisfarbene Hund interessiert erhob.

Dann waren die zehn Sekunden schätzungsweise vorbei, denn ein gespenstisch lautloser Donnerschlag fuhr über sie alle hinweg, so dass sie erstarrten und sogar der Grummel sich mit Gejapse platt zu Boden warf und sich mit großen gelben Augen umsah. »Mond«, flüsterte er zweifelnd.

»Ja, das ist der Mond. Worabex hat uns hinausgeworfen. Wahrhaftig hinausgeworfen. Im magischen Sinn.«

Eine der Damen war wieder in Ohnmacht gefallen und eine andere beugte sich mit einem Flakon Riechsalz über sie. Der Rest der Gesellschaft stand wie gelähmt da und starrte den kahlen und feindseligen Felsen an, dessen meilenhohen Gipfel sie jetzt besetzten.

Der Grummel richtete sich auf und krallte sich an der geschnitzten Schlange fest. »Totgemacht«, stellte er in virtuoser Schlichtheit fest, ohne einen Dank zu erwarten.

14

»Alles in Ordnung«, sagte Tanaquil. »Seht mal, da unten ist die Straße. Und ich erkenne sogar die Kutschen und Pferde und die Fackeln der Diener.«

»Beantworte mir nur eine Frage«, sagte der dicke alte Adlige. »Wie kommen wir da runter?«

Darauf wusste Tanaquil keine Antwort. Sie hatte sich bereits für den Grummel entschuldigt und sich dabei im Stillen missmutig gefragt, ob das Entschuldigung Nummer drei Millionen und sechs oder drei Millionen und sieben sein mochte.

Die Dame, die in Ohnmacht gefallen war, kam wieder zu sich und sagte mit bebender Stimme zu Lady Mallow: »Eine hübsche Aussicht, nicht wahr? Man sieht so weit!« Dann fiel sie erneut in Ohnmacht.

»Der Schock hat ihr den Verstand geraubt«, bemerkte der dicke Adlige gratulierend.

»Lady Tanaquil kann nichts dafür«, stellte Lord Ulp fest. »Schuld ist allein dieses verdammenswerte Wesen, das bei ihr ist, diese Mischung aus Ratte und Hund.«

Der Grummel stellte richtig: »Nicht Ratte. *Beiß* Ratte. Hab Schlange *gebissen.*«

Niemand hörte ihm zu.

Lady Mallow sagte: »Ich finde, Worabex hat sich äußerst unfair verhalten.«

»So etwas sollte man besser nicht aussprechen«, wies Ulp sie zurecht. »Gott mag wissen, was als Nächstes geschieht.«

Doch nichts geschah. Und undeutlich in der Tiefe – vielleicht war der Fels doch nicht ganz eine Meile hoch – sahen sie, wie die Diener mit ihren Fackeln Zeichen gaben, und hörten unbestimmte, offenbar ermutigende Rufe.

»Ich habe gehört, er hat einen Kerl in eine Ente verwandelt«, berichtete der dicke Adlige und fügte hinzu: »Allerdings hat er es nicht geschafft, mich wieder jung zu machen, oder?«

Tanaquil spürte die Ungeduld in sich, die sich manchmal bemerkbar machte, wenn sie mit Leuten zusammen war, die so viel älter waren als sie selbst. Sie ging davon aus, dass ihre Mutter, die fast immer diese Ungeduld in ihr geweckt hatte, der ursprüngliche Auslöser dieses Gefühls sein musste.

Es war das ihrer Mutter gegebene Versprechen, das Tanaquil indirekt in diese Lage gebracht hatte, das Versprechen nämlich, dass sie ganz bestimmt irgendwann zurückkommen würde und das sie jetzt einzulösen gedachte.

Tanaquil, die während ihrer Zeit des Reisens allerhand erlebt hatte, war es bis jetzt gelungen, die Kriegsgebiete der berüchtigten Fürstin mit dem Namen Veriam zu meiden. Dann hatte es sich ergeben, dass sie aus dem Wald trat und auf eine Straße gelangte, die zwischen den weiten goldenen Feldern mit hoch stehendem Weizen und Mais verlief. Das Kamel, das sie trotz der Veränderung der Landschaft behalten hatte, war erfreut angesichts der Felder und graste hin und wieder auf ihnen. Anscheinend wuchs hier alles im Über-Überfluss. Dann tauchte eine kleine Gruppe von Frauen auf, die mit Sicheln arbeiteten, und sie brüllten das Kamel wütend an.

Eine rannte herbei und deutete auf Tanaquil. »Du dreckige Ausländerin! Pass gefälligst auf, dass dieses ekelhafte Riesenvieh – ein Ungeheuer? – von den Feldern wegbleibt! Ist unser Elend denn nicht ohnehin groß genug? Wie sollen wir die Ernte ganz allein einbringen, nachdem alle unsere Männer fort sind? Und dann fügst du uns noch mehr Ungemach hinzu, indem du dieses dreschende Wesen das ganze Korn wegfressen lässt.«

Nun musste sich Tanaquil also auch noch für das Kamel entschuldigen, das sein entrüstetes Gesicht bereits zurückgezogen hatte und in königlicher Haltung auf der Straße stand. Der Grummel knurrte und die Frau kreischte: »Und was ist das? Es ist abscheulich – bist du eine Spionin im Dienste des Feindes, der boshaften Fürstin?« Dann rannte sie mit lautem Geheul davon. Die anderen Frauen drohten Tanaquil mit ihren Sicheln, deshalb trieb sie das Kamel zu einer schnellen Gangart an.

Als sie entkommen und wieder am Waldrand angelangt waren, dachte sie über die Begegnung nach. Offenbar waren die Männer einberufen worden, um gegen die Fürstin zu kämpfen.

Irgendwie seltsam. Der Spätsommer war saftig und schön, Vögel sangen kühl wie plätschernde Quellen in den Wäldern, die Ernte war zeitig und reichlich. Aber es gab nicht genügend Hände, um sie einzufahren, da die Männer fehlten … und bald darauf sah Tanaquil in einem Dorf jene Männer, die heimgekehrt waren: die Einbeinigen und die Blinden, die ihre Gliedmaßen und Augen im Krieg verloren hatten. Irgendwie stellte sie sich vor, dass Kriege – wie in Geschichten und Liedern – stets in Zeiten von Dürre oder Unwettern stattfanden, wobei Armeen über gnadenlosen Schnee unter dem Wind oder durch verdörrte Felder zogen. Nicht wie hier, mit all dem verschwenderischen Überfluss.

Tags darauf traf Tanaquil Lord Ulp und Lady Mallow auf der Straße. Ein Rad ihrer Kutsche hatte sich gelöst und der Fahrer saß am Straßenrand und schimpfte, es sei nicht seine Aufgabe, Wagenräder zu reparieren. Also brachte Tanaquil das Rad in Ordnung, während Lady Mallow sich in den Grummel verliebte, der sich seinerseits auf eine übertrieben schmachtende Weise gebärdete und so tat, als ob er genau das wäre, wofür Lady Mallow ihn hielt, ein liebenswertes Knuddeltier in Form eines flauschig-pelzigen Fässchens, mit einer niedlichen spitzen Schnauze und einem buschigen Schwanz. Er sagte immerzu:

»Mich, mich«, doch Lady Mallow hielt das für eine Art Hunde-Miauen. Lord Ulp wollte lediglich wissen, ob er Flöhe habe.

Lady Mallow lud Tanaquil – oder vielmehr den Grummel – zu einem Aufenthalt in ihrem Landhaus ein.

Sie waren dorthin ausgewichen, erzählte sie, um der Stadt zu entfliehen, die die verrückte, böse Fürstin Veriam vielleicht bald belagern würde.

Aus dem Gespräch entnahm Tanaquil schließlich, dass die böse Fürstin aus jener Richtung gekommen war, in die sie selbst ging (weitere Informationen waren dürftig). War Tanaquils Mutter demzufolge in den Eroberungsfeldzug und den Krieg verwickelt? War die Stadt am Meer eingenommen worden? Falls es sich so verhielt, war dann Lizra, ihre Schwester, eine Gefangene? Tanaquil erübrigte sogar einen Gedanken an ihren fürstlichen Vater, Zorander. War er in der Schlacht ums Leben gekommen? Angenommen, es wäre so, hätte das für sie irgendeine Bedeutung?

Diese Überlegungen beunruhigten Tanaquil. Außerdem war sie wütend, denn anscheinend war es nicht möglich, ihr Zuhause auch nur für kurze Zeit zu verlassen, ohne dass sich Jaive und alle anderen in Schwierigkeiten brachten.

Am zweiten Tag ihres Verweilens in dem Landhaus regte Lady Mallow an, dem Magier Worabex einen Besuch abzustatten. Eine Gesellschaft von Adeligen wolle sich zu seinem Haus begeben. Ob Tanaquil vielleicht Lust hätte, sich ihnen anzuschließen? Möglicherweise würden sie dort etwas erfahren, irgendeine Weissagung hinsichtlich des Krieges und ihres Schicksals.

Tanaquil hatte Zweifel gehegt. Dennoch war sie mitgegangen, in erster Linie um Lady Mallow eine Freude zu bereiten; sie war eine freundliche Dame und glaubte anscheinend, der Ausflug wäre für Tanaquil ein aufregender Genuss. Tanaquil hatte sich überlegt, ob sie diesen Besuch als persönliche Prüfung betrachten sollte, denn schließlich müsste sie sich, wenn sie zu ihrer Mutter zurückkehrte, wieder mit dem ganzen Magie-Kram abgeben. Sie würde sich mit den Zaubertricks und Bannsprüchen und dem ewigen Wirrwarr und den lächerlichen Phantasieflügen, Zerrspiegeln, Hasen mit Katzenohren und so weiter abfinden müssen. Also war es auch in gewisser Weise Jaives Schuld, dass sie sich jetzt auf der Klippe in der Dunkelheit einer Sommernacht befand. Jaives Schuld und die des Grummels.

Man konnte wirklich weit sehen.

Die Felder schimmerten blass unter dem Mond, sie waren noch nicht abgeerntet. Der Wald hielt sich zurück, kümmerte sich um sich selbst. Und hier und da glitzerte eine löffelgroß erscheinende Wasserfläche. Hier erstreckte sich fruchtbares Gebiet, nicht wie die Wüste, wo Tanaquil aufgewachsen war. Gewiss, gewiss, Wüsten waren der passende Ort für Kriege, nicht Land wie dieses …

Etwas leuchtete schwach rot, viele Meilen entfernt. Was war das? Vielleicht der Schein von nächtlichen Feuern, die Wachfeuer einer großen Armee …?

Tanaquil wandte sich von dem Ausblick ab, entschlossen, die Aufmerksamkeit nicht auf dieses mögliche Anzeichen von Gefahr zu lenken.

Worabex stand neben ihr. Er war noch lässiger gekleidet und wirkte noch weniger dramatisch als zuvor.

»Oh, hallo«, sagte Tanaquil süßlich. »Dürfen wir jetzt wieder runter?«

»Gleich«, sagte Worabex. Dann fuhr er fort: »Du bist ein faszinierendes Mädchen, Tanaquil – doch wohl nicht *Lady* Tanaquil, oder?«

»Nein«, erwiderte Tanaquil. »Genau gesagt Prinzessin. Mein Vater war ein Fürst.«

»Ach, du liebe Güte! Königliche Hoheiten! Na ja, mir kommt hier alles Mögliche unter.«

»Still«, sagte Tanaquil. Ihr fiel wieder ein, was der Grummel getan hatte, und sie fügte hinzu: »Ich bin sicher, wir alle haben das verdient. Für dich muss es ausgesprochen lästig sein.«

»Ich brauche das Geld«, erklärte Worabex. »Für meine Experimente.«

»Oh, kannst du dir nicht einfach welches herzaubern?«

»Mein liebes Mädchen, wenn ich das täte, würde ich die Wirtschaft ruinieren.«

Tanaquil ließ den Blick über die Klippe wandern. Die Gesellschaft von Adeligen war irgendwie ziemlich weit weg, allem Anschein nach sahen sie Worabex – und auch sie – nicht mehr. Der Grummel saß auf dem Schoß von Lady Mallow und sagte wahrscheinlich: ›*Mich, mich.*‹

»Ich glaube«, sagte Worabex, »dass du ebenfalls mit der Zauberei vertraut bist. Um ein paar Ecken.«

»Vielleicht.«

»Dein Tier spricht, natürlich, und es ist dein Schutzgeist. Du bist selbst so etwas wie eine Zauberin.«

»Ich repariere lediglich Dinge«, wehrte Tanaquil ab.

»Eine nützliche Gabe, aber es steckt mehr dahinter. O ja. Und du bist weit gereist. Was hast du gesehen, das des Sehens wert ist?«

Tanaquil hätte am liebsten geschwiegen, schließlich war er ein echter Zauberer und es war besser, höflich zu sein.

»Ein Baum, von dem behauptet wird, er sei der höchste der Welt.«

»Und, ist er das?«

»Er war tatsächlich sehr hoch. Und im Süden habe ich Statuen gesehen, die sprachen und sangen.«

»Diese Dinge haben dich beeindruckt.«

»Alles hat mich beeindruckt. Ich habe es mir angeschaut, weil ...« Sie zögerte. »Ich habe anderswo etwas gesehen, das sehr – schön war, deshalb wollte ich auch hier schöne Orte sehen. Und es gibt sie. Aber im Allgemeinen verdirbt irgendetwas die Dinge. Krankheit und Armut und Unglück. Wie kann man sich konzentrieren, wenn man so etwas sieht?« Tanaquil verstummte. Sie redete zu viel.

Worabex sagte: »Ich habe den Eindruck, du hast eine der vollkommenen Welten gesehen.«

»Gibt es denn mehr als eine?«

»Etliche«, erwiderte er. »Und andere Welten, die viel schlimmer als die unsere sind.«

Tanaquil meinte: »Du hast die Damen und Herren ziemlich gründlich beunruhigt. Glaubst du, du könntest sie jetzt von der Klippe gehen lassen?«

»Sofort. Ich habe die Unterhaltung mit dir genossen.«

Tanaquil musterte Worabex mit Unbehagen.

»Ja?«, sagte sie klug.

»Ich würde dich gern besser kennen lernen, Tanaquil.«

Tanaquil runzelte die Stirn.

Auf ihren Reisen war sie auch hier und da jungen Männern begegnet, die solche Sachen gesagt hatten. Dann und wann hatte sie mit ihnen eine Mahlzeit eingenommen oder einen Spaziergang auf einer schattigen Allee oder an einer stillen Küste unternommen, sonst nichts. Jetzt wollte Worabex, der alt und kahl war, ihr offenbar ebenso den Hof machen, wie es jene jungen Männer getan hatten. *Deren* Annäherungsversuche hatte sie abgelehnt, und nun fühlte sie sich mehr denn je durch den Zauberer erschreckt.

»Es tut mir schrecklich Leid«, flötete sie. »Das wäre wunderschön. Aber, versteh bitte, ich bin jemandem versprochen. Im Norden.«

Worabex lachte.

»Und ich bin alt und langweilig«, sagte er. »Ist dir mal der Gedanke gekommen, dass ich einst in deinem Alter war?«

»Und es liegt auf der Hand«, entgegnete Tanaquil, nun in bissigem Ton, »dass du dich mit einem Zauber wieder jung machen kannst.«

»Reichtümer herbeizubeschwören würde die Wirtschaft ruinieren«, erklärte Worabex. »Kannst du dir vorstellen, welches Durcheinander es in der Natur anrichten könnte, wenn ich mich wieder in einen Neunzehnjährigen verzaubern würde?«

Tanaquil schnalzte mit der Zunge. »Ach, du bist zu klug für mich.«

»Und du, mein Mädchen, musst noch viel über die Männer lernen. Wie kommt es, dass du uns so sehr verachtest? Du sagst, dein Vater sei ein Fürst, aber ich glaube, du hast ihn selten zu Gesicht bekommen. Und als du ihn sahst, hat es zwischen euch nicht geklappt, du empfindest keine Zuneigung zu ihm. Es liegen noch einige Lektionen vor dir, Tanaquil.«

Tanaquil entgegnete ärgerlich: »Das ist immer so.«

Aber irgendwie hatte Worabex sich in Luft aufgelöst oder war hinter einen Busch gehuscht.

Der dickliche Adlige schrie und fuchtelte mit den Armen in der Ferne.

Eine Treppe war erschienen, die die Klippe hinunterführte.

Tanaquil warf einen Blick zurück. Der rote Schein weit entfernter Feuer war nicht mehr zu erkennen.

Lady Mallow nahm das braune Kleid von ihrer Zofe entgegen und hielt es vor Tanaquil hoch.

»Ach«, seufzte Lady Mallow, »früher war ich schlank! Aber sieh nur, man hat das Loch im Rock beseitigt.« Das stimmte. Das Loch war vollkommen verschwunden. »Nun, möchtest du dir nicht noch ein paar Kleider aussuchen? Es sind zehn da und meine Tochter wird sie nie mehr anziehen.«

»Ihr seid sehr freundlich«, sagte Tanaquil, »aber ich brauche wirklich nur ein Kleid.«

Lady Mallow seufzte erneut. »Meine Tochter Lavendel hat geheiratet und ist weit weg gezogen, jetzt sehen wir sie überhaupt nicht mehr. Immerhin schreibt sie einmal im Jahr. Natürlich bin ich froh, dass sie aus diesem Kriegsgebiet heraus ist. Aber ich erinnere mich, wie nahe wir uns standen, und ich frage mich manchmal, ob die Fürstin – ob Veriam – eine Mutter hat. Bestimmt hätte eine Mutter mit ihr gesprochen. Ich habe gehört, sie isst kleine Kinder! Hast du eine Mutter, meine Liebe?«

»O ja«, sagte Tanaquil.

»Wie sehr sie dich vermissen muss.«

Tanaquil setzte ein gequältes Lächeln auf.

Sie hatte Lady Mallow deshalb erzählt, dass sie zurück nach Osten reise, weil Lady Mallow große Angst an den Tag gelegt hatte, Tanaquil könnte geradewegs in die Truppen der Verrückten Fürstin hineinreiten. Tatsächlich hielt Tanaquil an ihrem ursprünglichen Plan fest. Die feindliche Armee war angeblich riesig, demzufolge sollte es doch ein Leichtes sein, ihr aus dem Weg zu gehen.

»Nimm wenigstens etwas Schmuck. Warum nicht die goldenen Ohrringe, die ich dir gezeigt habe? Die weißen, die du trägst, müssen schrecklich schwer sein. Bekommst du davon nicht Kopfschmerzen? Sind das Muscheln?«

»Stimmt. Seltsamerweise wiegen sie gar nichts, oder ich bin so sehr an sie gewöhnt.« Tanaquil fügte nicht hinzu, dass die weißen Fossilien, aus denen ihre Ohrringe bestanden, außerdem die beiden Schlüssel zu einer anderen, einer besseren Welt waren, wo Krieg unbekannt war, wo Städte mit geflügelten Bürgern am Himmel schwebten, wo sich Löwen und Lämmer friedlich nebeneinander legten und ein Einhorn auf den Hügeln tanzte.

Lady Mallow tat ihr Leid, weil ihr so verzweifelt daran gelegen war, ihr etwas zu schenken, und wenn auch nur, damit Tanaquil sich an sie erinnerte. Also wählte sie schließlich einen kleinen Silberring aus, der wie eine Schlange geformt war, und schob ihn sich auf den Mittelfinger. Warum hatte die lieblose Lavendel so vieles zurückgelassen? Hatte auch sie nur den einen Wunsch gehabt, von ihrer Mutter wegzukommen?

Das Abendessen bestand aus mehreren Gängen und endete mit einer riesigen Käsepastete. Lady Mallow fütterte den

Grummel mit Schinken- und Käsestücken, während dieser mit aufgestellten Ohren auf ihrem Schoß saß und gelegentlich murmelte: »Mich.«

Im selben Augenblick jedoch, als das Mahl beendet war, sprang der Grummel zu Boden und rannte durch das offene Fenster hinaus, um seine nächtliche Tour durchs Gelände zu machen. Treulos, genau wie Lavendel.

Am Morgen brachen sie auf. Lady Mallow tupfte sich die Augen ab, und der Grummel rannte den Weg zum Stall hinunter, wo das Kamel unzulänglich untergebracht worden war.

»Bitte schreib mir, meine Liebe. Ich bedaure, dass der Magier dir nichts erzählt hat.«

»Es gab eigentlich nichts, das ich hätte wissen wollen. Ich ziehe es vor, meine eigenen Erfahrungen zu machen.«

»Das ist klug«, sagte Lord Ulp und legte grob den Arm um seine Frau. »Sei nicht traurig. Wir kaufen einen Papagei.«

Lady Mallow freute sich wie ein kleines Mädchen. »Ach, geht das?«

Als Tanaquil auf das Kamel stieg, überprüfte sie ihr Hab und Gut: den Beutel aus gewebten Federn, der ihre Kleidung und ihre Bücher enthielt, sowie einige Dinge, die der Grummel gestohlen hatte und deren Eigentümer sie nicht hatte ausfindig machen können, außerdem einen Trinkbecher, den ihr ein romantischer junger Mann in Nordstadt aufgedrängt hatte. Der Grummel kämpfte derweil mit dem Höcker des Kamels und versuchte ihn platt zu machen; das Kamel ließ es über sich ergehen und stellte seinen üblichen Ausdruck königlicher Verzweiflung zur Schau. Ansonsten hatte sich der Grummel im Lauf des Jahres an das Kamel gewöhnt, in der Wildnis hatte er sogar angekuschelt an die Seite des Kamels geschlafen.

Das Kamel bot außerdem einen hübschen Anblick, mit gemusterten Behängen und Quasten, aber wiederum nicht so hübsch, dass man sie berauben würde.

Sie nahmen die Straße nach Osten und erst als sie im Wald waren, schlug Tanaquil eine andere Richtung ein. Der Grummel hatte seinen redseligen Tag und erzählte Tanaquil alles Mögliche über die Mäuse und Vögel des Waldes, wie viele Flöhe er gefangen und was er zum Frühstück verspeist hatte. Ansonsten war die Welt friedlich, grün und still abgesehen vom Gezwitscher der Vögel und dem Zirpen der Grillen.

Die ärgerliche Erinnerung an Worabex kam Tanaquil in den Sinn, mit seiner Androhung von ›Lektionen‹.

Sie glaubte, bereits eine sehr wichtige gelernt zu haben: die Sturheit ihrer Welt, mit der sie sich jeder Verbesserung verweigerte. Wenn sie jetzt zurückdachte an die vollkommene Welt, die sie erspäht hatte, die Welt des Einhorns mit seinem in allen Meeresfarben changierenden Horn, fragte sie sich, ob diese Lektion nicht allzu grausam gewesen war. Sie hatte versucht, sich Hoffnung zu bewahren, doch mit dem Wissen war die Hoffnung geschrumpft. Was konnte hier jemals getan werden, an diesem Ort der Lieblosigkeit, der Verlassenheit und der Kriege?

15

Allmählich wurden die Wälder von einer fruchtbaren Ebene abgelöst.

Nach zwei Tagen brachte Tanaquil am späten Nachmittag das Kamel zum Halt und ließ den Blick über die Landschaft schweifen, die – wie alles andere, das sie in der letzten Zeit gesehen hatte – in keiner Weise der Wüste ihrer Kindheit ähnelte.

Die reifen grünen Grasflächen waren übersät von Hunderten von Mohnblumen sowie anderen weißen, gelben und purpurnen Blüten, so dass sich die geschwungene Ebene zum Teil zu Hügeln ausdehnte, die entweder tiefrot oder schneebedeckt waren, oder bis zu gold- oder malvenfarbenen Seen. Bäume standen anmutig in der Landschaft und verbreiteten Schatten, und der Himmel schwappte über, zerfloss in Richtung Sonnenuntergang.

Sie ritten gemütlich dahin; der Grummel schlief.

Dann, als die ersten Spuren von Rosa und Karmesin hinter der versunkenen Sonne heraufstiegen, machte Tanaquil etwas Großes aus, das sich auf der Lehmstraße weiter unten bewegte.

Die feindliche Horde?

Sie führte das Kamel unter eine geeignete Zypresse.

Dort warteten sie.

Bald erreichte sie der Krach der sich nähernden Menge: ein Scheppern und Poltern, das Schnauben und Schreien von Tieren, ein höherer, dünner Laut, wie von Trillerpfeifen.

Die erste Division kam auf der Straße, die neben den Bäumen verlief, heran.

Es handelte sich allerdings in keiner Weise um eine Armee, zumindest nicht im militärischen Sinn. Kutschen, die von müden Eseln gezogen wurden, Wagen, die von Möbelstücken ausgebeult waren, und eine blecherne Musik, von angebundenen Pfannen, Töpfen und Kesseln erzeugt. Männer marschierten, Mädchen trugen Kleinkinder. Die Gesichter von ängstlichen Kindern und alten Frauen spähten aus den Wagen und Kutschen heraus. Hunde bellten und dann kam eine Viehherde; einige der Tiere lahmten, weil sie dringend hätten gemolken werden müssen. Ihnen folgten Schafe und eine Ziegenherde. Ein Mann ging an ihnen vorbei, behängt mit Vogelkäfigen voller Vögel, und hinter ihm zogen zwei Männer ihren Wagen selbst; dieser war beladen mit Tischen, Körben und Töpfen.

Flüchtlinge auf der Flucht vor dem Kampfgeschehen und dem Angreifer. Tanaquil brauchte nicht zu ihnen hinzugehen und sie zu befragen, stattdessen verharrte sie reglos unter den Bäumen und diese Leute waren so sehr konzentriert auf ihr

Gelöbnis, dass sie keinen einzigen Blick für das Kamel und die Reiterin erübrigten.

Über ihnen leuchtete der Himmel so flammend hell wie die Mohnblüten im Gras; Schatten rannten den Flüchtigen voraus, die versucht hatten, all ihre Habseligkeiten auf dem Rücken mit sich zu tragen.

Die pfeifenden Schreie waren das Gewimmer von kleinen Kindern.

Als die letzten Nachzügler an ihnen vorbei marschiert waren – drei Männer mit Krücken sowie eine dicke Frau mit einem Sack auf der Schulter und einem Kind, das sich an ihren Rock klammerte – saß Tanaquil noch lange in der Dunkelheit.

Ein Mond stieg auf und sah herab, als ob all das ohne Bedeutung wäre, rein und weiß, unberührt.

Eine Stunde später gelangten sie in ein verlassenes Dorf. Wie komisch es im Mondschein da lag!

Die Erhebungen der Häuser mit ihren silbernen Dächern. Keine einzige Lampe brannte, kein Laut war zu hören. Hier und da schwang eine Tür oder ein Tor im Wind leicht hin und her, auf der Straße lag ein zerschmettertes Glas in einem schwarzen Strom von Wein und in der Nähe eine Uhr, die fallen gelassen und vergessen worden war. Als Tanaquil näher hinging, wobei sie das Kamel mit sich führte und der Grummel neben ihr her schlich, hörte sie das Ticken der Uhr. Wie düster, dieser ungewöhnliche Klang.

»Schlecht«, sagte der Grummel. »Will woanders hin.«

Die Nacht war warm, aber es hätte hier ohnehin keinen Schutz, geschweige denn einen annehmbaren Unterschlupf gegeben.

Sie gingen schweigend auf der Straße weiter, über das milchweiße Mondpflaster. In einem ummauerten Garten lag eine Puppe auf dem Gesicht.

Irgendwo am Himmel zog eine Eule vorbei.

Der Grummel blickte knurrend hinauf.

Dann traten drei Schatten auf die Straße heraus, groß und tintenschwarz, und so wirklich wie Gespenster.

Tanaquil unterdrückte einen Schrei.

Sie stand wie zu einem Stein erstarrt da und hielt die Zügel des Kamels fest. Der Grummel reckte den Schwanz in die Höhe, legte die Ohren an und sank flach zu Boden.

»Aha«, sagte jemand. »Ein Junge mit einem Kamel.«

»Außerdem ist es ein hübsches Kamel. Ich habe die beiden schon mal gesehen.«

»Es könnte Gegenstände transportieren«, meinte der Dritte.

Tanaquil wurde klar: Widerstand zwecklos. Während der ganzen Zeit war sie keinen Räubern in die Hände gefallen, doch ausgerechnet hier, mitten im Alptraum eines Wüstendorfes, sollte es geschehen. Bestimmt täte sie gut daran, sich hilfreich zu erweisen.

»Guten Abend«, sagte Tanaquil.

»Aha«, rief einer der Männer. »Es ist ein Mädchen.«

Ich habe sie verwirrt. Das ist vielleicht noch schlimmer als ausgeraubt zu werden. Andererseits ... vielleicht geschah Tanaquil nichts. Sie war schon einmal geschützt worden – würde das wieder so laufen? Eigentlich wollte sie es nicht ausprobieren.

Der mittlere Mann kam auf sie zu, die zwei anderen marschierten hinter ihm her. Er war um einiges größer als sie und so schlank wie ein Schwert. Außerdem steckte ein Schwert in seinem Gürtel, es schaukelte beim Laufen hin und her und fing das Mondlicht ein. Sie konnte sein Gesicht nicht sehen, aber sein Haar war lang und dunkel und fiel ihm über den Rücken.

Die Stimmen aller drei klangen jung.

Der Anführer mit dem Schwert sagte: »Sprich! Was machst du hier?«

»Ich wurde zurück gelassen«, sagte Tanaquil, »als die anderen wegzogen.«

»Quatsch! Du stammst nicht aus diesem Teil der Welt. Das merkt man an deiner Sprache, deiner Kleidung, dem Kamel. Und was, zum Teufel, ist das für ein Tier?«

Der Grummel grummelte und Tanaquil zog es vor, das Kamel loszulassen und nach ihm zu greifen – gerade noch rechtzeitig.

»*Schlecht«,* sagte der Grummel. »Beißen.«

»Da, hört ihr«, sagte der Mann mit dem Schwert. »Es redet.«

»O nein«, widersprach Tanaquil. »Das meinen die Leute immer. Er bellt nur so komisch.«

»Steh auf!«, befahl der Mann mit dem Schwert. »Du liebe Güte! Bist du eine Spionin oder was?«

»Eine Spionin?«, lächelte Tanaquil affektiert. »O nein!«

Der Mann drehte sich ein wenig zur Seite und der Mondschein fiel auf ein Profil, das wie eine Präzisionsarbeit von Künstlerhand aussah; dann war er wieder in Dunkelheit getaucht. Tanaquil beleuchtete der Mond mit voller Helligkeit.

»Wenn ihr das Kamel unbedingt braucht, dann nehmt es. Geld habe ich keins.«

»Pech für dich«, sagte der Mann mit dem Schwert. »Du musst mit uns kommen. Sag mal, ist dein Haar bei Tageslicht rot?«

»Für gewöhnlich.«

Ihr entging nicht, dass sich seine Augenbrauen hoben. Er sagte: »Dann musst du unbedingt mit uns kommen.«

Tanaquils sinkendes Herz sackte noch tiefer herab. Galt auch bei ihnen so etwas wie dieses ›Rote-Haare-bedeuten-Hexe‹-Tabu? Vermutlich gehörten sie der feindlichen Armee an und jetzt sollte sie ihrer Belustigung dienen. Wenn sie sich klug verhielt, konnte sie vielleicht lebendig aus der Sache herauskommen.

Sie zuckte mit den Schultern. »Ihr habt das Sagen.«

»Wie Recht du hast.«

Die beiden anderen Männer drängten sich neben sie, einer

zu jeder Seite. Der kleinste der Kerle nahm die Leitzügel des Kamels, der andere trat nervös neben den Grummel.

Tanaquil hob den Grummel hoch und legte ihn sich um den Hals, wobei seine Pfoten in der Luft baumelten. »Ruhig. Tu nichts! Setz dich!«, raunte sie ihm zu.

Der Mann mit dem Schwert wandte sich um und erneut erhaschte sie einen Blick auf sein hübsches Gesicht.

Der kleinste der Kerle schmunzelte. »Gut für uns, was, Honj?«

Der Mann mit dem Schwert – Honj? – sagte: »Wieder mal falsch, Rübe. Die hier kommt ins Zelt der Fürstin Veriam.«

Erstaunen machte sich breit, nicht zuletzt bei Tanaquil. Der Grummel zischte. *»Ruhig!«*

»Ich hoffe, du fühlst dich angemessen geehrt«, sagte Honj zu Tanaquil.

»Oh, sehr. Ich habe gehört, sie verspeist Gefangene leicht angebraten. Ist mir dieses Schicksal beschieden?«

»Viel schlimmer, denke ich. O ja, viel schlimmer.«

Der Ritt war ziemlich lang. Diese drei waren offenbar die Vorhut der Hauptarmee. Was für ein Pech! Wenn sie sich dem Dorf fern gehalten hätte, wäre sie ihnen vielleicht gar nicht begegnet. Aber irgendwie hatte das Dorf sie angezogen.

Sie besaßen Pferde, diese Männer mit den Namen Rübe, Gauner und Honj; Honj war offenbar der Anführer. Jeder von ihnen trug auf der nüchternen Uniform so etwas wie ein gesticktes Abzeichen, eine Art Insekten-Symbol.

Tanaquil hatten sie erlaubt, auf dem Kamel zu reiten, das nun mit den Pferden über die Ebene trabte.

Weg von dem Dorf und durch die hügelige Landschaft, vorbei an zahllosen Bäumen, über eine verlassene gepflasterte Straße, gesäumt von einzelnen Häusern, von Sträuchern überwucherten Mauern, und die Früchte fielen unbeachtet zu Boden.

Schließlich ein Schimmern, der Rand eines flachen Hügels,

und jenseits des Hügels, abwärts geschaut, der Anblick von Feuern, die sie gesehen oder sich prophetisch vorgestellt hatte, als sie von Worabex' Klippe oder Haus hinabgeblickt hatte.

Sie hatte eine Menge Menschen und Pavillons erwartet, hier jedoch musste es sich um einen Außenposten der Hauptstreitkräfte handeln, denn es waren nur ein paar hundert da – allerdings genügend, um Unbehagen aufkommen zu lassen.

Sie ritten jetzt langsam bergab und kamen an etlichen Wachtposten vorbei, auch an Männern, die Würfel spielend und Witze erzählend an den Feuern saßen. Dann tat sich eine breite Straße zwischen den Zelten auf und in regelmäßigen Abständen waren Kampfstandarten aufgestellt. Tanaquil war so angewidert, dass sie sie gar nicht ansah. Der Schimmer von Goldgewirke und blutroter Seide strich an ihr vorbei, während sie starr geradeaus blickte. Geschütze auf Wagen erschienen, ein Pferch voller Pferde, und dann ragte ein riesiges goldenes Zelt auf – wie eine große Wildblume, die sich nur bei Nacht öffnet.

Fackeln brannten vor dem Zelt.

Einige Soldaten in Rüstungen und Kettenhemden und mit Ehrenabzeichen versehen standen dort, und als sie sich näherten, hörte Tanaquil deutlich die Worte: »Hier kommt dieser Teufel Honj. Was für ein verdammtes Unheil ist das jetzt wieder?«

»Behaltet Rothaar hier«, sagte Honj.

Er schwang sich behände vom Pferd und ging hinüber zu dem goldenen Zelt. Niemand hielt ihn auf.

Tanaquil bemühte sich entschlossen, niemanden und nichts anzusehen. Sie war entnervt, zu wütend, um richtig wütend zu sein, ohne jedoch so recht glauben zu können, was ihr widerfahren war. Das Ganze kam ihr vor wie eine alberne Geschichte, die sich irgendjemand ausgedacht hatte.

Und außerdem, was wollte eine Fürstin von ihr?

Honj war in das Zelt gegangen.

Zwei der in Rüstungen steckenden und mit Abzeichen versehenen Soldaten kamen heran und untersuchten das Kamel, ohne von Tanaquil Notiz zu nehmen. Einer von ihnen erklärte den anderen, dass es sich hier um eine besondere Art von Kuh handelte, wie man sie im Westen hatte; deren Milch sei im Höcker verstaut.

»Ppphh«, machte der Grummel.

Dann öffneten sich die Zeltklappen wieder, wie Tanaquil aus dem Augenwinkel bemerkte.

»Rothaar, du kannst jetzt absteigen und eintreten. Fürstin Veriam ist bereit, dich zu empfangen.«

Schicksalsergeben, innerlich kochend, stieg Tanaquil vom Kamel ab, wobei sich ihr der Magen umdrehte. Der Grummel glitt an ihr herab wie ein Pelzumhang und schoss geradewegs auf das Zelt zu.

Honj sah ihm nach, zweifelnd, belustigt, und Tanaquil beschleunigte ihren Schritt.

Sie trat in das Zelt, wobei Honj höflich die Klappe für sie zur Seite hielt.

Jetzt konnte sie alles eingehend betrachten.

Die Wände schmückten vergoldete Schilde sowie Teppiche aus blauer und roter Seide; Quasten hingen herab und Scheiben und Glocken schaukelten sanft flüsternd. Etwa hundert Kerzen verbreiteten ein parfümiertes, verschwommenes Bernsteinlicht.

Die Fürstin, unverkennbar, saß in einem Elfenbeinsessel mit Mosaik- und Goldrosetten-Intarsien.

Tanaquil hielt den Atem an.

Veriam war eine aus Gold geschaffene Gestalt. Sie trug ein goldenes Kettenhemd, wie ein Mann, einen schweren goldenen Umhang sowie einen goldenen Helm mit einer goldenen Maske, die den größten Teil ihres Gesichts bedeckte. Das Kinn und die Unterlippe dieses Gesichts waren jung und blass, aber mehr konnte man nicht sehen.

Eine blasse Hand, versehen mit goldenem Maschengeflecht und zwei oder drei riesigen Rubinen, erhob sich zu einer Geste des Befehlens oder der Herausforderung.

»Du solltest auf den Knien sein«, sagte die Fürstin.

»Sollte ich das? Das hat mir niemand gesagt.«

Tanaquil ließ sich auf die Knie nieder. Irgendwie kam ihr das Ganze albern vor. Nicht demütigend oder beunruhigend, sondern einfach nur blöd.

Der Grummel buddelte am Fuße des prächtigen Thronsessels der Fürstin Veriam. Er machte einen aufgebrachten, aber entschlossenen Eindruck.

»Soll ich mein Tier entfernen?«, fragte Tanaquil. Sie hatte das Gefühl, die Fürstin ein wenig zu sehr von oben herab angesprochen zu haben. Deshalb fügte sie schnell hinzu: »Euer Hoheit?«

Die Fürstin war allein oder vielmehr allein gewesen. Jetzt war Honj wieder hereingekommen und lümmelte sich in der Türöffnung. Er lachte plötzlich.

»Pscht!«, zischte die Fürstin.

»Entschuldigung«, sagte Honj, »aber treibst du die Sache nicht ein bisschen zu weit? Oder möchtest du, dass sie vor Angst in Ohnmacht fällt?«

»Das wird sie nicht«, entgegnete die Fürstin. »So etwas entspricht nicht ihrer Wesensart.«

Tanaquil hatte den Eindruck, dass sie die Stimme schon mal gehört hatte.

Dann sagte Tanaquil: »Der Grummel frisst das Kissen da auf. Soll ich ihn davon abhalten, oder macht es nichts?«

»Ach, Tanaquil«, sagte die Fürstin, »manche Dinge ändern sich einfach nicht.«

Sie kennt meinen Namen.

Die Fürstin hob die Hände und schob sich Helm und Maske vom Gesicht.

Sie war sechzehn Jahre alt, mit einem langen Schwall schwarzer Haare.

Tanaquil stand auf, ohne dazu aufgefordert worden zu sein.

»Wenn das ein Spiel ist, dann halte ich nicht allzu viel davon«, sagte sie. »Lizra.«

Denn die Fürstin Veriam, Eroberin und Kinderfresserin, war ihre Schwester.

Teil Zwei

16

Vielleicht war es das größte Zelt der Welt, zumindest aber eines der größten. Es dehnte sich scheinbar endlos weit aus, ein Raum führte in den nächsten, durch quastenbesetzte Stoffbahnen in den sich kräuselnden Wänden aus Seide und goldgewirktem Tuch, mit Webteppichen in Smaragdgrün und Magentarot. Zwei der Zelträume waren Badekammern, mit goldenen Wannen und goldenen Krügen, mit Booten aus Edelstein, um damit in dem mit Duftstoffen aromatisierten Wasser zu spielen. Ein besonders großer Raum enthielt Bücher und Schriftrollen sowie andere Gegenstände von außerordentlichem Wert.

Es gab auch Räume zum Speisen und um sich zurückzuziehen und zu schlafen und zu reden und Musik zu genießen … mit weichen Kissen, Instrumenten, Tischen, Liegen. All diese Dinge mussten bei jeder Verlagerung der Armee verpackt und transportiert werden, aber der Fürstin Veriam stand ja eine Horde von Bediensteten zur Verfügung, die sich darum kümmerten – um die Betten zu machen und den Wein zu kühlen und den Tee zu bereiten und die Wasserpfeifen anzustecken, um die Hufe ihrer Kutschpferde mit Gold und Silber zu beschlagen und ihr Luft zuzufächern, wenn es ihr zu warm war.

»Das ist mein Name«, sagte Lizra, wobei sie eine goldene Scheibe über ein farbiges Brett aus Onyx und Perlmutt warf, an dem sie und Tanaquil sich in einem komplizierten Spiel maßen. Überall standen Kästen mit Spielen herum. Genau wie die Bücher und Gemälde und Kästchen mit Edelsteinen, so waren auch sie von verschiedenen eroberten Orten hergeschafft worden. »Ich heiße Lizora Veriam. Lizra ist so etwas wie ein Kosename.«

»Dein Vater hat dich bei deinem Kosenamen gerufen?«, fragte Tanaquil. Zorander, ihr gemeinsamer Vater, war ihr mitnichten wie diese Art von Mann vorgekommen.

Lizra antwortete nicht, sondern schob ein kleines Aquamarin-Schloss auf dem Brett an eine bestimmte Stelle. »Du bist dran.«

»Ich habe vergessen, was ich machen muss.«

»Ja, es ist ziemlich schwierig. Wir wollen für eine Weile aufhören zu spielen. Nimm dir eine marinierte Mandel.«

»Nein, danke. Der Grummel mag auch keine mehr.« Der Grummel, der sich erhoben hatte, ließ sich wieder auf sein Kissen nieder. Im Lauf des Tages und am Vorabend hatte er, gleich nach ihrer Ankunft, so viel gegessen, dass er sich kaum noch bewegen konnte. Er rülpste leise und schloss die Augen.

»Dann vielleicht eine gezuckerte Traube? Oder diese Kandisfrüchte, sie sind sehr gut.«

»Nein, danke.«

»Tanaquil«, sagte Lizra, »du vermittelst den Eindruck von Unbehagen.«

»Ach, wirklich?«, gab Tanaquil zurück.

»Es tut mir Leid, dass ich dir diesen Streich gespielt habe. Irgendwie dachte ich, ich hätte dir meinen offiziellen Namen schon zuvor genannt, dass du ihn kennen würdest und jetzt nur so tun könntest als ob … oder dass du ihn vergessen hättest. Ich wollte dich nicht ärgern.«

»Nein, nein, ist schon in Ordnung. Ich meine, ich glaube, auf irgendeine unerklärliche Weise habe ich schon Bescheid gewusst. Er hat mir Angst gemacht – dieser Prinz Honj. Aber auch das war ein Spaß. Es hatte den Anschein, als ob er Spaß machen würde – aber manche Menschen verhalten sich so, wenn sie anderen Schaden zufügen wollen.«

»Honj ist ziemlich gefährlich«, sagte Lizra. Sie klang stolz, schließlich hatte sie ihn entdeckt. »Aber ich habe ihm schon vor ewigen Zeiten von dir erzählt. Dass ich das Gefühl hatte, du könntest in einer Gegend unterwegs sein, wo du es wirklich warst. Du siehst also, du und ich, wir sind tatsächlich eng miteinander verbunden. Auch wenn du weggegangen bist.«

»Ich bin nicht einfach so weggegangen. Ich habe dich gebeten mitzukommen.«

»Du wusstest genau, dass das nicht ging. Du hast meinen Vater kennen gelernt und erfahren, wie sein Wesen ist. Ich hätte ihn niemals verlassen können.«

Tanaquil antwortete nicht. Sie versuchte sich an die Regeln des Brettspiels zu erinnern, schüttelte einen Elfenbeinwürfel aus einem Elfenbeinbecher und warf eine Platinscheibe. Dann hielt sie inne, als ob sie überlegte, und betrachtete die Anordnung von Burgen, Kriegern, Schiffen, Streitwagen aus Edelsteinen und kleinen Tieren aus Quarz und Jade.

Dies war das erste Mal, dass sie allein miteinander waren. Richtig allein, ohne Lizras viele Bedienstete, die aufgeblasenen Hauptleute und ihre Armee von schmeichelnden Höflingen und Ratgebern, das ganze Gefolge einer großen und mächtigen Person. Und natürlich Prinz Honj, der nichts dergleichen war. Wie alle von Lizras früheren Freunden – wie auch Tanaquil zu einem bestimmten Zeitpunkt – war Honj mit dem Titel *Prinz* ausgezeichnet worden, um ihm einen angemessenen Status zu verpassen. Er war ein Söldnerhauptmann von Nirgendwo gewesen, mit einem unsteten Lebenswandel. Mit einer Armee von fünfzehn Mann unter seinem Befehl – den so genannten Wanderheuschrecken – sowie einer bestimmten List zum Einnehmen von Städten, die manchmal funktionierte, war er zu Lizra gestoßen; er war neunzehn Jahre alt. Lizra hatte ihn von

Anfang an gemocht, sehr sogar. Jetzt war er also ein Prinz und die Wanderheuschrecken streiften herum und taten, was *ihnen* gefiel. Sie hatten das verlassene Dorf geplündert, auf der Suche nach einheimischem Wein. Dort hatten sie dann Tanaquil gefunden, und Honj, der mit Lizras Geheimnis vertraut war, hatte sie erkannt.

Tanaquil hatte in der ersten Nacht, als sie verzweifelt versucht hatte, in einem der prächtigen Schlafräume des Zeltes Schlaf zu finden, immer wieder Honjs spöttische Stimme gehört: *Sag mal, ist dein Haar bei Tageslicht rot?*

An diesem Morgen, nachdem bis tief in die Nacht hinein gefeiert worden war (im goldenen Zelt), wobei Tanaquil sehr wenig und der Grummel schrecklich viel gegessen hatten, und nach einer schlaflosen Nacht, hatte Lizra mit ihren Befehlshabern eine Kriegskonferenz abgehalten. Und jetzt, an diesem Nachmittag, saßen sie beisammen, allein. Und spielten dieses blöde, allzu komplizierte Spiel.

Lizra vermittelte den Eindruck von Gelassenheit, aber ohne Zweifel entsprach das nicht der Wahrheit. Sie hatte nichts erklärt, behandelte Tanaquil mit Zuneigung und so – ja, als hätte sie, Lizra, ein Recht auf Tanaquils Anwesenheit. Tanaquil ihrerseits war davon nicht besonders begeistert, denn sie war sich ihrer Gefühle gegenüber Lizra nicht sicher.

War das überhaupt noch Lizra? Oder nur noch Lizora Veriam, die herrschende Prinzessin aus der Stadt am Meer, Fürstin von fünf Ländern?

»Es gibt vieles, das ich dich fragen möchte«, sagte Tanaquil schließlich.

»Natürlich. Deshalb sind wir ja allein.«

Tanaquil empfand das als leicht bevormundend. Lizra drückte damit aus: Ich kann deine Bedürfnisse voraussehen und habe mich bereits darum gekümmert. Oder?

»Nun, wie ist all dies geschehen?«

»Was?«, erwiderte Lizra.

Tanaquil holte tief Luft. »Dass du inzwischen fast mehr als nur eine fürstliche Herrscherin bist. Stimmt es, dass du versuchst, jedes Land von hier bis zum Meer zu erobern? Ich meine, das andere Meer … die Gerüchte sind widersprüchlich. Warum tust du das?«

»Oh«, sagte Lizra und lehnte sich zurück, lächelte. Ihr Gesicht wirkte klug und rein und sehr schön. Sie sah aus – als ob sie eine Vision erblickt hätte, etwas Wundervolles. Etwas Vollkommenes. Wie – wie die vollkommene Welt. »Oh, das ist eine lange Geschichte. Und dann auch wieder nicht. Es ist das Einfachste von der Welt, Tanaquil. Ich bin so froh, dass du hier bist, denn ich wollte unbedingt mit dir sprechen. Ich habe von dir geträumt und davon, wie ich dir alles erzähle. Aber du warst nicht da.«

»Jetzt bin ich da.«

»Ja. Ist das nicht gut? So sollte es sein. Ich wusste, dass ich dich finden würde.«

»Er hat mich gefunden.«

»Er hat dich für *mich* gefunden.«

Tanaquil blickte auf das Spielbrett. Sie bewegte ein Schiff aus Amethyst, dann sagte sie: »Also, Lizra, erzähl mir, wie es ist, eine so mächtige Fürstin zu sein.«

Lizra zog die Knie an und verschränkte die Arme darum herum. Sie sah kindlich aus, vertrauensvoll. Doch ihr Kleid war aus Silber und darüber trug sie eine juwelenbesetzte Brustplatte. Tanaquil hatte das Wappenzeichen bereits bemerkt. Das Symbol von Lizras Armee war ein Einhorn.

Lizra sagte: »Zorander, mein Vater, ist tot. Er lebte nur noch einen Monat lang, nachdem du … nachdem wir getrennt wurden.«

»Das tut mir Leid.«

»Mir auch. Er war auch dein Vater.«

»Ja, aber … ich habe ihn niemals als solchen empfunden.«

»Nun, er machte es einem nicht leicht, seine Tochter zu sein.

Und gegen Ende war er fordernd und gereizt – wie ein kleiner Junge. Ich fühlte mich um einiges älter als mein Vater, Tanaquil. Und dann starb er mitten in der Nacht, während ich schlief. Ich habe es erst erfahren, als man mir die Nachricht überbrachte.«

Tanaquil saß schweigend da und fragte sich, ob sie versuchen sollte, ein Gefühl aufzubringen.

Ihr kam der Gedanke, dass eines Tages Jaive, ihre Mutter, ebenfalls sterben würde. Würde auch dann nur diese unbehagliche Leere bleiben, dieses *Nichts?*

»Das muss schrecklich gewesen sein«, sagte Tanaquil. »Bestimmt hast du mir Vorwürfe gemacht, denn ich habe dich ja verlassen. Das war mir nicht klar.«

»Ich hatte ein starkes Gefühl von Kälte«, stimmte Lizra ihr zu. »Schon seltsam. Ich war ja immer viel allein gewesen, doch in dem Moment war ich es ganz und gar.«

»Hat dir irgendjemand geholfen?«

»O nein. Es liefen nur die üblichen offiziellen Vorgänge ab: endlose Prozessionen, die Beerdigung. Alles war in Schwarz gehüllt und die Fahnen schleiften durch den Staub. Und dann – wurde ich zum Fürsten gekrönt. Verstehst du, wenn du Herrscher wirst, kannst du keine Frau sein. Also, *Fürst* Lizora. Ich musste ein Kleid tragen, das mit so viel Gold geschmückt war, dass ich wirklich nicht gehen konnte. Zwei ausgewachsene Männer mussten mich tragen.« Tanaquil verzog das Gesicht. »Und dann musste ich mich den Leuten zeigen, in der Staatskarosse und mit dem Diadem der Stadt auf dem Kopf. Es war windig und stickig heiß und alles lastete schwer auf mir. Doch plötzlich brach die Menge in stürmischen Jubel aus. Es waren Laute, wie ich sie noch nie gehört hatte.«

»Man hat dir schon immer zugejubelt«, entgegnete Tanaquil.

»Ja. Als Tochter meines Vater. Aber jetzt war ich der Fürst, wenngleich mir die Bezeichnung Fürstin mittlerweile doch angemessener erscheint. Dieses Tosen … ich kann es nicht beschreiben. Es war wie das Meer. Nein, es war wie eine Woge der Welt.«

Lizras Gesicht war blass und drückte so etwas wie Heiligkeit aus.

Tanaquil wartete. Schließlich sagte sie: »Und ... das hat dich verändert.«

»Ja. Ich wusste, dass du es verstehen würdest. Die Menschen hatten sich mir hingegeben, hatten sich meiner Obhut anvertraut. Ich stand zwischen ihnen und Gott. Ob mein Vater das jemals auch so empfunden hat? Es ist mehr, als nur König oder Kaiser zu sein. Man ist ein *Priester.*«

Tanaquil lauschte in das Innere ihres Kopfes und versuchte, die Laute des Jubels so zu hören, wie Lizra sie gehört hatte. Von weit, weit her drangen sie zu ihr, und die zarten Haare in ihrem Nacken stellten sich auf.

Lizra lächelte freundlich.

»Bestimmt hört sich das sehr seltsam an. Wie auch immer, ich wusste, dass ich eine besondere Rolle übernommen hatte. Und dann gab es einen Zwist mit einem Nachbarland, ich setzte meine Armee ein, kämpfte und gewann. Danach erkannte ich allmählich den Plan.«

»Welchen Plan?«

»Den großen Plan. Den Weg zur Beendigung allen Unglücks. Um diese Welt vollkommen zu machen.«

Tanaquil hatte davon gehört, dass Leute manchmal weiß wurden, und jetzt erlebte sie, wie ihr selbst dies geschah. Sie brachte kein Wort heraus, doch das war auch nicht nötig.

»Derzeit gibt es keine Einheit. Jeder streitet mit jedem. Damit das Zusammenleben funktioniert, muss man ein einziges System für alles haben. Und demzufolge bedarf es einer einzigen herrschenden Macht. Tanaquil, ich werde die Welt erobern und sie in Ordnung bringen. Ich erinnere mich – du hast mir davon erzählt –, dass du den makellosen Ort hinter der magischen Pforte am Meer erblickt hast. Wohin das Einhorn gegangen ist, woher es gekommen war. Und unsere Stadt war die Einhorn-Stadt, das ist unser Wappenzeichen. Vater hatte es abgeschafft und ich habe es wieder eingeführt. Ich trage es auf meiner Fahne.«

»Ich weiß.«

»Ich kann *diese* Welt zu einer vollkommenen Welt machen. Ich kann Schluss machen mit Schmerz und Elend. Für alles wird es Gesetze geben. Meine Ratgeber sind gerade dabei, sie auszuarbeiten. Keine Kriege mehr – wir alle werden eins sein. Keine Krankheiten – weil alle Ärzte zusammenarbeiten werden, um Heilungsmöglichkeiten zu finden. Kein Neid – jeder wird die gleichen guten Voraussetzungen haben. Keine Armut, kein Zorn.«

»Aber …«, setzte Tanaquil an, verstummte jedoch gleich wieder, denn Lizra hatte sie nicht gehört. Tanaquil versuchte es erneut: »Was ist mit der Freiheit?«

Lizra runzelte leicht die Stirn. »Freiheit?«

»Du wirst Sklaven machen, Gefangene und Sklaven, die alles tun müssen, was du befiehlst.«

»Ich weiß, was zu tun ist«, sagte Lizra. »Na ja, eine Zeit lang werden sie bekümmert sein, doch dann wird alles wundervoll und sie werden mir danken. Zum Beispiel wird sich jeder, der jung ist, in Blassgrün kleiden.«

»Angenommen, jemandem gefällt Blassgrün nicht?«, warf Tanaquil ein.

Lizra sagte: »Aber es wird ihnen gefallen. Und es wird Feste für die Jungen geben. Natürlich wird es auch Feste für die älteren Leute geben …«

»Welche Farbe werden *die* tragen?«

Lizra lachte. »Du siehst so streng aus. Ich erkläre die Dinge nicht richtig, sie machen mich so aufgeregt. Aber, Tanaquil … es gibt etwas, das ich dir zeigen möchte. Ich wollte eigentlich damit warten, aber das wäre nicht richtig. Ich möchte, dass du das mit mir teilst. Und ich brauche deine Hilfe.«

»Bestimmt nicht.«

»Komm! Lass den voll gefressenen Grummel hier, er schläft ja tief. Komm mit!«

Sie verließen das goldene Zelt, und sogleich bot sich ihnen das Schauspiel der Armee. Anscheinend hatte der Hauptteil der Streitmacht in drei Richtungen Gefechtstellung bezogen, jede Abteilung weniger als eine Stunde weit entfernt, die Zahl der hier Anwesenden belief sich auf höchstens fünfhundert. Dennoch waren sie sehr emsig. Hämmer klangen, Trommeln dröhnten, Pferdehufe klapperten.

Ganz in der Nähe unterzog Prinz Honj seine Männer einem strengen Drill. Sie waren jetzt eine Gruppe von fünfundzwanzig Kriegern, alle eindrucksvoll in Schwarz gekleidet, mit dem Wappenzeichen der Wanderheuschrecken, das gleich unter der linken Schulter in Gold eingestickt war.

Honj wandte sich um, als Lizra aus dem Zelt trat; er warf die Arme hoch und brüllte: »Die Fürstin!«

Augenblicklich brachen die am nächsten stehenden Soldaten in Jubelrufe und Beifall aus.

Lizra lächelte erneut; dann lächelte sie Honj an.

Beflissen kam er herbei. Er trug einen langschnabeligen blauen Samthut, und darunter strahlten seine großen Augen in bleiernem Blau. Tanaquil war fasziniert.

»Herrin!« Honj vollführte einen makellosen Kniefall.

Lizra kicherte, beherrschte sich jedoch.

»Steh auf, Dummkopf. Deine Männer machen einen ordentlichen und gesunden Eindruck.«

»Das sind sie auch. Sollen wir wieder ein Dorf überfallen und dir noch eine Schwester bringen?«

»Die hier reicht vollauf.«

Honj betrachtete Tanaquil. Sie spürte einen Funken von Wut, als er seine närrische Kopfbedeckung lüpfte und sich verneigte.

»Ich bringe sie hin und zeige es ihr«, sagte Lizra.

»Sehr wohl.«

Lizra schritt über das Gras davon und die Soldaten brüllten und winkten und schlugen mit Fäusten und Messern auf ihre Schilde. Honj hatte sich erhoben, und als Tanaquil an ihm vorbei ging, murmelte er: »Sie hat gelächelt, hei, hei!« Sie hätte ihn umbringen können.

Sie gelangten zu einem weiteren riesigen Zelt; es war sehr hoch und schwarz und stand hinter mehreren Reihen von Männern, die sich erhoben und johlten, als Lizra an ihnen vorbeischritt.

Das Zelt wurde von zwanzig Soldaten bewacht, die ihre Speere senkrecht aufrichteten – geschäftsmäßig, mechanisch – und nicht johlten.

Lizra betrat das Zelt und Tanaquil folgte ihr.

Nach dem hellen Sonnenschein in der Ebene war es im Inneren ungewohnt dunkel.

Lizra sagte: »Für gewöhnlich habe ich Diener dabei, die die Lampen anzünden, aber diesmal mache ich das selbst. Ich wollte dich unbedingt hierher bringen.«

Tanaquil dachte: Will sie mir schmeicheln? Mir das Gefühl geben, erwünscht zu sein?

Aber Lizra huschte weiter, hob einen Wachsstock, den sie an einer Zunderbüchse entflammt hatte, hoch; Schwinglampen an Messingketten leuchteten auf.

In dem Zelt war ein Wall, ein hoher Wall. Eine Anhäufung von schwarzem Stoff, zwischen zwanzig und zweiundzwanzig Fuß hoch. Das erinnerte Tanaquil an etwas. Was …?

Da fiel Tanaquil der Saal ihrer Mutter ein sowie das Einhorn, umwallt von Vorhangstoff, und der Schuss geballter Magie … Aber das hier war etwas anderes.

Lizra ruckte an einer schwarzen Seidenkordel.

Der Damm aus Stoff fiel und da …

»Was hast du getan?«, rief Tanaquil.

»Ist das nicht großartig?«

Tanaquil starrte gebannt etwas an, das sie schon einmal gesehen hatte. Aber eigentlich war es auch wieder nicht so.

Das Einhorn stand reglos da, ein Riese. Größer als der Elefant, den sie im Süden gesehen hatte, eher wie eine Mauer oder wie ein Gebäude. Es *leuchtete*. Es war, genau wie die Fürstin es gewesen war, ein Geschöpf aus Gold; ein goldener Körper, so feingliedrig und schmal wie der eines Rennhundes; ein flammender Schweif, Behänge aus gesponnenem Licht. Es ragte hoch vor ihnen auf, eine Lichtgestalt. Den Körper krönte der schlanke Kopf mit der feurigen Mähne und aus dem Kopf, dessen Augen wie scharlachrote Kristalle glühten, wie *Blut* stach der Sonnenstrahl des goldenen Horns hervor.

Aber es war nicht echt, nicht aus Fleisch und Blut – und auch nicht Magie.

Es war eine Maschine.

Lizra deutete darauf und sagte: »Es besteht aus Eisen, Tanaquil, ist aber mit Gold überzogen. Und alle Gelenke und Antriebe und Zahnräder sind aus feinstem Messing. Es bewegt sich, wenn man ein Feuer in seinem Bauch entzündet. Der Dampf setzt es in Gang. Nur … nur funktioniert es nicht. Sie bringen es einfach nicht fertig, dass es irgendetwas tut. Wir haben eine von der Hauptarmee getrennte Einheit geschaffen, um den Kunsthandwerkern genügend Zeit dafür zu geben, aber sie sind Nichtskönner.« Tanaquil wartete, während ihr Herz schmerzhaft pochte. Lizra fuhr fort: »Das ist das Wappenzeichen meiner Armee, Tanaquil. Das Symbol dessen, was ich möchte und beabsichtige. Das Symbol der Eroberung, der Macht, meines gottgegebenen Rechts, die Welt in Ordnung zu bringen. Und natürlich erinnere ich mich, dass du *alles* reparieren kannst. Dass du alles zum Laufen bringen kannst. Und jetzt bist du hier. Gerade zum richtigen Zeitpunkt.«

17

Nein, Lizra war nicht mehr dieselbe. Oder sie war das geworden, was sie immer schon gewesen war: die Tochter ihres Vaters.

Als die abendlichen Schatten heraufzogen, setzte Tanaquil sich auf eine Couch und dachte über das Geschehene nach. Bald sollte wieder ein Fest stattfinden: mit Gerichten von gebratenem Fleisch und gebackenen Früchten sowie Pasteten und Süßspeisen und hundert anderen Dingen. Prinz Honj würde mit seinen drei Leutnants einlaufen. Gauner, Rübe und Muck. Die Favoriten ihrer Majestät würden kommen. Die Hauptleute.

Morgen sollten sie ihren Marsch fortsetzen, nachdem sie sich wieder den anderen drei Abteilungen der Armee angeschlossen hätten. Dann würde ihr Weg sie in Richtung Stadt führen – zu der Stadt, aus der Lady Mallow und Lord Ulp geflohen waren. Wahrscheinlich eine Belagerung, hatten sie beiläufig erklärt, während sie ihre Kanonen geölt und ihre Speere geschärft hatten.

Lizra hatte Tanaquil um das goldene Einhorn herumgeführt und ihr dessen Gelenke und die mit vergoldeten Nieten zusammengehämmerten Nähte gezeigt. Sie hatten es fertig gebracht, *unter* dem Bauchbogen hindurchzugehen, allerdings mit einem ziemlich unguten Gefühl, vielleicht deshalb, weil ständig die Gefahr drohte, dass es auf sie herabstürzte. Lizra hatte ihr die Klappen gezeigt, wo verbrauchtes Brennmaterial entfernt wurde und die Neubeladung mit Treibstoff stattfand, indem heiße Kohlen in den Befeuerungsbauch des Einhorns geschaufelt und heißes Wasser in Rohre gefüllt wurde. Lizra hatte erklärt, dass eine kurze Treppe mit einer Plattform aufgestellt werden sollte, damit Tanaquil in das Innere des Einhorns gelangen konnte, wo sich die Zahnräder und Pleuelstangen befanden, die nicht funktionierten.

Tanaquil hatte gesagt: »Du denkst bestimmt daran, wie ich die Einhorn-Pforte instand gesetzt habe.« Dann stutzte Tanaquil kurz und überlegte, was sie damals Lizra über die Pforte und die Welt jenseits davon erzählt hatte. Ihr kam es so vor, als habe sie sehr wenig von der vollkommenen Welt preisgegeben, wenn überhaupt irgendetwas. Dennoch wusste Lizra Bescheid, als ob sie ihre Gedanken hätte lesen können. Tanaquil fügte hinzu: »Aber das ist nicht dasselbe.«

»Ich weiß, dass du außerordentlich begabt bist«, sagte Lizra, und aus ihrem Gesicht strahlte ein reizendes, aber falsches Lächeln von der Art, wie sie es einzusetzen pflegte, um halsstarrige alte Ratsmitglieder oder widerspenstige feindliche Befehlshaber für sich zu gewinnen.

»Danke«, sagte Tanaquil.

Sie dachte: Ich habe den weiten Weg zurückgelegt, habe die vielen Meilen hinter mich gebracht, habe riesige Bäume und sprechende Statuen, ferne Seen und Berge gesehen – um zurückzukommen und so etwas zu tun, um eine Reparatur an einem absurden Gebilde durchzuführen.

Aber es war noch viel schlimmer.

Lizra hatte das Einhorn zum Symbol ihrer Macht gemacht; zum Symbol ihrer Eroberungsmission – die nichts und niemanden ausließ. Und es hatte nicht funktioniert.

Doch jetzt war die pfiffige Tanaquil da, um es zum Funktionieren zu bringen.

Ich bin den weiten Weg gekommen, um den Krieg zu verherrlichen und zu unterstützen.

Tanaquil fühlte sich elend.

Als sie aus dem von Lampen erhellten Zelt der Einhorn-Maschine ins Sonnenlicht hinausgetreten waren, eilten einige Männer herbei, und diese wurden lediglich von Lizras Soldaten mit überkreuzten Speeren aufgehalten. All diese Männer waren in Schwarz und Rot gekleidet und ihre Gürtelschnallen hatten die Form von gekreuzten Hämmern und Sicheln: das

Gildezeichen der Kunsthandwerker, wie sich Tanaquil voller Missvergnügen erinnerte.

Die Männer verneigten sich tief.

»Fürstin«, sagte der größte der Männer, der – dem Gott sei Dank – nicht Wusch war (nie würde sie die Scherereien vergessen, die Wusch ihr bereitet hatte). »Uns ist zu Ohren gekommen, dass Ihr das Einhorn sehen wolltet. Man hätte mich davon in Kenntnis setzen müssen. Welche Pflichtvergessenheit!«

»Warum?« fragte Lizra kalt. Eiskalt, genau wie ihr Vater.

»Aber, Majestät – wir haben das Einhorn *gemacht* ...«

»Das habt ihr in der Tat. Ihr habt etwas hergestellt, das nicht funktioniert.«

»Ein Versehen, Hoheit. Wir sind zutiefst zerknirscht. Gebt uns nur eine kurze Zeit, dann werden wir ...«

»Nicht nötig«, fiel Lizra ihm ins Wort. »Diese Dame hier ist eine fähige Zauberin und wird alles in Ordnung bringen.«

Die Mienen der Kunsthandwerker verfinsterten sich.

Tanaquil dachte: ›Dame‹, nicht Schwester. Und ›Zauberin‹. Lizra hatte die Magie zu etwas Rechtmäßigem und Hinnehmbaren erhoben, vorausgesetzt, es war von Nutzen.

Der größte der Kunsthandwerker, der einen albernen kleinen Schnauzbart trug, breitete die Arme weit aus. »Diese Dinge sollten der Gilde überlassen bleiben, Alles Überstrahlende Herrin.«

»Ich bin das Gesetz«, sagte Lizra. »Die Gilden sind meine Diener.«

Damit war das erledigt.

Die Kunsthandwerker verbeugten sich und waren sehr still, als Lizra und Tanaquil zwischen den Zelten davonmarschierten, während die Soldaten wie von Uhrwerken aufgezogen in Jubel und Händeklatschen ausbrachen.

»Meinst du nicht, dass du sie beleidigt hast?«, fragte Tanaquil.

»*Sie* haben *mich* beleidigt.«

Tanaquil dachte: Und das darf man ganz offensichtlich nicht.

Hinter einer Ansammlung von Wagen und Karren, wo Pferde hin und her geführt wurden, befand sich ein weiteres kleines Lager. Jedes der hier aufgestellten Zelte bestand aus goldfarbenen Planen, die klein wie Bienenkörbe waren. Frauen und Männer kochten an Feuern, wie auch sonst überall im Hauptlager, doch als sie Lizras silbergekleideter Gestalt ansichtig wurden, erhoben sich alle, standen stramm und ließen das Essen anbrennen. Wieder andere krochen aus den Zelten heraus, küssten den Boden und dann hörte Tanaquil den alten Ruf, der ihr im Gedächtnis haften geblieben war. *»Lizra! Lizra«*

Lizra sagte liebevoll: »Das sind die Heizer. Sie gehören zum Einhorn. Ich erlaube ihnen, meinen Kosenamen zu benutzen.«

Ein dürrer Mann in einem orangefarbenen Hemd näherte sich, kniete nieder und küsste den Boden.

»Prinzessin, Fürstin!«

»Guten Abend, Beule. Ich habe Neuigkeiten. Bald wird das Einhorn funktionieren.«

»Oh, Herrin«, jauchzte Beule und sah Lizra voller Anbetung an.

»Dann fängt eure Arbeit an«, fügte Lizra hinzu.

»Wir werden eilen, um es zu befeuern«, rief Beule begeistert, »wir gießen das Wasser hinein. Die Hitze versengt uns, aber wen kümmert das schon! Wir sind Eure Dämonen, hohe Dame ...«

»Danke, Beule.«

Beule küsste erneut den Boden.

Eine Frau hob ihr Kleinkind hoch und sagte laut zu ihm: »Sieh nur, da ist die Fürstin. Wenn du groß bist, kannst du damit prahlen, dass du sie gesehen hast.«

»Da ist eine Ameise«, sagte Tanaquil zu Beule, »die versucht, deine Nase hinaufzuklettern.« Beule fuhr sich mit der Hand durchs Gesicht. »Du solltest dich vor Ameisen hüten«, fuhr Tanaquil fort. »Sie verteidigen ihre Königin, sie kämpfen für sie und ziehen für sie in den Krieg, sie tragen schwere Lasten, sie benennen ihre Kinder nach ihr.«

Beule strahlte nur.

Tanaquil wurde bewusst, dass sie sich ungerecht verhielt. Beule hatte gar keine andere Wahl, als sich Lizra gegenüber artig zu zeigen. Und schon wieder küsste er den Boden, während sie weitergingen.

Als sie zu ihrem großen goldenen Zelt zurückkehrten, waren Honj und seine Männer mit unbekanntem Ziel weggeritten. Ein flüchtiger Ausdruck der Enttäuschung huschte über Lizras Gesicht, dann spielte sie wieder die Großartige. Sie ließ Tanaquil ins Zelt ein und führte sie direkt zu ihren kaiserlichen Gemächern.

Fünf Dienerinnen beeilten sich, mehrere prächtige Kleider auszubreiten, damit Tanaquil ihre Garderobe für die Festlichkeit des Abends auswählen konnte; sie und Lizra hatten immer noch die gleiche Größe.

»Am liebsten würde ich das anbehalten, was ich anhabe.«

»Oh! Dieses braune Ding? Nein, such dir bitte etwas Elegantes aus.«

»Erinnerst du dich nicht«, sagte Tanaquil, »wie der Grummel und ich schon mal deine Kleider ruiniert haben?«

»Ich habe tausend Kleider dabei, oder sind es tausend und zehn?«, erklärte Lizra lässig. »Und die eroberten Städte fertigen ständig neue für mich. Letzte Woche ist eins gekommen, das über und über mit Glühwürmchen besetzt ist.«

»Wie grausam«, sagte Tanaquil.

»Nicht doch«, entgegnete Lizra, »sie haben sie zuvor getötet.«

»Ach so, na dann ist es wohl in Ordnung.«

In einem der Zeltgemächer nahmen sie aus Kristallbechern Saft aus Quitten und Pampelmusen zu sich sowie Weißwein, dazu Gebäck auf goldenen Tellern.

»Ich weiß, ich bin eine schlechte Gastgeberin, aber, Tanaquil, dürfte ich dich bitten, schon heute Abend mit der Arbeit am Einhorn zu beginnen? Natürlich nach dem Essen. Wir müssen morgen früh zeitig aufbrechen, verstehst du, und meine Kundschafter haben berichtet, dass die Stadt möglicherweise eine Armee gegen mich ausgesandt hat, wieder einmal. Sehr wahrscheinlich handelt es sich um eine armselige Truppe, aber die Leute können nun mal so schrecklich dumm sein. Sie wollen einfach nicht aufgeben. Ich sage immer, wenn ein Dorf oder eine Stadt sich ergibt, dann werden die Bewohner ehrenvoll behandelt. Aber in der Hälfte der Fälle machen sie es nicht und wir können es nicht.«

»Ihr könnt sie nicht ehrenvoll behandeln?«

»Nein. Es liegt doch auf der Hand, dass wir Exempel statuieren müssen.«

»Ja.«

»Mir gefällt das ganz und gar nicht. Das Niederbrennen ihrer Häuser – und die anderen Dinge. Das Einhorn könnte all dies beenden.«

»Es wird ihnen so große Angst einjagen«, sagte Tanaquil, »dass niemand mehr Widerstand leisten wird.«

»*Richtig.* Genau so ist es.«

»Von wem stammt diese Idee?«, wollte Tanaquil plötzlich wissen. »Die Sache mit dem Einhorn. Von dir – oder von Prinz Honj?«

»Nein, es war meine Idee, denn ich habe das Einhorn aus der Stadt niemals vergessen. Ich habe immer damit gerechnet, dass es eines Tages kommen würde – nicht zu meinem Vater, sondern zu mir. Um mir Größe zu verleihen.«

»Es wollte einfach nur durch die Pforte zurückkehren.«

Aber Lizra hörte nicht zu.

Nun, da Tanaquil mit ihrem geliehenen Kleid, einem Gebilde aus weißer Seide und blauen Perlen - immerhin kein blasses Grün –, allein in ihrem Zimmer war, dachte sie über Lizora Veriams Kriegseinhorn nach.

Lizra war als Zoranders Tochter aufgewachsen, das an sich genügte schon. Und dann ihre Freundinnen – die neidischen, reizbaren Mädchen von der Straße, die Tochter des Straßenkehrers, die versucht hatte, Lizra die Kehle durchzuschneiden, aber ... ›Die arme Yilli war mein Fehler‹, hatte Lizra gesagt. Sie hatte Yilli kopfüber aus dem Fenster gehalten und dann entkommen lassen. Jetzt würde Lizra Yilli wahrscheinlich fallen lassen. Oder doch nicht?

Jedenfalls hatten ihre Freundschaften ihren Höhepunkt in Prinz Honj gefunden.

Tanaquil dachte: Angenommen, ich kann das Einhorn nicht reparieren, bringe es nicht zum Funktionieren?

Was dann? Würde Lizra das Interesse verlieren?

Ihr fiel auch wieder ein, wie sich Lizra schon einmal von ihr verabschiedet hatte, indem sie ihr Schmuck aufgedrängt hatte.

Von draußen drang Lärm herein: Rufe, Pferdegetrappel, Gelächter. Die Wanderheuschrecken waren zurückgekehrt und führten etwas im Schilde. Sie waren begnadete ›Spaßvögel‹.

Tanaquil runzelte die Stirn.

Ich bin eifersüchtig, dachte sie. Würde ich meine Schwester mehr mögen, wenn ich sie endlich für mich allein hätte?

Der Grummel, der im fürstlichen Gemach geschlafen hatte, wachte für die Festlichkeit auf.

Es fand keine ernsthafte Unterhaltung statt, da morgen das ernsthafte Geschäft des Eroberns wieder aufgenommen werden sollte.

Honj, der zu Lizras Rechten saß, erteilte den Anwesenden eine kurze Lektion über Wüstentiere, insbesondere Grummel.

Die Tafel war lang und gedeckt mit weißem Damast, mit aufgestickten großen roten und blauen Rosen. Die Teller bestanden aus dem üblichen Gold, die silbernen Weinkelche zierten eingefasste Edelsteine. Manchmal wurde ein Gast aufgefordert, einen der Kelche zu behalten. Er oder sie pflegte dann in

Glückseligkeit zu schwelgen, als ob sie in den Himmel eingeladen worden wären. Es gab keine anderen Schoßtiere.

Die Leute tätschelten den Grummel, der anscheinend gewillt war, seine Darstellung von widerlicher pelziger Schnuckeligkeit, die Lady Mallow so sehr geliebt hatte, weiterhin zu geben. Er schmiegte sich an die Seite von Hauptmannsgattinnen, schnalzte sie mit der Zunge an und beäugte mit gelben Glupschaugen sehnsüchtig ihre Speisen, bis sie ihn fütterten.

»Eines der intelligentesten Tiere der Wüste«, erklärte Honj. »Zum Beispiel hat es den Anschein, dass sie sogar sprechen können.«

Tanaquil versuchte, sich ihre Wut nicht anmerken zu lassen. Honj war offenbar in das Geheimnis von Grummels magisch erworbenem und häufig unseligem Trick mit dem Sprechen eingeweiht.

»Grummel«, sagte Honj und der Grummel sah ihn an, ein bisschen weniger schnuckelig, dafür etwas gespannter lauernd. »Fang!« rief Honj, wobei er drei Scheiben Fleisch warf und dabei mehrere Leute bespritzte.

Der Grummel fing das Fleisch auf, das kurz aus seinen Lefzen troff wie ein brauner Bart und dann verschwand.

»Wie fandest du das?«, fragte Honj. »War das gut?«

»Gut«, bestätigte der Grummel. »Mehr?«

Ein paar der Gäste brachen in laute Rufe aus.

»Es handelt sich lediglich um Gebell«, sagte Honj leichthin. »Es hört sich nur so an wie etwas, das ihr zu hören erwartet. Fragt Lady Tanaquil, die stolze Besitzerin.«

Tanaquil erwiderte: »Naturgemäß erklärt der Prinz die Dinge viel besser, als ich es jemals könnte.«

Honjs Miene nach zu schließen erwog er, auch ihr eine Scheibe Fleisch ins Gesicht zu werfen. Er sah davon ab.

»Nun«, sagte der Prinz, »vielleicht möchte der Grummel etwas hiervon probieren?«

Der Grummel, auf der Hut, aber entschlossen, tapste geradewegs über den Tisch, wobei er mit dem Schwanz ein Salzbehältnis und jemandes Wein umstieß. Honj bot ihm seinen Teller dar, der Grummel murmelte: »Gut, ja, essen, essen« und vergrub die Schnauze in den scharf gewürzten Speisen. Gleich darauf hob er den Kopf, die Nase gerümpft und die Augen geschlossen.

Honj riss seinem Nachbarn die Samtkappe vom Kopf und fing das gewaltige Niesen des Grummels darin auf.

Alle lachten, mit Ausnahme des Nachbarn, eines altgedienten Truppenbefehlshabers, und der Grummel, der sich nun erleichtert hatte, machte sich wieder über Honjs Abendessen her. Honj zog einen anderen Teller zu sich her, füllte ihn und setzte seine Mahlzeit fort.

Der Truppenbefehlshaber schüttelte missmutig seine Kappe auf den Boden aus.

Nicht lange danach schlug ein Diener eine Glocke an, wie an den vorangegangenen Abenden. Mitternacht. Stille senkte sich herb.

Lizora Veriam erhob sich in ihrem fransenbesetzten Kleid in Karmesin- und Purpurrot.

»Mitternacht. Auf das Heilige Tier!«, rief sie.

Die anderen Gäste waren ebenfalls aufgestanden und fielen in ihren Trinkspruch ein.

Auch Tanaquil folgte wütend ihrem Beispiel, so wie sie es am Abend zuvor getan hatte.

Und zu ihrem zusätzlichen Ärger blinzelte Honj ihr über seinen Becher hinweg zu.

Es war der alte Trinkspruch der Stadt am Meer, der Trinkspruch zu Ehren des Einhorns.

Sie selbst hatte es Lizra erzählt! Sie hatte es ihr tatsächlich erzählt. Jedenfalls genug. Das Einhorn gehörte ihnen nicht. Es war das Geschöpf der vollkommenen Welt.

Und jetzt das.

Als sie sich wieder setzten, raunte Lizra ihr leise zu: »Es ist so lieb von dir, Tanaquil, dass du dich heute Abend noch darum kümmerst, obwohl du bestimmt müde bist. Ich bin dir überaus dankbar.«

Dann forderte Lizra alle Anwesenden auf, ihre Trinkgefäße *und* ihre Teller zu behalten. Der Grummel nicht ausgenommen.

Sie stand auf und Honj folgte ihr, wie er es gestern schon getan hatte, wie er es anscheinend immer tat. Durch den Speisesaal und hinaus. Durch das Zelt. In das goldene Schlafzimmer mit den tausend und zehn Kleidern und in das wie ein Stern geformte Bett.

Ich kann sagen, ich habe es versucht. Und nichts hat geklappt.

Tanaquil war von vier Dienern mit Fackeln und vier Soldaten mit Schwertern zu dem schwarzen Zelt mit der unheimlichen Maschinerie geleitet worden.

Der Grummel war die halbe Wegstrecke mitgegangen. Dann, als ihm endlich die Nacht in die Nase stieg, rannte er mit einem genuschelten »Düngen tun« davon.

Sie verneigten sich und salutierten, als sie sie ins Zelt einließen, und zwei der Diener huschten umher, um die Lampen anzuzünden.

Das Ungeheuer stand da wie zuvor, nur dass jetzt Stufen an seiner Seite hinaufführten, deren oberste eine Plattform unter einer geöffneten Klappe bildete. Zahnräder und Triebwerke glänzten dort, und die Dunkelheit hielt sich wie verdichtete Nacht, als die Lampen aufleuchteten.

Auf der Plattform lag feines Werkzeug, das Tanaquil nicht brauchte, weil sie ihr eigenes mitgebracht hatte. Außerdem war da ein samtbezogener Sessel mit Kissen, ein Tablett mit schmackhaften Kleinigkeiten, eine Kanne Tee, Wein und sogar ein Fleischknochen – vermutlich für den Grummel.

Die Diener entfernten sich unter Verneigungen aus dem Zelt, und die Soldaten stellten sich in strammer Haltung davor auf. Niemand konnte hereinkommen, niemand konnte hinaus.

Tanaquil hatte an diesem Nachmittag zu Lizra gesagt: »Angenommen, ich traue es mir nicht zu. Angenommen, ich glaube nicht so richtig daran, dass ich …«

Und Lizra, die Lizora Veriam war, hatte sanft gesagt: »Nun ja, Tanaquil. Aber ich kann es nicht zulassen, dass du mich verlässt. Wir waren so lange getrennt. Ich könnte dich niemals gehen lassen.«

Mit anderen Worten: *Auch du bist meine Gefangene.*

Mit anderen Worten: *Repariere mein Einhorn, den Gegenstand meiner Macht. Mach es, oder …*

Oder was?

Tanaquil blickte zu der goldenen Flanke des Tiers hinauf. Aber sie sah nur die Nacht, die zwischen seinen Zahnrädern gefangen war. Sie sah nur die Dunkelheit.

18

Es war schwarz wie die Nacht, so schwarz wie alle Nächte der Welt zusammen, und es leuchtete, wie die durch einen Kometen erhellte Nacht leuchtet. Die Mähne und der prachtvolle Schwanz: golden-silbernes Feuer aus dem Meer; Schmuckbehänge wie Feuerschweife. Seine Augen waren rot, und es ragte zu einer Größe auf, die das Fassungsvermögen des Raums überstieg …

Ja, das war das Einhorn gewesen. Dieses Wesen, das aus der vollkommenen Welt gekommen und dorthin zurückgekehrt war.

Mein Einhorn …

Nein, nicht ihres. Nicht Tanaquils. Aber dennoch … das Einhorn, dem sie beigestanden hatte. Das Einhorn, das sie berührt und vielleicht große Magie an ihr vollbracht hatte.

Nicht *das hier.*

Es hatte etwas Großartiges an sich, das sah sie. Glanz und große Kraft. Es stand da wie ein Turm aus Goldmünzen.

Die Augen bestanden aus rotem Glas, hatte Lizra gesagt, in vielen Schichten angelegt. Sie würden glimmen, wenn sich die Hitze im Innern ausbreitete. Es würde, wenn es erst einmal funktionierte, unaufhaltsam voranschreiten, mit stoßenden Füßen, den Feind erschreckend, zermalmend.

Tanaquil stieg von der Plattform und durchquerte das Zelt, den Rücken der goldenen Ungeheuerlichkeit zugewandt.

Sie schlug die Zeltöffnung auf und blickte hinaus.

Die Wachsoldaten – oder Gefängniswärter – waren noch allesamt da, hellwach und reglos wie Zinnsoldaten – genau wie das Einhorn, das sie beschützten.

Was würden sie tun, wenn sie einfach davonmarschieren würde? Wahrscheinlich nicht viel. Jemand würde ihr höflich die Hand an den Ellbogen legen. *Erlaubt, dass ich Euch führe, werte Dame.* Und dann würde man sie entweder zurück ins Zelt oder geradewegs zur Fürstin bringen.

Das Lager lag überwiegend still unter einem mondlosen, bewölkten Himmel, der da und dort von verlorenen Sternen gesprenkelt war.

Auflodernde Feuer erwiderten das Blinken der Sterne; Pferde schnaubten und Männer schnarchten traurig.

Dort drüben die winzigen goldfarbenen Zelte von Lizras Heizern, dunkel und lautlos. Und dort, auf der anderen Seite des Lagers, die riesige goldene Blase, die Lizras Zelt war, immer noch wie ein Leuchtturm erhellt. Wo Lizra neben ihrem gut aussehenden Geliebten lag, Honj.

Das Kamel war in der Nähe der Streitwagenpferde der Fürstin im Stall eingestellt. Alt und geduldig, wie es war, hatte es sich nicht dagegen gesträubt, obwohl die Pferde viel Getue veranstaltet hatten.

Ob es Tanaquil wohl irgendwie möglich wäre, das Kamel zu erreichen? Und würde dann der Schutz ihres – ja, es war für einen Augenblick ihres gewesen – ihres Einhorns auf ihr ruhen, um sie gegen Angriffe zu wappnen?

Tanaquil seufzte.

Oder sie könnte einfach zu dem goldenen Einhorn zurückgehen und es gründlich verpfuschen. Dafür sorgen, dass es niemals funktionieren würde.

Jaive hatte ihr erklärt, dass auch sie eine Zauberin war. Es war eine bekannte Tatsache, dass eine Zauberin unfähig war, etwas, das sie gut beherrschte, ins schlechte Gegenteil umzukehren. Und Tanaquils Begabung war es, Dinge zu reparieren, in Ordnung zu bringen.

Sie dachte an die Sterne der vollkommenen Welt, die am gesamten nächtlichen Himmel Bilder geformt hatten – Könige und Schlangen und Jungfrauen.

Flüchtig füllten sich ihre Augen mit Tränen.

Sie riss sich zusammen. *Sei keine Närrin!*

Etwas raste durchs Lager, flitzte zwischen aufgestapelter Ausrüstung hindurch und sprang über glühende Holzscheite im Feuer, wodurch es kleinere Schwalle von Flüchen und Schreien auslöste. Der Grummel.

»Riesige Nacht!«, schrie er und rannte freudig strahlend zu ihr. »Hab Käfer gesehn wie Knöpfe. Hübsch. Füchse – Jagd machen. *Berg.*«

Er drehte sich um und spähte ins Zelt. »Was da?«

»Komm und sieh es dir an.«

Der Grummel trippelte ins Einhorn-Zelt.

Er sah zu dem Einhorn hinauf. Etwa drei Minuten lang. Dann setzte er sich und kratzte sich leidenschaftlich. Als er damit fertig war, sah er wieder nach oben, diesmal jedoch zur Plattform. Er flitzte mit klatschendem Schwanz die Stufen hinauf und leerte die Tasse Tee, die Tanaquil eingegossen hatte. Dann setzte er sich zum Fleischknochen.

»*Knochen!*«

»Ja. Meinst du nicht, dass du genug gehabt hast?«

»Appetit«, sagte der Grummel, der jetzt manchmal ziemlich lange Worte hervorbrachte.

»Und was hältst du davon?«

»Knochen.«

»Nein, ich meine das goldene Ding.«

»Welches Ding?«, murmelte der Grummel. Seine Aufmerksamkeit ließ nach, während er den Knochen zerbiss, um an das Mark zu gelangen.

Für den Grummel zählte das goldene Einhorn nicht.

Tanaquil stieg die Stufen hinauf und blickte durch die Klappe ins Innere. Vielleicht hatte der Grummel Recht.

Sie steckte die Hände zwischen die Räder und Hebel und Gestänge. Das Ganze fühlte sich starr und tot an. Vielleicht war sie tatsächlich nicht in der Lage, es zu reparieren.

Dann spürte sie, dass an der Sache etwas falsch war. Etwas fehlte, man hatte etwas weggelassen.

Sie wich zurück.

Der Grummel saß in einer Schale mit Kuchen, mampfte an dem Knochen herum, und ansonsten lag eine ausgesprochene Stille über allem. Die Angelegenheit war erledigt. Ein lebenswichtiges Teil war bei der Maschine weggelassen worden und sie wusste nicht, welches es war. Tanaquil setzte sich auf den Samtsessel. Sie brauchte nichts mehr zu tun …

Tanaquil war außer sich vor Zorn. Prinz Honj, der Söldner, ritt auf einem schwarzen Einhorn über die blumenübersäte Ebene. Aber Einhörner waren keine Pferde – man ritt nicht auf ihnen – in der vollkommenen Welt ritt man nicht einmal auf Pferden …

Sie schrie, aber ihr Stimme brach. Er hatte nichts gehört, oder falls doch, dann war es ihm gleichgültig. Übrigens, das Einhorn ließ es sich gefallen …

Der Grummel zupfte an dem weißen Ohrring in Tanaquils linkem Ohr. »Schnecke«, verkündete er.

Aber die Ohrringe, beide, waren keine Schnecken. Sie waren der letzte Schlüssel zur Einhornpforte gewesen und nachdem sie diese entriegelt hatte, hatte sie sie zu Schmuckstücken umarbeiten lassen, damit sie sie niemals verlieren würde und sie niemals mehr benutzt werden konnten.

Der Grummel zog so heftig an ihrem Ohrring, dass er ihr Ohr verletzte.

»Lass das!«, brüllte sie den Grummel an. »Lass das!« brüllte sie auch Honj an.

»Kkrrr«, machte der Grummel.

Er lag warm und schwer mit Kuchen und Knochen auf ihrem Schoß. Er hatte in Wirklichkeit nicht an ihrem Ohrring gezupft, denn sie war in dem Samtsessel eingeschlafen und hatte geträumt.

Die Zeltwände waren von einem blasseren Schwarz und durch die Öffnung schimmerte ein schmaler grauen Streifen: Das Tageslicht kündigte sich an. Die Geräusche im Lager waren bereits anders. Man bereitete sich auf den Weitermarsch vor, um in eine andere Stadt zu gelangen.

Tanaquil hob die Hand zum linken Ohrring und nahm ihn ab, betrachtete ihn. Eine cremefarbene Spirale, ein Fossil.

Sie dachte, wenn es ihr möglich gewesen wäre, die Mitte hinaufzuschieben und das Fossil zu entwickeln, würde die Spiralform sich zum genauen Abbild des Horns eines Einhorns glätten.

Und auf einmal kannte sie sich aus, wusste, was an dem goldenen Einhorn fehlte.

»Nein«, sagte Tanaquil. »Das werde ich nicht tun.«

»Kkrrchpph«, machte der Grummel und drehte sich auf ihrem Schoß in eine gemütlichere Lage um.

Tanaquil saß wie gelähmt da, innerlich brennend. Sie reparierte, darin bestand ihre Zauberei. Und hier hatte sie den Schlüssel für die Reparatur der Maschine, die nicht lief – und sie wollte das alles vergessen. Sie wollte zu Lizora Veriam sagen: Tut mir Leid, ich habe es nicht geschafft.

Aber das entsprach nicht der Natur der Magie. Es war, als ob sie gezwungen wäre …

Ihr kam der Gedanke, dass die Magie vielleicht auch in das mechanische Einhorn eingedrungen sein könnte, und diese Vorstellung hatte etwas Bezwingendes.

Augenblicklich hob sie den protestierenden Grummel von ihrem Schoß, stand auf und ging zu der offenen Klappe an der Seite des Einhorns.

Es leuchtete jetzt nur noch schwach, nachdem die Lampen erloschen waren und bevor die Sonne schien. Wie alter Honig, im Glas eingedickt.

Sie ließ die Hand nach vorn gleiten und etwas zog an ihr und an dem weißen Fossilschlüssel, genau wie der Grummel es in ihrem Traum gemacht hatte. Das Fossil wurde gestoßen, an seinen Platz gezerrt.

Tanaquil warf den Kopf zurück. Sie blickte sich um, völlig verwirrt.

Zumindest brannte in dem Einhorn kein Feuer; es waren Kohlen da, aber sie waren nicht entzündet, und Wasser, aber es stand kalt in den Rohren. Nichts konnte geschehen. Aber andererseits – was hatte Lizra ihr erzählt? – kamen jeden Morgen die Heizer, oder jedenfalls einer von ihnen, und entfachten das Feuer im Kohlebecken in des Einhorns Bauch. Das Feuer erlosch jedoch immer wieder. Und die Heizer gingen weg und jemand erstattete Lizra Bericht.

Die Armee war auf dem Marsch, sie konnte es hören. Die Heizer würden an diesem Morgen nicht erscheinen.

Der graue Streifen in der Zeltwand wurde breiter und jemand huschte geschäftig herein.

Es war der große, dürre Mann in Orange, der Heizer namens Beule. Er bemerkte Tanaquil und vollführte umgehend eine Verneigung beinahe bis zum Boden, so dass sie einen erschreckenden Augenblick lang dachte, er wäre im Begriff, auch vor ihr die Erde zu küssen.

»Morgen, werte Dame. 'tschuldigung, wenn ich störe. Muss die Kohlen anzünden, wa? Mach ich jeden Tag. Wahrscheinlich ist noch nichts fertig, oder?«

»Nein«, antwortete Tanaquil benommen.

»Macht nichts. Mach ich schon. Is'n Ritual und so.«

Er kam fröhlich die Stufen herauf und blieb stehen, um dem Einhorn die Flanke zu tätscheln.

»Wundervolles Exemplar. Ein wahres Weltwunder. Und wenn Ihr es erst mal zum Laufen bringt, dann kann uns nichts mehr aufhalten.«

»Nein.«

Während der vergnügte Beule an ihr vorbeitapste, schlug sie die Klappe in der Seite des Einhorns zu.

Sie sah zu, wie er auf den Rücken des Einhorns kletterte. Er sagte fröhlich: »Meistens muss ich an einem Bein hochklettern, um das zu machen.« Er hob so etwas wie einen Lukendeckel über dem Schwanz, spähte hinunter, dann nahm er ein Stoffknäuel von seinem Gürtel, hielt eine Flamme daran und entzündete es. »So, das wär's«, sagte Beule. »Bald haben wir dich am Laufen«, fügte er, an das Tier gewandt, hinzu. Dann warf er den brennenden Klumpen hinein.

Tanaquil trat einen Schritt zurück, wusste nicht, was sie erwartete. Doch nichts geschah.

Beule ließ sich hinunter, indem er die lockeren Goldsträhnen des Schwanzes und dann schließlich doch das linke Hinterbein benutzte, und landete leichtfüßig wie eine Fliege am Boden.

»Guten Morgen, werte Dame.«

Und war verschwunden.

Der Grummel, der die letzten Reste des Kuchens verzehrte, zappelte, als Tanaquil ihn hochhob. Trotzdem trug sie ihn die Stufen hinunter und sie standen nebeneinander am Boden, der Grummel mit peitschendem Schwanz.

»Will essen«, sagte der Grummel.

»Gibt nichts.«

Der Grummel überlegte. Er hob den Kopf und seine Ohren stellten sich auf.

»Uhren«, sagte der Grummel.

Tanaquil hörte nichts, vermutete aber, das scharfe Gehör des Grummels habe Laute vom Mechanismus des Einhorns vernommen. Stammten sie nur von dem ersterbenden Feuer im Kohlebecken?

Der Grummel legte sich flach auf den Boden, fletschte die Zähne.

Schließlich hörte auch Tanaquil das Ticken, laut und deutlich, als ob kleine Schläge gegen die Innenseite des Metalls hämmerten. Es roch auch nach etwas, schwach und ölig und herb, ein Geruch, den sie auf das Erlöschen der Zündscheite zurückgeführt hatte. Aber er wurde immer stärker.

Vielleicht war das alles ganz normal, nichts weiter als die kurzen Auswirkungen des brennenden Klumpens beim Hinabfallen.

Dann ertönte ein schrilles Kreischen irgendwo oben in der Luft – wie ein Protestschrei. Etwas Steifes und Widerwilliges und Bösartiges schien gezwungen worden, sich zu bewegen.

Tanaquil war schwindelig – nein, das traf die Sache nicht. Es war – es war der goldene Strahl des Horns. Das Horn drehte sich langsam, seine Spiralen bohrten sich scheinbar in die Luft, in eine endlose Ferne …

Das Ächzen von wütendem Metall ertönte erneut.

Der linke Vorderhuf des Einhorns hob sich. Und fiel plötzlich wieder herunter.

»Grummel, komm her, ich muss die anderen warnen …«

Tanaquil packte den zähnefletschenden Grummel, rannte zur Zeltöffnung und ins Freie.

Die Soldaten wandten sich um und versperrten ihr den Weg.

»Es hat angefangen …«, rief sie. »Geht weg! Ihr müsst zurückweichen. Und *sie* müssen es erfahren.«

Die Soldaten sahen einander an. Einer sagte: »Das Einhorn ... sie hat es zum Laufen gebracht.«

Dann erschallte ein schriller, unirdischer Schrei aus dem Inneren des schwarzen Zelts und der Hauch eines heißen, feuchten Windes wehte zu ihnen heraus.

Die Soldaten preschten zur Seite, doch das Lager, im Durcheinander des Aufbruchs, hörte und sah nichts.

Tanaquil dachte: Sie wissen nicht, was sie angerichtet haben, sie begreifen nichts. Unsanft versetzte sie dem nächststehenden Soldaten ein Stoß. »Gib ein Alarmsignal!«

»Geht nicht, Madame. Nur wenn der Fall eintritt, dass wir den Feind sichten ...« Seine Blödheit war umwerfend.

Hinter ihnen schwappte eine weitere Hitzewoge über das Zelt hinweg und jetzt wurde der Lärm immer lauter, erschreckend in seiner Absurdität. Es war, als ob ein riesiger Eintopf überkochte.

Tanaquil klopfte dem Grummel auf den Rumpf. »Lauf!« Er tat, wie ihm geheißen wurde, jagte im Sauseschritt davon, zwischen den Beinen vorbeikommender Pferde hindurch. Tanaquil rief so laut sie konnte: »Das *Einhorn!* Das *Einhorn!*«

Behelmte Köpfe wandten sich um und jetzt waren aufgeregte Schreie zu hören. Männer deuteten zum Zelt, das im Feuerschein pulsierte.

Die Sonne war soeben aufgegangen, ebenfalls verdüstert von der grauroten Farbe, die das Zelt angenommen hatte. Der Himmel war verhangen und unheilvoll.

Das gesamte sich bietende Bild wirkte in diesem hoffnungslosen Licht gespenstisch und Furcht erregend. Die Umrisse von Menschen und Pferden, die großen dunklen Fahnen mit ihren goldenen Einhörnern, die polierten Kanonen auf ihren Karren. Anscheinend bedurfte es nur noch eines kleinen zusätzlichen Schreckens. Und er kam.

Ein entsetzlicher Knall.

Pferde wieherten und bäumten sich auf, Männer heulten auf

und flüchten, Dinge flogen durch die Luft. Ein Strahl blutroter Sonne fiel von der falschen Seite des Himmels herab, aus dem schwarzen Zelt, das sich jäh nach oben aufblähte und dann in sich zerknitterte, wie ein gebrochener Flügel.

Es stand über ihnen. Es war ihr Symbol und das Zeichen ihrer Macht und ihrer Rechte. Aber es war nicht ihr Freund, es war niemandes Freund.

Blutig golden brodelte es. Dampf quoll zischend aus jedem seiner Gelenke und seine Hufen waren umhüllt von Dampf, als stünde es auf Wolken.

Als das Zelt in sich zusammenfiel, warf das Einhorn den Kopf hin und her – eine grausige Bewegung, nicht die eines Tieres, sondern die einer Unheil bringenden Puppe. Und dann schossen zwei helle Flammen aus seinen Nüstern.

Die Armee johlte, doch das Johlen verebbte sehr schnell wieder, denn jetzt tänzelte das Einhorn vorwärts, dabei trat es um sich, so dass drei Männer sich schreiend auf dem Boden wälzten.

Hitze strahlte von ihm ab, seine roten Augen starrten funkelnd, der geistlose Kopf nickte, immer wieder, und sein Horn bohrte sich in den Himmel.

Die Armee brach auseinander und flüchtete.

Tanaquil tat es ihnen gleich.

Sie hörte, wie hinter ihr Zelte knarzend zusammenbrachen, wenn sie in Flammen aufgingen oder niedergetrampelt wurden. Sie hörte auch das Wiehern verängstigter Pferde, das Brüllen von Männern und die hohen Schreie von Frauen. Eine Explosion folgte auf die andere, während das stählerne Tier durch die Feuersbrunst brach.

Seine Richtung war geradeaus nach vorn, gedankenlos, hirnlos und unaufhaltsam. Es stapfte an den goldenen Zelten der Heizer vorbei, die brüllend herausrannten, und den goldenen Pavillon der Fürstin passierte es mit Donnerhall tobend wie ein Wirbelsturm.

Lizra war herausgetreten und sah sich um. Ihr Gesicht – so erkannte Tanaquil sogar über die Entfernung – war gerötet vor Freude und Stolz. Der einzige schöne Anblick weit und breit.

19

»Nur neun Männer sind zu Tode gekommen, Fürstin, und dreiundzwanzig wurden verwundet. Sie empfangen die entsprechenden militärischen Ehren. Und die Toten – haben mit Freuden ihr Leben für den Ruhm der Stadt am Meer hingegeben.

Lizra nickte.

Tanaquil dachte: Glaubt sie das wirklich?

Das Einhorn war weitergezogen, über die Ebene, in ein Gebiet mit flachen Hügeln. Es hinterließ einen versengten Pfad, der leicht zu verfolgen war: braun und schwarz, wo grünes Gras und Blumen gewesen waren.

Wie der Pfad des Verwelkens, den ich in der vollkommenen Welt hinterlassen habe. Tanaquil hatte die Augen geschlossen.

Als der Brennstoff verzehrt, Wasser und Kohle aufgebraucht waren und der Dampf verpufft war, hielt das Einhorn inne; langsam kühlte es sich ab. Kaninchen spielten in der Nähe, als die Soldaten es fanden.

Dann brachten sie es auf einer Art Schlitten zurück. Diener eilten herbei, um zu helfen. Es glitt ins Lager hinunter, wo die anderen Abteilungen der Armee gerade einritten.

Obwohl neun Männer ums Leben gekommen waren, wurde das Einhorn mit Jubel begrüßt.

»Das hat die Dame Tanaquil geschafft«, erklärte Lizra ihren Hauptleuten und Befehlshabern. »Sie ist eine große Zauberin. Meine Kameradin.

›Kameradin‹, nicht Schwester.

Honj lachte. Tanaquil sah ihn.

Und später sagte Lizra zu ihr: »Man hat dein Kamel gebracht, Tanaquil. Ich würde an deiner Stelle mit den Frauen reiten.«

Der Feldzug war ein so sicheres Unterfangen gewesen, dass alle Hauptleute ihre Frauen und Mätressen mitgebracht hatten; auch die Frauen der Soldaten waren dabei. Tanaquil ritt also zwischen ihren Karren und Wagen; der Grummel saß bolzengerade und mit starrem Blick da.

Ich habe getan, was sie wollte. Ich könnte jetzt flüchten.

Doch der Bann des Einhorns hielt sie fest. Sie war mit seiner üblen, bösartigen Dummheit verbunden. Sie war schuld. Das Einhorn und Lizras veränderte Persönlichkeit sowie die spöttische Art von Honj – diese Dinge banden sie wie Eisenketten an die Armee und an den Krieg.

Als Lizras Armee sich vollständig gesammelt hatte, zählte sie Tausende von Männern. Tanaquil kam nie dahinter, wie viele es genau waren, denn ihre Reihen dehnten sich anscheinend meilenweit aus, eine dunkle Masse von Männern und Pferden und Ausrüstung, durchschnitten vom Leuchten der Fahnen und dem Glitzern der Schwerter.

Sie erreichten das Tal unterhalb der Stadt (Ulps und Mallows Stadt) gegen Sonnenuntergang.

Die Fürstin befahl eine Rast. Sie würden bei Nacht angreifen.

Es fand ein Abendessen in dem goldenen Pavillon statt, der wieder einmal im Tal an einem malerischen Fluss aufgestellt worden war. Und Lizra sagte beim Anblick Tanaquils in dem blauen und weißen Kleid schnell und leise: »Oh, Tanaquil, du musst dir ständig neue Kleider kommen lassen. Jeden Abend sollst du etwas anderes tragen.« Eine kleine Warnung.

Sie will, dass ich bleibe. Für den Fall, dass ich etwas Magisches und Nützliches tun kann. Aber ich muss angemessen gekleidet sein.

Honj taumelte in einem prächtigen Gewand in Schwarz und Gold herein. In seinen Haaren, dunkelbraun mit schwarzen Strähnen, fing sich das Licht der Lampen, so dass es beinahe rot schimmerte, wie es bei der verhangenen Sonne während des Untergehens der Fall gewesen war.

Er fütterte den Grummel und setzte sich an den Tisch, den er zuvor mit einer steifen Bürste abfegte. Der Grummel benahm sich unmöglich, rollte herum und knurrte vor Vergnügen. Manchmal brachte es etwas, wenn er ein Hinterbein hob: »Floh, da!«

Hier handelte es sich jedoch um ein Geschäftsessen.

Nachdem nur eine Stunde lang gegessen worden war, wurden die Teller kurzerhand abgeräumt und Lizra erhob sich.

»Vielleicht wird es nicht zu einer Belagerung kommen. Wir haben jetzt unsere Galionsfigur, unser Einhorn.«

Sie beschrieb den Verlauf des Angriffs – dieses Bataillon sollte sich dahin begeben, jenes dorthin, wobei das Einhorn allen voran marschierte.

Die Ereignisse des Vormittags hatten ihnen eine Lektion erteilt. Das Einhorn musste in die richtige Richtung gewiesen werden, welche in diesem Fall die Stadttore waren.

»Ich werde natürlich«, verkündete Lizra, »in meinem Streitwagen hinter dem Einhorn herfahren. Und der Prinz wird, wie immer, mein Beschützer sein.«

Der Grummel folgte Honj hinaus in die vom Feuer erhellte Nacht.

Tanaquil stand am Fluss.

Im Lager herrschte reges, lautstarkes Treiben. Überall brannten Lampen und leuchteten Flammen; durch die Entfernung wurden sie klein wie die Glühwürmchen auf Lizras Kleid. Irgendwo hoch oben sang eine Nachtigall.

Honj spielte am Flussufer mit dem Grummel, indem er Stöckchen warf, die der Grummel auffing, und ihm neue Wörter beibrachte; ›Hammelkeule‹, ›Kochkunst‹ und ›Aubergine‹.«

»Ach, hochwohlgeborene Dame Tanaquil«, sagte Honj. »Wirst du mich in einen Stein verwandeln?«

»Ist es dein dringendes Begehr, einer zu sein?«, fragte Tanaquil.

»Seltsamerweise und zu deiner großen Missbilligung gefällt mir das, was ich bin. Ich bin gern ich selbst.«

»Das tut mir Leid.«

Honj lachte.

»Als ob du dich dafür interessiertest, werte Dame. Ich sage dir jetzt etwas: Ich wurde in einem Elendsviertel geboren und wuchs in Armut auf. Der Platz, an dem ich jetzt bin, gefällt mir besser.«

»Und wo ist dieser Platz?«, fragte Tanaquil kühl.

»Auf der Gewinnerseite.«

»An Lizras Seite.«

»Es gibt schlimmere Plätze. Sie ist bisher sehr gut zu mir.«

»Es freut mich«, sagte Tanaquil, »dass dir das aufgefallen ist.«

Honj warf einen Stock und der Grummel machte einen Satz. Der Abglanz der Lampen, der Flammen, alles berührte seine Augen und die des Tiers.

»Du gehst streng mit mir um.«

Tanaquil rief den Grummel. »Komm hierher, sofort!«

Der Grummel kam niedergeschlagen zu ihr.

»Das nenne ich Treue«, sagte Honj.

»Oh«, entgegnete Tanaquil, »dann kennst du also auch dieses Wort?«

»In zwei Stunden rücken wir gegen die Stadt vor«, sagte er. »Wo wirst du dann sein?«

»In Sicherheit. Sie hat mich angewiesen, bei den Frauen zu bleiben.«

»Wie sonderbar, da du doch eine Frau bist.«

»Sie ist ebenfalls eine.«

»Nein«, widersprach er. »*Sie* ist die Fürstin.«

Die Nachtigall hörte auf zu singen.

Das Stampfen von Füßen, die sich am Ufer näherten, war zu hören. Jemand platschte durchs Wasser und dann – hässlich in dem unbestimmten Licht – stand der Wanderheuschreck Muck vor ihnen.

»Honj, man hat einen Spion aus der Stadt festgenommen.«

Er war ein kleiner Mann, der Spion, und er hatte seine Absichten sofort eingestanden. Er hatte die Sache nicht übernehmen wollen, aber einer der hohen Herren der Stadt hatte ihn eingeschüchtert und bezahlt. Er hatte gewusst, dass er geschnappt werden würde, und so war es dann auch gekommen.

»Eine Armee ist im Begriff loszumarschieren«, berichtete der Spion mit einem Gehabe irgendwo zwischen Prahlerei und Verlegenheit.

»Eine sehr große Armee?«, erkundigte sich Honj.

»Ach, was soll das«, sagte der Spion. »Ich kann doch nicht meine eigene Stadt verraten.«

»Lass schon mal die Zange anheizen«, sagte Rübe, »was, Honj? Wir könnten ihn ein bisschen aufwärmen.«

Der Spion zitterte. Honj sagte nur: »Wir wissen über eure Armee Bescheid. Im Höchstfall zählt sie sechshundert Mann. Dämmert dir allmählich die Vorstellung, wie viele Leute die Fürstin hier zur Verfügung hat?«

»Ganz schön viele«, sagte der Spion.

»Ich meine, du tätest gut daran zurückzugehen«, sagte Honj. »Such den hohen Herrn auf, der dich geschickt hat, und lass ihn deiner Stadt ausrichten, dass sie nicht die geringste Aussicht auf Erfolg haben. Ich gebe ihnen bis Mitternacht Zeit. Dann fangen wir an.«

»Ich schaffe es auf keinen Fall, rechtzeitig dort hinzugelangen.«

»Beschaffe ihm irgendjemand ein schnelles Pferd.«

Der Spion war sichtlich unglücklich, merkte er doch, dass große Dinge auf seinen Schultern lasteten.

»Ich kann Euch sagen, da drunten sind alle ganz wild aufs Kämpfen«, erklärte er.

»Sie sind verrückt«, sagte Honj. »Herrje, du hast es doch mit eigenen Augen gesehen. Du musst sie davon abhalten. Die Fürstin wird keinem Einzigen von ihnen Schaden zufügen, wenn sich die Stadt ergibt.«

»Wir spucken auf eure Fürstin«, sagte der Spion. Er wirkte nervös. »Das war nicht als Beleidigung gemeint.« Das Pferd wurde gebracht und der Spion landete nach dem dritten Versuch auf dessen Rücken. Dort hockte er wie eine Vogelscheuche. »Wir sind seit Wochen schlecht drauf«, vertraute er Honj an. »Wir wollen gar nicht kämpfen, wir werden verlieren, wir werden leiden. Aber warum kommt sie ausgerechnet hierher und bringt alles durcheinander? Bei uns waren die Dinge in Ordnung. Ich hatte einen netten Lebensmittelladen, mit frischer Ziegenmilch, feinem Käse, ein bisschen Gemüse. Und was geschieht jetzt? Vielleicht bin ich bei Sonnenaufgang schon tot.«

»Nicht, wenn ihr euch ergebt.«

»Warum sollten wir?«, fragte der Spion. »Soll doch eure Meute uns überrennen. Wir wollen euch nicht. Sagt eurer Fürstin, sie soll weggehen. Sie soll gehen und jemanden heiraten und eine Familie gründen. Das wird sie von diesem ganzen Eroberungsquatsch ablenken.«

»Ich fürchte, das würde es nicht«, widersprach Honj. »Und du hast genug geredet. Mach dich aus dem Staub, bevor Rübe dich seine Knoten spüren lässt.«

Der Spion sauste davon. Honj zuckte mit den Schultern.

Tanaquil, die die Szene beobachtet hatte, sagte: »Dann bist du also auch gnädig?«

»Ich habe viele gute Eigenschaften«, sagte Honj. »Du würdest überrascht sein.«

»Affenarsch«, murmelte der Grummel, von einem Stück Leder, das er versucht hatte zu verspeisen, ablassend.

»Das ist ein ausländisches Schimpfwort«, erklärte Honj. »Ich werde nicht übersetzen, was es heißt.«

Tanaquil ritt im Sternenlicht auf dem Kamel den Hügel hinauf. Rings um sie herum und unter ihr bewegte sich die Armee der Fürstin Veriam gemächlich und formierte ihre Schlachtreihen. In der Dunkelheit sah es aus, als ob sich die Erde übergab und Menschen und Maschinen auskotzte. Fackeln loderten. Die Einhörner auf den Standarten und die Waffen glänzten.

Und etwas weiter weg, etwa eine Meile entfernt, konnte Tanaquil jetzt die Stadt mit ihren weißen Mauern ausmachen, mit ihren Türmen und Obstbäumen. Und in der Ebene darunter war eine weitere von Lichtern gesprenkelte Masse – die Armee der Stadt.

Wenigstens waren Ulp und Mallow in ihrem Landhaus gut untergebracht. Wenigstens brauchte Tanaquil keine Angst zu haben, nach dem Ende der Schlacht und der Belagerung deren Gesichter unter den verängstigten und wütenden Gesichter der Überlebenden oder Gefangenen zu sehen.

Ich könnte einfach im Schutz der Nacht wegreiten. Ich weiß, dass meine Mutter jetzt in Sicherheit ist, ihr Land gehört Lizra, der einzige Ort, der nicht zur Eroberung ansteht.

Aber andererseits, wenn Lizra die Absicht hatte, die Welt zu erobern, wäre es unmöglich, ihr davonzulaufen.

Der Grummel kratzte sich hingebungsvoll. »Aubergine«, sagte er und machte dabei den Eindruck, völlig aus dem Häuschen zu sein.

Dann hörte Tanaquil weit vor sich ein wildes Gegröle und das Scheppern von Schilden im Einsatz.

Lizra patrouillierte in ihrem Streitwagen vor der Armee, ihre schwarzen Pferde in rotem Kriegsgeschirr, sie selbst in eine goldene Rüstung gekleidet. Honj und seine Männer ritten dicht hinter ihr. Und noch etwas: noch etwas, das leuchtete.

Es war groß genug, dass sie es leicht erkennen konnte, wie ein goldener Bogen: Das Einhorn auf seinen Schlittenkufen wurde vor dem gesamten Geschehen in Position gezogen, ordentlich geradwinklig ausgerichtet auf die Stadt in der Ebene.

Das Grölen und das Scheppern nahmen zu.

Unter ihr und um sie herum brüllten die Männer und die Frauen standen weiter hinten auf den Dächern der Kutschen, um besser sehen zu können.

Sie hätte ebenfalls Applaus verdient, hatte sie doch einen wesentlichen Teil zur Wiederherstellung beigetragen.

Tanaquil blickte sich um. Es gab keinen anderen Weg vom Hügel weg als abwärts und geradeaus – in die Ebene. Eine Gruppe von Jungen mit Fackeln kam vorbei, aufgeregt rufend: »Einhorn! Einhorn!«

Von ihrem Standpunkt aus konnte Tanaquil nicht alle Einzelheiten erkennen. Aber sie wusste genau, sie würden es tun: Lizras Heizer würden den Brennstoff einfüllen, das Wasser eingießen und die Kohlen entzünden.

Sie musste es sehen. Warum? Tanaquil wusste es nicht.

Sie trieb das Kamel vorwärts.

Die Leute gaben ihm den breiten, sanftfüßigen Weg frei. Sie kannten es und sie kannten seine Reiterin und jetzt jubelten sie Tanaquil zu.

Dies waren nicht die Jubelrufe, die Lizra zu hören bekommen hatte, kein Funke sprang von ihnen über.

Man räumte ihr eine Bahn frei, vermutlich in der Annahme, sie sei auf dem Weg zur Fürstin, und glaubte, ihr dies ohne Hindernis gewähren zu müssen.

Sie konnte sich vorstellen, dass ein Raunen durch die Stadt ging.

»Der Feind, die Verrückte Fürstin, hat eine *Hexe.*«

Einige Männer aus Lizras Armee jubelten ihr sogar mit echter Begeisterung zu. »Die Zauberin! Seht nur, es ist die Zauberin, und ihr komisches sprechendes Tier ist auch dabei.«

»Aubergine«, sagte der Grummel, rollte sich zusammen und legte sich den Schwanz über die Nase.

Tanaquil gelangte nicht zu Lizra. Die Formation der Soldaten war jetzt zu dicht und zu diszipliniert, um sie durchzulassen. Doch etwas weiter unten am Hang sah sie das leuchtende Einhorn und dann hörte sie, wie es auf die lockere Sommererde aufstampfte.

Die gesamte Armee beugte sich nach vorn, sogar die Fahnen deuteten in eine bestimmte Richtung. Irgendwo wurde eine Fanfare angestimmt – die vollkommene Zeitabstimmung.

»Mitternacht! Auf das Heilige Tier.«

So wurde aus vielen tausend Kehlen gebrüllt.

Eine Schwade weißen Dampfs stieg in die Luft auf. Das Einhorn bewegte sich, machte drei Schritte. Die Armee tobte vor Freude.

Und dann schritt das Einhorn vorwärts, mit wackelnden Beinen: ein Koloss, der *brannte.* Licht drang aus jeder Ritze heraus; das Wesen aus Feuer erhellte die ganze Nacht.

Selbst über die Entfernung stieg Tanaquil der Gestank von ätzenden Mitteln und Ölen, von Zündscheiten und heißem Metall in die Nase.

Funken sprühten in den schwarzen Himmel hinauf.

Tanaquil stellte sich vor, dass die Nachtigallen in der Ebene alle zur selben Zeit ihren Gesang einstellten, wie Uhren, die stehen blieben, während Nachtgeschöpfe in ihre Behausungen huschten. Die Blumen schrumpelten und verbrannten. Auch das roch sie, ein Geruch wie von gebratenem Heu.

Die Armee marschierte eifrig hinter dem Einhorn, ihrem Wappentier, und der goldenen Fürstin in ihrem Streitwagen.

Tanaquil wurde von dem allgemeinen Sog mitgerissen und das Kamel tänzelte spielerisch.

Am Boden des Tals ertönten spärliche Signalhörner; irgendwo bimmelte eine Glocke.

Als sich die Reihen der Armee schneller bewegten, war es für

Tanaquil leichter, das Kamel zwischen den Pferden hindurch zu steuern; kampfgeschult, wie sie waren, gaben sie ihm den Weg frei.

Die Männer wirkten jetzt gesichtslos, ihre Züge waren von Helmen und Masken, so nichts sagend wie Scheiben, verborgen. Sie waren hypnotisiert.

Endlich hatte sie sich also unter die Streitkräfte gemischt, die hinter Lizra ritten, und sie sah Honjs Männer, ebenfalls aufrecht auf ihren Pferden, mit leeren Gesichtern wie alle anderen, Speere und Schwerter gezogen und in ihren mit Metallhandschuhen versehenen Händen schimmernd. Honj selbst sah sie nicht. Sie fragte sich, ob er auch in eine solche äußere Erscheinung geschlüpft sein mochte.

Aber wie sollte sie sich verhalten? Sie hatte nie gelernt, Auge um Auge zu kämpfen. Sie wäre nicht in der Lage, sich zu verteidigen …

Das Einhorn flammte vor ihnen auf wie eine aus eigener Kraft marschierende Fackel. Die Heizer schufteten emsig wie Insekten und unter gegenseitigen Zurufen. Dampf- und Hitzeschwaden drohten sie zu versengen, doch sie nahmen keine Notiz davon. Jetzt sprang einer nach vorn, kletterte an einem sich bewegenden goldenen Bein hinauf und goss Wasser in einen Einfüllstutzen. Bestimmt war das Einhorn zu heiß, um es berühren zu können? Tanaquil fiel der Wahnwitz des mit Menschenkraft betriebenen so genannten Fliegenden Stuhls in Zoranders Palast ein und sie erschauerte. Ganz in ihrer Nähe murmelte ein Mann: »*Tod oder Ruhm.*«

Der Abstieg durch das Tal dauerte schätzungsweise zwanzig Minuten, er schien sich jedoch eine Ewigkeit hinzuziehen und gleichzeitig in einer Minute vorüber zu sein.

Mit einemmal begriff Tanaquil, dass das Bild, das sich ihr bot, die zwischen ihnen und den weißen, makellosen Mauern der Stadt gebündelten gegnerischen Truppen zeigte.

Im Augenblick war diese Armee in der Auflösung begriffen.

Es herrschte ein Geschrei und Gerenne, als das hoch auflodernde Feuer des Einhorns sie durchpflügte.

Riesige schwarze Schatten, geworfen von dem heranrückenden Licht des Einhorns, gaben den weißen Mauern einen rußigen Farbton; Schatten von laufenden und schreienden und zu Boden stürzenden Männern.

Das Einhorn war bestens eingestellt worden. Es rollte weiter, Menschen niedertrampelnd und Fußtritte verteilend, und jetzt schritt es durch eine Reihe von Pfirsichbäumen, es schwenkte sein Horn und – oh! – dieser köstliche Geruch von kochendem Obst, wie Marmelade ..

Als es gegen das Tor prallte, wirkte es wie ein Rammbock auf Beinen.

Riesige brennende Scheite flogen gen Himmel wie aufgeschreckte Vögel.

Die Flügel des Stadttors gaben nach.

Das Einhorn schob sich hindurch, und als es die seitlichen Mauern streifte, stoben Funken auf.

Plötzlich kam es jäh zum Stillstand. Irgendeine Kampfhandlung war ausgebrochen: Etwa dreißig Mann von der Stadtarmee hatten versucht, die Reihe der Soldaten um den Streitwagen der Fürstin zu durchbrechen. Schwerter blitzten wie silberne Nadeln auf, die Löcher aus Farbe und Dunkelheit zusammennähten.

Doch der Kampf war innerhalb eines Augenblicks ausgestanden, und stattdessen erschallte eine gewaltige Stimme von der Stadt her. Rauch stieg in schweren Wolken und mit rotem Widerschein auf. Die Glocke läutete unaufhörlich weiter, jetzt nicht mehr von Nachtigallen begleitet, sondern von den dünnen, pfeifenden Stimmen weinender Kinder und schreiender Frauen. Das Einhorn, das vor ihnen einherschritt, hatte die Stadt in Brand gesetzt, aber die Stadt hatte sich nicht ergeben.

Man musste es ihnen also zeigen.

20

Am Morgen, nachdem das Feuer gelöscht worden war, war die Stadt nicht mehr weiß. Türme waren rauchgeschwärzt, Dächer abgebrannt. In der Luft hing ein Geruch von Zunder. Alles roch … wie das Einhorn.

Das Einhorn stand in den Feldern außerhalb der Stadt. Auch ein großer Teil des Getreides war verbrannt, und so wartete das goldene Tier mitten in einer schwarzen Ödnis. Einige der Soldaten feierten ein Fest darum herum. Sie hatten ihm Blumengirlanden über das Horn und den gebogenen Hals geworfen. Aber sie hatten das zu früh gemacht, bevor es ordentlich hatte abkühlen können, deshalb waren die Blumen verwelkt und zu braunen Knäueln verschrumpelt.

Auch das Einhorn sah nicht mehr aus wie zuvor. Es hatte, so verlautete, ehrenhafte Narben aus der Schlacht davongetragen. Die innere Hitze hatte einige der Goldplatten zum Schmelzen gebracht, und an einigen Stellen hatte das Metall Blasen geworfen; hier und da lag ein Eisenstreifen bloß.

Während es durch die Stadt marschiert war, Dinge umgestoßen, Funken gegen Glocken und Kamine geschleudert und Mauern mit seinen sengenden Flammen in Brand gesetzt hatte, waren seine Glasaugen so heiß geworden, dass sie zersplitterten wie Blutstropfen; das Einhorn würde also neue Augen brauchen. Die Kunsthandwerker nahmen sich eilends der Sache an.

Einer der unverbrannten Paläste der Stadt war zu Lizras Hauptquartier erkoren worden; da saß sie nun in einem Saal, der mit reizvollen Szenen auf grünen Wiesen bemalt war. Ihr Thronsessel war hereingebracht worden und hatte sich mit Bewunderern und Hauptleuten umgeben.

Die Wohlhabenden der Stadt, die in der Lage waren zu gehen, waren ebenfalls hergebracht worden. Sie standen als Gruppe auf dem hübschen Marmorboden, mit zerrissenen

Kleidern, dreckig und rußgeschwärzt, als ob sie die ganze Nacht durch Kamine gezogen worden wären. Einige von ihnen weinten, andere starrten mit hohlem Blick ins Leere. Durch die Fenster boten sich Bilder der zerstörten Stadt, das Lärmen von Lizras Soldaten, die Häuser nach Wertgegenständen plünderten, klang herein – und so weiter.

»Ihr seid selbst an allem schuld«, sagte Lizra.

Niemand stimmte ihr zu.

Sie streckte die Hand nach einer Liste aus und las die Namen anderer Adeligen vor, die das Schicksal ereilt hatte, und von Gebäuden, die zerstört worden waren.

»Ich bin hergekommen«, sagte Lizra ruhig, »um euch glücklich zu machen. Und das werde ich jetzt tun. Ich werde die Ordnung wieder herstellen. Ich werde euch in die Vereinigung einführen, die ich schaffe.«

»Gib mir meinen Sohn zurück!«, rief eine Frau.

Sie wurde unverzüglich zum Schweigen gebracht.

Lizra sagte: »Dein Sohn hätte sich mir nicht widersetzen sollen, dann hättest du ihn jetzt noch.«

Danach wurden die ehrwürdigen Herren und Damen in einen Raum geführt, wo ihnen die Gelegenheit geboten wurde, ein Papier zu unterschreiben, das Lizra zur Herrscherin und Mutter der Stadt erklärte.

Lizra und ihre Befehlshaber gingen hinaus und Tanaquil, die das Geschehen im Saal beobachtet hatte, sah jetzt dem Schauspiel in einem schmutzigen Innenhof voller Gerümpel zu, in dem verschreckte Hühner herumrannten.

An etlichen Pfosten waren Männer angebunden, die sich törichterweise Lizras Armee widersetzt hatten. Auffällig darunter waren ein älterer weißhaariger Mann und ein dunkelhaariger junger Mann, die Rücken an Rücken gefesselt waren.

Honj trat vor und Lizra fragte ihn, was das für ein sonderbares Paar sei. »Der Alte ist zu alt zum Kämpfen«, bemerkte sie. Worüber der Alte verächtlich lachte.

»Sei still!«, herrschte Honj ihn an. »Das kann ich dir nur mit Nachdruck raten!«

»Mir egal ist alles egal«, gab der alte Mann zurück.

»Mir genauso«, fügte der junge Mann hinzu.

»Großvater und Enkel«, erklärte Honj. »Das ist interessant. Der Sohn des Alten, also der Vater des Jungen, hilft in diesem Augenblick deinen Soldaten, in die Häuser einzudringen.

Der Großvater spuckte aus. Der Junge spuckte aus.

Lizra sagte: »Ich kann mich daran erinnern, wie die beiden mit erhobenen Schwertern auf mich zugestürmt sind.«

»Und ich hätte nie gedacht«, sagte der Großvater, »dass ich einer Frau gegenüber die Hand erheben würde. Aber du bist der Teufel, Mädchen.«

Lizra entgegnete ernst: »Ich bin die Fürstin.« Sie deutete auf die verbrannte Stadt, die Haufen von Schutt, die verängstigten Hühner. »Ich bin gekommen, um Ordnung, Frieden und Glück zu bringen.«

Der Enkel sagte: »Du bist eine Hexe.«

Lizra sagte: »Mit den beiden muss ein Exempel statuiert werden. Sie müssen auf dem Stadtplatz ausgepeitscht werden, jeder soll hundert Hiebe bekommen.«

Honj sah den Großvater und den Enkel an. Keiner von den beiden ließ erkennen, dass er die Worte gehört hatte. Honj sagte daraufhin: »Sehr wohl. Aber ich glaube, du sollest dich nicht so weit zu ihnen herablassen. Sieh her!« Er bückte sich und hob ein kleines weißes Ei auf, das eine der Hennen soeben neben seinen Stiefeln abgelegt hatte. »Das hier ist die Stadt. Und das … hast du damit gemacht.« Er zerdrückte das Ei, woraufhin Dotter und Schale zu Boden flossen. »Musst du noch mehr tun?«

Lizra starrte ihn an. Selbst mit Eigelb an der Hand sah Honj wundervoll aus.

»Na gut«, gab sie klein bei. »Ich habe wohl genug getan.«

Tanaquil dachte: Er hat sie gerettet, sie haben Glück gehabt.

Ihr war ein wenig schwindelig, deshalb lehnte sie sich an die Wand.

Einen Augenblick später stolzierte Lizra in ihrer goldenen Rüstung an Tanaquil vorbei – und erkannte sie, womit Tanaquil nicht gerechnet hatte. »Ist das nicht ein herrlicher Tag?«

Tanaquil brachte es nicht fertig zu antworten, und Lizra ging weiter, wobei ihr gesamtes Gefolge um sie herum rasselte und hüpfte. Missmutig ging Tanaquil zum Grummel und zerrte ihn von dem rohen Ei weg, über das er sich hergemacht hatte. Sie legte ihm die Leine um und zog ihn trotz seiner Proteste zurück zum Palast. Dort ließen sie sich auf einer Bank nieder und der Grummel kauerte sich mit zur Schau gestellter Tiefsinnigkeit zu ihren Füßen nieder, um sich einer eireichen Säuberung zu unterziehen.

Überall huschten Leute wichtigtuerisch umher, dahin, dorthin. Es herrschte eine Atmosphäre der Geschäftigkeit und dringender Angelegenheiten und Selbstbeweihräucherung.

Irgendwo draußen in der Stadt schallte der schrille Schrei einer Frau hinauf zum Himmel und verebbte.

Dann hörte sie unter dem Fenster ein seltsames tiefes Brummen. »Wo ist Beule? Das will ich jetzt wissen. Wo ist er? Wo ist Beule?«

Beule, Anführer der Heizer-Truppe, oberster Hüter des Einhorns. Wahrscheinlich draußen im Gelände, wo er ihm Halsketten aus Gänseblümchen um den Hals bindet …

»Oh, welch trauriger Anblick«, sagte eine männliche Stimme sehr nah. »Die Zauberin, verloren in Melancholie …«

Honj.

Er war zur Tür herein gekommen und strich mit einem Stock etwas von seinem Stiefel ab.

»Warum«, sagte Tanaquil, »hast du den alten und den jüngeren Mann gerettet?«

»Warum nicht?«

»Das ist keine Antwort.«

»Du liebe Güte! Was hätte ich denn tun sollen?«

Tanaquil sagte: »Hattest du Mitleid mit ihnen?«

»Zum Teil. Und mit ihr.«

»Mit Lizra?«

»Ja. Sie leidet unter entsetzlichen Alpträumen, wenn sie derartige Bestrafungen verhängt.«

»Ach, ich verstehe. Und dann kannst du nicht schlafen. Jetzt begreife ich.«

Honj grinste. Er hatte zwei makellose Reihen ebenmäßiger weißer Zähne. »Sie hat mir aufgetragen, dir auszurichten, dass sie dich zur Mittagsstunde im Kristallsaal sehen möchte.«

»Mich? Warum?«

»Um mit dir über deine zukünftige Nützlichkeit zu sprechen, vermute ich.«

»Ich bin nicht nützlich. Ich will nicht nützlich sein. Nicht ... *hierbei.*«

»Wir alle leiden unter Schwächeerscheinungen«, sagte er. »Zumindest ist dir nicht schlecht geworden. Nach meiner ersten Schlacht habe ich mich übergeben. Das war hinter einer Schänke. Ich werde die Backsteine dieser Mauer niemals vergessen.«

Tanaquil sagte: »Aber jetzt gefällt dir so etwas offenbar recht gut.« Dann fügte sie hinzu: »Und wo befindet sich der Kristallsaal?«

Honj deutete zur Decke hinauf. »Oben. Ein alter Festsaal. Lizra hatte von Anfang an ein Auge darauf geworfen, deshalb wurde nichts zerschmettert.«

Der Grummel ging zu Honj. »Stock?«

»Nein, an dem würdest du keinen Gefallen finden. Warte bis heute Abend. Dann wirst du voll auf deine Kosten kommen.«

Tanaquil dachte: Sogar der Grummel hat einen Narren an ihm gefressen. So viel zum Thema Loyalität.

»Was ist«, fragte sie, »mit Beule geschehen?«

»Wer ist Beule?«

»Einer der Heizer.«

»Ach ja. Verschwunden, glaube ich. Zweifellos in einem der Bierhäuser.«

Irgendwo in der Ferne, viele Straßen weit weg, fiel etwas mit einem schrecklichen Krach zu Boden.

Honj drehte sich schwungvoll um und war auch schon weg.

Das Licht am Boden hatte sich bewegt. Noch eine halbe Stunde bis Mittag.

Tanaquil begab sich auf Erkundung und fand eine breite weiße Treppe, wo jemand einen Kochtopf hatte stehen lassen. Er sah so traurig aus, dass sie beinahe geweint hätte, und sie vergrub die Fingernägel in den Handflächen.

Sie stieg die Treppe hinauf, als ob sie die ganze Stadt auf dem Rücken trüge.

Lizra kam natürlich zu spät. Wie es sich für eine Fürstin gehörte.

Sie betrat den Saal in einem Kleid aus fein gesponnenem Stoff in Blassgrün – die passende Aufmachung für die Jugend – und mit einem Smaragd-Diadem.

»Oh, Tanaquil! Gefällt dir dieser Raum? Ich glaube, ich werde diesen Palast für meinen eigenen Gebrauch herrichten lassen, irgendwann einmal, falls ich jemals wieder hierher komme.«

Tanaquil ließ den Blick durch den Saal schweifen. Er hatte viele Fenster, die, anstatt eine Aussicht auf die Stadt hinaus zu gewähren, ausgefüllt waren mit silbernen Glasbildern – Darstellungen von Tieren und Liebenden und Obsthainen. All jene Dinge, die vielleicht soeben zerstört worden waren. Von der Decke hingen Lampen, an denen wiederum geschliffene Kristallprismen hingen. Alles funkelte, doch all das bedeutete nichts und Tanaquil vergaß sofort wieder, was sie gerade betrachtet hatte, so wie es ihr gleich nach dem Eintreten ergangen war.

»Er sagte, du wolltest mich sprechen.«

»Wer? Oh, Honj. Musst du so zimperlich tun? Eines Tages wird Honj mein Gatte sein.«

»Ich bin sicher, das wird ihm ausnehmend gut gefallen.«

Lizra ging zu einem Sessel und setzte sich.

»Ich bin vollkommen erschöpft. Ich habe die ganze Nacht nicht geschlafen. Es gibt zu viel zu tun. Tanaquil, ich wollte jetzt mit dir reden, denn vielleicht gibt es in der nächsten Zeit nicht mehr viele Gelegenheiten dazu. Vor uns liegen drei Städte und sechs oder sieben kleinere Ortschaften. Es gilt also, drei Städte und sieben Ortschaften zu erobern. Wir werden sehr beschäftigt sein.«

»Ja.«

»Deshalb sind wir hier. Um für einen Augenblick beieinander zu sein.«

Lizra sah Tanaquil mit ernstem, eindringlichem Blick an, und eine Sekunde lang sah Tanaquil das Bild einer jüngeren Schwester vor sich, die sagte: Du bist doch mitgerissen, nicht wahr? Du stehst doch auf meiner Seite?

Ein schwacher Windhauch blies durch einen winzigen Sprung in einem der Fenster, so dass die Prismen klimperten. Es roch verbrannt.

»Nach den drei Städten, Tanaquil, werden wir das Meer erreichen. Das Ferne Meer.«

»Und dann wirst du Herrscherin all dieser Ländereien sein«, sagte Tanaquil.

»Und dann werde ich das Meer überqueren, Tanaquil. Weil ich weitermachen muss. Die Welt ist groß. Und unterdessen geht die ganze Verwaltungsarbeit weiter. Wer soll zu Hause bleiben und regieren? Wer soll als Botschafter vorausgehen? Das sind die Dinge von Bedeutung.«

»Und dir wird es niemals gelingen aufzuhören«, sagte Tanaquil.

»Eines Tages. Eines Tages wird alles erledigt sein.«

Tanaquil beobachtete den Grummel. Er jagte eine der Kristallspiegelungen über den Boden, wohin der Windhauch sie geblasen hatte.

Lizra mahnte: »Tanaquil, konzentrier dich. Es geht um dich.«

»Um mich?«

»Wir müssen das Meer überqueren. Ich brauche viele Schiffe – und Maschinen. Kluge Maschinen, die das Wasser überqueren können und *besser* sind als Schiffe. Erfinder haben davon gesprochen. Aber es wird dafür auch Zauberei nötig sein, *wahre* Zauberei. *Deine.*«

Tanaquil lachte.

Lizra klatschte in die Hände. »Du freust dich. Ja, das ist gut.«

»Nein. Ich bin angewidert. Ich kann so etwas nicht tun.«

»Tanaquil.« Lizra klang sehr ernst. »Du kannst alles tun, was du dir vornimmst. Du bist ein Genie. Denk doch nur, was du schon geleistet hast – was du alles gesehen hast. Ich habe es immer gewusst. Oh, wenn ich dich von Anfang an bei mir gehabt hätte – Flugmaschinen – so etwas hättest du machen können. Ja, Schiffe, die am Himmel fliegen. Und, Tanaquil, ich muss dir sagen … es ist eine Art verrückter, wundervoller Traum …« Lizra streckte die Hand aus, aber Tanaquil ging nicht zu ihr; sie tat so, als ob ihre Schwester nur einfach eine Geste mit der Hand vollführte, als ob sie winkte. Lizra fuhr fort: »Ich habe in meinem Lager gehört, wie eine alte Frau einem Kleinkind ein Wiegenlied gesungen hat. Weißt du, was sie gesungen hat? ›Pschsch, mein Kind, weine nicht. Schau zum Mann im Mond hinauf; man sieht ihn niemals weinen. *Dort oben weint man nicht.*‹«

Tanaquil lachte nicht. Sie schluckte.

»Es war ein Lied.«

»Ja, aber vielleicht … Eines Tages, Tanaquil, könntest du mir helfen, ein Gefährt herzustellen, das zwischen den Sternen hindurch hinauf reist? Hinauf zum Mond.«

Der Grummel machte einen Satz zu dem Regenbogenlicht und knurrte, denn da war nichts.

Lizra sagte: »Aber das kommt später. Zuerst müssen wir zum Meer gelangen. Die Gilde der Kunsthandwerker macht bereits Schwierigkeiten. Wegen der Art von Galionsfiguren, mit denen sie die Schiffe zu versehen gedenken. Doch jetzt«, sagte Lizra, »müssen wir etwas essen. Und dann muss ich mich um so viele Dinge kümmern. Bleib bei mir. Bleib und beobachte. Dann kannst du mir helfen.«

»Wo ist Beule?«

Einen Raunen ging durch den bemalten Saal, von hier nach da und von da nach dort. Man hörte es wie ein Seufzen oder ein Wehklagen unter und hinter dem wichtigen Geschwätz vom Krieg sprießen.

Die Hauptleute waren gekommen und hatten Befehle erhalten.

Dann kamen die Diener und erhielten Anweisungen.

Dann erschienen, einer nach dem anderen, all die Leute, die an der Prozedur der Unterwerfung und Beherrschung der Stadt beteiligt gewesen waren.

»Die Eier müssen rationiert werden, Eure Erhabenheit.«

»Was sollen wir in Bezug auf die Wasservorräte machen? Es befinden sich Würste darin.«

»Wo ist Beule?«

»Es besteht die Gefahr, dass die Ernte verloren geht. Sollen wir Schnitter herbeischaffen?«

»Sollen wir den Palast auf dem Hügel abreißen lassen? Er droht zusammenzufallen.«

»Wo ist Beule?«

Schließlich humpelte jemand vor, ein kleiner, dunkelhäutiger Mann aus der Gruppe der Heizer, bedeckt mit Verbänden, weil sie natürlich alle während der Arbeit am Einhorn Verbrennungen davongetragen hatten.

»Mächtige Fürstin Lizra, Beule ist verschwunden. Und auch Witschel.«

Lizra, die den ganzen Nachmittag über mit ihren Ratgebern konferiert und ihnen Rede und Antwort gestanden hatte, sah den Heizer an.

»Verschwunden? Erklär das der Fürstin!«, fuhr ihn ein Ratgeber an.

»Na ja, das war so, er wollte nach dem Wasser sehen, und jetzt ist er weg.«

»Weg?«

»Verschwunden. Und mit Witschel ist es das Gleiche. Aber niemand hat sie gehen sehen.«

»Ist Beule etwa desertiert?«, wollte der Ratgeber wissen.

»*Niemals!*«, schrie der Heizer, und von allen Seiten des Saals ertönten heisere Schreie heizerischer Wut.

Ein anderer humpelte vor, schafsgesichtig, den Hut in den verbundenen Händen haltend. Er kniete vor Lizras Sessel nieder und küsste den Boden.

»Hohe Dame, er hat etwas Unseliges getan. Er ist unter das Einhorn getreten. Tu das nie, pflegen wir immer zu sagen.«

Tanaquil erinnerte sich, wie sie und Lizra unter dem goldenen Bauch des Einhorns hergegangen waren. Es war tatsächlich ein unbehagliches Gefühl gewesen. Aber das Einhorn war eine Kriegsmaschine. Zum Glück für die einen …

Jemand im hinteren Teil des Saals schrie etwas. Ein Soldat trat vor, leicht betrunken, so dass Tanaquil wehmütig an die Wache ihrer Mutter dachte.

»Herrin«, sagte der Soldat, »ich muss berichten, dass auch Plip verschwunden ist. Er lief draußen im Feld unter das Einhorn, um diesem eine Girlande umzulegen. Und dann war er weg. Aber niemand hat mir geglaubt. Wo ist Plip?«

»Wo ist Beule?«

Lizra sagte: »Dann darf niemand mehr unter das Einhorn treten.«

Sie war müde und sah aus wie ein tapferes kleines Mädchen, das zu lange aufgeblieben war. Sie berührte den Arm eines der Ratgeber. »Das reicht jetzt.«

Tanaquil sah Lizra nach, als diese mit ihrem Gefolge den Saal verließ. Erleichtert stellte sie fest, dass Lizra sie wieder einmal vergessen hatte.

21

Krähen folgten der Armee. Sie folgten ihr durch die Welt. Und wenn das goldene Einhorn abgekühlt war, hockten die Krähen darauf.

Es hatte jetzt nichts Prächtiges mehr.

Es war hässlich.

Wie ein alter Lavateich, voller Blasen, gelb schimmernd, mit langen Rissen, durch die schwarzes Eisen hervorschaute. Ein schwarzes Einhorn unter brüchigem Gold.

Seine Augen waren ständig rot, denn die Kunsthandwerker ersetzten sie nach jeder Schlacht, jedem Scharmützel, so wie sie auch immer wieder neue Goldplatten aufhämmerten. Doch das Gold war stets schuppig und uneben. Narben. Es war ein Krieger.

Und es brachte Unglück. Weitere Fälle von Verschwundenen, Männer um das Einhorn herum waren plötzlich nicht mehr da, kehrten auch niemals zurück. Andere erlitten schwere Verbrennungen, wurden abgeschrieben und zurückgelassen. Neue Heizer. Sie hatten einen Schlachtruf: »Das Einhorn! Hütet euch vor dem Horn! Vorsicht vor den austretenden Beinen! Der sengenden Hitze!« Man hörte sie diese Worte noch schwach flüsterten, wenn sie später weggetragen wurden.

Es fanden große und kleine Kämpfe statt, törichte Scharmützel, die bei Lizora Veriams Festlichkeiten verächtlich kommentiert wurden. Und es gab größere Ereignisse, bei denen es Opfer gab und dem ›Feind‹ die Schuld zugeschrieben wurde.

Dann gab es keine Schlachten mehr, keine Kämpfe. Die Dörfer und Städte ergaben sich, genau so, wie sie es nach Lizora Veriams Anweisung zu tun hatten. Menschenmengen rannten aus den Häusern herbei und warfen Blumen, die letzten des Jahres. Lizra, gekrönt von roten Rosen, fuhr in ihrem Streitwagen, froh und glücklich, weil sie der unvollkommenen Welt Freude und Eintracht brachte.

Und Tanaquil ritt auf dem geduldigen Kamel, zusammen mit dem schlafenden Grummel, dessen sonnenwarmes Fell unter ihrer Hand ihr einziger Trost war.

Auf einem Hügel wurde ein großes Fest gefeiert; die zweite Stadt hatte sich ergeben, ohne dass ein einziger Schuss gefallen wäre.

Die Stadt hatte Lizra zu ihrer ›Königin des Sommers‹ erkoren, ein alter Titel, der für diese Zeit von Nutzen zu sein schien. Und Lizra hatte in einem schneeweißen, mit Gold übersäten Kleid dagesessen, wieder einmal mit roten Blumen im Haar, und Honj war bei ihr, ebenfalls in Weiß und mit einer roten Rose am Kragen.

Tanaquil betrachtete sie, ihre Schwester und den Liebhaber ihrer Schwester, und plötzlich durchfuhr sie eine Erkenntnis, als ob ihr jemand eine Ohrfeige versetzt hätte.

Er ist der Grund, warum ich geblieben bin. Ich habe ihn gehasst. Ich hätte weggehen sollen. Aber andererseits fasziniert er mich. Die Art, wie er dem Grummel Stöckchen wirft, wie ein Junge. Die Art, wie er an mir vorbeireitet, ein Mann.

Doch Honj gehörte Lizra.

Ich bin auf beide eifersüchtig, dachte Tanaquil und biss sich auf die Lippe, starr vor Wut. *Auf Honj, weil er mir die Schwester wegnimmt. Weil er ihr dabei geholfen hat, das Ungeheuer zu werden, das sie jetzt ist. Und auf meine Schwester, weil sie Honj hat.*

Morgen früh gehe ich weg.

Nein, ich kann nicht. Wir müssen in einem ruhmreichen Festzug in die Stadt einmarschieren. Danach, wenn sich niemand daran erinnert, dass es mich gibt.

Es waren beinahe zwei Monate vergangen. Der Sommer neigte sich seinem Ende zu. Draußen sangen die Nachtigallen in den Bäumen am Fluss.

Ich mag ihn nicht einmal.

Morgen. Oder übermorgen ...

»Alles in Ordnung mit dir?«, fragte Honj, der aus dem Schatten oberhalb des Flusses auftauchte.

»Ja, danke. Natürlich.«

»Ich würde an deiner Stelle nicht hier bleiben. Die Männer sind betrunken und verrückt. Sie könnten vergessen, wer du bist

»Jeder vergisst, wer ich bin. Wer bin ich denn? Niemand.«

»Tanaquil«, sagte Honj, »ich dachte, du kennst deinen Wert.«

»Wie kommst du denn darauf?«

»Warum nicht?«

»Ich bin in diese Sache hineingeraten. In ihren Krieg.«

»Und du hasst ihren Krieg.«

»Offenkundig.«

»Arme Lizra«, sagte er. »Ihr liegt so viel an deiner Anerkennung. Sie hatte nie eine Mutter, nie einen richtigen Vater. Sie musste versuchen, für beides einen Ersatz zu finden.«

»Willst du damit sagen, du bist ihr Vater und ich bin ihre Mutter?«, schnarrte Tanaquil verbittert.

Honj warf dem Grummel ein Stöckchen, woraufhin dieser am Ufer entlang jagte und dabei über Frösche stolperte, die mit empörtem Quaken ins Wasser hechteten.

»Nein. Ich weiß nicht, was ich damit sagen will. Ich bin Abschaum. Was erwartest du?«

Tanaquil musterte ihn mit zusammengekniffenen Augen. In seiner Stimme war kein Hohn mit angeklungen. Er wirkte ernst und still, und die üppige rote Rose starb an seinem Kragen. Er riss sie ab und warf sie ins Wasser. »Geben wir dem armen Ding etwas zu trinken.«

»Arme Lizra. Arme Rose. Du hast Mitleid mit uns allen.«

»Nicht mit dir«, erwiderte er. »O nein, nicht mit dir.«

Sie war gleichzeitig froh und wütend.

Sie sagte: »Und hattest du einen Vater und eine Mutter, *Prinz?*«

»Allerdings. Beide haben mich nach Strich und Faden verdroschen und auf alle möglichen Arten gepeinigt. Später haben sie mich verlassen. Stell dir mich mit zehn Jahren vor, allein gelassen in einer Scheune im Winter.«

»Wie traurig«, gurrte Tanaquil.

»Das ist wahr. Und du?«, fragte er höflich.

»Meine Mutter ist ziemlich verrückt. Ich bin vor ihr weggelaufen.«

Der Fluss sang, die Nachtigallen ebenfalls, und jenseits des Uferwalls auch ein paar betrunkene Soldaten.

»Ich muss zurück«, sagte er.

»Leb wohl.«

Der Grummel kam mit dem Stöckchen angerannt und blieb niedergeschmettert stehen, als er feststellte, dass Honj nicht mehr da war. Tanaquil warf das Stöckchen.

Der Grummel sprang hinterher, aber nicht mit derselben Ausgelassenheit. Die Nacht war schal geworden wie abgestandenes Bier.

Bald darauf stieg Tanaquil vom Flussufer hinauf, zwischen den Bäumen hindurch, in das hügelige Gelände, wo in dieser Nacht das goldene Einhorn stand, geschmückt mit Blumengirlanden und Krähen.

Die Vögel schlugen mit den Flügeln und krächzten grämlich, während sie sich zur Ruhe niederließen.

Soll ich unter dem Bauch des Einhorns hindurchgehen?

Die Nacht war klar, mit Sternen und einem strahlenden

Mond, das Einhorn leuchtete und der Hügel leuchtete ebenfalls.

Ein paar Wachtposten standen herum und tranken Wein.

Was sie über ihre Mutter, Jaive, gesagt hatte, war nicht gerecht gewesen. Aber schließlich war nichts gerecht, oder?

Tanaquil dachte an die vollkommene Welt, an den Duft der Nacht, *dort*, und Tränen rannen ihr übers Gesicht. Wer war sie? Sie hatte keine Ahnung. Warum weinte sie? Ihrer selbst wegen oder der Welt wegen?

Der Grummel wälzte sich im Gras und sah nur den Mond. Aber selbst der Mond war nicht mehr derselbe. Auch ihn umfasste Lizras Begehrlichkeit.

Teil Drei

22

Die fünfte Stadt hieß Bienenheim, sie lag am Fuße der Berge; jenseits davon erstreckte sich ein riesiger Wald, blau und grün und kupferrot im ausklingenden Sommer.

Gesandte aus Bienenheim trafen am späten Nachmittag ein. Sie überbrachten Geschenke und lieferten somit deutliche Zeichen der Unterwerfung. Nachdrücklich beharrten sie auf der Feststellung, dass sie sich unterworfen hatten, bedrängten Lizras Beamte immer wieder mit den Worten: »Seid Ihr auch wirklich sicher, dass Ihr es niedergeschrieben habt? Ganz bestimmt? *Wir ergeben uns.*«

Einige der Geschenke bestanden aus heimischen Erzeugnissen, einschließlich zweier Kessel aus reinem Gold. Außerdem wurden Silbertabletts mit Speisen, Kuchen, Eingelegtem und Gepökeltem sowie Fässchen mit Butterschmalz dargeboten. Und in der Mitte ein Glanzstück: ein goldenes Einhorn, zwei Fuß hoch, vollständig aus Käse hergestellt. Es hatte rote kandierte Kirschen als Augen.

Alle wussten also über das Einhorn Bescheid.

Sie sagten, ihres Wissens würde es auf einem Schlitten durch die Stadt gezogen, damit jeder es sehen könne.

»Wir können es aber auch selbsttätig in Gang setzen, ihm Feuer machen«, scherzte einer der Hauptleute.

Die Botschafter aus Bienenheim wurden blass. »Nein, nein.«

Ihre Blicke richteten sich auf Lizra, und sie versicherten ihr eilends, dass die ganze Stadt in ihren Farben bemalt worden sei, Blau und Rot, um sie zu ehren.

Lizra dankte ihnen. Sie gab sich stets sehr huldvoll, wenn Dörfer und Städte sich willig ergaben.

Sie erkundigten sich erneut nach dem Einhorn. Offensichtlich waren sie nervös, also führten Honj und die Wanderheuschrecken sie zur Besichtigung auf die Hügelkuppe, wo es leuchtend im Sonnenuntergang stand.

Es sah jetzt so schrecklich aus, so Furcht erregend, dass zwei der Gesandten das Weite suchten. Die Soldaten lachten sie aus, denn sie mochten das Einhorn, einige nannten es sogar bei seinem Kosenamen: *Sonnenschein.*

Sonnenscheins karmesinrote Augen glühten, Rosen und Hyazinthen umkränzten seinen Hals. Es war narbenübersät, verunstaltet, und der große goldene Bogen seines Bauches – unter dem niemals jemand hindurchging – warf einen tiefen Schatten aufs Gras.

Nachdem die Gesandten gegangen waren, blieben alle den größten Teil der Nacht auf und trafen Vorbereitungen für einen weiteren prächtigen Festzug am Morgen.

Die Pferde von Lizras Streitwagen wurden frisch gestriegelt, ihre Mähnen und Schweife gekämmt. Sie hatte beschlossen, für den Anlass ein rotes Kleid anstatt einer Rüstung zu tragen. Honj hatte für sich einen Hut mit langem Schnabel ausgewählt. Die Wanderheuschrecken wuschen ihre Pferde, und die übrigen Männer polierten Waffen und schmückten die Kanone mit Blumen.

Tanaquil schlenderte gemächlich durch das Lager und beobachtete das ganze Treiben. Als die Sonne unterging, wehte ein kalter Wind über den Hügel.

Sie würden am Meer überwintern, dort sollten die Kunsthandwerker Schiffe bauen und Tanaquil würde sie mit Magie bearbeiten. Alles war geplant.

Tanaquil hatte ihre Chance wegzugehen verpasst, denn neuerdings ließ Lizra sie bewachen. Auf all ihren Wegen folgte ihr stets ein kräftiger Mann in ein paar Metern Entfernung, angeblich um sie zu beschützen und ihre Würde zu wahren. Die Frauen, die ihr beharrlich Kleider und Schmuck für Lizras Festlichkeiten brachten, beobachteten sie mit eindringlichen kleinen Perlenaugen.

Sie hätte gleich weggehen sollen, als sie es sich vorgenommen hatte, damals, nachdem die zweite Stadt sich ergeben hatte.

Warum war sie geblieben? Sie wusste, warum. Honj hatte lachend an der Abendtafel gesessen, die Fackeln hatten auf den weißen Reihen seiner Zähne geblitzt. Obwohl sie ihn schelmisch angefeixt hatte, als er ging, hatte sie sich ernste Gedanken darüber gemacht. Honj war der Grund, warum sie geblieben war, nicht Lizra, obwohl sich Tanaquil vielleicht einredete, Lizra könnte sich ändern.

Und es gab keinen Ort, wohin sie hätte gehen können; das war ihr seit längerem klar.

Irgendwann, wenn Lizra erkennen würde, dass Tanaquil *nicht* in der Lage war, mittels Zauberei Schiffe in der Luft über das Meer fliegen zu lassen, würde sie wahrscheinlich froh sein über ihren Abgang, und dann könnte Tanaquil gehen, wohin sie wollte, doch bis dahin würde sie sich selbst so verabscheuen, dass sie nur noch den Wunsch haben würde, als Einsiedlerin in der Wüste zu leben.

Tanaquil sah Sonnenschein auf dem Hügel glänzen, wo die Soldaten Wein über das goldene Metall gossen. Ein Großteil der Armee war betrunken, aber das war kaum von Bedeutung, denn morgen früh würden keine Kämpfe stattfinden.

Kurz nach Sonnenaufgang erhob sich ein Herbststurm vom Wald her. Der Himmel wurde schwarz, Blitze zuckten, Donner dröhnte rings rund um die Erde wie eine riesige Trommel. Regen explodierte aus dem Himmel.

Der Grummel rutschte wedelnd am Bein des Kamels hinunter und das Kamel, mittlerweile an diesen Vorgang gewöhnt, ließ es zu. Der Grummel badete in den frischen Pfützen und spritzte lebhaft um sich. Ihm gefiel der Regen, obwohl er normalerweise kein Freund von Teichen und Badewannen war. Das Kamel schloss geringschätzig die Nüstern und schlackerte mit den Ohren.

Tanaquil setzte sich einen großen Schlapphut aus Stroh aufs rote Haar. Dabei versetzte sie den verbliebenen Ohrring in ihrem rechten Ohr in Schwingung. Sie hatte schon seit Monaten die Absicht, ihn herauszunehmen, hatte es aber nicht getan – wie so viele andere Dinge. Er unterstrich ihr schludriges Erscheinungsbild, das Lizra mit so großer Mühe hatte verändern wollen. Erst gestern Abend war ein Kleid für Tanaquils feierliche Einführung in Bienenheim angekommen – als Zauberin der Armee sollte sie beim Festzug gleich hinter Lizras Streitwagen reiten. Das Kleid war fischgratverstärkt, indigoblau und mit Perlen bestickt. Nun, der Hut würde das Kleid schützen. Tanaquil schaute zurück zu dem Teil des Lagers, wo sich die Frauen aufhielten, die beim Festzug nicht erwünscht waren und die trotz des Regens vergnügt ihren Beschäftigungen nachgingen, kochend und rufend und zwischen dem Durcheinander von Kutschen und Streitwagen, Hühnern, Ziegen und Kindern herumwuselnd – der angemessene Platz für eine Frau. Und doch war der Platz einer Frau ebenso an der Spitze ihrer Legionen.

Soldaten hoben verkaterte Gesichter dem kühlen Wind entgegen.

»Grummel, komm. Wir verschwinden von hier.«

Die Reihen hatten sich kaum in Bewegung gesetzt, da eilte auch schon der unvermeidliche Kämmerer herbei, der Tanaquil immer fand.

»Madame, Ihr müsst Euch sofort zur Stelle begeben. Der Wagen der Fürstin ist bereits im Aufbruch.«

»Ach, du liebe Güte, ja?«

Tanaquil lächelte verhalten. Der Kämmerer, mit Goldketten behängt, wurde sehr nass.

»Dieser Hut, Madame …«, setzte er missbilligend an.

»Oh, danke, ich freue mich, dass er Euch gefällt.«

Tanaquil versetzte dem Kamel einen sanften Klaps, während der Grummel zappelnd an dessen Bein hochkletterte.

Sie ritt ein Stück nach vorn und reihte sich bei den Wanderheuschrecken ein, eine Position, die sie regelmäßig einnahm, seit man sie angewiesen hatte, im vorderen Glied zu bleiben.

»Da ist sie!«, krähte Spedbo jubelnd. »Du liebe Zeit, was für ein Hut!«

»Neidisch?«, fragte Tanaquil.

Muck stöhnte: »Ich wünschte, ich wäre heute Morgen gar nicht aufgewacht«. Er lehnte sich rechts über sein Pferd, um sich zu übergeben, zum Glück außer Sichtweite.

»Er verträgt einfach nichts«, bemerkte Spedbo verächtlich. »He, Muck. Wie wär's mit einem schönen Spiegelei? Oder möchtest du ein bisschen kalten Braten, *köstliche* Sahnebiskuits?«

Muck richtete sich auf und starrte mit glasigem Blick geradeaus. Spedbo verzog das Gesicht, beugte sich nach links und übergab sich ebenfalls.

Der Grummel zischte und machte sich daran, sich – sinnloserweise – an Tanaquils Perlenkleid trockenzureiben.

Die Wanderheuschrecken, dachte Tanaquil, erinnerten sie an die Soldaten ihrer Mutter in der Festung. Diese Söldner hatten sich ihr gegenüber im Allgemeinen recht vernünftig verhalten und waren anscheinend nur geringfügig argwöhnisch, was ihre ›Magie‹ betraf. Wahrscheinlich hatte Honj sie dazu erzogen, sich mit Zauberinnen ebenso abzufinden, wie sie es mit Fürstinnen taten. Mochte sie die Wanderheuschrecken nur deshalb, weil sie zu ihm gehörten?

Eine halbe Stunde später waren sie am Hang und das Vorankommen gestaltete sich schwierig. Der Regen leckte ausgedehnte Schlammrutschen in den Boden, Pferde glitten aus und setzten sich mit dem Hinterteil in den Dreck. Die Männer waren vom Lobpreisen des Regens abgekommen und verfluchten ihn nun stattdessen, niesend und murrend, während die Rinnsale ihnen in die Halsausschnitte der Kettenhemden liefen.

Muck und Spedbo jedoch hatten sich erholt und tauschten Scherze aus. Tanaquil verstand kaum die Hälfte davon, fühlte sich aber zum Lachen angeregt, weil Muck und Spedbo lachten.

Oder lachte sie nur deshalb, weil Honj gelacht hätte?

Bei einem Blick zurück über die Schulter erspähte Tanaquil einen stämmigen Mann in aufwendigem Putz, der während des Reitens die hässlichen kleinen Augen auf sie gerichtet hielt. Lizras Beobachter.

»Was ist los?«

»Der Mann da verfolgt mich.«

Muck schaute hin. Dann blaffte er den stämmigen Mann an: »Du da! Verschwinde! Lady Tanaquil ist in unserer Begleitung.«

»Befehl der Fürstin«, entgegnete der Stämmige.

So, jetzt war es heraus.

»Stehe ich unter Arrest?«, fragte Tanaquil.

»Es geschieht nur zu Eurem Schutz, Madame. Besonders solange Ihr Euch unter diesen Grobianen befindet.«

»Wen nennst du hier einen Grobian?«, brauste Spedbo auf. »Was heißt das überhaupt?«, fügte er, an Muck gewandt, hinzu.

Aber sie waren Teil von Lizras Festzug. Eine Schlägerei kam nicht in Frage, jedenfalls nicht im Augenblick.

Tanaquil kam der Gedanke, dass vielleicht sogar ausgerechnet die Wanderheuschrecken ihr im geeigneten Augenblick ein Entkommen ermöglichen könnten.

Durch den Regen hindurch ragte die Stadt auf.

Sie sah … erschreckend aus.

All ihre Giebel, Zinnen und Türme waren in einem hellen, durchdringenden Blau gestrichen und anderswo herrschte sicherlich die Farbe Rot vor. Die Mauern sahen aus wie Flickenteppiche.

»Sie haben großartige Arbeit geleistet«, lobte Rübe irgendwo vorn.

Das meint er wirklich!

Glocken läuteten durch den Regen und als sie näher kamen, wurden unbestimmte Willkommensrufe laut. Der Schlamm war noch schlimmer geworden. Tanaquil war bis zur Taille bespritzt und der Grummel (der noch einmal abgestiegen war, um irgendetwas zu erkunden) sah aus wie ein teilweise aus Schokocreme bestehendes Tier.

Drei Reihen vor ihnen geriet ein Pferd ins Rutschen und stieß gegen ein anderes, das daraufhin wieherte und sich aufbäumte.

Noch weiter vorn, zwischen den Gestalten reitender Männer und den silbernen Strähnen des Regens, war ein goldener Schimmer. War das Lizras Streitwagen oder das Einhorn?

Dann fiel das Gelände zum Tal hin ab und man sah nur noch die höchsten Spitzen der Stadt über der einfallenden Armee. Und dahinter ragte der Wald auf, vor Nässe schwarz wie die Nacht.

Tanaquil hörte einen leisen, wehmütigen Klang. Anscheinend kam er aus der Stadt, von dort, wo die Glocken und der Jubel erklungen waren.

Plötzlich brach Muck in schallendes Gelächter aus.

»Seht nur!«, rief er.

Tanaquil wusste nicht, was er meinte. Im Regen war es nicht leicht, irgendetwas zu erkennen. Die Stadt schien zu schmelzen und zu zerfließen …

Und dann wurde ihr klar, dass es tatsächlich so war. Sie *zerlief* im Regen. All die aufdringliche Farbe des kriecherischen

Anstrichs wurde abgewaschen und floss in die Gossen von Bienenheim.

Was würde Lizra in ihrer Pracht und Herrlichkeit davon halten?

Ein Omen, hätte Jaive sicherlich gesagt.

Sie zogen unter dem Stadtportal hindurch, das rot und blau blutete und seine Farbe auf sie herabtropfen ließ, so dass die Soldaten noch lauter fluchten und die Pferde noch aufgeregter scheuten.

Ihr Einzug in Bienenheim war kein erhebender Anblick und schon gar nicht von majestätischer Großartigkeit.

Die Straße bestand nur aus Schlamm – ein purpurroter Dreckstrudel, als ob literweise minderwertiger gefärbter Likör vergossen worden wäre.

Die Jubelrufe klangen traurig und niedergeschlagen. Die Leute auf den Balkonen, schlaffe Blumen werfend und winkend, wirkten gleichermaßen verwelkt, und einige hatten sich in die Häuser zurückgezogen. Eine nasse Pfingstrose traf Mucks Auge, doch als er die Hand zum Salut hob, bekam das Mädchen, das sie geworfen hatte, von der Mutter gerade eine Ohrfeige.

»Du dummes Kind! Du hättest ihn blind machen können. Und dann hätten sie uns getötet. Sie hätten dieses große Einhorn-Gebilde auf uns losgelassen und das hätte für uns alle den Tod bedeutet.«

Muck machte ein verwirrtes Gesicht und aß die Pfingstrose. Der Grummel sah gierig zu und stampfte den schlammigen Regen gründlich in Tanaquils Rock.

An einer Straßenbiegung sah Tanaquil ihre Schwester weit vorn und noch davor die Kriegsmaschine. Genau in diesem Augenblick neigte sich der Schlitten, auf dem das Einhorn gezogen wurde, auf dem glitschigen Untergrund aus Farbe und Regen und Schlamm zur Seite und das Einhorn kippte gegen die Mauer und kratzte den gesamten Putz von dem großen und wichtig aussehenden Gebäude. Frauen brachen vor Entsetzen in ein leidenschaftliches Wehklagen aus.

Die Pferde von Lizras Streitwagen wurden mit straffen Zügeln gehalten. Die schwarzen Tiere stampften in ihrem Glitzerkram mit den vergoldeten Hufen und warfen die Mähnen hin und her.

Tanaquil sah auch Lizra, die auf den freien Platz blickte, der gesprenkelt war von durchnässten Offiziellen und dem Gouverneur von Bienenheim.

Das Einhorn gab eine lächerliche Figur ab: Ein Bein war vom Schlitten abgerutscht und stand nun abgewinkelt weg. Die Heizer hatten sich bereits eingefunden, um es anzuheben und gerade zu biegen, aber anscheinend war es allenfalls zum Umkippen fähig.

Der triefnasse Gouverneur trat mit schleppenden Schritten vor und vollführte eine tiefe Verbeugung vor Lizra, wobei er ihr auf einem nassen Kissen einen silbernen Schlüssel hinhielt, das Symbol für den Besitz der Stadt.

»Dies ist ein freudiger Tag für uns, Eure Hoheit«, schniefte er. »Durch Eure Ankunft scheint für uns die Sonne.«

Lizra blieb ungerührt. Sie hatte ihren Sinn für Humor verloren. Selbst die Wanderheuschrecken kicherten nicht, nicht einmal Honj auf seinem grauen Pferd.

»Was für eine Fiasko!«, bemerkte Tanaquil laut.

Niemand hörte sie, oder – falls doch – niemand rügte sie oder stimmte ihr zu. Nichts.

Lizra nahm den Schlüssel entgegen. Sie wirkte so klein, so zierlich und hübsch und artig, frisch gewaschen vom Regen, während alle anderen davon befleckt und beschmutzt zu sein schienen.

»Dies ist der Anfang eines neuen Zeitalters«, sprach Lizra mit klingender Mädchenstimme.

Der Gouverneur antwortete pathetisch: »Unsere Stadt – wir haben uns so sehr bemüht – ist lilagrau geworden.«

Das stimmte. An allen Gebäuden hatten sich die Farben gemischt. Eine lilagraue Stadt. Ganz und gar nicht das Zeichen der Fürstin.

23

Nach dem nassen und ungemütlichen und ziemlich langweiligen Fest, das der Gouverneur arrangiert hatte – der größte Teil der Speisen war bereits zu Lizras Armee geschickt worden – zog Lizra ihre Truppen in das auf der Hügelkuppe aufgebaute Lager mit der besseren Entwässerung zurück. Etwa zweihundert Soldaten und ihre Offiziere blieben in Bienenheim, verloren aussehend und sich beständig schnäuzend.

Nachdem der Himmel aufgeklart hatte und von einer späten Sonne besänftigt worden war, beschäftigte sich die Armee damit, ihr Gefieder trockenzuschütteln und ihre Fahnen auszuwringen und die Schwerter, Kanonen und andere Gegenstände rostsicher zu machen. Das Einhorn war vor dem Lager aufgestellt worden, wo es – von der Stadt aus gesehen – wie eine untergehende goldene Sonne schimmerte. Aber es war ebenfalls nass und die Heizer krochen überall auf ihm herum und rieben es mit ölgetränkten Tüchern ab, denn seine Narben aus schwarzem Eisen durften nicht rosten.

Lizra hatte ihre Befehlshaber zu sich ins Zelt gerufen und auch Tanaquil war aufgefordert worden, dort zu erscheinen. Die übliche Kriegskonferenz fand statt: Lizra versprach Auszeichnungen und Orden, obwohl niemandem besonderer Mut abverlangt worden war, außer hinsichtlich des Regens. Die Schlüssel und Wappenzeichen aller Dörfer und Städte waren in Samt gebettet auf einem Tisch ausgelegt. In einer Ecke stand das Käse-Einhorn. Die Männer schnitten sich Scheiben davon ab und tranken Wein dazu.

Tanaquil behielt den Grummel an der Leine, denn er war immer noch dick mit Schlamm bedeckt, von dem er dann und wann etwas auf den teuren Bodenbelag abschüttelte.

»Sieg auf der ganzen Linie«, frohlockte Lizra, die sich umgezogen hatte und jetzt ein anderes rotes Kleid trug. »Gott ist auf unserer Seite.«

Die Hauptleute applaudierten.

Honj allerdings nicht, wie Tanaquil auffiel.

»Was ist los, Prinz Honj?«, fragte Lizra unvermittelt.

»Verzeihung, Madame«, antwortete Honj, »ich dachte gerade an Schweine.«

Lizra runzelte die Stirn. Sie wirkte kalt, rein und – eine Sekunde lang - Furcht erregend. »Schweine?«

»Ich kann mein Vergehen nicht erklären, Fürstin. Ich habe in der Stadt ein paar Schweine gesehen. Sie fühlten sich in dem Schlamm entschieden wohler als die Soldaten.«

Tanaquil war derart angespannt, dass sie unwillkürlich an der Leine zog und der Grummel neben sie rollte.

Bildete Honj sich etwa ein, mit Lizra Spielchen treiben zu können, Scherze zu machen, während niemand sonst sich so etwas erlauben durfte? Privat vielleicht. Aber *hier?*

»Wrrwr«, ließ sich der Grummel vernehmen.

Tanaquil lockerte den Griff. Der Grummel hechtete zu Lizra. Er warf seinen schlammigen Körper in ihren Schoß und begrapschte die Seide mit den Pfoten. Dann sagte er klar verständlich: »Fürstin! Göttin!«

Ein leises Raunen ging durch die Menge.

Lizra senkte den Blick zu dem Grummel, und das Licht in ihren Augen wandelte sich von kalt zu warm.

»O nein!«, sagte sie.

Honj ergriff wieder das Wort. »Doch, Madame. Was das Tier zu sagen *scheint*, ist die Antwort. Wir sind nur Sterbliche. Im Regen geringer als die Schweine aus dem Stall. Aber du … du bist eine Urgewalt.«

»Eine Göttin«, ergänzte einer der Hauptleute.

Große Stille senkte sich hernieder.

Tanaquil dachte: Um Himmels willen, was geschieht jetzt?

Muck, der respektvoll hinter Honj stand, sagte: »He, Honj. Was ist das für ein komisches Geräusch?«

Tanaquil glaubte allmählich auch etwas zu hören, als ob sie bis jetzt teilweise taub gewesen wäre.

Da war ein seltsamer lang gezogener, schriller Schrei. Als ob Dampf aus einem Wasserkessel strömte. Gleichzeitig war da ein dumpfes Brummen ...

Honj schritt an Muck vorbei, schlug die Zeltöffnung zurück und trat hinaus. Hauptleute drängten sich hinter ihm.

Tanaquil fiel auf, dass Lizra sich nicht von der Stelle rührte. Ihr Gesicht war blass und verschlossen. Sie dachte offenbar nur über dieses wundervolle Wort *Göttin* nach. Tanaquil verließ das Zelt und der Grummel folgte ihr mit der Nase an den Fersen, seine Leine hinter sich her ziehend.

»Was hast du angestellt?«, fragte sie ihn. »Hast du dich zum Strategen entwickelt? Zum Lenker des Allgemeingeschicks? Oder was?«

»Nass«, brummte der Grummel zufrieden. Er saß in einer Pfütze.

Das Geräusch war sehr laut geworden. Es klang sehr eigenartig, so als ob etwas den Himmel aufschlitzte.

»Was ist das?«, fragte einer von Lizras Hauptleuten und streckte deutend die Hand aus.

Alle blickten hinauf zum blauen Nachmittagshimmel.

Tanaquil hatte Angst. Ganz unvermittelt, ohne zu wissen, warum. Aber irgendetwas, das aussah wie Teeblätter, trudelte zwischen den weichen, warmen Wolken herum. Teeblätter – Muster bildend, die man nicht deuten konnte und die immer größer wurden.

Irgendetwas landete in der Nähe mit einem Plumps. Sie drehten sich um. Nichts war zu sehen.

Überall im Lager wandten weitere Leute den Blick gen Himmel. Soldaten standen verdutzt da.

»He, Honj«, sagte Muck, »lach jetzt nicht. Ich glaube, wir haben es mit einer Heuschreckenplage zu tun.«

»Ich lache nicht«, gab Honj zurück.

Das entsetzliche Geräusch war jetzt noch eindringlicher, unvermittelter. Es war kein Schrei. Es war ... eine Reihe von kürzeren Schreien oder Quietschern ... oder ...

Die summende Drohne hüllte sie ein, wie eine herabsinkende Maschine.

Einer der Hauptleute stieß einen Schrei aus.

Etwas war auf ihn gefallen. Er streckte den Arm aus.

»Bei der Fürstin! Schaut euch das an!«

Sie schauten.

»Es ist eine blutige Maus ... mit Flügeln!«

So war es: schwarz mit gelben Streifen, die Flügel groß und glasig. Es saß auf dem Handgelenk des Hauptmanns und musterte ihn mit dunklen runden Augen. Und es *quiekte.*

Das war das Geräusch. Ein Quieken.

Tanaquil sagte mit heiserer Stimme: »Vorsichtig ... es ...«

In diesem Augenblick machte das mausähnliche Wesen einen Satz.

Sein Schwanz knallte wie eine Peitsche und der Hauptmann schrie vor Schmerz auf. Auf seiner Wange erschien eine lange rote Strieme, die vor ihren Augen anschwoll.

»Es ... es hat mich *gestochen.«*

»Das machen sie gern.« Tanaquil wandte sich direkt an Honj: »Ein Magier hat sie gemacht. Sie heißen Mauspen. Eine Kreuzung zwischen Maus und Wespe ...«

Die Mauspe – oder eine andere – flog zum zweiten Mal zu dem Hauptmann. Alle sahen es. Sie biss ihm mit winzigen weißen Zähnen in den Finger.

Das Licht verdunkelte sich.

In höchster Angst sahen sie hinauf und stellten fest, dass der

Himmel tatsächlich auf sie herabfiel – ein Himmel aus stechenden, beißenden Mauspen.

Ein Plumpsen und Klatschen ertönte, als die Mauspen im Schlamm landeten. Und dann ein Schreien und Kreischen, als die Mauspen in die Nähe menschlicher Haut gelangten und sie bissen und stachen, begleitet von den Hieben ihrer giftigen Schwänze.

Tanaquil bedeckte sich das Gesicht, und im gleichen Augenblick sah sie ein Aufblitzen, etwas weghuschen.

Sie rief Honj zu: »Schütz deine Augen!«

Aber er zerrte sie bereits zurück in Lizras Zelt.

Lizra, makellos in Rot, starrte sie an.

»Was ist los? Haben sie es etwa gewagt, uns anzugreifen?«

»Nein«, sagte Honj. Er blieb stehen, schlug dann heftig mit den Armen um sich und drei Mauspen flatterten zu Boden. »Bedeck deinen Kopf, Lizra!«

»Nenn mich nicht Lizra!«

»Tu, was ich dir sage!«

Draußen herrschte tumultartiger Lärm.

Aber Lizras Unmut steigerte sich zu glühendem Zorn.

An diesem Augenblick strömten die Mauspen durch die Öffnung des Zeltes herein, mit ihren abscheulichen keinen Mäusepfoten zappelnd. Sie schwärmten im Inneren des Zeltes aus. Unterdessen fluteten auch Menschen herein, versuchten zu entkommen, stolpernd und stürzend.

Tanaquil sah voller Entsetzen, wie ihre Gesichter und Hände kreuz und quer von bösartigen roten Striemen durchzogen waren; diese schwollen zusehends an und verliehen ihnen ein seltsames, törichtes Aussehen, während die Gepeinigten vor Schmerzen heulten. Auch ihre Hände waren hellrot von Zahnbissen.

»Fürstin … das ist das Ende … die Strafe … aah!«

Tanaquil duckte sich, während Mauspen über sie herfielen. Aber der eigenartige Blitz zuckte erneut auf und sie sah, wie die wespenhaften Körper weggeweht wurden. Der Grummel, der zu ihren Füßen kauerte, schlug wütend mit den Pfoten um sich. Und der Blitz kam noch einmal.

Plötzlich ging ihr ein Licht auf. Das Geschenk, das ihnen das schwarze Einhorn gemacht hatte, war etwas Wirkliches und Wahrhaftiges und umkreiste sie immer noch. Alles, was sie angriff, traf auf eine unsichtbare Barriere. Sie und der Grummel waren in Sicherheit. Sonst niemand.

Honj brüllte: »Verdammt!«

Sie sah die Striemen auf seiner Stirn.

Dann duckte sich Lizra mit einem wilden Schrei und kroch unter den Tisch mit Schlüsseln, die dort ausgelegt lagen wie Hochzeitsgeschenke von den eroberten Städten.

Honj riss einen Teppich von der Wand, wirbelte ihn durch die Luft, und Mauspen flatterten in einem summenden schwarzen und gelben Gestöber davon.

Einige hatten sich auf dem Käse-Einhorn niedergelassen. Sie zerfetzten es, verzehrten es und quiekten dabei niedlich.

Draußen übertönte ein schrecklicher Knall das Kreischen und Heulen.

Tanaquil hielt die Luft an, ging zur Zeltöffnung und trat hinaus.

Innerhalb weniger Minuten war das Lager der Fürstin-Göttin Lizora Veriam zu einem Ort des Chaos und des Schreckens geworden. Es war wirklich gespenstisch.

Reiterlose Pferde brachen aus und trampelten auf ihrem Weg Zelte nieder. Männer kämpften wie Wahnsinnige, indem sie versuchten, sich mit Fetzen von Hemden und Tischtüchern zu retten, und vergebens ihre Schwerter schwenkten.

Ein Feuer war ausgebrochen und hatte bereits eine Reihe von Zelten in Brand gesetzt. Die Flammen loderten ungehemmt und Rauch stieg schwarz zum Himmel auf, der immer noch dunkel von herabfallenden Dämonen war.

Mauspen umschwirrten Tanaquil. Sie erhaschte einen Blick

auf den Grummel, der mit wilden Ausfallsprüngen versuchte, diese zu fangen. Aber das Gleiche, das ihn schützte, sorgte dafür, dass er sie nicht zu fassen bekam.

Lizra schrie auf. Plötzlich hob sich das gesamte goldene Zelt und sackte gleich darauf in sich zusammen. Unbezahlbare Wertgegenstände rollten den Hang hinab: Bücher, Edelsteine, ein Kopf aus Marmor mit Perlmuttaugen …

Ein Kind rannte schreiend vorbei, über und über verstochen. Tanaquil versuchte es zu schnappen, um es in die Aura ihrer Sicherheit zu bringen, doch sie bekam es nicht zu fassen. Es hatte zu viel Angst und flitzte weiter.

Dann krabbelte Honj aus dem zusammengefallenen Zelt und stellte sich neben sie. Sein Gesicht war dicht übersät mit Stichen und geschwollen wie ein Ballon. Seine Schönheit war dahin. Er hielt Lizra in einem zerbissenen Arm wie ein Bündel schreiender Schmutzwäsche.

»Komm!«, sagte er zu Tanaquil durch formlose Lippen, »hier entlang.«

»Wohin?«

»Bergab. Sie wollen *hier* zuschlagen.«

Er schob sie, schleppte Lizra und schützte seine Augen so gut es ging mit einem Arm. Muck und Spedbo drängten ihm nach, fluchend und brüllend, ebenfalls durch Stiche bis zur Unkenntlichkeit entstellt, mit ihren Schwertern fuchtelnd und Muck aus irgendeinem Grund eine Orange schwenkend.

Das Lager strömte vorbei, als ob der ganze Boden in Bewegung geraten wäre. Brüllende Männer schossen wie Kanonen gegen Tanaquil, doch Honj zog sie weg. Eine Frau, die mit einem Tischtuch wedelte, stürmte vorbei.

»Mir kann nichts geschehen … sie tun mir nichts …«, versuchte Tanaquil zu erklären. Doch Honj hörte ihr nicht zu, sondern zog sie weiter.

Die Luft war angefüllt mit Mauspen.

Da sie keinerlei Versuch unternahmen, sie zu stechen oder

zu beißen, ging Tanaquil nun gegen sie vor. Sie waren pelzig und weich, entzückend. Tanaquil dachte daran, wie Lady Mallow ein Paar davon hatte erstehen wollen, und sie erinnerte sich an den Schlag des Schwanzes gegen das Glas und das tropfende Gift. Worabex hatte also seine Geheimwaffe vervollkommnet …

Drei Soldaten, die durch ein Feuer tauchten, prallten gegen Tanaquil. Sie fiel auf die Knie und ein scheuendes Pferd trampelte über ihren Kopf hinweg, sein Fell dunkel von Stichen. Sie dachte an das Kamel. Es hatte einen dicken Wollumhang, konnte die Augen und Nüstern schließen …

Honj half ihr wieder auf.

»Schau! Schau, Frau! Siehst du das?«

Sein Mund war jetzt so geschwollen, dass sie kaum verstand, was er sagte.

Doch dann bemerkte sie durch all den Tumult des Rennens und Schreiens und des Rauchs und Feuers und der schwirrenden Mauspen das leuchtend gelbe Gold von Sonnenschein, das Kriegs-Einhorn, das vor ihr am Rand des Hügels über der Stadt stand.

Etwas war merkwürdig. Die Heizer gingen nicht unter seinen Bauch, und die Mauspen anscheinend auch nicht. Um das Einhorn herum war alles leer, nur an seinen Beinen quetschten sich die Heizer und ein paar andere zusammen, schluchzend und fluchend; sie forderten sie mit Gesten auf, zu kommen und sich in Sicherheit zu bringen, obwohl da gar kein Platz mehr war.

»Vor dem Bauch haben sie Angst«, stellte Honj fest. »Da runter!«

»Nein«, widersprach Tanaquil.

»Der sicherste Ort«, murmelte Muck und schob sie.

Sie strömten vorwärts. Lizra schrie nicht mehr. Ihr Gesicht war nicht mehr weiß und rein, sondern rot und schwarz von Stichen, Tränen und Augenschminke.

Das Einhorn ragte massig über ihnen auf. Und das Summen ließ nach.

»*Hinein!*«, rief Honj.

Er rannte los, Lizra tragend, Tanaquil zerrend. Muck, Spedbo und der Grummel polterten hinter ihnen her.

Tanaquil – und sonst niemand – schrie. Und sie hörte ihren Schrei wie ein weißes Band, das sich unendlich in eine große Leere hinunter entfaltete.

Und dann fiel sie. Fiel wie ein Vogel oder wie ein Stern. Fiel durch Raum oder Zeit. In die Stille. Äußerste, herzlose, unfreundliche Stille. *Ich bin tot. Dies ist der Tod.*

Eine einzige Mauspe ließ sich auf ihrem Arm nieder. Sie hielt ein Stück Käse in den Pfoten und knabberte daran wie ein Eichhörnchen, mit angelegten Flügeln und schlaffem Schwanz.

Sie betrachtete das Wesen mit Hass und Liebe.

Armes Ding. Du kannst nichts dafür.

Sie streichelte seinen flauschigen Rücken.

Schwärze stieg davon auf und füllte ihre Augen.

24

Ein Himmel konnte rot sein, durch den Sonnenauf- oder -untergang, doch nicht so rot wie dieser. Dieses Rot war wie schlechter alter Wein, der mit Blut vermischt und dann über einem schmutzigen Hexenfeuer geräuchert worden war. Riesige rote Wolken brodelten dort, schnell von Horizont zu Horizont ziehend, obwohl kein Wind wehte.

Was dann, wenn nicht der Wind, hatte diesen unschönen Laut erzeugt? Diese *Laute?* So etwas wie das Kreischen einer Säge, das nicht aufhörte. Schrille, jedoch gedämpfte Quietschlaute, die in regelmäßigen Abständen ertönten. Es waren beunruhigende Töne – aufschreckend, unerträglich, wie eine fehlerhafte Uhr, die zu laut und auf die falsche Art und Weise tickte.

Die Luft war heiß, feucht, schwer, allein das Atmen eine einzige Anstrengung. Doch sie atmete. *Sie lebte.*

Tanaquil wandte den Kopf um. Sie hatte gegen etwas Hartes gelehnt dagelegen und ihr Hals war steif.

Sie bemerkte eine schattenhafte Gruppe von Leuten, die dicht gedrängt um sie herum lagen. Muck und Spedbo. Honj. Lizra. Der Grummel saß neben Lizra. Er sah Lizra an.

Das nenne ich Treue!, dachte Tanaquil verbittert. Aber es war keine Zeit, sich zu ärgern. Denn etwas war geschehen.

Sie hatten sich unter den Bauch des goldenen Einhorns geflüchtet und jetzt waren sie wahrscheinlich an irgendeinem fremden Ort. Denn nichts mehr war so, wie es gewesen war. Die Landschaft, Lizras Kriegslager, sogar das Einhorn an sich – alles war weg.

Diese Landschaft war sehr dunkel. Sie lag in einer Art von rot-schwarzem Zwielicht, durch das man die verschwommenen Umrisse ferner Dinge sah, vielleicht Hügel, weiter weg eine feuchte Marschgegend, wo Pusteln aus schleimigem Wasser den brodelnden Himmel einfingen und widerspiegelten. Der Verwesungsgeruch kam offenbar von dort, ebenso das mechanische Quietschen. Was war die Ursache? Wollte sie es wirklich wissen?

Tanaquil richtete sich auf. Zu ihrem Entsetzen sah sie etwas Kleines, Schwarzes und Gelbes in ihrem Schoß liegen. Eine Mauspe! Sie … schlief. Sie hatte sich in ihrem Kleid zusammengekuschelt und den Schwanz über die Nase geschlungen. Ein Dämon magischer Erfindung, eine entzückende Erscheinung. Das vollkommene kleine Schmusetierchen. Sie sah nur dieses eine. Aus irgendeinem Grund war es ihnen gefolgt, die einzige Mauspe, die dumm genug war, dies zu tun.

Denn unter dem Bauch des Einhorns, wie Tanaquil jetzt begriff, war die Pforte zu einer anderen Welt. Das wurde ihr schnell klar, denn sie war schon einmal durch eine ebensolche Pforte gegangen. Aber damals war es der Eingang zum Paradies gewesen. Und dies hier …

Sie war selbst schuld, hatte sie doch das Einhorn repariert und ihm den Ohrring aus ihrem linken Ohr eingesetzt. Offensichtlich war der Ohrring das geblieben, was er zuvor gewesen war: ein Schlüssel zum Aufschließen. Sie hatte den Zugang geöffnet. Und all die verschwundenen Männer waren zweifellos durch diese Öffnung in eine fremde Welt gestürzt, genau wie sie jetzt.

Was für ein Ort war diese Welt?

Die andere war der Himmel gewesen, makellos, wundervoll. Aber es gab noch andere Welten, und sie behaupteten doch – die Zauberinnen und Magier, die über solche Dinge sprachen –, dass es, bei aller Unvollkommenheit ihrer eigenen Welt, noch viel schlimmere gäbe.

Wer konnte daran zweifeln, dass diese Welt – mit diesem Himmel, diesen Geräuschen, dem kribbelnden, heißen, dampfschwülen, unheimlichen Gefühl in der roten Luft – eine der schlimmsten war? Eine der vielfältigen, zahllosen Höllen?

Aber wenn sie durch die Pforte gekommen waren, müsste die Pforte eigentlich irgendwo in der Nähe zu sehen sein.

Tanaquil hob die Mauspe hoch und setzte sie auf einen Stein. Sie stand auf und die anderen sahen sie an, als ob sie nicht ganz bei Sinnen wäre. Langsam drehte sie sich um sich selbst und blickte in alle Richtungen. War es die Düsternis, die ihre Sicht behinderte? Sie waren in die Tiefe gefallen, befand sich die Pforte also am *Himmel?*

Sie spähte und spähte. Sie spähte, bis ihr Kopf schmerzte und Tropfen der stickigen Atmosphäre wie Perlen an ihren Wimpern hingen und ihr in den Augen brannten

Muck sagte trübsinnig: »Es gibt kein Entkommen. Wir sind erledigt.

Tanaquil sah ihn an. »Begreifst du, was geschehen ist?«

»'türlich«, gab Muck zur Antwort. »Jedes Kind weiß über die anderen Welten Bescheid. Die Hälfte der Märchen, die einem in der Wiege erzählt werden, handeln davon. Wir sind in eine davon geraten und es gibt keine Rückkehr. Eigentlich müsste es ein Tor geben, oder nicht? Wie beim Reinkommen. Na, es ist jedenfalls verschwunden. Jetzt sitzen wir fest.«

Tanaquil dachte in verzweifelter Wut: Ich habe nur meiner Mutter und den mir bekannten Magiern geglaubt! Sie hat mich in dem Glauben erzogen ... Dann zwang sie sich, den Gedanken aufzugeben, denn kleinlicher Ärger war zu ermüdend.

Sie setzte sich auf einen Stein. Der Boden war übersät mit Steinen in einer schwarzen, unschönen Vielfalt. Kein Gras wuchs hier, kein Baum, keine Pflanze irgendeiner Art, die sie hätte erforschen können. Feuchtigkeit lief über die Dinge wie Schweiß. Die Wolken jagten dahin.

Die Mauspe war aufgewacht und putzte sich das Gesicht mit den Pfoten.

Spedbo sagte: »Das Ding da – soll ich es töten, Honj?«

Honj sagte: »Lass es in Ruhe. Es gibt hier nur dieses eine, und anscheinend ist es in Tanaquil verliebt.« Er wandte sich Lizra zu, die immer noch träge gegen einen Fels gelehnt dalag. »Fürstin, ich fürchte, ich habe dir etwas Abscheuliches eingebrockt. Möchtest du, dass ich mich in mein Schwert stürze?«

Lizra antwortete nicht. Ihr Gesicht mit dem Mosaik aus Stichen und Haut und von Tränen verschmierter Schminke wirkte zwar grotesk, aber nicht so dämlich wie die zerstochenen Gesichter von Spedbo, Muck und Honj.

Der Grummel kletterte auf Lizras Schoß.

Lizra streichelte ihn geistesabwesend, den Blick starr ins Nichts gerichtet.

Muck sagte: »Das wäre das Beste für uns alle. Hier und jetzt zu sterben.«

Tanaquil schalt ihn: »Red keinen Unsinn. Es gibt bestimmt einen Ausweg. Es muss einen geben.«

»Du kannst gut reden«, maulte Spedbo. »Verdammte Hexe, du bist nicht einmal gestochen worden. Das tut ganz schön weh, kann ich dir sagen.«

»Ich entschuldige mich dafür, dass ich nicht gestochen worden bin. Aber die Schwellungen gehen bereits zurück. Du hättest dich vorhin sehen müssen.«

»Nimm dich in Acht! Ich brauche kein dummes Mädchen, das mir …«

»Halt den Mund!«, fuhr Honj dazwischen. Er erhob sich ebenfalls. »Wir alle haben uns etwas ausgeruht. Da unsere Zauberin sagt, hier ist keine Pforte, schlage ich vor, dass wir uns auf die Suche nach einer solchen machen. Oder nach irgendetwas. Wenn wir hier festsitzen, müssen wir irgendwie überleben.« Muck grunzte. »Das gilt auch für dich, Muck. Wir können es uns nicht leisten, einen Mann einzubüßen. Gott mag wissen, welche Art von Leben hier existiert, aber nach den Überresten davon zu urteilen, muss es ziemlich widerwärtig sein, und wahrscheinlich verdammt gefährlich.

Als ob es mitgehört hätte, begann etwas auf den verschwommenen schwarzen Hügeln zu tuten.

Die monotone Stimme ergänzte den übrigen Chor von Quietsch- und Sägegeräuschen.

Die Mauspe flog plötzlich in die Luft.

Muck und Spedbo sprangen auf, prallten gegeneinander, fluchten und zogen die Schwerter. Doch die Mauspe landete auf Tanaquils Schulter, blieb dort sitzen und blickte sich abscheulich niedlich um.

»Madame«, sagte Honj zu Lizra, »darf ich dir helfen aufzustehen?«

Ohne ein Wort hielt Lizra ihm die Hand hin. Der Grummel sprang von ihrem Schoß und Lizra stand auf. Sie schob Honjs Hand weg, hob den Kopf und sprach melodramatisch und unverblümt: »Ich habe alles verloren.«

»Ich werde versuchen«, sagte Honj, »dir wieder zu deinen

Ländereien und deinem Titel zu verhelfen. Deine Schwester wird dir ebenfalls helfen. Ihre Magie …«

»Meine Schwester«, sagte Lizra.

Sie starrte ins Unendliche und senkte den Blick erst wieder, als sich der Grummel an ihrem Bein rieb. Geistesabwesend streichelte sie ihn.

Muck sagte: »Also, Honj? Wohin jetzt?«

Honj antwortete: »Vielleicht weiß die ehrenwerte Dame Tanaquil einen Vorschlag zu machen.«

»Nein«, entgegnete Tanaquil. »Ich bin genauso ratlos wie du.«

»Dann … zu den Hügeln dort«, sagte Honj. »Vielleicht liegt dahinter etwas. In der anderen Richtung kommen wir hinunter in den schmutzigen Sumpf.«

Lizra setzte sich in Bewegung, zu den Hügeln, wieder ohne ein Wort, wie eine von einem Uhrwerk betriebene Puppe. Wie … das Einhorn. Geistlos. Der Grummel trottete neben ihr her und sagte aufmunternd: »Klettern Hügel, ja.«

Honj fiel zurück. Er ging neben Tanaquil, an ihrer rechten Seite – die Mauspe saß auf ihrer linken Schulter.

»Ich muss gestehen, ich wusste von diesen anderen Welten nur deshalb etwas, weil *sie* mir über *dich* erzählt hat. Ich habe es nicht geglaubt, aber ich lebe lange genug, um gelernt zu haben, dass man hin und wieder sehr schnell anderen Sinnes werden muss. Weißt du *irgendetwas* über diesen Ort?«

»Nicht das Geringste. Tut mir Leid, ich bin machtlos. Ich bin eine ganz unnütze Hexe, weißt du. Wahrscheinlich hätte ich es erkennen müssen. Ich habe es *gespürt* – aber ich konnte euch nicht richtig warnen. Das Einhorn – sein Zweck war durch und durch böse und *falsch*. Und deshalb hat es die Pforte zu einem Ort geöffnet, der ebenfalls falsch ist und – böse. *Böse.* Fühlst du es nicht?«

»Nein. Aber schließlich bin ich ja strohdumm.«

Sie hätte ihm am liebsten eine Ohrfeige verpasst, aber womöglich würde er zurückschlagen. Sie sagte: »Ich glaube, Lizra ist jetzt vollkommen übergeschnappt. Sie ist so, wie ihr Vater war, nachdem das Einhorn – das *andere* Einhorn – ihn angegriffen hatte.«

»Sie wird damit fertig werden.«

»Das Einzige, was sie braucht, ist ein bisschen Ruhe und eine Tasse Tee?«, fragte Tanaquil ironisch.

Honjs Gesicht verlor sein geschwollenes Aussehen sehr schnell. Die Stiche zeichneten sich als dünne rote Streifen auf den Wangen, der Stirn, dem Hals ab.

»Sie ist der Überlebens-Typ«, sagte Honj. »Wir alle gehören zu dieser Sorte.«

»Besonders Muck – ›lass uns alle hier sterben‹. *Sehr* tapfer.«

»Sterben kann eine Art des Überlebens sein, wenn die Dinge allzu schlecht stehen. Aber ich glaube nicht, dass das der Fall ist.«

»Glaubst du nicht.«

»Nein. Wir haben dich bei uns, Tanaquil.«

»Ich bin daran schuld, dass wir hier sind.«

»Nein, ich bin daran schuld.«

»Lass uns nicht darüber zanken, wer schuld ist.«

»Sag mal«, sprach nun wieder Honj, »hast du während deiner Reisen jeden Morgen deine Zunge an einem Messer geschärft?«

»Ja. Und auch jeden Abend.«

Honj lachte.

Vor ihnen drehten sich Muck und Spedbo verdrießlich und missbilligend um. Lizra drehte sich nicht um. Sie marschierte mit langsamen, gleichmäßigen Schritten voran, den Grummel neben sich.

Tanaquils Mauspe spielte mit einer Perle an ihrem Kleid.

»Diesem Ding da macht das alles anscheinend nichts aus.«

»Es hat Vertrauen zu dir«, erklärte er.

»Na schön. Aber *bitte*, Honj – Honj, setz nicht dein ganzes

Vertrauen auf mich. Ich habe dir doch gesagt – ich bin ratlos. Ich bin nutzlos.«

»Ich vertraue in erster Linie mir selbst«, sagte er. »Mach dir keine Sorgen. Ich passe auf dich auf.«

Sie sah ihn an, doch er blickte starr geradeaus. Ihr Herz hatte einen Satz gemacht, selbst in dieser Domäne der roten Nacht. Außerdem hatte sie seinen Namen ausgesprochen, was sie im Allgemeinen vermied.

Tanaquil wurde tiefrot, vielleicht weil sie sich schämte. Zum Glück verbarg die Düsternis der Hölle es.

Sie marschierten stundenlang oder sogar tagelang – es kam ihr mehr wie Tage vor. Sie erinnerte sich, wie es in der vollkommenen Welt möglich gewesen war, meilenweit zu gehen, ohne Ermüdung zu empfinden. Hier jedoch war man nach wenigen Schritten erschöpft, noch bevor man sich richtig warm gelaufen hatte.

Eine Welt der Müdigkeit, der Wut, des Zankens, letztendlich der Verzweiflung. Des Bösen – ja, auch das. Die schmutzig riechende Luft – wie alte Spüllappen, abgestandenes Blumenwasser – die schwüle Hitze. Die Dunkelheit, die nichts Strahlendes oder Verheißungsvolles hatte.

Das tutende Ding in den Hügeln hatte sich verkrümelt, als sie dort angekommen waren. Die Gruppe von Überlebenden ließ sich für eine Rast nieder, doch es gab keine Erfrischung. Sie hatten nichts zu essen und hatten kein sauberes Wasser gefunden, überhaupt kein Wasser außer den Randpfützen des Marschlandes, die wie Gift anmuteten.

Keinen einzigen Baum hatten sie gesehen, es gab nur Gestein und hier und da Spuren von einem zunderähnlichen Gehölz, das mit einem in den Zähnen schmerzenden Knirschen unter ihren Füßen zerbrach.

Während sie am Fuß der Hügel saßen, verdunkelte sich der Himmel immer mehr; Tanaquils Adern füllten sich mit Eis.

Es war Honj, der in lässigem Ton sagte: »Ich glaube, die Sonne geht unter.«

Und tatsächlich, als am Himmel nur noch bleischwere, drückende Schwärze war, ging ein schreckliches Gebilde, das vermutlich ein Mond war, dort auf, wo vermutlich Osten war.

Er war riesig, dieser Mond, man konnte ihn mit der erhobenen Hand nicht abdecken, und er war pockennarbig wie verfaultes Gemüse; farblich hatte er das Rot des Blutes. Er warf ein Furcht einflößendes Licht, vielleicht heller als das dämmerige Zwielicht des Tages.

»Hier gefällt es mir überhaupt nicht«, sagte Spedbo. »Da wäre ich noch lieber an dem schlimmsten Ort, an dem ich jemals war. Das wer das Verlies von Lord Schput. Dort war es ganz schrecklich und es wimmelte von Ratten. Aber es war immer noch besser als hier.«

»Für mich war der schlimmste Ort«, sagte Muck, »der Keller meines Vaters. Er hat mich immer dort eingeschlossen, wenn er mich nicht mochte. Was sehr oft der Fall war. Wo war für dich der schlimmste Ort, Honj?«

Honj sagte unbeschwert: »Nirgendwo ist es wirklich schlimm. Selbst hier nicht. Hört mal, da singt eine Nachtigall.«

Etwas kreischte zornig. Es flog unsichtbar über sie hinweg und Tanaquil erschauderte.

Lizra sprach kein Wort, sie saß da und streichelte den Grummel hingebungsvoll.

»Sollen wir ein bisschen schlafen«, fragte Spedbo, »bevor wir weitermarschieren?«

»Bist du müde?«, fragte Honj.

»Ja. Aber nicht … schläfrig. Ich glaube, ich könnte gar nicht schlafen, es sei denn, du gibst mir eins auf die Birne.«

»Mir geht es genauso.«

Tanaquil fügte hinzu: »Und habt ihr Hunger oder Durst?«

»Nein«, sagte Spedbo. »Eigentlich müsste man wohl beides haben.«

Muck sagte: »Ich habe ein Gefühl, als ob ich zu viel gegessen hätte. Und zu viel getrunken. Jetzt schon.«

Tanaquil dachte an die vollkommene Welt, wo die köstliche Luft sie gelabt und sie nichts sonst gebraucht hatte. Hier *wollte* sie nichts. Ihr würde davon übel werden.

Nach einigen Minuten erhoben sie sich und schleppten sich weiter.

Die Hügel waren nicht steil, aber der Aufstieg über den endlosen Hang erwies sich als mühsam. Die Hügel sahen aus, als ob sie aus schwarzem Bimsstein bestünden. Einmal grapschte etwas aus einem Loch im Hügel heraus und der Grummel spähte forschend hinein, ging aber nicht näher hin, um sich die Sache genauer anzusehen.

Sie erreichten den Hügelkamm, als der Blutmond allmählich unterging.

Die dichte Schwärze kehrte zurück. Gegenwärtig konnten sie kaum einander sehen, ganz zu schweigen von einer Aussicht aus der Höhe.

»Lasst uns jetzt schlafen«, schlug Honj vor. »Oder es wenigstens versuchen.«

Sie legten sich auf den harten Boden und versuchten einzuschlafen.

Nach einer scheinbaren Ewigkeit sagte Muck laut: »Ich weiß, dass du nicht schläfst, Spedbo. Sonst würdest du schnarchen.«

»Ebenfalls«, sagte Spedbo.

Honjs Stimme sagte: »Macht die Augen zu und tut so als ob.«

Tanaquil dachte: Es kann gar keine Pforte geben, die aus dieser Welt hinausführt. Die vollkommene Welt ließ Besucher ein, unter bestimmten Umständen, manchmal. Deshalb war es möglich. Aber diese hat uns nicht gewollt und sie hat uns den Weg versperrt, damit wir nicht wieder hinauskommen, aus dem einfachen Grund, weil sie begrüßt, was sie nicht will.

Nein, das hörte sich gar zu widersinnig an. Und doch …

Die Nacht pochte. Man hörte ein schwaches »Wuffwuff«. Das war ein Laut, den der Grummel manchmal im Schlaf von sich gab.

Der Grummel konnte hier also schlafen. Und bei der Mauspe war es das Gleiche – sie war in ihre Haare gekrabbelt und dort eingeschlafen. Vielleicht würde sich also auch für sie noch der Schlaf einstellen.

Aber der Grummel und die Mauspe waren unschuldig. Vielleicht weigerte sich diese Welt, Unschuld zur Kenntnis zu nehmen.

Sie hingegen waren verdorben. Und Lizra – Lizra war von Sinnen. Sie war auf dem besten Weg gewesen, allmächtige Herrscherin zu werden.

Aus der hauchenden Halbstille brach ein grausiges Heulen direkt über ihnen hervor.

Tanaquil taumelte hoch und hörte das Rascheln der anderen, die das Gleiche taten, sowie das Klirren von Schwertern.

Dann jammerte eine Stimme schrill: »Tut mir nichts! Ich bin es! Ich bin es!«

»Und wer bist du?«

Tanaquil stellte fest, dass das trübe Licht allmählich zurückkehrte, ein Schaum von Rot am Rand des Himmels.

Sie sah, wie Honj und Muck die drei zappelnden Männer ergriffen. Zwei von ihnen kannte sie nicht, der dritte war der Heizer Beule.

25

»Ich hab's gewusst, dass ihr auftauchen würdet«, sagte Beule. »Irgendjemand würde kommen. Ich habe es zu Witschel gesagt, und zu Plip. Wartet's ab, ihr werdet schon sehen. Sie geben uns nicht auf. Wir sind schließlich nützlich.«

Plip, der Soldat, machte ein zweifelndes Gesicht. Sein Kettenhemd war in einem traurigen Zustand und sein Armeeumhang war zerrissen und hing in zwei Fetzen an ihm herab. Beule und Witschel, einer aus Beules Gruppe, wirkten etwas vergnügter.

»Sind die anderen auch bei euch?«, wollte Tanaquil wissen.

»Welche anderen? Nein. Sonst niemand. Wir haben uns zufällig getroffen, beim Rumlaufen. Ganz schön blöd, sich einfach so zu verlaufen. Und wo befindet sich jetzt das Lager, Lord Prinz?«

Honj antwortete: »Ich fürchte, auch wir sind vom Lager abgeirrt.«

Spedbo erklärte: »Ihr seid in eine andere Welt gefallen und wir ebenfalls. Der Bauch des Einhorns war der Eingang. Es gibt keinen Ausgang, so scheint es wenigstens. Palavert nicht herum, haltet lieber die Klappe. Ich erzähle das nicht zweimal.«

Beule, Plip und Witschel standen in unglücklicher Verwunderung da.

Plip sagte mit bebender Stimme: »Das ist ein Trick von den Wanderheuschrecken.«

Tanaquil erwiderte: »Glaubt einfach, was ihr gehört habt.«

Die Männer starrten sie an. Beule murmelte: »Das ist diese Zauberin. Einem Gerücht nach soll sie die Schwester der Fürstin sein. Sagt ja.«

»Ja«, sagten Witschel und Plip.

Beule blinzelte in die Runde. »Dann gibt es also keine Rettung.« Beules orangefarbenes Hemd sah nur noch rot aus, es war zerrissen und verklebt; Außerdem hatte er einen struppigen Bart, ebenso wie Plip und Witschel. Aber schließlich waren alle schon eine ganze Weile hier. Honjs, Mucks und Spedbos Gesichter wurden allmählich ebenfalls stoppelig.

Beule stieß Muck den Ellbogen in die Seite. »Wer ist das Mädchen?«

Sein Blick haftete auf Lizra.

Ihre Augen richteten sich langsam auf ihn.

Beule sagte: »Kommt mir von irgendwoher bekannt vor. Deine Freundin, Muck?«

Honj sagte: »Ihr solltet eigentlich niederknien, wenn ihr mit der Fürstin sprecht.«

»Ach, komm«, sagte Beule. »Das ist doch niemals ...« Sein Mund klaffte auf. Er kniete nicht nieder und zeigte auch keinerlei Anzeichen von Lust, den ekelhaften schwarzen Boden zu küssen.

Lizra richtete sich kerzengerade auf.

Sie sagte: »Alle lassen mich im Stich.« Dann sah sie Honj an. »Und du wirst es auch tun, das weiß ich. Alles war gut und schön, solange ich Macht und Reichtum besaß. Da warst du an mir interessiert. Aber jetzt bin ich nichts, ein *Mädchen*. Jetzt magst du mich nicht mehr, was, Honj?«

In ihrem zerrissenen, schmutzigen Kleid, mit dem zerstochenen Gesicht, den zerzausten Haaren sah sie eher etwas sonderbar aus denn pathetisch.

Honj antwortete: »Lizra, du solltest mich nicht nach deinen anderen Freunden beurteilen.«

»Lüg nicht!«, schimpfte sie. Sie wandte ihm den Rücken zu und schritt auf dem Hügelkamm entlang, ziellos und unaufhaltsam.

Der Grummel stob davon, um sich an ihre Fersen zu heften; dabei wirbelte er schwarzen Staub auf und musste niesen.

Honj sah die anderen an. Seine Miene war kälter, als Lizras es jemals gewesen war, und seine Augen glichen jetzt nicht blauem, sondern tintenschwarzem Stahl.

»Die Fürstin ist natürlich bekümmert«, sagte er. »Aber wir werden ihr hier genauso dienen wie in der wirklichen Welt. Bis an die Grenzen unserer Fähigkeit und unseres Lebens.«

Tanaquil sah weg und blickte über die Hügel. Darunter erstreckte sich eine Wüste aus schwarzem Sand. Irgendwie hatte sie nichts anderes erwartet.

Sie folgte Lizra.

Lizra blieb nicht stehen, als Tanaquil das Wort an sie richtete. Tanaquil hatte sie nicht mit *Lizra,* sondern mit *Fürstin* angesprochen.

»Fürstin, man braucht dich jetzt mehr denn je.«

»Wer braucht mich?«

»Deine Männer. Du bist jetzt ihr einziges Banner. Alles, was sie noch haben.«

Lizra wandte sich um und musterte Tanaquil. Der Grummel streckte eine Pfote aus, leckte sie – und spuckte aus.

»Bevormunde mich nicht, Tanaquil.«

»Bevormunde *du* mich nicht, Fürstin. Ich spreche die Wahrheit.«

»Na gut. Und, Tanaquil ...«

»Ja, Fürstin?«

»Du hast mich noch nie Fürstin genannt.«

»Jetzt habe ich es getan.«

Lizra sagte wieder: »Na gut.«

Und ging wieder zu den anderen. Dort sagte sie zu Honj: »Bitte vergib mir, Prinz. Ich bin wohl etwas überreizt. Sollen wir hinuntergehen? In diese Wüste?«

»Das dürfte die einzige Möglichkeit sein«, sagte Honj gleichmütig.

Und Muck rief: »Und seht mal, was in meinem Hemd war!« Er hielt eine große zermatschte Orange hoch.

Sie teilten die Orange unter Honjs Anleitung, indem sie das meiste davon Lizra und Tanaquil gaben. Der Grummel verzehrte die Schale mit großem Getue, indem er sich auf dem Boden herumrollte.

Die Mauspe hatte Beules Aufmerksamkeit erregt und dieser ging nun zu Tanaquil und fragte, ob er ihren Vogel sehen dürfe. War es eine einheimische Sorte?

Tanaquil wollte Beule gerade raten, die Mauspe nicht zu berühren, aber es war zu spät.

Beule streckte die Hand aus, die Mauspe sprang hoch und schlug mit dem Schwanz quer über seine Hand.

»Autsch!«, rief Beule, der anscheinend mehr in gefühlsmäßiger denn in körperlicher Hinsicht verletzt war. »Das Untier hat mich geschlagen.«

Er war nicht gestochen worden.

Tanaquil hob die Mauspe von ihrer Schulter. Diese unternahm keinerlei Versuch von Gewalt ihr gegenüber, sondern setzte sich nur in ihre Hand und gähnte. Tanaquil gab ihr ein winziges Stück Orange.

»Sie hat keinen Stachel«, erklärte sie.

»Vielleicht ist das der Grund, warum sie uns gefolgt ist«, sagte Spedbo. »Anstatt bei den anderen zu bleiben. Eine Außenseiterin.«

Er kam näher und kitzelte die Mauspe, die erneut stachellos zuschlug und dann quiekend seinen Arm hinaufrannte.

Der Grummel war ebenfalls herangekommen, um noch etwas Orange zu ergattern, oder die Mauspe. Tanaquil sagte: »Aha, der große Diplomat.«

Der Grummel nieste urgewaltig und kehrte zu Lizra zurück.

Bald darauf stiegen sie den schwarzen Hügel hinunter und gelangten in die schwarze Wüste der Hölle.

Die Wüste erstreckte sich unter dem roten Himmel von einem zum anderen Ende der Sicht und ein schwarzer Staubdunst stieg davon auf, um den wolkenverhangenen Tag noch bewölkter zu machen.

Vielleicht hatten die Orangenschnitze sie erfrischt.

Sie marschierten stundenlang weiter – oder tagelang.

Beule sagte: »Wir waren in einem Wald.«

»Du und Witschel und Plip? In einem Wald?«, fragten die anderen.

»Na ja, nicht mit Bäumen. Es waren hohe Steinpfähle mit Dornen dran. Wir haben es Wald genannt. Wir haben nie versucht, diese Wüste oder diesen marschartigen Dreck zu durchqueren.«

»Aber jetzt tut ihr es.«

Die unheil verkündenden Laute des Marsch- und des Hügellandes waren allmählich verklungen. Beule fügte hinzu: »Sind einem ganz schön auf die Nerven gegangen, diese Geräusche.«

Als er gefragt wurde, wie er und die anderen ihre Lage in Bezug auf Essen und Trinken gemeistert hatten, antwortete Beule: »Ach, das.« Witschel erklärte: »Keine Lust auf irgendwas«, obwohl er ein Stück von der Orange gegessen hatte, und Plip: »Dieser Ort gibt einem irgendwie Energie. Nur dass es nicht angenehm ist. Ich kann euch jetzt sagen, dass ich diese Wüste durchqueren wollte.« Beule bestätigte voller Unbehagen: »Ja, ich auch.« Witschel sagte: »Es ist, als ob einen jemand ruft.«

Honj fragte Tanaquil: »Ist es vielleicht eine Art von Zauberbann, der uns anzieht?«

»Wahrscheinlich. Warum hast du diesen Weg gewählt?«

»Taktische Überlegung. – Nein, das stimmt nicht. Vielleicht bin ich wirklich verzaubert.«

Anscheinend war ihm das ziemlich gleichgültig. Er schien allerdings auf eine kühle, unterdrückte Weise wütend, seit Lizra ihn hatte abblitzen lassen, doch er sprach nicht darüber. Keiner von ihnen sprach viel.

Als die Laute hinter ihnen ertönten, hielten sie das für die Fortsetzung der Abscheulichkeiten, die zuvor abgelaufen waren, jedenfalls waren sie genauso monoton. Sie hörten ein leises Zischen und ein tiefes Muhen und so etwas wie eine menschliche Stimme, die ständig wiederholte, wie ein quietschendes Rad: *Aj-iif.*

Schließlich drehte sich Tanaquil um.

Entsetzen durchfuhr sie, doch es schien weit entfernt zu sein, ein Entsetzen, das jemand anderes empfand.

»Honj!«, rief sie. »Sieh nur!«

Alle wandten sich um, mit Ausnahme von Lizra, die einfach nur dastand, mit herabgesackten Schultern, das Gesicht geradeaus nach vorn gerichtet.

In der Wüste aus schwarzem Sandstaub watschelten drei dürre schwarze Gestalten armeschwenkend hinter ihnen her. Sie waren allem Anschein nach menschlich oder zumindest menschenähnlich. Doch als sie näher kamen, war zu erkennen, dass sie keine Haare hatten, und an den Enden ihrer Arme waren nur Knäuel aus Dunkelheit anstelle von Händen.

Diese Wesen waren es, die zischten und muhten und *Aj-iif* machten. Doch wie sie das anstellten, war rätselhaft, denn sie hatten keine Münder, ebenso wenig Augen oder Nasen. Sie hatten überhaupt keine Gesichter.

Muck, Spedbo und Honj sprangen vor, Plip rannte als Schlusslicht hinterher, alle mit erhobenen Fäusten und Schwertern.

Honj erreichte die Geschöpfe als Erster. Er schrie ihnen etwas zu und einer nährte sich ihm mit dreschenden Armen und stieß in einer Wolke von rauchigem Staub gegen ihn. Honj versetzte ihm einen Hieb und seine beiden Arme segelten in die Luft davon.

Die Gliedmaßen landeten im Sand, doch das Geschöpf bückte sich mit unverändertem Muhen und verband sich auf irgendeine Weise wieder mit ihnen.

Muck und Spedbo erzielten so ziemlich die gleiche Wirkung.

Eines der Geschöpfe zerfiel in zwei Hälften.

Aj-iif machte es unmelodisch und wurde wieder ein Ganzes.

Plip rannte jetzt in die andere Richtung.

Honj befahl: »Zurück! Weicht zurück!«

Er und die beiden Wanderheuschrecken wichen zurück und die ausdruckslosen Gestalten folgten ihnen, jedoch ohne Eile. Bald hatten sie wieder den gleichen Abstand wie zuvor.

»Sie laufen uns einfach hinterher«, sagte Tanaquil. »Ich glaube … ich glaube, sie kommen uns nicht sehr nahe, solange wir uns bewegen.«

»Einmal nah reicht«, bemerkte Muck.

Sie setzten ihren Weg fort, und zwar rückwärts gehend. Nur Lizra schaute in die richtige Richtung, nach vorn.

Die Sandwesen folgten ihnen, holten sie jedoch nie ein, zischend und muhend und *aj-iif*end.

»Was sind das für welche?«, fragte Honj Tanaquil.

»Ich weiß nicht so recht … eine Art von Dämonen, aber schwach. Ich glaube, hier wird alles schwach … oder auch … wie soll ich es sagen … vielleicht *wütend*.«

»Sie sind nicht schwach«, widersprach Spedbo. »Schau dir den an, den ich in zwei Teile geschnitten habe. Jetzt ist er wieder am Stück. Man kann von einem Mann nicht verlangen, dass er gegen so etwas kämpft.«

Lizra sagte mit fast tonloser Stimme: »Da vorn ist etwas.«

Honj spähte aus, Tanaquil ebenfalls.

»Wieder einer von diesen Pfahlwäldern.«

»So sieht es aus. Jedenfalls ist die Wüste offensichtlich zu Ende.«

Sie gingen weiter, und die Sandwesen folgten ihnen.

Kurz darauf gelangten sie zwischen die hohen Pfähle aus schwarzem Stein, deren wie Eisen aussehende Dornen einige Fuß über ihren Köpfen herausragten.

Die Dämonen erreichten ebenfalls den Rand der Wüste und dort klappten sie zusammen und versanken im Sand.

In der Wüste war ein Teich; er brodelte und roch nach ranzigem Öl. Steine schwammen darin herum und klickten.

Doch als sie an diesem Teich standen, geschah es, dass das Licht des Tages – falls es ein Tag war – verblasste, und ein neuer Ton pulsierte zwischen den Pfählen hindurch zu ihnen, klingend und singend, viele Meilen entfernt, verweht von einem nicht vorhandenen Wind.

»Was ist das?«, fragte Lizra missmutig.

»Könnte alles Mögliche sein«, erwiderte Spedbo.

»Es hört sich wie eine Schlacht an«, sagte Lizra.

Tanaquils Ohren schienen sich tief im Inneren zu öffnen. Auch sie hörte es: durch das weitläufige Pulsieren ein gedämpftes Trompetenschmettern, das Trampeln von Hufen, das Rattern von Rädern, das Klirren von Truppen am Ufer der Nacht …

»Ist es das, was uns angezogen hat?«, fragte Honj.

Tanaquil sagte: »Das Einhorn war das Tier des Krieges und die Pforte zum Krieg. Das ergibt so etwas wie eine Gleichung. Mathematik und Magie sind sich ähnlich. Die Dinge sind im *Gleichgewicht.*«

»Was machen wir jetzt?«, wollte Spedbo wissen. »Geht es um einen Kampf gegen Menschen – oder *Dinge?*«

»Tanaquil«, sagte Honj, »was sollen wir tun?«

»Frag nicht mich.«

»Doch, ich frage dich.«

Die Geräusche verebbten wieder, versanken in Stille.

Tanaquil bemerkte die Wut in Honjs Gesicht. Hinter seinem beherrschten Zorn steckte eine uralte Angst. In diesem Augenblick wusste sie, dass sie ihn liebte.

Sie sagte: »Wir müssen weiter gehen. Wir sind die Macher des Krieges. Hier ist er. Wir gehören zu ihm.«

26

Wo der Pfahlwald aufhörte, schien auch das Land aufzuhören. Es fiel in kaskadenartigen Klippen in den Raum hinab; unten war ein Tal.

Anfangs herrschte da nur Dunkelheit, denn der Tag hatte während der letzten Minuten ihres Marsches geendet. Sie mussten sich mit ausgestreckten Händen vorantasten und waren schon etliche Male gegen Pfähle gestoßen. Honj und Spedbo, die sich vorsichtig weiter bewegten, entdeckten den gefährlichen Rand des Geländes. Als sie anhielten, begann der Mond seinen Aufstieg – unter ihnen.

Muck sagte beiläufig: »He, Honj. Ich schwöre, er ist gestern nicht in dieser Richtung aufgestiegen.«

Niemand äußerte sich dazu.

Blutrotes Licht durchflutete die Ebene unter ihnen, und so sahen sie die riesige Ausdehnung der flachen, leeren Ödnis, bis plötzlich – der Boden sich hob und bewegte.

»Ist das ein Erdbeben?«, fragte Beule.

Es war eines, zumindest so etwas Ähnliches; es konnte nichts anderes sein.

Die Erde unter ihnen wogte und puffte und wallte längs und quer und bäumte sich auf und ergoss sich dann von beiden Seiten nach vorn, nach *innen*, so wie wenn zwei entgegengesetzte Dinge zusammentreffen.

Dann stand der Mond hoch genug, dass seine scharlachroten Strahlen durch das Tal fielen, und sie sahen, was sich dort abspielte. Es war leicht, denn sie erkannten die Szene, so wie sie den Lärm erkannt hatten.

Waffen blitzten wie Edelsteine in dem roten Glanz. Blitzten und schlugen zu. Das Geräusch, das verebbt war, schwoll jetzt wieder an, dick und heiß in der heißen, dicken Luft. Tiere stießen eine Art Wiehern aus. Vielleicht waren das die lästigen schwerfälligen Gestalten?

Die Trompeten wimmerten. Schließlich trafen einige Abteilungen der beiden Streitkräfte mit dröhnendem Rumpeln aufeinander, und auch hier und jetzt bebte der Boden. Eine Gischt aus rotem Licht, wie vergossene Mondtropfen, hüpften und schwangen sich empor und zerplatzten.

»Sie haben eine Kanone«, stellte Spedbo fest.

»Sie verfügen über jegliches moderne kriegserleichternde

Gerät.« Honj blickte auf die Schlacht hinab. »Tanaquil sagt, wir gehören dazu. Was haltet ihr davon?«

»Es sieht irgendwie verkehrt aus«, meinte Muck. »Frag mich nicht, warum.«

Lizra und Tanaquil sagten nichts. Die anderen verstummten wieder.

Der Boden zitterte. Ein plötzlicher Taumel.

Jetzt sprach Tanaquil. »Die Klippe bewegt sich.«

»Ich dachte, das liegt nur an mir«, murmelte Beule. »Ich dachte, mir dreht sich alles.«

Mit einem seitlichen Ruck stürzte die Spitze der Klippe, auf der sie standen, zwanzig Fuß oder mehr in die Tiefe, und sie fielen der Länge nach darauf, Prellungen und Erschütterungen davontragend.

Der Himmel jagte über ihnen dahin und schwarz, rot beleuchtet.

Tanaquil kroch zum Rand der Klippe und spähte hinunter. Die Schlacht rückte näher, oder vielmehr wurden sie zur Schlacht befördert.

»Na, das ist ja nett«, sagte Muck.

Jetzt waren alle am Rand, alle bis auf Lizra und der Grummel, der neben ihr saß; er glich jetzt einer aus rötlichem Ton geformten Tierskulptur mit Pelzstruktur, in Lauerstellung. Er hatte seit einiger Zeit nicht mehr gesprochen.

Unten sahen sie im feurigen Mondschein die gewaltigen Armeen, die aufeinander einhackten und -droschen, sowie die schwerfälligen Tiere – mit Sicherheit keine Pferde; das Schäumende, *Versickernde*, so überlegte Tanaquil, hatte nichts mit einer weltlichen Schlacht zu tun.

Über ihnen, über dem Gesicht des Mondes, jagten Schwärme schwarzer Vögel mit ausgefransten Flügeln dahin. Krähen? Nein …

»Schau mal«, sagte Muck und stupste Tanaquil dabei an.

»Ja. Aber ich kann mir keinen Reim darauf machen …«

Etwas wackelte hinter den Armeen, wo man vielleicht die Wagen und die Frauen vermutet hätte, aber es war nichts dergleichen. Die Dinge waren in einem strengen Rhythmus vorangegangen, runter und *rauf*, und das Licht fiel für eine Sekunde auf etwas Glänzendes, und dort, ein Schauer versprühter Dunkelheit …

Die Klippe bebte und bäumte sich wieder nach vorn, und sie wurden erneut zu Boden geworfen. Hinter ihnen tat sich jetzt ein Spalt auf, der den Pfahlwald zurück ließ. Wo sich Land von Land getrennt hatte, waren Wunden aus schwarzem Sand entstanden. Der Grummel betrachtete sie eine Weile, murmelte etwas. Tanaquil konnte es nicht verstehen, denn die Klippe erzeugte ein Knirschen und das Scheppern des Krieges war lauter geworden.

Und jenseits der Schlacht – war das das Meer? Es bündelte sich und reckte sich weg von ihnen, Gezeitendunkelheit, aber der Mond schimmerte nicht darauf, wie er auf dem ›Wasser‹ der Marsch geschimmert hatte.

Sie stürzten wieder.

Witschel stöhnte. Plip sagte: »Sollen wir versuchen umzukehren?«

Niemand antwortete, niemand unternahm einen Versuch des Entkommens. Die Schlacht war jetzt nah genug, dass sie die Formen der Schwerter und Lanzen unterscheiden sowie auch die Bogen erkennen konnten, die ihre schrecklichen glitzernden Pfeile abschossen. Die Kanone hustete, und für eine Sekunde flammte das gesamte Schauspiel in grellem Licht auf.

Tanaquil sah, was sich hinter den Armeen zurückzog: Zwei große Gruppen – waren es Menschen? – waren mit *Graben* beschäftigt. Sie gruben den Boden der Ebene um. Gruben Löcher.

»Sie haben ihre Friedhofsgräber dabei«, bemerkte Honj.

Dann loderten wieder goldene Flammen auf, erst auf der einen Seite, dann auf der anderen Seite.

»Was ist das?«

»Das sind Kanonengeschütze.«

»Nein. Oh, seht nur!«

Aus den Reihen beider Armeen strömte etwas hervor. In beiden Fällen das Gleiche, brennend unter dem Höllenmond. Es floss wie goldene Lava, blubbernd, und es spuckte lange Schwaden von Rauch und Dampf aus.

»Das Einhorn«, rief Tanaquil.

Jedes der beiden Dinge war eines, jedes war ein goldenes Einhorn. Fünfzig Fuß hoch, gewaltig in Masse und Höhe und unglaublich schrecklich.

Sie galoppierten über den schwelenden Boden; die unirdischen Soldaten wichen vor ihnen zurück, und wo sie es nicht taten, fielen sie.

Hinaus auf eine Insel der Dunkelheit unter dem Feuer des Mondes kanterten sie und prallten zusammen, was einen Ausbruch von metallener Hitze und Tumult verursachte.

Beide Einhörner schrien. Ihre Schreie zerrissen den Himmel.

Sie bäumten sich auf. Die Hörner verhakten sich, die Vorderbeine schlugen um sich. Einhörner aus Gold kämpften im Tal der Hölle.

Funken stoben in die Luft, hoben sich schwarz vor dem Mond ab.

Lizra war zum Rand der Klippe gekommen, sie stand nun hinter Tanaquil, die kniete. Alle bis auf Lizra waren auf den Knien, den Bäuchen, den Gesichtern.

»Das Einhorn«, sagte nun auch Lizra.

»Bist du jetzt stolz darauf?«, fragte Tanaquil. »Begreifst du jetzt, was es ist – hier? Deshalb war es die Pforte.«

»Es kann kämpfen«, sagte Lizra.

Tanaquil blickte zu ihr auf. Lizras Gesicht, von dem die Spuren der Stiche fast zur Gänze verschwunden waren, war ausdruckslos wie ein leerer Teller.

»Was willst du damit sagen – es kann kämpfen?«

»Ich weiß nicht«, antwortete Lizra.

Sie kniete schweigend nieder.

Die Einhörner kämpften weiter.

Die Hörner kratzen und scharrten mit durchdringendem Klirren aneinander. Metallplatten wurden davon abgescheuert , darunter kam schwarzes Material zum Vorschein oder Feuerschlitze taten sich auf.

Wieder rumpelte die Klippe, sackte diesmal jedoch nicht tiefer.

Ein Blitz zuckte aus der Ebene in die Luft, und die Wesen der Armeen, die in seiner Nähe gewesen waren, wurden zur Seite geschleudert. Der Blitz traf das schwarze Himmelsdach und erlosch mit einem einzigen Blinken.

Donner dröhnte durch den Kern des Landes.

Regen fiel – nach oben, vom Boden aufwärts. Er war nicht nass, sondern schlammig, schleimig. Er haftete kurz an ihnen und glitschte sogleich wieder weg.

Und dann strömte das Meer aus Land – denn es war *Land*, das sich in Wellen bewegt hatte – vom Horizont heran und schwappte in die Luft hinauf. Für einen Augenblick drohte der abscheuliche Mond zu erlöschen, nur ein einziger roter Streifen war noch übrig, wie ein halb geschlossenes Auge.

Die Woge krachte auf die Schlacht in der Ebene herab, breitete sich aus, bestimmt über mehrere Meilen. Sie deckte alles zu; und als sie wieder zurückschwappte, riss sie die zweite der Armeen mit sich.

Menschen – falls es Menschen waren –, Tiere, Kanonen, Waffen aller Art wirbelten in den Strudeln, Lichtsprenkel kamen und gingen und die Woge rollte zurück in das Land-Meer und alles war verschwunden.

»Knochen«, sagte der Grummel. »Hab ’nen Knochen gefunden.«

»Lass ihn liegen«, sagte Tanaquil. Ihre Stimme schien von weit her zu kommen. »Berühr ihn nicht.«

»Ja, *Knochen*«, erklärte der Grummel beharrlich.

Sie drehte sich so langsam um, dass es ihr wie ein Traum vorkam, und da war der Grummel, so wie sie ihn anfangs gekannt hatte, wie sie ihn so oft schon gesehen hatte, emsig im schwarzen Sand grabend.

»*Nein!* habe ich gesagt.«

»Knochen! Knochen!«

Etwas ragte aus dem Sand heraus.

Es war ein Knochen. Er war riesig. Er war schwarz.

Der Grummel packte ihn mit den Kiefern und *zog*.

Dann kam der Rest des Gebildes zum Vorschein.

Honj drückte Tanaquil zu Boden; er hatte wieder einmal vergessen, dass sie unverletzlich war. Die anderen heulten auf.

Aus dem Sand stieg ein großer schwarzer Schatten auf, Sand verspritzend wie eine Flüssigkeit.

Er bestand wahrhaftig aus Knochen, selbst sein Schnabel war Knochen, selbst die gewaltigen klappernden Flügel. Aber es hatte rote Augen.

Es schwebte geradewegs hinauf in die Luft und Tanaquil begriff bestürzt, dass dies eines der Dinge war, die über der Schlacht in der Ebene herumgeflogen waren.

»Lass los, du Dummkopf!«

Aber der Grummel, wild entschlossen, umklammerte seine Ausbeute mit Krallen und Zähnen und mit dem Schwanz. Innerhalb von wenigen Augenblicken wurde er zum Himmel hinauf getragen.

Tanaquil sprang auf, streckte die nutzlosen Arme aus.

Der Knochenvogel war jetzt klein, und auch der Grummel wirkte klein wie eine Spitzmaus. Er hielt weiter fest; irgendwie hörte sie sein Knurren durch gefletschte Zähne.

Die Schwärze des Himmels schluckte sie.

Sie wandte sich wieder den anderen zu, aber wie hätten die ihr helfen können?

Sie spähten zum Himmel hinauf, genau wie sie es getan hatte. Lizra bewegte die Arme, als ob sie etwas herabziehen würde.

Ihre Zähne waren gefletscht, genau wie es die des Grummels gewesen waren.

Die Mauspe, die während des ganzen Geschehens in Spedbos Tasche geschlafen hatte, war inzwischen herausgekommen, um auf seiner Schulter der Szene zuschauend beizuwohnen. Sie sah Tanaquil mit neugieriger Intelligenz an, doch diese scherte sich nicht darum.

Es hätte so vieles zu sagen gegeben, aber alles davon würde nur Schlimmes bewirken. Sie wollte nichts sagen, also setzte sie sich auf die Höllenerde nieder und umschlang die Knie mit den Armen.

»Tanaquil.«

»Geh weg!«

»Tut mir Leid. Sieh mich an. Es geschieht noch etwas.«

Sie sah auf und erblickte Honj. Wer war er? War er von Bedeutung? Ja, ja … und doch …

Ergab sich ein Verlust immer so einfach, so schnell?

Was wusste irgendeiner von ihnen? Sie hatten ihre Freunde, ihre Eltern, ihre Pferde verloren. Was war der Grummel für sie? Ihr Schoßtierchen.

Ihr *Schoßtierchen.*

Sie konnte nicht weinen. Sie spürte Schmerz im ganzen Körper. Und Schuld. Wenn sie schneller gewesen wäre, vielleicht jemandes Schwert ergriffen hätte, mit einem Sprung …

Es war zu unerwartet für sie gewesen. Sie hatte nicht gedacht, dass sie den Grummel auf eine so dumme, unvermittelte Art verlieren würde.

»Also gut. Was gibt's?«

»Dreh den Kopf. Dann siehst du es.«

Sie gehorchte, unbeeindruckt.

Und, ebenfalls unbeeindruckt, sah sie, dass die Armee, die Armee, die in der Ebene zurückgeblieben war, mit neuen Dingen beschäftigt war.

Die Totengräber verbuddelten methodisch die Leichen, die anderen wimmelten da und dort emsig herum. Doch durch die Mitte all dieses Treibens ritt jetzt eine Kolonne von Männern auf nicht zu identifizierenden Tieren in Richtung Klippe. Und sie waren schon sehr nah, nur einen Steinwurf weit entfernt.

Man erkannte jetzt die Standarten, Gold und Blut und Schwarz. (Ansonsten kein Gold. Waren beide Kampf-Einhörner weggefegt worden?)

Die Kolonne wurde von einem goldenen Streitwagen angeführt. Die sonderbaren Tiere liefen in Deichseln und trugen brennende Federbüsche. Wer lenkte den Streitwagen?

»Sie kommen hierher«, sagte Tanaquil ausdruckslos.

»Stimmt«, bestätigte Honj. »Was sollen wir tun?«

»Wir können gar nichts tun. Höflich sein, nehme ich an.«

»Werden sie unsere Sprache sprechen?«, fragte Honj besorgt.

»Ja«, antwortete Tanaquil. »Frag mich nicht, warum ich das weiß. Wie auch immer, ich kann mich auch täuschen. Ich habe mich schon mal getäuscht bei ...«

Honj sagte: »Er wird nicht leiden. Ein so großes Geschöpf – es wird sehr schnell gehen.«

»Du willst damit sagen, der Vogel wird den Grummel schnell töten. Oh, gut!«

Er hatte vergessen, dass der Grummel, ihr Schutzgeist, ebenfalls geschützt und damit unverletzlich war. Und sie hatte es ebenfalls vergessen. Vielleicht würde diese Gabe aus der vollkommenen Welt *hier* ohnehin nicht funktionieren. Sie hatte das Gefühl, den Grummel für immer verloren zu haben. Im besten Fall würde der Vogel ihn fallen lassen und bestimmt würde ihn die Unverletzbarkeit nicht vor dem Aufprall am Boden bewahren.

Honj sagte: »Du konntest nichts tun. Ich konnte nichts tun. Das ging alles zu schnell. Übrigens, wie lange würde irgendjemand von uns hier leben können?«

»Der, dem das Überleben bestimmt ist, kann überall leben.«

Er wandte den Blick von ihr ab und ihr wurde bewusst, so als hätte sie die Augen geschlossen und dann wieder geöffnet, dass die grauenvolle Prozession inzwischen viel näher gekommen war.

Sie konnte jetzt deutlich die Tiere sehen, die die Wagen zogen. Ja, sie waren etwas Ähnliches wie Pferde, aber riesig und schwerfällig, eher wie die Rhinozerosse, die sie einmal gesehen hatte … aber sie hatten nicht deren nettes Aussehen, im Gegenteil sie wirkten sehr abstoßend. Und sie glänzten, als ob sie nass wären, obwohl der Aufwärts-Schlammregen aufgehört hatte.

Dahinter, in dem Streitwagen, ragte eine Gestalt von unglaublicher Größe auf. Angetan mit einem Kampfhelm in Gold und Schwarz mit wehendem Mitternachts-Gefieder …

»Das ist ihr König«, erklärte Lizra.

Sie hatte sich erhoben.

Und dann senkte sich die Klippe gleichmäßig und ziemlich langsam über den letzten Rest des Abstandes hinab und der König der Armee fuhr zu ihnen heran, gefolgt von den anderen Kreaturen.

Sie waren schwarz. Aber nicht so, wie Schwarz üblicherweise schwarz war. Tanaquil war auf ihren Reisen schwarzen Männern und Frauen begegnet. Sie waren warm und menschlich gewesen und in ihren Adern war bernsteinfarbenes Leben geflossen. Diese Wesen, die weder männlich noch weiblich zu sein schienen, waren schwarz wie ausgebrannte Kohle, wie etwas – Totes.

Der König jedoch war nicht schwarz, er hatte die Farbe des Tageshimmels: ein dumpfes, giftiges Rot.

Er hatte ein Gesicht, einen Hals. Das Übrige war verdeckt von seiner schwarzen Rüstung und seinem goldenen Gepränge. Um seine Schultern wallte ein schwarzer Umhang, der glitzerte wie ein Regen aus Gagatstein.

Sein Gesicht – glich es dem eines Menschen? Nein. Es war wie ein Totenschädel. Und jetzt hob er das goldene Visier des Helms und da waren zwei Augen, die keine Augen waren. Schwarze Höhlen, eingerahmt von seltsamen weißen Wimpern. Und in den Höhlen kleine Kugeln aus blassem Licht.

Er war jetzt so nah, dass Tanaquil die Hand ausstrecken und die ›Nicht-Pferde‹ hätte berühren können. Lieber wäre sie jedoch gestorben.

Sie wich drei behutsame Schritte zurück.

Stille senkte sich herab, als die Prozession anhielt. Jetzt waren nur die Geräusche der Ebene, der Beerdigungen und vielleicht der Feiern zu hören, sowie ein dumpfes Dröhnen, das das Schlagen des Land-Meeres gegen die Küste sein musste.

Die Person in dem Streitwagen sprach.

»Lizora«, sagte er.

Seine Stimme war tief wie ein Brunnen. Es war, als ob Ziegelsteine zerbrochen würden.

»Lizora Veriam, ich heiße Euch willkommen.«

Und Lizras Stimme antwortete, jung und glatt.

»Danke. Und mit wem spreche ich?«

»Ich bin der Herrscher dieses Ortes. Ich nehme mir, was ich will. Ich warte auf nichts. Aber auf Euch habe ich gewartet.«

»Auf mich?« Lizra hörte sich fern an, vollkommen beherrscht.

»Ich besitze Zauberspiegel. Sie zeigen wenig von Eurer Welt, aber ich habe einen Blick auf Euch erhascht. Jetzt seid Ihr hier.«

Der Herrscher der Hölle hob die in einem schwarzen Panzerhandschuh steckende Hand und nahm sich den Helm vom Kopf. Er hatte dichtes Haar aus rostigen Ketten, seine Stirn war ein zerrissener schwarzer Stern.

Tanaquil zuckte zusammen, als Lizra an ihr vorbeiging. Lizras Schritt war sicher, sie hielt den Kopf hoch. Sie wirkte weder ängstlich noch angeekelt. Tanaquil dachte: Warum sollte sie, sie kennt ihn ja. Er ist der Gott des Krieges.

27

Im Blutmondschein marschierten sie über die Ländereien des Herrschers zu seinem Palast. Lizra fuhr in seinem Wagen an seiner Seite, den anderen wurde nichts dergleichen angeboten und Tanaquil war froh darüber. Die Vorstellung, eines der ›Pferde‹ zu besteigen und darauf zu reiten, erfüllte sie mit solchem Widerwillen, dass ihr beinahe schlecht wurde. Sie bewegten sich ohnehin mit mäßiger Geschwindigkeit; hinter ihnen trottete die Horde der Streitkräfte daher. Diese waren nicht von Geräuschen begleitet, die denen von Lizras Marsch durch die Welt glichen, man hörte keine Flüche, kein Gelächter, weder kleine Zankereien noch den gelegentlichen fernen Schrei eines Kindes. Hier herrschte so etwas wie ein träger Unterton, vergleichbar einem Fluss, oder einem Erdrutsch, der sich mit der Schnelligkeit einer Schnecke bewegte. Aber das gab ihnen Gelegenheit, eine Besichtigung der unbeschreiblichen Landschaft vorzunehmen, falls sie den Wunsch dazu verspürten: Schluchten sowie baumlose Hänge und schließlich ein langer, schmaler Kanal mit Felswänden, die zu beiden Seiten schroff aufragten. Irgendetwas Sonderbares war mit dem Gestein.

Da sie noch immer dicht hinter dem Streitwagen her marschierten, kamen sie kurz nach diesem aus dem Hohlweg und blickten über eine flache schwarze Ebene aus Schiefer und auf … den Palast.

Tanaquil hatte jetzt ein neues drängendes Anliegen: das Hineingehen um jeden Preis zu vermeiden, doch hatte sie zweifellos keine Wahl.

Honj sagte: »Hinreißend, nicht wahr?«

»Mir fehlen die Worte.«

»*Mir* nicht.«

Farblich herrschten Schwarz und Rot vor – in dieser Hinsicht also wenig Neues. Die Form war eine Art hohe Erhebung mit vielen Geschossen, unregelmäßig unterteilt durch ungewöhnlich lange, schmale Fenster, aus denen ein dünner, blasser, gelber, auf jeden Fall unheilvoller Schimmer herausfiel. Dieser übernahm allmählich die Beleuchtung, denn der Mond senkte sich; bizarre Schnitzereien bedeckten den Palst von seiner höchsten Spitze bis zu den schattenhaften untersten Geschossen. Die Schnitzereien stellten die schwarzen Geschöpfe dar, die die Untertanen des Herrschers waren, verzerrt in jedem unmöglichen qualvollen Winkel, durchgebogen, nach vorn gebeugt, sich mühsam reckend oder niederkauernd. Selbst die Fenster waren in Rahmen mit derartigen Schnitzereien gefasst; und sogar das Dach, in denen sich die Wände ohne Übergang fortsetzten, war damit verziert.

Sie schritten weiter in einen Innenhof mit einer geschnitzten schwarzen Decke.

Der Herrscher stieg aus seinem Streitwagen und half Lizra beim Aussteigen. Er hatte einen Panzerhandschuh abgelegt. Wie er sich wohl anfühlen mochte? Feucht? Knochentrocken – oder konnte es sein, dass seine Haut sich ganz normal anfühlte? Anscheinend neigte Lizra vorzugsweise zu dieser Vorstellung.

»Betretet mein Haus«, forderte der Herrscher sie auf. »Bedienstete werden Euch einkleiden. Wir wollen meinen Sieg mit einem Festmahl feiern.«

»Darf ich fragen«, sagte Lizra, »ob meine Begleiter in Sicherheit sind?«

»Hört, hört!«, rief Spedbo. »Sie erinnert sich an uns.«

»Absolut«, versicherte ihr der Herrscher. »Sie können tun und lassen, was sie wollen, ich habe keine Feinde aus Eurer Welt. Mein Vergnügen besteht darin, meine Feinde hier zu finden.«

Lizra und der Herrscher gingen durch eine gerundete und gleichzeitig irgendwie spitz anmutende Türöffnung in den Schwindel erregenden gelben Lichtschein. Schwarze Dinge wuselten hinter ihnen her.

Honj sagte: »Ich muss bleiben, sonst niemand. Tanaquil, Spedbo und Muck werden …«

»Ich bleibe ebenfalls«, sagte Tanaquil.

Sie war jetzt mehr als zuvor auf der Hut. Ihr Schrecken über das Schicksal des Grummels lag unter ihrer Stimmung wie ein kalter Teich.

War sie froh, durch diesen hässlichen Palast abgelenkt zu sein?

Honj nahm ihren Entschluss schweigend zur Kenntnis. Muck und Spedbo verkündeten, ebenfalls bleiben zu wollen.

Beule sagte: »Ich bin nicht so ganz …«

Witschel sagte: »Es ist nur …«

Plip sagte: »Ich werde nicht dafür bezahlt, dass ich das hier tue. Genauer gesagt, ich bekomme überhaupt nicht die geringste Bezahlung.«

»Dann haut doch ab!«, forderte Honj sie auf. »Seht ihr den Hügel dort? Haltet euch dort oben einen oder zwei Tage lang auf. Vielleicht brauchen wir euch.«

»Ja, Prinz«, sagte Plip. »Das geht schon in Ordnung. Aber da *rein* geh ich nicht.«

Honj und seine Männer und Tanaquil sahen den anderen drei nach, während sie im Gänsemarsch den Hang hinaufwanderten und in der Schwärze hinter den Palasthöfen verschwanden. Keines der menschenähnlichen Wesen versuchte sie aufzuhalten.

»Und wir bleiben zusammen«, sagte Honj.

»Unbedingt«, bestätigte Spedbo.

Muck sagte: »Eines von diesen geschnitzten Ungeheuern hat sich bewegt.«

Sie spähten angestrengt in die gefrorene Dunkelheit mit den roten Klecksen.

Weitere ›Männer‹ des Herrschers zogen an ihnen vorbei, hinein in den Palast.

Auf Spedbos Schulter putzte die Mauspe ihre Schnurrhaare.

Du solltest das da besser wegpacken«, empfahl Honj. »Vielleicht essen sie hier so etwas.«

»Ich habe es schon drei Mal weggepackt, Honj. Es kommt immer wieder heraus.«

»Dann gib es Tanaquil.«

Die Mauspe gab ein Quietschen von sich und huschte an Spedbos Ärmel hinunter, flog summend in die Luft und landete auf Tanaquils Schulter. Sie wagte nicht, ihr das Fell zu streicheln, denn sie hätte sonst angefangen zu weinen.

»Lass uns hineingehen«, sagte sie. Sie trat vor, über die Schwelle und durch einen Eingang, wo sich Schnitzereien wanden und bogen und auf dem Kopf hingen. Als sie vorbeiging, blinzelte eine sie mit einem schwarz-auf-schwarzen Auge an. Sie enthielt sich einer Erwiderung.

Hinter der Tür lag ein weitläufiger Saal, schwarz und rot wie das Äussere und im gleichen Stil über und über mit Schnitzereien versehen. Lampen brannten auf geschnitzten schwarzen Säulen. Sie waren so sonderbar wie der gesamte Rest, wiederum geformt wie die seltsamen Wesen, und sie brannten nieder, hier eines bis zur Taille verzehrt, dort eines bis zu den Fußknöcheln, und dort vier, die nur an der Kopfspitze brannten. Lächelnde Kerzen?

Außer den Kreaturen, die in kleinen Gruppen entlang eines schwarzen geschnitzten Tisches vor und zurück wogten, befand sich niemand im Saal. Es gab keine Stühle. Auf dem Tisch lag etwas, das Höllennahrung sein musste.

»Hast du Hunger, Honj?«, fragte Muck.

»Oh, ich bin dem Verhungern nahe. Schon allein bei diesem Anblick läuft mir das Wasser im Mund zusammen.«

Spedbo sagte: »Schon allein bei diesem Anblick sehne ich mich nach meiner Mutter.«

Sie lachten.

Tanaquil betrachtete sie erstaunt und mit einer jäh aufflackernden Freude. Selbst hier blieben sie sich selbst treu.

Dann wanderte ihr Blick wieder zu dem Tisch.

Was war das?

Die Teller bestanden zweifellos aus Rubinen oder einem anderen unglaublich wertvollen roten Stein. Die Becher waren aus Basalt, vulkanischem Glas. Und in die Becher wurde aus schwarzen Kannen ein Strom aus Schwärze gegossen. Und auf den rubinroten Tellern lagen … Steine? Wiederum Rubine?

»Es wird lustig sein zuzusehen, wie sie das da isst«, sagte Spedbo.

Honj ermahnte ihn: »Mach dich nicht über Lizra lustig. Sie ist deine Fürstin.«

»Hatte ich ganz vergessen.«

»Das solltest du aber nicht.«

Muck und Spedbo runzelten die Stirn.

Jetzt war es Tanaquil, die lachte. Sie merkte, wie sie errötete, und für einen Augenblick glaubte sie, es gäbe einen Ausweg aus dem Ganzen. Doch dann fiel ihr wieder der Knochenvogel ein, der den Grummel in den nächtlichen Himmel hinauf geschleppt hatte.

Die Mauspe zuckte auf ihrer Schulter, schlug mit den Flügeln und faltete sie zusammen.

Sie warteten vielleicht eine Stunde lang in dem Saal; etwas unsicher hatten sie sich zu einer Wand begeben, jedoch einigen Abstand dazu bewahrt. Tanaquil taten die Füße weh.

Dann erschallte Trompetengeschmetter, goldene Instrumente zwischen schwarzen Lippen, und der Herrscher kehrte zurück. Er trug seine Rüstung – oder vielleicht eine andere, denn sie wirkte jetzt eher golden als schwarz, und ein scharlachroter Umhang wallte ihm den Rücken hinunter. Auch Lizra kam, den Arm in den seinen gelegt.

In ihrem Haar steckten rote Rubine. Sie trug ein so steifes schwarzes Kleid, dass es ebenfalls einer Rüstung glich.

Und dann wurde das Geheimnis gelüftet.

Auf dem Weg zum Tisch blieben Lizra und der Herrscher stehen.

Sechs der menschenähnlichen Wesen eilten augenblicklich zu ihnen und vollführten am Tisch so etwas wie eine akrobatische Übung: Zwei stellten sich vor Lizra auf, wobei einer auf dem Rücken des anderen balancierte; vier bildeten neben dem Herrscher eine ähnliche, allerdings noch kompliziertere Formation.

Nachdem sie sich platziert hatten, gaben die Wesen etwas von sich, das aussah wie Klebstoff oder Spachtelmasse. Sie zementierten sich zusammen, erstarrten, wie versteinert – und bildeten zwei hohe Stühle.

»Fall nicht in Ohnmacht«, sagte Honj zu Tanaquil.

Sie erwiderte säuerlich: »Ich falle nie in Ohnmacht.«

»Ich habe mit Muck gesprochen.«

»Dieser ganze Palast …«, keuchte Spedbo.

»Still! Ja, der ganze Palast besteht aus solchen zusammengesetzten Dingen. Ekelhaft.«

»Auch die Lampen?«, gab Tanaquil zu bedenken. »Lassen sie sich sogar verbrennen? Vielleicht empfinden sie keinen Schmerz.«

»Vielleicht schadet es ihnen nicht«, meinte Honj. »Erinnert ihr euch an die Sand-Geschöpfe? Wenn man Stücke von ihnen abgeschnitten hat, haben sie sich einfach wieder zusammengesetzt.«

»Das Schlachtfeld«, sagte Spedbo, »wo man sie beerdigt hat …«

»Sie sprießen am Morgen«, ergänzte Muck, »wie Gänseblümchen.«

Der Herrscher und Lizra hatten Platz genommen.

Tiefe Lautlosigkeit herrschte jetzt in dem Saal.

Tanaquil runzelte die Stirn und versuchte, Lizras Gesicht scharf in den Blick zu bekommen. *Sie ist nicht meine Schwester.*

Nein, nicht mehr.

Der Herrscher hob seinen Basaltbecher.

»Ich trinke auf meinen Sieg.«

Er kippte das schwarze Zeug in sich hinein.

Dann sah er Lizra an.

»Entschuldigt, Herr, ich bin nicht durstig.«

Der Herrscher nickte. Er streckte die Hand aus und nahm sich einen Stein von einem Rubinteller, hob ihn – nicht zum Mund, sondern zum linken Auge – und schob ihn hinein.

Seine Wimpern sind Zähne!

Lizra sagte: »Bitte, verzeiht, Herr. Ich bin nicht hungrig. Ihr wisst doch, Frauen benehmen sich manchmal töricht.«

Der Herrscher sagte: »Ihr müsst ganz so verfahren, wie es Euch beliebt, Lizora.«

»Danke, Herr.«

Der Herrscher sprach mit seiner tiefen, tiefen, brüchigen Stimme zu dem Saal: »Wir wollen Musik.«

Daraufhin verwandelten sich die Dinge im Saal in Musikinstrumente. Sie plusterten sich auf oder machten sich flach zu Kürbissen mit Hälsen, sie zogen Saiten aus sich selbst und befestigten sie. Die anderen spielten dann auf ihnen, allerdings waren die Töne haarsträubend: klirrend und wummernd, schrill flötend und klingelnd.

Tanaquil musste erneut lachen und verbarg schnell das Gesicht an Mucks Schulter.

»Psschcht, du rothaariges Dummchen.«

»Tut mir Leid.«

Dann ergriff der Herrscher erneut das Wort.

»Diese Musik ist für Euch, Lizora. Ein Lied.«

Und Lizra, mit ihrem tellerblassen Gesicht und den Rubinen im Haar, sagte: »Ich bin hingerissen, Herr, sowohl von der Musik als auch von Eurer Liebenswürdigkeit.«

»Ich werde Euch«, sagte er, »zur Herrscherin dieser Welt machen.«

Tanaquil hörte auf zu kichern.

Ihre Seele erlitt Qualen, sie spürte es. Sie sah in Lizras strahlendes Gesicht, dann drehte sie sich um und rannte aus dem Höllensaal hinaus, rannte in einen Innenhof und in die Schwärze der Nacht vor Sonnenaufgang.

Irgendwo holte Honj sie ein.

»Genau das will sie. Herrscherin der Welt sein. *Irgendeiner* Welt«, sagte Tanaquil. »Sogar mit einem Mond …«

»Na, da haben wir's«, sagte – nein, nicht Honj, sondern Spedbo. »Er sagt, wir machen uns davon und warten auf dem Hügel. Er findet, das ist das Beste.«

Der Tag kam, scheußlich wie gewöhnlich.

Sie hatten in der Halle stehend gewartet und jetzt saßen sie auf dem kahlen Hügel unter den dahinjagenden roten Wolken.

»Euch ist doch sicherlich aufgefallen, nicht wahr«, sagte Spedbo, »dass ihre Kleider …«

»Aus den Leute-Dingen hergestellt waren«, ergänzte Muck. »Ja.«

»Und die Rüstung«, sagte Honj, »die des Herrschers, das war er selbst. Er konnte sie nach seinem Willen verändern.«

Tanaquil äußerte sich nicht dazu, dass Lizra ein aus menschenähnlichen Wesen hergestelltes Kleid getragen hatte. Sie versuchte, an nichts zu denken.

Witschel kam herbei. »Hat jemand Lust auf ein Spielchen?«

»O ja«, willigte Muck ein. »Wir spielen ›Hau den Heizer Witschel‹.«

Witschel huschte zum anderen Teil des Hügels zurück, wo Beule und Plip trübsinnig herumsaßen.

»Etwas wird geschehen«, sagte Honj kühl.

Niemand antwortete.

Etwa zwei Stunden später geschah etwas.

Die Lichter, die gasähnlich aus dem Palast unter ihnen herausströmten, erloschen gleichmäßig.

Tanaquil stand auf.

Sie fühlte sich erstickt von Widerwillen und Zorn. Auf sich selbst. Auf Honj. Auf Lizra.

Die Mauspe, die auf ihrer Schulter gesessen hatte, flog hoch und ließ sich auf Spedbo nieder. Spedbo blickte stattdessen nach oben.

»Da ist wieder eins von diesen Krähendingern.«

Tanaquils ganzer Körper verkrampfte sich und sie starrte hinauf zu der zerquetschten Pflaume, die der Himmel war.

Grausam und schwarz flog dort der Knochenvogel. Wie konnte er ohne Federn oder Membrane fliegen? Aber andererseits, wieso zogen die Wolken ohne Wind dahin?

Der Vogel drehte hoch oben seine Kreise, verursachte jedoch keinen einzigen Laut.

»Er hat etwas ... einen Stein. Er ist im Begriff, einen verdammt großen Felsbrocken auf uns herabfallen zu lassen!«

Witschel warf sich zu Boden, Beule rannte davon. Plip beobachtete den Himmel, genau wie die Wanderheuschrecken.

Dann wurde der Stein losgelassen.

Er pfiff beim Fallen und gab ein gieriges Schmatzen von sich.

Tanaquil wirbelte zur Seite, als Honj sie aus der Gefahrenzone stieß, auch Muck und Spedbo tauchten weg.

Der Stein, der wild trudelte, traf Honj und erzeugte dabei ein lautes Klatschen. Honj stieß einen Schrei aus. Der Stein rollte sogleich wieder von ihm weg, bis er hart gegen Tanaquil prallte. Ihre Beine gaben nach, sie stürzte neben ihm nieder; im nächsten Augenblick warf sich der Grummel, nach etwas unwahrscheinlich Abscheulichem stinkend, zappelnd in ihre Arme.

»Hier.« Der Grummel schlug einen Purzelbaum, versetzte ihr versehentlich einen Fußtritt und leckte ihr die Nase. »Runter gefallen.«

»Aber wie ... aber wie ...«

»Knochenvogel«, erklärte der Grummel aufgeregt. Er war unverletzt, Honj hatte seinen langen Fall aufgehalten. »Frisst keine Grummel«, sagte er. »Wollte für Nest. *Weich*. Hier nichts weich. Grummel nicht weich. In Nest gelegt. Dummelpummel!«, rief er zur Untermalung aus. »Nest hässlich. Alles scharf. Hab Nest verhunzt. Knochenvogel wütend. Wackelzappel. Zurückbringen. Fallen lassen.«

»Mein Liebling«, sagte Tanaquil und drückte ihn fest an sich. Der Grummel ließ sich das eine halbe Minute lang gefallen, dann biss er sie sanft in den Finger.

»Nest verhunzt!«, jodelte der Grummel, sprang davon, galoppierte rund um den Hügel, tänzelte um Beule und Witschel herum. Irgendwann hob er das Bein, um einen Felsen zu wässern. »Grummel *nicht* weich.«

28

Als Tanaquil sich umblickte, sah sie, dass alle zu etwas am Boden in der entgegengesetzten Richtung spähten. Es stellte sich heraus, dass dies Honj war.

Er lag an Muck gelehnt da, der schweigend über ihm kniete.

Beule sprach als Erster: »Ist seine Prinzschaft tot?«

»Nein, bin ich nicht«, antwortete Honj.

Tanaquil ging zu ihm und betrachtete ihn ebenfalls eindringlich. Selbst in dem roten Lichtschein war sein Gesicht grau. Er lag gerade ausgestreckt da, mit Ausnahme eines Arms, des rechten, des Schwertarms, der offensichtlich schlimm gebrochen war.

»Es tut mir so Leid. Du hast den Grummel gerettet und …«

»Und er hat mir den Arm zerschmettert.«

Spedbo sagte: »Das hättest du nicht tun sollen, Honj.«

Honj schloss die Augen. »Nun, ich habe es aber getan.«

»Ich weiß, dass er spricht«, sagte Spedbo, »aber sie hätte sich wieder einen beschaffen können.«

Tanaquil hätte ihn am liebsten geohrfeigt. Aber er war nun mal um seinen Führer besorgt, Muck ebenfalls. Er kaute auf der Lippe herum und verlagerte Honj sanft, damit sein Gewicht nicht auf dem verletzten Arm lastete.

»Es ist sein Schwertarm«, erklärte Muck überflüssigerweise. Dann blickte er zu Tanaquil auf.

»Ich kenn mich aus. Deshalb weiß ich, dass es so schlimm ist, wie es nur sein kann.«

Honj schlug die Augen auf. In seinem grauen Gesicht sahen sie jetzt vollkommen schwarz aus. »Aber das macht doch nichts«, sagte er. »Tanaquil ist eine Zauberin, die Dinge reparieren kann. Das hat Lizra mir gesagt. Sie hat schließlich das Einhorn repariert. Jetzt kann sie meinen Arm reparieren.«

Oh … *nein* …«, sagte Tanaquil, die merkte, wie sie jetzt ihrerseits grau wurde. »Das ist nicht dasselbe …«

»Warum nicht? Ein gebrochenes Zahnrad, ein gebrochenes Scharnier, ein gebrochener Knochen. Also los, reparier mich!«

Alle starrten sie an. Sie fühlte sich allein. Sie war allein. Diese Männer, ihre Gefährten, würden sie hemmungslos in die Pfanne hauen, sie angreifen. Das Ganze war natürlich ihre Schuld.

Aber sie war hilflos. Sie begriffen das einfach nicht.

Sie würde alles für ihn tun. Sie wünschte, sie wäre eine mächtige Hexe, die die Zeit umkehren und das Geschehene ungeschehen machen könnte, aber dann wäre vielleicht der Grummel für immer verloren gewesen – eine schreckliche Vorstellung.

»Ich habe Angst«, sagte sie finster. »Ich weiß nicht einmal, wie ich deinen Arm einrenken soll. Bestimmt kannst du, Spedbo, oder du, Muck …«

Wieder Schweigen.

Honj sagte ruhig: »Tanaquil, mir geht es sehr schlecht. Du musst etwas tun, um Himmels willen.«

»Du hältst mich für etwas, das ich nicht bin.«

»Das Gleiche könnte ich von dir in Bezug auf mich behaupten. Ich werde ein Krüppel sein. Ich werde alles verlieren, was ich habe. Ich werde als Bettler in irgendeiner Stadt auf der Straße enden, unfähig, eine Beschäftigung auszuüben. Ich beherrsche ohnehin nur eine einzige Beschäftigung.«

»Aber«, entgegnete sie, »vielleicht sterben wir ja *hier.*«

»Ich möchte nicht so sterben. *Gebrochen.*«

»Also gut, ich werde es dir zeigen. Es wird alles nur noch schlimmer werden, wenn ich an dir herumpfusche, ich werde dir wehtun – möchtest du das?«

»Du wirst es in Ordnung bringen«, sagte er. Er sah sie an. Plötzlich lächelte er, grau, ermutigend. »Komm, Süße. Versuch's einfach!«

In ihrem Mund war ein bitterer Geschmack. Das Blut pochte in ihren Adern und sie konnte kaum noch etwas sehen. Der Hügel schaukelte Schwindel erregend.

Sie ging näher zu ihm und kniete nieder, das Gesicht Muck zugewandt. Unschlüssig hob sie die Hände zum Gesicht und betrachtete den gebrochenen Arm: Er sah schlimm aus. Sie hatte noch nie auf eine derart erschütternde Weise eine frische Verletzung gesehen, nicht einmal im Krieg, als man die Dinge vor ihr versteckt hatte, weil sie eine Dame war.

Und es war eine törichte Verwundung, nicht einmal ehrenhaft, obwohl sie für sie so viel bedeutete.

Sie würde alles tun – alles; sie hatte das Gefühl, mit Freuden ihr eigenes Leben hinzugeben, um ihn wieder gesund zu machen.

Tapfer schluckte sie ihre Übelkeit hinunter, beugte sich vor und legte die Fingerspitzen – sanft, kaum spürbar – auf die traurige Ruine seines Arms.

Er zuckte zusammen, sagte aber gleichzeitig beruhigend: »Mach weiter. Ich vertraue dir.«

Ganz im Gegensatz zu mir selbst, dachte sie.

Und dann schienen sich ihre Hände ganz von allein zu bewegen. In einem Augenblick auflodernden Entsetzens merkte sie, wie sie ihn packte, und unter den Handflächen spürte sie die ausgeschnappten Kanten des Knochens. Er gab einen schrecklichen Laut von sich. Und sie quetschte seinen Arm mit brutaler Gewalt zusammen.

Honj schrie laut auf.

Der Schrei gellte zum Himmel hinauf, prallte an den Wolken ab und fiel wieder zu ihnen herunter.

Tanaquil schüttelte den Kopf. Sie hatte ihn losgelassen.

Muck starrte sie an; sein sonst so freundliches Gesicht, so vergnügt und liebenswürdig selbst im Saal der Hölle, war von Hass verzerrt.

»Du hast in umgebracht, du rothaarige Hexe. Das wirst du büßen – ich werde dich bei lebendigem Leib häuten …«

Honj hatte das Bewusstsein verloren. Sein Gesicht war jetzt nur noch blass, die innere Dunkelheit hatte die Falten des Schmerzes glatt gebügelt.

Er lag entspannt da.

Tanaquil, die Tränen unterdrückend, bebend von Angst – nicht vor Muck, sondern vor dem, was sie angerichtet hatte, sagte: »Ich habe ihn gewarnt.«

»Ich werde dich von einer Klippe stürzen«, drohte Muck weiter. »Ich werde dich einem dieser Vogelwesen vorwerfen, du …«

»Moment mal«, unterbrach Spedbo ihn, »halt den Mund. Sie hat ihr Bestes gegeben. Er ist nicht tot. Schau, du kannst ihn atmen sehen. Hübsche gleichmäßige Atemzüge.«

Muck schaute, räusperte sich.

Mürrisch wandte er sich dann wieder an Tanaquil: »Verschwinde jetzt. Lass ihn in Ruhe.«

Tanaquil versuchte aufzustehen, doch es gelang ihr nicht. Im Tonfall ihrer Mutter sagte sie: »Was glaubst du eigentlich, mit wem du sprichst?«

Muck starrte sie an und sagte: »Irgend …

Und in diesem Augenblick zischte Honjs Arm, der rechte, wie eine Schlange hoch, packte Muck bei den Haaren und schüttelte ihn wie ein Spielzeug.

Muck fiel flach zu Boden.

Spedbo fluchte.

Honj, dessen Augen weit offen und strahlend blau waren, richtete sich auf. Er grinste. An Tanaquil gewandt sagte er: »Ich habe doch gewusst, dass du es schaffst.« Und er benutzte wieder den rechten Arm, hakte die rechte Hand hinter ihren Kopf, um ihr Gesicht zu seinem zu ziehen. Er küsste sie leicht wie eine Feder auf den Mund und ließ sie los.

Dann stand er auf, wie eine schöne Statue auf dem Höllenhügel, warf sich das Schwert in die rechte Hand und wirbelte es in Kreisen herum.

»Ich war immer schon kräftig«, sagte er. »Aber nicht so. Die Kraft, die ich jetzt im Arm habe … Ich könnte mich durch Stein und Stahl schlagen. Was für eine gelungene Reparatur. Besser als neu.«

Tanaquil senkte den Kopf, damit ihre Tränen ungesehen auf die Steine fallen konnten. Sie erlaubte sich allerdings nur fünf oder sechs davon, dann blinzelte sie und stand ebenfalls auf.

Beule und Spedbo und Muck umarmten Honj, Witschel sprang auf und ab. Plip sagte: »Ohne ihn hätten wir ganz schön in der Klemme gesessen, das steht fest.«

Der Grummel saß da und putzte sich und blickte nur ab und zu selbstgefällig auf.

Muck ging zu Tanaquil hinüber. »Ich bitte um Verzeihung, ich hab's ja nicht so gemeint. Ich war einfach ein bisschen – du weißt schon.«

»Ja«, sagte sie.

Sie entfernte sich von ihnen, ging zum Rand des Hügels und stand dort, ihnen allen den Rücken zugewandt.

Was bin ich? Was habe ich getan? Was kann ich tun?

Sie blickte geistesabwesend hügelabwärts zum Palast, gefangen in einem Gefühlsdurcheinander aus Hochstimmung, Angst, Kummer, Glück und irgendwie – Trauer über einen Verlust. Denn irgendetwas war von ihr gegangen. Nicht durch den Vorgang des Heilens, sondern durch den Triumph und das Wissen um die Leistung, zu der sie fähig gewesen war.

Und sie hatte *ihn* geheilt. Und er hatte sie geküsst.

Sie sah, ohne zu sehen, den dunklen Klumpen des Palastes unten im Tal und eine Straße aus schwarzen Dornen, in die sich ein schmaler Pfad verwandelt hatte und die aus dem Tal den Hügel heraufführte.

Die schwarzen Dornen …

Was für Dornen?

Tanaquils Blick wurde klarer und sie strengte sich sehr an, deutlich zu sehen.

Es handelte sich um Wildrosen, schwarz und krallenbewehrt, und ringsherum standen andere dunkle Gewächse, Nesselarten und wild wuchernde Ranken, und dort eine Gruppe von fahlen Pilzen.

»Moment mal«, sagte Spedbo, der neben sie getreten war. »Was, zur Hölle, ist das denn?«

»Im Gegenteil«, sagte sie nachdenklich. »Ich glaube … ich weiß es. Das sind wir. Irgendwie … einmal war ich an einem vollkommenen Ort, wo meine Fußspuren die Blumen zerstört haben. Aber hier … wir haben Leben gebracht, zumindest einer bestimmten Art. Nichts besonders Reizvolles oder Erbauliches, aber dennoch ist es etwas *Lebendiges.* Es entsteht dort, wo wir gegangen sind – vielleicht überall, wo wir gewesen sind … aber es ist uns nicht aufgefallen, weil wir nicht angehalten haben …«

Die anderen kamen herbei – bis auf den sich putzenden Grummel, der geschäftig schnaubte und mit Ekel erregendem Schmatzen sein Fell Stück für Stück säuberte; die Mauspe saß auf Spedbos Schulter.

Sie blickten hinab auf den Dornenpfad, der sich bis zum verdunkelten Palast des Herrschers der Hölle erstreckte.

Und während sie schauten, gewahrten sie eine Gestalt, die aus dem unbeleuchteten Eingang trat, leise den Innenhof durchquerte und durch einen Spalt in der Wand ins Freie trat.

Sie verharrte zwischen den Dornenhainen und setzte sich dann in Bewegung, um ihnen hügelaufwärts zu folgen.

Die Gestalt wirkte sehr klein, sie trug ein zerrissenes rotes Kleid und hatte langes schwarzes Haar, ohne jeglichen Juwelenschmuck.

Niemand sprach.

Schließlich konnte Beule nicht mehr an sich halten. »Das ist *sie.*«

»Er hat sie rausgeworfen«, bemerkte Muck.

»Oder sie geschickt, damit sie uns holt«, sagte Spedbo.

Honj sagte nichts. Er stand als prächtige Erscheinung da, möglicherweise zu sehr erfüllt von Wohlgefühl, um Wut oder Unbehagen zu empfinden.

Tanaquil dachte: Sie sieht winzig aus. Ihr und mir passen dieselben Kleider, aber trotzdem kommt sie mir immer kleiner und zierlicher vor. Sie ist ein ganz klein wenig jünger. Ungefähr ein Jahr. Meine kleine Schwester. Warum kommt sie zu uns?

Lizra bewegte sich mit beharrlichen Schritten hügelaufwärts. Ihr Gang war ziemlich schnell. Sie zögerte nicht, auch nicht, als sie die anderen sah, und als sie schließlich die Hügelkuppe erreichte, wichen sie zur Seite, um sie zwischen sich hindurchgehen zu lassen.

Dann stand sie auf dem Hügel und sprach: »Der Grummel ist wieder da. Wie mich das freut!« Sie hörte sich majestätisch an, wohl erzogen, meilenweit entfernt.

Honj sagte, bewusst distanziert und kalt wie Eis: »Welchem Umstand verdanken wir Euren Besuch, Herrin?«

»Ich bin gekommen, um mit euch nach Hause zu gehen«, antwortete sie. »Natürlich, was denn sonst?«

Sie starrten sie an.

Muck sagte mit heiserer Stimme: »Du bist mit dem alten

Rotgesicht weggegangen. Es gibt kein ›Natürlich‹. Hattest Du genug von ihm – oder er von dir?«

Lizra sah Muck eindringlich an und geflissentlich senkte er den Blick; unruhig wackelte er hin und her.

»Ich werde es euch erklären«, sagte Lizra in nachsichtigem, königlichem, besonnenem Ton. »Ich wusste, dass ihr es nicht begreifen würdet.« Sie sah Tanaquil an. »Nicht einmal Tanaquil hat es begriffen. Ihr hatte ich es eigentlich zugetraut. Macht nichts.«

Lizra ließ sich unvermittelt am Boden nieder, alle standen im Halbkreis um sie herum. Sie war eine Königin, die ihnen eine Geschichte erzählen würde.

Und Lizra fing an: »Ich habe lange Zeit mit meinem Vater Zorander zusammen gelebt. Und der Herrscher ist wie mein Vater, er schätzt Rituale und Macht. Er mag es nicht, wenn man sich ihm widersetzt. Und seine Maßstäbe für Recht und Anstand sind absolut. Ich habe ihn sofort durchschaut, die Rüstung und die Federn … mein Vater, der Herrscher. Und, versteht ihr, einem dummen, mächtigen Mann gegenüber darf man niemals nein sagen. Es sei denn, man hat einen Grund, den er erfasst und akzeptiert. Er hat mich aufgefordert, seine Herrscherin zu sein. Ich antwortete ihm, mein Kopf drehe sich vor so viel Ehre, wie er sie mir angedeihen ließ. Ich sagte ihm, das sei genau das, wovon ich mein ganzes Leben lang geträumt hätte. Ich habe ihm – ich glaube, stundenlang – solchen Unsinn erzählt.Darüber hinaus habe ich mir seine Pläne angehört, von Eroberungen, Schlachten. Früher habe ich ganze Tage auf diese Weise mit meinem Vater verbracht. Zu anderen Zeiten hat er mich natürlich völlig vergessen. Ich war genau so, wie es von mir erwartet wurde. Er brauchte mich nicht dazu zu ermahnen.«

»Dann hast du also zugestimmt, Rotgesichts Frau zu werden«, sagte Muck.

»Nein.« Lizra richtete den Blick jetzt mit einer Art milden

Erstaunens auf Muck. »Wie hätte ich das tun können? Ich erklärte ihm, dass dies mein sehnlichster Wunsch sei, ich aber verhindert sei, da man mich bereits einem Prinzen in meiner eigenen Welt versprochen habe. Zwar sei ich verzweifelt deswegen, aber was könnte ich anderes tun, als treu zu sein? Das wäre genauso, erklärte ich dem Herrscher, wie wenn ich ihm versprochen wäre und würde dann mit einem anderen abhauen.«

Sie warteten. Sogar die Mauspe auf Spedbos Schulter schien zu warten.

Honj sagte: »Und, hat er sich damit abgefunden?«

»Offensichtlich glaubt er genau wie mein Vater an Treue und Ehre, die Stützpfeiler von Kampf und Ruhm, an die feierlichen Umzüge, die Kunst des *Herrschens*. Einem mächtigen, dummen Mann darf man niemals sagen, dass man ihn ablehnt, dass allein seine Nähe einen bereits krank macht, dass er einen langweilt und anwidert. *Niemals*. Er muss sich immer wie der Größte, Beste vorkommen. Aber man muss auch selbst die Beste sein, damit sein Interesse an einem gerechtfertigt ist. Und die Beste ist stets treu.«

»Mein Gott«, sagte Honj. »Ich dachte …«

»Ich weiß, was du dachtest. Ihr alle. Bitte«, sagte Lizra, »seid euch selbst nicht gram, weil ihr mich im Stich gelassen habt. Ich war immer schon allein. Ich erwarte nichts anderes.

Ihre Miene war jetzt ausdruckslos. Und sie – in ihnen kochte die Scham. Tanaquil spürte es auch in sich. Sie merkte den anderen an, dass auch sie unter dieser Peitsche litten. Sogar Witschel, sogar Plip.

Sie hatten sie tatsächlich im Stich gelassen. Sie hatten an ihr gezweifelt und sich von ihr abgewandt.

Tanaquil sagte: »Heißt das, dass dein Vater deiner Meinung nach … dumm war?«

»Unser Vater«, berichtigte Lizra sie. »Er war wirklich dumm.« Sie seufzte.

Honj sagte: »Lizra – Herrin –, was dazu noch gesagt werden

muss, muss im Augenblick hintanstehen. Du sprachst davon, nach Hause zurückzukehren. Wie soll das geschehen?«

»Als ihm klar war, dass ich unmöglich bei ihm bleiben konnte, gab er mir Anweisungen, um von hier wegzukommen. Es war leicht. Es gibt da eine Pforte … Tanaquil kennt sich aus mit Pforten, lasst es euch von ihr erklären. Und jetzt lasst mich schlafen. Wenigstens eine Stunde lang. Er hat mich erschöpft.« Sie legte sich auf dem Hügel nieder und murmelte: »Das hat er immer getan …«

Honj ging zu ihr und hob sie ein wenig an, sodass sie schlafend in seinen Armen lag.

Die anderen standen herum, wie Aufziehpuppen, deren Mechanismus abgespult war. Die Mauspe hatte sich in Spedbos Tasche zurückgezogen. Der Grummel tapste zu Tanaquil und setzte sich entschlossen auf ihren Fuß. Sie streichelte ihm den Kopf.

Teil Vier

29

Entlang des Flusses …

Das war der Anfang eines Gedichts, das Tanaquil irgendwo gehört hatte. Es handelte von Bäumen an den Ufern und Frauen, die Kleider wuschen. Dieser Fluss hier war ganz anders.

Sie waren Lizra über die Hügel gefolgt und plötzlich erstreckte sich unter ihnen ein langer Einschnitt in der Landschaft, der in das Rot des Himmels getaucht war. Lizra sagte: »Da ist der Fluss. Es wird ein Boot geben.«

Und es gab eines. Zumindest etwas Ähnliches.

Sie standen da und betrachteten es bewundernd.

Es schwamm, verankert oder nicht, am Ufer. Es war schwarz, aber von einem matten, ausgelaugten Schwarz, beinahe ein Grau. Dem Anschein nach war es aus altem Treibholz gefertigt, grob behauen und zusammengeschustert. Aber es hätte auch aus … allem Möglichen hergestellt sein können. In der Form glich das Boot keinem Wasserfahrzeug, das Tanaquil je zuvor gesehen hatte. Es stieg zur Mitte hin schroff auf und bildete einen langen, vielhöckerigen Kamm, der von einem Ende des Bootes zum anderen verlief. Es gab kein Segel. Vorne ragte ein Bug hoch auf, doch dieser hörte jäh auf. Er war wie ein Hals – ohne Kopf. Zwei große Ruder lagen direkt dahinter, wo die Schultern zu vermuten gewesen wären.

»Wie bewegt es sich?«, fragte Muck. »Müssen wir rudern?«

»Es bewegt sich von selbst, bis zum Meer«, sagte Lizra.

»Das Meer …«

Etwas huschte übers Wasser, dunkel schimmernd. Es war eine kleine Feuerlinie, die mit einem Plumps verschwand. In dem Fluss war keine Strömung und das Wasser – konnte man es überhaupt Wasser nennen? – war zähflüssig und ölig.

Wieder folgten sie Lizra, diesmal zu dem Boot. An seiner Seite waren Griffe angebracht, die eine Art Leiter darstellten. Einer nach dem anderen kletterten sie hinauf, Tanaquil und Lizra nicht ganz so mühelos wegen der langen Kleider, die sie immer noch trugen.

Tanaquils Kleid büßte etliche Perlen ein, als sie an der Seite hinauf kletterte und den inneren Kamm erklomm. Sie fielen ins Wasser und verschwanden. *Muss ich immer etwas zurücklassen?*

Der Weg über den Kamm war leichter, denn er verlief ohne mühsame Steigungen zwischen den Höckern hindurch, mit herausgeschaufelten Stellen, wo man sich – allerdings ohne jede Bequemlichkeit – hinsetzen konnte. Der Grummel bewältigte alles großartig.

Lizra hatte sich an die Spitze gesetzt und kletterte über die Kuppen aller Höcker; Honj und Spedbo folgten ihr. Plip, Witschel und Beule nahmen den mittelschweren Weg. Tanaquil stellte fest, dass sie die Nachhut bildete, und Muck setzte sich in die ausgeschaufelte Sitznische neben der ihren. Der Grummel erklomm einen Höcker, kauerte sich nieder und blickte sich um.

»Göttlich«, sagte Muck. »Jetzt brauchen wir nur noch Wein und Erdbeeren.«

Das Boot setzte sich in Bewegung, doch inzwischen verblüffte das anscheinend keinen mehr, nicht einmal Witschel.

Die Ruder gingen von vorn nach hinten, wieder nach vorn und wieder nach hinten, und schäumten das Wasser auf.

Kleine Flammenströme wirbelten von ihnen weg und verbreiteten sich mit klebrigen kleinen Schmatzlauten. Das Kielwasser des Bootes versprühte ebenfalls Feuer.

»Das ist wie Öl«, rief Spedbo.

Muck meinte: »Es ist wie die Suppe meiner Großmutter.«

Tanaquil ließ den Blick über das Kielwasser schweifen. Etwas bewegte sich darunter, kräuselte sich im Wasser, ein gewaltiges wellenförmiges, schuppiges Ding.

»Es hat auch einen Schwanz«, sagte sie zu Muck.

»Wahrscheinlich zum Steuern.« Muck wirkte unkonzentriert. Sein Hauptproblem waren seine Schuldgefühle. Es war offensichtlich, dass er sich wegen Lizra schuldig fühlte, und auch wegen Tanaquil. Er hatte an ihnen gezweifelt und Tanaquil hatte er sogar bedroht, doch beide Male hatte er Unrecht gehabt. Lizra war ehrlich und rein und klug und vielleicht hatte sie sie alle gerettet. Tanaquil war eine Heilerin. Deshalb redete er andauernd mit Tanaquil, indem er versuchte, seine Hochachtung, seine Zuneigung zu ihr und seine Wertschätzung ihrer Klugheit zu zeigen.

Jetzt sagte er: »Ich mache mir Gedanken wegen der anderen. Was meinst du?«

»Die anderen, die die Einhorn-Pforte durchschritten haben? Vielleicht haben sie das gar nicht getan; sie könnten einfach von der Armee desertiert sein, und jeder hat angenommen, sie seien wie Beule und Plip und Witschel auf geheimnisvolle Weise verschwunden.« Sie dachte darüber nach, wie abartig normal sie und Muck waren, und kam zu dem Schluss, dass dies so wohl am besten war. Der Schwanz wackelte im Wasser und jetzt schwenkte davor der kopflose Hals nach rechts und nach links. Witschel deutete darauf, doch selbst er machte einen resignierten Eindruck. »Nun, falls die anderen den Durchgang durch das Tor geschafft haben, dann hat sie der Herrscher vielleicht davongejagt, so wie er es mit uns gemacht hat. Entlang dieses Flusses bis zum Meer. Oder … könnte es sein, dass sie Gefallen an dieser Welt gefunden haben und bleiben wollen? Wenn das geschieht, dann werden sie vielleicht ... wie diese Wesen hier.«

Muck spuckte in den Fluss und dieser loderte für einen Augenblick in hellen Flammen auf. Er entschuldigte sich bei Tanaquil.

Das Boot glitt weiter, schwarze Landschaft zog vorbei, keine Bäume, keine Wäscherinnen. Stattdessen brannten manchmal in weiter Ferne, auf den Hügeln, irgendwelche Gegenstände – geschleifte Städte? Diesen Anschein hatte es.

Der Tag ging dahin und sie bewegten sich in Schwärze bis auf die Feuerströme und das gelegentliche ferne Licht brennender Städte. Dann stieg der Mond auf, er spiegelte sich im Wasser und ihr Weg kreuzte sein Bild.

Muck schlief ein, schnarchte aber nicht.

Tanaquil hätte es nie für möglich gehalten, dass sie jemals wieder würde schlafen können. Das ging einfach nicht, nicht hier. Dann schlief sie aber doch ein, und der Grummel kuschelte sich unter dem Kürbismond an sie.

»Sieh mal, ein Feld von Gänseblümchen.«

Tanaquil rieb sich die Augen und blickte in die Richtung, in die Muck deutete. Der Mond versank hinter der Landschaft und vor seinem farbenprächtigen Rund hob sich eine Reihe kleiner Hügel ab. Es handelte sich ganz offensichtlich um einen Friedhof, gegraben nach einer Schlacht, denn das, was Muck vorausgesagt hatte, war tatsächlich eingetreten.

Aus der Hälfte der Erhebungen ragten Schwerter und Speere heraus, an anderen Stellen waren es Hände. Köpfe brachen unter dem Ascheregen hervor, behelmte Köpfe. Ganze Körper krochen oder sprangen aus der Erde, voll bewaffnet. Sie erzeugten ein Scheppern und Scharren, ein blechernes Klirren, indem sie mit ihren Waffen und Schilden herumfuchtelten. Dem Boot schenkten sie keinerlei Aufmerksamkeit.

Sobald sie frei waren, marschierten die entkommenen Krieger in einer langen Reihe davon, in Richtung eines der fernen Feuer.

»Sie lieben den Kampf«, erklärte Muck, »und es macht ihnen nichts aus, wenn sie sterben. Sie kommen wieder auf die Beine. Zurück an die Arbeit.«

Tanaquil erschauderte.

Muck sagte: »Du bist sehr tapfer, werte Dame ... äh, Tanaquil. Die meisten Mädchen, die ich kenne, hätten ein Theater gemacht.«

Tanaquil lächelte. »Übers Theatermachen bin ich hinaus.«

»Glaubst du, wir kommen jemals wieder hier raus?«, fragte er.

»Lizra sagte ja.«

»Na ja, wenn das so ist. Sie hat sicher Recht.« Der Mond sackte tiefer; er war schwarz. »Aber niemand glaubt daran, oder?«, gab Muck seinen Bedenken Ausdruck.

»Ich bezweifle es.«

»Sieh dir den mal an«, sagte Muck stolz, indem er auf Honj deutete; dieser saß vorn, elegant, im Schatten der Feuer. »So gut wie neu. *Besser*, wie er selbst gesagt hat. Was du getan hast, war großartig. Ich habe bisher noch nie wirklich erstklassige Zauberei gesehen.«

Tanaquil tat so, als ob sie wieder eingeschlafen sei.

Muck hielt den Mund.

Der Grummel war am Heck und begutachtete das Kielwasser des Boots. Er hatte den Schwanz entdeckt.

»Schlange!«

»Nein. Komm her und setz dich!«

»*Große* Schlange.«

»Ja, zu groß für dich.«

Der Grummel sah sie an. Er sagte: »Nicht springen. Nur schauen.«

Er hatte angefangen, ihr gegenüber Erklärungen zu liefern,

richtige Erklärungen, die zeigten, dass er zugehört und das Gesagte verstanden hatte. Sie erinnerte sich, wie er Lizra als Göttin bezeichnet hatte, in jenem unseligen, aber zeitlich wohl bedachten Augenblick der Diplomatie. Er lernte allmählich, sich intelligent, einfühlsam zu verhalten. Oder bildete sie sich das nur ein? Der von seinem Schoßtierchen eingenommene Besitzer …

Etwas stand über dem Fluss. Der Tag kehrte zurück und gleich darauf erkannte Tanaquil, dass das Ding eine Brücke war. Eine Brücke, die von beiden Uferseiten ausgehend gebaut worden sein musste. Die Architektur, wenn man sie so nennen wollte, war auf jeder Seite anders, doch das Material war von der Art dunkelgrauen Treibholzes, wie das Boot. Die beiden Seiten der Brücke hatten sich nicht getroffen. Im Wasser hingen Waffen, ohne zu sinken. Eine Kanone stand aufgerichtet, verrostend, am linksseitigen Ufer.

»Zwei Armeen«, sagte Muck, »haben die Brücke gebaut, um zum Kämpfen zusammenzukommen. Sie hatten bereits angefangen – dann haben sie das Interesse verloren, eine bessere Schlacht gefunden, sind gestorben, wieder auferstanden, und haben vergessen.«

Der Schwanz peitschte im Wasser und der Grummel schlug die Zähne aufeinander., blieb aber sitzen.

Tanaquil hörte ein Geräusch, es durchschnitt die große Stille wie ein silberner Faden. Hoch und dünn, winselnd. Ein grauenvolles Lied, bestehend aus drei oder vier Noten.

»Hab ich was an den Ohren?«, fragte Muck.

»Ich höre es ebenfalls.«

Der Fluss machte eine leichte Biegung. Als das Boot der Biegung folgte, wurde das Geräusch lauter.

Alle bis auf Lizra reagierten darauf. Der Grummel knurrte, selbst die Mauspe flog von Spedbos Schulter hoch, ließ sich dann aber wieder nieder.

Als der Verlauf des Flusses wieder gerade wurde, sahen sie das Ding, das im Fluss stand und sang.

»Eine Windmühle«, erklärte Muck.

Spedbo rief zu ihnen herüber: »He, das ist eine Wassermühle.«

Hundert Fuß hoch oder höher, tintenschwarz, ragte das Ding zum roten Himmel empor. Schwarze Segel drehten sich rasend schnell. Dann wurden sie langsamer, senkten sich ins Wasser, glitten darunter hindurch, stiegen wieder auf, wobei sie Feuertropfen verspritzten, zogen allmählich höher und drehten sich wieder in einem wilden Wirbel herum. Es war das Treiben dieser Segel oder dieses Rades, das das sonderbare ›Lied‹ erzeugte.

Der Fluss war nur geringfügig aufgewühlt. Flammenteiche, kleine Wirbel.

Das Boot glitt weiter, gelangte unter den Schatten des Mühlenturms, unter den sich drehenden Schatten des spinnenartigen Segelrades. Das Geräusch war sehr eindringlich, schmerzte in den Ohren.

Aber sie glitten daran vorbei, der Turm blieb hinter ihnen zurück und das Geräusch verebbte.

Jetzt stieg vor ihnen Nebel auf, grauer Nebel, der sich um sie herum verdichtete. Er roch nach Rauch, nach Verderbnis, nach kalten Orten des Todes.

Allmählich verschmolzen die Ufer mit dem Nebel; die Feuer auf dem Fluss verblassten zu einem schwachen rosafarbenen Schimmer.

»Wo sind wir jetzt?«

»Sitz still«, sagte Tanaquil. »Ich weiß es nicht.«

Der Grummel kam zurück zu ihr, machte sich von der Faszination des Bootsschwanzes frei. Er sprang ihr in den Schoß; drückte das spitze Gesicht unter ihren Arm.

Gespenster bewegten sich im Nebel. Sie sahen aus wie Gestalten, menschliche Gestalten, die dort herumwandelten.

Tanaquil sah ein kleines Mädchen, beinahe so durchsichtig wie Glas, aber ihre Haare waren rot. Sie selbst, als Kind.

Witschel wimmerte: »Dort ist mein Onkel.«

»Das kann nicht sein«, sagte Beule.

»Er hat das Zeitliche gesegnet«, sagte Witschel.

Tanaquil dachte: Ist das die Stelle, wo wir die Toten sehen – sogar uns selbst als Tote?

So war es.

Lizra hatte sich erhoben. Ihr weißes Gesicht, aus dem alle Spuren der Stiche verschwunden waren, war dem rechten Ufer zugewandt.

Tanaquil spähte aus – und ihr Herz verwandelte sich in Blei.

Dort war Zorander. Zorander, ihrer beider Vater, in seinem Umhang aus Fellen und Häuten, mit dem schwarz gelockten Haar. Er wirkte massiv, wie ein Mann, lediglich durch Rauch betrachtet. Und neben ihm, nicht ganz so deutlich, sein liebster Höfling, der bösartige Gasb, mit einem Hut, der wie ein Knochenvogel gestaltet war.

Lizra stieß keinen Schrei aus, als sie ihn bemerkte, sondern betrachtete ihn lediglich. Honj hatte sich ebenfalls erhoben, sagte jedoch nichts. Spedbo hatte sein Schwert gezogen und die Mauspe hockte auf dem Griff.

Zoranders Miene war unbewegt, selbst Gasb feixte nicht.

Sie blieben reglos und das Boot ließ sie hinter sich zurück.

Kommen die Toten hierher?

Nein – nein, niemals!

Niemals.

Eine Sinnestäuschung, mehr nicht. Ein Bereich der Zauberei.

Zorander war weg, Gasb war weg.

Muck sagte: »Wer war dieser Mann? Ein König? War es – ihr Vater?«

»Ja.«

»Armes Kind«, sagte Muck. »Ich meine – Fürstin.«

Der Nebel hauchte jetzt dicht wie die Nacht und man konnte kaum noch etwas sehen. Für Tanaquil war das andere Ende des Bootes – Lizra und Honj, Spedbo und Witschel – verschwunden. In die andere Richtung konnte sie nicht weiter sehen als bis zum Rand des letzten Höckers. Nicht einmal ein Flackern des Schwanzes.

Doch sie bewegten sich weiter.

Der Fluss der Toten, dachte sie.

Muck blies in den Nebel und begann laut zu singen.

»Als wir waren in der Stadt, ach,
wie machten uns die Mädchen schwach,
weg waren schließlich Geld und Schuh',
ziemlich schade, was meinst du?«

Tanaquil lachte, Muck lachte.

Auf dem Boot im Nebel lachten auch die anderen, mit Ausnahme von Lizra.

Tanaquil wünschte, Lizra hätte ebenfalls gelacht.

Dann tauchte etwas aus dem Nebel auf, etwas wie ein großer schwarzer Felsen; das Boot vermied mühelos einen Zusammenstoß.

»Das ist ein Schiff«, sagte Muck selbstzufrieden.

Sie glitten darunter hindurch und jetzt sah Tanaquil die geschnitzten Seiten, ganz aus Gesichtern und verzerrten Körper bestehend, und ein Loch, das dort klaffte.

Als der Nebel in Fetzen zerriss, konnten sie durch ihn hindurch sehen. Sie befanden sich in einem Wald von geschlagenen Schiffen. Schiffe, bestehend aus den schwarzen und roten Geschöpfen dieser Welt, die aus irgendeinem Grund am Stück geblieben waren.

Segel tauchten ins Wasser. Da war Feuer, Schiffe standen in Flammen, und alles wurde überstrahlt vom üblen gelben Licht des Herrscherlichen Festsaals. Wo die Funken ins Wasser fielen – taten sich große Spundlöcher auf.

Es war nicht mehr dunkel und ölig, das Wasser, nicht mehr Großmutters Suppe. Jetzt war es ein grauer, klumpiger *Eintopf*.

Tanaquil betrachtete die Übelkeit erregende Flüssigkeit. »Da ist das Meer.«

Der Nebel hatte sich verzogen, und von den brennenden Schiffen stieg kein Rauch mehr auf.

Der Horizont war weit, schwül grau.

Ja, sie hatten das Meer der Hölle erreicht.

Wohin jetzt?

Aber diese Frage ergab sich gar nicht.

Aus dem wellenlosen Ozean ragte ein Bild auf, das jetzt so vertraut war wie ein ständig wiederkehrender Alptraum. Ein fünfzig Fuß hohes Einhorn, alt und zerschunden; sein Gold war weg. Und als ob es ganz aus Eisen gemacht worden wäre, rostete es jetzt, sogar hier.

Dennoch stand es da, entschlossen, vor den Wolken, die Beine bis zur halben Höhe im Meer.

Es war gerade noch ausreichend Platz, um unter seinem Bauch hindurchzugehen.

Das war die Pforte.

Sie kamen nicht hindurch, denn das Boot näherte sich zwar der Stelle, bewegte sich aber plötzlich nicht mehr. Aus der Pforte wehte ein kräftiger, flacher Wind, blies ihnen entgegen. Er sollte sie vertreiben.

Unter dem Bauch des Einhorns war nichts. Kein Anzeichen von irgendetwas jenseits davon, keine Ansicht des Himmels oder des Meeres der Hölle, anscheinend nicht einmal Luft. Eine wabernde, formlose Leere.

Das Boot glitt rückwärts, entfernte sich. Sein Hals hatte sich ins Wasser gesenkt.

Honj sprang auf den vordersten Höcker, griff nach dem nächststehenden Hinterbein des Einhorns, erwischte es. Mit dem rechten Arm umfing er das Bein und Spedbo hielt ihn mit seinem ganzen Gewicht im Boot fest, umfasste ihn seitlich, das Gesicht vor Anstrengung gefurcht. Honj sah allenfalls trotzig aus. Wenn je irgendein Zweifel daran bestanden hätte, dass sein rechter Arm jetzt über ungewöhnliche Kraft verfügte, dann war dieser jetzt vollkommen ausgeräumt. Normalerweise wären vielleicht drei Männer für ein solche Festklammern nötig gewesen, doch Honj schaffte es allein.

Er rief Tanaquil herbei.

Er meint immer, ich kenne mich aus. Und dann ist es auch so.

Sie ließ den Blick über die rostige Flanke des Einhorns schweifen und bemerkte dort ein seltsam gewundenes Loch. An ihrem rechten Ohr hing der Ohrring, der der Schlüssel war, schwer wie ein Stein. Doch ihr Arm reichte nicht bis zu dem Loch. Sie würde werfen müssen … die Pforte würde nach dem Schlüssel grapschen. Nun, es würde nicht schwer sein. Sie zog sich den Ohrring ab, betrachtete ihn. Wieder etwas von ihr, das zurückgelassen wurde. Sie hob den Arm und schleuderte das weiße Fossil in die Luft, sorglos, beinahe gleichgültig. Und der Wind aus dem Mund der Pforte kehrte sich um. Er wehte nach innen, sog den Schlüssel mit einem gewaltigen Atemzug ein.

Nur noch als weißer Fleck sichtbar, flog der Schlüssel heim in die Pforte.

Das Boot ruckelte unter ihnen, der Schwanz peitschte das Wasser. Eine Welle schlug über ihnen zusammen und durchnässte sie mit der schmutzigen, sirupzähen Flüssigkeit.

Die Zeit war knapp. Tanaquil schrie so laut, dass sich ihre Stimme überschlug: »Wir müssen springen! Unter dem Bauch hindurch!«

Sie sah, wie Honj das Boot mit dem geheilten rechten Arm näher an das Bein zog, und dann packte Spedbo Lizra und hechtete mit ihr vorwärts, als ob er beabsichtigte, sie beide in dem unvorstellbaren Meer zu ertränken. Doch als sie unter den Bauch glitten – waren sie von der Bildfläche verschwunden.

Honj brüllte: »Kommt!«

Plip drängte Beule und Witschel voran. Sie verschwanden, zappelnd und planschend. Muck zog jetzt Tanaquil und den Grummel – oder sie und der Grummel zogen ihn.

»Lass los, Honj. Spring!«, brüllte Muck. Und Honj löste den Griff und folgte ihnen.

Sie waren in der Luft. Sie waren im Nirgendwo. Die Höllenwelt zerplatzte wie eine faulige Frucht.

30

Sie waren im Meer. In der Luft hing der Geruch nach Fisch und Gesundheit und Licht. Die Sonne schien, verwandelte die Luft in Kristall. Der Himmel war blau wie ein Juwel. Das Meer bestand aus blauen Tränen.

Muck half ihr auf einen seidenweichen Strand. Der Grummel sprang von ihrem Arm und schüttelte sich heftig.

»Tanaquil«, sagte Muck, ebenso durchnässt wie sie, mit Haaren wie Seetang. »Ich weiß, dass ich nur ein Soldat bin, aber ich schätze, ich mache meine Sache nicht schlecht. Hast du einen Liebsten?«

Sie starrte ihn fassungslos an. Ihr fiel Gork in der Wüstenkarawane wieder ein, der ihr das gleiche Angebot gemacht hatte, und wie sie mit den Augen geklimpert und gelogen hatte, indem sie behauptete, verlobt zu sein. Und Tanaquil wurde bewusst, dass Lizra mit dem Herrscher der Hölle genau dasselbe gemacht hatte wie sie mit Gork. Man wehrte einen mächtigen und dummen Mann nicht ab. Aber Muck war nicht mächtig und er war nicht dumm, also konnte sie ehrlich zu ihm sein.

»Muck, das ist sehr lieb von dir. Aber es geht nicht. Ich kann nicht … ich habe noch viel zu viele Dinge zu erledigen.«

»Kann man nichts machen«, sagte Muck. Er sah gleichzeitig traurig und erleichtert aus.

Honj trug Lizra aus der Brandung wie ein Prinz in einem Märchen. Lizra wirkte kühl und gefasst, nichts anderes erwartend. Schließlich war sie wieder Fürstin.

Sie waren zurück in der Welt. In *ihrer* Welt.

Spedbo, Beule, Witschel und Plip führten eine Art Tanz auf, bewarfen sich gegenseitig mit Sand und brüllten und lachten vor Übermut. Die Mauspe flog über ihnen und hieb mit dem Schwanz auf sie ein.

Tanaquil sah, was im Meer war.

Es war ein Einhorn, ein mechanisches Einhorn aus Gold. An manchen Stellen waren die Platten abgefallen, dort schaute das schwarze Eisen hervor. Um seinen Hals hingen etwa vierzig verwelkte Girlanden; knietief stand es in dem blauen Wasser.

Sie waren unter seinem Bauch hindurchgekommen ... das Einhorn namens Sonnenschein, die Kriegsmaschine der Fürstin.

»Was hast du vor?«, fragte Muck.

»Muck – meinst du, du könntest mich hochheben? Zu der Stelle, wo die Klappe an seiner Seite ist?«

»'türlich kann ich dich hochheben. Du wiegst nicht mehr als eine Katze. Weniger als dieses dicke Grummel-Vieh.«

Sie balancierten im Wasser, und Beule und Witschel machten sich über sie lustig, indem sie ihnen vom Strand aus spöttische Bemerkungen zuriefen.

Tanaquil gelang es, die Deckplatte abzuheben, wobei sie sich alle Fingernägel abbrach, obwohl die Platte sich bereits gelockert hatte. Sie steckte die Hand in das Einhorn und griff nach dem ersten Schlüssel, dem weißen Fossilienohrring, der an ihrem linken Ohr gehangen hatte. Er ließ sich ohne Widerstand herausziehen. Dann verloren Mucks Füße den Halt und sie beide landeten im Wasser.

Als sie wieder am Strand waren, zerschlug Muck auf ihre Anweisung hin das Fossil mit dem Griff seines Schwertes in kleine Stücke.

Die Körner zerstoben in einer sanften Brise.

Kurz darauf kam ein lärmender Trupp von Lizras Armee die Dünen herunter und wollte sie festnehmen. Lizra erhob sich und sah den Hauptmann des Trupps eindringlich an, woraufhin dieser grün anlief und auf die Knie sank.

»Fürstin!«

»Warum seid ihr hier?«, fragte sie, kühl wie der süße weiße Schnee, der auf die Welt herabrieseln würde, klar wie das klare Wasser ihrer Flüsse.

»Wir hielten uns weiterhin ans Meer, Herrin. So lauteten Eure letzten Befehle, bevor Ihr geschnappt wurdet. Hauptmann Chortal ...«

»Wer ist Hauptmann Chortal?«

»Einer Eurer Befehlshaber, Euer Hochwohlgeboren.«

»Ja, ich glaube, ich erinnere mich an ihn. Und?«

»Er hat sich unser angenommen, Herrin. Wir sind zum Meer marschiert und wir haben das Einhorn befeuert, um zu feiern – und es ging geradewegs ins Wasser, Herrin. Und wir ... bekamen es nicht mehr heraus. Aber die Zauberin ist ja mit Euch zurückgekehrt. Sie kann helfen, ein neues herzustellen.«

Tanaquil sagte: »Nein.«

Und Lizra fügte hinzu: »Ihr habt richtig gehört, Hauptmann. Nein. Die Zeit des Einhorns ist vorbei.«

Im Lager herrschte Glückseligkeit. Es erstreckte sich die grasbewachsenen Hänge hinauf und hinunter. Hier war mehr Zeit vergangen als in der Welt der Hölle, ein Monat oder mehr. Der Herbst hatte das Land in Verwehungen von gelbbraunen Blumen und roten Bäumen getaucht. In einem braunen Fluss schwammen silberne Fische, die Kinder spielten und stritten und die Frauen kochten an ihren Feuern. Die Soldaten polierten müßig ihre Rüstungen und gaben sich Würfel- oder Kartenspielen hin. Einige rangen miteinander, andere lagen schlafend unter notdürftigen Zeltplanen.

Es hatten keine Kämpfe stattgefunden. Jedes Dorf und jede Stadt ergab sich, behängte sie mit blühenden Blumen, kredenzte ihnen Wein, wollte das Einhorn sehen. Kinder rannten zu ihm hinaus und banden ihm Schleifen um die Beine. Es war zu einem Spielzeug geworden.

In der Nacht am Meer befeuerten sie es, um den letzten Dörfern zu zeigen, wie es sich bewegte. Sie hatten es sicherheitshalber in Richtung Wasser ausgerichtet. Im Meer zischelte es und sein Feuer erlosch.

Bedauerlicherweise musste festgestellt werden, dass Möwen es beschmutzt hatten, und es fing ernsthaft an zu rosten.

Von dem Mauspenschwarm sprachen sie jetzt mit grimmiger Belustigung. Die Stiche waren schnell verheilt, niemand hatte mehr als einen Tag lang eine echte Beeinträchtigung erlitten, selbst die kleinsten Kinder, die gestochen worden waren. Nachdem das zerstörerische Werk verrichtet war, war der Schwarm davongeflogen. Sie hatten ihn nie wieder gesehen, und natürlich ebenso wenig die Fürstin. Sie vermuteten, dass sie in dem Durcheinander entführt worden war und Honj und seine beiden Wanderheuschrecken sich aufgemacht hatten, um sie zu retten, wobei sie Tanaquil mitgenommen hatten, damit sie Magie anwende.

Sie waren sich der Sache mit der Entführung so sicher, dass kein Wort über die Pforte in die Hölle verloren zu werden brauchte. Und tatsächlich: Als Beule damit vor den Heizern prahlte, ließen sie ihn abblitzen und bedachten ihn mit unfreundlichen Blicken. Die Heizer und die Kunsthandwerker waren nicht glücklich, spürten sie doch, dass sie arbeitslos werden würden.

Honj hatte natürlich die Entführer von Lizora Veriam davongejagt. Der nächste Schritt würde sein, ihn mit höchsten Ehren auszuzeichnen. Es ging das Gerücht, dass diese in der Hochzeit mit der von ihm geretteten Fürstin bestünden.

Zwei Stunden langen defilierten Lizora Veriams Ratgeber und Befehlshaber, ihre liebsten Höflinge, ihre wichtigsten Bediensteten und Hunderte anderer, die Aufmerksamkeit erheischen oder sich davon überzeugen wollten, dass sie wirklich wieder da war, durch das goldene Zelt, wo sie in einem Kleid in leuchtendem Grün, bestickt mit Diamanten, auf ihrem Thron saß. Sie erklärte ihnen allen, dass der Krieg jetzt vorbei sei. Einige äußerten ihr Missfallen darüber, doch sie brachte sie mit den Augen zum Schweigen; andere wirkten ziemlich froh über diese Nachricht. Sie verkündete, dass von morgen an drei Tage und drei Nächte lang ein Fest stattfinden sollte, um ihre Rückkehr zu feiern. Sie lächelte diejenigen an, die es verdient hatten, und heftete einen Orden an Hauptmann Chortals Brust, der so schwer war, dass dieser kaum mehr aufrecht stehen bleiben konnte.

Als alle fort waren, war die Sonne untergegangen, und die Abenddämmerung färbte den ganzen heiligen, gesunden und gesegneten Himmel pfauenblau.

Lizora saß in dem goldenen Zelt und schickte den letzten Rest ihres Gefolges weg, mit Ausnahme von Tanaquil und Honj, Spedbo und Muck.

Dann bot sie den Wanderheuschrecken riesige Vermögen an, die alle drei unterwürfig annahmen, selbst Honj, der dabei ein Schafsgesicht machte.

Tanaquil lachte.

»Und für meine Schwester«, sagte Lizra, »was soll es sein?«

»Vergib mir einfach.«

»Wenn *du mir* vergibst.«

Dann furchte sich Lizras Gesicht und sie sah aus wie zusammengeknautscht, geschrumpft zu einem winzigen Kind in einem törichten, übertrieben prächtigen Kleid, das offensichtlich kratzte. Sie sah Honj an und begann zu weinen, hemmungslos, ungestüm. Sie wimmerte mit hoher, verlorener Stimme: »Ich will meinen Papa … ich will meinen Papa …«

Honj ging zu ihr und nahm sie in die Arme, Muck und Spedbo und Tanaquil schlichen sich aus dem Zelt und standen auf einer Anhöhe und schwärmten sich gegenseitig vor, wie wundervoll die Nacht roch und welches Vergnügen es sein würde, reich zu sein, bis die beiden Männer davonschlenderten, um sich zu ihren Kameraden zu gesellen.

Und dann stand Tanaquil allein in der Dämmerung über dem Lager der Menschen.

Sie roch die wundervolle Nacht, ganz gefallene Blätter, ganz Meer und Wasser des braunen Flusses, Blumen, köstliche Speisen, Pferde, Ziegen – und Erde, pure Erde. Und sie hörte die Kinder und die Lieder der Frauen und das Gejohle der Männer und das Bellen der Hunde.

Die Mauspe war bei ihr geblieben und saß jetzt in einem Kleefleck und putzte sich. Ein jeder hatte sich zu seiner Beruhigung immer wieder vergewissern müssen, dass sie keinen Stachel hatte. Der Grummel versuchte, die Abendmotten, die von der Lampe angezogen worden waren, zu fangen, aber in Wirklichkeit lag ihm nichts daran, und schließlich rollte er sich zusammen und lag wie ein pelziges Fass da, alle vier Beine nach oben gestreckt.

Ich bin mit einem Geschenk vom Himmel gekommen. Von der Hölle bin ich mit einem Verlust gekommen.

Sie konnte eigentlich nicht glauben, dass er zu ihr herauskommen würde. Und doch wusste sie, dass er es tun würde.

Inzwischen war der Himmel schwarz, diamantenartig von Sternen übersät, mit einem hohen weißen Mond.

Er sagte: »Sie schläft. Diese Zofe, die ganz in Ordnung ist, wacht bei ihr.«

Tanaquil sagte: »Das Weinen wird ihr gut tun. Letzten Endes musste sie alles machen, das muss sie immer. Es ist einfach zu viel für sie.«

Honj nahm Tanaquils Hand, hielt sie einen Augenblick fest. Er sagte: »Ich kann sie nicht verlassen.«

»Sie wird dich zum Fürsten machen.«

»Genau das, was ich möchte. In irgendeinem Palast fett werden. Gott möge mir helfen.«

»Ich kann mir nicht vorstellen, dass du fett wirst«, entgegnete Tanaquil.

»Sie wollte mit dem fürstlichen Großreich Schluss machen, wollte jeder Stadt die Freiheit zurückgeben. Ich musste ihr erklären, dass sie das zu diesem Zeitpunkt nicht tun kann, dass es als Schwäche ausgelegt würde. Sie hatte ihnen bestimmte Ideen eingegeben. Jemand anderes würde sich aufmachen, die Welt zu erobern, und wir würden uns wieder im Krieg befinden. Nein, sie muss über das Erworbene herrschen, und sie muss verdammt gut herrschen. Ohnehin würde sie nichts anderes zufrieden stellen. Sie ist eine Perfektionistin.«

»Ja. Und sie wird dich zur Seite haben.«

»Du bist es«, sagte er, »der ich gehöre.«

Sie wandte sich ihm zu und sah ihm ins Gesicht. Gegen den Glanz der irdischen Nacht wirkte er jetzt einfach nur noch nett, beinahe gewöhnlich. Die Liebe schmerzte. Tanaquil sagte: »Danke, aber ich gehe weg.«

»Geh weit weg«, sagte er. »Bitte!«

Sie standen da und der Mond zog am Himmel dahin. Im Gras schnarchte der Grummel und die Mauspe hatte sich unbemerkt so etwas wie ein Nest in seinem Schwanz gebaut.

»Nur noch etwas«, sagte er. »Schenkst du mir den kleinen Silberring, den du trägst?« Sie zog ihn vom Finger – Mallows Geschenk. Er passte ihm nicht … seine Hände waren zu groß. Er sagte: »Ich behalte ihn trotzdem.«

»Ich werde manchmal an dich denken«, sagte sie, »an den, der meinen Ring hat. Aber nur hin und wieder. Es darf nur hin und wieder geschehen.«

Er sah sie an, berührte ihr Gesicht mit einem Finger. Dann ging er zurück in das goldene Zelt, zu seiner Fürstin, seiner Gemahlin.

31

Nach Hause. Nach Hause zur Festung ihrer Mutter in der Wüste. Sie hatte noch eine weite Reise vor sich. Und vieles, über das sie nachdenken musste. Dennoch ritt Tanaquil wie benommen dahin. Das schlaue Kamel passte auf sie auf. Es hatte sie im Lager sogar mit einem Laut begrüßt, der eine Art Willkommensgruß hätte sein können. Ein alter Freund also. Sie freute sich darüber und auch über den Grummel, der jeden Tag ziemlich überschnappte und sich an der Welt erfreute. Die Mauspe verblüffte sie nach wie vor; ihre Mutter würde sie zweifellos interessant finden.

Meistens, meistens war sie in Gedanken versunken – sie dachte an Honj, trotz ihrer Äußerung. Sie erinnerte sich an alles, was er gesagt und getan hatte. Mehr war ihr nicht von ihm geblieben, das Übrige hatte sie verloren.

Sie dachte nicht an seine bevorstehende Hochzeit mit Lizra. Wenn sie an Lizra dachte, dann tat sie das behutsam; die einen Gedanken hatten mit den anderen nichts zu tun. Sie hatten sich mit einer warmherzigen Verabschiedung voneinander getrennt, mit einer falschen, aufgesetzten Warmherzigkeit, die in einer ungeschickten Umarmung gipfelte – wie beim letzten Mal. Leb wohl.

Sie hatte auch Lizra verloren. Denn wenn ihre Schwester Honjs Frau sein würde, könnten sie sich nie wieder begegnen.

Und Lizra hatte ihr eine Smaragdhalskette geschenkt. Grün als Symbol für die Jugend. Tanaquil hätte es nie für möglich gehalten, dass man eine Kette hassen kann. Aber, dachte sie, sie konnte die Smaragde ja ihrer Mutter geben, Jaive, die wunderschön damit aussehen würde. Dann wäre alles in Ordnung.

Sie war noch nie so traurig gewesen, doch ließ der stechendste Schmerz im Lauf der Tage nach. Die Traurigkeit wurde beinahe erholsam, sie war etwas so Vertrautes.

Und allmählich machte sie sich auch Gedanken über ihre Mutter. Wie würde Jaive sich ihr gegenüber verhalten? Wie würde sie handeln? Wie war es Jaive seit Tanaquils Weggehen ergangen?

Sechs Wochen nachdem sie vom Lager aufgebrochen war, hielten sie für die Nacht an einem Fluss an, zwischen duftenden grünen Hügeln, wo Zedern wuchsen, und Tanaquil verbrachte eine ganze Stunde damit, den Fluss zu betrachten, so wie sie jetzt oft Stunden damit zubrachte, grüne Blätter vor dem blauen Himmel oder fliegende Vögel zu betrachten.

Schließlich hatte sie doch etwas gewonnen: Die vollkommene Welt hatte ihr die Augen für den Wert dieser Welt geöffnet. Jetzt nahm sie wahrhaftig die Schönheit dieser Welt wahr, ihre *Göttlichkeit.*

Als sie vom Fluss zurückkam, um ein Feuer zu entfachen, war die Mauspe verschwunden. Das geschah gelegentlich, bisher war sie aber jedes Mal zurückgekommen. Tanaquil hatte stets angenommen, sie habe sich auf die Suche nach irgendeiner Art von Nahrung gemacht, doch war sie nie dahinter gekommen, wovon sie sich eigentlich ernährte, was ihr schmeckte.

Das Kamel weidete zwischen den Zedern, denn es probierte immer neue Dinge aus. Der Grummel jagte mit wildem Gejaule Kaninchen, ohne jemals eines zu fangen.

Tanaquil legte das erste Scheit auf, als ein Schatten ihre Aufmerksamkeit auf sich zog..

Sie sprang aufgeschreckt hoch.

Ein Mann stand da, mittelalt, aber hoch gewachsen und gut gebaut, mit einem Wust angegrauter schwarzer Haare und einem kräftigen Gesicht. Zwei schwarze Augen musterten sie auf eine Weise, die sie ärgerte.

»Guten Abend, Tanaquil«, sagte er. »Wahrscheinlich erinnerst du dich nicht an mich. Ich bin Worabex, der Magier.«

Tanaquil ließ das Feuerholz fallen, mehr aus Verwirrung denn aus Überraschung.

»Ich dachte, du würdest dich nicht verändern.«

»Ich kann alles tun, was mir beliebt«, erklärte er überheblich. »Ich dachte, es wäre ein Fehler, wenn ich mich jung machen würde. Aber ich kann mich in einer ansprechenden äußeren Erscheinung präsentieren, ebenso wie in einer ziemlich gedrungenen, kahlköpfigen Version, die ich mir für Besucher aufhebe.«

Tanaquil sagte: »Was willst du?«

»Vielleicht ein bisschen Höflichkeit?«

»Du bist der ungehobelte Klotz, der einfach so aus dem Nichts auftaucht.«

»Das entspricht nicht ganz den Tatsachen. Du hast mich erst heute Abend gesehen.«

»Du *lügst!*«

Worabex lächelte auf eine unerträgliche Weise. »Ich habe dir doch gesagt, du musst noch viel lernen, und bis jetzt machst du dich recht gut. Eine begabte Schülerin.«

Tanaquil war außer sich vor Wut.

Sie sagte: »Ich muss dich bitten zu verschwinden.«

»Die Nacht ist so lang«, sagte er. »Kann ich nicht ein Stück davon gemeinsam mit dir verbringen? Wie ich sehe, fürchtest du dich immer noch vor meinen Annäherungsversuchen. Ist dir nie der Gedanke gekommen, dass ich mich für dich auf eine eher … *väterliche* … Weise interessiere?«

»Nein.«

»Dann muss ich offen sprechen. Wir sind seit Jahren befreundet. Du hast mich sogar gestreichelt, das war sehr angenehm. Mein Fell hat einen schönen Glanz bekommen.«

»Was bist du …?« Tanaquil wurde es heiß, dann kalt. Sie sagte mit versteinerter Stimme: »Die Mauspe ohne Stachel. Ein Gestaltwandler. Das warst du.«

»Genau. Und dank deiner Hilfe und der des nützlichen Söldners Spedbo habe ich etwas getan, was nur wenige meinesgleichen jemals gewagt haben, ich habe nämlich *eine andere*

Welt betreten und gesehen. Meine Dankbarkeit, liebe Tanaquil, ist unermesslich.«

»Verschwinde!«, fauchte sie.

»Ich hege andere Pläne. Ich reise mit dir. Du wirst feststellen, dass ich ganz nützlich bin. Ich werde mich als dein Vater ausgeben.«

»Das wird nicht geschehen.«

»Und auf diese Weise werde ich deine Mutter kennen lernen, von der ich schon viel gehört habe und die mich – ich gebe es zu – fasziniert. Du siehst also, ich bin tatsächlich mehr an einer Dame meines Alters interessiert.«

Der Grummel tauchte auf einem nahen Hügel auf. Jetzt spielte er tatsächlich mit einem Kaninchen. Das Kaninchen jagte den Grummel.

»Ich will deine Begleitung nicht«, sagte Tanaquil. »Und meine Mutter … ich bin entschieden gegen deine Absichten in Bezug auf sie. Ich meine, du wirst sie nur *schlimmer* machen …«

Worabex lachte und warf den Kopf zurück. Er sah eindrucksvoll aus. Jaive würde ihn vielleicht mögen. Und sie würde … ja, sie würde mit Sicherheit ihr ganzes Talent an mystischer Verrücktheit aufbieten.

Der Grummel raste den Hügel herab, gefolgt von dem Kaninchen. »Gut! Gut!«, schrie er.

Unter den Zedern trat das Kamel zur Seite, um sie vorbei zu lassen.

»Dann verweigerst du dich also meiner Begleitung«, sagte Worabex.

»Ich fürchte, so ist es.«

»Eine strenge Tochter. Warst du überhaupt jemals nett zu deiner Mutter?«

Tanaquil stellten sich die Haare auf, denn urplötzlich war Worabex verschwunden. Etwas Winzigkleines schoss wie ein Schimmer der untergegangenen Sonne vorbei: ein goldener *Floh*.

Der Grummel kauerte sich nieder und das Kaninchen wich zurück und wartete.

Dann kratzte sich der Grummel.

»Juckt«, erklärte er. Und fügte nach einem Augenblick hinzu: »Floh.«

Tanaquil stand auf dem honiggrünen Hügel. Etwas in ihr war wieder erwacht. Sie fluchte, denn sie wusste Bescheid.

Selbst wenn der Grummel den Floh erwischte, würde es der falsche sein.

Ende vom Zweiten Buch

Drittes Buch

Das rote Einhorn

Zur Erinnerung an meine Mutter
mit den jadegrünen Augen,
Hylda Lee, die mir als Erste
Geschichten von Hexen, Prinzen
und Zaubertieren erzählt hat

Teil Eins

32

Das Erste, was Tanaquil fast jeden Morgen beim Erwachen erblickte, war das Gesicht des Mannes, den sie liebte. Aber das lag daran, dass Tanaquil sich für die ersten fünf oder zehn Minuten jedes Tages gestattete, an ihn zu denken. Sie rief sich sein Bild vor Augen: gut aussehend, lächelnd, mit gefurchter Stirn, charmant, gereizt oder einfach unergründlich. Und nachdem sie ihn betrachtet hatte, mit all ihrer Liebe und all ihrer Wut, verdrängte sie ihn aus ihrem Denken. Oder … jedenfalls versuchte sie es.

Manchmal war es leicht, zumindest für ein paar Augenblicke. Zum Beispiel gestern, als sie beim Aufwachen eine pelzige braune Schnauze, in der eine Scheibe kalten, schlaffen Toastbrots mit teils triefendem, teils erstarrtem geschmolzenen Käse hing, einen Finger breit von ihrer Nase entfernt entdeckte. »O Gott, was soll das? *Grummel!*«

Der Toast fiel ihr auf den Bauch.

Der Grummel sah sie hoffnungsvoll an.

»Schön? Hunger? Ja?«

»Nein. Pfui! Ich hab *keinen* Hunger. Verflixt …«

Bei diesen Worten kletterte der Grummel vom Bett, kauerte sich auf den Boden und fing an sich zu putzen, wobei er mit den zähen Käsebrocken begann, die jetzt an seiner Brust klebten.

Tanaquil hatte sich aufgesetzt.

Gleich darauf empfand sie zerknirscht Reue, als ihr klar wurde, dass der Grummel versucht hatte, sie zum Essen zu verführen.

»*Danke*, trotzdem. Das war sehr lieb von dir. Es ist nur so, dass ich als Erstes lieber etwas Schlichteres hätte. Nein, warte!«

Zu spät. Der Grummel war aus dem Fenster gesprungen. Sie verharrte in schwacher, unbehaglicher Verzweiflung, bis er nach etwa einer halben Stunde zurückkehrte und ihr ein vollkommen trockenes, ziemlich altbackenes Stück Brot darbot.

Sie aß etwas davon, denn es wäre einfach zu unhöflich gewesen, es nicht zu tun. »Vielleicht wäre ein bisschen Butter gar nicht so ... ich weiß nicht. Wahrscheinlich ist es so am besten.«

»Gut«, ermunterte sie der Grummel.

Nachdem sie die Hälfte des Brotes verzehrt und etwas Wasser aus ihrem Glas getrunken hatte, krabbelte der Grummel auf ihren Bauch und vergrub die Schnauze in ihren Armen.

Betrübt dachte sie: Er weiß, dass ich jemanden zum Kuscheln brauche.

Nur ein einziges Mal hatte sie im Schlaf Tränen vergossen. Sie hatte von Honj geträumt und davon, dass sie unterwegs war, um ihn zu treffen, unter einem Baum in einem blumenübersäten Feld. Doch als er kam, ritt er geradewegs an ihr vorbei, ohne sie eines Blickes zu würdigen.

Sie rannte ein paar Schritte hinter ihm her und rief seinen Namen, doch aus ihrer Kehle drang kein Laut, und plötzlich waren das Gras und die Blumen viel höher gewachsen und sie konnte nicht mehr darüber hinweg sehen. Selbst wenn Honj zurückgeschaut hätte, wäre sie seinem Blick verborgen gewesen.

Damals hatte der Grummel sie schließlich mit übertrieben albernen Faxen am Boden abgelenkt. Er hatte so getan, als ob sein Schwanz eine gefährliche Schlange sei – und um den Grummel davon abzuhalten, seinen Schwanz zu ›töten‹ –, hatte Tanaquil sich von ihren Tränen und ihrem Bett lösen und ihn mit sanftem Schütteln zur Vernunft bringen müssen.

Nun sprang er auf die Fensterbrüstung.

»Gehn aus? Spazieren? Ja?«

»Vielleicht.«

»Ja«, entschied der Grummel und machte einen Satz hinaus und über das Dach der Festung von Tanaquils Mutter in die Wüste. Und einen Augenblick lang, während Tanaquil ihm nachsah, fiel ihr wieder ein, wie sie und er sich zum ersten Mal begegnet waren, genau an diesem Ort, umgeben von derselben glitzernden heißen Wüste, unter dieser Kuppel eines trockenen blauen Himmels. Aber damals waren sie andere gewesen. Selbst in der Erinnerung konnte sie nicht wirklich zurückgehen. Stattdessen musste sie stets nach vorn gehen. Hinaus in die eine oder andere Wüste.

Und die Wüste war jetzt in Tanaquils Kopf: Meile um Meile von Dünen und Staub, aber kein Fels, keine Oase, keine Hoffnung auf irgendeine Stadt.

Das muss aufhören!

O nein, widersprach die Wüste in ihrem Kopf und in ihrem Herzen. Es wird niemals aufhören.

In der ersten Zeit nach ihrer Rückkehr hatte Tanaquil geglaubt, sie würde über den Kummer über den Verlust Honjs und ihrer Schwester hinwegkommen. Sie empfand vor allem auch Wut, und zwar gegen Worabex. Überzeugt davon, dass er nach wie vor als goldener Floh im Fell des Grummels lauerte, hatte sie den Grummel jeden Tag vor dem Frühstück und nach dem Abendessen wie wild gebürstet und gekämmt, ein Vorgang, der ihm zunächst gefallen hatte, den er dann jedoch über sich ergehen zu lassen verweigerte. In einer kleinen Stadt, einige Meilen von der Wüste entfernt, hatte sich eine ziemlich schreckliche Szene abgespielt. Als sie in einer Scheune Unterschlupf gesucht hatten, war der Grummel, sich hin und her rollend und mit allen Vieren tretend, um Tanaquils Floh suchendem Kamm zu entgehen, wie eine Kanone in einen kleinen Ofen geschossen (die Nächte wurden allmählich kühler) und hatte das Haus in Brand gesetzt.

Tanaquil, der Bauer sowie seine Männer – diese in Hausschuhen und fluchend – hatten es geschafft, das Feuer zu löschen, trotz des Grummels, der ihnen aufgeregt vor den Füßen herumsprang, so dass sie ständig über ihn zu fallen drohten. Tanaquil hatte für den Schaden bezahlt, und sie waren in der üblichen Wolke der Missbilligung davongezogen; ihr ›vermaledeiter unnützer Hund‹, wie der Bauer den Grummel tituliert hatte, war mit Unschuldsmiene neben dem Kamel hergetrottet.

Danach ließ der Grummel weder Bürste noch Kamm in seine Nähe. Wie auch immer, es war ohnehin leicht möglich, dachte sie, dass Worabex in seiner Flohgestalt sich inzwischen in das wollige Kamel verlagert hatte.

Abgesehen von allen Scherereien lenkten diese Dinge sie von dem Verlust ab. Und außerdem, dachte sie, würde es ihr vielleicht Erleichterung oder sogar ein nostalgisches Glücksgefühl bescheren, wenn sie *nach Hause* käme, wobei zu Hause die Festung war, wo sie aufgewachsen war.

Tanaquil freute sich allmählich sogar darauf, ihre Mutter wieder zu sehen.

Jaive war eine schöne Frau und im Grunde genommen ein guter Mensch, aber sie war sorglos, ruhelos, verrückt, eine Zauberin, und anscheinend hatte sie sich noch nie für Tanaquil interessiert – bis zum letzten Augenblick. Bis zu dem Augenblick, als sowohl Tanaquil wie auch Jaive entdeckt hatten, dass auch Tanaquil auf ihre Weise eine begabte Hexe war.

Als sie die Wüste erreicht hatte, nachdem sie die Strecke mit Bedacht anhand ihrer Landkarte ausgewählt hatte, zog Tanaquil die Smaragdkette hervor, die sie aus Lizras unerwünschten Geschenken für Jaive aufgehoben hatte, und betrachtete sie im

Licht des Mondes. Konnte eine Mutter ein Ersatz sein für die wahre Liebe des Lebens, die man hatte aufgeben müssen? Nein, aber vielleicht konnte sie ein bisschen helfen. Schließlich war ihnen beiden dieses Schicksal jetzt beschieden. Tanaquils Vater hatte Jaive verlassen. Obwohl Honj und Tanaquil darin übereingestimmt hatten, dass sie sich um Lizras willen trennen mussten, konnte ein gebrochenes Herz, was immer der Grund dafür sein mochte, den Nährboden für Mitgefühl bereiten.

Vielleicht konnten sie und Jaive darüber reden – das würde ihnen beiden gut tun.

Natürlich nur, solange der mächtige Worabex, dieser gebieterische, aufdringliche Alleswisser, nicht allzu sehr störte.

In der Nacht vor dem Tag, an dem sie die Festung erreichen sollten, putzte sich der Grummel vor dem Feuer.

Über ihnen strahlte der Himmel indigoblau, gesprenkelt von Sternen und versehen mit einem riesigen Mond. Die Nacht war eisig und leichter Schneefall bekränzte die Dünen. Tanaquil saß da und atmete die irgendwie vergessenen Gerüche ein.

»Alles weg«, verkündete der Grummel.

»O ja … schade, wie?«

»Alles weg«, wiederholte der Grummel. Er erhob sich und stand da wie ein poliertes Fass mit Fell, die Füße fest auf den Boden gestemmt, die Ohren hoch gestellt, den Schwanz hoch gereckt, die Augen im Schein des Feuers funkelnd.

»Was alles ist weg? Dein Abendessen? Möchtest du noch etwas?«

»Nicht«, sagte der Grummel. »Kein Floh mehr.«

Tanaquil musterte ihn. Eine Woge des Verstehens durchwallte sie. »Du meinst … du willst damit sagen, du hast *alle* deine Flöhe gefangen?«

»Alle.«

»Bist du … sicher?«

»Gefunden und geschnappt. Schwupp!«, erläuterte der

Grummel. »Möchtest sehen?«, fügte er entgegenkommend hinzu.

»Schon gut. Aber bestimmt ...«

Der Grummel runzelte die Stirn, etwas, das er erst kürzlich gelernt hatte. Vielleicht indem er beobachtet hatte, wie Tanaquil bei allem und jedem die Stirn runzelte? »*Keiner*«, sagte er.

Sie überlegte, ob es wohl möglich sein könnte, dass der Grummel bei seiner gründlichen Reinigung auch *Worabex* verspeist hatte?

Das war gewiss unmöglich, obwohl es jenem recht geschehen wäre, wenn der Grummel es versucht hätte. Aber er war ein großer Magier, das musste man zugeben. Wahrscheinlich versteckte er sich listigerweise irgendwo im Fell des Grummels oder des Kamels und verhielt sich vollkommen still, in schändlicher Selbstgefälligkeit und frecher Belustigung.

Am Morgen setzten sie gleich nach Sonnenaufgang und einem kargen Frühstück ihren Weg in Richtung Festung fort. Der Grummel, der bolzengerade auf dem Hals des Kamels saß, war der Erste, der das Gebäude ausmachte. Er gab laute Quietscher und Grunzer von sich, ein bei ihm seltener Fall von Sprachlosigkeit. Tanaquil strengte ihre Augen an und sah eine Felsmasse, die ein Tafelgebirge hätte sein können. Sie hatte den gleichen Farbton von gebackenem Kuchen wie der Sand. Doch dann schimmerten Dächer grünlich und man erkannte Kamine und Wetterfahnen, die leuchteten und aufblitzten.

Tanaquil war zu Hause. War sie das wirklich?

So als müsste sie ihre fragwürdige Begeisterung überspielen, trieb Tanaquil das Kamel zu einer schnellen Gangart an. Inzwischen, so vermutete sie, als sie auf dem Sand abdrehten, hatte irgendjemand sie bestimmt gesehen. Hoffentlich würden Jaives betrunkene Soldaten nicht ihre Bogen anlegen und Pfeile abschießen oder gar die Kanonen abfeuern. Für sie waren die meisten Fremden Furcht erregende Feinde; vielleicht schliefen sie noch.

Kein Laut drang aus der Festung heraus, kein einziger Rauchkräusel stieg von den Schornsteinen auf.

Alles wirkte so fremdartig, so neu. Als ob Tanaquil es noch nie zuvor gesehen hätte. Aber wie konnte das sein? Wie lange war sie fort gewesen? Nicht einmal zwei Jahre.

Plötzlich schoss ein rosafarbenes Feuerwerk, deutlich am Tageshimmel sichtbar, in die Luft hinauf und ging in einem Funkenregen nieder.

»O Mutter!«, rief Tanaquil ärgerlich. Wenigstens das war nur allzu vertraut. Und dann ... und dann dachte Tanaquil: Liegt das daran, dass sie weiß, ich bin's? Soll das ein Willkommensgruß sein?

Doch als sie das große, eindrucksvolle Hauptportal erreichte, das sie noch nie zuvor benutzt hatte, schwangen die Flügel weit auf und zeigten ... keineswegs Jaive.

»Guten Morgen, Tanaquil«, flötete Worabex, der Zauberer, großspurig und ach so liebenswürdig.

»Faszinierend! Du bist vor mir hier eingetroffen.«

»Mindestens eine Woche vor dir.«

Es lag auf der Hand, dass er, wenn er Jaive hatte beeindrucken wollen – und er hatte zuvor keinen Zweifel daran gelassen, dass ihm daran lag, dies zu tun – nicht als *Floh* hier erschienen war.

Voll von ihrem eigenen Leben in Anspruch genommen, hatte Tanaquil nicht gründlich darüber nachgedacht.

Jenseits der großen Türflügel, die sich ohne Magie nur schwergängig und knarrend geöffnet hätten, erstreckte sich ein weitläufiger, mit schmuckvollen Bogen gesäumter Innenhof bis zu einer breiten Treppe. Diese führte zum Innenportal der Festung. Tanaquil war nicht überrascht, als sie sah, wie einer der Steinlöwen auf den Stufen schnell mit dem Schwanz wedelte.

»Wie geht es meiner Mutter?«

»Jaive ist wohlauf. Natürlich haben wir dich erwartet. Sie veranstaltet zu deinen Ehren heute Abend ein Fest.«

»Oh, nett.«

»Ich sehe, wie sich dein Gesicht verfinstert. Glaub mir, Tanaquil, dieses Fest wird alles, was du auf deinen Reisen gesehen hast, übertreffen. Nachdem die Dienerschaft weg war, wurde eine leistungsfähigere Dienstbarkeit ...«

»Entschuldigung. Die Diener sind weg?«

»Ehrlich, die Veränderung wird ihnen sehr gut tun.«

»*Wann* sind sie gegangen?«, fragte Tanaquil.

»Vor etwa vier Tagen.«

»Etwa drei Tage nach deiner Ankunft.«

Worabex lächelte einschmeichelnd. Er war genauso, wie sie ihn zuletzt auf ihrer Reise gesehen hatte: mittleren Alters, aber hoch gewachsen und kräftig, ziemlich athletisch gebaut, mit einem dichten Wust grau melierter schwarzer Haare und einem kühnen, hübschen Gesicht. Falls dies seine echte Erscheinung war oder auch nur eine, die er sich für den Zweck, sich bei ihrer Mutter Zugang zu verschaffen, zugelegt hatte, dann hatte sie offensichtlich die erwünschte Wirkung erzielt.

Tanaquil musterte ihn eindringlich.

»Was hast du mit den Dienern gemacht? Einige waren schon seit der Zeit vor meiner Geburt hier. Prunella und Jieva ... die Köchin ... mein armes altes Kindermädchen ...«

»Das alte Kindermädchen wohnt noch hier. Es geht ihr blendend. Das wird dich interessieren.«

»Puscha hatte ein Kind. Habt ihr sie alle einfach davongejagt, oder habt ihr, du und meine Mutter, etwas so Entsetzliches getan, dass sie weggelaufen sind?«

»Eine kleine Händlerkarawane kam vorbei. Mit denen sind sie gezogen. Alle wurden großzügig entlohnt. Mit einem kleinen Vermögen aus den Truhen deiner Mutter. Wirklich, du nimmst dir das Ganze viel zu sehr zu Herzen. Manchmal steht den Leuten der Sinn nach einer Veränderung in ihrem Leben.

Schließlich, mein liebes Mädchen, bedarf eine Zauberin mit den Fähigkeiten deiner Mutter wohl kaum *menschliche*n Beistands.«

»Ich glaube«, sagte Tanaquil, »sie hat sie hier behalten, um Gesellschaft zu haben. Menschliche *Wärme*. Ich meine, sofern sie Notiz von ihnen nahm.«

»Ja«, maulte Worabex, »du warst schon immer die strengste Kritikerin deiner Mutter, nicht wahr?«

Tanaquil biss sich buchstäblich auf die Zunge, um die Flut ihres verbalen Wutausbruchs zu bremsen. Es hatte keinen Sinn, mit ihm zu reden. Inzwischen hatten sie den obersten Absatz der Löwentreppe erreicht und die Steinlöwen schlugen allesamt mit den Schwänzen und gähnten und leckten sich die Pfoten, jeweils mit theatralischem Getue. Sie war außer Atem. Das Kamel stand gelassen unten im Hof und schlabberte geruhsam kühles Wasser aus einem Trog; mit einem einzigen Fingerschnippen hatte Worabex das Wasser besorgt.

Der Grummel war am Außentor verschwunden, die Dünen beschnüffelnd. Zumindest er war froh hier zu sein, andererseits aber waren für ihn alle Orte gleichwertig – voller wichtiger Fragen und abwegiger Freuden.

Tanaquil blieb im blauen Schatten der Tür stehen und lauschte. Alles war so *ruhig*.

»Ich vermute«, sagte sie, »du hast den Soldaten ebenfalls befohlen, ihre Sachen zu packen.«

Worabex zog eine Augenbraue hoch. Tatsächlich hatte er das getan.

»Die meisten von ihnen sind weg. Einer oder zwei … na ja, das sind faule Trunkenbolde, Dummköpfe, nicht wahr? Niemand würde sie wollen. Also sind sie hier geblieben.«

Tanaquil war so wütend, dass sie nicht an sich halten konnte. »Das heißt also, du bist der strengste Kritiker der Soldaten.«

»Ich kritisiere sie nicht, ich schätze sie lediglich richtig ein. Die Welt braucht Narren ebenso wie Genies.«

»*Warum?*«

»Zum Ausgleich.«

Tanaquil sah im Geist ein Bild vor sich: Prunella, Jieva, Puscha, Puschas lärmendes Kind. Tirili, die freundliche Köchin … die lustigen, beschwipsten Soldaten, die immer so taktvoll, so nett zu Tanaquil gewesen waren … die alten Männer, die wahrscheinlich seit der Zeit von Jaives Mutter im Ruhestand waren. All diese Menschen trotteten mit ihren Bündeln hinaus in den öden Sand, die Armbruste eingewickelt in braunes Papier. Tanaquils Augen füllten sich mit Tränen, allerdings vermochte sie nicht zu sagen, ob es Tränen des Schmerzes oder des Zorns waren, denn schließlich hatte auch sie manchmal die Geduld mit diesen Leuten verloren.

Worabex war in den breiten Durchgang hinter der Tür getreten und stand wartend da.

In diesem Augenblick schwebte über den Innenhof ein gazefeines, glitzerndes Ding heran, zweifelsohne eine Art von Dämon. Es landete auf dem Kamel und führte es sanft, aber energisch durch einen Bogen, wahrscheinlich zu den Ställen. Das Kamel, ein Zyniker, fügte sich leidenschaftslos.

»Dann sind die neuen Diener also Dämonen?«, fragte Tanaquil süßlich.

»Was denn sonst?«, entgegnete Worabex. »Was würdest du im Haus einer Zauberin erwarten?«

Nichts, dachte Tanaquil. *Absolut nichts anderes.*

33

Man gab Tanaquil nicht ihr altes Zimmer, das Zimmer, das ihr seit sechzehn Jahren vertraut war.

Stattdessen geleitete sie ein weiteres gazefeines, zierliches, halb durchsichtiges Ding mit dem Kopf eines Rehs hinauf in ein Gästezimmer. Hier funktionierte alles, selbst die wie Glockenblumen geformten silbernen Wasserhähne im Badezimmer. Heißes Wasser sprudelte in eine Marmorwanne und gleich darauf lag Tanaquil im wohligen Nass, nachdem sie das Rehwesen unwirsch aus dem Raum gescheucht hatte.

Bestimmt hatte sie die Gästesuite schon früher mal gesehen. Es konnte nicht anders sein. Doch warum erinnerte sie sich dann nicht an deren eiskremgrüne Wände mit den kleinen, juwelenartigen Gemälden von Palästen und Gärten? Das große Bett mit dem sonnenaufgangfarbenen Baldachin sah selbst so frisch und neu aus wie der junge Morgen. Wenn man einen goldenen Hebel bediente, flog ein Schwarm lieblicher blauer Vögel über die Decke. So etwas Ähnliches hatte es im königlichen Schlafzimmer von Lizra gegeben, als Lizra noch Prinzessin am Meer gewesen war.

Nach dem Bad fand Tanaquil einen mit Tee und Wein und Kuchen gedeckten Tisch vor. Nichts davon wurde zu irgendetwas anderem, so wie es in früheren Zeiten bei Speisen so häufig der Fall gewesen war, obwohl sich eine der Säulen des Kamins in einen Orangenbaum mit reifenden Früchten verwandelt hatte. Aber immerhin mochte das vielleicht Absicht sein.

Bis jetzt hatte Tanaquil Jaive noch nicht zu Gesicht bekommen. Sie hatte angenommen, Worabex würde sie zu Jaive führen, doch als das Rehwesen erschien und sie mit einer Geste und gleichzeitigen Verneigung aufforderte, ihm zu folgen, erklärte Worabex, sie würde Jaive heute Abend sehen, kurz vor dem Fest.

Tanaquil sagte: »Ich habe ein Recht darauf, meine Mutter jetzt gleich zu sehen.«

»Ach, ja? Natürlich hat sie ebenfalls ein Recht. Und Jaive hat vorgeschlagen, dass sie dich vor dem Essen empfängt.«

Tanaquil spürte, dass ihr Gesicht so rot wurde wie ihre Haare.

Dabei fiel ihr nur allzu lebhaft ein, wie sie mit dem schwarzen Einhorn davongelaufen und mit dem goldenen Einhorn weggeblieben war. Obwohl ihre Abenteuer nicht allesamt ganz nach ihrem Geschmack und von ihr beeinflusst gewesen waren, hatte sie Jaive verlassen und war nicht zu der von ihr angegebenen Zeit zurückgekehrt. Jaive konnte einen wütend machen, aber sie war nicht dumm. Jaive musste wissen, dass für Tanaquil andere Dinge, andere Leute wichtiger gewesen waren.

Sie dachte an den – ziemlich schwülstigen? – Brief, den sie vor annähernd zwei Jahren an Jaive geschrieben hatte. ›Es gibt Dinge, über die wir reden müssen. Du musst mir vertrauen, bitte.‹

Als sie das letzte Mal miteinander gesprochen hatten, hatte Jaive über dem Meer geschwebt. Oder war es ein Trugbild gewesen?.

»Tanaquil, du bist eine Zauberin.«

»Natürlich bin ich das nicht.«

Aber Jaive hatte es ihr bewiesen.

Und Jaive war schön und warmherzig gewesen ... und stolz auf sie.

Aber danach war so viel geschehen. Sie hatten einander wieder verloren. *Ich verliere alle, nicht wahr? Mutter, Schwester, Geliebten.*

Tanaquil aß etwas Kuchen und trank den Tee; danach ging sie ans Fenster und öffnete die Flügel mit den makellosen Glasscheiben. Unten war der alte Garten, an den sie sich erinnerte, mit Weinranken und Palmen, und drei ausgerissene junge Ziegenböcke taten sich friedlich an einem Rosenbusch gütlich. Es hatte sich also doch nicht alles geändert.

Heute Abend, bei der Begegnung mit ihrer Mutter, musste sie sich von ihrer besten Seite zeigen. Sie fragte sich, wo der Grummel sein mochte, doch als sie in der Ankleidenische ihre Reisetasche öffnen wollte, fand sie ein Kleid, das an einem Ständer hing und offenbar für das Festmahl vorgesehen war.

Tanaquil vergaß den Grummel. Sie vergaß Jaive auf dem Meer.

»O *Mutter!* Du liebe Güte!«

Als Tanaquil an diesem Abend die Stufen zum Zauberreich ihrer Mutter hinaufstieg, wobei sie Mühe hatte, mit dem Kleid zurechtzukommen, fiel ihr auf, dass sich die Schnitzereien an dem Holzgeländer seltsamerweise vollkommen still verhielten. Ebenso machte sie der Umstand stutzig, dass auf den Treppenabsätzen, an den Austritten auf die Dachgalerien sowie auf den Zinnen keine Soldaten postiert waren.

Als sie vor der großen schwarzen Tür ankam, hielt Tanaquil inne und wartete, während sie den Kopf aus grüner Jade betrachtete. Doch anstatt der bekannten überflüssigen Fragen richtete der Kopf folgende Worte an sie: »Willkommen, Tanaquil.« Und die Tür schwang weit auf, ohne das Quietschen, an das sie sich so gut erinnerte.

Das Zimmer dahinter roch nach Rauch, Feuer, Gewürzen, pelzigen Tieren, Elektrizität und kühnen Erfindungen, sah aber ziemlich ordentlich aus. Bücher waren auf den Truhen aufgestapelt, hie und da ragten Lesezeichen daraus hervor. Schleier hingen vor magischen Spiegeln. Allerlei Gerümpel war aus der Sicht geräumt worden und nur zwei rotfellige junge Katzen spielten unter Jaives eindrucksvollem Arbeitstisch mit einem Ball. Auf welchem nur ein einziger Glasballon sanften Dampf ausstieß.

Jaive stand hinter dem Tisch.

Sie war allein. Tanaquil hatte damit gerechnet, dass Worabex bei ihr sein würde. Nun, in gewisser Weise war er das auch.

Tanaquils Mutter sah strahlend aus. Sie trug ein Kleid aus schlichter, üppiger Seide im Farbton der jungen Katzen sowie ein fein gearbeitetes Halsband in Form einer goldenen Schlange, die ihren eigenen Schwanz im Mund hält. Das rote Haar war glatt wie ein still ruhender Teich.

»Da bist du also«, sagte Jaive. »Wie geht es dir?«

»Hier bin ich«, sagte Tanaquil. Jaive gab ein kleines Lachen von sich. Tanaquil merkte mit unangenehmer Überraschung, die man aber eigentlich gar nicht als solche bezichnen konnte, dass ihre Mutter anscheinend nervös war.

»Ich meinte ...«

»Ich weiß. Tut mir Leid. Es ist einfach so, dass ... *er* ...« Tanaquil verstummte. Ohne den Namen Worabex überhaupt gehört zu haben, lief Jaive rot an, wie ein sechzehnjähriges Mädchen. Sie war um einiges älter als das.

Na ja, warum sollte sie ihn nicht mögen?

Tanaquil runzelte die Stirn. Sie dachte an den Grummel, der gelernt hatte, die Stirn zu runzeln, weil er ständig beobachtet hatte, wie sie die Stirn runzelte.

»Ich hatte gehofft, dich als Erste zu sehen. Das ist alles.«

»Aber«, entgegnete Jaive, »du warst doch bestimmt müde.«

»Eigentlich nicht so sehr.«

Vielleicht stimmte das nicht ganz, denn schließlich hatte Tanaquil einen Teil des Tages auf dem grünen und goldenen Gästebett schlafend verbracht.

»Wie auch immer – jetzt sind wir zusammen. Nach so langer Zeit.«

»Ja. Tut mir Leid.«

»Er ... hat mir davon erzählt.«

»Ach ja? Hat er das?«

»Du hast Außergewöhnliches erlebt, Tanaquil. Genau wie es einer Zauberin angemessen ist.«

»Ich erreiche also allmählich das richtige Maß«, sagte Tanaquil schnippisch. Sie schüttelte sich. »Das ist doch blöd. Sollte ich dir nicht einen Kuss geben? Ich habe dir ein Geschenk mitgebracht.«

Jaive sah sie an. »Das ist sehr lieb von dir.«

O Gott, wie vollkommen distanziert und höflich sie geworden ist!

Tanaquil ging näher zu ihr hin, nicht ohne Schwierigkeit, und legte die Smaragdkette ab, sorgsam eingepackt in smaragdgrünes Papier und mit einer Samtschleife versehen.

»Was für eine hübsche Verpackung! Soll ich sie öffnen?«

»Oder lege es einfach in irgendeine Schublade.« Tanaquil verzog das Gesicht. »Tut mir wirklich Leid. Es ist schrecklich, nicht wahr? Falls du es lieber aufmachst, wenn ich nicht dabei bin ... Mutter, was soll dieses *schreckliche Kleid?*«

Jaives Mund klaffte auf.

»Ich hielt Purpur für festlich.«

»Nicht *dein* Kleid. Du siehst atemberaubend aus. Wie immer. Aber *das* für *mich* ...«

Tanaquil stand da und bemühte sich, nicht das Gleichgewicht zu verlieren, atemlos eingezwängt in die fischgratverstärkte Taille des Gewandes. Es war von kupferroter Farbe, gerüscht und bestickt, mit einem Saum von zwei Zoll Breite in Gold.

Aus den Ärmeln bauschten sich Unterärmel hervor, die vor lauter Perlen und Gold und Pailletten schwer wie Eisen nach unten zogen.

»Du siehst sehr schön darin aus«, sagte Jaive, jetzt sehr kühl. »Ich habe die Farben zu deinem Haar passend ausgesucht.«

»Mutter, ich bin *nicht* schön.«

»Doch, das bist du«, entgegnete Jaive, zu Eis erstarrt. »Natürlich bist du das.«

Unten erklang der Gong als Zeichen zum Essen, wie vor langer Zeit, heiser und misstönend.

Jaive schüttelte ihr Haar zurück. An jedem ihrer Ohren hing eine kleine schwarze Fledermaus, den Kopf nach unten, Flügel mit silbernen Spitzen, leise flatternd. Wie typisch!

»Wir müssen uns jetzt zum Fest begeben«, sagte Jaive.

Tanaquil war wütend und fühlte sich gleichzeitig schuldbewusst. Sie schämte sich ihrer selbst wegen. Sie hatte tausend Dinge sagen wollen, stattdessen ...

»Stell dich einfach zu mir auf diesen Teppich«, sagte Jaive huldvoll.

Benommen trat Tanaquil darauf, bemüht, nicht über Rüschen und Goldbordüren zu stolpern.

»Abwärts, Sklave«, befahl Jaive.

Der Teppich machte einen Satz.

Tanaquil hatte eine schreckliche, Übelkeit erregende Vision von sich auflösendem und davonfliegendem Gestein; Wände, Treppen, Türen rauschten vorbei. Ihre Mutter stand in der Mitte, eine Säule aus Purpur und Feuer.

Sie landeten, umgeben von einem Funken- und Dampfgestöber, im Speisesaal, begrüßt vom lauten Applaus der versammelten Gäste.

Tanaquil, die ihren Magen hinunterschluckte, blieb jetzt nicht mehr viel zu sagen, und von dem wenigen war nichts besonders freundlich. Während ihrer ganzen Jugend hatte Jaive *nie* eine solche Vorrichtung benutzt.

Jaives Saal war immer zugig gewesen. Jetzt war er es nicht mehr, sondern ausschließlich Behaglichkeit und gleichzeitig erfrischende Wärme. In drei Kaminen brannten grüne und rote Feuer. Die Seidenvorhänge wiesen keinerlei Risse oder Stopfstellen auf, das große runde Fenster aus rotem und grünem Glas – das beim Abgang des schwarzen Einhorns zerbrochen worden war – war fein säuberlich ausgebessert worden.

Worabex saß am mittleren Teil des Tisches, rechts neben Jaive. Beide hatten Stühle aus Ebenholz.

Alle anderen hatten Stühle mit schweren Silberbeschlägen.

Worabex war nach der Landung des Teppichs auf Tanaquil und Jaive zugekommen und hatte jeder der beiden Damen einen Arm gereicht. Sie schwebten zum Tisch, der mit edlem Damast, mit Kristall, Gold, edelsteinbesetzten Bechern und jeder Menge anderer königlich wirkender Gegenstände gedeckt war.

Tanaquil hätte sich am liebsten geweigert, Worabex' Arm zu nehmen, hatte sich jedoch eines Besseren besonnen. Der Anlass verlangte unabdingbar gutes Benehmen; das Ganze war wie eine Variation der Zeremonien am Hofe von Fürst Zorander, oder schlimmer noch, von Lizras militärisch strengen Abendessen, die nur durch Honj etwas aufgelockert worden waren. Honj.

Tanaquil wurde der Platz neben Worabex zugewiesen. Beim Hinsetzen sah sie zu Jaives anderer Seite den Hauptmann der Soldaten sowie seinen Stellvertreter. Sie trugen ihre vergoldeten, nach Mottenkugeln riechenden Brustpanzer und Schärpen, an die all ihre Ehrenabzeichen aus zahlreichen Schlachten – vielleicht sogar echt? – geheftet waren. Stocksteif saßen sie da, mit zornigen blassen Gesichtern. Nicht mal betrunken. Doch plötzlich stand der Hauptmann auf und schritt zu Tanaquils Stuhl.

»Ein großes Glück, Euch hier zu sehen, edles Fräulein«, sagte der Hauptmann der Palastwache.

Tanaquil schob ihren Stuhl zurück und erhob sich ebenfalls. Sie streckte die Hand aus und er umfasste sie mit seinen beiden. Seine Augen blickten freudlos und verletzt. Was hatte der Zauberer ihm angetan? Hatte er ihm das bisschen Stolz genommen, das er noch besessen hatte?

Und dann warf der Hauptmann einen seitlichen Blick zu Jaive, die sich an Worabex schmiegte, gerötet und hübsch, und ihm aus einer Kristallkaraffe Wein anbot.

Der Hauptmann sagte: »Ihr werdet feststellen, dass wir uns verändert haben, edles Fräulein.«

»Ja, das ist mir bereits aufgefallen.«

Der stellvertretende Hauptmann war ebenfalls herangekommen. Er schlug die Hacken zusammen und vollführte eine Verbeugung.

»Die Herrin ist sehr stark von neuen Dingen in Anspruch genommen«, sagte er in einem heiseren, wehmütig gedämpften Ton.

Verständnisvolle Blicke wanderten zwischen Tanaquil und den Soldaten hin und her. Tanaquil sagte deutlich hörbar: »Es ist immer gut, wenn *alte* Freunde über dem Vergnügen, *neue* zu gewinnen, nicht vergessen werden.«

Die Augen des Hauptmanns strahlten für eine Sekunde.

»Ihr habt es auf den Punkt gebracht, edles Fräulein.«

Worabex und Jaive hatten anscheinend nichts davon mitbekommen.

Die beiden Fledermäuse hatten Jaives Ohren verlassen und sie ließ sie Weintropfen von ihren Fingern ablecken, während Worabex sie bewundernd anschmachtete.

Dann ertönte eine Fanfare. Zwei Dämonen von der gazefeinen Sorte mit Elefantenköpfen bliesen mit Hilfe ihrer Rüssel. Andere reizende Dämonen schwirrten durch die Türen herein und das Fest begann.

Es war, wie man zugeben musste, eindrucksvoll.

Alle Dämonen waren von der zierlichen, niedlichen Art, mit verschiedenen Tierköpfen – Rehe, Katzen, Elefanten, Pferde. Und sie leisteten in jeder Hinsicht gute Arbeit, irgendwie *lächelnd*, außerdem verströmten sie Parfümdüfte. Man hätte sie prügeln mögen.

Um der Erlesenheit der Speisen noch eine besondere Raffinesse hinzuzufügen, wurden sämtliche kolossalen Terrinen und Tabletts auf jeweils einer einzigen riesigen Feder hereingetragen. Die Fische auf denen von Möwen, die Eiskreationen auf denen von Flamingos, die hoch aufragenden Bratengebilde auf Adlerfedern und die unzähligen überwältigenden Nachspeisen, die den Abschluss der extravaganten neun Gänge bildeten, auf schillernden Pfauenfedern.

Es war aber nicht so, dass die Dämonen diese Federn irgendwie gehalten hätten, sondern sie steuerten sie nur in einem Balletreigen durch die Luft zum Tisch, wo sie niederglitten und sich dann zurückzogen, unberührt von den dampfenden, leuchtenden Gerichten.

Zu jedem Gang wurden verschiedenfarbige Weine und Säfte gereicht. Wenn die Darbietung an sich ihr nicht schon Übelkeit bereitet hätte, dachte Tanaquil, dann hätte es auf jeden Fall das Mahl getan. Sie aß sehr wenig und warf hin und wieder dem Hauptmann – der nun schließlich doch betrunken war – besorgte Blicke zu, während dieser große Portionen von allem in sich hineinstopfte.

Es hatte sich noch ein weiteres kleines Problem ergeben. Wie sich herausgestellt hatte, reagierte der stellvertretende Hauptmann allergisch auf die Federn. Der bedauernswerte Kerl verbrachte die meiste Zeit der Mahlzeit mit dem Versuch, sich unbemerkt zu kratzen und in ein großes malvenfarbenes Taschentuch zu niesen.

Doch Jaive und Worabex nahmen keine Notiz davon.

Es gab auch nicht mehr das frühere Ritual, die einzelnen Speisen zu begrüßen. Jaive war zu sehr damit beschäftigt, alles mit ihrem Geliebten zu bereden, und er mit ihr. Anscheinend war das Fest mit magischen Mitteln vorbereitet worden, daher die schwelgerische Fülle. Dennoch war es ganz und gar überzeugend, der Fisch war sauber und frisch, das Fleisch wohlschmeckend und hochwertig, die Apfel- und Schokoladenpuddings köstlich bis zum Wahnsinnigwerden.

»Ha-*tschi!*«, bellte der stellvertretende Hauptmann zum fünfundvierzigsten Mal und ein mit Rubinen besetzter Salzstreuer rollte zu Boden.

Weiter unten am Tisch nahmen die drei weiteren Gäste sehr wenig Notiz von irgendeinem anderen Anwesenden. Es waren alte Leute, alle drei, und Tanaquil war schon früher aufgefallen, dass die ganz Alten, genau wie die ganz Jungen, manchmal wenig echtes Interesse an irgendjemandem außer ihresgleichen hatten.

Die beiden Damen waren elegant, schlank, von aufrechter Körperhaltung und mit prächtigen Abendkleidern angetan. Der alte Mann hingegen trug abscheuliche, dreckige Klamotten, die Tanaquils Herz besänftigten. Sie erkannte ihn als den Saucen-Diener von Jaives früheren Abendessen, ungefähr zum gleichen Zeitpunkt, als sie erkannte, dass die beiden Damen ihr früheres Kindermädchen und die Fisch-Mamsell waren. Alle drei hatten lange graue Haare, in die der Damen waren Perlen und Diamanten geflochten. Es war nicht abzustreiten, dass sie gut und attraktiv aussahen, auf eine Weise, die ihr nicht in Erinnerung war, mit einem rosigen Schimmer auf den gefurchten Wangen und einem seligen Glanz in den Augen. Auch waren sie offenbar gut bei Kräften, da sie mit den Zähnen Walnüsse knackten (dem Kindermädchen mussten doch längst alle Zähne ausgegangen sein?) und einmal einen zwar spielerischen, aber dennoch gefährlich aussehenden kleinen Kampf mit den Fleischmessern austrugen.

»Ha-*tschi!*«

»Mein Kindermädchen sieht sehr gesund und munter aus«, sagte Tanaquil zu Worabex.

»Dein Kindermädchen? O ja.«

»Hast du sie mit einem Zauberbann belegt? Ich dachte, du hältst es für falsch, dich in Dinge wie das Altern oder die Umwelt oder finanzielle Angelegenheiten einzumischen. Dennoch sitzt sie da mit all ihren eigenen Zähnen.«

»Vielleicht wollte ich sie gar nicht jung machen«, sagte Worabex, der sich bedauernd von Jaive abwandte, die gerade dabei war, ihre Fledermäuse mit Apfelpudding zu füttern. »Es ist nichts Schändliches daran, alt zu werden. Aber warum sollte jemand das Alter nicht genießen? Ich habe die Steifheit in ihren Gliedmaßen vertrieben, habe ihren Kreislauf und ihre Verdauung sowie ihr Hör- und Sehvermögen verbessert und so weiter. Und ja, einige Zähne sind nachgewachsen.«

»Haben sie dich darum gebeten, das zu tun?«

»Offenbar ja.«

»Es ist ihnen nie eingefallen, Jaive darum zu bitten.«

Worabex antwortete mit sanfter Stimme: »Es gibt einige

Zaubereien, die ich gemeinsam mit deiner Mutter durchführen konnte.«

»Das heißt, sie hätte es nicht geschafft, aber du warst dazu fähig.«

»Jaive kann ihrerseits Magie erwirken, die ich nie erlernt habe.«

»Ha-*tschi!*«

»Vielleicht könntest du diesen armen Mann von seiner Allergie befreien.«

»Vielleicht will der arme Mann gar nicht, dass ich das tue.«

Tanaquil fluchte. Daraufhin lachte Worabex.

Der Saucen-Diener von achtundachtzig Jahren zog den Korken aus einer Flasche.

Worabex wandte sich wieder Jaive zu.

Eine letzte Speise war erschienen, hatte sich einfach auf dem Tisch materialisiert. Es war die krönende Köstlichkeit, die das Mahl beendete.

Tanaquil saß kerzengerade da, gehalten von dem fischgratverstärkten Kleid. Sie wollte nicht zu ihrer Mutter und dem Liebhaber ihrer Mutter hinsehen, wobei sie dachte: Ich bin wie ein missbilligender Elternteil.

Nach der letzten Köstlichkeit standen die Gäste auf und spazierten herum, obwohl es ein Geheimnis war, wie einige von ihnen nach dem vielen Essen sich noch bewegen konnten.

Musik erklang in der Luft und Jaive und Worabex begannen zu tanzen, wobei sie sich an den Händen hielten. Dann forderte der Diener die Dienerin auf und auch sie tanzten, geschmeidig wie Dreißigjährige.

Der Hauptmann erhob sich und taumelte zu Tanaquil. »Erweist Ihr mir – *hick* – die Ehre?«

Obwohl sie während ihrer Reisen das Tanzen gelernt hatte, war Tanaquil klar, dass sie nicht in der Stimmung dazu war.

»Ich bin zu müde, Hauptmann, aber bitte, setzt Euch doch zu mir.«

Er sank auf den Stuhl – ausgerechnet den von Worabex.

»Ha-ha-*tschiii.*«

»Meint Ihr, er braucht ein bisschen frische Luft?«

»Nein, ist so in Ordnung. Ein guter Mann. Hat zu mir gehalten. Ist geblieben. Das hier ist nichts mehr für uns. Sollten eigentlich gehen.«

»Dann solltet Ihr es wirklich tun«, sagte Tanaquil.

»Na ja, seht Ihr«, sagte der Hauptmann. Er senkte den Blick und eine Träne kullerte ihm über die Wange. »All die Jahre hier, die wir sie beschützt haben. Ich habe immer … sie hat sich auf *mich* verlassen.«

Er liebt sie, durchfuhr Tanaquil die erschreckende Erkenntnis. Während der ganzen Zeit hat er sie geliebt. Und jetzt – welches Dilemma!

Als Jaive und Worabex zum Tisch zurückkehrten, sprang der stellvertretende Hauptmann auf und schaffte es, mit erstaunlicher Heftigkeit über den ganzen Zauberer zu niesen.

Der Hauptmann blinzelte Tanaquil traurig zu. »Das hat er sich dafür aufgehoben.«

Plötzlich fiel ihr ein, wie Honj absichtlich das feierliche Niesen des Grummels im Hut eines angewiderten Adligen aufgefangen hatte. Honj …

Der Grummel.

Wo war er? Sie hatte ihn vollkommen vergessen, hatte ihn seit dem Morgen nicht mehr gesehen.

34

Als sie mit Honj zusammen gewesen war, hatten ihn seine Soldaten, die so genannten Wanderheuschrecken, an die Soldaten in Jaives Festung erinnert. Jetzt erinnerten der Hauptmann und sein Stellvertreter sie natürlich an Honjs Männer. Deshalb gefiel es ihr, mit ihnen zusammen zu sein. Das Erste, was ihr hier gefiel. Auf der Suche nach dem Grummel wanderten sie über den frostigen Nachtsand unterhalb von Jaives Festung; der stellvertretende Hauptmann trug eine Fackel.

Als sie ihre Runde beendet hatten und zu einer zweiten ansetzten, fiel ihr wieder das rote und grüne Fenster des Saals auf, das nur fünf Fuß über den Dünen leuchtete. Es war unmöglich, durch die Scheiben ins Innere zu sehen, obwohl immer noch leise Musik herausdrang.

Der Hauptmann sah elend aus und Tanaquil fürchtete, nach dem vielen Essen und Trinken könnte es ihm schlecht werden. Als ob er ihre Gedanken erraten hätte, verkündete der Hauptmann-Stellvertreter: »Etwas Gutes haben die magischen Mahlzeiten dieses Widerlings – man bekommt keinen Kater.«

Der Hauptmann-Stellvertreter hatte im Anschluss an seine letzte großartige Leistung prompt aufgehört zu niesen. Tanaquil hatte sich ein Lachen verkneifen müssen, als sie gesehen hatte, wie er Worabex mit dem nassen malvenfarbenen Taschentuch abgewischt und gesagt hatte: »Oh, Verzeihung, Herr, was für eine Abscheulichkeit.«

Sie alle hatten beim Hinausgehen gelacht, bevor sich die düstere Stimmung erneut einstellte.

»Besteht die Möglichkeit, dass er weggelaufen ist?«, fuhr der Stellvertreter fort. »Ich meine, es ist doch ein Grummel.«

»Nein, eigentlich nicht. Er ist mein Schutzgeist, verstehst du?«, antwortete Tanaquil. Wenn überhaupt irgendwo, dann würde man das hier verstehen.

»Ach ja, richtig. Nun, bis jetzt ist nichts von ihm zu sehen.«

Tanaquil machte sich Sorgen. Sie redete sich ein, dass der Grummel genau wie sie selbst unverletzbar war. Nichts konnte ihm ernsthaft etwas anhaben. Aber angenommen, er war irgendwo in eine Falle geraten?

Sie rief: »Grummel!« Das hörte sich blöd an. Dann riefen alle. Noch blöder.

»Wahrscheinlich«, sagte sie, »hat er sich einfach aufgemacht, um alte Lieblingsplätze zu erkunden. Im Allgemeinen findet er immer wieder zurück zu mir. Manchmal ist er für eine Weile abgängig. Ich werde mein Fenster auf lassen … Trotzdem, vielen Dank. Ihr wart sehr nett.«

Während ihrer Kindheit waren sie immer nett zu ihr gewesen. Sie hatten ihr Sachen zum Reparieren verschafft, weil sie sonst vor Langeweile fast wahnsinnig geworden wäre. An diesem Abend hatte der Hauptmann die Kanone erwähnt, die sie zweimal instand gesetzt hatte.

Sie bogen um eine Ecke zu einer Tür und blieben dort unschlüssig stehen. Tanaquil blickte zu den Steinhügel, eine halbe Meile entfernt. Der Mond stand hoch am Himmel, halb voll, und tauchte sie in einen goldenen Schein. *Dort* war es, wo sie – wo der Grummel die Gebeine des schwarzen Einhorns aus der Vollkommenen Welt gefunden hatte. Und dann hatte all dieses begonnen.

Ob der Grummel vielleicht dort war?

Aber sie konnte diese müden, lustlosen Männer nicht bitten, dorthin zu gehen, und wenn sie sagen würde, sie würde hingehen, dann würden sie sich verpflichtet fühlen, sie zu begleiten. Sie musste dem Grummel vertrauen.

Schließlich hatte es schon Zeiten gegeben, wie sie erzählt hatte, da war er in unbekannte Gegenden gegangen, in fremde Städte. Obwohl er vielleicht noch nie so lange weg gewesen war wie dieses Mal.

»Geh schon mal rein«, sagte der Hauptmann zu seinem Stellvertreter. »Ich habe noch kurz etwas mit Lady Tanaquil zu besprechen, wenn sie nichts dagegen hat.«

Der Stellvertreter schlug erneut die Hacken zusammen und entfernte sich.

»Was gibt's, Hauptmann?«

»Na ja, ich weiß nicht so recht, wie ich Euch fragen soll, ehrlich gesagt.«

Tanaquil wappnete sich. Sie wusste, er war im Begriff, über ihre Mutter zu sprechen. Doch schließlich blickte er ihr direkt in die Augen. Er sagte fast tonlos: »Soweit ich weiß, liegt Eure magische Stärke im Reparieren von Dingen, Herrin. Nun, jedenfalls habt Ihr schon immer alles Mögliche bestens repariert.« Er hielt inne, schluckte. Dann fuhr er fort: »Könntet Ihr auch ein gebrochenes Herz reparieren?«

»Ach, Hauptmann!« Sollte das ein geistreicher Witz sein? Nein, denn sein Gesichtsausdruck war todernst. »Ich ... glaube nicht, dass das das Gleiche ist«, sagte sie.

»Der alte Widerling« – auch er meinte damit Worabex – »hat gesagt, Ihr habt den gebrochenen Arm von irgendeinem Kerl wieder zusammengeflickt.«

Honj ... »Dabei handelte es sich allerdings um einen Knochen. Ich glaube nicht ...«

»Ich weiß, dass ein Herz nicht wirklich bricht, Herrin. Es fühlt sich nur so an, als ob es so wäre. In viele Stücke. Ich weiß nicht, wo ich stehe. Ich habe nie irgendetwas von ihr erbeten, versteht Ihr. Ich habe mich damit begnügt, sie einfach nur anzusehen. Jetzt bin ich genauso nützlich wie eine Kanone. Die Festung wird durch *Zauberkraft* bewacht. Wenn sich ein Freund nähert, geht ein rosafarbenes Feuerwerk in die Luft, ein rotes bei einem Feind. Dann machen sich Dämonen bereit. Das behauptet er jedenfalls.«

»Meine Mutter«, warf Tanaquil ein, »hat dich sehr hoch geschätzt.«

»Hat sie das? Ja, vielleicht. Aber jetzt nicht mehr.«

Während sie sprach, hatte Tanaquil das Gefühl, tief in seine Brust hineinblicken zu können, und dort war das Herz, nicht so, wie es in Wirklichkeit war, sondern eine genaue symbolische Herzform, aus purem Gold bestehend. Es war in zwei Teile zersprungen.

Sie überlegte, ob mitfühlende Magie letztlich vielleicht doch irgendwie helfen könnte. Und da war die alte Herausforderung – warum *nicht?* Deshalb sagte sie zu ihm: »Ich will's versuchen.«

Sie legte die Hand flach auf die Brust des Hauptmanns, wo sie in ihrer Einbildung das gebrochene goldene Herz sah, rief sich das Bild vor ihr inneres Auge, wie das Herz wieder zusammenkam und die beiden Teile sich verbanden. In einem Augenblick war es geschehen. Jetzt hatte das Herz nur noch eine einzige ehrenhafte Narbe.

Anscheinend musste man ein gewisses Maß an Schmerz erdulden. Doch dieser Schmerz würde ihn nur vollends zugrunde richten. Das hätte keinen Sinn. Sie sprach im Geist zu dem geheilten Herzen: *Sei frei. Sei ganz. Sei bereit für jemand anderes.*

Dann trat sie einen Schritt zurück.

Der Hauptmann blinzelte im Mondschein.

»Mein Gott«, sagte er. Dann lächelte er. Er wirkte jünger. »Es ist, als ob eine tonnenschwere Last von mir genommen wäre. Ihr seid wirklich gut, was? Was für ein Mädchen – äh, Herrin. Ja. Jaive ist ein tolles Weib. Ich wünsche ihr alles Gute. Aber es gibt noch viel mehr Fische im Meer.«

Er trat durch die Tür und hielt sie für sie weit auf.

Während sie durch den Korridor gingen, pfiff er leise vor sich hin. Am Fuß der Treppe sagte er: »Ich kann Euch gar nicht genügend danken. Ihr habt mir wirklich geholfen.«

»Das freut mich. Hoffentlich hat's geklappt. Sei nicht allzu … enttäuscht, wenn …«

»Ich wird' erst mal darüber schlafen. Wenn ich morgen das gleiche Gefühl habe, dann bin ich drüber weg und werde abhauen. Und mein Stellvertreter wird mit mir kommen. Ich meine, wenn wir weg sind, dann wisst Ihr, dass es uns gut geht.«

Doch Tanaquil wurde erneut von einem Stich des Verlustes durchbohrt. Das war der Lohn für ihre Hilfe, dass sie ihren einzigen Freund verlor.

Er deutete ihren Gesichtsausdruck falsch.

»Ich finde, Ihr habt die Sache wirklich gut gemacht.« Jetzt schüttelte er ihr die Hand, beugte sich zu ihr und küsste sie auf die Wange. »Alles nur erdenkliche Glück wünsch' ich Euch, Herrin. Ihr verdient es.«

Während sie die Treppe hinaufstieg, dachte sie: Wenn ich sein gebrochenes Herz geheilt habe, warum dann nicht mein eigenes? Aber gleichzeitig wusste sie, dass sie auf den Schmerz nicht verzichten wollte. Er war das Einzige, das ihr von Honj geblieben war.

Etwa eine Stunde vor Sonnenaufgang kam der Grummel durch ihr geöffnetes Fenster herein. Sie wachte auf, als er sich schwer auf ihren Bauch plumpsen ließ.

»Wo warst du?«

»Mmpp«, machte der Grummel. Er blickte außergewöhnlich dümmlich drein, wirklich peinlich berührt. Was hatte er angestellt? Doch sie schlief wieder ein, mit seinem nach Sand riechenden Schnarchen unter dem Kinn. Als Tanaquil am Morgen zu der Wehrbrüstung hinaufstieg, traf sie niemanden an. Und der Wachturm, wo der Hauptmann gewohnt hatte, war völlig leergeräumt. Er hatte ihr eine Nachricht hinterlassen, oder vielmehr, er hatte allen eine Nachricht hinterlassen. Die Worte waren in die Mauer eingeritzt:

Es gibt für mich noch viel mehr Fische im Meer.

35

Sie bewahrte sich also den Schmerz.

Er war das Einzige, was sie noch von ihm hatte.

Sie dachte beinahe jeden Morgen an ihn, fünf oder zehn, manchmal auch zwanzig oder dreißig Minuten lang. Und dann versuchte sie, ihn für den Rest des Tages aus ihrem Denken zu verbannen.

Und wie langweilig und dennoch aufreizend die Tage verliefen. Wie damals, in jener Zeit, bevor sie weggegangen war. Jaive schloss sich in ihrem Zauberreich ein oder schlenderte mit Worabex durch die Festung. Ausbrüche von Gelächter. Knaller willkürlicher Magie. Äpfel verwandelten sich in Zitronen, Zitronen verwandelten sich in Mäuse, ein Straußenvogel rannte *blökend* durch die Korridore. Ein Regenbogen vergoss seine Farben und befleckte für einen ganzen Nachmittag alles. Wie früher, schlimmer als früher.

Während der Grummel … der Grummel führte ganz offenkundig etwas im Schilde.

Die meisten Nächte war er weg, von Sonnenuntergang bis Sonnenaufgang oder länger; auch während des Tages war er häufig abgängig. Im Gegensatz zu seinem sonstigen geschäftigen Gehabe ging jetzt eine schlaue, verstohlene Heimlichtuerei von ihm aus. Sie hatte ihn nicht gefragt: Wohin gehst du? Was machst du? Sie vermutete, er erkundete irgendetwas. Doch dieses seltsame menschliche Schuldgefühl umgab ihn. Er hatte etwas *Verschlagen* es an sich.

Doch andererseits tauchte er immer wieder auf und versuchte sie aufzuheitern, sie abzulenken, sie zu füttern. Irgendwie trieb er immer etwas auf, stahl etwas Brot, Käse, matschiges Obst. Wahrscheinlich waren das die Reste der Mahlzeiten oder Frühstücke, die der Magier und die Zauberin gemeinsam einnahmen. Tanaquil neigte dazu, dem Grummel einen Gefallen zu tun und das von ihm Gebrachte zu essen, da sie es ohnehin den feinen Speisen, die von den Dämonen vor dem Gästezimmer abgestellt wurden, vorzog. (Sie hatte die Dämonen dazu … überredet, auf keinen Fall jemals in ihr Zimmer zu kommen.)

Während der ersten paar Tage, nachdem der Hauptmann und sein Stellvertreter weggegangen waren, war Tanaquil durch die Festung gestreift. Sie hatte die leere Küche im Untergeschoss gesehen, die bereits dick mit hereingewehtem Sand und Spinnweben bedeckt war. Weder Jaive noch Worabex noch die Dämonen brauchten sich einer so gewöhnlichen Einrichtung wie einer Küche zu bedienen! Geistige Bilder von der Köchin, den Küchenjungen, Puschas Kind mit der geflickten Puppe schwebten in der Luft.

Andere Teile der Festung sahen verändert aus, so wie Tanaquil es von Anfang an vermutet hatte. Einige Gemächer, die zuvor vernachlässigt gewesen waren, hatten eine Blüte mit üppiger Möblierung und mechanischen Spielereien erfahren. Einige Räume waren anscheinend verschwunden oder an einen anderen Ort verpflanzt worden. Der außen liegende Garten, den man sogar vom Gästezimmer einsehen konnte, war mit einigen neuen Bäumen bestückt, an denen singende Blüten oder silbernen Früchte wuchsen. Die Ziegen, die sich jetzt stets im Zustand des Ausreißens befanden, kamen gelegentlich in die Festung und erlaubten es den Dämonen, sie zu melken. Das geschah zum Wohlbefinden der Ziegen, nicht weil ihre Milch gebraucht wurde.

Die Kübel mit der weißen Flüssigkeit standen in Ecken, verwandelten sich in Käse, bis die Dämonen zurückkehrten und sie mit einer weiten Handbewegung verschwinden ließen. Einmal war der Grummel, der plötzlich auftauchte, als Erster zu einem gelangt und hatte den halben Kübel geleert, bevor ein Dämon ihn verscheucht. Der Versuch des Grummels, den Dämon zu beißen, war allerdings ein sinnloses Unterfangen, denn sie alle hatten ja keine körperliche Substanz. Für den Fall jedoch, dass sich der Dämon rächen würde, zerrte Tanaquil den Grummel weg.

»Du schaust sehr gepflegt aus«, sagte Tanaquil zum Grummel, ohne sich dabei etwas zu denken. »So frisch frisiert.«

»Ja. Viel Putz.« Er bedachte sie mit einem hintergründigen Blick, machte *»Sprr«* und rannte unvermittelt davon.

Erst später kam ihr der Gedanke, dass der Grummel anscheinend gedacht hatte, er habe irgendeinen Fehler begangen. Als ob es falsch wäre, *gepflegt* zu sein.

Zum Abendessen erschien er wieder, wie gewöhnlich, wobei er sich unglaublicherweise allem Anschein nach kein bisschen für die Tabletts mit Köstlichkeiten vor der Tür interessierte, sondern Tanaquil heute zum Beispiel eine sehr schöne grüne Feige brachte.

»Danke. Das ist aber wirklich nett von dir. Süß.« Sie aß die Frucht und der Grummel saß am Boden, wandte sich hin und wieder um, zuckte mit dem Schwanz. »Wenn du raus möchtest, tu dir keinen Zwang an.« »Raus? Bin grade rein.«

»Stimmt. Aber du machst einen unruhigen Eindruck.«

Der Grummel sprang aufs Bett, vollführte einen Purzelbaum, kletterte an einem Vorhang hinauf, rutschte an einem anderen herunter und erwischte die Fensterbrüstung.

»Großer Mond«, sagte der Grummel.

»Ja, heute haben wir Vollmond.«

»Muss mal eben …« murmelte der Grummel, kletterte über den Rand und trabte wieder über die Dächer davon.

Sie dachte: Hat er früher jemals gewusst, wann wir Vollmond haben?

Der Mond hatte ihm anscheinend schon immer viel bedeutet, aber er war stets von ihm überrascht gewesen. Vielleicht kannte er sich inzwischen mit den Mondphasen aus.

In einem kleinen Innenhof bei den Stallungen wurde das Kamel gut versorgt, es bekam zu fressen und zu saufen, auch wenn sogar diese Tätigkeit von Dämonen ausgeführt wurde. Tanaquil gefiel das nicht, doch wurde ihr bewusst, dass sie das Kamel vernachlässigt hatte. Es hatte wirklich keinen Sinn, wenn sie auf ihrem Bett herumlag oder die Korridore auf und ab spazierte und an Honj dachte. Für Honj waren täglich nur fünf Minuten vorgesehen.

Was Jaive betraf, so war Tanaquil ihr seit dem Festmahl gelegentlich *begegnet.* Das war der richtige Ausdruck. Begegnet. Es war zu keinen weiteren vereinbarten Zusammenkünften mehr gekommen. Sie traf Jaive und Worabex, immer gemeinsam, zufällig irgendwo in einem Raum oder einem Gang, zum Beispiel beim Jagen des blökenden Straußenvogels, wobei sie Schreie ausgelassenen Frohsinns von sich gaben. In ihrer Gegenwart fühlte sie sich ihrerseits sehr alt.

Sie bemerkte, dass die beiden jetzt schlichte, mit Spuren von Zaubereien bekleckerte Kleidung trugen. Jaives Haare waren wieder in Unordnung und einmal – allerdings nur ein einziges Mal – glaubte Tanaquil mit Sicherheit die Mauspe zu sehen, verheddert in Worabex' dichtem Haarwust.

Ein andermal entdeckte sie das Paar bei einem üppigen Picknick auf einer Treppe, während sämtliche Schnitzereien fliegend um sie kreisten. Die Holzadler fingen im Flug Fleischstücke auf, die Worabex ihnen zuwarf.

»Ach, Tanaquil. Komm doch her und iss ein bisschen …«

»Äh … nein, danke. Ich bin gerade auf dem Weg in mein Zimmer … um etwas zu holen.«

Sie wirkten jedoch nicht traurig, als sie sie verließ; sie war vollkommen überflüssig.

Bei einer anderen Gelegenheit traf sie auch ihr herausgeputztes altes Kindermädchen. *Sie* war in goldenes Tuch gekleidet und trippelte auf hochhackigen Schuhen daher, und sie hatte zwei zahme Ratten mit Perlenhalsbändern bei sich. Zum Glück war der Grummel anderswo.

»Wie ist es dir in letzter Zeit so ergangen?«

»Hervorragend, meine Liebe. Und dir?«

Da sie fürchtete, das Gedächtnis der alten Frau hätte nun doch nachgelassen, erklärte Tanaquil, wer sie war.

»Ach, *die* Tanaquil«, sagte das Kindermädchen in blasiertem Ton. »Du bist alt geworden, meine Liebe.«

Dann stöckelte sie geziert auf ihren drei Zoll hohen Absätzen davon und die Ratten huschten hinter ihr her. Tanaquil hörte zweifelsfrei, wie eine der Ratten sagte: »*Wersndas?*« Die andere antwortete: »*Weißnich. Isdochwurscht.*«

Was bedeutete, dass nun endlich auch den Ratten die Gabe des Sprechens zuteil geworden war und dass niemand, absolut niemand sich auch nur im Geringsten um ihre Person scherte.

Sie war zurückgekommen mit der Absicht, zumindest ihre Pflicht zu erfüllen, vielleicht sich sogar töchterlich zu verhalten. Doch sie kam sich vor wie das fünfte Rad am Wagen. Waren inzwischen zehn oder zwölf Tage vergangen, oder mehr? Jedenfalls schien es unbedingt an der Zeit zu gehen. Aber wohin? Zu wem? Zu was?

Tanaquil träumte. Sie wusste, dass sie träumte. Die Wüste erstreckte sich weg von der Festung ihrer Mutter, bedeckt mit Schichten von tiefkarmesinroten, pfirsichrosigen und purpurnen Blumen. Und über diese Fläche rannte ein Einhorn in ihre Richtung.

Bei seinem Anblick empfand sie große Freude. Es hatte sie also nicht vergessen! Offenbar brauchte es sie für irgendetwas.

Dann sah Tanaquil, als die Sonne in ihrem Traum höher stieg, dass es keines der Einhörner war, die sie kannte – weder das schwarze Einhorn mit seiner Mond-Meer-Feuer-Mähne noch das dampfbetriebene goldene Einhorn aus Lizras Krieg.

Dieses Einhorn war bräunlich rot.

Die Mähne, der Schwanz, die Fransen an den Fesseln waren von einem seltsamen grünlichen Bronzeton.

Doch sein Horn war kupferrot, genau der Farbe eines Kleides entsprechend, das Tanaquil irgendwann vor kurzem getragen hatte.

Dennoch war es eindeutig ein Einhorn. Es sprang über die blumenbewachsenen Sandhügel direkt auf sie zu. Und plötzlich sah sie, dass das metallische Horn genau auf der Höhe ihres Herzens war.

Etwas schlug genau dorthin. Sie stieß einen Schrei aus und

richtete sich auf und der Traum fiel in Scherben herab wie ein zerbrochener Spiegel.

Die Sonne ging soeben auf. Der Grummel, umrahmt von einem sanften goldenen Schimmer, rollte vom Bett hinunter, nachdem er für einen Augenblick ziemlich schwer auf ihr gelandet war.

»Mach so was nicht!«

»Verzeihung.«

»Schon gut. Mach's einfach nicht nochmal. Obwohl ich froh bin, dass du mich aufgeweckt hast.«

Der Grummel reckte sich und putzte sich schnell. Dann schüttelte er sich und hob eine Vorderpfote. Seine Topasaugen waren riesengroß.

»Hab was gefunden.«

»Was denn?« Tanaquil fühlte sich träge, doch ihr Geist raste bereits.

»Will zeigen.«

Genauso war er damals zu ihr gekommen und hatte ihr den mondhellen Knochen des ersten Einhorns gebracht.

Sie sagte, bevor sie nachdenken konnte: »Etwa aus den Steinhügeln, wo der Bogen ist, der wie die Einhornpforte aussieht, meinst du von dort?«

Die Augen des Grummels traten hervor.

»Wupp!«

»Heißt das ja?«

»Komm schauen«, sagte der Grummel. Dann blinzelte er und senkte den Blick. »Nein. Erst ich erzähl.«

Gebannt, kribbelig vor Aufregung und Hoffnung, beugte sie sich vor.

»Dann los, erzähl!«

»Hab gespielt. Dann sie. Wir spielen. Schön spielen. Dann jagen. Dann ich gehen Fels und spielen dort, mit sie.«

»Moment mal«, unterbrach Tanaquil ihn. »*Sie?* Wer?« *Sie* – das hörte sich an wie die Ratte des Kindermädchens.

Der Grummel machte sich beflissen daran, einen Floh zu suchen. Er drehte sich um sich selbst, stolperte, hob ein Hinterbein, schnaubte.

»Wer ist *sie?«,* fragte Tanaquil ungeduldig, verdutzt. Und doch, in ihrem Inneren, die plötzliche Flamme der Hoffnung, ersterbend …«

»Name ist Adma. Hat Name. Nicht sprechen. Von Felsen. Nett. Süß.«

»Adma?«

»Nett.«

Tanaquil lehnte sich nachdenklich zurück, fühlte sich innerlich leer. Es war, als ob ein Teil von ihr sich in Stein verwandelt hätte.

Der Grummel hob den Kopf. Er sah Tanaquil leidenschaftlich, trotzig an. *Menschlich.*

»Mein«, sagte der Grummel. »Mein *Mädchen.«*

Nachdem Tanaquil sich gewaschen und angekleidet und ihre Stiefel angezogen sowie etwas von dem vor der Tür abgestellten Tee getrunken hatte und nachdem der Grummel eine Schale mit Rosinen und Nusshaferbrei verputzt und sich gewaschen und quasi angekleidet hatte, machten sie sich auf den Weg zu dem »Mädchen« des Grummels.

Tanaquils Herz – sie sah es förmlich vor sich – war schwer wie Blei. Doch sie gab sich Mühe, froh und vergnügt zu wirken.

Der Grummel, kein Dummkopf, redete jetzt wenig.

Es gab einen Weg über die Dächer und Tanaquil und der Grummel kletterten hinaus und wanderten auf diesen dahin. Nach einer Weile stellte Tanaquil fest, dass sie über Abflussschächte und steile Schrägen und flache Strecken zum Dachsims der Bücherei gekommen waren. Der Grummel führte sie durch den ausgetrockneten Kanal zwischen den Dächern hindurch, wo rote Blumen wuchsen, vorbei an der alten Zisterne.

»Ist das euer privates Nest?«, fragte Tanaquil höflich.

»Ja, gut Nest.«

Sie mussten das kurze Stück bis zu der großen Fläche unter ihnen springen. Dort unten im Küchenhof war niemand, niemand hängte Wäsche zum Trocknen auf. Und keine Soldaten von den Brustwehren, nervös oder betrunken, durchsuchten sie.

Von dem alten Rabennest war nichts mehr da. Sie gingen an der Stelle vorbei, dann sagte der Grummel: »Mich geht voraus. Sagen ihr, du kommst.«

»Ja, natürlich.«

Er sauste durch den Kanal davon.

Nach einer Weile hörte sie ihn quieken und dann im höchsten Sopran rufen, wobei er ihren Namen gebrauchte: »*Tanaquil!*« Hatte der Grummel sie jemals bei ihrem Namen genannt?

Und sie musste allein hineingehen. Er erwartete sie dort mit seiner Freundin. Seiner Gefährtin.

Unter dem dunklen Vorsprung gelangte sie zu dem Grummelnest. Erwartungsgemäß war es voll gestopft mit Dingen – Kissen, Bürsten, Fleischknochen, gestohlenen Juwelen – vermutlich von Jaive oder den alten Frauen. Es herrschte der vertraute Geruch nach Moschusfell und Wärme.

Bolzengerade saß der Grummel da. Und gleich hinter ihm noch ein Grummel – wahrscheinlich Adma.

Sie war kleiner, ihr Pelz etwas blonder. Offenbar gehörte sie zu den wilden Grummeln, die normalerweise bei den Steinhügeln wohnten, und sie sprach nicht, wie er erklärt hatte. Ihre beiden Pfoten waren gesenkt, nur die Ohren hatte sie aufgestellt und ihr Schwanz war sehr, sehr buschig, sie musste also entweder ängstlich oder wütend sein. Ihre Augen waren die rundesten, strahlendsten Juwelen im ganzen Nest.

Fasziniert betrachtete Tanaquil das Grummelweibchen.

Verstand es die menschliche Sprache? Hatte der Grummel

sie ihr beigebracht? War es ihr recht, wenn Tanaquil so mit ihr redete wie mit dem Grummel, oder sollte es lieber auf eine etwas – mehr *tierische* Art geschehen? Jedenfalls bestimmt nicht in Form von *heidi-beidi-deidi.*

»Hallo«, sagte Tanaquil und fügte schwach hinzu: »Euer Nest ist sehr hübsch.«

Admas Schwanz wurde noch größer, dann glättete er sich. Ihr Blick schien sanfter zu werden und sie gab ein leises, zaghaftes Zirpen von sich.

Der Grummel verkündete stolz: »Sie sagt, dein Geruch ist in Ordnung.«

»Oh ... äh ... danke.«

Tanaquil, die sich voller Unbehagen umsah, bemerkte Fetzen eines bekannten Teppichs, die zerrissen und zwischen die Kissen und Preziosen gemischt worden waren. Sie entschied sich dafür, diesen Umstand nicht zu erwähnen.

Aber wie sollte es jetzt weitergehen?

»Darf ich dich ... streicheln?«, fragte Tanaquil das Grummelweibchen. »Adma?« Vielleicht war das ein ganz und gar falscher Annäherungsversuch.

Doch der Grummel plapperte auf Adma ein.

Adma antwortete auf grummelisch.

»Sagt, erst richtig schnuppern.«

»Heißt das, ich soll – oder sie soll?«

Der Grummel sagte: »Gib Hand.«

Also kniete Tanaquil sich nieder und streckte die Hand aus. Ob sie jetzt gebissen würde? Doch Adma beschnupperte sie mit einer festen feuchten Nase, leckte an ihr, überlegte und gab dann ein Quieksen von sich.

»Streichel, streichel«, forderte der Grummel sie begeistert und großzügig auf.

Tanaquil streichelte Adma, die wundervoll seidig war. Als Adma genug hatte, wandte sie sich ab und zockelte tiefer in das Nest hinein.

»Jetzt Adma füttern«, sagte der Grummel. Er deutete auf die Klumpen von Haferflocken, die an seinem Hals befestigt waren. »Frohe Bekanntschaft.«

»Ja, ganz meinerseits … Danke. Sie ist … äh … hübsch.«

Doch der Grummel tapste über die ausgegrabenen Knochen und die Fetzen von Jaives Zauberteppich davon. Vage hörte und sah Tanaquil, wie sich die beiden Grummel gegenseitig putzten.

Der beste Besucher blieb niemals länger als erwünscht.

Bevor sie zu der Gästesuite zurückkehrte, machte Tanaquil den Umweg zu ihrem alten Zimmer. Die Fensterläden waren ausgehängt worden und der Raum war leer, ohne Möbel oder irgendetwas sonst. Nicht einmal das Zauber sprechende Porträt ihrer Mutter hatte man dagelassen. Sie konnte gerade eben noch den Löwenkopf in der Badenische erkennen. Es war schon früher stets wahrscheinlicher gewesen, dass dort Hühnersuppe heraussprudelte oder Seidenbänder hervorquollen anstatt Wasser, doch jetzt sah das Ganze versiegt und ausgetrocknet aus.

Sie setzte sich auf die Fensterbank.

Warum war ihr nie in den Sinn gekommen, dass der Grummel eine eigene – Gefährtin für sich finden könnte? Er hatte das volle Recht dazu. Und offenbar brauchte er Tanaquil jetzt überhaupt nicht mehr. Tanaquil stellte lediglich eine Unterbrechung seiner Zweisamkeit dar.

Sie drehte sich um und blickte zu den Felsen. Um dieses Buch zu schließen, das ihr vollendetes frühes Leben war, musste Tanaquil vielleicht dorthin wandern. Den Ort in Augenschein nehmen, wo die Gebeine des ersten Einhorns gelegen hatten. Ein letztes Mal.

Doch als sie zum Gästezimmer zurückkehrte und durch das Fenster hineinkletterte, sah sie sich einem glibberrosafarbenen, dammhirschgesichtigen Dämonen gegenüber, der sich durch die geschlossene Tür hereingequetscht hatte.

»Die Zauberin möchte, dass du sie aufsuchst und mit ihr zu Mittag speist.«

»Sehr wohl«, antwortete Tanaquil. Das würde ihr die Gelegenheit bieten, sich diesmal auf eine zivilisierte Weise zu verabschieden.

36

An diesen Raum erinnerte sich Tanaquil nicht, aber vielleicht war er wie die anderen schon immer da gewesen und einfach nur verändert worden. In der Mitte eines mit feinen kleinen Speisen beladenen Tisches war ein eisig schäumender Bergfluss in Miniaturgröße, der sich aus dem Nichts ins Nichts ergoss, und in der Mitte davon stand eine große Kühlflasche mit einem Korken.

Jaive und Worabex waren schlampig gekleidet, aber umgeben von einem hübschen Schimmer.

»Bist du ausgeruht?«, fragte Jaive.

»Ja. Danke, Mutter. Übrigens ...«

»Wir haben nämlich ein neues Projekt«, sagte Jaive, »und ich könnte mir vorstellen, dass es dich interessiert.«

Sie setzte sich und die purpurfarbenen Kätzchen kletterten hoch und ließen sich in ihrem Schoß nieder. Worabex inspizierte die Flasche. »Hier handelt es sich um perlenden Gasagner«, erklärte er Tanaquil. »Ich glaube, du hast so etwas schon mal bei Lizra getrunken.«

»Ja.«

»Es gibt etwas zu feiern«, verkündete er.

»Was denn?« Sie tauschten Blicke aus, der Magier und ihre Mutter. Tanaquil nahm einen beherrschten Ausdruck an. »Ihr werdet heiraten.«

Sie bestätigten das.

Tanaquil wünschte ihnen viel Glück.

Anschließend nahm die Mahlzeit ihren Lauf, nicht mit schwungvoller Eleganz, sondern mit einer Reihe von Ungeschicklichkeiten.

Ein paar Mal verschütteten sogar die Dämonen etwas oder vergaßen Dinge; anscheinend waren sie vom allgemeinen Hochgefühl angesteckt.

»Erinnerst du dich«, sagte Jaive, während Worabex die dritte Flasche Wein öffnete – der Gasagner stand immer noch in der Kühlung –, »wie ich die Wüste scheinbar zum Blühen brachte, als du noch ein Kind warst?«

»Ja, Mutter. Es war ein sehr drolliges Trugbild.«

»Jetzt«, sagte Jaive, »mit Hilfe meines … mit Hilfe des lieben Worabex werden wir es ordentlich machen.«

»Die Wüste, in einen Garten verwandelt«, setzte Worabex hinzu.

»Genau wie mein Leben«, flötete Jaive.

Einer der Dämonen ließ eine Schale mit klebrigen Süßigkeiten fallen. Sie rollten über den ganzen Boden.

Jaive sah sich versonnen um. »Weißt du«, murmelte sie, »ich kann meinen fliegenden Teppich immer noch nicht finden.« Mit gesenkter Stimme sagte sie zu Tanaquil: »Einige der Dämonen schlagen über die Stränge. Vielleicht haben sie ihn gestohlen.«

»Ja, vermutlich«, meinte Tanaquil, die das Grummelnest vor sich sah.

»Wir werden heute Nachmittag anfangen«, erklärte Worabex. »In der Wüste. Vielleicht lohnt es sich, die Augen offen zu halten, auch für Tanaquil.«

»Es gibt eine versteckte Wasserquelle«, fügte Jaive hinzu. »Worabex, mein … er hat sie entdeckt. Natürlich viele Meilen tief, aber wir dürften keine Schwierigkeiten haben …«

»Na, er kann doch alles«, sagte Tanaquil, bevor sie es sich verkneifen konnte. »Sieh nur, zu was für einem gut aussehenden Mann er sich gemacht hat.«

Worabex erwiderte: »Dabei handelt es sich eigentlich nicht um Zauberei, junge Dame.«

Tanaquil hob den Kopf. »Nein? Zehn Jahre jünger und einen Fuß größer …«

»Nicht im eigentlichen Sinne«, sagte Worabex. Sein Blick wanderte über Tanaquil hinweg zu Jaive. »Weißt du, Erregung, Freude kann dasselbe bewirken. Ich wusste, dass ich deine Mutter kennen lernen würde.«

Tanaquil runzelte die Stirn.

Der Grummel hatte das Stirnrunzeln vom Zuschauen gelernt. Aber das war jetzt gleichgültig. Der Grummel hatte jetzt einen anderen Grummel, dem er zuschaute.

Tanaquil kam zu dem Schluss, dass sie, anstatt zu versuchen mit ihr zu reden, ihrer Mutter würde schreiben müssen. Nochmal einen schwülstigen Brief. Denn wenn sie jetzt einfach sagen würde: *Ich gehe wieder weg*, würde Jaive das vielleicht nicht einmal zur Kenntnis nehmen.

Hatte Jaive überhaupt schon die Smaragdkette ausgepackt? Worabex hatte ihr bestimmt die Goldschlange geschenkt und die war echt. Sie fütterte sie. Gott sei Dank hatte der Grummel … nein.

»Jetzt ist der Perlwein so weit«, sagte Worabex. »Wir trinken auf den Garten in der Wü…«

Er hatte die Flasche aus dem Fluss genommen. Mit einem Knall schleuderte der Druck des Gasagner im Inneren den Korken aus dem Flaschenhals. Er flog quer durch den Raum und traf Tanaquil schmerzhaft an der linken Schläfe.

»Tut mir Leid«, sagte Worabex. Natürlich meinte er es nicht so.

Jaive sagte: »Soll ich schnell einen Zauberbann auflegen, um die Schwellung zu verhindern?«

»Nein, danke, Mutter, ist schon gut. Auf diese Weise bleibt mir dieser Tag eine Weile im Gedächtnis haften. Der Tag, an dem es mich erwischt hat.«

Tanaquil stand auf.

Worabex sah sie nachdenklich an. Er sagte wie aus weiter Ferne: »Versuche, nicht vom Schmerz zu lernen. Versuche, vom Glück zu lernen.«

»Nun, darüber weißt du ja bestens Bescheid.«

Die Dämonen kicherten in verschiedenen Ecken. Sie ergötzten sich daran, wie der Korken die übellaunige jüngere Hexe am Kopf getroffen hatte.

Tanaquil trank etwas von dem Gasagner und verließ sie dann alle. Ob sie mitbekamen, dass sie wegging, wusste sie nicht mit Sicherheit.

Lerne vom Glück! Eine Veränderung wäre wunderbar.

In ihren Stiefeln und dem Hosenrock spazierte Tanaquil über den brütend heißen Nachmittagssand zu den Steinhügeln.

Warum sie dorthin ging, war ihr selbst schleierhaft. Dort gab es nichts zu sehen. Höchstens wilde Grummel beim Spiel. Glückliche Grummel.

Und der Grummel war glücklich und Jaive war glücklich. Und Honj war inzwischen wahrscheinlich auch ziemlich glücklich, verheiratet mit der glücklichen Kaiserin Lizra, angebetet und reich.

»Verdammt!«, schrie Tanaquil und fügte ein paar weitere kräftige Ausdrücke hinzu. Sie sagte dem Tag, was sie von ihm hielt, und von der pochenden Prellung und von Honj und von Jaive und von dem Grummel. »Morgen, *keinen Tag später*, haue ich ab.«

Als sie die Festung verließ, waberten Glitzerschwaden und Farbschweife darüber. Jaive und Worabex waren offenbar bereits in ihrem Zauberreich. Hin und wieder ertönte von irgendwoher ein dumpfes Rumoren.

Es wäre vernünftig wegzugehen, denn lange mochte es nicht mehr lange dauern, bis alles hier ein ganz großes Kuddelmuddel wäre.

Die kleinen Schatten der nachmittäglichen Steinhügel fielen auf sie. Sie marschierten über den Sand. Und sie stand unter dem Bogen aus offenem Gestein, geformt wie eine Brücke oder eine Pforte, im tiefen Schatten.

Der Schatten war heute kalt, so kalt, wie er ihr noch nie vorgekommen war. Dort oben hatten sie nach Fossilien gegraben.

Sie scharrte mit dem Fuß im Sand. Und dort unten waren die magischen Knochen gewesen, wie Kristalle von den Sternen. Jetzt war allerdings nichts mehr da.

Plötzlich fühlte sie sich besser. Ein klein wenig besser. Schließlich hatte sie ein Einhorn befreit. Und wenn Honj glücklich war und Jaive und der Grummel, nun, dann war es gut. Sie freute sich darüber.

Wenn doch nur … wenn doch auch sie nur glücklich sein könnte.

Ein langes, geheimnisvolles Donnergrollen ertönte. Es begann unter dem Boden, eine halbe Meile entfernt, und galoppierte in ihre Richtung.

Tanaquil blickte zurück zur Festung.

Die Dünen sprühten und federten nach außen, die Luft war erfüllt von Rauch und Dunst, etwas drang an die Oberfläche. Sie hatten die Wasserquelle herbeigerufen, holten sie nach oben, um ihren Liebesgarten erblühen zu lassen.

Doch der Druck des Wassers, das aus großer Tiefe hochspritzte, war wie der Druck in einer Flasche Champagner.

Im gleichen Augenblick wusste Tanaquil, was geschehen würde. Sie erkannte, dass es unklug von ihr gewesen war, niemandem mitzuteilen, dass sie an diesen Ort gehen würde. Jetzt befand sie sich in schrecklicher Gefahr. Sie wusste …

Und dann explodierte ein Schwall von Flüssigkeit aus der Wüste, wie ein zorniger, blitzender Drache in Weiß und Grün, gischtete nach oben, immer höher, leuchtend und brüllend, und traf das Himmelsdach.

Als das Zeug in Form von zerberstendem grünem Stahl auf

sie niederging, dachte Tanaquil: *Ich hätte es besser wissen müssen.* Und als Nächstes: *Aber ich bin unverletzbar.*

Doch dann erreichte sie der Wassersturm, traf sie, und sie spürte, wie sie herumgewirbelt wurde, Sand am Himmel und der Himmel am Boden, bis eine grüne Faust ihr einen Hieb unters Kinn versetzte, ohne ihr im Geringsten wehzutun, und sie fiel immer tiefer, durch den Boden der Welt unter der Felspforte, immer tiefer hinab in ein sehr stilles, leeres Nichts. Und gewiss hatte sie das schon einmal erlebt, aber – *weißnich,* hörte sie die Rattenstimme sagen: *isdochwurscht.*

Teil Zwei

37

Ich bin in einem Garten.

Der Gedanke war klar und deutlich. Er kam ihr, weil sie den Gesang von Vögeln und das Rascheln von Bäumen hörte, weil sie die Frische von Blättern, gemischt mit einem feuchten, pilzigen Geruch wahrnahm. Und den Duft von Blumen.

Wenn Tanaquil die Augen öffnen würde, dann würde sie sehen.

Sie dachte: *Ich stehe auf den Füßen, sehr wahrscheinlich am Boden. Ich bin tief gefallen, nicht wahr?*

Und weiter dachte sie: *Ich bin erneut durch die Pforte in eine andere Welt gefallen. Von dem Steinhügel aus.*

Sie öffnete die Augen weit.

Grün durchflutete sie.

Es war kein Garten, sondern ein Wald. Ein üppig wuchernder Wald. Um die schwarzen, grün bemoosten Baumstämme wanden sich glänzender Efeu und gefleckte Ranken, in denen Büschel von großen roten Blumen eingebettet waren, deren Blütenblätter sich so weit ausbreiteten, dass es aussah, als wollten sie davonfliegen. Der Boden war übersät mit Kriechgewächsen unter dichtem Gestrüpp und den Schösslingen neuer Bäume. Die blassroten Pilze mit finster-dunklen Flecken wuchsen ihr bis zu den Knien, ja gar bis zur Taille hoch.

Etwa zwanzig Schritt von ihr entfernt hörten die Bäume auf.

Sie waren gefällt worden, um einer breiten, mit grünen Steinbrocken gepflasterten Straße Platz zu machen. Noch mehr rote Blumen, diesmal wie Schwerter und Schürhaken geformt, leuchteten entlang des Randes. Und hoch über den Baumwipfeln erstreckte sich ein weiter sonniger Himmel. Der Himmel war von einem sanften Apfelgrün und die Wolken schienen durchsichtig zu sein. Sie sahen wie Blasen aus.

»Ja«, sagte Tanaquil laut.

Sie fühlte sich gut. Zwar hatte sie sich beim Fallen nicht weh getan, doch wogte trotzdem eine Welle der Besorgnis über sie. Wie beim letzten Mal, so musste auch jetzt die Pforte *dort oben* sein. Und sie konnte sie nicht sehen. Solange sie keinen Ausgang entdeckte, saß sie hier fest. Und diesmal war sie allein. Ganz allein.

Sie stand da und lauschte. Keine unfreundliche Welt, gewiss, denn die Vögel sangen melodisch, und ab und zu hörte sie ein raues, komisches Tuten, vielleicht von einer seltsamen tagaktiven Eule. Der Wald war ungewöhnlich, aber nicht auf eine Weise, die sie als abstoßend oder bedrohlich empfunden hätte.

Tanaquil gefiel der Himmel. Selbst die ordentliche Straße. In einem so guten Zustand und grün. Sie sah einladend aus.

Da sie nun schon mal hier war, war es vielleicht das Beste, die Umgebung ein wenig zu erforschen, also ging sie zuerst einmal zu der Straße, wobei sie sich bemühte, nicht auf die Massen von kleinen rosa-, orangefarbenen und roten Kleeblüten zu treten, die im Gras wuchsen.

Am Straßenrand zögerte Tanaquil, denn sie hörte jetzt ein weiteres Geräusch, ein rostiges, rhythmisches Quietschen. Was für ein Geschöpf mochte das wohl sein?

Tanaquil stellte sich hinter einen Baum.

Dann musste sie beinahe lachen. Schließlich war ihr dasselbe schon zweimal widerfahren und sie war demzufolge fast daran gewöhnt.

Und jetzt sah sie, was in flottem Tempo auf der Straße daher kam: ein wackeliger Schubkarren, geschoben von einer alten Frau mit einem Schal über dem Kopf.

Oh, ausgezeichnet. Die Leute hier sehen auch noch wie Menschen aus. Das nenne ich Glück. Wieder unterdrückte sie ein Lachen.

Dann trat sie mit beinahe großspurigem Gehabe hinaus auf die Straße.

»Guten Tag.«

Die alte Frau beäugte sie mit einem missfälligen Blick. »Vielleicht ist er gut für dich, aber das heißt nicht, dass er für jeden gut ist.«

Tanaquil ging nicht auf diese übellaunige Bemerkung ein. Wieder einmal sprachen die Wesen in einer Parallelwelt dieselbe Sprache wie sie – eindeutig ein Glücksfall. Obwohl ihr der Verdacht kam, dass das in Wirklichkeit vielleicht gar nicht stimmte, sondern dass sie einfach nur, nachdem sie auf *magische* Weise an einen anderen Ort geraten war, dank eben dieser Magie verstehen konnte und verstanden wurde.

»Was für ein praktischer Schubkarren.«

»Er mag für dich praktisch aussehen, das bedeutet aber nicht, dass er es auch tatsächlich ist.«

»Nein, vermutlich nicht.«

Tanaquil fühlte sich von jeglicher Verantwortung befreit und zum Kichern aufgelegt; sie hatte buchstäblich all ihre Sorgen hinter sich gelassen.

»Darf ich ein Stück mit dir gehen?«

Sie erwartete, die Frau würde antworten: Darfst du, darfst du aber auch wieder nicht. Aber die Frau sagte: »Mhmp.« Was vermutlich so viel hieß wie: Von mir aus, wenn es unbedingt sein muss.

Sie setzten sich auf der grünen Straße durch den grünen Wald in Bewegung.

»Ich bin fremd hier«, erklärte Tanaquil unbekümmert.

»So, bist du das.«

»Könntest du mir verraten, wohin wir gehen?«

»Tablonkisch.«

»Aha, Tablonkisch. Natürlich. Ist das … ein Dorf?«

»Eine Stadt. Keckrich ist das Dorf. Keckrich und Schleckrich.«

»Ja, ich verstehe.«

Der Schubkarren war voll beladen mit etwas Beuligem und mit einem dicken Tuch zugedeckt. Oben drauf balancierte, wie Tanaquil jetzt sah – und roch –, ein teilweise verfaulter Kohlkopf.

»Verkaufst du Kohl in Tablonkisch?«, mutmaßte sie.

Die alte Frau bedachte sie mit einem vernichtenden Blick.

»*Kohl* ist nicht in Mode.«

Verwirrt sagte Tanaquil: »Was dann …«

»Schsch!« wies die Frau sie unwirsch zurecht.

Tanaquil und sie gingen schweigend weiter; nur die Vögel sangen und das Quietschen war noch da.

Obwohl noch einen Augenblick zuvor absolut nichts Bedrohliches an dieser Gegend gewesen war, bemerkte Tanaquil jetzt einen eigenartigen bruchstückhaften Schatten, der immer wieder erschien, verschwand, wieder erschien, etwa vierzehn oder fünfzehn Bäume tief im Wald zu ihrer Linken.

»Ist da etwas …«

»Schsch!«

»Aha.«

Sie gingen weiter.

Und der Schatten – die Schatten – hielten auf unbehagliche Weise mit ihnen Schritt.

Tanaquil betrachtete die beulige Ladung unter dem Tuch und sagte: »Das sieht aus wie …«

»Schsch!«

»Warum? Jeder oder alles kann uns hören. Dieser Schubkarren quietscht, weißt du. Wer verfolgt dich?«

»Sie«, antwortete die Frau.

»Und wer sind ›sie‹?«

»Schsch!«

Tanaquil, die allmählich genug hatte von diesem Unsinn, hob eine Ecke des Tuches an.

»So ist das. Es sind …«

»Schsch!«

»Nüsse«, beendete Tanaquil absichtlich den Satz.

Doch kaum hatte sie das Wort ausgesprochen, hatte sie das Gefühl, dass sie das vielleicht besser nicht getan hätte, und in dieser Hinsicht irrte sie sich nicht.

Plötzlich brach ein richtig lautes Quietschen aus, diesmal aber zwischen den Bäumen. Jetzt handelte es sich eindeutig um ein Tier oder sogar um mehrere Tiere.

»Du dumme Henne!«, schrie die alte Frau und blieb stehen. »Ich kann ihnen nicht davonlaufen«, sagte sie. »Vielleicht wäre ich hingekommen. Der Kohl hätte sie vielleicht getäuscht, hätte sie von dem Geruch abgelenkt. Aber nein – du musstest es aussprechen!«

Aus der linken Waldseite stürmten drei Geschöpfe hervor. Sie hatten ungefähr die Größe von großen Hunden und rannten auf allen Vieren. Sie waren bedeckt mit einem zottigen gräulichen Fell und hatten gierige spitzschnauzige Köpfe. Schwarze Perlaugen, schwarze Nasen, wohlgeformte kleine Ohren. Jetzt setzten sie sich auf die Hinterpfoten und hoben die schwarzen Vorderpfoten. Die drei Nasen zuckten.

»Haut ab!«, kreischte die alte Frau. Sie zog einen langen Stock aus dem Schubkarren und schwenkte ihn.

»Was …«, sagte Tanaquil.

»Wolfhörnchen!«, schrie die Frau.

Und dann stellten sich die drei sonderbaren Tiere wieder auf alle vier Beine. Mit entblößten spitzen Zähnen und wilde Quietsch- sowie Furcht erregende *Pmnrr*-Laute ausstoßend stürzten sie sich auf den Schubkarren.

Tanaquil wurde umgeworfen. Eine große Hinterpfote traf

sie im Bauch, so dass sie sich krümmte. Sie sah, wie die alte Frau den Stock schwenkte, aber auch sie wurde gleich darauf umgeworfen. Und schon waren die Wolfhörnchen in dem Schubkarren, warfen das Tuch und den stinkenden Kohlkopf beiseite und wühlten und buddelten in den Nüssen.

Da waren kleine Nüsse, wie Haselnüsse und Walnüsse, große, so groß wie Kokosnüsse, sowie alle Größen dazwischen. Die Wolfhörnchen zerrten lautstark ganze Pfoten voll heraus, knackten die Schalen mit den Zähnen, mampften und schmatzten. Stücke von Schalen und Nussfleisch flogen in alle Richtungen, Nüsse rollten auf der Straße. Die Wolfhörnchen stampften auf Nüssen herum oder setzten sich auf welche. Ihre Augen war gerötet vor Wildheit und Vergnügen.

»Du böses Mädchen!«, wimmerte die Alte.

»Tut mir Leid. Ich wusste nicht …« Tanaquil gab es auf. Sie und die Alte saßen inmitten von verstreuten Nüssen auf der Straße und sahen zu, wie die Wolfhörnchen gierig fraßen.

»Könnten wir nicht …«

»Nein. Lass sie machen. Jetzt ist es zu spät.«

Als Tanaquil trotzdem aufstand und versuchte, sich dem Schubkarren zu nähern, knurrte eines der Wolfhörnchen sie drohend an. Seine Backen waren voll gestopft mit Nüssen und er sah idiotisch aus, aber dennoch sehr gefährlich. Danach tat sie, wie ihr die Frau gesagt hatte.

Nachdem sie ihre Fresswut ausgetobt hatten (das dauerte etwa fünf Minuten), sammelten die Wolfhörnchen großen Mengen Nüsse in ihren langen, wolfartigen Mäulern, plumpsten vom Schubkarren und rannten mit großen Sprüngen – die Kiefer jetzt weit aufklaffend – zwischen den Bäume davon.

Der Rest der Nüsse war in einem erbärmlichen Zustand, doch Tanaquil bückte sich und machte sich daran, sie von der Straße aufzuklauben.

»Lass es!«, sagte die Alte wieder. »Wenn ein Rudel einmal den Geruch aufgenommen hat, dann kommen noch andere.

Der verfaulte Kohlkopf hätte sie vielleicht abgehalten. Aber vielleicht auch nicht. Du hast das *Wort* ausgesprochen. Sie verstehen es, weißt du. *Nüsse.*«

»Das wusste ich nicht. Tut mir Leid.«

»Vielleicht tut es dir Leid«, sagte die Alte, »vielleicht auch nicht. Das macht kaum einen Unterschied.«

Sie ging zum Schubkarren und kippte sämtliche verbliebenen geknackten oder durchs Draufsitzen zermatschten Nüsse auf die Straße.

Dann nahm sie ihren Weg mit der leeren Schubkarre wieder auf, wie zuvor.

Es hatte den Anschein, als huschten neue Schatten zwischen den Bäumen herum.

Tanaquil eilte hinter ihr her.

»Es tut mir wirklich Leid. Kann ich irgendetwas tun?«

»Vielleicht. Vielleicht auch nicht.«

»Gehst du trotzdem in die Stadt?«

»Kann ich genauso gut machen. Bin ja schon fast da. Aber andererseits, vielleicht gehe ich auch nicht.«

Sprachen hier alle so?

Etwa eine halbe Stunde später hörte der Wald auf, der dschungeldichte Baumbestand wurde lichter. Die Sonne neigte sich gen Westen, in sanftem Gold am apfelhäutigen Himmel; Vogelschwärme flogen zwitschernd hoch oben in der Luft.

Nach den letzten Bäumen stieg das Gelände langsam an, bedeckt von dichtem Gras und Büscheln von Blumen, hinauf zu einem eindrucksvollen Felsen. Der Fels war ebenfalls grün und von ihm stürzte ein malerischer weißer Wasserfall herab. Am Fuß des Felsens waren Dächer, aus denen friedlich Rauch aufstieg.

»Keckrich«, erklärte die Frau. »Schleckrich liegt im Osten. Oder vielleicht auch nicht.«. Sie deutete nach oben. »Tablonkisch.«

Die Stadt krönte den Felsen, einem Diadem gleich. Und

wurde ihrerseits bekrönt von einem wundervoll strahlenden, durchsichtig wirkenden grünen Gebäude, das aus einem einzigen Edelstein geschnitten zu sein schien.

»Was ist das?«

»Könnte der Palast sein.«

»Er ist sehr schön.«

»Findest du? Vielleicht ist er es, vielleicht ...«

»... auch nicht«, half Tanaquil aus.

Dort oben flatterte eine silberne Fahne in einer sanften spätnachmittäglichen Brise.

In der Nähe des Dorfes grasten ein paar blassrosafarbene Ziegen. Die Alte schob den Schubkarren an ihnen vorbei und alle Ziegen betrachteten sie mit boshaften grauen Augen.

»Und was ist das?«

»Was?«

»Das Leuchtende?«

»Das Meer«, erklärte die Alte. Anscheinend war sie der Auffassung, daran könne gar kein Zweifel bestehen.

Vom Rand des Dorfes unter dem Felsen sah man das Meer richtig, wie ein stiller Jadespiegel lag es da, sich immer weiter bis zum Horizont am Fuß des grünen Himmels entfaltend.

Das war wirklich schön, alles. Keine vollkommene Welt, das sicherlich nicht, aber großartig, zum Leben geeignet – oder?

»Der Sulkan ist gestorben«, sagte die Alte. »Sulkan Tandor, meine ich. Jetzt regiert seine Tochter, Sulkana Liliam.«

»Oh, ja«, sagte Tanaquil interessiert. Ihr war, als ob eine Art Uhr in ihrem Kopf anfing zu ticken. Eine merkwürdige Erinnerung ...

»Dann gibt es da noch ein Mädchen«, erzählte die Frau weiter. »Vielleicht bekommst du sie zu Gesicht, vielleicht auch nicht.«

»Hmm.«

»Sie hat rotes Haar wie du. Nicht, dass ich sie jemals gesehen hätte. Oder vielleicht doch. Prinzessin Danakil.«

Tanaquil wandte sich langsam um. Sie starrte die Alte an. »Entschuldigung, was hast du gesagt, *wie* heißt sie?«

Doch die Alte fuchtelte jetzt mit den Armen in Richtung der Ziegenherde und zeigte den von Nüssen entleerten Schubkarren. Und Tanaquil kannte mit einem Stich im Herzen genau den Namen, den sie soeben gehört hatte: Danakil, beinahe, wenn auch nicht genau, derselbe Name wie der ihre.

38

Nachdem anscheinend beinahe jeder in Keckrich den leeren Schubkarren in Augenschein genommen hatte und irgendwelche nutzlosen oder tröstend gemeinten Worte über das Durchqueren des Dschungelwaldes und über Wolfhörnchen sowie über allein stehende Frauen geäußert hatte, führte die Alte Tanaquil zum Haus ihres Neffen.

»Das ist sehr nett von dir, besonders nachdem ich …«

»Vielleicht, vielleicht auch nicht.«

Der Neffe, Domba, bat sie sofort herein. Seine Frau briet gerade Auberginen und Kartoffeln für ein frühes Abendessen, hatte jedoch anscheinend nichts gegen zwei unangemeldete Gäste einzuwenden.

»Haben die Wolfhörnchen dir wieder mal die Nüsse geklaut, was, Tantchen?«

»Kann sein«, sagte die Alte, »vielleicht …«

Domba lachte und führte sie zum Tisch.

Während sie aßen, erklärte Domba Tanaquil, der »Fremden«, dass Auberginen in Mode waren. »Selbst Sulkana Lili isst heute Abend welche.«

»Ich würde gern«, sagte Tanaquil vorsichtig, »mehr über die Sulkana erfahren.«

»Sie ist ganz in Ordnung. Sehr ruhig. Und tapfer. Ihre

Schwester ist das Problem. Sie tobt und wütet und macht nichts als Scherereien.«

»Ihre Schwester Danakil«, schlussfolgerte Tanaquil.

»Genau die.«

Als man sie nach ihrem Namen gefragt hatte, hatte Tanaquil, einer Eingebung folgend, ihn abgewandelt mit »Federkiel« angegeben, Kurzform »Feder«.

»So hat meine Schwester geheißen«, warf Dombas Frau ein. »Kleine Welt, nicht wahr?«

»Vielleicht, vielleicht auch nicht.«

»Und woher kommst du?«, fragte Domba Tanaquil, indem er sich bemühte, sich der Fremden gegenüber zuvorkommend zu verhalten und ihr die mögliche Scheu zu nehmen.

»Oh … Um.«

»Um. Das ist doch die Stadt ganz oben im Norden, nicht wahr? Wo die Lieblingsnarzissen der Sulkana herkommen.«

Tanaquil kam zu dem Schluss, wenn man hier einen Ort namens Um kannte (mit *Narzissen*), dann wäre es besser, nicht von dort zu stammen.

»Nein, Entschuldigung. Das ist nur die Abkürzung, die wir benutzen. In Wirklichkeit heißt es Umbara.«

»Nie davon gehört.«

Nachdenklich aßen sie die Auberginen. Tanaquil dachte daran, wie Honj dem Grummel viele Worte beigebracht hatte und wie der Grummel irrigerweise *Aubergine* für ein ziemlich schlimmes Schimpfwort gehalten hatte.

»Sei nicht traurig«, sagte Domba. »Heimweh, nehme ich an. Mein Freund geht morgen hinauf in die Stadt. Er wird dich gern mitnehmen, wage ich zu behaupten. Schau dir die Sehenswürdigkeiten an. Er kommt später vorbei. Ich frage ihn.«

Und tatsächlich, im verblassenden pfirsichfarbenen Abendlicht klopfte Dombas Freund an der Tür und trat ein. Er war ein stämmiger junger Mann namens Stinx.

Inzwischen hatte ein leichter Nieselregen eingesetzt, deshalb hatte Stinx sich mit einem Schirm auf den Weg gemacht. Als er ihn jetzt zusammenfaltete, nutzte sie die Gelegenheit zu sagen: »So was haben wir in Um nicht. Eine kluge Erfindung.« Damit wollte sie andeuten, dass sie von ziemlich weit her kam. Er musterte sie mit einem langen, verwunderten Blick.

Als der Regen aufhörte, setzte warme Dunkelheit ein. Domba und Stinx saßen Pfeife rauchend auf der Veranda, zwischen Kletterranken.

Tanaquil half Dombas Frau, Honigschnecke, beim Abwaschen des Geschirrs.

»Ich glaube, Stinx hat ein Auge auf dich geworfen.«

»Ach, meinst du?«

»Wenn du die Absicht hättest, in dieser Gegend zu bleiben, dann könntest du es schlechter erwischen. Er besitzt ein Haus und etwas Land und zehn Ziegen.«

Tanaquil beschloss, ruhig zu bleiben. Doch als sie hinaufging zu dem Zimmer, in dem sie und die Alte schlafen sollten, konnte sie der Versuchung nicht widerstehen, von dem schmalen Treppenabsatz aus zu belauschen, was die beiden Männer auf der Veranda, die gleich darunter lag, sprachen.

Zum Glück unterhielten sie sich jedoch nur über ihre Ziegen und Auberginen und darüber, dass die nächste Mode in Sachen Speisen Tomaten sein könnten.

Es schien kein Mond, doch war der Himmel erhellt von blauen und silbernen Sternen. Dann stiegen von dem Wald unten eine Gruppe von Sternen wie ein Einziger auf. Es schienen fünfzehn oder mehr in dem Bündel zu sein, das eine spiral- oder schlaufenähnliche Form hatte. Tanaquil fühlte sich unweigerlich an die komplizierten Sternenmuster der Vollkommenen Welt erinnert. Aber das hier war sehr schön.

Während sie den Himmel betrachtete, hörte sie Stinx plötzlich in einem heiseren, *lauten* Flüsterton sagen: »Also, dieses Mädchen, diese Feder oder wie sie heißt. Ich hoffe, ihr wart sehr vorsichtig mit dem, was ihr gesprochen habt.«

»Warum denn das?«

»Nun, sie gleicht der rothaarigen Prinzessin auf dem Felsen wie ein Ei dem anderen.«

»Ach, hör doch auf.«

»Nein, wenn ich es dir sage. Deine Tante wird es bestätigen. Sie hat Danakil auch schon mal gesehen.«

»Tantchen würde sagen: ›Kann sein, kann auch nicht sein.‹«

»Nun, du wirst schon sehen. Ich schätze, wenn ich sie morgen mit hinaufnehme, dann bin ich mit einemmal in höfische Angelegenheiten verwickelt.«

»Dann lass es eben.«

»Mir macht das nichts aus. Ist eine Abwechslung von meinen Ziegen.«

Tanaquil schlich leise zum Schlafzimmer, dem zweiten von zwei Räumen im oberen Stock.

Die Alte lag auf ihrer Matratze unter einer Steppdecke. Tanaquil dachte, sie schlief, doch die Alte sagte leise: »Wenn du mich fragst, dann führst du irgendetwas Geheimnisvolles im Schilde.«

»Ich? O nein.«

»Hast am Fenster gelauscht? Hast was gehört, was dir nicht gefallen hat?«

»Vielleicht. Vielleicht aber auch nicht.«

Die Alte gab einen Grunzlaut von sich. Überraschenderweise fügte sie hinzu: »Mach dir keine Gedanken wegen der Nüsse. Ich habe es auf hundert verschiedene Arten versucht und es ist mir nie gelungen, sie durch den Wald zu bekommen. Aber wenn *du* von einem Ort kommst, von dem ich jemals gehört habe, dann fresse ich diese Steppdecke.«

Tanaquil setzte sich auf die Matratze.

»Ihr habt hier wohl nicht viele Fremde?«

»Wir haben jede Menge Fremde. Aber keine wie dich.«

»Dann … findest du also, ich bin anders als alle anderen?«

»Vielleicht«, sagte die Alte. »Vielleicht aber auch nicht.«

Tanaquil glaubte nicht in der Lage zu sein, sich zu entspannen, doch schließlich gelang es ihr doch. Inzwischen war das Blumenbündel aus Sternen direkt vor ihrem Fenster. Während sie sie zählte, schlief sie ein.

Sie träumte, sie habe am Waldrand ein Feuer entfacht und spritze den Rotwein, den sie zum Abendessen getrunken hatten, hinein. Dann schnitt sie sich in den Finger, wie eine echte Hexe, und fügte einen Tropfen Blut hinzu.

Das Feuer loderte auf und das rote Einhorn brach daraus hervor.

Es rannte im Kreis um sie herum, und die vielen Sterne dieser unbekannten Welt funkelten in den grünlichen Glanzlichtern seines bronzefarbenen Schwanzes und der Mähne. Das Horn war dunkel, jedoch rot vergoldet.

»Halt!«, rief Tanaquil. »Bleib doch stehen!«

Aber das Einhorn rannte immer weiter im Kreis herum und sie drehte sich langsam, um es mit den Augen zu verfolgen, bis sie umfiel und im Gras lag. Dann machte das Einhorn einen Satz in den Himmel und verschwand zwischen den Sternen.

Am nächsten Morgen war Stinx schon früh da und strahlte über alle Backen. Er trug einen schmucken braunen Samtumhang und einen Gürtel mit einer Silberschnalle; seine Stiefel waren frisch gewichst, das Hemd steif gestärkt. Tanaquil kam sich neben ihm schlampig und ungepflegt vor, konnte daran aber nichts ändern. Honigschnecke hatte ihr eine Bürste geliehen und einen Riss in ihrem Hosenrock geflickt, den das Wolfhörnchen verursacht hatte, als es sie zu Boden geworfen hatte.

Nach dem Frühstück wanderten Stinx und Tanaquil durch das Dorf Keckrich, wo sie begafft und winkend gegrüßt wurden.

»Es gibt eine Schwierigkeit«, sagte Tanaquil, als sie auf eine große Straße einbogen, die hinauf zum Felsen führte. »Ich habe kein Geld.«

»Du bist ausgeraubt worden, wie ich annehme«, sagte Stinx.

Tanaquil versuchte, bei der Wahrheit zu bleiben, obwohl das erfahrungsgemäß die Dinge meistens nur komplizierter machte. »Na ja, eigentlich ist es so, dass ich blöderweise ohne irgendetwas losgegangen bin. Ich habe nicht damit gerechnet … ich habe nicht damit gerechnet, dass ich so weit kommen würde.«

»Ich kann dir ein bisschen geben.«

»Nein, bitte, deswegen habe ich es nicht gesagt. Aber ich kann halt für nichts bezahlen. Im Allgemeinen verdiene ich mein Geld, indem ich Dinge repariere. Ich habe Honigschnecke und Domba gefragt, ob es bei ihnen im Haus irgendetwas instand zu setzen gäbe, aber sie sagten, es gäbe nichts.«

»Droben in der Stadt wird es genügend zum Reparieren geben«, sagte Stinx, wobei er seine sauberen Fingernägel betrachtete. »Dort droben geht viel kaputt.«

»Ach ja?«

»So wie ich das sehe, ja.«

Sie gingen weiter und begannen den Aufstieg auf der steilen Straße.

Teilweise war sie in Treppen angelegt. Dort gab es Terrassen, wo sie ausruhen konnten. Der Wasserfall stürzte sprudelnd hinab, jetzt sehr laut, so dass Stinx und Tanaquil sich manchmal brüllend unterhalten mussten, um einander zu verstehen. Dunkelgrüne Kissen wuchsen aus dem Felsgestein, gewaltige Lorbeer- und Buchsbäume neigten sich dem Wasserfall zu; in den Tröpfchen hingen Regenbogen und Libellen huschten hin und her.

Bald fingen die Häuser an und darüber war jetzt die Stadtmauer sichtbar – eine rote Mauer mit Zinnen und Türmchen. Die seidigen silbernen Fahnen hingen reglos da.

Die Luft roch frisch gewaschen und lebendig. Vögel flogen herum. Dann näherte sich der Lärm der Stadt, der gleiche Lärm, den Tanaquil von allen Städten in Erinnerung hatte. Eine Mischung aus Rufen und Lachen und Streiten, von Rädern und Türen und Schritten, Maschinen, Handwerk, Bewegung, Leben.

Die erste Stadt, die sie jemals gesehen hatte, war eine Stadt am Meer gewesen. Die Stadt, wo sie ihre Schwester, Lizra, gefunden hatte.

Von Jaives Kenntnis über magische Parallelwelten wusste Tanaquil, dass das, was sich scheinbar abspielte, durchaus wirklich möglich war. Denn hier gab es eine Sulkana namens Liliam oder Lili sowie deren Schwester Danakil, bei denen es sich um Lizra und Tanaquil handeln könnte, ihre gleichwertigen Parallel-Ichs.

Es war ein verrückter und gleichzeitig erschreckender Gedanke.

Tanaquil hoffte immer noch, dass es nicht tatsächlich so war. Natürlich musste sie es herausfinden – eine törichte Einmischung oder ein weiteres magisches Gesetz, das sie dazu zwang?

Unterdessen sollte sie wohl versuchen, das Beste aus der Sache machen.

In der Nähe der Mauer war ein Markt. Große Tore standen offen und führten in die Stadt, aber hier herrschte rege Betriebsamkeit. Es gab Karren und Verkaufsbuden mit allen möglichen Gegenständen, die zum Verkauf angeboten wurden, verschiedene Weinsorten in hohen roten oder schwarzen Krügen, Gehege mit Tieren, von denen einige sehr ungewöhnlich waren, zum Beispiel die türkisfarbenen Schafe. Kleidung flatterte an Ständern, Bücher standen in Reihen auf Regalen, Musikinstrumente lehnten irgendwo. Es gab Tische und Körbe mit Essbarem. Tanaquil sah riesige Stapel von dunkelpurpurnen Auberginen, die weggingen wie warme Semmeln. Anscheinend waren Auberginen tatsächlich en vogue.

Der Himmel leuchtete grün.

Stinx führte sie zu einer Taverne, wo man im Freien saß, und brachte ihr ein Glas Fruchtsaft sowie ein großes Schokoladengebäck. Sie dankte ihm und überlegte, ob das bedeutete, dass er besondere Zuwendungen von ihr erwartete. Stinx glaubte wahrscheinlich immer noch, dass sie offiziell etwas mit Prinzessin Danakil zu tun hatte.

»Das alles ist so interessant für mich, weil ich eine *Fremde* bin«, sagte Tanaquil. »Ich kenne hier überhaupt niemanden.«

»Klar«, gab Stinx zurück und verdrehte die Augen.

Hatte er sich so fein herausgeputzt, weil er sich erhoffte, Tanaquil würde ihn der Prinzessin und der Sulkana vorstellen?

»Dort gibt ein Zauberer was zum Besten«, bemerkte Tanaquil erfreut.

»Gibt viele davon«, erklärte Stinx.

Sie gingen hin, um ihm zuzuschauen.

Der ältliche, kahlköpfige Mann in dem langen Gewand erinnerte sie sofort an Worabex, weil er diesem so ganz und gar nicht ähnlich war.

»Bei meiner nächsten Darbietung«, sagte der alte Mann, »werde ich euch ein wundervolles Tier vorführen. Ebenjenes Tier, das die Fahne unserer hochverehrten Prinzessin schmückt.«

Verhaltenes Raunen war zu hören. Wie es schien, erweckte Danakil wenig Begeisterung.

Der Zauberer klatschte in die Hände und vor ihm auf dem Stein flammte ein kleines Feuer auf. Er brachte eine Weinkaraffe aus seinem Ärmel zum Vorschein und goss Rotwein in das Feuer, das zischte und aufloderte und dabei eine große Rauchwolke ausstieß.

Alle husteten, einschließlich des Magiers.

»Hrrh, hrrh … nur ein kleines Problem … hrrh, hrrh.«

»Hat keinen Zweck«, sagte Stinx.

Tanaquil fiel jedoch ihr Traum wieder ein.

»Lass uns noch ein bisschen zusehen. Ich meine, was hat es mit der Fahne der Prinzessin auf sich? Was ist darauf dargestellt?«

»Ein rotes Einhorn.«

Der erwartete kalte Schauder kroch wie ein Wurm von Tanaquils Genick den Rücken hinunter.

Ja, der Zauber hatte sich mit einer Nadel in den Finger gestochen. Er schüttelte einen Tropfen Blut ins Feuer.

Sofort verfestigte er sich, und langsam stieg aus den Flammen ein rotes Tier mit einem leuchtenden Horn empor.

»Nicht schlecht«, sagte Stinx anerkennend, nun doch beeindruckt.

Eine Krähe jubelte spöttisch.

Tanaquil sah, dass dies nicht das Einhorn aus ihrem Traum war. Ganz und gar nicht. Es zuckte und zappelte, es setzte sich aufs Feuer und nieste.

Die Krähe lachte. »Das ist lustig! Ja, gut gemacht!«

Der Magier war anscheinend nicht mehr Herr der Dinge.

Dann vollführte das Einhorn eine besonders heftige Zappelbewegung und sein Horn fiel ab, danach seine Haut. Mit einem weiten Satz sprang es fluchend und schnaubend aus dem Feuer, wobei es Funken und Rauch und Magie verstreute.

»Mein Gott«, sagte Tanaquil.

Sie erstarrte in einer Mischung aus Entsetzen und Entzücken, als etwas, das bedeckt war mit einer geschmolzenen Masse, bestehend aus Dung und Wein, mit einem Sprung in ihren Armen landete – der wild strampelnde Grummel.

39

Der ältliche Magier hatte die Arme verschränkt und blickte sie finster an. »Ich weise darauf hin, dass das *mein* Eigentum ist. Ich habe es gemacht. Ich habe es herbeibeschworen.«

Ein Teil der Anwesenden johlte zustimmend, andere gaben Bemerkungen zu Gunsten von Tanaquil von sich.

»Ich verstehe durchaus, dass es diesen Anschein haben mag«,

sagte Tanaquil, während der Grummel ihr das Gesicht leckte und sich kratzte. »Aber tatsächlich ...«

»Ich lasse mich auf so etwas gar nicht ein«, erklärte der Magier. »Ich rufe eine Wache von der Pforte. Dieses Tier ist eine Menge Geld wert.«

»Nein, ist es nicht«, widersprach Stinx. »Es ist lediglich ein Murgel. Und außerdem hat er Flöhe.«

»Ein Zauber-Murgel«, entgegnete der Magier. »Die Leute hier sind meine Zeugen. Ich habe dieses Tier *gemacht.«*

»Rrh«, machte der Grummel und sah ihn verächtlich an. »Nass Feuer.«

Der Magier wirkte erstaunt, dann erfreut. »Wie ihr alle hört, spricht er. Das beweist, dass er mir gehört.«

Stinx beugte sich nach vorn. Er packte den Magier am Kragen. »Jetzt hör mir mal gut zu! Sie sagt, er gehört ihr. Er hat nur gebellt. Ich bezahle dir den Preis einer Ziege dafür.«

Die Menge applaudierte. Alle hielten das für gerecht.

Doch die Miene des Magiers wurde noch finsterer und er stieß Stinx weg. »Halte mich nicht zum Narren, sonst verwandle ich dich in eine Taube.«

»Versuch's doch!«

»Ich rufe die Wache.«

Stinx zischte dem Magier etwas ins Ohr. Tanaquil hörte den Namen *Danakil.*

Der Magier wich etwas zurück.

»Nun ja, wenn das so ist.«

»Meine Freundin hier – sie heißt Feder -«, sagte Stinx, »und ich und ihr Murgel gehen jetzt weiter. Nimm das, das ist der volle Preis für eine Ziege. Und dann halt den Mund.«

Der Grummel spuckte eine kleine Flamme, die den Schuh des Magiers in Brand steckte. Während dieser mit dem Löschen beschäftigt war, stolzierten Stinx und Tanaquil würdevoll davon.

»Bin schnell gekommen«, sagte der Grummel. »Hierher.«

Stinx warf dem Grummel einen Blick zu, dann richtete er seine Aufmerksamkeit auf die Straße vor ihnen und auf das Tor.

»Du bist großartig«, sagte Tanaquil. Sie liebkoste den Grummel, der zappelte, von ihr herunterrutschte und dabei wieder den Rock zerriss und dann neben ihr hertrottete. »Da, wo ich herkomme, nennen wir diese Tiere Grummel.«

»Murgel«, gab Stinx zurück.

»Ich verstehe. Dann bist du also ein Murgel«, erklärte Tanaquil dem Grummel. Er nahm es nicht zur Kenntnis, sondern kratzte sich immer noch den Zauberbann des Magiers aus dem Fell.

Er hatte ihre Heimatwelt verlassen, hatte sogar die Dame seines Herzens, Adma, verlassen und war Tanaquil auf irgendeine Weise in diese Welt gefolgt. Sie würde ihn danach fragen müssen, wie er das angestellt hatte, denn vielleicht ergab sich daraus die Möglichkeit zur Rückkehr. Aber es war bestimmt besser, wenn sie damit wartete, bis sie allein waren.

Als sie durch das Tor traten, glotzte einer der dort stehenden Wachtposten sie fassungslos an.

»Sie sieht genau aus wie die Prinzessin!«

Tanaquil senkte den Kopf und ließ das Haar tief ins Gesicht fallen. Obwohl die Wachen sie nicht anhielten und Stinx nichts sagte, wurde ihr plötzlich klar, dass sie möglicherweise sehr bald in ziemlich große Schwierigkeiten geraten könnte.

Tablonkisch roch nach Meer, zusätzlich zu all seinen anderen Gerüchen – nach frisch gebackenem Brot, Pferdedung, Parfüm – , doch das Meer hatte nicht das gleiche Aroma wie in Tanaquils Welt. Es war nicht fischig, nicht salzig. Es roch eher wie der prickelnde Gasagner, den Worabex entkorkt hatte.

Sie hatte Stinx gefragt, ob es ihm etwas ausmachen würde, ihr einen großen Hut zu kaufen, wobei sie behauptete, die Sonne mache ihr ein wenig zu schaffen. In Wirklichkeit wollte sie, vor allem nach der Begebenheit mit der Torwache, ihr Gesicht und ihre Haare verstecken. Auch versprach sie Stinx, ihm das Geld dafür so bald wie möglich zurückzugeben, doch er antwortete, er wolle keine Rückzahlung. Der Hut, den sie aussuchte, war reichlich übertrieben: rosafarbenes Stroh mit vielen roten Rosen und Bändern. Als Ergänzung zu ihrer übrigen schlampigen Kleidung würde sie jetzt wahrscheinlich vollkommen verrückt aussehen, dachte Tanaquil. Doch dann steckte sie ihre Haare unter den Hut und er verbarg ihr Gesicht ziemlich gut.

»Ich kann dich unter diesem Ding gar nicht mehr sehen«, scherzte Stinx.

Hervorragend.

In der Stadt gab es allerlei Interessantes zu entdecken. In einem Teil war eine Rennbahn; gelbe Pferde mit leuchtend bunten Umhängen liefen auf ihren Bahnen und zogen komisch aussehende Wagen, die irgendwie zu klein wirkten. Stinx erklärte, hier handele es sich nur um einen Probelauf. Es gab eine Straße, die sich den Felsen hinauf wand und die nur von Käsemachern gesäumt war, eine andere nur von Schreinern und wieder eine andere von Uhrmachern. Der Anblick dieser Handwerksbetriebe bedrückte Tanaquil. Hier würde niemand jemanden brauchen, der Dinge repariert, und niemand würde es ihr erlauben.

Es gab auch öffentliche Parkanlagen, und in einer solchen aßen sie Tomatenbrote unter einigen sehr großen Bäumen. Tanaquil war außerdem aufgefallen, dass anscheinend niemand Fleisch oder Fisch aß, obwohl sie Leute Milch trinken gesehen hatte. Und in der Straße der Käsemacher gab es jede Menge Käsesorten zu kaufen.

»Wenn du bereit bist«, sagte Stinx, »dann zeige ich dir Kammer.«

»Ach, du wohnst hier oben?«, fragte Tanaquil, ziemlich nervös.

»Nein, nicht meine Kammer. Kammer. So heißt der Palast. Obwohl einige der Adligen es anders aussprechen.«

»Ja, den Palast würde ich gern sehen.«

Tanaquil wurde sich bewusst, noch nervöser als zuvor, dass sie vielleicht sogar versuchen musste, *in* den Palast zu gelangen. Aber zweifellos wäre es vernünftiger, es nicht zu tun – warum dieser unwiderstehliche Zwang? Wenn sie hier eine Doppelgängerin hatte, dann war das erst recht ein Grund, in ihre eigene Welt zurückzukehren.

In dem Park gefiel es ihr allerdings. Sie saßen auf plüschweichem Gras und schauten auf ein paar lesende Leute oder ein paar Kinder, die in der Nähe ein leises, aber intensives Spiel spielten.

Stinx hatte dem Grummel/Murgel ein Nusssteak gekauft. Der Grummel hatte sich bei Stinx bedankt, der daraufhin mit der Schulter gezuckt hatte, und dann das Steak feierlich in einem Geranienbeet »gekillt«. Dem Grummel schmeckte der Imbiss anscheinend, und anschließend lag er im Gras und sonnte sich, die Pfoten in die Luft gestreckt.

»Vielleicht bekommst du Danakil zu Gesicht«, sagte Stinx, während sie weitere steile Treppen, die jetzt mit Marmorstatuen gesäumt waren, zur Kuppe des Felsens hinaufstiegen.

»Ist das möglich?«

»Sie zeigt sich am Murra des Nachmittags, wenn Liliam beschäftigt ist, um zu fragen, ob die Leute irgendetwas wollen. Meistens wollen sie nicht viel, nicht von ihr.«

Das war viel Information auf einmal.

»Murra …«, sagte Tanaquil.

»Heute ist Murratag. Morgen haben wir Forratag. Du bist durch das Reisen mit der Zeit durcheinander gekommen, möchte ich annehmen.«

»Ah, ja, natürlich. Wenn du sagst, sie fragt, ob die Leute etwas wollen …«

»Streit schlichten, Urteile fällen, solche Sachen. Liliam ist zurzeit meistens sehr beschäftigt, wegen der bevorstehenden Hochzeit nächsten Monat.«

Ein schreckliches Gefühl fuhr Tanaquil durch den Bauch; es war, als ob sich das Tomatenbrot in eine Kugel nasser Wäsche verwandeln und sehr schnell herumgeschleudert würde.

»Hochzeit.«

»Liliams Hochzeit.

Tanaquil verspürte den Drang, auf der Stelle zu fragen, wen Liliam heiraten werde und warum. Und viele andere fieberhafte Fragen. Sie brachte jedoch keine einzige davon heraus, denn in ihrer Welt hatte Lizra Honj zu heiraten beabsichtigt, und allem Anschein nach würde hier das Gleiche geschehen.

Stinx war nichts an ihr aufgefallen.

»So, da sind wir.«

Sie waren zu einer sehr breiten Fahrstraße hinauf gestiegen. Zu beiden Seiten der ansteigenden Straße, die in Grün und Weiß gepflastert war, standen hohe vergoldete Lampenpfosten mit goldenen Delphinen an der Spitze, die Laternen hielten. Das erinnerte sehr an die Stadt am Meer. Am oberen Punkt der Straße stand der juwelengrüne Palast, der teilweise durchsichtig wirkte und wie Smaragd schimmerte.

»Kammer«, sagte Stinx.

Auf den Dächern flatterten sämtliche silbernen Banner der Sulkana Liliam.

Direkt in der Mitte der Straße, gegenüber der Stelle, wo Stinx, Tanaquil und der Grummel angehalten hatten, ragte ein prächtiger vergoldeter Glockenturm auf, versehen mit einer komplizierten Uhr. Sie waren kaum angekommen, da bewegten sich bereits goldene Figuren, Soldaten und Affen, Tänzer und Bären auf dem Zifferblatt, und eine voll tönende Glocke läutete vier Mal.

»Sie geht immer noch zwei Stunden falsch«, sagte Stinx ohne Überraschung.

Scharen von gut gekleideten Menschen schlenderten auf der

Straße dahin, und mehrere Blumen- und Obstverkäufer saßen mit ihren Körben am Straßenrand. Es war eine ruhige Szene, doch nur einen Augenblick lang.

Kaum hatte die Uhr die falsche Zeit geschlagen, da drängelten alle zu den Seiten der gepflasterten Fahrbahn, sich gegenseitig schubsend und stoßend, und die Verkäufer verfrachteten ihre Körbe ebenfalls schleunigst weg von der Straße.

Von dem Palast namens Kammer ertönte eine metallisch klingende Fanfare. Zwei eindrucksvolle Tore rollten langsam auf, und dann strömten hundert oder mehr Soldaten in glänzenden Kettenhemden eilends die Straße herunter, rufend und Arme schwenkend. Das wirkte nicht sehr militärisch.

Während sie näher kamen, hörte Tanaquil die Worte, die sie riefen: »Zurück! Die Prinzessin kommt!«

Tanaquil runzelte die Stirn. Und im selben Augenblick packte sie den Grummel am Genick und nahm ihn auf den Arm.

»Will nicht ...«

»Sei still! Oder ich stecke dich in diesen Hut.«

Eingeschüchtert hörte der Grummel auf zu zappeln.

Im nächsten Augenblick brach durch die Flügel der Palastpforte ein Streitwagen hervor, gezogen von zwei hüpfenden, kanternden, verrückt aussehenden Pferden. Er raste mit ziemlicher Geschwindigkeit die Straße entlang und es ließ sich unschwer erkennen, wie absolut ratsam es war, ihm weiträumig aus dem Weg zu gehen.

Der Streitwagen wurde von einem in ein goldbesticktes Kleid gewandeten Mädchen gelenkt. Ein Diadem aus grünen Edelsteinen funkelte auf ihrem langen, ungebändigten Haar, in das anscheinend ebenfalls grüne Bänder gebunden waren.

Als sie auf der Höhe des Glockenturms war, riss sie den Wagen wie wahnsinnig herum. Die Pferde schnaubten und tänzelten. Es entstand ein Kreischen und Scheppern und im nächsten Augenblick löste sich eins der Wagenräder und rollte in die Menge, die die Bahn frei machte, fluchend und lachend.

Dank irgendeines nicht erkennbaren Umstandes fiel das Mädchen nicht aus dem Wagen, sondern glitt heraus und stand nun mit finsterem Gesicht da.

Alle Geräusche verstummten.

Aus den Reihen der Soldaten trat ein außerordentlich eleganter und gut aussehender schwarzhaariger Mann hervor, der seinen Kampfauszeichnungen und seinem goldenen Zierrat nach zu urteilen mindestens ein Kommandant sein musste.

»Dreimal Hoch der Prinzessin Danakil«, sagte dieser Mann mit einem so beherrscht-ausdruckslosen Gesicht und einer so angespannten Stimme, dass es nicht anders sein konnte, als dass auch er kurz vor dem Ausbruch eines brüllenden Gelächters war.

Die Menge jubelte stumpfsinnig laut und man warf Hüte in die Luft.

Prinzessin Danakil fauchte wütend. »Schon gut. Das Rad hat sich gelöst.«

Tanaquil starrte sie an, bis ihre Augen schmerzten. Dann blinzelte sie. Aber nichts hatte sich verändert. Es war immer noch ihr eigenes Ebenbild, das da stand, außer sich vor Zorn.

Ich, in meiner schlimmsten Verfassung.

War das komisch oder erschreckend? Unglaublich oder erstaunlich? *In erster Linie ist es einfach verdammt peinlich.*

Der elegante schwarze Herr, immer noch vollkommen beherrscht, verkündete: »Die Prinzessin wird sich jetzt sämtliche Probleme anhören, die ihr vorzutragen wünscht. Sie bittet euch, euch kurz zu fassen, da ihrer viele Erledigungen im Palast harren.«

Die Luft bauschte sich in dem Bemühen, nicht vor Heiterkeit zu bersten. Man spürte es förmlich. Stark wie ein aufziehender Sturm.

Die Prinzessin Danakil betrachtete die Menge eindringlich, um sich zu überzeugen, dass niemand auch nur lächelte.

Doch dann gab die Uhr ein widerliches *Bong-ng-ng* von sich.

Die Pferde vor dem Streitwagen bäumten sich auf und galoppierten auf der Straße davon, wobei sie den einrädrigen Wagen hinter sich her zerrten, bis Soldaten sie einfingen.

Einige der Zuschauer schienen in Taschentücher zu weinen.

Prinzessin Danakil ballte die Hände zu Fäusten.

Der Kommandant sagte mit so viel Ernst, dass sogar Stinx ein Grunzen erstickter Belustigung nicht unterdrücken konnte: »He, Ihr da. Tretet vor, mein Herr. In welcher Angelegenheit wünscht ihr die Prinzessin zu konsultieren?«

Und dann sah Tanaquil, wie zwei Soldaten den ältlichen Magier vom Markt heranzerrten. Genau wie die Prinzessin, so hatte auch er vor Wut rote Backen. Und seine und ihre kummervollen Augen trafen einander mit sichtlicher Erleichterung.

»Ich wurde beraubt, Hoheit.«

Tanaquil dachte: *Das Gleiche hat sich schon mal abgespielt – oder jedenfalls so ähnlich.*

Und vor ihrem geistigen Auge erschien die beinahe zwei Jahre zurückliegende Szene, als die Gilde der Kunsthandwerker sich auf der Straße über sie beschwert hatte, und zwar vor Lizra in ihrem Streitwagen unter dem Laternenpfosten.

Sie sollte sich aus dem Staub machen. Aber die Menge war zu groß und nur allzu begierig darauf, sich an allem zu ergötzen.

»Was hat man dir geraubt, und wer?«

Prinzessin Danakil hatte natürlich die gleiche Stimme wie Tanaquil. Vielleicht ein wenig rauer, zweifellos vom häufigen Schreien.

»Zwei Bauern aus dem Dorf haben meiner Darbietung zugesehen und als ich ein Tier erfand, haben sie es mir entwendet und sind damit abgehauen. Es war ein sprechender Murgel, Hunderte von Silberblonks wert. Sie behaupteten, Euch zu kennen.«

Stinx flüsterte: »Jetzt haben wir die Bescherung. Aber es wird ihr nichts ausmachen. Ich meine, wenn sie sieht, wer du bist.«

»Wer soll ich den angeblich sein?«, fragte Tanaquil.

Stinx machte einen überaus glücklichen Eindruck. Er sagte nichts mehr.

Und jetzt deutete der Magier direkt auf sie.

»Da sind sie, die Diebe. Und auch mein Murgel.«

Auf ein Neues. Alle Augen waren auf Tanaquil, den Grummel und Stinx gerichtet.

Tanaquil senkte den Kopf unter dem schweren Hut.

Sie hörte Prinzessin Danakil sagen: »Bringt sie her.«

Und natürlich trieben die Soldaten sie hinaus auf die Straßenmitte unter der falsch gehenden Uhr und zu einer Stelle etwa zehn Schritte von der Prinzessin entfernt.

Tanaquil spähte zwischen Stroh und Rosen hindurch. Bei genauer Betrachtung trug Prinzessin Danakil keine grünen Bänder im Haar, sondern vielmehr waren einzelne Haarsträhnen hellgrün gefärbt. Warum kam man sofort auf den Gedanken, dass dies aufgrund eines Irrtums geschehen war?

»Was habt ihr zu sagen?«, fauchte Prinzessin Danakil sie an.

Stinx sprach mit fester Stimme: »Das ist der Murgel meiner Freundin. Ich habe dem Magier den Gegenwert einer Ziege dafür bezahlt. Was will der alte Teufel denn noch?«

Es herrschte Stille. Eine *neue* Art von Stille.

Tanaquil begriff, dass sie von der großen Menge, von all den Soldaten, dem eleganten Kommandanten und der Prinzessin selbst ausging, die Tanaquil blinzelnd betrachteten und dachten: Aber sie sieht ja genau aus wie …

»Wie kannst du es wagen, mit diesem Hut vor mir zu stehen?«, schimpfte die Prinzessin in strengem, aufgebrachtem Ton. »Nimm ihn sofort ab!«

Tanaquil zögerte und in diesem Augenblick fegte Stinx, die arme Seele, ihr den Hut vom Kopf und enthüllte sie, als ob *er* der Magier und *sie* sein bester Trick wäre.

»Hier, Hoheit!«

Die Menge hielt im Kollektiv für einen Augenblick die Luft an.

Über ihnen erschallte ein kratziger, blecherner Ton und dann ein Scheppern und Klirren, als beide Zeiger von der Uhr auf die Straße fielen.

Tanaquil hob den Kopf und sah ihre Doppelgängerin an, ohne mit der Wimper zu zucken. Tanaquil dachte – vielleicht in dieser Situation etwas unpassenderweise: *Ich brauche mich niemals zu ärgern, wenn ich so aussehe.*

Schließlich ergriff der Kommandant das Wort. »Eure Befehle, Herrin.«

Die Prinzessin sagte mit einer Stimme, die sich anhörte, als ob ein Wolfhörnchen eine Nuss knackte: »Nehmt sie fest.«

Während die Soldaten sie packten und man den Grummel, der versuchte zu beißen, in einen Sack steckte, und Stinx, der versuchte, einen rettenden Hieb zu landen, zu Boden geschlagen wurde, begriff Tanaquil, dass wieder einmal etwas schief gelaufen war. Aber es war zu spät, sich deswegen Sorgen zu machen.

Begleitet von fröhlichen Zurufen und guten Wünschen aus der Menge wurde sie die Straße hinauf zum Palast geführt.

40

Während sie in dem großen Raum wartete, bewunderte Tanaquil die bemalte Decke und die bemalten Säulen. Sie fühlte sich benommen und immer noch irgendwie hin und her gerissen zwischen Heiterkeit und Besorgnis. Zweifellos sah ihre Lage nicht sehr rosig aus. Schlimmer als alles andere war vielleicht der Verlauf ihrer und des Grummels Festnahme durch die Soldaten. Da das schwarze Einhorn sie beide mit der Gabe der Unverletzbarkeit versehen hatte, hätte es unmöglich sein müssen, einem von ihnen erfolgreich Schaden zuzufügen. Sicher, manchmal traten Leute ihnen auf die Füße (oder den

Schwanz), stießen mit ihnen zusammen und so weiter, und zwar *aus Versehen*. Dass sich jedoch absichtlich jemand auf sie stürzte und mit Gewalt ergriff, das hätte nicht geschehen dürfen. Und doch war es geschehen. Im Palast waren Tanaquil sogar die Hände auf dem Rücken gefesselt worden. Was den Grummel betraf, so knurrte dieser immer noch in dem Sack und rollte immer wieder gegen eine Säule.

Die Säulen waren eindrucksvoll, das ließ sich nicht leugnen. Bemalt mit langstieligen blauen Blumen und roten Blättern. Ebenso wie die Decke, wo goldene Vögel – waren es Geier? – über eine große rote Sonne flogen.

Mit einem Knall flog die Tür auf.

Prinzessin Danakil stolzierte in den Raum.

Es war keine Überraschung, als der Türgriff, den die Prinzessin soeben berührt hatte, abfiel. Fluchend schloss sie per Fußtritt die Tür und wandte sich sogleich an ihre Gefangene. »Du bist eine Spionin, nicht wahr? Du willst hinter unsere Geheimnisse kommen?«

Tanaquil fand es schwierig, Danakil ernst zu nehmen, obwohl sie es vielleicht versuchen sollte.

»Ich dachte, *ich* sollte *dir* sagen, wer ich bin, nicht *du mir.*«

»Wie bitte?«

Die Prinzessin starrte sie an.

Tanaquil hielt ihrem Blick stand.

»Wie hast du es geschafft, dass du mir so sehr ähnelst? Ist das Zauberei? Nimm dich in Acht. Ich bin eine mächtige Hexe.«

»Ach, wirklich?«, flötete Tanaquil. »Das freut mich aber ungemein.« An der Säule hatte der Grummel aufgehört zu knurren und verhielt sich jetzt sehr still. Tanaquil war vielleicht gut beraten, sich so sehr in Acht zu nehmen, wie es die Prinzessin ihr empfohlen hatte, deshalb sagte sie: »Ich bin keine Spionin. Ich bin nur … auf Besuch hier. Ich stimme dir zu, wir sehen uns *schrecklich* ähnlich. Komisch, was?«

»Komisch? *Komisch!* Schweig! Deine Unverschämtheit ist

nicht zu fassen. Ich hätte dich sofort mit dem Tode bestrafen können.«

»Warum hättest du das tun sollen?«

»Schweig, habe ich gesagt. Ich muss nachdenken.«

Tanaquil senkte den Blick zu Boden, dessen Fliesen mit kleinen grünen Meereswellen bemalt waren. Das Muster machte sie schwindelig. Stattdessen sah sie lieber durch das lange Fenster hinaus über die Felsen bis zum richtigen Meer.

Die Prinzessin hielt mitten im Einherschreiten inne.

»Wie nennst du dich?«

Tanaquil überlegte. Es wäre sicher ein Fehler, ihren wahren Namen, der fast so klang wie Danakil, preiszugeben. »Federkiel«, antwortete sie.

»Federkiel? Wie so ein Ding zum Schreiben?«

»Genau.«

»Warum? Schreibst du viel? Briefe über fremde Mächte? *Spionage*-Berichte ...«

»Ich bin keine Spionin. Ich bin nur ... in Ferien hier.«

»Ja, und der Himmel ist *blau«,* schnaubte Danakil vernichtend.

Tanaquil lachte, bevor sie es sich verkneifen konnte.

In diesem Augenblick schlich sich durch eine Innentür etwas Dunkles, Niedriges in den Raum.

Die Prinzessin sah es an und schrie: »Sitz! Setz dich!«

Der Neuankömmling blieb stehen, setzte sich jedoch nicht. Es war ein schwarzer Grummel, oder vielmehr ein echter Murgel. Mit großen gelben Augen sah er die beiden rothaarigen Frauen an. Dann wandte er sich um und sprang leichtfüßig auf eine große Truhe. Er drapierte sich auf dem Deckel, wobei zwei Pfoten und der Schwanz überhingen.

»Ist das dein Schutzgeist?«, wollte Tanaquil, ehrlich fasziniert, wissen.

»Du hast hier nichts zu fragen! *Ich* stelle die Fragen.« Die Prinzessin trat jetzt näher. Sie starrte Tanaquil ins Gesicht. »Ich kann dafür sorgen, dass du antwortest. Andererseits, wenn du nur die einfältige Person bist, für die ich dich halte, habe ich vielleicht eine Verwendung für dich. Es muss eine Verwendung geben. Du bist meine Doppelgängerin. Und in diesen Zeiten …«

Sie verstummte, denn zwischen ihnen und dem Fenster schwebte in der Lücke zwischen zwei Säulen ein seltsamer roter Schimmer über den Boden, wie ein schwacher roter Geist. Der Geist von …

»Was ist das?«

»Ich weiß nicht.«

»Versuche ja nicht, einen Zauberbann gegen mich zu erwirken.«

War es das Einhorn? Das rote Einhorn aus ihren Träumen? Oder nur ein seltsam fallender Sonnenstrahl, in dem sich irgendein roter Gegenstand im Raum spiegelte?

Die Prinzessin sprach zwei oder drei geheimnisvolle Worte. Ein Kreis aus Licht, wie ein Teller, hüpfte in die Luft – und *zerbrach*.

Beide junge Frauen sprangen zurück, um den klirrenden herabfallenden Scherben auszuweichen.

»Das war von mir beabsichtigt«, erklärte die Prinzessin überheblich. »Eine Demonstration. Genauso leicht kann ich dich zerbrechen.«

Tanaquil konnte nicht widerstehen. Sie beugte sich vor und vollführte eine Geste über den Bruchstücken, auch wenn sie nicht wusste, ob es funktionieren würde, da ihre üblichen Kräfte hier anscheinend verringert waren. Außerdem hätte sie sich normalerweise niemals auf ein solches symbolisches magisches Duell eingelassen.

Doch der zerbrochene Teller setzte sich sofort wieder zusammen, ohne dass die Spur von einem Sprung zu sehen gewesen wäre.

»Du auch! Du bist eine Hexe!«

»Ich repariere Dinge. Während du«, fügte Tanaquil nachdenklich hinzu, »sie kaputtmachst.«

Der Teller aus Licht verschwand. Der rote Schimmer war wie weggeschmolzen.

Und jemand klopfte laut an der Außentür.

Die Prinzessin drehte sich ruckartig herum. Dabei flogen ihre Haare zurück und Tanaquil sah, dass die Prinzessin eine hässliche Prellung an der linken Schläfe hatte.

Das ist die Stelle, wo mich der Korken aus der Flasche getroffen hat. Tanaquil hatte es ganz vergessen gehabt. Sie fasste sich an den Kopf. Er schmerzte nicht mehr. Offenbar war es jetzt die Prinzessin, die sowohl den blauen Fleck als auch die Kopfschmerzen hatte.

»Wer ist da?«, schrie die Prinzessin wütend die Tür an.

»Oynt, Herrin. Lasst mich ein.«

Die Prinzessin schritt zur Tür. Das Öffnen gestaltete sich zwangsläufig etwas schwierig, doch schließlich benutzte Oynt den Griff an der Außenseite.

Da stand ein gedrungener, plumper Adeliger in Jacke, Hemd und Hose - sämtliche Kleider in sich beißenden Malventönen. »Ich muss Euch warnen, Hoheit. Die Sulkana befindet sich auf dem Weg zu Euch, gemeinsam mit ihrem Obersten Hofrat.«

»Aha. Gut gemacht, Oynt.«

Oynt raste hinaus und durch den Korridor davon. Die Prinzessin schob die Tür beinahe ganz zu und kam wieder zu Tanaquil.

»Schlüpf in die Säule!«

»Verzeihung?«

»Da. Das ist eine Attrappe. Sie ist hohl. Geh da rein und bleib drin. Und bedenke, dein Verhalten könnte über dein Schicksal entscheiden.«

»O je, o je.«

Die Prinzessin plusterte sich auf. Obwohl sie so schlank war wie Tanaquil, schien sie anzuschwellen wie ein wütender Frosch.

»Also gut«, sagte Tanaquil. »Schau, ich gehe hinein.«

Die Säule hatte einen winzigen Türknauf. Tanaquil drehte daran und die falsche Säule öffnete sich. Im Inneren war gerade genug Platz für sie zum Stehen. Und als die Prinzessin die Tür zuschlug, entdeckte Tanaquil ein kleines Guckloch, durch das sie nach draußen sehen konnte.

Sie ist wie ich, dachte Tanaquil, *wenn ich mehr wie meine Mutter wäre. Jaive auf ihre arroganteste und unvernünftigste Weise.*

Tanaquil fiel auf, dass die Prinzessin jetzt energisch auf und ab schritt.

Auf seiner großen Truhe schlug der Murgel im Rhythmus ihrer Schritte mit dem Schwanz. Tanaquil versuchte den Blick schweifen zu lassen, um den Sack mit dem Grummel zu sehen, aber es gelang ihr nicht.

Zwischen zwei Säulen erhaschte sie einen Blick auf etwas Dunstiges, das aussah wie roter Rauch. Doch nur eine Sekunde lang.

Draußen im Korridor präsentierte eine Militäreskorte die Schwerter vor den Wachen an der Tür.

Es erschienen Sulkana Liliam und ihr Hofrat. Ein schrecklicher Gedanke durchfuhr Tanaquil: War dieser Hofrat vielleicht die Parallelgestalt zu dem hinterhältigen Gasb, der Lizras Vater gedient hatte?

Dann glitt Liliam in den Raum.

Prinzessin Danakil vollführte einen Knicks.

Nun, das hat Lizra nie von mir verlangt. Oder doch?

Aber war dies tatsächlich die andere Lizra?

Tanaquil betrachtete sie eindringlich. Die Sulkana war klein und zierlich. Sie hatte ein kaltes, aber hübsches Gesicht. Ihr Kleid war eisweiß und steif vor silberner Perlenstickerei. In einer Hand hielt sie einen schmuckvollen Stock, so etwas wie einen Amtsstab; er hatte einen silbernen und goldenen Einhornkopf. Ihre Augen waren sehr dunkel.

Ja, es war Lizra. Lizra in ihrer kältesten und distanziertesten Form, so wie Danakil Tanaquil in ihrer hitzigsten und reizbarsten Form war.

Das Einzige, was sich verändert hatte, war, dass Liliams Haare jetzt schneeblond waren, beinahe so blass wie ihr Kleid.

»Etwas ist geschehen«, sagte Lizra-Liliam kühl zu ihrer Schwester. »Würdest du mich bitte darüber aufklären, was es ist?«

»Nichts«, sagte Danakil.

»Doch, etwas«, entgegnete Liliam. »Es kursieren alle möglichen Gerüchte. Der Krieg gegen den Norden ist seit einem Jahr vorbei, aber angeblich hast du jetzt eine gefährliche Spionin oder Mörderin gefangen.«

»Nein«, widersprach Danakil. »Es war nur eine ... Schauspielerin, die sich angezogen hat wie ich. Eine Unverschämtheit. Ich vermute, einer meiner zahlreichen Feinde steckt dahinter. Ich habe sie in mein privates Verlies werfen lassen.«

»Na gut«, sagte Liliam. »Wenn du dir ganz sicher bist. Was hältst du davon, Jharn?«

Hinter Liliam war die hoch gewachsene schlanke Gestalt des Hofrats nur undeutlich zu sehen. Aber er sah keineswegs aus wie Gasb, nicht zuletzt deshalb, weil seine männliche Haarpracht sehr lang und außerordentlich schwarz und glänzend war.

»Nun, Herrin«, meinte er, »vielleicht möchte die Prinzessin, dass ich diese Schauspielerin verhöre. Um ganz sicherzugehen.«

Danakil wandte sich von den beiden ab. »Vielleicht.« Sie wirkte jetzt unsicher, doch erregt und mit einemmal gar nicht mehr wütend. Ihre Züge waren weicher geworden und für einen Augenblick sah Tanaquil in ihrer Säule etwas, wovon Jaive immer wieder gesprochen hatte, dass nämlich Tanaquils Gesicht unter besten Voraussetzungen ziemlich schön sein konnte.

Aber da war noch etwas anderes außer diesem Rätsel.

Da war noch etwas an der Stimme des Mannes, den Liliam

Jharn genannt hatte. Etwas, das auch Tanaquil besänftigte und gleichzeitig erregte. Etwas, das ihr Herz so heftig schlagen ließ, dass sie befürchtete, die Säule würde um sie herum anfangen zu wackeln.

Und in diesem Augenblick schlüpfte der Grummel aus dem Sack.

Hatte er ein Loch hineingebissen? Wie auch immer, da war er und sauste durch Tanaquils säulenbegrenztes Blickfeld.

Der Grummel sprang schnurstracks an der Sulkana vorbei und drängte sich an die langen Beine des Mannes namens Jharn.

Für kurze Zeit herrschte ein wenig Verwirrung, während die Sulkana zur Seite rauschte – sie wirkte entschieden zu steif, um sich beeilen zu können – und Jharn voll ins Blickfeld kam, wo er die aufgeregten Sprünge und feuchten Sympathiebezeugungen abwehrte und der Prinzessin ein Kreischen entfuhr.

Dann steigerte sich die Verwirrung zu einem spektakulären Durcheinander, als der Murgel von seiner Truhe sprang und sich mit gestrecktem Körper, spuckend und heulend auf den Grummel warf, der ihn bereitwillig empfing.

Murgel und Grummel wälzten sich am Boden, über zierliche Pantöffelchen und männliches Schuhwerk, über die Schwindel erzeugenden grünen Fliesen, beißend und raufend, tretend und abscheulich röchelnd, während die buschigen Schwänze wie Peitschen hin und her schlugen und Knäuel von braunem und schwarzem Fell durch die Luft flogen.

41

Das Verlies war nicht so angenehm wie der Säulenraum.

Aber für ein Verlies, vermutete sie, war es auch wieder nicht gar so schlimm.

Es gab ein ziemlich großes, hohes Fenster, mit schmuckvollen Sprossen in Form von Lilien. Eine saubere Matratze und ein Kissen lagen in einer Ecke und da stand auch ein mit Wasser gefülltes Glas. Der Boden war gefegt worden. Es roch nach nichts.

Unter dem Fenster saß der Grummel, der sich nach dem Kampf sorgfältig putzte.

Nachdem die Sulkana aus dem Raum geschwebt und ihr Hofrat ihr gefolgt war, hatte die Prinzessin ihre Wachen hereingerufen, um die beiden Streithähne gewaltsam zu trennen. Es hatte einige zerbissene Finger und deftige Flüche gegeben, bevor der Murgel, strampelnd und knurrend, an eine Säule gebunden und der Grummel in einer Ecke eingekesselt war. Anscheinend waren die Wachen nicht fähig, viel anderes mit ihm anzufangen; obwohl sie ihm einige Dinge erzählten, die sie gern mit ihm oder aus ihm machen würden, darunter große Freudenfeuer und kleine Pelzmäntel.

Schließlich war Tanaquil aus der Säule gekommen; auch an der Innenseite gab es einen Kauf. Das überraschte einige der Wachen etwas. Sie legte den Grummel an die Leine, wozu sie ihre Schärpe benutzte. Das brachte Erinnerungen zurück, von denen keine einzige angenehm war.

Dann waren sie und der Grummel durch einen Hinterausgang hinaus und eine Hintertreppe hinunter geführt und in das Verlies gestoßen worden.

Seither hatte sich das Licht draußen quer über des Fenster bewegt. Der grüne Himmel zwischen den Stäben war am unteren Rand rosig gefärbt. Sie hoffte, dass Stinx sich besser fühlte, wo immer er sein mochte.

Tanaquil hatte mit dem Grummel nicht viel gesprochen, sie war zu sehr in ihre eigenen wirren Gedanken verstrickt.

Jetzt sprach der Grummel.

»Nicht Honj.«

»Nein, nicht so richtig. Nicht *unser* Honj.«

»Unser. Mein. Nicht.«

Der Schmerz, den ihr das bereitete, war derart unerträglich, dass sie ihn schon wieder ertragen konnte. Trotzdem war sie wie gelähmt. Bei allem, was sie erwartet hatte, und vielleicht hätte sie auch dieses erwarten sollen (das Gerede von einer Hochzeit), hatte sie nicht damit gerechnet, dass ihre einzige wahre Liebe ebenfalls sein Parallel-Ich in dieser Welt haben würde. Hier war sein Haar schwarz wie Kohle, er kleidete sich wie ein Edelmann und war der Oberste Hofrat Jharn, nicht Prinz Honj, Hauptmann der »Wanderheuschrecken«. Dennoch war er im Begriff, die Herrscherin zu heiraten, so musste es sein. Liliam zu heiraten, die Lizra war.

Und wie sich Danakil bei seinem Erscheinen verändert hatte! Liebte sie ihn, in dieser Welt, so wie Tanaquil, die Dinge zu reparieren verstand, Honj geliebt hatte, unter einem Himmel von der Farbe Blau?

»Weil«, sagte der Grummel mit eindringlicher Stimme, »er hier drin wie wir.«

»Ja.«

»Ich auch hier reingekommen, bei dir sein.«

»Das ist sehr lieb von dir. Wahre Treue. Der Kampf war ein bisschen … aber trotzdem, ich freue mich, dass du gekommen bist. Wir müssen auch mal darüber nachdenken, *wie* du hergekommen bist. Es gab da eine Pforte, nicht wahr, unter dem Steinhügel? Die Wasserfontäne muss sie aktiviert haben.«

»Nicht Pforte«, erwiderte der Grummel. »Rein.«

Tanaquil nickte. »Rein durch die Pforte. Wie letztes Mal.«

»Nicht. Nicht. *Rein.*« Der Grummel hob eine Pfote, senkte sie wieder.

»Kannst du das nicht näher erklären?«, bat Tanaquil.

»Nicht hab Worte.«

Wütend und betrübt zugleich tat der Grummel so, als hätte er einen Floh. Vor lauter Zorn überschlug er sich. Vielleicht war das auch ein Versuch, sie zum Lachen zu bringen.

Sie musste den Grummel noch einmal befragen, wenn sie wieder einen einigermaßen klaren Kopf hatte. Deshalb sagte sie aufs Geratewohl, um dem Grummel das Gefühl der Peinlichkeit zu nehmen: »Einige dieser Männer hätten dir am liebsten die Haut abgezogen.«

»Ging nicht. Unvalezba.«

»Wie bitte?«

»Nicht antun können. Magie.«

»O ja, aber die funktioniert hier nicht.«

»Wohl«, sagte der Grummel.

Tanaquil fielen die schwachen Blitze ein, die sie für Lichtstrahlen gehalten hatte, die über die Kettenhemden der Soldaten zuckten, während diese versucht hatten, den Grummel gefangen zu nehmen. War das vielleicht doch die Unverletzbarkeit gewesen? Sie zog die Augenbrauen hoch. »Wie haben sie dich dann in den Sack stecken können?«

»Du mit denen gehen. Ich auch gehen. Egal.«

»Ich *musste* gehen. Sie hatten Mittel, mich dazu zu zwingen. Sie haben mir die Hände gefesselt und mich hier reingestoßen, mir aber zum Glück die Fesseln wieder abgenommen.«

Der Grummel, der ein Bein hinter den Kopf gehoben hatte, betrachtete sie nachdenklich. »Hmp.«

Dann beendete er seine Wäsche, bedachte sie mit einem Nicken, drehte sich um rannte *direkt durch die Wand.*

Sie sah, wie er darin verschwand, hinter dem Mauerwerk, Kopf und Körper, die Beine und der Schwanz, der sich als Letztes hindurch zwirbelte. Alles weg.

»Was?«

Sie stand im Verlies ihrer Doppelgängerin, der Prinzessin Danakil, gaffte das massive Mauerwerk an, bis mit ebenso wenig Aufhebens wie zuvor der Grummel sich wieder durch die Wand zurück schraubte.

»Rrm«, sagte der Grummel. »Fühl wie Brot.«

»Hast du Hunger?«, fragte sie verständnislos.

»Wand. Wand. Wie Brot. Durch Krümel geh.«

»Wie hast du das gemacht?«

»Mach«, sagte der Grummel. »Mach du.«

Tanaquils Blick wanderte von dem Grummel zu der Steinmauer, von der Steinmauer zum Grummel. »Willst du etwa behaupten, ich kann durch eine Wand gehen?«

»Wupp«, sagte der Grummel ermutigend.

Entschlossen ging sie zur Wand und legte die rechte Handfläche darauf.

»Wie soll ich …?«

»Mach einfach.«

Sie hielt inne. Sieg des Geistes über die Materie? Wenn sie *glaubte*, es zu können, dann *konnte* sie es.

»Ich schiebe jetzt einfach meine Hand durch diese Wand«, verkündete Tanaquil gelassen. Und schob die Hand mühelos durch die Wand und ebenso den Arm bis zum Ellbogen. Der Grummel hatte Recht! Das Gestein fühlte sich genauso an wie altes Brot.

Als sie beide im Gang waren, an der Außenseite der verschlossenen Tür des Verlieses, zögerte Tanaquil und sah die Hintertreppe hinauf.

Wirkte diese Magie hier nur einfach deshalb, weil sie aus einer anderen Welt stammten? Anscheinend hatte keiner von ihnen in der Höllenwelt, in die sie mit Lizra und Honj, Spedbo und Muck geraten war, über ausgeprägte magische Kräfte verfügt. Und in der Vollkommenen Welt hatten sie und der Grummel nur Schaden angerichtet.

Außerdem, warum war es ihr gelungen, durch eine Mauer zu gehen, während es ihr nicht möglich gewesen war, die Gefangennahme zu verhindern?

Unbefriedigt kam sie zu dem vorläufigen Schluss, dass wahrscheinlich alles davon abhing, was sie von ganzem Herzen wollte oder sich zutraute. Sie hatte sich gewünscht, ihrer Doppelgängerin in den Palast zu folgen, und hatte deshalb ihre Unverletzbarkeit außer Kraft gesetzt, was bedeutete, dass sie selbst hier in der Lage war, die Magie des schwarzen Einhorns zu überwinden. Jetzt wollte sie frei sein und sie war es.

Was war noch alles möglich?

Ein paar Herzschläge später fand sie es heraus.

Schritte waren auf der Treppe zu hören.

Tanaquil dachte schnell: *Also gut. Wenn ich … ich bin unsichtbar.*

Und als der Wachtposten herunterkam, ging er geradewegs an ihr vorbei und sah nur den Grummel, der sich vermutlich nicht die Mühe gemacht hatte, unsichtbar zu sein. »Ein Murgel, was? Du dürftest normalerweise gar nicht hier sein, alter Knabe.« Und der unwissende Mann tätschelte dem Grummel den Kopf, bevor er im Korridor außer Sicht verschwand.

Tanaquil hatte Mühe, nicht laut lachend herauszuprusten. Sie hätte eigentlich zumindest erschreckt sein müssen, war es aber nicht.

Und wohin jetzt?

Sie rannte die Treppe hinauf, der Grummel in großen Sätzen hinter ihr her, und beide gelangten zu der Tür am oberen Absatz.

Tanaquil sagte zum Grummel: »Es ist besser, wenn du jetzt auch mal für eine Weile unsichtbar bist. Aber *nicht für mich.*«

»Klaro«, sagte der Grummel. Er schüttelte sich. Sie konnte ihn immer noch deutlich sehen. Aber sie wäre jede Wette eingegangen, dass sonst niemand ihn sehen konnte. Lautlos glitten sie durch die Eisentür.

Sie kehrten in Danakils Gemach zurück, den großen Säulenraum; Zu diesem führte die Hintertreppe. Da niemand dort war, sahen sie sich in aller Ruhe um.

Der Säulenraum führte in ein Schlafzimmer, wo fantastische Kleider überall am Boden und auf dem Bett herumlagen. An der Decke waren goldene und silberne Sterne, aber an einer Stelle hatte jemand eine Scheibe Wackelpudding zu ihnen hinaufgeworfen, was die Wirkung stark beeinträchtigte. Der Murgel schlief auf dem Bett, wachte aber nicht auf.

Im Badezimmer hatte jemand – Danakil – ein Bild an die Wand gemalt, eine ziemlich treffende Darstellung der reinen, steifen, silbernen Liliam mit einem Schnauzbart und Hörnern.

Da gab es noch eine letzte Tür. Sie war abgeschlossen, deshalb schwebte Tanaquil hindurch und überließ den Grummel dem Verzehr von Danakils Sandelholzseife.

»Sie hat gesagt, sie ist eine Hexe. Das hier ist ihr Zauberreich.«

Das Zimmer war nicht groß, aber voll gestopft mit Regalen mit Glaskolben, alten Büchern, in Töpfen wachsenden oder getrockneten, in beschrifteten Gläsern aufbewahrten Kräutern, Schalen mit Pulvern, urzeitlichen Knochen; Zaubersprüchen waren mit Kreide an die Wände gekritzelt worden. Auf einem breiten Tisch stand ein großer verdunkelter Spiegel – ein Zauberspiegel. Für Tanaquil, die bei Jaive aufgewachsen war, konnte daran kein Zweifel bestehen. Der Grummel raste in den Raum, stöberte herum, verlor das Interesse und rannte wieder hinaus.

Ein Apparat mit Kristallröhren und -kolben war am anderen Ende des Tischs explodiert. Scherben in leuchtendem Grün waren überall verstreut; sie waren von demselben Farbton wie die Strähnen in Prinzessin Danakils Haaren.

Warum machte sie alles kaputt? Warum schlugen ihre Zauber fehl? Warum war sie so voller *Zorn?*

Sie liebte Jharn-der-Honj-war. Und er war im Begriff, die Sulkana Liliam zu heiraten. Brauchte Danakil noch einen weiteren Grund?

Tanaquil dachte: *Ich weiß, wie sie sich fühlt. Ja, ich bin sicher, ich bin ebenso wütend. Ich hätte Lizra umbringen können. Honj hat gesagt, er müsse bei ihr bleiben, und ich hatte gedacht, er müs-*

se bei ihr bleiben. Arme kleine Lizra, so traurig und ganz allein. Aber ich wollte ihn und er wollte mich. Und wir haben uns für immer Lebewohl gesagt.

»Oh, verdammt«, fluchte Tanaquil. Und der letzte unversehrte Glaskolben des Apparats zerbarst in zwanzig Scherben.

Während sie die Bescherung anstarrte, hörte sie ein undeutliches Geräusch jenseits des Raums. Der Grummel tauchte plötzlich teils innerhalb, teils außerhalb der geschlossenen Tür auf, ein Stück Seife im Mund.

»Sie zurück.«

Duftende Blasen blubberten aus seiner Schnauze.

Tanaquil und der Grummel huschten durch die massive Tür, durch das Schlafzimmer und spähten unsichtbar um die Schlafzimmertür herum in den Säulenraum.

Danakil war soeben eingetreten. Gefolgt von Honj – nein, *Jharn*. Irgendwie schloss sie die Außentür, wahrscheinlich hatte man den Türgriff wieder angebracht.

Gut aussehend, einzigartig – nein, keineswegs einzigartig – stand er da und schaute die Prinzessin mit den roten Haaren an.

Sie stieß einen unterdrückten Schrei aus. Er breitete die Arme aus. Sie eilte zu ihm und er umfing sie.

Er liebt sie ebenfalls.

Genau wie bei uns.

Der Grummel blies eine gewaltige Duftblase aus und rülpste laut.

»Was war das?«, fragte Jharn und hob den Kopf.

»Nur der Murgel.«

Sie wichen einen Schritt voneinander ab, blickten sich jedoch weiterhin in die Augen. Es war eindeutig, dass in diesem Augenblick jeder nur den anderen sehen wollte.

Jetzt, da sie mit ihm zusammen ist, wirkt sie ruhiger, stärker, ausgeglichener. War das bei mir auch so, als ich mit Honj zusammen war?

»Was sollen wir tun?«, fragte Jharn.

»Warum fragst du *mich* das?«

»Weil ich nicht mehr weiter weiß, Dana. Ich fühle mich ganz und gar verloren.«

Dana. Ein Kosename. Viel hübscher als Danakil.

»Sie ist so selbstsüchtig«, sagte Dana/Danakil.

»Ja. Aber euer Vater ist gestorben. Du hast ihn kaum gekannt, aber sie hat die ganze Zeit mit ihm zusammengelebt. Und dann hat sie mich kennen gelernt. Auf eine dumme Weise möchte sie, dass ich ihr Vater sein soll.«

»Ich weiß. Oh, Jharn.«

»Ich kann sie nicht im Stich lassen. Sie hat sich im Krieg so tapfer verhalten. Du weißt, als sie versucht haben, uns zu überfallen, war sie da, Tag und Nacht, und hat alles Erforderliche getan. Sie war so heldenhaft. Sie will nur das Beste für uns alle.«

»Ich hasse sie.«

»Ich weiß. Möchtest du, dass ich ihr sage, ich werde sie verlassen? Könntest du das ertragen?« Er stand jetzt sehr aufrecht da. »Sie würde uns wahrscheinlich davonjagen. Du würdest alles verlieren, was du hast. Und ich ebenfalls. Aber wenn es das ist, was ich tun soll, dann werde ich es tun. Du brauchst es mir nur zu sagen.«

Danakils Augen funkelten. Nun hatte sie all ihre Schönheit eingebüßt und wurde sehr rot. »Warum sollen wir denn alles verlieren? Sie will Sulkana sein *und* dich für sich haben. Ich *hasse* sie, hasse sie!«

Sie standen sich gegenüber und wandten sich seltsam voneinander ab.

Auf dem Bett zwischen den Kleidern war Danakils Murgel aufgewacht. Er schnupperte argwöhnisch in die Luft. Wenn er die Eindringlinge nicht sah, so roch er sie zweifellos. Ganz zu schweigen von der Seife.

Tanaquil hörte ihre Doppelgängerin sagen: »Es gibt einen Plan.«

Sie betrachtete das Paar, das in dem Säulenraum stand, den anderen Honj und die andere Tanaquil.

»Welchen? Ich tue alles, was du mir sagst.«

Er war schwächer als Honj. War er das wirklich? Vielleicht hatte Jharn kein so schweres und turbulentes Leben hinter sich.

»Ich werde sie töten«, erklärte Danakil.

»Du wirst sie ... Nein. Nein, Dana. Das wirst du nicht tun.«

»Es ist leicht, mit den richtigen Zauberanwendungen, ein paar Kräutern. Ich werde dafür sorgen, dass sie nicht leidet. Es geschieht auf eine sanfte Art. Sie wird einschlafen und nicht wieder aufwachen. Und dann werde *ich* Sulkana sein. Ich. Und du kannst mich heiraten.«

Sie starrten einander an. Ihre Augen brannten vor Entsetzen und der Erwägung von Möglichkeiten.

Tanaquil als Beobachterin fühlte sich schrecklich übel.

Der Grummel rülpste erneut und der Murgel sprang vom Bett.

»Willst ›nen Knochen?«, fragte der Grummel den Murgel in liebenswürdigem Ton.

Der Murgel sah sich überrascht um. »Knochen möcht. Mir geben«, sagte der Murgel. So lächerlich wie es schien – auch er konnte sprechen, aber sozusagen verkehrt herum, von hinten nach vorn.

Der Grummel drehte sich um. Tanaquil sah, dass er einen der Urzeit-Knochen aus dem Zauberreich gestohlen hatte. Als er dem Murgel damit einen kleinen Klaps auf die Nase versetzte, blitzte ein blendend heller Funke magischen Lichts auf.

Tanaquil mit ihrer jahrelangen Erfahrung packte den Grummel am Genick, und genau wie einer der Dämonen ihrer Mutter beförderte sie sich selbst und ihn durch den Boden des Schlafzimmers hinunter, hoffentlich an einen weniger verrückten, weniger gefährlichen Ort.

Tatsächlich landeten sie in einem Wachraum, mitten in irgendjemandes kleiner Zwischenmahlzeit.

Eine Art Joghurtspeise spritzte in alle Richtungen und während die drei Wachmänner sich atemlos gegenseitig berichteten, dass ihr Imbiss »wie eine Kanone« losgegangen sei, huschten Tanaquil und der Grummel unsichtbar in eine Ecke, wo lediglich die Schmatzlaute des Grummels, der sich den Joghurt aus dem Fell leckte, die Mäuse zu Vorwürfen veranlassten.

Sie hörten den Wachmännern etwa eine halbe Stunde lang zu. Manchmal traten andere Wachen ein. Sie alle kamen irgendwann auf ein Ereignis zu sprechen, das am nächsten Tag stattfinden sollte, das Gammelstuhl-Rennen am Forratag.

Es hörte sich überwältigend uninteressant an.

Schließlich schwebten Tanaquil und der Grummel, unsichtbar wie Luft, durch das Gebäude hinauf zu einem großen Garten auf dem Palastdach mit Ausblick auf den Sonnenuntergang und das Meer.

Hier jagte der Grummel unerreichbare Motten in dem grünen und rosaroten Abend und Tanaquil beobachtete, wie die Schlaufe von leuchtenden blumigen Sternen heraufzog, die sie damals von Dombas Haus aus betrachtet hatte.

Andere Leute spazierten herum. Keiner von ihnen sah Tanaquil oder den Grummel.

Sie hat wirklich die Absicht, ihre Schwester umzubringen.

Ob Tanaquil jemals so weit gegangen wäre? Nein, niemals. Lizra war ihr ans Herz gewachsen. Sie hatte Lizra geliebt. Und dennoch, das machte alles nur noch schlimmer.

Sie ließ sich in den Zweigen eines hohen Magnolienbaums nieder und dachte: *Anscheinend verfüge ich über jede Macht dieser Welt, die sich eine Zauberin nur wünschen kann. Wie kann ich sie von ihrem Vorhaben abbringen? Wie mache ich es richtig?*

Letzten Endes musste sie eingeschlafen sein. Sie wachte auf, weil ein Mann unter dem Baum saß und mit sich selbst redete. Der Grummel saß in seinem Schoß und der Mann streichelte den Grummel. Der Grummel war sichtbar, hatte sich offenbar dafür entschieden.

»Ein Rennen zu gewinnen ist nicht alles«, sagte der Mann zu dem Grummel.

»Upf«, mampfte der Grummel, der einen großen Kuchen verspeiste, den der Mann vielleicht für sich selbst gekauft hatte. Der Mann trank aus einer Flasche. Er hörte sich ein wenig betrunken an, deswegen mochte Tanaquil ihn – weil er sie an die Soldaten erinnerte.

»Ob man gewinnt oder verliert«, sagte der Mann. »Hauptsache, man hat Spaß dabei. Was ist in diesem Kuchen? Er riecht nach Sandelholz.«

42

Tanaquil erwachte und reckte sich. Und wäre beinahe vom Magnolienbaum gefallen. Vielleicht wäre das gar nicht so schlimm gewesen, denn sie wäre ja ganz leicht zu Boden geschwebt. Doch andererseits – wenn ihr bis jetzt nicht bewusst gewesen war, dass sie schweben konnte, war das Ganze nur eine halbe Sache.

»Was für ein schöner Morgen«, sagte jemand unter ihr.

Tanaquil blickte zwischen den cremefarbenen Blüten hindurch nach unten und sah den eleganten Kommandanten, diesmal bequem gekleidet und ohne seinen gefiederten Helm. Er lehnte an dem Magnolienbaum und sah ein hübsches schwarzes Mädchen an. »Aber Samtmarie«, sagte der Kommandant, »ich mache mir Sorgen seinetwegen.«

»Du machst dir immer Sorgen um deine Freunde«, erwiderte das Mädchen. Seine Haare waren dicht und lockig, ihre glänzten und reichten bis zum Boden.

»Jharn ist so ...« Der Kommandant machte eine Handbewegung. »Er ist unglücklich, er ist wütend. Aber er will nicht sagen, warum. Er sollte die Sulkana nicht heiraten.«

»Nein«, pflichtete Samtmarie ihm bei. »Aber das darfst du ihm nicht sagen.«

Tanaquil erspähte den Grummel, der aus einem Gebüsch kam. Der Grummel glitt zu Samtmarie und legte ihr eine Pfote auf den Rock. Er hielt eine rote Blume in der Schnauze und hatte seine niedlichste Miene aufgesetzt.

»Ich glaube, die Blume ist für dich«, sagte der Kommandant.

»Ach ja? Für mich? Danke. Wie süß! Wessen Murgel bist denn du?«

Der Grummel schwieg bescheiden und sprang davon. Dieses ekelhafte Herumscharwenzeln erinnerte Tanaquil jedoch daran, wie sich der Grummel Lizra gegenüber verhalten hatte. Vielleicht hatte er einfach eine Anwandlung von Flirteritis.

»Ich habe Hunger, Rorlwae«, sagte Samtmarie.

Sie gingen Arm in Arm durch den Garten. Es war so leicht. Verliebt zu sein, zusammen zu sein.

Tanaquil runzelte die Stirn. Sie rutschte an dem Baumstamm hinab, wobei sie sich den Knöchel aufschürfte. Dabei hätte sie doch schweben können. Nun, immerhin war sie ja noch unsichtbar. Sie ging an zwei Gärtnern vorbei, von denen einer sie mit einer Schaufel voll Erde bewarf. Als sie zu einem zierlichen Springbrunnen kam, hob sie den praktischerweise daneben stehenden, gefüllten Messingbecher zum Mund und trank. Ein kleiner Junge, der den Weg gewässert hatte, sah, wie der Becher von selbst auf und nieder segelte, jedenfalls dem Anschein nach, und rannte schreiend und mit den Armen fuchtelnd ins Gebüsch. Sie musste vorsichtiger sein.

Was soll ich tun?

Sie musste hineingehen und die Prinzessin aufsuchen, musste mit der Prinzessin sprechen. Tanaquil fiel ein, dass inzwischen vielleicht schon jemand ihr Entkommen aus dem Verlies bemerkt hatte.

Sie wandte sich um und rief über den frühmorgendlichen Rasen des Dachgartens: »Grummel! Grummel!«

Als er kam, hatte ihn jemand mit einer Girlande aus orangefarbenen Gänseblümchen geschmückt und in der Schnauze hielt er jetzt ein großes Stück frisches Brot, gefüllt mit Obst. Sie teilten sich dieses am Brunnen.

»Ich muss die Prinzessin aufsuchen.«

»Zum Rennen gegangen«, erklärte der Grummel.

»Woher weißt du das?«

»Gehört.«

»Was ist das überhaupt für ein Rennen?«

Der Grummel sah sie an. Er sagte unschuldig: »Stühle.«

Durch eine Lücke im Laub bahnte sich ein riesiges gelbes Krokodil seinen Weg, dicht gefolgt von zwei weiteren.

Tanaquil saß vollkommen reglos da und hielt den Grummel in stahlhartem, schraubstockartigem Griff.

Die Mäuler der Krokodile, so war zu sehen, während sie vorbei watschelten, waren mit scharfen, grauenvollen Zähnen bestückt. Sie schlenderten gemächlich zwischen den Büschen herum. Aus den schrecklichen Mäulern zuckten lange dünne Zungen hervor und versenkten sich sanft in die Herzen der Blüten.

»Nektar saugen«, sagte der Grummel. »Narzissen.«

»Aber die Zähne …«

»Benutzen Zähne nicht.«

Tanaquil saß grübelnd da. Der Grummel rannte wieder davon und spielte um die Narzissen herum, die leise raunten, sich schwer über ihn neigten und ihn mit Pollen überschütteten.

Anscheinend war fast ganz Tablonkisch zu dem Gammelstuhl-Rennen unterwegs.

Tanaquil erinnerte sich, wo sich die Rennbahn befand, aber sie hätte auch dann mühelos hingefunden, wenn sie es vergessen hätte, denn Streitwagen und Menschenmengen zu Fuß strömten auf den Hauptstraßen in diese Richtung. Viele trugen Bänder oder Schärpen oder sogar Blumen in einer Auswahl an leuchtenden Farben, zweifellos die Rennfarben verschiedener Teilnehmer.

Ein Hauch von festlicher Stimmung und guter Laune lag in der Luft, was Tanaquil als ziemlich unpassend empfand. Niemand außer ihr wusste, dass die Prinzessin der Stadt Mord im Herzen trug. Niemand wusste, dass die kalte, affektierte kleine Sulkana der Grund für diesen Hass war.

Tanaquil wurde angerempelt und der Grummel wurde getreten. Schließlich zog sie ihn in eine Seitengasse.

»Hör mal, mir gefällt das alles nicht.«

»Nein«, stimmte er ihr zu.

»Ich meine, mir gefällt der Umstand nicht, dass man mich nicht sieht. Andauernd muss ich die privatesten Gespräche mit anhören. Es war schlimm genug zu hören, was Danakil gesagt hat.«

»Rrp.«

Tanaquil erklärte dem Grummel ihr Vorhaben. »Ich weiß nicht einmal, ob es funktioniert. Aber bis jetzt hat hier alles funktioniert. Ich weiß nicht, warum.«

»Bist du«, sagte der Grummel.

»Nein, das kann nicht sein. Ich war bisher noch nie fähig, mich unsichtbar zu machen. Oder aus eigener Kraft durch feste Mauern zu gehen. Wie auch immer, wir wollen sehen, ob's klappt.«

Sie schloss die Augen und rief sich ein Bild von sich selbst in den Sinn, deutlich sichtbar, aber in einer völlig anderen Gestalt. Als sie die Augen wieder öffnete, gab sie einen leisen Schrei von sich.

»Das bin *ich*«, sagte sie zum Grummel.

»Bist du«, bestätigte der Grummel.

»Kratz nicht an deinem Halsband herum«, fügte sie schnell hinzu. Wieder sichtbar geworden, trug der Grummel ein (durch Magie entstandenes) silbernes Halsband mit großen Topasen.

»Kribbelt!«

»Das kann nicht kribbeln, weil es nur eine Illusion ist.«

Das himmelgrüne Kleid jedoch, das sie für sich selbst erfunden hatte, fühlte sich sehr real an und knisterte, wenn sie sich bewegte. Es war mit blauen Käfern bestickt.

Tanaquil machte kehrt; in einem Glasfenster am Ende der Gasse erhaschte sie einen Blick auf ihr neues Ich.

Sie fand sich ziemlich beeindruckend: eine hoch gewachsene, gut aussehende Frau mit dichtem schwarzem Haar, kunstvoll frisiert, ausgestattet mit einem angemessen damenhaften Sonnenschirm.

Tanaquil hatte schon immer große Frauen bewundert, vielleicht im Unterbewusstsein eine Bewunderung ihrer Mutter …

»Du musst dich dicht bei meinen Fersen halten. Bitte.«

Der Grummel tapste an ihre Seite. Sie hoffte, er würde sich auch weiterhin als hilfreich erweisen.

Jetzt bin ich eine Gestaltwandlerin, genau wie Worabex.

Als sie sich erneut zu der Menge gesellten, machten die Leute respektvoll Platz, Männer traten galant zur Seite, Kinder gafften sie an. Sie hörte jetzt, wie über ihre Kleidung gesprochen wurde und wie Mutmaßungen geäußert wurden, wer sie wohl sein mochte.

Schließlich, am Eingang zur Rennbahn angekommen, fragte ein Türsteher höflich nach Tanaquils Eintrittskarte.

»Der dumme Diener hat sie verschusselt«, rief Tanaquil mit wohlklingender Stimme. »Natürlich habe ich ihn nach Hause geschickt.«

»Nun, natürlich, aber bitte habt Verständnis …«

»Ach, da ist ja Oynt«, rief Tanaquil aus, als sie des dicken kleinen adligen Spions der Prinzessin ansichtig wurde, der in einem offenen Wagen heranfuhr. Heute trug er drei verschiedene, sich beißende abscheuliche Grüntöne, dazu eine emaillierte Taschenuhr sowie eine Menge schriller roter Bänder, eigens für das Rennen. »Oynt, mein Lieber, bitte erklärt diesem Menschen hier, dass er mich mit Euch hineingehen lassen muss.«

Tanaquil ragte hoch auf wie die Galionsfigur eines Schiffes; sie war sich dessen sehr wohl bewusst. Oynt, der verwirrt und wütend, aber gleichzeitig auch geschmeichelt aussah, sprang aus dem Wagen und näherte sich freudig hüpfend. »Das ist Lady … äh … Lady …«

»Federkiel«, half ihm Tanaquil strahlend weiter, indem sie ihren falschen Namen benutzte. Sie neckte ihn spielerisch mit einem Federfächer, den sie herbeibeschworen hatte. Oynt lächelte geckenhaft und führte sie, seine eigene Eintrittskarte schwenkend, stolz durch das Tor und die Tribüne hinauf zu den besten Plätzen, die ganze Zeit über den Kopf auf Höhe ihrer Schulter, während der Grummel hinter ihnen her sprang und Oynts gallefarbenen, mit Quasten versehenen Schuhe gierig betrachtete.

»In meinem Dorf Umbara haben wir diese Art von Rennen nicht.«

»O nein. So etwas gibt es nur in Tablonkisch. Der frühere Sulkan, Tandor, hatte keinen Sinn dafür; er hielt es für etwas Unwürdiges.«

»Aber die Sulkana erlaubt es.«

»Der Sulkana Liliam liegt das Beste für jedermann am Herzen. Da kommt sie auch schon.«

Trompeten schmetterten über die Rennbahn. Alle erhoben sich.

Direkt unterhalb ihrer gepolsterten Sitze befand sich ein silberner Thron mit einem dahinter aufgestellten silbernen Banner. Tanaquil war aufgefallen, dass Liliams Wappenzeichen ein silberner Einhornkopf war. Neben dem Thron stand ein Stuhl mit einem weiteren Banner, auf dem ein rotes Einhorn dargestellt war, Kopf und Körper – das Zeichen der Prinzessin Danakil. Die Stufen herunter schritt in gemessenem Gang die sehr würdige – immer noch ganz Tochter ihres Vaters – Liliam. Sie trug Dunkelgrau und Gold. Keine einzige Rennfarbe. (Man konnte sich gut vorstellen, wie sie sagte: ›Ich darf keine Vorlieben zeigen.‹) Sie hätte aus zusammengepresstem Schnee bestehen können, eine Schneefrau, jedoch von einem professionellen, reifen Kunsthandwerker gefertigt, dem jedes Lächeln fremd war.

War Lizra ebenso kalt gewesen? Anfangs nicht. Später schon. Wirklich?

Hinter der Sulkana und ihren Höflingen ging die rothaarige Prinzessin. Danakil sah blass und irgendwie linkisch aus und einer ihrer Finger war verbunden. Tanaquil hatte das Gefühl, dass man Danakil wohl selten ohne Schnitt oder blauen Fleck sah, und noch während sie sie betrachtete und dieses dachte, zerriss eine Perlenkette, die die Prinzessin um den Hals trug, und verstreute die Perlen über die gesamte Treppe. Unterdrücktes Kichern war zu hören und die Diener beeilten sich, sie einzusammeln.

Inmitten all dessen schritt der Oberste Hofrat Jharn die Stufen herab, vorbei an Danakil, und führte die Sulkana zu ihrem Thron.

Auch er sah blass aus und angespannt. Seine Ähnlichkeit mit Honj ließ Tanaquils Herz vibrieren wie eine schlecht gezupfte Harfensaite.

Doch sie war jetzt Lady Federkiel und Oynt bot ihr mit Schokolade überzogene Orangenschnitze und Rosinentee an.

Der Grummel saß auf Tanaquils Schoß, so wohlerzogen und frisch gebürstet aussehend, dass sie ein deutliches Unbehagen verspürte.

Stattdessen war es der schwarze Murgel der Prinzessin, der Perlen über die Stufen jagte und dazu bellte. Seine Leine war natürlich gerissen.

Als endlich alle Platz genommen hatten, trat ein Herold auf die Rennbahn heraus und informierte die Menge – indem er von einem Blatt ablas und durch ein vergoldetes Megafon sprach – über die Namen der Teilnehmer.

Tanaquil konzentrierte sich nicht richtig auf diesen Vorgang. Sie beobachtete die königliche Gesellschaft direkt unter ihr. Doch nichts Bemerkenswertes schien sich abzuspielen, und obwohl Getränke und Süßigkeiten angeboten wurden, lehnte Liliam alles ab, während Danakil nervös aß und trank und Flüssigkeiten verschüttete oder Brösel fallen ließ.

Tanaquil rief sich eindringlich Danakils Worte über Gift, Kräuter, einschlafen und nicht mehr aufwachen ins Gedächtnis. Letzteres bedeutete jedoch, dass der Todestrunk ihrer Schwester nicht vor dem Abend verabreicht werden würde. Außerdem würde sie bestimmt Platz und Zeit brauchen, um das tödliche Gebräu herzustellen, viel Raum und viel Platz, wenn man ihr Unvermögen bedachte.

»Ihr müsst unbedingt diese Erdbeerbonbons aus Schleckrich kosten«, sagte Oynt. »Die Prinzessin mag sie.«

Jetzt kamen die Teilnehmer des Rennens heraus und die Menge jubelte, schwenkte Flaggen und stampfte mit den Füßen.

»Der da ist mein Mann«, erklärte Oynt. »Fnim Sohn von Phnom. Ein Adeliger, hat aber kein Geld, wohnt in einer Hütte.«

»Welche … welche Fahrzeuge benutzen sie?«, fragte Tanaquil/Federkiel mit ihrer besten jaivesken Grandezza.

»Das ist das Besondere, versteht Ihr. Keine Streitwagen. Jeder fährt in einem vergammelten Stuhl auf Rädern.«

»Aber das ist doch absurd.«

»O ja. So will es die Tradition.«

»Ist das nicht gefährlich?«

»Das kann man wohl sagen. Seht, jetzt stellen sie sich in einer Reihe auf.«

Tanaquil sah verblüfft zu.

An der Startlinie direkt unter ihnen konnte sie jetzt deutlich siebenundzwanzig Rennteilnehmer zählen.

Jeder Mann und jede Frau – davon gab es sieben – trug die leuchtende Farbe eines der Bänder oder einer der Schärpen, mit denen sich die jeweilige Anhängerschaft ausstaffiert hatte. Dazu so etwas wie eine Rüstung aus Leder, Stiefel und einen Helm. Jede Person war in einen riesigen Stuhl von groteskem Aussehen geschnallt. Einige schienen aus Ebenholz oder Mahagoni gefertigt zu sein, etwa ein Dutzend war mit goldenem Zierrat geschmückt und zwei sahen aus wie massive Goldthrone. Bei einigen fehlten Teile, andere neigten sich bedenklich zur Seite.

Unter jedem Stuhl waren Achsen und vier Räder angebracht und eine Jochstange führte zu zwei nebeneinander im Geschirr stehenden Pferden, gelb poliert wie Pflaumen oder dunkelgelb wie Goldregen oder blassgelb wie altes Pergament.

Sämtliche Pferde wirkten wie aufgedreht, lebhaft austretend und springend oder den Kopf schüttelnd, und jedes trug einen Federschmuck passend zu den Farben des Rennteilnehmers.

»Warum *vergammelte* Stühle? Oder stimmt das nicht?«

»Teilweise. Sie müssen über ihre beste Zeit hinweg sein, sonst können sie nicht teilnehmen. Das fördert den Sportsgeist.«

»Oh, ich verstehe. Und die Pferde sind allesamt irgendwie übergeschnappt?«

»Man füttert sie mit Gerste, die in Wein getränkt ist. Die Pferde sind ein bisschen betrunken.«

Tanaquil runzelte die Stirn, rief sich aber sogleich zur Ordnung, denn schließlich war sie ja jetzt Lady Federkiel. Sie schlug Oynt mit ihrem Fächer ziemlich heftig auf das Handgelenk, damit es ihm auch schön wehtat. »Ausgezeichnet.«

In diesem Augenblick schwenkte der Herold am Rand der Rennbahn eine Flagge. Die Menge, einfache Bürger und Adelige gleichermaßen, allenfalls vielleicht mit Ausnahme der Sulkana, begann zu zählen.

»*Eins. Zwei. Drei ...*«

»*LOS!*«

Und das Rennen war im Gang.

»Da fährt er! Da fährt Fnim!«

»Schön«, sagte Lady Federkiel. »Der in dem leuchtenden Rot?«

»Genau, das ist er. Der Stuhl ist seit zweihundert Jahren in Familienbesitz. Eiche mit goldenen Rosetten. Guter Holzwurm. Er fährt jedes Rennen mit. Jedesmal überschlägt er sich. Letztes Jahr hat er sich das Bein gebrochen. Fnim ist natürlich ebenfalls betrunken.«

Der Grummel stellte sich in Tanaquils Schoß auf; er wirkte sehr interessiert. Während sie den Rennfahrern zusah, die jetzt mit unbarmherziger Geschwindigkeit auf der Bahn dahintrudelten und schleuderten, glaubte sie den rot gekleideten Fnim zu erkennen. Er war der Mann, der am Abend zuvor unter der Magnolie gesessen und dem Grummel seinen Kuchen gegeben hatte.

Als die Bahn die erste Rechtskurve beschrieb, kippten drei der Stühle um. Von einem brach die Lehne ab, ein anderer verlor seine Räder und Achsen, der dritte landete auf dem Kopf. Die Pferde hüpften und schlugen Kapriolen, und Pferdeknechte rannten von den Tribünen herab, um sie wegzuziehen. Die aufgebrachten Rennfahrer krochen aus ihren Fahrzeugen, so gut es ging, und schwenkten die Fäuste.

Zweiundzwanzig Gammelstühle polterten weiter, einer davon Fnims.

Nicht wenige der Fahrer waren schon ziemlich betagt, mindestens zwei hatten lange graue Bärte. Fnim, so wie Tanaquil ihn in Erinnerung hatte, war ungefähr dreißig, schlank, aber träge aussehend. Er hatte ein trauriges, launisches Gesicht.

Oynt war inzwischen aufgestanden; die Rennfahrer rumpelten grob um die nächste Biegung und kamen an ihrem Streckenabschnitt vorbei.

»Wie viele Runden?«, fragte Tanaquil.

»Viel schön rund«, sagte der Grummel anerkennend.

Tanaquil versetzte ihm einen sanften Klaps. »Nicht, was du denkst! Ich meine, wie viele Runden hat das Rennen?«

»Oh, spricht er?«, fragte Oynt, nur mit halber Aufmerksamkeit bei der Sache. »Genau wie der Murgel der Prinzessin. Ihr müsst eine Hexe sein, werte Dame.«

»Ich bin nur Amateurin, wisst Ihr«, sagte Lady Federkiel.

»Es sind bloß fünf Runden«, erklärte Oynt. Er ließ einen Brüller los, als Fnim Sohn von Phnom beinahe mit einem der Graubärte zusammengestoßen wäre. Sie rutschten dramatisch in eine Gruppe von vier anderen Stühlen, die allesamt umfielen und von denen einer – der des zweiten Graubarts – explosionsartig in Stücke zerfiel. Dieser Graubart kam gar nicht auf den Gedanken, die Rennbahn zu verlassen. Er schnitt die Riemen durch, die ihn an die Überreste des Stuhls banden, sprang auf eines seiner Pferde und preschte mit Geheul auf der Bahn weiter.

»Disqualifiziert«, sagte Oynt verächtlich. »Aber seht Ihr, Fnim ist immer noch in seinem Stuhl. Er streicht kurz vor dem Rennen einen besonderen Himbeerbrei auf, wisst Ihr. Das macht den Holzwurm schläfrig.«

»Wie drollig.«

In der ersten, der königlichen Gesellschaft vorbehaltenen Reihe schlug der stattliche Kommandant Rorlwae, in voller Montur, in die Luft und schrie. Auch er trug ein rotes Band. Samtmarie trug ein zur Gänze rotes Kleid und auch sie winkte, während eine kleine braune Katze mit einer roten Schleife im Schwanz auf ihrer Schulter miaute.

Obwohl arm und in einer Hütte wohnend, war Fnim offenbar beliebt bei Hofe.

Jetzt raste der Graubart auf dem gelben Pferd unter ihnen vorbei. Die Menge jubelte und applaudierte ihm. Danach kamen die übrigen zwanzig Stühle. Fnim lag auf dem sechsten Platz.

»Los, mach schon, Fnim Sohn von Phnom!«, brüllten Oynt, Rorlwae und Samtmarie. Selbst Jharn stand auf und schrei. Er sah für einen Augenblick glücklich aus. Tanaquil zitterte innerlich. Im Vorbeifahren hob Fnim elegant grüßend die Hand und hätte beinahe die Beherrschung über seine Pferde verloren.

Inzwischen lagen allerlei Wrackteile auf der Bahn – drei weitere Stühle waren ausgefallen, einer in zwei Teile zerbrochen, und wenn auch die Pferde abgeführt wurden, so blieben doch die Teile an der Stelle liegen, wo sich der Bruch ereignet hatte, und bildeten Hindernisse.

Tanaquil beobachtete alles in verblüffter Benommenheit; sie war aufgestanden, wie alle anderen – mit Ausnahme der Sulkana und der Prinzessin – es getan hatten. Der Grummel lag wie eine Schlange um ihren Hals und reckte sich vor.

In jeder Kurve krachten Stühle ineinander oder brachen einfach zusammen. Zwei weitere unselige Rennfahrer galoppierten jetzt auf ihren Pferden über die Bahn, einer davon eine Frau mit pferdegelbem Haar, die allerdings in die entgegengesetzte Richtung unterwegs war.

Das Ganze artete in ein Chaos aus.

Und inmitten ihrer Verwirrung und ihres Schreckens dachte Tanaquil: *Genau wie alles andere.* War das Leben nichts anderes als ein verrücktes Rennen mit lauter Unfällen und Stürzen, der Drang zu gewinnen oder wenigstens zu überleben, die Wahrscheinlichkeit, zu Bruch zu gehen, und das Ganze angeschnallt an einen Stuhl, der zwar großartig, aber vergammelt war?

Platsch-Batsch. Zwei Stühle schlugen Purzelbäume. Ihre vier Pferde rissen sich los und rasten mit höchster Geschwindigkeit davon. Ein weiterer Stuhl krachte in die beiden anderen. Dessen Pferde standen inmitten der zertrümmerten Stühle und wütende, abgeschürfte Gesichter spähten zwischen ihren Beinen hervor.

Die gelbhaarige Frau preschte erneut auf ihrem Pferd vorbei, immer noch in der falschen Richtung, und ein Pferdeknecht humpelte hinter ihr her und schrie: »Lady Wombat, bitte, steigt ab …«

Der Parcours wurde allmählich zu einer Müllhalde mit allen möglichen Wrackteilen und durchgegangenen galoppierenden Pferden. Anscheinend war es die fünfte Runde – Tanaquil hatte völlig den Überblick verloren – und es waren noch zehn Stühle im Rennen. Fnim lag an zweiter Stelle.

»Los, Fnim! *Machschonfnim!*«

Beim Näherkommen übernahm Fnim plötzlich die Führung.

Ein weißes Band, das die Ziellinie darstellte, war gesenkt worden, direkt unter Liliams Thron.

Der vorherige führende Stuhl mit einem Mann in leuchtendem Blau lag jetzt so ziemlich Kopf an Kopf mit Fnim.

Sie hatten noch etwa zehn Meter vor sich. Der blaue Mann beugte sich unvermittelt zur Seite, zog etwas aus seinem Lederwams und warf es – es war ein schwarzer Umhang – direkt über Fnims Kopf.

Fnim verschwand samt seinem Stuhl unter dem Umhang.

Die Zuschauer auf der Tribüne kreischten.

»Foul! Foul!«, blökte Oynt schrill.

Die Luft war erfüllt von Flüchen.

Fnims Stuhl, tintenschwarz eingehüllt, schlingerte und kippte um. Zwar zogen die Pferde ihn weiter, doch der blaue Mann, der die Regelwidrigkeit begangen hatte, fuhr über das Zielband.

»Disqualifiziert!«, brüllten tausend Stimmen.

Tanaquil bemerkte, dass die Sulkana sich erhoben hatte. Sie beugte sich über die Brüstung vor.

Für einen Augenblick wirkte Liliam, selbst von hinten gesehen, wie ein kleines Mädchen.

Jharn war zu ihr getreten. Tanaquil hörte ihn sagen: »Ihm ist nichts passiert, Lili. Die Pferde sind stehen geblieben. Schau, er steht schon wieder auf.«

»Fnim ist Familie für sie, wisst Ihr«, erklärte Oynt Lady Federkiel. »Fnim ist ein Cousin dritten Grades von Lili.«

Fnim, der bravourös mit dem Umhang spielte, stand unter der Brüstung und grinste wie ein schlauer Clown, der das Ganze genau so beabsichtigt hatte.

Es war Rorlwae, der sich über die Brüstung beugte und Fnims Arm hoch hob.

»Der Gewinner!«

Die Menge johlte. Oynt küsste Tanaquils/Lady Federkiels Hand. O je. Offenbar hatte er einen Narren an Lady Federkiel gefressen.

In dem ganzen Tumult bemerkte Tanaquil, dass die Prinzessin Danakil aufgestanden war und Liliam einen Kelch mit einem belebenden Trunk reichte –der letzten Endes möglicherweise nicht das war, was er zu sein schien!

»Grummel! Los, schütt das Zeug in diesem Becher aus!«

Der Grummel hielt sich nicht mit Widerworten auf.

Er machte einen Satz von erlesener Behendigkeit, kippte den gesamten Inhalt des Kelchs über Danakils Kleid und landete klatschfett auf dem schwarzen Murgel. Mit fröhlich übereinstimmender Inbrunst nahmen Murgel und Grummel ihren Kampf wieder auf.

43

Also war das Leben ein Gammelstuhl-Rennen, bei dem man verlieren und dennoch gewinnen konnte.

Als Lady Federkiel in Oynts offener Kutsche zum Palast Kammer (oder *Kummer*, wie die meisten Adligen ihn nannten) zurückfuhr, ritt eine Wache neben sie hin und salutierte.

»Was gibt's, Werp?«

»Lord Oynt, es hat sich eine kleine Schwierigkeit ergeben.«

»Entschuldigt mich«, sagte Oynt. Er brachte die Kutsche zum Halten und ging mit Werp an den Straßenrand.

Tanaquil betrachtete die beiden. Schade, dass sie aus dieser Entfernung und wegen des Lärms der vorbeiziehenden Menge nicht hören konnte, was sie redeten.

Plötzlich stellte sie fest, dass sie es doch konnte. Sie hörte Werp und Oynt so deutlich, als ob sie zwischen ihnen stünde.

»Also haben wir ihr kein Abendessen gebracht, sondern sind heute Morgen erst runtergegangen, ziemlich spät, weil wir erst eine Wette auf das Rennen abschließen wollten.«

»Ja, und?«, fragte Oynt ungeduldig.

»Und das Verlies war *leer.*«

»Willst du damit sagen, sie ist abgehauen?«

»Ja. Die Spionin/Mörderin und ihr widerlich bissiges Tier. Beide sind weg. Und die Tür ist noch immer fest verschlossen und die Gitter sind vor dem Fenster. Wir hatten von Anfang an so eine Ahnung, aber jetzt sind wir ganz sicher: Sie ist eine Zauberin.«

»Habt ihr die Prinzessin unterrichtet?«, fragte Oynt.

»Wir dachten ... Ihr würdet vielleicht ... mit ihr reden.«

Oynt verzog das Gesicht.

Als er zu der Kutsche zurückkehrte, war er sichtlich in Sorge. Doch Tanaquil, unterstützt durch ihre eigenartige magische Kraft, brauchte nicht in ihn zu dringen, um zu erfahren, was ihm so große Sorge bereitete. Wahrhaftige Zauberei!

Der Grummel schlief voller Zufriedenheit zu ihren Füßen. Nachdem er erneut von dem Murgel getrennt worden war, schien es ihm ganz recht zu sein, fürs Erste eine ruhigere Kugel zu schieben. Tanaquil/Federkiel hatte mit einer grandiosen Verbeugung vor der Sulkana den Grummel weggetragen. Der Murgel, der dieses Mal Rorlwae und drei Wachmänner gebissen hatte, war immer noch eine quirlige, tobende Masse aus

Fell und Zähnen, kaum in Schach gehalten von der Prinzessin Danakil. Und Danakil war ihrerseits bekleckert mit honigversetztem Wein, der möglicherweise vergiftet war. Sie sah Lady Federkiel befremdet an. Aber anscheinend erkannte sie den Grummel auch nicht. Alle Murgel waren – zumindest laut dem wütenden und blutenden Rorlwae – ein und dasselbe.

Jharn hatte Fnim gratuliert und von dem sonstigen Geschehen wenig Notiz genommen. Liliam hatte persönlich Fnim ihr eigenes sauberes weißes Taschentuch gegeben, damit er sich den Staub wegwischen konnte, bevor sie ihn mit der Siegergirlande krönte.

Als sie in Kammer/Kummer ankamen, geleitete Oynt Tanaquil/Federkiel eine lange Marmortreppe hinauf und in einen prächtigen Festsaal. An der Decke war ein riesiger Fischtank angebracht und beim Hinaufblicken sah Tanaquil überrascht große weiße Möwen, die emsig darin schwammen und darum herum flogen. Sie enthielt sich Oynt gegenüber einer Bemerkung dazu.

Obwohl die Siegesfeier sehr eindrucksvoll war, mit einer endlosen Speisen- und Weinfolge, zog sie sich der Tradition entsprechend sehr lange hin, von Mittag bis Rosenaufgang – was immer das sein mochte. Tanaquil war bald gelangweilt und gereizt. Sie wollte die Prinzessin zur Seite nehmen, allein mit ihr reden, aber es ergab sich einfach keine Gelegenheit dazu. Danakil, in einem frischen, unbekleckerten Kleid, würde vermutlich den Vorsitz des Festes während seiner ganzen Dauer durchhalten, zusammen mit ihrer Schwester; Jharn saß ebenfalls zwischen ihnen. Danakils Gesicht war wieder hübsch geworden, allem Anschein nach hatte sie es nicht eilig, sich zu entfernen. Oynt musste unterdessen offenbar beschlossen haben, ihr erst später über die Flucht ihrer Doppelgängerin zu berichten, *viel* später.

Stattdessen verwöhnte er Lady Federkiel mit Essbarem (er war bereits wieder weinselig) und Flüssigem.

Bruchstücke von Unterhaltungen und Oynts Monolog umschwirrten sie wie große Fliegen.

»Die Magie spielt verrückt. Dieser Junge hat gesehen, wie ein Becher von selbst herumgeschwirrt ist.« – »Die Wache wurde von einem Dämon mit Joghurt beworfen.« – »Wisst Ihr, dass ich Gedichte schreibe? Zum Beispiel:

Lady Federkiel, Ihr bedeutet mir viel,
die Augen so brav, ganz wie ein Schaf ...«

(Bestimmt hatte sie sich verhört?) – »Und jemand hat ein Einhorn gesehen, das so rot war wie Rost, rot wie das Haar der Prinzessin.«

Als Tanaquil mit einem leichten Zusammenzucken aufwachte, war das Licht im Fenster viel blasser, die bauschigen Wolken hatten sich rosa gefärbt. Was hatte sie geträumt? Etwas von einem braven Schaf und einem *Einhorn* ...

»Ach«, sagte Oynt gerade, »es gibt für mich nichts Wertvolleres, wisst Ihr, als eine Freundin, die eine gute Zuhörerin ist. Ich weiß, dass Ihr jedes Wort mitempfunden habt, so still wie Ihr Euch verhalten habt, die Augen geschlossen. Ihr habt Euch alles bildlich vorgestellt.« Er bedachte Lady Federkiel mit einem zuckersüßen Blick. »Und wie ich Euer Haar bewundere. Wisst Ihr, bei diesem Licht hat es sogar einen roten Schimmer.«

Tanaquil überprüfte nervös ihre Verkleidung. Aber ansonsten war anscheinend alles noch einwandfrei, obwohl sie geschlafen hatte.

Allerdings stand der Grummel jetzt auf dem Tisch. Eine große silberne Platte war hereingebracht worden, dampfend von – wie Oynt ihr gesagt hatte – modischen Auberginen, in Öl gebraten, mit Kräutern.

Jeder freute sich über diese Speise, lobte die Auberginen.

Der Grummel jedoch war anscheinend entsetzt, beleidigt.

»Nein, nein«, plapperte er. »*Nicht* Wort sagen in höflicher Gesellschaft. Sagen Hammelarsch!«

Aber Hammelarsch – ursprünglich als Hammelkeule in seinen Wortschatz eingegangen und dann von ihm verfälscht – war nun wirklich ein echtes Schimpfwort, während der Grummel dieses mit Aubergine verwechselte. Und offenbar war ›Hammelarsch‹ hier bekannt, denn Oynt schnappte nach Luft und zog die Augenbrauen hoch.

»Aber, aber, wie ungezogen, Lady Federkiel! Wie gewagt! Ihm *so etwas* beizubringen.«

Während die Diener den Gästen noch mehr Auberginen servierten (wie fanden sie nur Platz dafür?), sah sie, wie Fnim lachte. Er saß zur Rechten der Sulkana. Auch Liliam lachte. Dann wurde der Prinzessin Danakil ein Teller gereicht. Darauf lag eine große gekochte Tomate und Danakil fügte ihr Gewürze aus vielen kleinen silbernen Streuern hinzu. Tanaquil bemerkte außerdem, dass die Prinzessin einen großen Silberring trug.

Wie viele Geschichten gab es, in denen jemand Gift in einem Ring bei sich trug und dieses ungesehen in eine Speise tropfen ließ?

»Was macht die Prinzessin da?«

»Oh«, sagte Oynt, der sich in seinem weiteren Gespräch über sein poetisches Ich gestört fühlte, »das ist die besondere Köstlichkeit zu Ehren des Siegers des Rennens. Nur er und die Sulkana nehmen sie gemeinsam zu sich. Und stets bereitet die Prinzessin sie zu. Die nächste demnächst in Mode kommende Gemüsesorte.« Und es war beinahe schon Abend. Wohl dosiertes Gift, nur ein Tropfen, damit Liliam einschlief und *nicht wieder aufwachte.*

Lady Federkiel/Tanaquil – sprang auf.

Viele der Gäste standen, bewegten sich hin und her. Niemand wurde auf sie aufmerksam. Der Grummel schlich sich zu den Auberginen und murmelte laut: *»Hammelarsch.«*

Und die Prinzessin Danakil hatte den Tomatenteller einem Diener gegeben, der ihn nun Liliam und Fnim reichte.

Auch er würde dran glauben müssen. Wie unbarmherzig

und hemmungsslos die Enttäuschung Danakil gemacht hatte.

Die Sulkana erhob das Glas auf Fnim.

Die Gäste spendeten der demnächst in Mode kommenden Tomate Beifall, die vor gehackten Nüssen und Käse strotzte.

Fnim und Lili hoben ihre silbernen Gabeln.

Lady Federkiel warf ihren Federfächer so fest, wie sie nur konnte. Er landete mit einem Klatschen in der Tomate, die platzte und Liliam und Fnim Sohn des Phnom von Kopf bis Schoß mit Nüssen, Käse, Kernen und rotem Saft bedeckte.

Erstaunt und vorwurfsvoll drehte sich Liliams Hof zu Tanaquil um. Einige der Wachen hatten die Hände an die Zierschwerter gelegt. Rorlwae hatte eine finstere Miene aufgesetzt.

»Alles Gute!«, rief Lady Federkiel. Sie stand da, ganz fröhliche Liebenswürdigkeit, strahlend.

Selbst Jharn schaute sie an, und plötzlich bemerkte sie, wie seine Mundwinkel zuckten.

»Ein alter Brauch«, rief Lady Federkiel. »Um dem Sieger Glück zu wünschen. Und natürlich auch der Sulkana. In Umbara werfen wir sie – Tomaten, heißt das – auf Schiffe beim Stapellauf. Auch auf den Prinzen. Oh, ihr solltet ihn manchmal sehen, wenn er ganz davon bedeckt ist.«

Jharn ließ einen Gluckser vernehmen. Er hob die Hand vors Gesicht. Er bebte. Rorlwae erging es nicht anders.

Samtmarie brachte hervor: »Nun, wir müssen einfach eine neue Tomate kommen lassen.«

Fnim (vollkommen ernst?) erhob sich und vollführte eine Verbeugung vor Lady Federkiel.

Diener wischten die Sulkana ab.

Aber das Gesicht der Prinzessin Danakil war so zornig, dass Tanaquil beinahe gezittert hätte.

»Wer seid Ihr?«, verlangte Danakil zu wissen.

»Federkiel von Umbara«, stellte Tanaquil sich vor.

Der Grummel hatte die Auberginen erreicht und schlug mit der Pfote in den Teller. »Hammelarsch.«

Jene, die ihn gehört hatten, erstarrten schweigend.

Tanaquil nahm verschwommen wahr, dass eine Bestellung für eine frische Tomate aufgegeben wurde, doch jetzt zog Oynt sie weg vom Tisch. Sie hatte keinen Vorwand, nicht zu gehen. Der Grummel, der sich beflissen umdrehte, folgte ihnen.

Ich darf sie nicht aus den Augen lassen.

Der Festsaal öffnete sich auf eine Terrasse. Man konnte über den Dachgarten hinweg bis zum Meer blicken. Ein schöner, ein friedlicher Ausblick.

Und aus dem Meer stieg das prächtig funkelnde Blumenknäuel von Sternen auf. Bestimmt stieg es nicht zweimal an derselben Stelle auf ... was genauso war wie bei dem boshaften Mond der Höllenwelt. Das erschien seltsam, wirr, wie alles andere auch.

Doch Oynt streckte deutend die Hand aus.

»Ist das nicht ein romantisches Licht, Lady Federkiel? Die Rose. Nun, da sie aufgegangen ist, endet das Siegerfest. Wir können alles tun, was uns beliebt.«

Die Rose. Man nannte die Sterne »die Rose«.

Aber es war »die Tomate«, die sie im Inneren des Saals hörte.

Tanaquil schnappte sich den Grummel und schob den überraschten Oynt beiseite.

»Du musst es nochmal machen. Verstehst du? *Tomate.*«

»Hammelarsch.«

»Nein, du Dummkopf. Sieh mal, da ist dieser böse Murgel auf dem Tisch. Kämpf noch mal gegen den Murgel und schmeiß die Tomate vom Teller.«

Der Grummel sah sie an. »Nicht höflich.«

O Gott, ausgerechnet in diesem Augenblick, da Tanaquil wieder einmal den Giftanschlag ihrer Mörderin zu vereiteln suchte, gefiel es dem Grummel, sich in albernen Vorstellungen von gutem Benehmen zu ergehen.

Doch dann dachte sie: *Aber ich kann hier alles machen. Wie Oynt sagte, wir können tun, was uns beliebt.*

Ihr Blick schweifte durch den Raum. Jetzt konnte ihr nicht einmal irgendjemand Vorwürfe machen. Sie stieß mittels Willenskraft die Tomate vom Teller und da schwebte sie nun dahin und klatschte auf den bösen schwarzen Murgel. Das war nicht ihre Absicht gewesen …

Schreie wurden laut. »Wilde Magie.« – »Ich habe es ja geahnt.« Und immer schlimmere Ausrufe.

Der Grummel, besser spät als nie, hechtete zum Tisch zurück. Er landete in den Auberginen, rutschte ein paar Fuß weiter, erreichte den Murgel und zog ihn über das gebratene Gemüse.

Jetzt kämpften sie um die zermatschte Tomate. *Warum?* Und wenn sie tatsächlich vergiftet war?

Doch die Prinzessin erhob sich wie ein roter Stern des Zorns. Sie hob die Arme über den Kopf und es gab ein schreckliches Knacken.

Oben an der Decke brach der Tank auf, grünes Salzwasser ergoss sich über die Gäste, den schönen Tisch, die luxuriösen Reste, und heraus flogen sechzehn Möwen, flügelschlagend und kreischend und unwillkommene kleine feuchte Geschenke auf dem einen oder anderen hinterlassend.

So endete die Siegesfeier.

Oynt riss Lady Federkiel an sich. »Liebste Feder, ich werde dich beschützen. Du bist mir lieb und teuer geworden, liebe Feder …«

Doch Tanaquil entzog sich im und ließ ihn stehen, indem sie vorgab, nicht zu wissen, was Oynt meinte.

44

Sobald Tanaquil einen Alkoven in einiger Entfernung von dem Festsaal erreicht hatte, legte sie ihre angenommene äußere Erscheinung ab. Sie machte sich wieder sichtbar, und das war eine große Erleichterung. Erst dann rief sie den Grummel, der zu ihrem Erstaunen auch sofort angerannt kam.

»*Sei ebenfalls sichtbar*. Gut so. Hast du etwas von den Tomaten gegessen?«

»Gift nicht«, sagte der Grummel.

»Woher weißt du das?«

»Einfach weiß.«

»Red nicht so verdreht wie dieser Murgel. Hat der Murgel davon gegessen?«

»Nicht wichtig. *Nicht* Gift.«

»Moment mal!« Tanaquil nahm ihren Verstand zusammen. »Du wusstest, dass ich dachte, es wäre welches.«

»Sie hat noch nicht getan. Angst.«

»Nochmal: Woher weißt du das?«

Der Grummel, der für sie sichtbar war, *zuckte mit den Schultern*. Er tat es wirklich. »Drin«, sagte der Grummel. »Du.«

»Was soll das denn jetzt heißen?« Der Grummel kratzte sich. Er war peinlich berührt und hatte Auberginen- und Tomatenstücke im Fell. Sie streichelte ihm liebevoll den Kopf. Hatte er womöglich Schaden genommen? »Wenn du dich irgendwie komisch fühlst, sag es mir.«

»Komisch? Witz komisch?«

»Nein. Krank oder unwohl.«

Der Grummel blinzelte sie an. »Hammelarsch schlecht. Aubergine ist Gemüse?«

»Ja. Du hast da was durcheinander gebracht. Aber hier ist alles irgendwie durcheinander.«

Durch ein Fenster war die aufgehende Rose zu sehen. Die Sterne. Jharn. Honj.

»Warum hast du dich über die Tomate hergemacht, nachdem ich …«

Der Grummel antwortete sehr deutlich: »Hier alles machen. Hatte Lust.«

»Ach so. Na gut. Lassen wir es dabei. Ich muss die Prinzessin suchen. Sie hat den Saal gleichzeitig mit mir verlassen. Ist *hinausgerauscht.* Versuchen wir es mal in ihren Gemächern.«

»Gehen durch Decke?«, fragte der Grummel beflissen.

»Ja.« Sie hob ihn hoch. »Halt dich fest.«

Wie die Rose stiegen sie auf.

Tanaquil dachte über die Dinge nach, die sie während des Fests gehört zu haben glaubte. Die Lobreden auf Liliam. Etwas von einem Krieg, als sie überfallen worden waren, und Lili war auf einem primelfarbigen Pferd hinausgeritten, entlang der Reihen der kämpfenden Truppen unter dem Banner mit dem silbernen Einhornkopf. Sie hatte ihre Soldaten ermutigt: Beachtet die feindlichen Kanonen nicht. Sie hatte allen geholfen. Ihr Vater, auch der Vater von Prinzessin Danakil, Tandor, war kaltherzig und böse gewesen. Aber für Sulkana Liliam stand ihr Volk an erster Stelle. Und wenn sie sich Jharn als Ehemann ausgesucht hatte, weil er tapfer und gut aussehend und kräftig war, dann sollte sie ihn haben.

Der Grummel hatte genau genommen gar nicht auf Danakil reagiert. Gewiss hätte er Danakil und Tanaquil leicht verwechseln können, schlimmer als im Fall der Auberginen.

Jedenfalls waren sie jetzt in die Gemächer der Prinzessin aufgestiegen. Welche nicht anwesend war.

»Ich kenne«, sagte Tanaquil zu dem Grummel, welcher wieder Anstalten machte, die Seife im Bad zu suchen, »das Zauberreich, den Spiegel. Vielleicht zeigt der mir, wo sie ist.

Im Zauberreich von Danakil gab es keine Anzeichen, die auf die Herstellung von Gift hindeuteten. Alles war genau wie beim letzten Mal. Der Spiegel war auf dem Tisch sichtbar, dunkel wie eine Mondfinsternis.

Wenn ich hier irgendetwas tun kann …

»Spiegel, Spiegel«, sprach Tanaquil. Sie wartete. Der Spiegel wurde klar. Jetzt war er wie eine silberne Scheibe aus Eis auf einem seltsam senkrechten See.

Sie täte gut daran, ihn auf die Probe zu stellen. Aber wie?

»Zeig mir den Ziegenbesitzer Stinx«, forderte Tanaquil ihn schließlich auf.

Farben kräuselten sich im Spiegel, dann glättete er sich. Eine Szene erschien: Dombas Haus im Dorf Keckrich. Stinx lag in einer Hängematte, ein Mädchen mit langen braunen Haaren fächerte ihm Luft zu. Honigschnecke, Domba und zwei Ziegen alberten um ihn herum. Während sich anscheinend alle übrigen Dorfbewohner auf der Veranda versammelt hatten und an Stinx' Lippen hingen, damit ihnen ja kein Wort entging. Der Spiegel gab keinen Laut von sich, aber Stinx sah sehr frohgemut und sehr selbstgefällig aus.

Die unerfreuliche Begegnung mit den Soldaten der Prinzessin und seine verlorene Hoffnung darauf, dass Tanaquil ihn bei Hofe einführen würde, hatten ihm offensichtlich nicht geschadet. Tanaquil war froh. Da sie ihn für das von ihm spendierte Essen und den Hut, den er ihr gekauft hatte, entschädigen wollte, versuchte sie, etwas Geld – ein paar *Blonks*, was immer das sein mochte – in seine Tasche zu wünschen. Es war den Versuch wert. Allerdings würde sie wohl nie erfahren, ob sie Erfolg gehabt hatte …

Außerdem, vielleicht stimmte das Bild gar nicht. Noch eine Probe?

»Zeig mir den Festsaal von Liliam.«

Die Szene mit Stinx verblasste, und stattdessen erschien der Saal, voller Speisereste, Wasser und kreischender Möwen. Einige der Adligen saßen am Boden und wrangen ihre Haare und ihre Kleidung aus.

Murgel rannten herum, einer mit Tomate verziert. Offenbar stimmte an diesem Bild zu vieles, als dass es sich um einen Trick hätte handeln können.

»Also gut«, sagte Tanaquil. Sie sog die Luft ein. »Zeig mir … Tanaquil.«

Kaum hatte sie es ausgesprochen, fluchte sie. Das hatte sie nicht sagen wollen, sie hatte doch Danakil gemeint. Schließlich war es überflüssig, dass sie sich selbst, wie sie da stand, vor Augen geführt wurde.

Aber eine neue Szene bildete sich in dem Zauberspiegel.

»Nein, nein. Ich wollte sagen …«

Tanaquil verstummte.

Wolken zerflossen an den Rändern des Spiegels. Die ganze Fläche war in einem sanften Blau gefärbt, dann in Grün.

Tanaquil sah …

»Aber das kann doch nicht …«

Es war das Gästezimmer in Jaives Festung. Die grünen Wände, das grüne und goldene Bett. Und auf dem Bett …

Auf dem Bett.

»Spiel nicht herum. Lass es uns noch einmal versuchen. Spiegel, Spiegel auf dem Tisch. Zeig mir etwas, das wirklich und beständig ist.«

Das Bild zitterte nicht einmal. Es blieb so unveränderlich, als ob es lediglich der Blick aus einem Fenster wäre.

Auf dem grünen und goldenen Bett lag eine junge Frau mit langen, feuerroten Haaren. Sie trug eine Tunika und einen Hosenrock. Anscheinend schlief sie. Man sah sie langsam atmen, ein und aus, ein und aus.

Auf ihren Knien lag ein kleiner Fellteppich, nein, ein pelziger Grummel. Daran konnte kein Zweifel bestehen. Die Schnauze und die Ohren, die Pfoten und der Schwanz.

Auch der Grummel schlief.

Neben dem Bett stand Jaive. Sie weinte, weinte wie ein fünfzehnjähriges Mädchen oder ein vierjähriges Kind. *Weinte.* Große glitzernde Tränen.

»O Mutter, was ist los?«

Und dann war da Worabex, der große Magier; er tätschelte Jaives Schulter und legte den Arm um sie. Er sah bekümmert und ratlos aus.

Diesmal gab der Spiegel Laute von sich. Tanaquil hörte seine Stimme: »Es tut mir Leid. Ich habe alles ausprobiert, was mir eingefallen ist. Sie lebt, das sieht man. Aber ich kann sie nicht zurückholen. Selbst der Grummel reagiert nicht. Natürlich, er ist ihr Schutzgeist. Er bleibt bei ihr, wo immer sie auch sein mag. Das soll dir ein Trost sein, mein Schatz.«

Auch aus Tanaquils Augen quollen Tränen. Sie wusste nicht, warum.

Am Fuß des Bettes saß ein kleinerer, blonderer Grummel, ziemlich still. War das *Adma?*

Und dort in der Ecke lag das wollige Kamel, die Vorderbeine untergeschlagen, und blickte mit großen, alten, nachsichtigen Augen um sich.

»Oh«, sagte Tanaquil. Sie wandte sich von dem Spiegel ab, traurig und hilflos. Neben ihr saß der Grummel, der unhörbar hereingekommen war. Der Grummel betrachtete den Spiegel. »Wir.« Er klang überzeugt und erfreut. Dann, bekümmert: »*Wir.*«

»Wie können wir das sein? Wir sind doch hier.«

»Drin«, sagte der Grummel.

Eine Tür fiel krachend ins Schloss.

Das Bild im Spiegel bekam Sprünge und driftete weg wie ein grün-blauer-roter Schneesturm. Der Spiegel war leer.

»Verdammt! *Verdammt!*«, brüllte jemand draußen.

Tanaquil und der Grummel verschwanden unsichtbar durch die Wand hinaus.

Die Prinzessin stand in der Mitte des Säulenraums. Sie war bekleckert mit Pudding, Tomaten und Möwenkot.

»Ich werde es tun!«, schrie sie. »Diesmal hat es nicht geklappt, aber ich werde es tun, für Jharn – für mich! Morgen werde ich es tun. Jamatag. Bei der Vyger-Jagd.«

45

Am nächsten Morgen war Jamatag. (Jammertag?)

Tanaquil hatte nicht geschlafen. Sie hatte eine Zeit lang am Bett der Prinzessin gestanden und *sie* beim Schlafen beobachtet. Im Schlaf sah Danakil genauso aus, wie Tanaquil in dem Zauberspiegel im Schlaf ausgesehen hatte.

Dennoch, so schien es, hatte der Zauberspiegel ein falsches Bild gezeigt. Tanaquil und der Grummel konnten nicht gleichzeitig dort und hier sein. Und überhaupt, wie war das Kamel die Treppe hinauf zum Gästezimmer gekommen? Hatte Jaive wirklich geweint?

Hatte Worabex, mächtig und allwissend, sein überragendes Zaubertalent verloren und war nicht in der Lage gewesen zu helfen?

Sie verwarf die Überlegung. Es gab andere Dinge, über die sie sich Gedanken machen musste.

Während Prinzessin Danakil schlief, kroch der Murgel in ihre Arme. Der Grummel, anscheinend nicht mehr in streitsüchtiger Stimmung, ließ ihn in Ruhe.

Danakil – vielleicht im Traum – sagte zum Murgel: »Ich hätte es tun sollen. Ich wollte es tun. Ich hätte die Tomaten vergiften können und auch den Wein beim Rennen. Warum habe ich es nicht getan? Dann wäre sie jetzt schon tot. Ich wäre Sulkana. Ich würde Jharn heiraten.«

Dann hatte Danakil bis jetzt also noch keinen Versuch unternommen, Lili zu ermorden. Das ganze Durcheinander nach dem Rennen und bei dem Fest war umsonst gewesen. Was noch?

Tanaquil war entschlossen gewesen, mit der Prinzessin zu reden. Letzten Endes war ihr nichts eingefallen, was sie hätte sagen sollen.

Was *konnte* man denn zu seinem zweiten Ich sagen?

Aber ich muss etwas unternehmen.

Im Traum murmelte die Prinzessin etwas von alten Rezepten mit tödlichen Kräutern.

Schließlich schwebten Tanaquil, immer noch unsichtbar, und der unsichtbare Grummel durch die Mauern von Kammer/Kummer hinauf in die Ruhe des Dachgartens.

Einige Vögel richteten ihren betörenden Gesang an die untergehende Rose – die Sterne. Im Osten – wahrscheinlich war es der Osten – ging die rote Morgensonne auf. Der Himmel tönte sich von Schwarz über Dunkeltürkis zu Apfelgrün.

Wo ist dieser Ort? Die Tiere sind sonderbar und verrückt. Er besticht durch hübsche Farben. Man isst hier weder Fleisch noch Fisch, dennoch gehen sie auf Vyger-Jagd. Was ist ein Vyger?

Auf einer Treppe zwischen einigen schmückenden Eibenzweigen sang jemand falsch zu einer falsch gespielten Laute.

»Ihre Augen so brav, ganz wie ein Schaf ...«

Oynt?

Tanaquil schwebte unsichtbar näher.

Da saß er auf den Stufen bei einem großen Topf mit Geranien. Er trug ein hässliches Gelb, das sich mit allem anderen biss außer mit seiner eigenen Person. Sein kleines fettes Gesicht war erfüllt von hoffnungslosem Kummer.

»Ach, Lady Federkiel.
Ihr bedeutet mir so viel!
Aber wo seid Ihr nur?
Zu Euch führt keine Spur.«

Tanaquil verzog das Gesicht. Selbst die Geranien machten einen genervten Eindruck. Aber Oynt war jetzt ein weiterer verlorener Liebender – in gewisser Weise eine lästige Erscheinung.

Doch wenn Tanaquil wieder ihre Verkleidung als Lady Federkiel anlegte, würde Oynt ihr verraten, was ein Vyger war.

Oynt legte die Laute zur Seite, nicht ohne noch einige Worte über Liebesweh und erbsengrüne See und Sehnen und schmachtendes Stöhnen von sich gegeben zu haben.

»Wenn sie hier wäre, könnte ich ihr etwas über Vyger erzählen. Ich bin sicher, in Umbara gibt es keine Vyger.«

Tanaquil blinzelte unsichtbar. Hatte sie ihn veranlasst, das zu sagen?

Oynt sprach weiterhin in die scheinbar leere Luft.

»Wie die Vyger grün sind, mit Streifen und großen grünen Augen. Wie sie in Rudeln jagen. Sie kennzeichnen ihren Baum und klettern hinauf. Sie springen alle gleichzeitig und essen alle seine Blätter auf. Nach dem Überfall steht er nackt und kahl da, wie im Winter.« Oynt hob den traurigen Blick. »Genau wie mein Herz.«

»Ach«, (knietsch-knatsch machte die Laute), »Lady Federkiel,

was treibt ihr mit mir für ein Spiel!
Ihr habt mein Herz wie die Vyger-Diebe
entledigt all seiner Blätter der Liebe.«

Der Grummel machte eine Bewegung, als wolle er sich die Pfote in den Hals stecken, um sich zu übergeben.

Wirklich, der Grummel war inzwischen allzu menschlich. Adma hätte ihn wahrscheinlich davon geheilt, aber würde er Adma jemals wieder sehen?

»Ich schätze, wenn alle auf diese Jagd gehen, dann sollten wir das besser auch tun«, sagte Tanaquil im Gebüsch zum Grummel.

Zwei junge Mädchen kamen auf dem Weg vorbei.

Eine sagte zur anderen: »Ich habe in dem Busch jemanden sprechen hören.«

»Ja. Schau nicht hin. Wilde Magie ist da am Werk. Ein Mann in einem Dorf hat eine Tasche voll Blonks gefunden. Siebzehneinhalb Leute haben ein rotes Einhorn gesehen.«

Tanaquil blickte hinter ihnen her.

Dann war es ihr also gelungen, Stinx zu entschädigen. Aber erneut stellte sich die eine Frage: Lag bei dem Einhorn der Schlüssel zu all diesem Wahnwitz?

Ich bin ordnungsliebend. Deshalb repariere ich Dinge.

Eine schwache Stimme schien Tanaquil in ihrem Kopf zu antworten: »Und deshalb lebst du letzten Endes immer im Chaos. Damit du es in Ordnung bringen kannst.«

Wenn das Leben ein Rennen vergammelter Stühle ist, muss ich die dann reparieren?

Tatsächlich nahmen anscheinend alle an der Jagd teil, mit Ausnahme von Oynt. Er war in Ungnade gefallen, nachdem er die Prinzessin Danakil vor kurzem erst von der Flucht ihrer Gefangenen in Kenntnis gesetzt hatte; die Prinzessin hatte übrigens in ihrer Wut und Verwirrung ganz vergessen, dass sie die Spionin/Mörderin/Zauberin ins Verlies hatte bringen lassen.

Tanaquil hatte diese Szene durch ein Fenster beobachtet und mitbekommen, wie die Prinzessin kreischte und Oynt sich feige duckte.

»Sie könnte überall sein.«

»Ja, Herrin. Tut mir Leid, Herrin. Wilde Magie ist da am Werk. Sie war wahrscheinlich nur ein Teil davon. Ein Dämon. Ich bin ebenfalls einem Dämon begegnet, Herrin. Er hat die Gestalt einer wundervollen Frau angenommen. Aber sie ist verschwunden wie ein …«

»Hinaus!«

Tanaquil wurde an ihre Gedanken über das Kamel und seinen Treppenaufstieg in der Festung ihrer Mutter erinnert, denn der Hofstaat der Sulkana ritt über eine breite Treppe, die zum Strand führte, zur Jagd aus. Und die Reittiere waren große Geschöpfe in leicht gesprenkeltem Gelbbraun mit sehr langen Hälsen.

Guafen wurden sie genannt. Sie machten einen sehr friedlich-trägen Eindruck und ließen sich nicht einmal durch das Dröhnen des Wasserfalls stören, sondern stapften vorsichtig alle Stufen hinunter, wobei ihre seltsam hoch aufgebauten Sättel knirschten. Tanaquil schwebte hinter ihnen her.

Eine Menschenmenge hatte sich am Meer eingefunden, von dem man vielleicht hätte behaupten können, es sei erbsengrün.

Alle jubelten. Das Volk jubelte dem Hof zu und der Hof jubelte dem Volk zu.

»Muss man hier jeden Tag etwas anderes tun?«, fragte Tanaquil, ohne nachzudenken, laut.

»O ja«, antwortete ein junger Mann auf einer Guafe. »So ist es Tradition in Tablonkisch.« Dann wandte er sich an seinen Nachbarn und fügte hinzu: »Hast du was gesagt?«

»Ich sagte: Mit wem redest du?«

Sie starrten einander an und die Prozession der großen dahinschreitenden, schwankenden Guafen setzte ihren Weg fort, an dem blassgrünen Strand entlang, über den Möwen hinwegflogen oder im oder unter Wasser schwammen. Dann hinauf durch Felder roten Mohns und wieder ins Landesinnere, zurück zum Dschungelwald.

Auf dem Weg durch den Wald spielten Musikanten und Barden sangen; vielleicht war es gar keine schlechte Idee gewesen, Oynt zurückzulassen.

Die Bäume waren saftig grün und stellenweise hingen Trauben von wilden Weinranken. Rote Blüten mischten sich mit orangefarbenen Blüten. Die Vögel machten ihre eigene Musik, manchmal schwangen sich geheimnisvolle bläuliche Gestalten, die so etwas wie Affen hätten sein können, von Ast zu Ast, und Blumen, in diesem Fall weiß, flatterten von der höchsten Höhe des Laubdachs herab.

Nichts deutete auf die wilden Vyger hin, die angeblich die Bäume angriffen, und es fiel kein Wort über sie. Anfangs jedoch war ein bisschen mehr über sie gesprochen worden. Anscheinend waren sie in der Lage, jemanden Glied um Glied zu zerfetzen, deshalb stellte die Jagd ein ziemliches Risiko dar.

Tanaquil fragte sich, ob bei der Jagd beabsichtigt war, die Vyger zu töten. Einige der Guafen waren mit großen Körben beladen. Vielleicht waren diese gefüllt mit Bogen, Speeren, Äxten und Messern.

Tanaquil persönlich waren Jagden zuwider. Sie war einmal während ihrer Reisen durch ihre eigene Welt zu einer mitgenommen worden; der Prinz dieser Region war ein besessener Jäger gewesen. Tanaquil wusste, dass viele Leute Fleisch essen mussten, und hatte dagegen nichts einzuwenden. Doch die absurde Vorstellung, dass es als *Sport* angesehen wurde, ein Wesen zu töten, häufig gedankenlos, raffiniert und brutal, hatte dazu geführt, dass sie den freundlichen und leutseligen Prinzen nicht gemocht hatte, der von allen anderen für edel und gutherzig gehalten wurde. (Sie war zuvor bereits von seiner Prinzessin enttäuscht gewesen. Alle hatten gesagt, sie sei elegant, hübsch und um das Wohlergehen des Reiches besorgt. Doch Tanaquil fand sie auffallend, jedoch schlecht gekleidet, selbstherrlich und ermüdend.) Als der Prinz anbot ihr beizubringen, wie man Vögel abknallte – ein schöner Tag im Freien, sie solle nicht so töricht und zimperlich sein –, erteilte sie ihm eine so lautstarke Lektion über das Verhältnis der Größe seiner Nase und seiner Ohren zu dem seines Gehirns – so etwas Persönliches hätte sie normalerweise niemals erwähnt –, dass ihr nahe gelegt wurde, das Königreich vor Sonnenuntergang zu verlassen.

Irgendwie hatte sie bei dieser Jagd jedoch nicht das gleiche Gefühl.

Gegen Mittag – die Sonne stand warm über dem Wald – ritt die höfische Gesellschaft auf die Lichtung.

Ein weiterer Wasserfall, viel kleiner, jedoch genauso fleißig wie derjenige in Tablonkisch, platschte in einen dunkelgrünen Teich. Die Blumen dort standen so dicht, dass sie wie ein Teppich aussahen.

Auf der anderen Seite des Teichs stand ein wundervolles, verrücktes Haus, das dem Anschein nach aus umgestürzten Bäumen erbaut worden war; diese waren wieder in den Boden zurück gewachsen und hatten neue Bäume hervorgebracht, welche wiederum das Haus ergänzten. Zwischen dem Grün und Schwarz der Baumstämme und Äste waren farbige Glasfenster in Rot und Weiß, und Mobiles aus goldenen Sternen hingen zart klimpernd im leichten Lufthauch.

Tanaquil, die ungesehen zwischen den Reitern schwebte, war inzwischen ziemlich kühn geworden. Sie flüsterte in das perlenbehangene Ohr von Samtmarie: »Was ist das?«

»Die Hütte von Fnim«, sagte Samtmarie, »Sohn des Phnom.«

»Das weiß ich doch, Liebling«, sagte Rorlwae.

»Was weißt du?«, entgegnete Samtmarie.

Vögel flogen vom Dach von Fnims Hütte auf. Sie drehten Kreise darüber und zogen sich wieder zwischen die Bäume und die Glasfenster zurück.

Es gab eine Tür aus schwarzem Holz, die sich jetzt öffnete. Ein schwarzes Schwein trat heraus, auf den Hinterbeinen laufend und auf einen Stock gestützt. Es trug einen Helm.

»Losungswort,« grunzte das Schwein.

Der gesamte Hof holte tief Luft und schrie: »Tock-Tock, sagte die böse Gans.«

Das Schwein stand reglos da.

»Falsch. Das war letzten Monat.«

Lautes Gelächter und Rufen wurde laut und Fnim kam heraus und tätschelte das Schwein, das auf vier Beinen in die Hütte zurücktapste.

Fnims Clownsgesicht war ganz Lächeln. Er hatte hübsche, klare graue Augen.

»Das war nur ein Spaß. Was ist schon ein Losungswort? Kommt rein und esst was.«

Das Mittagessen verlief zwanglos. Sie saßen in einem großen Raum, dessen Wände und Decke aus Bäumen bestanden, behängt mit Sternen und farbiger Seide. Sie saßen auf Bänken, Stühlen, Teppichen am Boden. Das Schwein und Fnim bedienten sie, indem sie Platten mit weißem Käse und Nüssen, grünen Zwiebeln, Beeren, heißen Brotlaiben, geeisten Kuchen, Weintrauben, Pflaumen und Äpfeln brachten, und natürlich flaschenweise Wein. Nicht ein Teller oder ein Glas in Fnims Hütte glich dem anderen, aber alle waren schön, mit seltsamen Mustern, Formen und Farben.

Sonnenstrahlen tröpfelten durch die goldenen Sprenkel und wahrscheinlich wäre es nicht anders, wenn Regen fiele. In jeder Ecke waren vorsorglich Ständer mit Regencapes aufgestellt worden.

Fnim setzte sich schließlich zu der Sulkana und Jharn. Danakil saß allein, in einiger Entfernung.

Unterwegs hatte sich ein kleines Missgeschick ereignet, allerdings das einzige. Irgendetwas in einer Satteltasche, an der Danakil herumgefummelt hatte, war plötzlich in die Luft geflogen und hatte die Hälfte ihres Kleides sowie den ganzen Murgel in leuchtendes Smaragdgrün getaucht. Jetzt schmollten beide. Ihr Gesicht wies hässliche Streifen auf.

Jharn und Lili benahmen sich anfangs sehr steif, doch dann brachte Fnim sie zum Lachen. Fnim brachte jeden zum Lachen, einschließlich der unsichtbaren Tanaquil. Der Grummel ließ Anzeichen dafür erkennen, dass er den Wunsch hatte, Fnim gegenüber zu erscheinen, doch Tanaquil hielt den Grummel davon ab.

Dem schwarzen Schwein hatte sich ein rosafarbenes Schwein zugesellt. Sie bereiteten Tee in einem großen Kessel am Hauptherd. Keines von beiden sprach und Tanaquil fragte sich, ob dem schwarzen Schwein lediglich beigebracht worden war, auf eine bestimmte Weise zu grunzen, die sich wie gesprochene Worte anhörte.

Während Tanaquil Fnim beobachtete, stellte sie fest, dass dieser weniger durch gesprochene Scherze unterhielt, als vielmehr durch sein Verhalten. Sein Gesicht schien aus Gummi zu bestehen. Einmal vollführte er ohne Vorwarnung einen makellosen Purzelbaum. Lili klatschte in die Hände. Für einen Augenblick sah sie wie zehn aus.

Draußen weideten die langhalsigen Guafen.

»Oh – eines frisst dein Dach auf, Fnim.«

»Ein Schnitt kann nicht schaden.«

»Der Guafe?«

»Dem Dach.«

»Es sei denn, es ist eine allzu schnittige Guafe«, sagte Lili. Sie schien selbst über ihr Wortspiel zu staunen. Fnim lächelte sie an und sie fragte ihn: »Möchtest du mit uns auf die Jagd gehen, Fnim?« Ihr blasses Gesicht hatte sich gerötet, als ob ihr ihr eigenes Lächeln peinlich wäre. Vielleicht hatte sie zu viel Sonne abbekommen.

»Warum nicht?«, antwortete Fnim. »Ich wette, Lili, ich kann es mit drei Vygern aufnehmen.«

Tanaquil runzelte die Stirn und der Grummel, der sie ansah, runzelte die Stirn.

In ihrer Ecke runzelte Danakil ebenfalls die Stirn, riss ein grünes Stück Stoff von ihrem halbgrünen Kleid und stopfte es in ein kleines Fläschchen.

Dann legte sie den silberberringten Finger oben auf das Fläschchen und es sah doch tatsächlich so aus, als würde sie etwas hineintropfen lassen.

Die Jagd wurde erst wieder aufgenommen, als die Sonne im Westen über dem Wald unterging. Das war offenbar die richtige Zeit für Vyger.

Tanaquil blieb in der Nähe ihrer Doppelgängerin. Schließlich saß sie hinter der Prinzessin auf deren Guafe und der Grummel schlich unsichtbar immer rundherum um dem grünen Murgel, blies oder kicherte ihm ins Ohr.

Nachdem der Murgel zehnmal einen Satz in die Luft gemacht hatte und von der Guafe gefallen war, stürzte er davon und sprang stattdessen in einen der Waffenkörbe, den eines der anderen Tiere trug. Er wühlte sich unter die Abdeckung des Korbes und Prinzessin Danakil, deren Stirnrunzeln jetzt versteinert war, tat so, als habe sie sein Verschwinden nicht bemerkt.

Danakils Augen waren ganz und gar auf Lili fixiert. Die Sulkana ritt zwischen Fnim und Jharn, Samtmarie und Rorlwae folgten dichtauf. Sie alle lachten und sangen und erzählten alberne Geschichten, ja, sogar die Sulkana. Selbst die überzählige Guafe, die man Fnim als Reittier gegeben hatte, sah zufrieden aus.

Tatsächlich machten alle einen zufriedenen Eindruck, mit Ausnahme von Danakil.

Ihre Augen sehen so rot aus wie ihre Haare. Jetzt endlich sind ihre Augen wahrlich erfüllt von Mordlust.

Ja, wenn Danakil ihr Gift unterwegs oder in der Hütte hergestellt hatte, hatte sie es vor aller Augen getan. Wollte sie dabei gesehen werden?

Der Wald verdunkelte sich, wurde purpurn, während sich die Sonne weiterbewegte. Allmählich gab es ziemlich viele Lichtungen und hier und da stand ein einsamer Baum nackt und bloß da. Es war eine finstere Szene, die sich verdichtenden Schatten, die blattlosen Sommerbäume. Offenbar waren sie in den Lebensraum der Vygers geraten.

Rorlwae hielt einen Arm hoch.

Sofort zügelten alle ihre Guafen. Stille senkte sich herab.

Keine Vögel sangen, nicht in diesem Teil des Waldes. Keine Affen schwangen sich von Ast zu Ast. Nicht einmal ein einziger Schmetterling flatterte spielerisch durch die Luft.

Ein gespenstisches tiefes Rumpeln setzte ein.

Die Haare auf Tanaquils unsichtbarem Schädel richteten sich auf. Sie packte den Grummel, dessen Schwanz, den nur sie sehen konnte, so buschig gesträubt war wie eine Kaminkehrerbürste.

Dann kamen sie: durch die Bäume, durch die Schatten. Eine

riesige schleichende Bande. Große gespenstisch grüne Katzen, mit schwarzen Quer- und Längsstreifen und Augen wie brennende Lampen. Alle schnurrten. Dieses Schnurren war eines der Furcht erregendsten Geräusche, die Tanaquil ihrer Meinung nach jemals gehört hatte.

Dann hörte man das Aufklappen von Korbdeckeln, das Rascheln herabfallender Abdeckungen. Die Waffen kamen zum Vorschein …

Tanaquil duckte sich mit einem Fluch, als ein Hagel, ein Sturm von großen grünen Geschossen über ihren Kopf hinwegfegte.

Sie hüpften zwischen den Vygern zu Boden: Kohl, Salat, Blumenkohl, Kürbisse, Spinat.

Und jetzt knurrten die Vyger, stürzten sich auf das Gemüse, steckten die boshaften schnauzbärtigen Gesichter in das Grünzeug und zerfetzten es.

Der tapfere, verrückte Fnim war von seiner Guafe gesprungen, rannte vorwärts. Ein riesiger Vyger stürmte auf ihn zu und er warf ihm einen Kohlkopf gekonnt gezielt zwischen die Kiefer.

Beifallsrufe. »Hervorragend gemacht, Fnim!«

»Sogar noch besser als Phnom!«

Alle stiegen von ihren Reittieren ab, rannten zwischen die todbringenden Vyger, stopften ihnen Gemüse in die Mäuler.

Tanaquil lachte. Sie umarmte den Grummel sanft. »Siehst du, was ich sehe? Wenn sie ihnen etwas zu fressen geben, vermindert das den Schaden für die Bäume. Oh, Grummel, was für eine Welt.«

Jharn war da und schob einen ganzen Broccolikopf zwischen die Zähne eines grinsenden Vygers.

Die gewaltigen gelben Klauen tapsten jetzt mit Vergnügen herum. Die Vygers schnurrten, wenn sie jemanden bedrohten, und brummten, wenn sie glücklich waren.

Und da, dort in den Bäumen, diese rote Flamme – was war das? Ein Feuer, die untergehende Sonne?

Das rote Einhorn preschte über die Lichtung und war sofort wieder verschwunden.

In diesem Augenblick geschah es, dass jemand, wahrscheinlich versehentlich, von all dem Grünzeug in dem Korb ausgerechnet Danakils gefärbten Murgel zu den Vygern schleuderte.

Der Murgel flog durch die Luft, die Backen voller Salat, und fiel in Richtung Mitte des tobenden Tumults.

Ein Vyger hob den schrecklichen Kopf und riss die Kiefer weit auf ...

Tanaquil, benommen vor Angst, starrte in das Gesicht der Prinzessin. Sie hatte es nicht einmal gesehen.

Der Murgel verfehlte die Zähne des Vygers. Er erwischte den Kürbis, den der Vyger im Begriff gewesen war zu verspeisen.

»Nein ...!«, schrie Tanaquil.

Vyger und Murgel hielten je ein Ende des Kürbisses im Maul und die Augen des Vygers glühten vor Zorn.

Von irgendwoher machte der Grummel einen Satz. Er hatte sich von Tanaquil frei gemacht und war sichtbar geworden. Leute deuteten auf ihn. »Ist das deiner?« »Nein, ich glaube, er gehört Nixalsverdruss.«

Der Grummel landete auf dem Hals des Vygers und versenkte die Zähne darin.

»Foul! Foul!«, brüllte die Menge.

Der Vyger wirbelte wie wild herum, die Augen entflammt. Der Murgel packte seinen Schwanz, der Grummel trat ihm gegen die Nase.

Sie bildeten jetzt einen Haufen, braun und zwei unpassende Grüns. Dreschend, röchelnd, jaulend, *schnurrend* – all die vielen *Zähne!*

Es waren Jharn und dann Rorlwae, die herbeirannten, den Kürbis in das Maul des Vygers stießen und den Grummel und den Murgel wegzerrten. Fnim rollte den Vyger herum und gab ihm einen schmatzenden Kuss. Der Vyger stand taumelnd auf und entfernte sich mit federnden Schritten.

Alle Vyger rannten davon. Sie stießen kleine wimmernde Laute aus.

Tanaquil rutschte von der Guafe und nahm den wieder einmal davongekommenen Grummel in die Arme.

»Das war schlau, finde ich. Gut gemacht, wirklich. Aber werde schnell wieder unsichtbar. Werden diese Wesen zahmer, wenn sie satt sind?«

Sie hielt Ausschau. Die Vyger waren verschwunden. Der ganze Spuk war vorbei.

Wie dunkel der Wald war. Wie dunkel. Die Sonne musste untergegangen sein. Über der Lichtung hing jetzt nur noch ein dunstiges Rot, das schwach auf die Überreste von Kohl und Lauch schien.

Beinahe alle hatten sich in Gruppen verteilt. Der Murgel wurde von Samtmarie mit Salat gefüttert. Jharn und Rorlwae und Fnim verglichen ihre Murgel- und Grummelbisse und Vygerprellungen. Im Gras waren die Pfotenabdrücke der Vyger zu sehen, vom Sonnenuntergang rot gerändert wie von Blut.

Und Lili, die Sulkana Liliam dort drüben am Rand der Lichtung blickte in die Richtung, in die die Vyger geflohen waren.

Wie dunkel. Wie dunkel der Wald ist. Nichts ist mehr lustig.

Und da ist Prinzessin Danakil, meine Doppelgängerin, mein anderes Ich, ganz allein die Lichtung durchstreifend. Der Murgel vergessen, Jharn vergessen, alles vergessen, mit diesem Fläschchen in der Hand.

Tanaquil, die irgendwie den Zwang verspürte zu laufen, obwohl ihre unsichtbaren Beine aus Blei waren, folgte ihr. Sie konnte nicht rennen. Es war wie in einem Alptraum. Anscheinend hatte sie den Grummel abgesetzt.

»Du musst durstig sein«, sagte Danakil zu ihrer Schwester, die sie hasste, ihrer Schwester, die Danakils einzige Liebe heiraten und für sich behalten würde.

»Vielleicht ein bisschen. Was ist das?«

»Dieser Kräutertee, den du so gerne magst.«

»Danke, Dana.«

Auch sie gebrauchte den Kosenamen. Lili/Liliam. *Dana.*

Wie dunkel der Wald!

Rote Schmierer am ganzen Himmel. Das Licht des Sternenaufgangs. Der aufgehenden Rose. Aufgehend über dieser Szene des Todes.

Das Fläschchen! Sie hatte etwas hineingemischt, etwas Schreckliches. Diesmal hatte sie es wirklich getan. Man brauchte Danakils Gesicht nur anzuschauen, um Bescheid zu wissen.

Sie sah zu, wie ihre Schwester Liliam das Fläschchen an die Lippen hob.

Und ungesehen stand Tanaquil da, erstarrt wie im tiefsten Winterfrost, mehr des Lebens entblößt als jeder Baum. *Kalt.*

Bald würde Liliam noch kälter sein.

»Halt!«, schrie Tanaquil. Sie hatte zwei Stimmen. Wie?

Weil Danakil gleichzeitig geschrien hatte.

Mit einem weiten Satz hatte sie das Fläschchen aus Liliams Hand geschlagen. Die Mischung, schwarz in der Dunkelheit, dampfte klebrig auf Liliams gerade eben noch so vollkommenem Kleid.

»Was ist los? Warum hast du ...«

»Es würde dir nicht gut tun.«

»Ach, Dana, wirklich!«

»Nein. Ich habe etwas hineingemischt. Etwas Explosives und ein Kraut, in meinem Ring ...«

»War das nicht ziemlich umständlich, nur um Tee zu bereiten?«

»Du ... du begreifst nicht. Ich sage dir, ich muss ...«

»Oh«, rief Liliam. Ihr Gesicht war vollkommen weiß geworden, schimmerte wie Silber. »Oh, sieh mal. Ich hätte nie gedacht, dass es so etwas in Wirklichkeit gibt.«

Danakil drehte sich schwungvoll um.

Tanaquil desgleichen.

Dort, im Schatten und im Licht der Sterne, stand das rote Einhorn.

Die anderen Mitglieder des Hofs waren weit entfernt. Sie hatten nicht mitbekommen, was geschehen war. So war ihnen auch das Erscheinen des Einhorns entgangen.

Doch Danakil, Liliams Schwester und beinahe ihre Mörderin, schrie: »Es ist gekommen, um mich zu bestrafen. Das Schwert des Horns. Hier bin ich. Hier!«

Und das Einhorn machte kehrt und galoppierte davon, gewichtslos wie roter Rauch.

Danakil rannte hinter ihm her. Die steinernen Züge ihres Gesichts waren zerrissen wie die Kohlköpfe, zerrissen in Fetzen des Schreckens und Verlustes. Ihre Augen waren wie blinde Fenster, unterlegt mit einem tobenden Feuer.

Sie rannte dem Einhorn hinterher.

Und Tanaquil, beinahe ebenso blind, ebenso wahnsinnig, rannte wiederum ihr hinterher.

Sie ließen die Sulkana Liliam zurück, die wie eine kleine weiße Statue dastand, ganz allein in der Dunkelheit.

46

Doch im Herzen des Waldes war es noch dunkler.

Tanaquil rannte. Die Bäume huschten durch ihre Augenwinkel wie schwarze Pfähle im dumpfen Abglanz eines rötlichen Schimmers.

Vor ihr die Prinzessin, das Knacken von Zweigen, stolpernde Schritte und kleine Tiere, die zur Seite sprangen.

Weit, weit vorn das Einhorn, nicht zu sehen, lautlos.

Und dann stolperte die Prinzessin Danakil mit einem Schrei über etwas. Ihr Sturz war begleitet vom Klingen kleiner Glocken und dem Rascheln zerknüllter Papiertüten.

Da war eine weitere Lichtung. Darüber der dunkle Himmel mit seinem vielfältigen Chor aus singenden Silbersternen. Die Rose war noch nicht hoch genug, um sich gut sichtbar darzubieten.

Die Prinzessin lag lang hingestreckt auf einem umgestürzten Baumstamm. Einige angriffslustig aussehende Kaninchen, die beim Essen gestört worden waren, lauerten im Klee.

Zwischen zwei der weiter entfernten Bäume stand das rote Einhorn ziemlich reglos.

Es hatte jetzt, bei Nacht, das Rot eines erlöschenden Feuers. Leuchtender als bei Tag, aber auch düsterer. Wenn es den Kopf drehte, blitzte in seinem Horn das Sternenlicht auf eine Weise auf, an die sich Tanaquil erinnerte.

Sie musste sichtbar sein. Sie war es.

Tanaquil half Danakil auf die Beine.

»Schon gut, danke. Wer bist du? Oh …«

»Ich bin's. Tut mir Leid.«

»*Zauberin*. Gehört dieses Tier dir?«

»Nein. Einhörner gehören niemandem. Ich glaube jedoch, dass wir beide etwas damit zu tun haben.«

»Sprich nicht in Rätseln«, schimpfte Danakil. Sie hantierte an ihrer Taille herum. »Ich werde dich mit einem Zauberbann belegen, du Dämon.«

»Ich bin kein Dämon. Und ich glaube, du hast genug Zauberei für einen Tag vollbracht. Meinst du nicht?«

Danakil starrte sie an. Ihr Gesicht glättete sich. Sie sah verletzt und elend aus. »Was soll das heißen?«

»Deine Schwester. Lili/Liliam. Das vergiftete Fläschchen.«

»Es war eine Tasse Tee.«

»Es war Gift. Beinahe hättest du es ihr gegenüber zugegeben. Beinahe hättest du es sie trinken lassen.«

»Ich hätte es tun sollen. Ich hätte es wirklich tun sollen. Sie ist ein böses Weib.«

»Nein, ist sie nicht. Sie ist nicht so klug oder so einfühlsam wie du. Schließlich liebt Jharn dich und nicht sie. Ist das nicht schlimm genug für sie? Hast du es wirklich nötig, sie auch noch umzubringen?«

Danakil fing an zu weinen. Es war das bittere, schwere Schluchzen von jemanden, der sich nicht oft gestattet hatte zu weinen. Von jemandem, der aufgehört hatte, darüber nachzudenken, was er wollte, außer vielleicht fünf oder zehn Minuten lang jeden Tag.

Tanaquil ging zu der Prinzessin. Mit den seltsamsten Gefühlen legte sie den Arm um sie.

»Es ist ganz in Ordnung, wenn du weinst. Mach weiter. Arme alte Dana.«

Sie hielt Danakil fest an sich gedrückt und Danakil weinte in Tanaquils Haar, das beinahe die gleiche einhornrote Farbe hatte wie ihr eigenes.

Auf der anderen Seite der Lichtung schien ihnen das Einhorn zuzusehen, lautlos, unbeweglich.

»Das Beste ist, dass du es nicht getan hast. Du hast sie davon abgehalten, es zu trinken. Ich meine – verdammte Liliam. Du bist diejenige, die damit hätte leben müssen, sie umgebracht zu haben.«

»Inzwischen wird sie Bescheid wissen. Sie wird mich köpfen lassen.«

»Nein, das wird sie nicht. Sie ist zu langsam im Kopf, um zu begreifen, was du getan hast. Das Einzige, was sie gesehen hat, ist das Einhorn. Und dann bist du hinter ihm hergejagt, während sie zu erhaben und zu stolz war, um so etwas zu tun.«

»Das Einhorn ist hier, um mich zu erstechen«, sagte Danakil störrisch, wobei sie sich aufrichtete und sich die Augen an den Ärmeln abwischte. »Ich bin bereit.«

»Ich glaube ... nicht. Wie auch immer. Es ist auch mein Einhorn.«

»Aber du hast doch gesagt ...«

»Du und ich«, sagte Tanaquil. Sie holte tief Luft und sagte

mit fester Stimme: »Wir sind dieselben, verstehst du? Du bist ich und ich bin du.«

»Du bist eine Erscheinung, ein Dämon.«

»Pscht!«, sagte Tanaquil sanft.

Jetzt näherte sich das Einhorn von der anderen Seite der Lichtung, indem es behutsam seinen sternenerhellten Weg nahm, und als es vorbeiging, schien das Gras Feuer zu fangen, doch die Kaninchen fraßen unter seinen Hufen friedlich weiter und es schritt vorsichtig über sie hinweg.

»Federkiel«, sagte Danakil und benutzte damit den Namen, den Tanaquil ihr zuvor genannt hatte. »Was hat es vor?«

»Ich weiß nicht, aber ich vermute, es wird es uns zeigen.«

Danakil sagte mit gehetzter Stimme: »Ich hätte Sulkana sein sollen. Ich bin ein Jahr älter als Lili. Aber meine Mutter ist Tandor, unserem schrecklichen Vater, weggelaufen. Und sie ist mir weggelaufen. Lilis Mutter ist bis zu ihrem Tod geblieben.«

»Eltern können die Pest sein«, bemerkte Tanaquil.

Das Einhorn war nur etwa einen Fuß weit von ihnen entfernt.

Langsam drehte es sich um. Jetzt zeigte seine Flanke in ihre Richtung.

»Was … was soll das?«, flüsterte Danakil.

»Ich glaube … aber ich würde nicht …«

»Hier ich«, schrie eine Stimme rau und atemlos. Dann eine ähnliche Stimme: »Ich hier. Hier!«

Die Prinzessin und Tanaquil drehten sich blitzschnell um.

Der Grummel plumpste auf die Lichtung, als ob er mit einem Bogen abgeschossen worden wäre, und der grün gefärbte Murgel, dem immer noch ein Salatblatt zwischen den Kiefern hing, flitzte hinter ihm heran.

Die aufgescheuchten Kaninchen spuckten aus und flohen.

»Ich!« »Ich!«

»Schon gut, ihr beide seid es. Jetzt seid ruhig«, beschwichtigte Tanaquil sie.

»Einhorn gehen«, sagte der Grummel. *»Reiten.«*

Tanaquil betrachtete erneut das Einhorn. Es stand geduldig, jeglicher Zeit entrückt da, kleiner als damals das schwarze Einhorn, aber kräftig. Es wäre ein Leichtes, sich auf seinen Rücken zu schwingen.

Aber man konnte auf einem Einhorn nicht reiten.

Sie dachte an die Vollkommene Welt. Dort war man nicht einmal auf Pferden geritten.

Und dennoch, war dies eine Freundschaftsgeste? Es würde sie irgendwo hinbringen. Und es würde sie tragen, so wie man ein müdes Kind trug.

Tanaquil ging zu dem Einhorn und legte ihm die Hand besänftigend auf den Hals. Es fühlte sich an wie warme Seide, es roch nach Gras und Nacht. Es stand da wie ein Fels in der Brandung. Es wartete.

»Ist es eine abgemachte Sache, dass wir auf deinen Rücken steigen?«

Denn schließlich, warum war ihr dieser Gedanke gekommen? Warum war dem *Grummel* dieser Gedanke gekommen?

»Komm, Dana«, sagte sie zu Danakil.

»Wozu?«

»Dazu.« Tanaquil, die im problematischen Umgang mit Pferden und Kamelen bewandert war, hievte sich ohne Schwierigkeit hoch. »Setz dich hinter mich.«

»Auf ein Einhorn? Das würde gegen das Gesetz verstoßen.«

»Vertrau mir.«

»Dir vertrauen!«

»Wem sonst«, sagte Tanaquil »könntest du vertrauen?«

Sie sah den Glanz des Sternenlichts in den runden Augen des Grummels und des Murgels, die keuchend zusahen. Dann war Danakil ungelenk hinter ihr aufgestiegen, fluchend und immer wieder abrutschend. Das Einhorn blieb unbeweglich wie ein Fels.

»Bist du drauf?«

»Ja … *ah!* Jetzt bin ich es.«

Und wie weiter?

Tanaquil war nur bedingt vorbereitet, Danakil ganz und gar nicht.

Das Einhorn machte einen Satz. Es hüpfte vom Boden in die Luft. Und schwebte dort. Dann sprang es um die Lichtung herum, wobei seine Füße über nichts galoppierten, den Kopf himmelwärts gerichtet.

Danakil gab einen unterdrückten Schrei von sich.

»Schon gut. Wir müssen ihm vertrauen.«

»Dir vertrauen, ihm vertrauen …«

Das Einhorn drehte noch eine schnelle Runde; es flog, allerdings ohne Flügel.

Fünfzehn Fuß tiefer blickten der Grummel und der Murgel nach oben.

Und dann folgte etwas ganz Idiotisches, aber ganz Wunderschönes. Aus dem Rücken des Grummels sprossen zwei blassbraune fedrige Flügel. Auch er hob zum Flug ab. Nicht gerade elegant, aber lebhaft, kippelte er um die Lichtung herum, mit baumelnden Pfoten und zufriedene *Puff-Puff*s ausstoßend.

Unterdessen stieg das Einhorn höher, zehn Fuß, zwanzig, direkt zum Himmel über der Lichtung.

Danakil ließ den bisher besten Fluch vernehmen.

»Halt dich fest. Ja, das machst du, nicht wahr?«, brachte Tanaquil halb erstickt hervor, während Danakil sie mit der Umklammerung eines Arms beinahe erwürgte und ihr mit dem anderen um die Leibesmitte den Atem abdrückte.

Der Grummel zischte im Rückwärtsgang vorbei und trudelte um sie herum. »Nett! Nett!«

Vielleicht hätten sie alle ohnehin so hoch fliegen können. Brauchte der Grummel überhaupt Flügel?

Das Einhorn hing jetzt über den Baumwipfeln. Der Grummel, abgelenkt, wurzelte mit der Schnauze in einem Nest und ein großer Vogel tauchte auf und pickte ihn.

Am Boden stand der Murgel und blickte mit sehnsuchtsvollen Augen nach oben. Tanaquil hörte ihn jaulen, den armen Kerl.

Der Grummel trieb den verstörten Vogel in sein Nest und schoss wieder zum Boden hinab. Direkt über dem Murgel peitschte der Grummel mit dem Schwanz.

Ohne dass auch nur ein einziger vernünftiger Gedanke in ihrem Kopf verblieben wäre, sah Tanaquil schwarze Flügel, die nun wiederum aus dem gefärbten Körper des Murgels sprossen. Auch er machte jetzt einen Satz in die Luft.

Während das Einhorn flügellos in die höchste Schwärze der Nacht galoppierte.

Tanaquil klammerte sich an ihm fest und Danakil klammerte sich gnadenlos an ihr fest, und hinter ihnen flogen zwei entschlossen zappelnde, trottelhaft wirkende Gestalten, die der Murgel und der Grummel waren, und ihre vier Augen leuchteten heller als die Sterne. Das Salatblatt in den Lefzen des Murgels flatterte wie eine Fahne.

47

Sie flogen so hoch, dass sie die letzten Strahlen des Sonnenuntergangs einholten; er breitete sich unter ihnen entlang des ganzen Saums der Welt aus.

Doch der rote Sonnenuntergang hatte die Form eines roten Einhorns angenommen, mit einem Stern als Auge. Und das Sternenbündel der Rose bildete das Horn, wobei die letzte Windung und Locke im dunklen oberen Himmel endeten.

Das Einhorn, auf dem sie ritten, vollführte kluge Drehungen. Es eilte jetzt schnell wie der Wind dahin, direkt auf die Rose zu.

Danakil machte »Oh-oh« und schmiegte sich an Tanaquils Rücken.

Tanaquil hielt sich an der Mähne und dem Hals des Zauberwesens fest. Sie hatte sich entspannt, denn ganz ohne Zweifel musste dies alles ein Traum sein. Sie würde abgeschüttelt werden und herunterfallen und mit einer Beule aufwachen, im Bett. Doch wo würde dieses Bett stehen? In Dombas Haus? Im Magnolienbaum? Oder im Gästezimmer in Jaives Festung?

Das Leuchten der Sterne der Rose wurde heller und immer heller. Nach einigen Minuten wirkte es so hell wie eine klare bläulich-rosafarbene Morgendämmerung.

Durchsichtige, blasenartige Wolken zogen unter ihnen dahin wie hübsche gewichtslose Briefbeschwerer.

»Dana – falls ich dich nicht erträume oder du mich nicht erträumst – dann *musst* du dir das ansehen. Es ist erste Klasse.«

Danakil bewegte sich

»Wir sind jetzt so hoch, dass wir in die Sterne hinein fliegen.«

»Nein, das ist unmöglich«, widersprach Tanaquil.

Aber es war nicht unmöglich.

Tanaquil wusste dank der frühen Aufklärung durch ihre Mutter, dass alle Sterne Sonnen waren, große Bälle aus Feuer und Gas, Millionen Meilen von jeder anderen Welt entfernt. Doch hier, an diesem seltsamen Ort, schien es, als wären zumindest die Sterne der Rose so wie die Sterne, die sie sich als kleines Mädchen vorgestellt hatte.

Und jetzt schwebte das Einhorn zwischen ihnen dahin. Weit zahlreicher, als man von unten ermessen konnte, hingen sie da, sanft schaukelnd, funkelnd und glitzernd, einige so groß wie der Palast von Kammer/Kummer, einige sogar noch größer, einige von Tanaquils Größe. Und es gab andere, klein wie Äpfel, wie Kirschen, doch alle drehten sich beständig, hell brennend. Ihre silbrige Glasigkeit war überstrahlt von blassem Saphir und Jade, mit Flammensprenkeln und schwach blitzenden Glanzlichtern. Sie wirkten wie riesige Opale, wie Diamanten. Und dennoch waren es Sterne, so wie Sterne sein sollten, ohne

Zweck, ohne wissenschaftlichen Belang, ohne jede logische Antwort für die Erde unten.

Und sie klangen und sangen, leise. Für sich allein. Und als der Schwanz des Einhorns die kleinen streifte, gaben sie verhaltene melodische Klänge von sich und manchmal sogar etwas, das sich wie das Lachen eines Kindes anhörte.

»Es ist erstaunlich.«

»Ja, ist es.«

Hinter ihnen flatterten der Grummel und der Murgel daher; ab und zu hielten sie inne, um sich in der Luft herumzurollen und mit den Pfoten nach einem Stern zu schlagen. Tanaquil stellte beruhigt fest, dass dadurch kein Schaden angerichtet wurde.

Natürlich waren die Sterne hart wie Stahl, vielleicht sogar unzerstörbar. Es waren schließlich *Sterne,* herrje!

In der Mitte des Rose-Bündels – oder vielleicht war es auch nicht die Mitte, sondern schien nur so – erstreckte sich eine Fläche wie ein beschlagener Spiegel horizontal durch die Juwelen aus Licht.

Nichts war auf dieser Fläche, die abgeschrägte Ränder hatte wie ein Spiegel, bis das Einhorn hinabsank und dort landete.

Einen Augenblick bevor sie den Boden berührten, setzte ein Flitterregen von oben ein. Ein Wasserfall von Sternen oder die Glut von Sternen fiel auf die Ebene herab.

Es war wohl Zeit zum Absteigen. Das taten sie und standen dann unter diesem himmlischen Niederschlag.

»Wohin sind wir geraten, Feder?«

»Ich weiß es nicht, Dana. Aber es macht keinen schlechten Eindruck.«

»Und warum?«

Tanaquil wandte die Augen von all der faszinierenden Schönheit ab und konzentrierte sich angestrengt auf die einzigen erkennbaren Dinge. Grummel und Murgel spielten lautstark in dem Sternenregen. Danakil stand in ihrem halbgrünen

Kleid da. Sie sah nicht mehr grausam oder niederträchtig aus. Ihr Gesicht war rein gewaschen worden.

»Ich glaube«, sagte Tanaquil und bedachte ihre Worte sorgsam, »wir mussten uns von unserer Welt lösen. *Lass die Welt hinter dir.* Und stell dich deinem Schicksal von Angesicht zu Angesicht.«

»Wir sind Doppelgängerinnen.«

»Wir sind ein und dieselbe Person.«

»Und jetzt?«, fragte Danakil.

Der kristalline Regen verursachte eine Art Glitzern in Tanaquils Geist. Ihr Geist wurde ebenso wie das Gesicht ihres zweiten Ichs klar gespült. Kristallklar.

»Hör zu. Es ist ganz einfach. Setz dich.«

Sie setzten sich dicht nebeneinander, neigten sich einander zu, während der Murgel und der Grummel in einem Gestöber unirdischer Edelsteine herumtollten.

»Honj – ich meine Jharn – liebt dich«, sagte Tanaquil. »Du liebst ihn. Das ist das Einzige, was für euch beide wirklich wichtig ist. Vergiss also alles andere. Lass Lili Sulkana sein. Soll sie euch doch beide hinauswerfen. Sag ihm, er soll sich von ihr trennen, und geh mit ihm. Welche Bedeutung hat alles andere?«

»Nein, das ist zu einfach.«

»Warum sollte es nicht einfach sein?«

»Aber was ist mit ihr?«, fragte Danakil mit belegter, leiser Stimme. »Was wird aus Lili?«

»Sieh mal, wenn er sie nicht liebt, würde er sich schlecht fühlen und wahrscheinlich würde er auch bewirken, dass sie sich schlecht fühlt. Er nützt ihr nichts, weil er einzig und allein mit dir zusammen sein möchte. Sie ist so ehrenhaft, sie wird zustimmen müssen. Ach, Dana, begreifst du denn nicht? Wenn er sie verlässt, dann ist sie frei, einen anderen zu lieben. Und das tut sie, Dana, obwohl niemand von euch es weiß. Sie liebt Fnim.«

»Aber der ist doch viel zu alt!«

»Sie wünscht sich jemanden, der die Stelle ihres Vaters einnimmt. Um für sie der Vater zu sein, den sie niemals gehabt hat. Nicht kaltherzig und fordernd wie Zorander – ich meine Tandor –, sondern ein liebevoller, fröhlicher, sorgenfreier, lustiger Vater. Jemand, der sie zum Lachen bringt. Der mit ihr Späße macht. Der sie zu einer Frau machen kann, nicht zu einem Stück eiskalten Steins. Und jemand, der sie seinerseits ebenfalls braucht, damit sie ihn zur Ruhe bringt. Und du, meine Liebe«, sagte Tanaquil leidenschaftlich, »brauchst jemanden, der dich davon abbringt, alles zu zerbrechen und in die Luft zu jagen.«

Danakil schüttelte den Kopf. Nickte.

Ein seltsames Rütteln packte ihr Kleid. Die grüne Hälfte verschwand. Der Fleck war weg. Während der Murgel unter dem Wasserfall von Sternen schwarz war und Sternenstaub anstatt eines Salatblatts im Mund hatte:

»Wenn es so einfach ist, sollten wir dann nicht zurückkehren und danach handeln? Aber falls wir das tun wollen, wie schaffen wir das aus eigener Kraft?«

»Mit dem Einhorn«, sagte Tanaquil. Sie wandte sich um und hielt nach ihm Ausschau. Das Einhorn war nicht da. »Warte. Ich glaube, ich verstehe. Ich glaube – Dana, das Einhorn – es ist Teil von dir, von mir. Es ist – kennst du den Ausdruck: Sehnsucht des Herzens?«

»Ich kenne den Ausdruck«, erwiderte Danakil, *»aber wie kommen wir jetzt von hier weg?«*

Tanaquil stand auf.

»Wieder du und ich. Zauberin. Das hier ist wie alles andere. In Wirklichkeit ist es lächerlich einfach.«

Als Tanaquil, die Danakils Hand fest in ihrer hielt, vom Rand der Glasfläche in die Tiefe sprang, kreischte Danakil laut auf.

Doch die Sterne klingelten nur und sie schwebten gelassen

durch den Regen von Sternen hinab, zwischen den Juwelen der Rose hindurch, wobei der Grummel und der Murgel hinter ihnen her paddelten, endlich einmal folgsam. Nur das Salatblatt musste irgendwo am Himmel geblieben sein. Würde es ebenfalls verzaubert werden?

»Das ist doch verrückt«, quetschte Danakil fast weinerlich hervor. »Es kann nicht alles so einfach wie das hier verlaufen …«

»Vielleicht doch. Vielleicht ist es immer mit allem so. Selbst mit den schrecklichen Dingen. Selbst mit den Dingen, die einem das Herz brechen. Vielleicht liegt die Lösung auf der Hand und sie ist so einfach, dass wir sie nicht sehen.«

Sie schwebten hinab durch die Wolken, welche nach Regen und Blitz rochen. Ihre Haare wallten kühl im Wind. Sie lachten.

Der Himmel verdunkelte sich, dann war er schwarz und die Sterne schienen weit entfernt.

Murgel und Grummel rangen wie zwei missratene Vögel in der dünnen Luft, fielen eine halbe Meile tiefer, zappelten und flatterten über den Baumwipfeln des Waldes.

»Geh jetzt gleich zu ihm«, sagte Tanaquil. »Zu Jharn. Und zu Lili.«

»Das wird einen drei Stunden langen Disput geben.«

»Besser als eine lebenslange Gemeinheit.«

Jenseits des Waldes waren Lichter schwach auszumachen.

»Da liegt Schleckrich. Und dort ist Keckrich und Tablonkisch. Und das da könnte meiner Meinung nach sogar die Stadt Kohm-Plitschich sein.«

Tanaquil seufzte, neigte den Kopf und blickte zurück zur Rose. Ein winziger grüner Brillant war erschienen.

Bestimmt hatte sie ihn zuvor einfach nicht bemerkt. Entweder das, oder das abgeworfene Salatblatt hatte sich in einen Stern verwandelt.

Am Waldboden reichten sich Tanaquil und Danakil schüchtern und gleichzeitig erhaben die Hände, während erwachte Vögel in den Ästen über ihnen herumschwirrten und zwitscherten.

Der Grummel und der Murgel putzten sich gegenseitig und fochten dann einen schnellen Kampf aus, um der alten Zeiten willen.

»Alles Gute, Dana.«

»Alles Gute, Feder.«

Jetzt hörten sie Rufe und das Aufleuchten von Fackeln zwischen den Bäumen.

»Ein Suchtrupp, der nach mir Ausschau hält«, sagte Danakil. »Narren …«

»Ärgere dich nicht. Geh gleich zu ihm.«

»Ja. Zu ihm.« Danakil lächelte, was ihr gut stand.

Während die Prinzessin auf den Pfaden des nächtlichen Waldes davonging, wobei sie dem Murgel (der immer noch Flügel hatte) ab und zu ein Stöckchen warf, spürte Tanaquil den Rhythmus ihres Pulses so, als ob es zum ersten Mal wäre.

Was Danakil tun musste, musste sie, Tanaquil, ebenfalls tun.

Trotzdem wartete sie, bis eine Weile nach dem Weggehen ihrer Doppelgängerin frohe Rufe des Wiederfindens und eine Trompetenfanfare erklangen.

»Jetzt muss sie ihren Drei-Stunden-Disput durchstehen«, sagte Tanaquil zum Grummel. »Aber wir, wir gehen heim.« Der Grummel sah sie erwartungsvoll an. »Stimmt's?« fragte sie ihn. »Ist das wirklich auch so einfach?«

»Drin«, sagte der Grummel. »*Raus.*«

»Das habe ich mir gedacht.«

Tanaquil bückte sich und hob ihn hoch. Er fühlte sich warm an wie frisch gebackenes Brot, so vertraut wie sie sich selbst. Honj war immer noch ein Fremder. Zu lieben bedeutete nicht zu kennen, das blieb noch zu lernen. Vielleicht würde es die restlichen Jahre ihres Lebens dauern. Wie wundervoll!

»Halt dich fest!« Der Grummel, immer noch gehorsam, schlug jeden einzelnen seiner Zähne und jede einzelne Kralle in ihre Kleidung und ihre Arme. »Autsch!« Und los. Hinauf und *hinaus!*

Es war wie das Auftauchen an die Oberfläche aus einem tiefen und tosenden Fluss. Alles, kalt und heiß, geschmolzen und unpassierbar, fließend, ergoss sich in die entgegengesetzte Richtung. Sie schoben sich wie zwei Nadeln durch einen dicken schwarzen Stoff, immer weiter hindurch, und beförderten ihre Köpfe, ihre Körper, ihren Geist und ihre Herzen und Seelen hinaus in ein dunkles und weiter zu einem goldenen Licht.

Teil Drei

48

Tanaquil saß auf einer Bank, das Kinn auf die Hand gestützt, und blickte hinunter auf den langen Weg, wo Zypressen üppig wuchsen, bis zu dem großen glitzernden Teich. Es hatten sich bereits Enten bei ihm eingefunden. Und manchmal kam in der Abenddämmerung ein streunender Schakal hierher um zu trinken, oder ein Rudel durstiger Grummel. Der Garten war verwildert, da er zu groß war, als dass Jaive und Worabex ihn allein hätten pflegen können. Die Blumen hatten die kalten Nächte nicht überstanden, der Weg war von Unkraut überwuchert. Bald würde das Ganze nur noch eine schmückende Oase sein. Aber immerhin hatte es der Wüste Gewächse und Wasser beschert.

Jaive meinte es gut. Das tat sie immer.

»Und sieh mal, Mutter, da wächst ein Kaktus. Er ist ganz von allein gekommen.«

»Ja, Liebes. Mich stört er nicht. Ich bin nur froh, dass du da bist.«

»Danke, Mutter. Es war schön. Aber vergiss nicht, morgen …«

»Morgen verlässt du mich wieder.« Jaive hörte sich missbilligend an. Tanaquil erkannte, dass dies verbrämte Traurigkeit war.

»Nicht für immer, das habe ich dir doch erklärt. Ich muss das tun, was ich Danakil zu tun empfohlen habe. Ich muss

Honj wieder finden, mit Lizras Armee.« Sie legte nachdenklich eine Pause ein, dann fuhr sie fort: »Dort ist jetzt bestimmt Winter.« Und dann: »Ich war lange Zeit nicht dort. Und nach dem, was Worabex mir erzählt hat – nun ja. Ich weiß, es ist möglich, dass Honj anderen Sinnes geworden ist. Lizra hätte ihn zum Prinzgemahl gemacht, vielleicht sogar zum Kaiser. Das ist viel, um es einfach so aufzugeben.«

»Ja«, sagte Jaive. Ihre Augen waren für einen Moment verschleiert. Natürlich, auch *sie* hatte jemand verlassen, um wegzugehen und Herrscher über ein Königreich zu sein.

»Jedenfalls muss ich es versuchen. Ich habe einen Fehler gemacht. Ich hätte mich zu mir selbst, zu uns beiden bekennen sollen. Vielleicht wird er nein sagen, aber wenn ich ihn nicht frage, finde ich es nie heraus. Und ich muss es auch Lizra erklären.« Lizra, Schneekönigin in einer Schneelandschaft. Ein dreistündiger Disput wäre nichts, verglichen mit dem, was Lizra fähig wäre, Honj und Tanaquil anzutun.

Das Licht wanderte über Jaives Wüstengarten; oben erstreckte sich der tiefblaue Himmel.

Das war das Seltsamste gewesen, das Ungewohnte eines blauen Himmels nach dem grünen Himmel über Tablonkisch.

Dunkel, dann hell: golden. Kobalt.

Als Tanaquil die Augen aufgeschlagen hatte, auf ihrem Bett liegend, hatte sie sich schwer und unbeweglich gefühlt. Doch sie bewegte sich trotzdem und stellte fest, dass ein Teil der Schwere von dem Grummel herrührte, der ausgebreitet auf ihren Beinen lag. Doch im nächsten Augenblick rollte sich der Grummel von ihr weg und richtete sich ebenfalls blinzelnd auf.

»Zurück«, sagte der Grummel.

Dann war da etwas wie eine Kugel aus grellem Feuerwerk, die aus einer Ecke hervorschoss, und Adma, das Grummelweibchen, war auf dem Grummel gelandet, schleckte und putzte ihn, küsste ihn auf die Augen, rieb seine Nase mit der ihren. Und der Grummel, dumm und rührselig über jedes

Maß an dummer Rührseligkeit, legte sich hin und ließ alles mit kleinen ermunternden Quietschern über sich ergehen. Auch Adma quietschte.

Und wer ist da, um mit mir zu quietschen?, dachte Tanaquil wehmütig, während sie sich schwindelig aufsetzte und der Grummelei Platz machte. Bestimmt war das Kamel nicht da. Genauso wenig wie Jaive, weinend an ihrem Bett stehend, oder Worabex, aufreizend väterlich. Etwas war jedoch da, am Boden hinter dem Bett.

Es war ein Ding mit zwei Köpfen, Elefantenohren, elefantendicken Armen, Froschaugen. Es war bis zum gewaltigen Bauch im Teppich des Gästezimmers versunken. Das Zimmer war jetzt eiskalt.

»Seid gegrüßt«, sagte Epbal Enrax, der kalte Dämon, in seinem knochenrasselnden Murmeln. Doch ein malvenfarbener Dunst zog über ihn hinweg. Das war ein Zeichen für seine Zufriedenheit. *»Ich hole die, die deine Mutter ist.«*

Er wackelte wie ein Pudding den Gang hinunter.

Fünf Minuten später, nachdem Tanaquil sich das Gesicht gewaschen und die Haare gebürstet hatte, und während der Grummel und Adma ziemlich wild herumtobten, indem sie Vorhänge hinaufkletterten und herunterrutschten und diese zerrissen und sich gegenseitig in den Schwanz bissen und so weiter, ging die Tür auf und Jaive und Worabex brachen wie eine ungestüme Woge herein.

»Oh, mein Liebling … Oh, Tanaquil … Oh!«

»Hallo, Mutter.«

Jaive nahm Tanaquil zum ersten Mal seit deren Kindheit in die Arme. Jaive drückte ihre Tochter an sich, küsste sie, herzte sie; ja, ganz nach Adma-Art.

Sie liebt mich, dachte Tanaquil. *Sie liebt mich wirklich.*

Etwas zaghaft erwiderte sie Jaives Umarmung.

Als sie sich schließlich trennten, wischte sich Jaive die Augen an einem ihrer roten Kätzchen ab, das sich an ihren Ärmel klammerte. Offenbar fiel das keinem von ihnen auf. Epbal Enrax war wieder aufgetaucht, er hielt das zweite Kätzchen im Arm. Wahrscheinlich gefiel ihm dessen Farbe.

»Wie lang«, sagte Tanaquil, »war ich …?«

»Mein Liebling. Mehrere Wochen. Wir konnten nichts tun. Nichts!«

Worabex räusperte sich und sprach von der Tür her: »Unsere Dämonen haben rebelliert.« Tanaquil fielen die Ekel erregend zuckerrosigen Erscheinungen mit den reizenden Reh- oder Katzengesichtern und den guten Manieren ein.

»Ich kann es ihnen nachfühlen. Wie haben sie in Wirklichkeit ausgesehen?«

»So etwas fragt man nicht. Abgesehen davon ist nur Epbal Enrax loyal geblieben. Dein großartiges altes Kindermädchen strickt ihm eine rote Tunika zur Belohnung.«

Epbal Enrax setzte das Kätzchen auf seinem dicken geschlängelten Schwanz ab. Das Kätzchen strampelte sich mit eifrigen Bewegungen hoch, anscheinend nicht abgestoßen von der Kälte der dämonischen Person.

»Es war das Grummelweibchen da drüben, das dich gefunden hat«, sagte Worabex. »Nach dem Wasserausbruch. Es eilte gleich hierher. Erzählte es deinem Grummel. Als wir dich hereintrugen, begleitete dich dein Grummel. Natürlich muss ein Schutzgeist das tun und sollte auch dazu in der Lage sein. Anschließend, nachdem du während deiner Bewusstlosigkeit in der Obhut von ein oder zwei Zauberbannen warst, gab es nicht mehr viel zu tun. Du verfügst mit deiner Magie über eine große Macht, Tanaquil. Begreifst du das endlich?«

»Ich war in einer anderen Welt«, sagte Tanaquil. »Aber nicht physisch. Das ist eine Erklärung für das, was ich dort bewerkstelligen konnte. Und dennoch war es so sehr Wirklichkeit wie alles hier. Was den Grummel betrifft, er muss irgendwie seine Wachsamkeit projiziert haben …«

Worabex sagte: »Mathematik ist schwierig.«

Sie dachte erfreut: *Er blickt auch nicht so richtig durch.*

»Wir müssen ein Fest veranstalten, nun, da du wieder da bist«, rief Jaive, die ganz vergessen hatte, dass alle Diener und Dämonen weggelaufen waren.

»Könnte ich einfach nur etwa sechs Tassen Tee haben?«, fragte Tanaquil durstig.

»Selbst eine Tasse Tee«, sagte Worabex, »könnte ein Problem darstellen.«

Sie stellte fest, dass die beiden, ihre Mutter und der romantische Worabex, sie nun nicht mehr so sehr störten. Liebe war etwas Magisches, Lächerliches und Allgegenwärtiges. Sie erinnerte sich daran, wie sehr sie sich Sorgen ihretwegen gemacht hatten, so wie sie es in dem Zauberspiegel gesehen hatte. Vermutlich war das die Wahrheit gewesen, auch wenn das Kamel nicht anwesend gewesen war.

Sie erzählte ihnen ein wenig von der anderen Welt und ihren Schlussfolgerungen. Nicht viel. Nebenbei bemerkt waren sie auch nicht geneigt, ihr viele Fragen zu stellen. Sie wirkten peinlich berührt. Es war eine sehr persönliche Angelegenheit.

Schließlich sagte sie zu ihnen – bei einem kärglichen Essen, bestehend aus Biskuitbrötchen und Haferbrei, alles kalt, alles hart, das Ebpal Enrax notdürftig zusammengebastelt hatte: »Der Ort, an dem ich gewesen bin, existiert in mir selbst, in meinen Kopf, nicht wahr?«

»Ja«, sagte Jaive. »Eine der Inneren Welten.«

»Gibt es mehr als diese eine?«

»So viele, wie nötig sind«, antwortete Worabex. Sie spürte, dass er versuchte, sich nicht überheblich anzuhören. Eine Mauspe nippte an seiner Tasse mit kaltem, zum Glück nicht hartem Tee. Tanaquil betrachtete sie. »O ja«, sagte Worabex.«Ich muss ein Geständnis ablegen. Dies war der Bursche, der stachellose, der dich damals begleitet hat. Nicht ich war das.«

»Aber du hast doch gesagt …«

»Das habe ich gesagt, um dich aus dem Gleichgewicht zu bringen. Verzeihung. Ich war so schrecklich befangen, Tanaquil, als ich damals auf den Hügeln mit dir gesprochen habe, über den Besuch bei deiner Mutter. Es war ein Versuch, besser mit dir klarzukommen. Ich habe euch jedoch alle in der Höllenwelt mit den Augen der Mauspe gesehen. Meine Fähigkeiten als Zauberer reichen dafür aus.«

»Was ist mit dem Floh?«

Worabex senkte den Blick. »Allem Anschein nach war ich das.«

»Allem Anschein nach?«

»Ein Trugbild.« Er straffte sich. »Ich weiß um deine Abenteuer mit Honj. Ich muss sagen, ich glaube, es war unvermeidlich, dass du in eine der Inneren Welten gegangen bist, um ihn dort zu finden.«

»Es war unvermeidlich wegen deines Experiments mit Wasserläufen und Gärten, das mich umgehauen hat!«, gab Tanaquil zurück.

Jaive rang die Hände. »Mein Liebstes …«

»Sie wäre so oder so gegangen«, sagte Worabex. Er hatte sich schließlich doch für die Überheblichkeit entschieden. »Sie ist unverletzbar. Wie hätte die Wasserfontäne sich sonst auf sie ausgewirkt?«

Tanaquil erwiderte, anstatt ihn mit einem Brötchen zu bewerfen: »Vielleicht hast du Recht. Aber was sind die Inneren Welten? Träume?

»Keineswegs. Es sind Orte, an denen wir uns selbst begegnen.«

»Aber es war *Wirklichkeit.*«

»Vielleicht«, sagte Jaive leise, »hast du es jetzt zur Wirklichkeit *gemacht.*«

Tanaquil öffnete den Mund, schloss ihn wieder.

Worabex fuhr fort: »Das, woran man glaubt, kann wahr werden. Die Basis von allem ist natürlich die Zauberei.«

»Ich hoffe, so ist es«, sagte Tanaquil.

Später, nachdem die Grummel zu ihrem Nest gerannt waren, gingen Jaive und Tanaquil hinaus in den Wüstengarten. Tanaquil dachte an die plappernde, aufgedrehte Adma und daran, wie ihr eigener Schutzgeist sich plötzlich kaum noch an Tanaquil erinnerte. Sie war verstimmt und gleichzeitig dankbar, denn er musste die übermäßige Menschenähnlichkeit, die er entwickelt hatte, unbedingt überwinden. Außerdem hatte er eine kleine Rede gehalten, als sie aus dem Fenster geklettert waren: »Sagt Nest fliegt ...«

Der Garten war voller Teiche und kleiner Wasserläufe und Brunnen, die trotz der Flucht der Dämonen noch sprudelten. (In der Festung waren Spuren der Rebellion zurückgeblieben. Die Wände waren bedeckt mit einer rosafarbenen klebrigen Masse, in den Böden und den Steinflächen waren Brandzeichen. An den Treppen kämpften und wackelten die Tiere und Früchte. Hin und wieder schallten hohles Geheul und körperloses Gelächter durch die Gänge. In der Küche unten hockte ein drei Fuß hohes, beängstigend aussehendes Ei.

»Epbal Enrax sagt, es ist nur ein Riesenspatz«, erklärte Jaive munter.

»Die Sonne geht jetzt unter«, sagte Tanaquil. »Und dann wird der Mond aufsteigen. Dort gab es keinen Mond. Aber einige schöne große Sterne, die sie die Rose nannten.«

Jaive nahm Tanaquils Hand. »Musst du uns morgen wirklich verlassen? Ich habe dich schrecklich vernachlässigt. Oh, Tanaquil, du bist eine sehr mächtige Zauberin. All diese Welten. All diese Einhörner.«

»Mutter, du konntest nichts dafür, dass du mich vernachlässigt hast. Jetzt ist es egal. Du hast das Recht, glücklich zu sein. Und ich auch. Ich muss zurückgehen und mit Honj reden.«

Jaive vergoss zwei vollkommene Diamantentränen, wie zwei kleine Sterne der Rose. »Ja, mein Liebling.«

»Diese Innere Welt«, sagte Tanaquil. »Ich bin sicher, dass sie Wirklichkeit ist. Irgendwo. Obwohl das Ganze ziemlich wahnwitzig war. Wolfhörnchen, die Nüsse gestohlen haben. Narzissen, Gammelstuhl-Rennen. Habe ich sie für mich so gestaltet, damit ich dort mit meiner Doppelgängerin leichter zurechtkam?«

Jaive sagte: »Gibt es denn irgendeine Welt, die vollkommen vernünftig ist?«

Tanaquil blickte zum Himmel hinauf. Auf der anderen Seite des Gartens, in etwa zwanzig Fuß Höhe, schwebte ein seltsam klobiges, floßähnliches Gebilde. Stöckchen ragten heraus und Zipfel aus farbigem Stoff hingen daran; ein Glitzern umgab es. Über den Rand spähten zwei Gesichter mit langen Schnauzen. *Sagt Nest fliegt.* Der Grummel hatte Jaives fliegenden Teppich gestohlen. Sie hatten ihn in Stücke gerissen und in das Nest eingebaut. Das Nest flog. Tanaquil senkte den Blick und sagte schnell: »Bitte, sprich weiter, Mutter. Du hilfst mir damit.«

Und Jaive fragte: »Warum sollten die Inneren Welten nicht Wirklichkeit sein?« Dann stand sie auf.

Tanaquil blickte prüfend zum Himmel. Das fliegende Nest segelte ruhig hinter einigen Bäumen davon.

»Komm mit!«, forderte Jaive sie auf.

Tanaquil folgte Jaive auf dem Zypressenweg zu dem von Unkraut gesäumten Teich. Dort machte Jaive eine weite Handbewegung, die die gesamte Wasserfläche umfasste.

»Meine Spiegel funktionieren noch nicht. Die Dämonen haben mit Zauberfarbe darauf herumgeschmiert. Aber dieses Wasser dürfte den gleichen Zweck erfüllen.« Sie sprach geheimnisvolle Worte und die Luft teilte sich wie Bänder.

»Tanaquils Innere Welt«, rief Jaive. An Tanaquil gewandt sprach sie in würdevollem Ton: »Sag an, wen oder was du zu sehen begehrst.«

Tanaquil sagte: »Zeig mir Prinzessin Danakil.«

In der Mitte des Teiches entstand allmählich ein Bild. Es war nicht sehr ausgeprägt, aber deutlich genug.

Tanaquil sah ihr zweites Ich, Hand in Hand mit Jharn auf

einer Straße in Tablonkisch spazierend. Sie lachten und schwenkten die Hände und der Murgel, der Murgel *flog* vor ihnen her mit seinen kleinen Flügeln und hielt dabei einen grünen Apfel in der Schnauze.

Das Bild zerfloss und eine Ente plantschte vom Ufer in den Teich. Kräuselwellen verwandelten alles wieder in Wasser.

»So. Ihr und ihm geht es gut. Lili hat sie nicht einmal davongejagt.«

Jaive wandte sich um und sagte zu Tanaquil mit einer so jungen Stimme, dass Tanaquil sie noch nie zuvor gehört zu haben glaubte: »Du wirst mir *schreiben*. Du wirst zu mir zurückkehren, irgendwann.«

»Ja, Mutter, das verspreche ich. Ich möchte es.«

»Ich habe alles falsch gemacht. Kannst du mir verzeihen?«

»Du hast mich zu dem gemacht, was ich bin, oder zumindest dazu gebracht, dass ich mich selbst dazu mache. Es stört mich nicht, ich zu sein. Mutter, war das Kamel jemals im Gästezimmer?«

»Natürlich«, antwortete Jaive. »Ich selbst habe es hingeführt, einmal täglich. Wir haben versucht, alles dir Vertraute um dich herumzuscharen, um dir den Rückweg zu erleichtern. Es geschah auch aus diesem Grund, dass Worabex Honj die Nachricht geschickt hat. Sei nicht böse deswegen.«

»Nein, nein, bin ich nicht. Es ist nur so, vielleicht … vielleicht wäre er inzwischen schon hier eingetroffen. Ich meine, wenn er es gewollt hätte, dann hätte er sich doch bestimmt sehr beeilt. Und … na ja. Und das ist nicht geschehen, oder? Worabex hat auch einen Brief auf magischem Weg an Honj geschickt und ihm mitgeteilt, dass ich hier besinnungslos liege. Und anscheinend hat das Honj nicht sehr stark interessiert.«

»Ach, Tanaquil!«

Tanaquil fragte sich, ob Jaive jemals per Magie an Zorander geschrieben hatte. Hatte sie dagesessen und gewartet? Gewartet, gewartet.

»Mutter, es gibt hundert Gründe, warum es ihm vielleicht nicht möglich war, zu mir zu kommen. Deswegen muss ich ihn persönlich aufsuchen.«

49

Während des Ritts redete sie ziemlich viel mit dem Kamel. Ihr wurde bewusst, wie sehr sie sich daran gewöhnt hatte, mit dem Grummel zu sprechen. Das Kamel redete seinerseits nicht, was in gewisser Weise ein Segen war.

Der Grummel und Adma waren in ihrem Nest, das sich nun wieder auf dem Dach befand, sehr beschäftigt gewesen. Weitere von Jaives Schmuckstücken waren dafür gestohlen worden, ein Spiegel und eine große Bratpfanne, auf die sich Adma besonders viel einbildete. Sie genoss es, darin zu sitzen und mit den Pfoten darauf herumzutrommeln, um sie zum Klingen zu bringen.

Tanaquil sagte nichts übers Fliegen, der Grummel sagte nichts darüber zu ihr. Sie erklärte ihm, dass sie bald zurückkommen würde. Vielleicht wäre sie dann allein. Sie wusste es nicht. Vielleicht war sie mit Honj zusammen. Der Grummel wedelte mit dem Schwanz wie ein Hund bei der Erwähnung von Honjs Namen. Dann vergaß er Honj und ging zurück, um die Bratpfanne zu polieren, damit Adma darauf trommeln konnte.

Würde er auch Tanaquil vergessen? Bestimmt würde doch ein Schutzgeist, besonders einer mit einem fliegenden Nest, niemals seine Hexe vergessen? Wie auch immer, es wäre gut für ihn. Es wäre gut für ihn, er selbst zu sein. *Die meisten von uns brauchen beides. Sich selbst und jemand anderen , um das Leben mit ihm zu teilen.*

Was soll ich tun, wenn er *mich vergessen hat?*

Überhaupt war Honj inzwischen vielleicht mit Lizra verheiratet. Vielleicht war alles zu spät.

Als die Wüste verblasste und die Felder begannen und die Kälte sowohl die Tage als auch die Nächte erfüllte, kaufte sich Tanaquil einen dicken Umhang und eine Flasche Weinbrand.

Sie setzten ihre Reise immer weiter fort.

Schnee fiel, lizraähnlicher Schnee, kalt und fahl. Aber Lizra war nicht kalt wie Schnee. Sie hatte einst eine Sandburg gebaut. Irgendwie war sie in Tanaquils Gedanken eine andere geworden, die eisige kleine Lili.

Sie suchten in Scheunen Unterschlupf, in Dörfern, an offenen Feuern an weißen Hängen, während Sterne ebenfalls wie Feuer am Himmel brannten und der Mond auf einer Hügelkuppe stand.

»Das ist aber mal ein ziemlich altes Pferd, auf dem du da reitest«, sagten diejenigen, die noch nie ein Kamel gesehen hatten.

Wird er sich an mich erinnern? Wird er mich wollen? Hat er mich jemals gewollt, oder habe ich mir das nur eingebildet?

Am Morgen nahmen sie eine falsche Abzweigung. Inzwischen hatte sie von dem Ort gehört, einem neuen Ort, wo die große Fürstin Lizora Veriam ihren Hof eingerichtet hatte. Dort sollte ein feierliches Winterfest stattfinden. Es war, so sagte man, bei diesem Wetter eine Dreiwochenreise dorthin.

Die Straße verschwand unter dem Schnee, führte in einen Wald, der nackt und kahl war wie von Wintervygern entlaubt, und schließlich gelangten sie zu einer Ruine – nur ein paar Steinmauern und ein Dach –, wo es ratsam schien, eine Mahlzeit einzunehmen, da der Wind immer mehr auffrischte.

Erst als sie von dem Kamel abgestiegen war und das Tier hangaufwärts zu der offenen Tür führte, bemerkte Tanaquil Rauch, der von der Ruine aufstieg, und den Geruch von Feuer.

Sie täte gut daran, auf der Hut zu sein. Man hatte sie vor Räubern gewarnt.

Tanaquil ließ das Kamel stehen und schlich zur Tür. Als sie dort ankam, füllte eine Gestalt die Öffnung, in schwarze Wolle gekleidet, in der ein Messer aufblitzte.

»Oh, ich bin auf der Suche nach meinen Schafen«, sagte Tanaquil, der nichts Besseres einfiel, freundlich und im Ton der Armseligkeit zu dem möglichen Räuber in der Tür. Dieser antwortete: »Tanaquil.«

Und als er ins helle Tageslicht heraustrat, sah sie, dass es Honj war. Alle Gedanken, alle Gefühle, alle Wärme entwichen aus ihr. Sie stand da, genauso, wie sie es vorgegeben hatte, vollkommen verwirrt.

»Äh … hallo.«

»Was für eine Begrüßung. Kein ›Dass ich dich hier treffe!‹, kein ›Schön, dich zu sehen!‹ Ich hätte es besser wissen müssen.«

Sie spürte, wie der altvertraute Zorn in ihr aufstieg.

»Wieso wusstest du überhaupt irgendetwas? Angeblich sollte ich doch besinnungslos in der Festung meiner Mutter liegen.«

»Ja, ja. Das ist überholt, Süße. Diese Mauspe hat mich wieder gefunden, gestern. Zuerst dieser schreckliche Brief über deinen Unfall. Dann die erfreuliche Nachricht, dass du wieder auf den Beinen und unterwegs und hinter mir her bist.«

»Worabex, hol ihn der Teufel! Wie konnte er es wagen? Und was meinst du damit, dass ich ›hinter dir her‹ bin?«

»Bist du das etwa nicht?«, fragte er. Er sah so gut aus, dass er fast lächerlich wirkte. Ihr Herz hätte sie beinahe erstickt. »Du willst mich überhaupt nicht. Ich werde mich in Tränen der Enttäuschung auflösen, hier in all diesem verdammten Schnee.«

»Honj …«

»Tanaquil, um Himmels willen, komm herein und lass uns am Feuer frieren.«

Im Feuerschein glänzten die kupferroten und stahlblauen Strähnen in seinem dunklen Haar. Seine Augen funkelten stahlblau.

Sie hatte *ihn* vergessen. Wie wundervoll er war. Die Art, wie er sich bewegte, wie er sie ansah. Er trug den silbernen Ring, den er von ihr genommen hatte, am kleinen Finger. Er sagte, er habe jemanden beauftragt, den Ring größer zu machen. Er saß einfach nur da und hielt ihre Hände, die er als Erster ergriffen hatte, um sie zu wärmen, wie er sagte. Während der gewürzte Weinbrand neben ihr kalt wurde und sein Pferd und das Kamel Efeu von der Wand knabberten.

»Ich war mir über deine Gefühle nie im Klaren«, sagte er. »Nicht richtig. Ich dachte: ›Ja, sie mag mich.‹ Die Frauen mögen mich. Aber das bedeutet nicht viel. Es ging nie so weit, dass sie Forderungen an mich stellten. Und Lizra – wir beide waren erschüttert ihretwegen, nicht wahr? Fühlten uns schuldig. Nun, am besten erzähle ich dir die ganze Geschichte.«

Sie fragte sich, ob sie sich wohl konzentrieren konnte.

Sie wollte einfach bis in alle Ewigkeit so dasitzen, am Feuer frieren, seine Hände halten, ihn ansehen und seiner Stimme lauschen.

»Ich habe versucht, meine Aufgabe zu erfüllen. Ich war der vollkommene Kavalier, Lizra die vollkommene Fürstin. Alle sprachen davon, dass ich der Fürst sein würde. Aber es gab so viel zu tun. Eine große Hochzeitsfeierlichkeit war das Letzte, womit sich alle belasten konnten. Dann schickte ihr ein König von der anderen Seite des Meers die Botschaft, dass er sich gern mit ihr vereinen wolle. Und er kam persönlich angereist, um sein Anliegen voranzutreiben.«

»Ja. Weiter.«

»Du lenkst mich ab. Bist das du, Tanaquil? Bist du es?«

»Nein, das bin nicht ich. Bitte erzähl den Rest.«

»Ich werde mich kurz fassen. Jedenfalls kam der König und es entstand ein Chaos. Morgens, mittags, nachts Fanfaren, Feste, alberne Rituale – du meinst, ich mache Witze? Den ganzen Tag Audienzen. Spedbo sagte und Muck ebenfalls …«

»Oh, Muck und Spedbo!«

»Ja. Sie sagten, wenn es so ist, mächtig und reich zu sein, dann würden sie sich lieber aus dem Staub machen.«

»Aber sie haben doch wohl nicht dich im Stich gelassen?«

»Nein, nein. Vielmehr geschah Folgendes: Eines Nachts, als wir alle kurz vor dem Wahnsinn standen, weil dieser neue König auf Losungsworte in der ganzen Stadt und in allen Bereichen der Armee bestand und er das letzte ausgegeben hatte, welches lautete: ›Topf-Topf, sagte die ›böse Gans‹ …«

»*Wie* war das?«

»Eine geniale Schöpfung, findest du nicht? ›Topf-Topf, sagte die böse Gans‹.«

»Nicht ›Tock-Tock‹?«

»Wie bitte? Nein, nicht ›Tock-Tock‹.« Honj schüttelte ihre Hände in den seinen.

»Es ist nur … es erinnert mich sehr an… ach, vergiss es.«

»Jedenfalls, inmitten all dieser ausgemachten Idiotie schickte Worabex der große Magier eine Mauspe. Anfangs versuchte Muck, sie in zwei Scheiben zu schneiden, und wir alle verkrochen uns unter dem Tisch. Dann erkannte Spedbo sie als unseren nicht stechenden Freund vom letzten Mal. Er hob sie auf und irgendwie überbrachte sie – auf magische Weise, wie du natürlich richtig vermutest, ich fand es allerdings ein wenig übertrieben – einen Brief.«

»Den Brief, in dem stand, dass ich …«

»Beinahe getötet worden wärst. Dass du im Sterben liegst.«

Tanaquil senkte den Blick. »Das ist einige Wochen her.«

»Ja, Tanaquil, ich bin auch schon seit einigen Wochen unterwegs.« »Heißt das, du …«

»Das heißt, dass ich mich setzen musste und Spedbo mir mit einer halben Scheibe Brot vom Frühstück Luft zufächelte. Und Muck sagte, falls ich vorhätte, mich zu übergeben, sollte ich mich in jene Richtung beugen und die Weinflaschen verschonen. Dann erklärte ich es ihnen. Danach schwiegen sie, und ich habe mich sofort zu Lizras Gemächern begeben.«

»Du … hast …«

»Es war kurz vor einem dieser schrecklichen Abendessen. Sie war herausgeputzt in einem schwarzen Kleid, das über und über mit so etwas wie silbernen *Klauen* besetzt war. Das machte mich abergläubisch. Aber trotzdem sprach ich aus, was ausgesprochen werden musste. Dass es mir Leid tue. Dass ich einen großen Irrtum begangen hätte. Dass ich mit dir zusammen sein müsste. Dass ich dich *liebte*. Ich versuchte, rücksichtsvoll zu sein, aber das geht nicht, wenn man so etwas sagt. Ich dachte, du … ich hatte Angst, du würdest sterben. Ich verfluchte mich, weil ich dich hatte gehen lassen. Ich dachte, Lizra würde sich in die Eiskönigin verwandeln und mich auf der Stelle zu Tode peitschen lassen.«

»Das hat sie offenbar nicht getan.«

Honj senkte jetzt den Blick.

»Sie sagte, und das werde ich nie vergessen: ›Oh, Honj, welche Last du von mir genommen hast.«

»Wie bitte?«

»Sie sagte, dieser losungswortverrückte König – sechsunddreißig Jahre alt, alt genug, um ihr Vater zu sein – habe vorgeschlagen, dass sie und er heiraten und ihre Reiche vereinigen sollten. Und das entsprach genau ihren Wünschen. Sie sagte – und ich zitiere sie wörtlich: ›Ich habe dich geliebt, Honj, aber jetzt muss ich erwachsen werden.‹« Seine Augen funkelten vor Zorn und dann vor Lachen.

Tanaquil rief aus: »Lili und Fnim!«

»Dann beleidigst du mich also jetzt schon?«

»Nein, ich werde es dir eines Tages erklären. Oh, Honj. Oh …«

»Und ich wurde überhäuft mit Geld und Geschenken und schrecklichen Dingen, die ich nicht haben wollte, aber Spedbo und Muck grapschten danach wie Kinder in einem Süßigkeitenladen. Und was Waelorr betrifft …«

»Moment mal. Wen?«

»Waelorr. Du hast ihn nie kennen gelernt. Ein guter Mann, groß, schwarzes Haar und gut aussehend. Alle Mädchen sind wild nach ihm, aber er mag nur eine namens Seidenmarie …«

»Nicht Samtmarie?«

»Habe ich Samtmarie gesagt? Nein, ich habe Seidenmarie gesagt. Jedenfalls sind diese drei bei mir. Ein Stück weiter hinten auf der Strecke, in der Nähe einiger Ortschaften. Ich wollte unbedingt schnell weiterkommen.«

Tanaquil wich um Armeslänge zurück, ohne jedoch seine Hände loszulassen. »Du bist frei«, sagte sie.

»Nein«, entgegnete er. »Ich gehöre dir. Es liegt also an dir. Willst du mich? Sag diesmal richtig ja, sonst schubse ich dich ins Feuer.«

»Ja, richtig.«

Und für einen Augenblick sah sie in dem Feuer die leuchtende rote Gestalt des Einhorns, strahlend wie die Sonne. Ohne Flügel fliegend.

»Ich meine, Tanaquil, ich möchte dich heiraten, ich möchte bei dir bleiben. Ich erwarte, dass du mir jetzt irgendeine raffinierte, geistreiche Antwort geben wirst.«

»Ich antworte jetzt mit ja«, sagte sie. »Ist das geistreich genug?«

Er zog sie an sich, sie schmiegte sich an ihn. Das Einhorn wurde blasser. Jetzt war es nur noch in ihrem Herzen.

Mit veränderter Stimme sagte Honj: »Man sagt, die Liebe bewegt die Welt.«

Als sie ihn ansah, kam es ihr vor, als habe sie noch nie zuvor jemanden so klar und deutlich gesehen.

»Dann«, erwiderte sie, »müssen wir dafür sorgen, dass sie sich auch weiterhin bewegt.«

ENDE